KB013471

얼음나무 숲

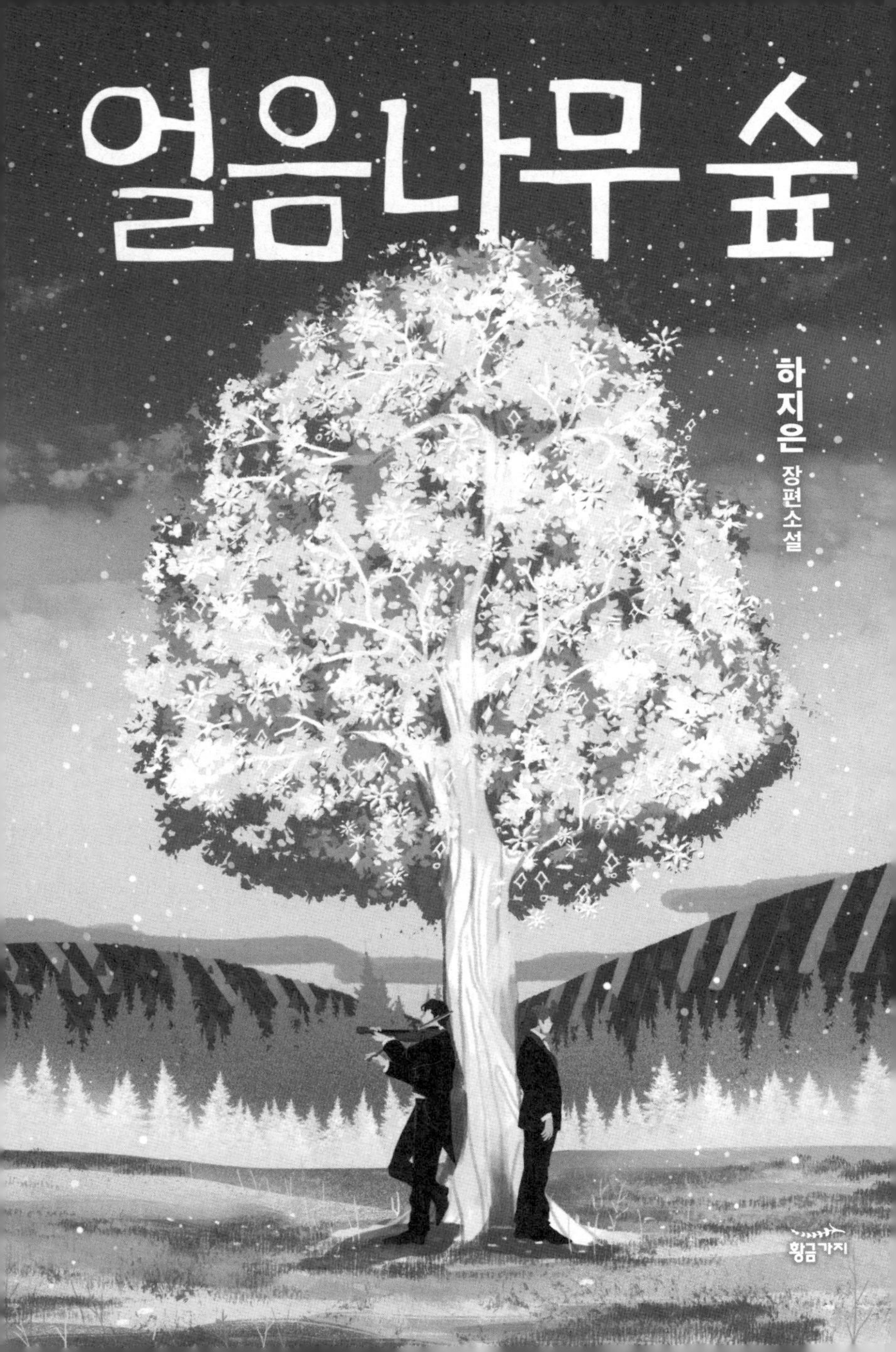
얼음나무 숲
하지은
장편소설
황금가지

Overture*

* 서곡(序曲).

얼음나무 숲을 등진 채 우뚝 서 있는 거대한 카논 홀.

중앙 앞쪽에는 귀빈들을 위한 넓고 안락한 자리가 500석 배치되어 있고 양옆에는 길게 나열한 보통 의자가 800석씩 놓여 있다. 그 외에도 5층까지 있는 특별석의 총수는 500석.

텅 비어 있는 도합 2600석의 객석을 바라보고 있노라면 음악가로서는 숨이 막힌다. 그러니 그 모든 의자가 사람들로 가득 찬 중요한 심사라도 있는 날이면 신인 음악가들은 무대에 서자마자 그대로 얼어붙기 일쑤다.

카논 홀에서 평생을 연주한 거장 중의 거장조차도 언제나 그 무대에 서면 떨린다고 말하는 곳. 음악의 도시이니만큼 스스로를 수준 높은 청중이라 생각하는 귀족들이 모여 냉엄한 눈으로 음악가들을 '선별'해 내는 곳.

그곳에서는 신인 음악가들에 대한 격려의 박수도, 실수에 대한 너그러운 포용도, 분위기에 맞춘 호응도 없다. 어쨌거나 스스로를 수준 높은 청중이라 자부하는 귀족들은 그런 짓을 경박하다고 여기니까.

그러나 그 수준 높은 청중을 단 한 번도 '청중'이라 부른 적 없는, 그 숨 막히는 무대에서 오히려 청중을 오만하게 바라보던 단 한 명의 음악가가 있다.

아나토제 바엘. 영원한 드 모토베르토.

1628년, 키세의 대예언이 정확히 종말을 고하던 해, 음역의 신 모토벤의 성소이자 모든 음악가들의 고향 '에단'에서 일어난 끔찍한 살인 사건의 처음과 끝에는, 언제나 그가 있다.

#oo
여전히 겨울인 이곳, 에단에서

수많은 잔가지들이 현처럼 늘어서 있고
눈으로는 볼 수 없는 지휘자가
침묵으로 지휘봉을 대신하며
차갑고 흰 바람이 노래하는 곳

그곳은 얼음나무 숲

1628년의 마지막 날, 파스그라노들은 조용했다.

대(大)예언자 키세가 말한 종말의 해 마지막 날임을 생각하면 그것은 의외였다. 키세의 열렬한 추종자인 그들은 오늘이 자기 인생의 마지막임을 진심으로 믿고 종말이 올 때까지 그들의 생을 음악으로 태워 버리리라 생각했다. 그러나 그들은 저녁이 되기까지 작은 모임조차 갖지 않았다.

조용히 가족들과 작별을 고하고 있을까. 종말을 진심으로 믿는 그들이라면 가능할 법도 한 얘기였다.

그에 비해 마르티노들은 그런 파스그라노들을 비웃으며 여러 모임을 가졌다. 술잔을 기울이며 키세는 지상 최대의 사기꾼이었노라 비웃고, 떠들고, 마셨다. 가끔 음악이 첨가되었으나 잔뜩 흥분한 그들은 재미없는 마르틴 따위는 집어치우라고 외쳤다.

나를 부르는 그들의 혀 꼬인 목소리를 못 들은 척하며, 나는 가피르 부인의 살롱으로 향했다. 그날만큼은 매일 음악이 끊이지 않는 그곳도 조용했다.

가피르 부인은 나를 맞이한 다음 의자에 앉히고 나서도 한동안 아무 말이 없었다. 나도 마찬가지였다. 결국 우리는 침묵의 장엄한 연주를 듣고 난 뒤 일어섰다.

문 앞에 서서 인사를 나누다, 그녀가 울음을 터뜨렸다. 두 손으로 얼굴을 감싼 채 말이 없는 부인을 잠시 바라보다가 나는 그녀의 집을 떠났다.

술에 취한 음악가들, 음울한 그늘을 드리운 채 말없이 걷는 음악가들. 거리에는 수많은 음악가들이 있었으나 정작 음악은 없었다. 1628년 마지막 날, 정말로 기묘한 날이었다.

이날 유일하게 연주회를 여는 음악가는 단 한 명뿐이었다.

아나토제 바옐, 영원한 드 모토베르토

마지막 연주회

카논 홀, 저녁 7시

간단한 내용 외엔 아무것도 없는 그 벽보는 겨우 사흘 전 나붙었을 뿐인데도 카논 홀의 수많은 좌석이 벌써 매진이었다.

한동안 그것을 보던 나는 벽보 끝자락을 붙잡고 천천히 뜯어내기 시작했다. 이름이 찢어지고 카논 홀이란 단어도 사라졌지만 공교롭게도 '마지막'이라는 글자만은 그대로 벽에 남아 있었다. 마치 그 사실을 네가 바꿀 수는 없다는 듯이.

눈앞이 아른거려 두 눈을 문지르자 그때까지 마르지 않은 질 낮은 잉크가 내 얼굴에도 묻었다. 나는 그런 꼴을 한 채 카논 홀로 향했다.

카논 홀의 관리를 책임지고 있는 레나르 카논은 언제나처럼 나를 대기실로 안내하려 했다. 그러나 고개를 저어 거절했다. 그는 내 얼굴을 보고 약간 놀란 표정이었지만, 고맙게도 이유는 묻지 않았다. 나는 가만히 객석에 앉아 무대를 바라보았다.

잠시 후 청중의 기대감 속에 나타난 그 남자는 놀랍게도 여행복 차림이었다. 청중은 수군거렸다. 그러나 그가 손에 들고 있던 여명을 들어 올렸을 때는 더 이상 그 누구도 말하지 않았다.

역시 그것인가. 나는 쓸쓸하게 중얼거렸다.

그것은 얼핏 보면 쓸모없는 나뭇조각 같다. 불 속에서 타다가 만, 어디서나 흔히 볼 수 있을 법한 나뭇조각 말이다. 당장이라도 부서질 것 같은 그 나무는 그러나 제법 단단하다. 그렇기에 희대의 악기 제작자이자 카논 홀의 주인인 J. 카논도 그런 나무를 가지고 악기를 만들 생각을 했을 썻이다.

모든 악기 제작자들의 상식을 뒤엎은 그 나무의 정체가 밝혀진 적은 없다. 누군가는 벼락 맞은 올레산 나무라고도 했고, 누군가는 J. 카논이 직접 기른 이상 식물이 재료일 거라 했다.

그 악기의 신비로운 재료가 무엇이든, 그것은 하얗다. 새하얗기보다는 말 그대로 타 버려서 그렇게 된 색처럼 보이지만, 아름답다. 어떤 칠도 하지 않은 원목 그대로의 색이다. 그래서 J. 카논은 여명이라는 이름을 붙였다.

오늘, 이 자리에서, 그 악기를 손에 들고 무얼 할 셈이냐. 바엘.

바엘은 대답 없이 여명을 들어 올렸다. 사랑스러운 아이를 안아 자신의 어깨에 올려 앉히듯 조심스럽게 여명을 어깨에 놓았다. 그러곤 부드럽게 자신의 턱을 얹었다. 마지막으로 눈을 감는다.

나는 저 장면을 볼 때마다 괜히 낯이 뜨거워지는 것을 느낀다. 마치 서로를 애무하는 연인의 은밀한 장면을 보는 것처럼.

연주는 바로 시작되었다. 원래 바엘은 연주를 시작하기 앞서 활로 현을 부드럽게 어루만진다. 그렇기에 나는 바엘에게 농담처럼 무대 위에서 그런 음탕한 짓을 하지 말라고 말하곤 했다. 이렇게 급히 시작하는 이유는 뭔가. 종말의 시간은 이미…….

잠시 후 나는 소스라치게 놀라 무대를 바라보았다.

바엘의 연주는, 그것은 연주가 아니었다. 그는 아무렇게나 활을 움직이고 있었다. 물론 그것은 아무 소리도 되지 않는다. 바이올린을 모욕할 생각으로 다루는 무뢰배나 할 짓이었다. 불쾌하고 듣기 싫은 소음이 연주회장을 가득 채웠다.

청중은 미심쩍은 눈으로 서로를 바라보았으나 아직까지 소란을 일으키진 않았다. 스스로를 수준 높은 청중이라 믿는 그들은 바옐의 음악을 어떻게든 이해해 보려 애쓰고 있었다. 저 훌륭하고 유명한 마에스트로의 연주라면 아무리 기괴해도 뭔가 의미가 있겠지. 필사적으로 그렇게 생각하려 애쓰는 그들을 보며 나는 속에서 뭔가가 울컥 치미는 것을 느꼈다.

그러나 바옐의 그런 무례한 연주가 계속되자 사람들도 뭔가 잘못되었다는 것을 알아차린 것 같았다. 나는 차라리 그들을 대신하여 바옐에게 그만두라고 소리치고 싶었다. 그러나 청중이 하나둘 자리에서 일어나고 소음과 불평이 연주와 뒤섞여 불협화음을 이뤄 낼 때, 바이올린의 음색이 갑자기 달라졌다.

마치 지금까지의 무례를 용서해 달라는 듯, 부드러운 음이 천천히 청중을 달랬다. 청중의 마음은 조금씩 누그러졌다. 그러면 그렇지, 분명히 뭔가 뜻이 있었을 거야. 그들은 납득하는 얼굴이었다. 바옐은 은은한 미소까지 띤 채 아름다운 음색을 연주했다.

참으로 달콤한 조롱이었다.

사람들이 잠잠해지자 음악이 점차 격해졌다. 사람들은 숨을 들이켰다. 바옐이 활을 움직이는 속도는 여느 음악가들이 흉내 낼 수 있는 수준이 아니다. 재빠른 음률이 오르락내리락 청중의 숨을 가쁘게 했다. 실제로 헐떡이는 사람도 있었다. 절정으로 치닫는 몸부림과 호흡이 느껴졌다. 그럼에도 바옐의 격렬함은 멈출 줄을 몰랐다. 나마저도 숨이 턱턱 막혀 몇 번이고 가슴을 두드렸다. 여인들 중에는 어쩔 줄 모르고 연인의 옷깃을 부여잡는 이들도 있었다.

미친 듯이 현을 오르락내리락하던 활이, 끝내 격렬하게 몸을 뒤튼다. 탕!

아……!

누군가가 참을 수 없는 탄성을 질렀다.

현이 끊어졌다. 카논 홀에서 이런 실수라니, 게다가 바엘은 드 모토베르토의 호칭을 가지고 있는 마에스트로다. 그러나 바엘은 멈추지 않았다. 표정 하나, 동작 하나 흐트러지지 않는다. 현 하나가 끊어진 채로 전율적인 연주가 계속되었다. 올라간다, 올라간다, 올라간다!

아! 절정의 순간, 또다시 끊어지는 현 하나.

그제야 청중은 그것이 마에스트로의 실수가 아님을 알았다. 그들은 어찌할 바를 모르며 다만 헐떡였다. 현 두 개가 없는 채로 계속되는 기이하고 반복적인 음색. 다시 참을 수 없이 절정에 달한 음에서 또 하나의 현이 끊어지고 불협화음이 일어난다. 탕!

그것은, 그 자체로 음악이었다. 기괴하고, 충격적이고, 파괴적이었다.

반복되고, 반복되고, 반복되고…….

청중은 더 이상 그 음악을 판단할 수 없었다. 다만 몸에 남아 있는 본능으로 '느꼈다.' 그들은 자리에서 들썩거리고 몸을 비비 꼬았다. 뜨거운 숨이 여기저기서 토해졌다.

바엘의 격주야말로 사람을 제대로 우롱하지. 그가 경멸하는 관객들을 가장 신성하다고 여겨지는 카논 홀에서 천박하게 만드니까. 바엘의 연주가 절정에 이를 때면 사람들은 잠자리에서 황홀경을 맞이하는 것과 같은 표정을 짓지.

갑자기 트리스탄의 말이 떠올라 눈물이 핑 돌았다.

그를 존경하는 청중을 천박하게 만드는 음의 끝에서 마침내 마지막 현이 끊어졌을 때, 바엘이 눈을 떴다. 엉망이 된 여명과 함께 활을 든 손을 늘어뜨린 채로 그는 객석을 주욱 둘러보았다. 그러곤 탈진한 채 어쩔 줄을 모르는 수준 높은 청중을 향해 말했다.

"이제까지 제 쇼를 관람해 주셔서 감사했습니다."

바엘은 정중하게 고개를 숙이곤 겸손하게 덧붙였다.

"이 귀머거리들아."

어깨를 으쓱하곤 아무 일도 없었다는 듯, 바엘은 끊어진 현이 덜렁거리는 여명을 들고 그대로 무대 위에서 걸어 나갔다. 그를 붙잡는 이도, 박수를 치는 이도, 입을 여는 이도 아무도 없었다.

그것이 아나토제 바엘 드 모토베르토의 마지막 연주. 내가 본 마지막 모습.

그날 바엘은 사라졌고, 다음 날 태양은 키세의 예언을 비웃기라도 하듯 똑같은 모습으로 우리들 앞에 나타났다. 1628년이 끝나고 1629년이 왔다. 세상은 그 무엇도 달라진 것 없이 마찬가지로 어지럽고 바쁘게 흘러갔다.

종말은 없었다. 그에 대해 파스그라노들이 뭐라고 변명했는지, 마르티노들이 그들을 어떻게 조롱했는지 나는 하나도 듣지 못했다.

내 영혼은 1628년의 마지막 그날 종말을 맞이했기 때문이다.

#01

세 명의 천재

살아 있는 것인지조차 의심스러운

그 나무들의 숲은

고정된 겨울 동화의 세계

그곳에 음악이 있다

모든 음악가들의 고향이자 모토벤의 성지인 에단.

에단은 마치 바다와도 같은 곳이다. 어디에서 시작된 음률이든 마지막에 도달하는 곳은 결국 에단이다. 연주 여행을 떠났던 음악가들도 때가 되면 연어처럼 에단으로 돌아온다.

그럴 수밖에 없으리라. 지금 숨 쉬는 동안에도 음표가 섞여 들어오는 이곳의 공기는, 결코 잊지 못할 테니까.

대예언가 키세가 예언한 종말의 1628년으로부터 15년 전, 당시 열 살이었던 나는 에단 음악원에 입학했다. 셋째 아들로 태어난 나는 가문을 물려받을 일이 없었고 따라서 무엇을 시킬까 고민하시던 내 아버지가 선택하신 것은 바로 음악이었다. 우리 가문이 에단에서 제법 명망 있다고 알려진 귀족가이니만큼 집안에 음악가가 하나쯤은 있어야 체면이 선다고 생각하신 모양이었다.

따라서 나는 당시 에단에서 가장 존경받던 피아니스트인 이안셴 퓨리츠가 보는 앞에서 입학시험을 치르게 되었다. 변변찮은 스승조차 없던 내 실력을 그 앞에서 보이려니 몹시 떨렸던 기억이 난다. 아무튼 그때 아버지가 뒤에서 그에게 엄청난 레슨비를 지불하신 모양이다. 내 보잘것없는 실력으로 그 대단한 피아니스트에게 사사하게 되었으니 말이다.

그렇게 평범하게 시작한 나와는 달리 아나토제 바엘은 입학할 때부터 화제였다.

대부분의 전설적인 예술가들이 그렇듯 바엘 또한 어려서부터 천재와 신동 소리를 들으며 자랐다. 그에겐 부모도 돈도 없었지만, 이안셴 퓨리츠처럼 당대 최고의 음악가였던 퓌세 곤노르가 기꺼이 바엘을 맡았다.

곤노르는 바이올린 연주뿐만 아니라 작곡에 있어서도 대가라 불리는 사람이었는데, 말년에는 바옐에 대한 시기심으로 비참하게 전락하고 만다.

"올해 진급 시험은 이중주로 하겠다. 곡은 두 사람 중 하나가 작곡해도 좋고 둘이 같이 작곡해도 좋아. 악기의 구성도 어떻게 하든 상관하지 않겠다. 각자 마음이 맞는 파트너를 찾기 바란다."

열 살 때 입학한 뒤로 처음 진급 시험을 치르게 되었다. 내 평소 성적은 그리 나쁘지 않았고 친구들도 많은 편이었기에 파트너는 쉽게 구할 거라 생각했다.

나는 피아노 이중주를 생각하고 있었는데, 그때 전혀 뜻밖의 인물이 찾아왔다.

"네가 고요 드 모르페지?"

지금 생각해도 그 눈이나 표정은 열 살짜리 아이가 할 만한 게 아니었다. 몹시 어둡고 날카로운 분위기를 풍기며 아나토제 바옐이 나에게 처음 말을 걸어왔다.

물론 나는 그 유명한 천재 신동을 알고 있었지만 한 번도 이야기를 나눈 적은 없었는지라 아무 대답도 하지 못했다. 그러자 그가 입꼬리 한쪽을 올리며 비웃듯 말했다.

"왜, 대귀족 가문 모르페가(家)의 자제는 나 같은 평민 꼬마와는 말도 안 하나?"

"그런 거 아니야."

나는 당황해서 우물쭈물 대답했다. 바옐은 내 대답엔 별로 관심 없다는 듯 다짜고짜 악보 하나를 내밀었다.

"내가 작곡한 소나타야. 바이올린과 피아노를 위한 곡이지. 네가 피아노 파트를 맡아 줬으면 해."

얼떨결에 악보를 받아 들자 그는 허락의 뜻으로 알아들었는지 내 대답도 기다리지 않고 등을 돌려 가 버렸다.

방금 내가 정말 아나토제 바옐과 대화를 나눈 게 맞는가? 그가 나에게 이중주를 하자고 한 건가?

"와, 저 살아 있는 동상 같은 녀석이 말을 하네."

"왜 너한테 파트너를 제의한 거야, 고요?"

친구들이 몰려와 이것저것 물어봤지만 난 딱히 대답해 줄 말이 없었다. 나도 알 수 없었기 때문이다.

그날 저녁 방으로 돌아와 바옐의 악보를 찬찬히 뜯어보았다. 중간까지 보다가 결국 참지 못하고 피아노 앞에 앉아 그것을 건반으로 두드렸다.

마침내 곡의 마지막 화음을 눌렀을 때, 나는 온몸을 타고 흐르는 전율을 느끼며 눈물을 떨어뜨렸다. 아름다운 곡이었다. 도저히 나와 같은 또래의 학생이 작곡했다고는 믿을 수 없을 만큼.

다음 날 나는 식당에서 바옐을 찾아다녔다. 그는 구석에서 홀로 식사를 하고 있었다. 그를 보자마자 악보를 든 채 흥분해서 말했다.

"할게. 당장 연습하자. 네 바이올린 파트도 듣고 싶어!"

그러나 바옐은 흡사 노려보는 듯한 눈으로 나를 쳐다보더니 차갑게 대꾸했다.

"난 맞춰 보는 일 따윈 하지 않아. 시험이 있는 날까지 혼자 연습해. 그날 처음이자 마지막으로 같이 연주하는 것일 테니까."

"뭐……?"

이중주를 하면서 맞춰 보지도 않고 시험을 치르겠다니, 나는 그가 제정신일까 싶었다. 하지만 그 터무니없는 자신감에 대고 더 매달리기엔 그때의 나도 자존심이란 게 있었다.

결국 우리는 각자 연습했고, 진급 시험이 있던 날 선생님들 앞에서 처음으로 같이 연주하게 되었다.

그것은 묘한 경험이었다.

그와 호흡을 맞추는 게 생각보다 어렵지 않았다. 그가 루바토* 부분에서 가끔 피아노와 어긋나는 박자를 사용했지만, 과하지 않게 애드리브를 넣고 박자를 되돌리는 수준이었다. 처음 맞춰 본 것치곤 완벽하다 싶을 정도의 연주였다.

하지만 그것은 이중주라기보다 피아노를 반주로 한 바이올린의 독주라는 편이 맞았다. 아마 바옐도 알고 있을 것이고, 내 생각이 맞다면 그 자신이 그렇게 의도한 것일 터였다.

"완벽하군! 대단한걸. 두 사람 다 통과다."

나를 가르치며 한 번도 만족스러운 표정을 지으신 적이 없던 이안센 퓨리츠 선생님은 그날 처음 내게 미소를 지어 보이셨다.

하지만 나는 기분이 몹시 좋지 않아서 시험이 끝나자마자 악보를 챙겨 들고 얼른 홀을 빠져나왔다. 그러자 바옐이 내 뒤를 따라오며 말했다.

"너, 마음에 든다. 앞으로 합주할 일이 있으면 계속 나랑 하자."

"싫어. 난 네 들러리가 아니야."

"아까 얌전히 연주하던 녀석이 할 말은 아닌 것 같은데."

---

* 연주자가 자기 나름대로 해석하여 박자에 얽매이지 않고 자유롭게 하는 연주.

나는 참지 못하고 뒤돌아서서 그를 향해 소리쳤다.

"넌 나와 함께 이중주를 한 게 아니잖아! 날 그저 반주자로 생각했을 뿐이지. 네 실력이 뛰어나다는 건 인정하지만 그런 식의 태도는 용서 못 해."

"나도 네 실력이 썩 마음에 들진 않아, 귀족 도련님. 그런 실력으로 이안센 선생님을 사사하다니 역시 돈이면 안 되는 게 없나 보지."

"닥쳐!"

바엘은 짐짓 너그러운 미소를 지으며 말했다.

"난 네 연주 태도가 마음에 들어, 고요. 내가 박자를 달리해도 충실히 악보대로 베이스를 쳐 주더군. 다른 녀석들 같았으면 어설프게 내 박자를 따라 하려다 연주를 망쳤을 텐데."

"그런 말 따위 하나도 고맙지 않아. 네 멋대로 잘난 척하도록 얌전히 반주해 줄 사람은 다른 데 가서 찾도록 해, 아나토제 바엘."

나는 등을 돌렸고 그도 더 이상 나를 붙잡진 않았다. 그와의 첫 만남은 그렇게 좋지 않게 끝났다.

하지만 나는 거만한 그의 태도가 몹시 싫었음에도 불구하고 그 아름다운 음색만큼은 도저히 잊을 수가 없었다. 가끔 그가 쳤던 악보를 꺼내 보며 그날의 이중주를 떠올리곤 했다.

그렇게 그와의 연주를 혼자서만 간직한 채 흘려보내던 어느 날, 뜻밖의 인물이 또 내게 말을 걸어왔다.

"고요 드 모르페!"

나를 몹시 반갑게 불렀기에, 나는 잠시 그와 내가 아는 사이인가 했다.

트리스탄 벨제. 남학생, 여학생 할 것 없이 에단 음악원에서 가장 인기 있는 학생이었다. 평민인데도 불구하고 귀족가의 자제들과 거리낌 없이 어울린다는 소문도 익히 들어 알고 있었다.

"나한테 무슨 볼일이라도……?"

"본론부터 꺼내는 것도 물론 좋지만, 친구. 난 그 전에 인사부터 나누고 싶은데."

싱글싱글 웃으며 손을 내미는 그의 첫인상은 대단히 좋았다. 처음 만나는 사람에게 으레 느끼곤 하는 낯설음이 그에겐 없었다. 나는 잘 알지도 못하는 그가 왠지 마음에 들어 그의 손을 잡았다.

"아…… 그래, 안녕. 고요 드 모르페라고 해."

"난 트리스탄 벨제. 미리 말해 두지만 너처럼 지체 높은 귀족가의 자제는 아니야. 소소한 평민에 불과하지. 혹시 평민에 대한 거부감 같은 거 있어?"

"그런 거 없어."

나는 즉시 대답했다. 트리스탄은 씩 웃고 내게 어깨동무를 해 왔다. 속으로는 깜짝 놀랐지만 그런 분위기가 싫지 않았기에 잠자코 그가 이끄는 대로 따랐다.

"자, 그러면 친구 네가 궁금해하는 본론에 대한 얘길 해 볼까. 사실 난 이번 신년 음악회에서 같이 연주할 사람을 찾고 있어. 바이올린 주자는 이미 구해 뒀고, 난 첼로를 연주할 거야. 그러니 네가 피아노를 맡아 줬으면 해."

"트리오를? 그런데 신년 음악회라면 혹시…… 카논 홀에서 매년 열리는 그거 말이야?"

"그래그래. 눈치챘군, 친구. 이게 무슨 의미인지 알아? 학생 신분으로 카논 홀에 선다는 거 말이야!"

카논 홀. 모든 음악가들이 바라 마지않는 꿈의 전당. 거장 중의 거장만이 독주할 수 있다는 무대. 3년에 한 번 열리는 '콩쿠르 드 모토 베르토'도 그곳에서 진행된다.

카논 홀에서 연주를 할 수 있는 기회가 오다니, 이게 정녕 꿈인지 생시인지.

"그게 정말 가능한 거야?"

"암, 그렇고말고. 사실대로 말하자면 난 들러리에 불과하지만 말이야. 카논 홀에서 신년 음악회에 초대한 것은 내가 아니라⋯⋯."

트리스탄은 나를 이끌고 도착한 곳의 문을 열었다.

그곳에 누군가 앉아 있었다. 마치 초상화를 그리는 사람처럼 얌전히 바이올린을 무릎 위에 올려 둔 채, 그는 나를 바라보고 있었다.

"아나토제⋯⋯ 바엘?"

"또 보는군, 고요."

카논 홀에서 이례적으로 신년 연주회에 학생 파트를 넣은 것은 다 이유가 있었다. 그들은 가장 주목받는 천재 신인 아나토제 바엘을 원한 것이다.

하지만 학생 신분인 데다 나이도 어린데 카논 홀에서 독주를 하게 하는 건 과분하다고 생각했는지, 그들은 몇몇 학생으로 이루어진 실내악단을 꾸릴 것을 명했다. 영광스럽게도 그 실내악단에 나와 트리스탄이 뽑히게 된 것이다. 바로 바엘에 의해서.

"악보는 이미 내가 준비해 뒀어."

바엘이 내게 악보를 건넸다. 그런데 이상하게도 전처럼 거만하거나 빈정거리는 태도가 아니었다. 게다가 맞춰 보는 것 따윈 안 한다던 그 바옐이…….

"그러면 한번 같이 연주해 볼까. 지금 악보를 보고 곧바로 칠 수 있겠어, 고요?"

"맞춰 본다고?"

내가 의심스럽다는 듯 바옐을 향해 되묻자 트리스탄이 낄낄거리고 웃으며 내 등을 쳤다.

"당연히 맞춰 봐야지. 그럼 각자 따로 연습할 셈이야? 이 친구 재밌는데."

내가 이해할 수 없다는 얼굴로 바옐을 바라보자 그는 내 눈을 피하며 단조롭게 말했다.

"트리스탄과 나는 이미 한번 맞춰 봤어. 지금 바로 칠 수 없다면 다음에…….'

"칠 수 있어."

나는 오기를 부리며 피아노 앞에 앉았다. 심호흡을 하고 먼저 눈으로 악보를 한번 훑은 다음, 곧바로 건반을 두드리기 시작했다. 중간에 한 번 머뭇거리긴 했지만 실수 없이 끝까지 연주해 냈다.

어떠냐는 눈으로 두 사람을 바라보자, 트리스탄은 휘파람을 불었고 바옐은 그저 고개를 한 번 끄덕였다.

"좋아. 그럼 바로 시작하자."

그날의 연습은 생각보다 즐거웠다. 함께 맞춰 볼 때마다 매번 즉흥적으로 다른 기교를 사용하는 바옐은 정말 천재라고밖엔 할 말이 없었다.

그에 비해 트리스탄의 첼로 연주는 의외로 평범했다. 아나토제 바옐이 제일 먼저 선택한 첼리스트기에 에단 음악원의 또 다른 천재가 아닐까 기대해 봤던 나는 약간 실망하지 않을 수 없었다. 그는 자신의 소리를 돋보이게 하려기보다 최선을 다해 바엘을 보조했다.

나는 그런 트리스탄의 태도에 시험 때의 기억이 떠올라 어쩐지 기분이 나빠졌다. 하지만 그것만 제외한다면 정말로 괜찮은 연습이었다.

"다음 연습은 언제로 할까, 아나토제?"

첼로를 가방에 넣으며 트리스탄이 바엘에게 다정하게 물었다. 그가 성이 아닌 이름으로 바엘을 부른다는 사실에 나는 또 한 번 놀라지 않을 수 없었다.

"연습이 더 필요해?"

바엘은 내키지 않는 듯 되물으며 나를 바라보았다. 그렇지 않다고 대답해 주길 바라는 눈치였다. 하지만 내가 뭐라 말하기도 전에 트리스탄이 바엘의 등을 치며 밝게 말했다.

"맞추기 어렵거나 부족해서 그러는 건 아니야. 그냥 연습 자체가 즐겁잖아. 안 그래?"

"……그런가."

바엘은 그다지 수긍하지 않는 태도였지만 결국 이틀 후 또 연습 시간을 갖기로 약속했다.

그제야 나는 아나토제 바엘을 움직일 수 있는 유일한 사람이 트리스탄 벨제임을 깨달았다. 이유는 알 수 없었지만 바엘은 그에게 한없이 관대했다. 심지어 트리스탄이 함께 있을 때에는 내게도 호의를 베풀 정도였다. 하지만 단둘이 남게 되거나 트리스탄 없이 지나가다 바엘을 만나면, 그는 내게 알은척도 하지 않았다.

그렇게 함께 연습을 하면서, 처음에는 바엘의 천재성에 놀랐다. 조금 후에는 그것을 질투하게 되었고, 마침내 존경하게 되었다.

나는 직감적으로 알았다. 이 사람은, 이 사람의 음악은 영원할 것이란 걸.

"나 지금 떨고 있어."

트리스탄이 진지하게 말했다. 나도 동의한다는 뜻으로 고개를 끄덕였다.

드디어 신년 연주회의 날이었다. 우리는 카논 홀 무대 뒤 대기실에서 덜덜 떨고 있었다. 아니, 정확히 말하자면 나와 트리스탄만이 그랬다. 바옐은 마치 익숙한 사람처럼, 아니 앞으로 익숙해질 것이 분명한 사람처럼 무덤덤하게 바이올린을 조율하고 있을 뿐이었다.

"신물이 날 정도로 연습했으니 실수할 일은 없을 거라고 생각해."

바옐이 나를 향해 조용히 말했다. 실수했다간 틀림없이 그가 나를 죽이고 말 것이라고 생각했다.

바옐도 바옐이지만, 나는 카논 홀에서 갖는 내 생애 첫 무대를 망칠 생각은 추호도 없었다. 우리 차례가 다가올수록 긴장감은 비장함으로 바뀌어 갔다.

"다음이 너희들 차례다."

카논 홀의 주인인 레나르 카논이 대기실로 들어오며 말했다. 희대의 악기 제작인인 J. 카논의 막내아들인 그는 젊고 시원시원한 이목구비에 따스한 성품으로 인기가 많았다. 그가 사람 좋은 미소를 지으며 우리를 격려해 주었다.

"너무 긴장하지 마라. 너희는 잘 해낼 거야."

그다음부터 무대로 어떻게 걸어 나갔는지 기억도 나지 않는다. 정신을 차렸을 때 나는 이미 에단에서 가장 좋은 피아노 앞에 앉아 있었다. 바엘은 카논 홀에서 제공해 주겠다는 바이올린을 마다하고 자신의 것을 들고 자리에 앉았다. 트리스탄 쪽은 살필 여유도 없었다.

카논 홀의 냉엄한 청중이 잠시 술렁이는 소리가 들렸다. 정신없는 와중에도 바엘의 이름이 자주 들려왔다.

"잘하자. 고요, 바엘."

연주를 시작하기 전 트리스탄이 힘 있는 목소리로 말했다. 이 상황에서 그런 말을 할 수 있는 그의 성격이 몹시 부러웠다. 나는 심장이 쿵쾅거려 건반을 내려다보는 것조차 어지러울 지경인데.

그런데 그때, 문득 바엘의 중얼거림이 들렸다.

"……없어."

나는 퍼뜩 정신을 차리고 고개를 들어 바엘을 바라보았다. 그러나 바엘은 입을 굳게 다문 채 묵묵히 활을 들어 현에 가져가고 있었다.

방금 그것은 환청인가?

나는 홀린 듯 바엘을 바라보다가 다시 건반으로 시선을 내렸다. 거짓말처럼 떨림이 멎어 있었다. 그의 한숨 같은 목소리가 내 의식을 깨운 걸까?

그때 바엘이 발로 무대를 한 번 탁 때렸다. 탁, 두 번. 세 번째 때리면 시작이었다. 나는 바엘의 발이 내려가는 것을 보면서 건반을 내리쳤다.

그날, 처음으로 무아지경으로 연주하는 것이 어떤 것인가를 경험했다.

내 귀에는 바엘과 트리스탄의 연주 외엔 아무것도 들려오지 않았다. 그 화음에 나의 것을 최대한 조화롭게 끼워 넣고 싶다는 생각뿐이었다. 마음이 점차 편안해지면서 가슴속으로 음악이 차올랐다. 긴장이나 실수, 많은 청중이 지켜보고 있다는 등의 자잘한 생각들이 머릿속에서 날아갔다. 나는 그저 아름다운 화음에 도취되어 무의식적으로 손을 놀렸다. 이 중요한 무대에서조차 새로운 기교를 쓰는 바엘에게 잠깐 놀랐을 뿐.

그렇게 연주가 끝났을 때, 나는 가슴이 벅차올라 하마터면 그 많은 사람들 앞에서 울음을 터뜨릴 뻔했다. 이처럼 음악이 완벽하게 하나가 되었다는 느낌은 한 번도 받아 보지 못했다. 간신히 눈물을 참으며 앉아 있던 나를 트리스탄이 무대로 이끌었다.

그제야 객석을 바라볼 수 있었다. 수많은 사람들이 우리에게 박수를 보내오고 있었다. 힘 있게 내 어깨를 잡는 트리스탄의 손이 아니었더라면 나는 틀림없이 엉엉 울었을 것이다. 트리스탄 또한 감격한 얼굴로 청중을 향해 인사했다.

그 행복한 순간 내가 오직 이해할 수 없던 것은 바엘의 표정이었다.

그는, 무표정했다. 무덤덤하게, 아무 가치 없는 것을 바라보는 듯한 눈으로 객석을 한번 훑었을 뿐.

"연주하는 내내 긴장돼서 죽는 줄 알았어. 혹시라도 실수할까 봐 얼마나 떨었는지."

대기실로 돌아오자 트리스탄이 흥분한 듯 말을 쏟아 내었다. 겉으로는 제법 여유로워 보였는데 속은 그렇지 않았던 모양이다.

바엘은 픽 웃고는 바이올린을 가방에 집어넣었다. 별로 들뜨거나 흥분한 기색도 없었다. 그저 자신의 할 일을 했다는 듯한 태도였다.

"고요, 너 진짜 잘하더라. 사실 네가 자기 연주에 너무 도취되어서 우리 소릴 듣지도 않는 게 아닐까 생각했어."

트리스탄의 말에 가슴 한구석이 뜨끔했지만 나는 재빨리 손을 내

저었다.

"아냐, 다 듣고 있었어."

그건 진심이었지만 혼자 너무 도취했던 것도 사실이다. 나는 바엘이 내 연주에 대해 무슨 말이라도 해 주지 않을까 싶어 쳐다봤지만 그는 관심 없는 얼굴이었다.

잠시 후 대기실을 나서려는 우리를 레나르 카논이 다시 찾아왔다.

"정말 잘했다. 사람들 반응이 너무 좋단다. 너희 작은 신사들도 오늘 신년 음악회 뒤에 있는 파티에 와 줬으면 좋겠구나."

"파티라고요? 우린 그런 것엔 별로……."

바엘이 흥미 없다는 듯 대답했으나 트리스탄이 재빨리 그의 발을 밟으며 입을 막았다.

"당연히 가야죠! 가겠습니다!"

레나르 카논이 사라지자 트리스탄이 바엘을 나무라듯 말했다.

"바보야. 파티 따윈 중요한 게 아니야. 거기 참석하는 사람들이 중요한 거지. 오늘 신년 음악회에서 연주한 사람들은 모두 올 거란 말이야!"

맙소사. 나는 입을 딱 벌렸다. 오늘 연주한 사람들 거의 모두가 에단에서 거장이라 불렸고, 그중에는 내가 가장 존경하는 피아니스트인 올렌 바오도 있었다.

그날 파티에서 우리 세 사람은 모두 특별한 인연을 만났다. 바엘은 당대 최고의 바이올리니스트였던 크림트 리지스트로부터 대단한 관심을 받더니 약 1년 후 그의 양자가 된다.

나는 평생 내 마음의 스승으로 자리 잡을 올렌 바오와 인사를 나누었고, 트리스탄은…… 그의 인생을 끝없는 나락으로 빠뜨릴 한 여인을 만난다.

그날 집에 돌아가는 길에 어쩌다 보니 바엘과 단둘이 걷게 되었다. 바엘은 트리스탄이 없자 역시나 입을 닫은 채로 조용했다.

새해가 시작되던 그날 밤 하얀 눈이 소리 없이 에단에 내렸다. 그 눈을 맞으며 걷던 나는 아까의 흥분이 믿기지 않을 만큼 차분하게 가라앉아 있었다.

바엘의 바이올린 가방 속에서 덜그럭거리는 소리가 났을 때, 문득 묻고 싶은 게 떠올라 입을 열었다.

"아까 말이야……. 연주 끝나고 나서, 표정이 왜 그랬어?"

평소의 나라면 절대 하지 않았을, 그리고 평소의 바엘이었다면 절대 대답하지 않았을 질문. 바엘은 한동안 말없이 걷다가 무슨 생각을 했는지 고개를 들고 순순히 대답했다.

"없어서."

역시, 연주하기 전에 내가 들은 바엘의 중얼거림은 환청이 아니었던 것이다.

"없다니, 뭐가?"

"아무도."

나는 바엘이 무슨 말을 하는 것인지 이해가 가지 않았다. 그 수많은 청중이 바엘의 눈에는 보이지 않았다는 건가?

"한 사람."

바엘은 내가 묻기도 전에 다시 입을 열었다. 조금 놀랐지만 잠자코 그가 말하도록 내버려 두었다.

"카논 홀의 그 수많은 좌석을 관객이 메우고 있더군. 청중이 아닌 관객. 아무리 찾아봐도 한 사람이 없었어. 내 곡을 이해해 줄 사람, 내가 말하는 바를 온전히 그대로 느낄 수 있는 사람, 진정으로 나의 음악을 '들어 줄' 사람…… 그곳에도 없었어. 나는 오직 그 한 사람을 만나기 위해 연주하고 있는데."

순간 가슴속에서 큰 동요가 일었지만 나는 아무 내색도 하지 않고 걸었다. 바엘은 다시 평소의 그로 돌아가 굳게 입을 다물고 내겐 눈길조차 주지 않았다.

그러나 분명, 바엘은 그날 처음으로 내게 그의 속마음을 털어놓았다. 그때의 나는 차마 그 고뇌의 깊이까진 이해하지 못했지만.

어쨌든 그날 이후로 내게도 한 가지 목표가 생겼다. 그것은 '그의 단 하나의 청중'이 되는 것이었다.

나는 그의 곡을 충분히 이해하고, 사랑하고, 듣는다고 생각했다. 하지만 아무리 노력해도 그 단 한 사람이 될 수 없었다.

아무리 원해도.

그 뒤 바엘과 나는 더 이상 가까워지지도 멀어지지도 않는 애매한 관계를 지속했다.

내 안에서 바엘에 대한 존경심과 그의 단 하나의 청중이 되고 싶다는 열망이 걷잡을 수 없이 자라났던 반면, 바엘은 나를 그의 반주자 이상도 이하도 아닌 정도로만 대했다. 그에 비해 트리스탄은 바엘과 거의 모든 것을 공유할 만큼 깊은 관계를 유지했다.

나는 이따금씩 트리스탄이 부러웠다. 그만이 사람을 싫어하는 바엘의 유일한 친구였다.

철없이 어리던 시절과 사춘기가 지나고 에단 음악원을 졸업한 우리는 비로소 성년이 되었다. 대화도 어른스러운 말투로 바뀌었다.

바옐은 이미 열여섯이라는 나이에 최연소로 드 모토베르토의 칭호를 받은, 에단의 전설적인 바이올리니스트가 되어 있었다. 이전까지 드 모토베르토였던 그의 스승이자 대부인 크림트 리지스트가 '드디어 진정한 드 모토베르토가 자신의 자리를 찾았다.'라고 말했을 정도였다.

트리스탄 또한 뛰어난 첼리스트가 될 자질은 충분히 있었다. 그러나 그는 한 가지에만 매진하지 않고 이것저것 즐기듯 배우고 연주했다. 첼로뿐 아니라 피아노, 기타까지 쳤고 아름다운 그림을 그리거나 시를 쓰기도 했다.

하지만 무엇보다 그가 좋아한 것은 사교계의 여러 모임을 돌아다니며 사람들을 만나는 것이었다. 그의 언변과 누구라도 마음을 열 수밖에 없는 분위기, 갈수록 수려해지는 외모 덕에 사교계에서 그의 입지는 나날이 높아졌다. 평민인 그를 귀족들이 앞다투어 파티에 초대할 정도였다.

그리고 스물두 살이 되던 해에 연속 세 번째 드 모토베르토가 된 바옐은 천재 신인들이 으레 그러듯 다른 도시로 연주 여행을 떠나게 되었다. 최연소로 드 모토베르토가 된 이후 아무에게도 그 자릴 내주지 않는 이 시대 최고의 바이올리니스트. 그 외 바옐에게 붙는 모든 수식어들로 볼 때 그의 연주 여행은 이미 성공을 예견하고 있었다.

여행을 떠나던 날 나는 트리스탄과 함께 그를 배웅했다. 바옐은 어색하게 트리스탄에게 손을 내밀었다가 트리스탄이 그를 와락 끌어안자 잠시 당황한 얼굴을 했다.

다음으로 그가 내 앞에 왔을 때 나는 무슨 말을 해야 할지 몰라 머뭇거렸다. 그런 내게 바옐은 그저 한마디 했다.

"돌아왔을 때 발전해 있지 않다면 트리오에서 쫓아내겠네."

그것으로 돌아선 그는 조금도 미련 없는 태도로 마차에 올라탔다. 그러곤 창밖을 한번 내다보지도 않고 그대로 사라졌다.

"갔군."

"갔어."

트리스탄과 나는 그가 가고 나서도 한동안 그 자리에서 움직이지 않았다. 트리스탄은 고개를 갸웃거리며 말했다.

"이해가 안 가는군. 음악의 모든 것은 이 에단에 있어. 오히려 다른 도시에서 사람들이 바옐을 보러 몰려들 거라고. 굳이 떠날 이유가 없을 텐데."

"그야 당연히 바옐이 원하는 그 한 사람을 만나기 위해서겠지. 에단엔 없으니까."

별생각 없이 답한 이 말에 트리스탄이 갑자기 눈을 크게 떴다.

"한 사람이라니? 그게 무슨 얘긴가?"

"……모르나?"

"아나토제에게 숨겨 둔 애인이라도 있었던 건가?"

오히려 내가 당황했다. 바옐이 잠깐 보였던 그의 진심을 트리스탄은 당연히 알고 있을 거라 생각했다. 하지만 그는 모르고 있었다.

그래서는 안 되었지만 나는 그게 기뻤고, 트리스탄에게 말해 주고 싶지 않아서 얼버무렸다.

나는 바옐이 3년 후에 돌아올 것이라 믿었다. 그때 또다시 콩쿠르 드 모토베르토가 열리기 때문이었다. 넌지시 말하긴 했지만 그는 자신이 살아 있는 한 그 자릴 누구에게도 넘겨주지 않겠노라 한 적이 있었다.

그를 기다리는 시간 동안 나는 그가 남겼던 말을 기억하며 피아노를 치고 또 쳤다. 연주 실력은 나날이 향상되어 가는 것을 느꼈으나 작곡은 그걸 뒷받침해 주지 못했다. 아무리 열심히 곡을 써도 바엘이 내게 줬던 악보들에 비하면 그것은 음표들의 보잘것없는 조합일 뿐이었다.

바엘이 돌아왔을 때 뭔가 보여 주고 싶다는 강박은 결국 나를 지치게 만들었고, 기어이 지독한 슬럼프에 빠뜨렸다.

나는 한동안 피아노 근처에 가지 않고 몇몇 연주 모임에도 불참한 채 집에만 틀어박혔다. 어머니는 그런 내가 한심하다는 듯 날마다 잔소리를 퍼부으셨다.

"아나토제 바엘이라는 그 더러운 평민 녀석은 다른 도시에서 훨훨 날고 있는데, 넌 대체 뭘 하고 있는 거니? 메르덴의 암시장에서는 그의 연주회 입장권이 정가의 열 배 가격에 팔리고 있다더라. 그뿐인 줄 아니? 온갖 지방의 귀족과 유지들이 그를 잡아 두기 위해 거액을 제시하고, 그를 아는 모든 사람들이 이제는 그를 유일한 드 모토베르토라 부른다더라. 그런데 넌? 네 덕에 여기까지 온 은혜도 모르는 녀석은 그렇게 활개를 치고 다니는데, 대체 넌?"

어머니의 구박과 바엘의 소식들은 나를 점점 더 우울하게 만들었다. 물론 친구의 성공을 기뻐해야 했지만 어쩔 수 없이 그와 나를 비교하게 되었다. 이제 나는 그의 연주에 반주조차 할 수 없을 거라고 생각했다. 그의 유일한 청중이 되고 싶다던 소망도 신물이 났다.

나는 바엘에게서, 처음으로 벗어나고 싶다고 생각했다.

"이 친구, 작곡 때문에 바쁘다더니 순 거짓말이었군."

어느 날엔가 정원에 멍하니 홀로 앉아 있던 나는 오래간만에 반가운 목소리를 들었다.

"트리스탄…… 자네군!"

"우리가 얼마 만에 얼굴 보는 건 줄 아나? 세 달만이라고, 이 무심한 친구야."

맙소사. 나는 시간이 그렇게 빨리 갔다는 것도 놀라웠지만, 세 달 동안이나 피아노를 치지 않았다는 사실을 믿을 수가 없었다.

서운하다는 투로 말은 했지만 트리스탄은 곧 빙그레 웃으며 나를 한 번 안았다 놓았다.

"난 자네가 정말로 작곡에 푹 빠진 줄 알았어. 방해하고 싶지 않았기에 찾아오지 않았던 거지. 그런데 어제저녁 자네 모친께서 내게 편지를 한 통 보내셨지 뭔가. 그걸 받고 나서야 자네의 상태가 매우 심각하다는 걸 알았네. 그래서 오늘 날이 밝자마자 달려온 거야."

어머니가 트리스탄에게 그런 편지를 보내셨다니. 나는 부끄러워서 머리만 긁적였다.

트리스탄과 마주 앉아 하인을 시켜 차를 가져오게 했다. 트리스탄은 옅은 미소와 함께 걱정스럽다는 듯 바라보며 입을 열었다.

"그래, 뭐가 문제인가? 바엘이 보고 싶어 열병이라도 났는가?"

나는 한숨을 흘린 다음, 계속 터지기만을 기다렸던 사람처럼 말을 쏟아 내었다. 내 재능에 대한 회의, 바엘에 대한 열등감, 어머니에 대한 스트레스 따위를 두서없이 늘어놓았다. 트리스탄에게는 왠지 뭐든 말해도 될 것 같았다.

트리스탄은 이따금씩 고개를 끄덕이고 작게 탄성도 지르면서 내 이야기를 끝까지 들어 주었다. 다 듣고 난 그는 어렵다는 듯 고개를 저으며 말했다.

"재능 있는 두 친구가 만났으니 위험한 게 당연하지. 선의의 경쟁자가 되어 서로를 끌어올릴 수 있는 사이가 되는 게 가장 이상적이겠지만…… 그게 어렵다는 걸 아네. 좋아, 그렇다면 내 자네에게 아끼던 걸 내줘야겠군."

"아끼던 거라니?"

"아무것도 묻지 말고 그저 오늘 오후 5시 반쯤까지 몬드 광장으로 나오게."

"거긴 갑자기 왜?"

"글쎄 묻지 말고 오라니까."

트리스탄은 먼저 가 보겠다며 사라졌고, 나는 조금 어리둥절한 기분으로 시계를 보았다. 이제 겨우 오전 11시가 조금 지나 있었다.

남은 몇 시간을 무엇으로 때울까 고민하다가 무심코 피아노를 보았다. 조금 망설이던 나는 피아노 의자에 앉았다. 오랫동안 열지 않은 피아노의 뚜껑 위에 손을 얹자 묘하게 마음이 아련해졌다. 용기를 내어 그것을 열었다.

아아…….

피아노 건반들을 천천히 손으로 쓸면서 나는 눈물을 떨어뜨렸다. 어찌 이 감촉을 잊은 채 살 수 있었을까. E, F, G…… 건반을 눌러 가던 나는 화음을 만들었고 또 그에 맞춰 반주를 넣었다. 피아노를 치기 시작한 것이다.

참아 온 슬픔과 고뇌와 고통이 한꺼번에 건반 위로 쏟아졌다. 나는 어느 때는 건반이 부서질 정도로 힘껏 내리쳤으며 어떤 때는 아기 다루듯 조심스럽게 손가락을 움직였다. E 플랫 마이너에서 다시 C 메이저로, 음악은 나조차 예측할 수 없이 변하고 또 변했다.

"고요…… 고요…… 고요 드 모르페!"

음악에 완전히 몰입하고 있던 나는 화들짝 놀라며 연주를 멈췄다. 언제 오신 것인지 어머니가 나를 걱정 반, 분노 반 섞인 얼굴로 바라보고 계셨다.

"여섯 시간째 쉬지 않고 쳤다. 팔이 부서지기라도 해야 족하겠니?"

깜짝 놀라 시계를 보았다. 벌써 5시였다. 하인에게 서둘러 마차를 꺼내 오라 명했다.

마부를 여러 번 재촉한 끝에 다행히 늦지 않게 몬드 광장에 도착할 수 있었다. 광장 북쪽에 있는 시계탑을 확인한 나는 초조하게 트리스탄을 기다렸다.

몬드 광장에는 여느 때와 마찬가지로 아마추어 연주자들이 자리를 차지하고 있었다. 트리스탄이 올 때까지 근처에 있는 바이올리니스트의 연주를 들었다. 공교롭게도 그는 바엘의 가장 유명한 레퍼토리인 「뮈 뎀 이녹스」를 연주하고 있었다.

물론 바엘에 비할 바는 못 되었고, 나는 열심히 바엘의 기교를 흉내 내는 그를 보며 웃지 않을 수 없었다.

잠시 후 시간에 딱 맞춰 트리스탄이 왔다.

"그럼 천천히 가 보도록 하지."

"아, 잠깐만."

나는 몇 개의 동전만이 외로이 놓여 있는 그 바이올리니스트의 가방 속에 100페르짜리 지폐를 넣었다. 바이올리니스트가 힐끗 내 얼굴을 확인하더니 고맙다는 의미인지 고개를 약간 숙여 보였다. 나도 고개를 숙여 그에게 답례하곤 트리스탄을 따라갔다.

"역시 부잣집 도련님은 다르다니까. 몬드 광장에서 그런 액수의 지폐를 꺼내는 사람은 없을 걸세."

"흐음…… 그럴까? 문득 궁금해지는군. 바엘이 변장한 채 이곳에서 가방을 열어 놓고 연주하면 얼마의 돈을 벌 수 있을 것 같나?"

"응? 하하, 듣고 나니 그것참 기대되는데. 아나토제가 돌아오면 꼭 한번 시켜 봐야겠군."

"참아. 아무리 자네라도 바엘은 반드시 절교하고 말걸."

우리는 그런 식으로 농담을 주고받으며 몬드 광장을 벗어났다. 그러곤 싱그러운 풀 향기가 나는 가지런한 자갈길로 들어섰다.

양쪽에 가로수가 늘어선 그 길을 따라 올라가며 마음이 편안해지는 것을 느꼈다. 어디로 가는 것인지 알 수 없었지만 트리스탄이 틀림없이 나를 좋은 곳으로 데려가고 있을 거란 확신이 들었다.

"자, 이곳이라네."

놀랍게도 그 길의 끝에는 어마어마한 저택이 있었다. 에단에서 그렇게 큰 저택을 소유한 사람은 많지 않았다.

내가 아는 귀족이나 자산가들을 차례차례 떠올리다가, 그때까지 한 번도 방문한 적 없던 한 사람의 이름을 기억해 냈다.

"이에나스 드 가피르 후작의 집이로군."

"이런, 재미없게 벌써 알아맞히면 어떡하나."

트리스탄은 싫지 않은 기색으로 투덜거리며 저택의 문을 두드렸다. 하인이 나와 맞이했고 우리는 정갈하게 가꾸어진 길을 지나 저택 안으로 들어섰다. 안에서는 음악 소리가 들려오고 있었다.

"설마 살롱 연주회라도 있는 건가?"

"이건 그냥 살롱 연주회가 아닐세. 요즘 에단에서 가장 인기 있는 사교장이란 말이지. 이곳엔 에단의 유명한 음악가들뿐만 아니라 시인, 미술가, 배우, 그 외 많은 거물들이 온다네."

나는 그저 감탄할 수밖에 없었다. 에단의 사교계에서 트리스탄의 입지가 대단하다는 것은 알고 있었지만 이런 곳까지 발을 미치고 있었다니, 문득 그가 존경스러웠다.

우리는 곧 2층에 있는 살롱으로 안내되었다. 살롱의 문이 열리자 마치 무도회를 즐기듯 샴페인 잔을 손에 든 채 환담을 나누고 있는 사람들이 보였다. 한쪽 구석에선 내가 너무나 잘 아는 음악가들이 피아노와 첼로, 플루트 등을 연주하고 있었다.

"맙소사, 저건…… 아홉 손가락의 기적 폴 크루거, 첼로 연주자는…… 슈텐베르그 선생님?"

입을 벌린 채 연주자들을 바라보던 내 앞으로, 초상화 한 장이 무려 2000페르에 팔린다는 배우 앤듀르 키버가 지나갔다.

"대체 여긴……."

정신을 못 차리는 내 등을 트리스탄이 가볍게 치며 말했다.

"자, 앞으로 자네도 이곳의 손님일세. 이곳은 이에나스 후작의 아내인 가피르 부인의 살롱이라네. 에단에서 가장 멋진 곳이지."

살롱 안을 맴도는 부드러운 음악, 향료를 알 수 없는 은은한 향기, 에단 내 수많은 천재들의 웃음소리.

그 천국과도 같은 곳에서 나는 처음으로 가피르 부인을 만났다.

가피르 부인은 나보다 서너 살 정도 많아 보이는 단아한 여인이었다. 그녀의 주위에 흐르는 기품 있는 분위기와 은근한 미소는 몹시 아름다웠다. 게다가 그녀는 예술뿐만 아니라 정치, 사회 등 많은 분야에 폭넓은 지식을 가지고 있었다.

"당신이 고요 드 모르페로군요. 트리스탄으로부터 얼마나 많은 이야길 들었는지 몰라요. 그러나 아쉽게도 여태껏 당신의 연주를 직접 들어 보진 못했네요. 어떤가요, 실례가 되지 않는다면 오늘 이 자리에서 우릴 위해 연주를 들려주는 것이?"

가피르 부인이 말을 걸자 근처에 있던 사람들이 모두 나를 주목했다. 오, 나는 제발 부인이 농담한 것이기를 바랐다. 이 거장들 앞에서 내 보잘것없는 실력을 보여야 한다니.

트리스탄에게 도움을 청하려 했으나 그는 이미 다른 친구들에게 둘러싸여 있었다. 결국 나는 거절할 수 없다는 걸 깨달았다.

"부인의 청이시라면…… 미약한 실력이지만 최선을 다해 연주해 보겠습니다."

모두가 바라보는 앞에서 나는 피아노 의자에 앉았다. 카논 홀에서 연주할 때 이후 그렇게 떨어 본 건 처음이었다. 심호흡을 하며 무엇을 연주할까 잠시 고민했다.

생각나는 건 하나뿐이었다. 아까 여섯 시간 동안 쉬지 않고 연주했던 곡.

연주를 시작하자 산만하던 살롱의 분위기가 차츰 조용해졌다. 내가 연주한 선율은 굳이 말하자면 바옐에 대한 안타까움을 쏟아 낸 부분이었다. 가슴속에 잠시 묻어 둔, 그의 단 하나의 청중이 되고 싶다는 소망. 그러나 될 수 없다는 것에의 간절한 안타까움.

이 음악이 어디 있을지 모를 바엘에게 조금이나마 가 닿을 수만 있다면.

완전히 내면으로 침잠한 내 귀엔 피아노 소리 말곤 아무것도 들리지 않았다. 마침내 몇 분 남짓의 연주가 끝나자 갑자기 귀가 활짝 열린 것처럼 커다란 박수 소리가 들려왔다.

나는 멋쩍게 웃으며 자리에서 일어났는데, 무려 폴 크루거가 다가와 손을 내밀었다. 그의 네 손가락밖에 없는 오른손을 경이롭게 바라보다, 힘주어 그 손을 잡았다.

그렇게 해서 나도 그 살롱의 일원이 되었다.

그곳은 재능 있는 사람이라면 귀족, 평민 할 것 없이 누구에게나 열려 있었다. 한번은 완전히 거지꼴을 한 채 음식을 집어 먹던 사람이 갑자기 케이크를 마구 뭉개는 광경을 목격한 적이 있다. 나는 어느 노숙자가 몰래 들어와 이 귀중한 시간을 망치는 게 아닌가 걱정했는데, 다른 사람들은 오히려 흥미로운 얼굴로 그가 하는 일을 가만히 지켜보기만 하는 게 아닌가.

놀랍게도 잠시 후 그는 뭉갰던 케이크로 기도하는 여인의 형상을 만들어 내었다. 케이크가 뭉치지 않고 갈라진 부분들은 여인의 옷이나 손가락 같은 세심한 선을 표현하고 있었다. 나는 그저 입을 딱 벌릴 수밖에 없었다. 세상에는 정말 다양한 재능을 가진 사람들이 많았다.

그곳에서 나는 많은 영감과 자극을 받았다. 대가들이 낭독하는 시를 듣고 악상을 떠올리는가 하면, 몬드 광장에서나 보던 파스그라노들과 함께 연주를 하기도 했다. 그건 생각보다 괜찮은 경험이었다. 슬럼프는 그런 식으로 조금씩 치유되었다.

그리고 그 무렵부터, 에단의 이곳저곳뿐만 아니라 가피르 부인의 살롱에서조차 예언가 키세의 종말론에 대한 이야기들이 들려오기 시작했다.

#02

악기 경매

천재와 초현실은 기묘하게 맞물린다

그가 얼음나무 숲에 대한 이야기를 꺼냈을 때,

나는 그런 생각을 했다

그로부터 3년이 지난 1628년. 그 시기에 에단을 지배한 것은 음악과 종말론이었다.

길거리에서는 언제나처럼 파스그란이 떠들썩하게 흘렀고 실내로 들어가면 고급스러운 마르틴이 연주되었다. 서로 배타적인 그 두 음악이 조화를 이루는 오직 한 장소는 에단의 중심에 있는 몬드 광장이었다.

몬드 광장에 가면 여러 종류의 음악 소리와 함께 이런 속삭임들이 들려온다.

키세는 사기꾼이야. 그렇게 말하는 것은 마르티노다.

아니야, 키세는 진정한 예언가라고. 파스그라노가 반박한다.

키세는 예언을 빌미로 평민들을 선동하고 귀족정치에 관여하려는 기회주의자에 불과해. 이건 귀족들의 말이다.

키세가 말하기를 1628년 말 귀족들은 모두 종말을 맞이한다더군. 조심스러운 그 목소리는 평민의 것이다.

하지만 밖에서 어떻게 떠들거나 말거나 나는 바엘이 언제 돌아올 것인가밖에 관심 없었다. 콩쿠르 드 모토베르토는 가을에 열리고 그때는 고작 1월이었지만 벌써부터 초조했다.

눈이 오던 1월의 어느 날, 창밖을 내다보며 나는 트리스탄과 함께 차를 마시고 있었다.

"이번엔 아예 남쪽으로 내려가 버렸다던데. 그 친구 정말 돌아올 생각이 있기나 한 건지 모르겠군. 아무튼 돌아오기만 해 봐. 연주는 그렇게 실컷 하면서 편지 쓸 손은 없다던가?"

트리스탄이 서운한 듯 투덜거렸다. 바엘은 3년 동안 편지조차 한

통 보내지 않았던 것이다. 나와 트리스탄은 가끔 그가 머문다는 도시로 편지를 보냈지만 답장은 오지 않았다. 그가 읽기나 하는 것인지 의심스러웠다.

"그나저나 바옐이 만약 콩쿠르에 참가하지 않는다면…… 이번 드 모토베르토는 누가 될까? 다시 크림트 리지스트가?"

내가 묻자 트리스탄은 고개를 저었다.

"그분은 참가하지 않겠다고 하신걸, 당신은 너무 늙었다시면서. 아무래도 바옐의 선례가 있으니 이번에도 젊은 음악가가 되지 않겠냐는 게 사교계의 생각이야."

"젊은 음악가라……."

주목받는 신인들을 하나하나 떠올리고 있는데 갑자기 트리스탄이 장난기 가득한 얼굴로 나를 빤히 바라보았다.

"왜 그런 눈으로 보나?"

"이 친구 둔하기는, 그 젊은 음악가들 가운데 하나가 바로 자네란 말일세."

그 말에 나도 모르게 자리에서 들썩거렸다.

"그런 말도 안 되는 소릴. 나 같은 게 드 모토베르토가 되었다간 콩쿠르의 명예에 흠집이 날 걸세."

"하지만 자네 요즘 에단에서 꽤 인정받고 있는걸. 연주 요청도 많이 들어오지 않던가?"

"하."

나는 잠시 내 머리를 감쌌다가 놓으며 말했다.

"바옐이 떠나고 나니 에단에 인재가 없긴 없는 모양이군. 나 같은 게 거론되고 있다니."

"자신을 그렇게 비하할 필요는 없어, 친구. 어쨌든 자네도 콩쿠르에 나갈 거잖아. 안 그런가?"

트리스탄이 그렇게 말하자 할 말이 곤궁해졌다.

"그야 경험이 되니까. 내 연주를 많은 사람들에게 들려줄 수 있고 또…… 하지만 정말이지 드 모토베르토가 되고 싶어서 그러는 건 아니야."

"후, 친구. 자네는 모친의 말씀을 귀담아들을 필요가 있어. 욕심을 좀 가지게. 자네와 바엘의 가장 큰 차이가 그것이란 걸 모르겠나?"

그 말은 생각보다 내 마음속에 깊이 파고들었다. 트리스탄은 그런 파문을 던져 놓고 갑자기 화제를 돌렸다.

"그보다 고요. 이번에 카논 홀에서 대규모로 악기 경매가 열린다던데, 관심 있나?"

"경매? 카논 홀에서?"

"J. 카논의 명기들을 비롯하여 수백만 페르 값어치의 악기들이 나온다더군. 그 경매에 참가하기 위해 벌써부터 지방에서 부자들이 올라오고 있어."

"경매라……."

마침 좋은 피아노가 갖고 싶었던지라 귀가 솔깃했다. 어릴 때부터 치던 낡은 피아노를 아직도 쓰고 있었던 것이다.

"가고 싶지만 어머니가 돈을 주실지 모르겠군. 요즘엔 그런 식으로 할 거면 피아노를 때려치우라고 하시거든."

"자네는 가끔 잊고 사는 것 같군그래. 자네를 낳아 주신 건 어머니만이 아니지 않나."

트리스탄의 말에 나는 겨우 떠올릴 수 있었다. 벌써 얼굴 본 지 1년이 다 되어 가는…… 아버지.

　모르페가는 에단과 이웃하고 있는 아낙스 왕국의 재정을 대대로 담당했다.
　상상이 가는가. 수천만 페르 단위의 어마어마한 돈이 하루에도 수십 번씩 오고가는 곳이라니.
　아버지는 그곳의 책임자셨고 첫째 형과 둘째 형도 그곳에서 아버지의 일을 돕고 있었다. 아버지는 그런 단위의 돈을 만지는 사람답게 사소하다고 생각하는 일(특히 집안일)에는 무관심하셨다.
　아무튼, 왕실에서 주는 봉급도 황송할 지경인데 뒤에서 오가는 말들을 들어 보면 뇌물로 들어오는 돈은 그 몇 배나 되는 듯했다. 덕분에 우리 집안은 에단에서 가장 부자 가문이라 불리고 있었다.

　아버지.

　편지의 맨 위에 그렇게 적고 나서 한참 동안 고민했다. 어떻게 말을 꺼내야 할지 짐작도 가지 않았던 것이다. 아버지와의 대화는 하나하나 다 기억하고 있을 만큼 얼마 되지 않았다.
　어쨌든 오랜 시간을 들인 끝에 겨우 편지를 다 쓸 수 있었다. 한 줄로 요약하자면 '돈 좀 주세요.'라는 내용의 편지를.
　에단이 아낙스의 수도인 카트라에서 마차로 몇 시간 거리밖에 안 되긴 하지만, 나는 아버지가 바쁘시고 하니 경매 전에 답장이 오지 않을지도 모른다고 생각했다.
　그러나 놀랍게도 답장은 바로 다음 날 아침 날아왔다.

나의 사랑하는 셋째 아들 고요에게.

봉투 위에 아름다운 필기체로 그렇게 쓰여 있는 것을 본 순간, 부끄럽지만 눈물이 나고 말았다. 아버지는 한 번도 내게 사랑한다는 말을 해 주신 적이 없었기 때문이다.

나는 떨리는 손으로 봉투를 열어 보았다.

네게서 처음으로 편지란 걸 받아 보는구나.

무심했던 나를 용서해 다오. 모두 가족을 위해서였다는 식상한 변명밖에 할 수 없구나.

요즘 카트라까지 네 소식이 들려오고 있다. 훌륭한 피아니스트가 되었더구나. 너를 음악가로 키우기로 한 것은 내가 일생 동안 내린 가장 훌륭한 결정 중 하나란다.

들리는 말로는 이번에 드 모토베르토가 될 가능성도 있다지만, 내게 아첨하려는 자들의 부드러운 혀 놀림일 테지. 나는 네게 그런 기대를 거는 부담은 주고 싶지 않다. 어디까지나 네 행복이 다치지 않는 선에서 하렴.

그리고 고요.

나는 한 번도 네게 따뜻한 아버지가 되어 주지 못했지만, 대신 나의 자랑스러운 아들이 갖고 싶어 하는 것쯤은 사 줄 수 있는 아버지란다.

동봉한 수표를 유용하게 쓰렴. 다음에 집에 갔을 때 새로 산 피아노로 내게도 네 연주를 들려 다오.

언제나 너를 사랑하는 아버지가.

나는 한참 동안 편지를 품에 안고 소리 없이 울었다. 봉투 안에는 수표도 함께 들어 있었다. 금액란에 아무것도 쓰여 있지 않은 백지수표가.

하지만 그보다 훨씬 값진 것을 받은 기분이었다.

아버지께 편지를 받은 날로부터 일주일 뒤, 나와 트리스탄은 카논 홀에서 열리는 대규모 경매에 참석했다. 트리스탄은 카논 홀의 주인인 레나르 카논과도 절친한 사이였기에 가장 좋은 자리 두 개를 확보할 수 있었다.

경매가 시작되기 전, 우리는 그날 나오는 물품들을 한번 훑어보았다. 피아노는 세 대가 있었는데 그중 가운데에 있는 새카만 피아노가 단숨에 내 마음을 사로잡았다.

레나르 카논의 허락을 받아 피아노 건반을 눌러 볼 수 있는 기회를 얻었다. 소리는 모두 훌륭했다. 옆에 있는 갈색의 피아노에서 좀 더 깊은 음색이 나는 것 같았지만, 나는 간결한 소리를 가진 검은색의 피아노로 마음을 정했다.

"내가 듣기엔 갈색이 더 좋아 보이는걸, 고요. 이게…… 역시 J. 카논이 만든 거로군."

"하지만 검은색이 마음에 들어."

"음. 크리스티안 미누엘의 작품이라…… 뭐, 그도 나쁘진 않지만."

크리스티안 미누엘은 J. 카논의 제자였다. J. 카논은 그를 제자로 들인 후부터 더 이상 피아노를 만들지 않고 모두 그에게 맡겼다. 그러나 J. 카논으로부터 전수받은 기술이 채 무르익기도 전, 크리스티안은 스물세 살이라는 젊은 나이에 불의의 사고로 죽고 만다.

따라서 크리스티안 미누엘의 이름을 달고 있는 피아노는 이 검은 색을 포함하여 단 두 대뿐이었다. 나머지 하나는 카논 홀에서 공연하는 연주자들을 위해 쓰이고 있었다.

"그래도 말이야, 고요. J. 카논의 악기를 집에 들인다고 생각해 봐. 엄청날 거라고."

트리스탄이 못내 아쉬운 듯 말했지만 나는 고개를 저었다.

"아무리 아버지가 수표를 주셨다지만 그렇게 큰돈을 쓸 순 없어. J. 카논의 피아노라니 틀림없이 어마어마한 가격으로 치솟을 거라고."

"자고로 음악가란 악기에 돈을 아끼지 않는 법일세. 그리고 다신 이런 기회가 오지 않을 거라는 걸 알아 둬. 악기 경매 사상 J. 카논의 명기들이 이렇게 많이 등장하는 건 이번이 처음이자 마지막이 될 거란 말이야."

카논 홀을 세운 인물이자 희대의 악기 제작자로 이름을 날린 J. 카논. 그는 자신이 만든 악기들을 드 모토베르토가 되는 음악가들에게 차례대로 헌정할 것을 자식들에게 당부했으나, 자식들은 그걸 지키지 않았다.

그중 막내였던 레나르 카논만이 악기에서 손을 떼는 대신 카논 홀을 물려받았고, 그로써 이 대단한 건축물이 다른 사람의 손에 넘어가는 것만은 막을 수 있었다. 나머지 형제들은 오늘 J. 카논이 죽은 지 30년 만에 그가 남긴 악기 중 거의 모두를 경매로 내놓았다.

"나도 아버지의 것을 권하고 싶네, 모르페 군. 집에 전시해 놓고 자랑이나 하고 말 부자들의 손에 넘어가는 것은 정말 견딜 수 없어."

레나르 카논이 슬픈 얼굴로 말했다. 아버지가 남긴 유품들이 이렇게 돈에 팔려 갈 처지이니 그의 기분은 어떨까. 나는 한층 더 늙어 보이는 그를 말없이 바라보았다.

그때 한 무리의 사람들이 소란스럽게 안으로 들어왔다. 또 다른 악기를 옮겨 오는 모양이었다. 그들의 태도로 보아 무척 중요한 물품 같았고, 그렇다면 틀림없이 J. 카논의 바이올린일 거라고 생각했다.

J. 카논이 만든 악기들 중 바이올린 종류는 모두 더할 나위 없이 훌륭했고 그만큼 가격도 엄청났다.

"이봐! 조심해!"

레나르 카논이 급히 그쪽으로 달려가며 소리쳤다. 평소 점잖기 그지없는 그가 저렇게 안달할 정도라니, 대체 무엇이기에?

나와 트리스탄은 서로의 얼굴을 보며 말했다.

"아무래도 '그것'이 나오려는 거 같지?"

"설마…… J. 카논의 임투르멘타?"

J. 카논의 임투르멘타는 그가 만든 악기들 중 가장 훌륭한 네 가지를 가리키는 말이었다.

생전에 그는 자신의 혼을 조각내어 그것으로 각각 바이올린과 첼로, 비올라, 피아노를 만들었다고 말하곤 했다. 그리고 특별히 그 악기들에만 이름을 붙였는데, 차례대로 여명(黎明), 황혼(黃昏), 박명(薄明) 그리고 새벽이었다.

"보자, 보자…… 아슬아슬하게 보일 듯 말 듯 한데."

트리스탄이 검은 천으로 가려진 유리 상자를 훔쳐보기 위해 애쓰며 말했다.

가슴이 두근두근했다. 만약 피아노인 새벽이 나온다면 나는 아버지를 빚쟁이로 만드는 한이 있어도 그걸 구입하고 싶었다. 하지만 (아버지에겐 다행히도) 피아노나 첼로라고 하기엔 너무 작았다. 바이올린인 여명은 소실되었으니 아마도 비올라인 모양이었다.

"장담하는데 오늘 파산하는 사람이 한 명 이상은 있을 거야."

"가피르 부인이다에 걸지."

"부인께서도 오시나?"

"자네 몰랐군? 가피르 부인은 악기라면 정신을 잃으실 정도야. 곁에서 이에나스 후작이 말리지 않으면 모든 가산을 탕진하고 말걸세."

그런 이미지가 그녀와는 다소 맞지 않았기에 나는 고개를 갸웃거렸다.

"하지만 그분은 악기를 연주하시지 않잖아."

"그래, 맞아. 자신을 위해서가 아니라 자신의 살롱을 찾는 음악가들을 위해 구입하시는 거지. 정말 훌륭한 부인이야."

나는 그제야 납득이 되었다. 가피르 부인의 살롱에 있는 악기들이 그렇지 않아도 너무 훌륭하다 싶었던 것이다.

드디어 경매가 시작되었다.

처음에는 베마의 하프나 기니프의 트롬본 등이 나와 사람들의 관심을 끌더니, 뒤이어 헤몬가르트의 걸작 첼로가 나와 경매장 안을 한동안 광란의 도가니에 빠뜨렸다.

이름을 알 수 없는 어떤 신사에게 그 악기가 무려 500만 페르에 낙찰되자 사람들이 술렁이기 시작했다. 벌써부터 이러면 J. 카논 시리즈가 나왔을 때 어떤 일이 벌어질지 짐작도 가지 않았다.

다음으로 처음 J. 카논의 명기가 나왔다. 아까 내가 본 갈색 피아노였다. 어느 정도 구매하고 싶은 생각도 있었지만 가격이 700만 페르를 넘어가자 단념하고 말았다. 그것 또한 어느 뚱뚱한 부자에 의해

최종 950만 페르에 낙찰되었다.

슬쩍 레나르 카논의 얼굴을 보니 그는 더없이 우울한 표정이었다. 괜히 미안한 생각이 들었다.

다음으로 드디어 내가 고대하던 검은색 피아노가 나왔다. J. 카논에 비할 바는 아니었으나 그의 가장 뛰어난 제자였다고 알려진 크리스티안 미누엘이었기에 가격은 생각보다 높이 올라갔다. 게다가 그가 생전에 만든 피아노는 단 두 대뿐이니 희소성도 있었다.

150만 페르에서 가격이 잠시 주춤하자 나는 조용히 손을 들어 200만 페르를 불렀다. 더 이상은 아무도 입찰하지 않았다.

"축하하네, 고요. 첫 연주는 당연히 내게 들려주겠지?"

"안 돼. 아버지가 먼저야. 언제 오실지는 모르겠지만."

트리스탄이 장난스럽게 말하자 나는 빙그레 웃으며 그렇게 답했다.

수표에 200만 페르를 적어 관리자에게 넘겨줬더니 그는 모르페 가문의 사인을 확인하곤 잠시 놀란 얼굴을 했다. 악기를 본가로 배달해 줄 것을 부탁하고 자리로 돌아왔다.

그사이 J. 카논의 또 다른 악기가 나와 있었다.

"400만! 가피르 부인께서 400만을 부르셨습니다. 오, 뒤에 계신 신사분께서 450만!"

처음으로 가피르 부인의 이름이 나오자 나와 트리스탄은 뒤를 돌아보았다. 한 명의 하인만을 대동한 채 그녀가 차분히 앉아 있었다. 우리를 알아본 그녀가 미소를 짓자 우리도 고개를 숙여 인사했다.

"500만! 마에스트로 리지스트!"

바옐의 대부 이름이 나오자 나는 깜짝 놀라 돌아보았다. 내심 그가 저걸 사서 바옐에게 선물해 주면 좋겠다고 생각했다. 바옐이라면 J.

카논의 명기를 가질 자격이 충분하니까.

"아…… 신사분께서 손을 드셨습니다. 600만이 나왔습니다. 마에스트로?"

가피르 부인 뒤에 앉아 있는 이름 모를 신사가 손을 들자 사회자는 진땀을 뺐다. 그는 정말이지 엄청난 부자인 것 같았다. 이미 혜몬가르트의 걸작 첼로와 베마의 하프도 샀는데.

"악기 박물관이라도 만들려나 보군."

트리스탄이 조용히 투덜거렸다. 결국 마에스트로는 아쉬운 미소를 지으며 고개를 흔들었고 바이올린 또한 그 신사의 손에 넘어갔다.

순식간에 두어 시간이 흘렀다. 경매 물품이 거의 다 팔렸는데도 트리스탄과 내가 기다리는 그 물건은 아직 나오지 않았다.

초조하게 입구를 바라보던 우리의 귀에, 드디어 사회자의 말이 떨어졌다.

"자, 오늘의 마지막 물품입니다. 오…… 무어라 소개를 해 드려야 할지 모르겠군요. 이 한 단어면 충분할 것 같습니다. 임투르멘타. J. 카논의 임투르멘타 중 '여명'입니다!"

여명!

맙소사, 소실된 것이 아니었나?

믿을 수 없다는 듯 여명이란 단어를 언급하는 목소리가 여기저기서 들려왔다. 수많은 사람들이 자리에서 벌떡 일어나 입구를 바라보았다.

검은 베일에 가려진 채 천천히 등장하는 작은 유리 상자, 그것을 바라보는 모든 사람들의 눈에는 경악과 경이가 물들어 있었다.

"맙소사…… 여명이래. 여명이라고…… 여명이라니."

트리스탄은 상자에서 눈을 떼지 못하고 정신 나간 사람처럼 중얼거렸다. 나 또한 마찬가지로 정신이 없었기에 그걸 놀릴 생각도 하지 못했다.

서서히 옮겨지는 상자를 따라 모든 사람들의 눈이 같이 움직였다. 마침내 그것이 무대 위로 올라가자, 다들 탄식과 한숨을 터뜨렸다.

"하지만…… 하지만 저건…… 묘하군. 저건 연주할 수 없잖아."

누군가의 중얼거림이 들려왔다. 나도 그에 공감했다.

저것이 아무리 뛰어난 명기여도, J. 카논의 혼 그 자체여도, 저것은 연주할 수 없다.

사회자는 손수건으로 땀을 닦은 다음 떨리는 목소리로 말했다.

"다들 이 엄청난 악기에 대해선 잘 알고 계시리라 믿습니다. J. 카논께서 생존해 계시던 시절, 그분은 세상에서 가장 아름답고 가장 음색이 뛰어난 바이올린을 만드셨습니다. 그분의 말 그대로, 당신의 혼을 넣어서 말이죠. 오직 음역의 신 모토벤만을 주인으로 섬기는 오만하며 매혹적인 이 악기를, 여러분들의 눈으로 직접 확인하시기 바랍니다!"

사회자가 극적으로 말하며 손을 들어 올리자, 곁에 있던 사람들이 베일을 걷어 내었다.

"아……!"

나는 겉으로는 작게 탄성을 지르고 속으로는 비명을 질렀다. 아마 그런 사람이 나만은 아닐 것이다.

새하얗다.

나는 그런 바이올린은 본 적이 없었다. 자세히 보니 약간 바랜 듯 회색빛이 돌기도 했다. 대체 저것은 무슨 원료로 칠한 것인가? 아니면 혹시 원목 자체의 색일까? 저런 나무가 존재하기는 할까?

"……갖고 싶어."

곁에서 트리스탄이 중얼거리는 소리에 나 또한 깊이 공감하며 고개를 끄덕였다. 이미 수표를 써 버린 것을 후회했다.

내가 바이올린을 연주하든 말든 그런 것은 상관없었다. 어차피 누구도 연주할 수 없는 악기이니까. 다만 갖고 싶었다. 머리로는 그 이유를 납득하지 못했지만 가슴은 한없이 그것을 바라고 원했다.

"이 악기에 희생당한 당대 바이올리니스트의 숫자만도 셀 수가 없습니다. J. 카논께서는 결국 이 악기를 봉인하고 아무도 모르는 곳에 깊숙이 숨기셨습니다. 그리고 30년 만인 지금, 다시 이 자리에 여명이 등장하였습니다."

그렇다. 30년 동안이나 여명의 행방은 묘연했고 다들 소실된 줄 알았다. J. 카논이 죽기 전 그 악기를 불살라 버렸을 거란 소문도 파다했다.

그 악기는 죄인이었다. 수많은 바이올리니스트의 생명을 앗아 간 살인마였다. 아무도 이유를 알 수 없었지만 그 악기를 연주한 음악가들은 모두 며칠 안에 살이 썩어 죽는 병에 걸렸다. 그런데도 모두가 켜 보기를 원할 만큼 매혹적이었다.

시인 리츠가 여명의 주인은 음역의 신 모토벤뿐이라고 말한 뒤부터, 그 말은 거의 전설이 되었다.

"100만 페르부터 시작하겠습니다."

시작가가 100만 페르라니. 사회자의 말에 나는 헛웃음밖에 안 나왔다.

처음에는 다들 압도된 듯 선뜻 손을 드는 자가 없었다. 얼마를 불러야 한단 말인가.

문득 뒤를 돌아보니 가피르 부인은 눈물이 잔뜩 고인 눈으로 여명을 하염없이 바라보고 있었다. 하지만 부인은 아마도 구입하지 않을 것이다. 그녀는 악기를 그저 전시해 두고 보는 걸 절대로 참을 수 없을 테니까.

"아무도 안 계십니까? 아…… 500만 페르 나왔습니다."

그녀의 뒤에 있던 신사가 또 손을 들었다. 그가 누군지는 알 수 없었지만 나는 제발 저 신사의 손에만은 안 들어가기를 바랐다.

"700만 페르. 마에스트로 리지스트께서 부르셨습니다."

마에스트로의 얼굴도 갖고 싶다는 욕망으로 가득했다. 아마 자신의 전 재산을 내놓을 것이다.

"1000만…… 페르. 1000만 페르 나왔습니다."

사회자의 목소리도 떨리고 있었다. 처음으로 경매가가 1000만 페르를 넘은 것이다. 구석에 있던 어느 늙은 귀족이었다.

"1200만…… 1500만, 아, 저쪽에서 1800만이…… 그 뒤의 분께서 2000만!"

여기저기서 다들 홀린 듯 손을 들었다. 세상엔 부자가 이렇게도 많은 걸까? 경매장 안의 분위기는 심하게 과열되어 있었다.

"난 여기가 꿈속인지 어딘지 모르겠네, 고요. 나가 버리고 싶군."

트리스탄이 눈살을 잔뜩 찌푸리며 말했다. 동감이었다. 저 악기 하나를 두고 모두들 지나치게 욕망을 드러내고 있었다.

"3000만! 아아…… 여러분. 제발 진정하시고 천천히 손을 들어 주시기 바랍니다. 3100만 나왔습니다. 그 뒤의 분 3200만!"

그때 가피르 부인의 뒤에 앉아 있던 신사가 자리에서 벌떡 일어나며 외쳤다.

"5000만! 빌어먹을, 더 이상은 아무도 없겠지!"

경매장 안은 순식간에 조용해졌다. 나는 빛에 의해 표면이 너울거리는 바이올린을 바라보면서 문득 그것이 웃고 있다는 생각을 했다.

사회자는 입을 벌린 채 한참 동안 그 신사를 쳐다보다가 곧 정신을 차린 듯 말했다.

"5000만이…… 나왔습니다. 더 부르실 분 안 계십니까?"

장내의 침묵은 깨지지 않았다. 나는 안타까웠지만 어쩔 수 없었다. 악기 하나에 그런 돈을 지불할 사람이 어디 흔하겠는가. 그럴 만한 능력이 되는 재력가 또한 많지 않고.

그러나 그때였다.

"5500만."

조용한 목소리가 경매장 한쪽에서 들려왔다. 모두의 고개가 그쪽으로 돌아갔다. 나 또한 그랬고, 다음 순간 퍼뜩 멎어 버렸다.

5000만을 불렀던 신사는 새로이 나타난 경쟁자를 의심하듯 바라보았다. 도저히 그런 돈을 지불할 수 있을 것처럼 보이지 않았기 때문이다.

신사가 분노를 겨우 참는 목소리로 입을 열었다.

"당신, 이 경매가 장난이 아니란 것쯤은 알고 있겠지? 정말로 5500만을 부른 건가?"

"그렇소."

그는 단조롭게 대답했다. 신사는 붉어진 얼굴로 씩씩거리더니 사회자를 돌아보며 쥐어짜 내듯 말했다.

"6000만. 이제 끝내지."

나직한 목소리가 맞받듯 이어졌다.

"7000만."

신사의 고개가 다시 그를 향해 홱 돌아갔다.

"어디 보여 봐라! 정말로 그런 돈이 있는지!"

"당신에게 보여 줄 의무는 없는 것 같소. 나는 경매 관계자들하고만 얘기하면 될 텐데."

신사는 씩씩거리다가 억눌린 목소리로 말했다.

"나는 지몬사(社)의 회장이다. 그런 큰돈을 들고 다닌다곤 하지 않겠지. 당신에게 그런 돈이 정말로 있다면 우리 은행의 최고 고객일 것이다. 어디 이름을 대 봐라!"

오, 드디어 그 신사의 정체가 밝혀졌다. 그는 온갖 나라에 지점을 가지고 있는 거대 은행 지몬사의 회장인 것이다. 천만 단위의 거액을 관리할 수 있는 곳이라면 그의 말대로 지몬사뿐이다. 7000만을 부른 그가 정말 그곳의 고객일까?

"잘됐군. 그렇다면 당신이 이 자리에서 당장 내게 수표를 써 줄 수 있겠군요."

그는 한층 더 예리하고 차가워진 미소를 지으며 말했다.

"아나토제 바엘 드 모토베르토. 확인해 보시오."

"난 자네 같은 사람 모르네."

"그렇다면 자넨 트리스탄 벨제가 아닌 모양이군. 내가 사람을 잘못 봤나."

"난 트리스탄 벨제가 맞지만 자네야말로 아나토제 바엘이란 걸 믿을 수 없군. 트리스탄 벨제의 친구 아나토제 바엘이라면 3년 동안 편지에 답장 한번 하지 않았을 리 없어. 트리스탄 벨제의 친구 아나토제 바옐이라면 돌아오자마자 인사부터 했을 것이고, 트리스탄 벨제의 친구 아나토제 바옐이라면……."

바옐은 피식 웃으며 바이올린을 들어 올렸다.

"사죄의 뜻으로 자네에게 이 곡을 바치겠네."

말을 마치자마자 바옐이 연주를 시작했다.

나는 떠나기 전에도 이미 완벽했던 그가 더 발전할 수 있을 거란 상상은 해 본 적도 없었다. 그러나 그의 연주는 확실히 나아져 있었다. 완벽 이상의 완벽이라니. 그의 소리에는 티끌 하나 묻어 있지 않았다.

나와 트리스탄은 부드럽게 오르락내리락하는 활을 홀린 듯 바라보았다. 세상에 이런 소리를 낼 수 있는 연주자가 또 있을까?

"자, 이제 우린 다시 친구지?"

연주를 끝낸 바옐이 바이올린과 활을 든 채 팔을 활짝 벌리며 말했다. 말을 못 잇고 잠시 그를 바라보던 트리스탄은 곧 바옐과 깊이 포옹했다.

"한 번만 더 그러면 그땐 끝장이야."

"걱정 말게. 이제 에단 밖으로 나가는 일은·없을 테니까."

"정말인가?"

"연주 여행이라면 이제 신물이 나. 돈은 많이 벌었지만 말이야."

트리스탄은 픽 웃고는 고개를 흔들며 말했다.

"그래. 3년 만에 수천만 페르를 벌다니, 난 꼭 지독한 농담을 듣는 기분일세."

"사실 아까 그가 더 불렀으면 난 졌을 거야. 그게 내 전 재산이었거든. 내 계좌를 확인하고 나면 속 좀 쓰릴걸."

트리스탄과 바엘은 마주 보고 즐거운 듯 웃음을 터뜨렸다. 그러나 그때까지 가만히 있던 나는 걱정스럽게 입을 열었다.

"약속해 줘, 바엘. 연주하지 않겠다고."

내 말에 두 사람은 동시에 나를 바라보았다. 바엘은 눈살을 찌푸렸고 트리스탄은 그 무슨 정신 나간 소리냐는 듯 말했다.

"바엘더러 연주하지 말라니 그게 무슨 뜻인가?"

그러나 나는 트리스탄의 말에 대꾸하지 않고 바엘을 향해 다시 말했다.

"약속해. 여명을 켜지 않겠다고."

트리스탄은 이번엔 바엘을 바라보았다. 그러곤 억지로 웃음을 만들어 냈다.

"고요가 참 재미없는 농담을 하는군. 안 그래? 아무리 무서운 게 없는 아나토제 바엘이라지만…… 여명을 켤 리가 있나."

바엘은 대답하지 않았고 트리스탄의 얼굴에서 점차 웃음이 사라졌다. 나는 역시나 하고 한숨을 내쉬었다. 이제는 트리스탄이 거의 바엘의 멱살을 잡을 듯한 태도로 말했다.

"아나토제, 진심인가? 그걸 켜겠다고? 그걸 만지겠다고? 여명에 대한 전설을 모르는가!"

"알고 있어. 하지만 켜지 않을 거라면 내가 무엇 하러 샀겠는가."

"자네…… 죽고 싶은가? 고작 죽기 위해 돌아온 거야!"

목소리가 커지자 주위에 있던 사람들이 우리를 쳐다보았다. 나는 트리스탄을 진정시키기 위해 그의 팔을 잡았지만 그는 내 손을 거칠게 뿌리쳤다.

"농담 아니야, 아나토제 바엘! 그걸 저 상자에서 꺼내는 순간부터 난 평생 자네 얼굴을 다시 보지 않을 걸세. 어차피 죽어 버려 볼 수도 없겠지만!"

그렇게 소리친 트리스탄은 몸을 홱 돌려 가 버렸다.

나는 잠시 그의 뒷모습을 바라보다가 바엘에게로 눈을 돌렸다. 그러곤 내내 묻고 싶었던 말을 꺼냈다.

"만났나?"

바엘은 대답하지 않았다. 어느 정도 짐작하고 있었기에 나는 고개를 끄덕였다. 만났다면, 그처럼 차가운 조소는 짓지 않을 테지.

"만날 거야. 만날 수 있어. 진심으로 언젠가는."

바엘은 눈살을 조금 찌푸렸다. 내가 주제넘다고 생각하는 걸까? 하지만 정말로 내가 참견하지 않길 바랐다면 처음부터 진심을 이야기하지도 않았을 거다.

말없이 서 있던 바엘은 잠시 후 심드렁한 얼굴로 나를 바라보았다.

"자네의 집으로 가지, 고요."

"우리 집에?"

"자네 실력을 좀 봐야겠어. 트리오에 계속 둘 건지 쫓아낼 건지."

집에는 벌써 크리스티안 미누엘의 피아노가 도착해 있었다. 내가 집으로 들어서자마자 어머니는 기다렸다는 듯 말을 쏟아 내셨다.

"정신이 나간 거니? 내게는 한마디 말도 없이 아버지의 돈을 무려 200만 페르나 쓰다니 말이야! 그것도 고작 피아노 하나에! 넌 진지하게 피아니스트가 될 생각도 없는 아이잖니. 네가 드 모토베르토라도 된다면 모를……"

소리를 지르던 어머니는 내 뒤를 따라 바엘이 들어오자, 말을 흐리며 동작을 멈추셨다. 나는 그게 폭풍 전의 고요일 거라고 생각했다. 분명 어머니의 입이 다시 열리면 온갖 험한 말들이 나오리라. 그런데…….

"아니, 이게 누구야? 아나토제 바엘 드 모토베르토! 호호, 우리 고요는 참 복이 많기도 하지. 이런 훌륭한 마에스트로가 가장 절친한 친구라니 말이야. 부디 마에스트로의 집이다 생각하고 편히 있다 가세요."

"감사합니다, 부인."

바엘은 고개를 갸웃거리면서도 예의 바르게 답했다. 나는 그야말로 어처구니가 없어서 한동안 어머니를 바라보았다. 하루라도 바엘의 험담을 하지 않는 날이 없었는데……. 당신께서도 민망하셨는지 어머니는 얼른 자리를 피하셨다.

"참, 정말이지……."

"왜 그러나?"

"아무것도 아닐세. 이쪽이야."

바엘은 저택의 이곳저곳을 둘러보며 나를 따라왔다. 그가 우리 집에 온 것은 처음이라 조금 긴장되었다.

"멋진 저택이군. 역시 에단에서 제일가는 부자 가문다워."

바엘의 말이 비꼬는 것처럼 들렸지만 못 들은 척했다.

방으로 들어섰을 때 하인들이 막 피아노의 설치를 끝낸 참이었다. 나는 그들에게 차와 간식을 부탁하곤 피아노 앞으로 걸어갔다. 크리스티안 미누엘이라고 새겨진 부분을 손으로 쓸자 그제야 내 것이 되었다는 느낌이 들었다.

"좋군. 내 생각에도 자네에겐 J. 카논보다 크리스티안이 어울려. 자, 그럼. 처음으로 연주해 줄 텐가? 나를 위해서."

내 옆으로 다가온 바엘이 피아노를 훑어보며 말했다. 나는 잠깐 망설이다가 피아노 앞에 앉았다. 아버지께 가장 먼저 들려 드리고 싶었지만 바엘이 부탁하는데 거절할 수가 없었다. 나중에 트리스탄으로부터 서운한 소리 듣겠구나 생각하면서 떨리는 손으로 피아노 덮개를 열었다.

버릇처럼 건반들을 손으로 쓸어내리던 나는 C음에 닿자 연주를 시작했다. 건반을 누르는 감촉은 그 소리만큼이나 황홀했다. 내가 피아노를 치는 것인지 물결을 첨벙거리고 있는 것인지.

간단하고 즐거운 왈츠를 한 곡 끝내고 나자, 바엘이 어렴풋 미소를 지었다.

"나쁘지 않군."

"그거 기쁜데. 그 말은 자네가 할 수 있는 최고의 칭찬이잖나."

바엘은 픽 웃으며 어깨를 으쓱였고, 신이 난 나는 다른 곡도 몇 개 더 쳤다. 여행 이후 그의 웃음이 전보다 잦아진 것 같아 기뻤다.

잠시 후 간식과 차가 올라오자 연주를 멈추고 그와 마주 앉았다.

"오랜만에 에단에 왔더니 돌아가는 사정을 잘 모르겠군. 분위기가 어떤가?"

"예전에 비해 파스그라노들의 입지가 많이 나아졌어. 사교계에서 가장 인기 있는 화제라면 단연 키세의 종말론에 관한 거고…… 그리고 요즘 살롱 연주회가 호황이야. 콩쿠르보다 살롱 연주회를 통해 인기를 얻는 신인들이 늘어나고 있지."

"살롱 연주회라."

바엘은 뭐가 마음에 들지 않는지 눈살을 조금 찌푸리며 되뇌었다. 나는 바엘에게도 가피르 부인의 살롱 연주회를 소개해 줘야겠다고 생각했다.

"에단에서 가장 영향력 있는 건 이에나스 후작의 아내인 가피르 부인의 살롱 연주회야. 다음에 같이 가세."

"글쎄…… 난 귀국 기념 연주회를 준비해야 해. 오늘 경매가 끝난 뒤 레나르 카논이 제의했어. 일주일 동안 독주회가 열릴 거야."

바엘은 별거 아니라는 듯 말했지만 난 자리에서 벌떡 일어날 만큼 놀라고 말았다.

"카논 홀에서 일주일이나?"

"뭘 그렇게 놀라나."

놀랄 수밖에 없었다. 거장 중의 거장만이 할 수 있다는 카논 홀에서의 독주회, 게다가 일주일씩이나 독점이라니. 아무리 드 모토베르토여도 바엘은 이제 고작 스물다섯 살이었다.

"정말 대단해. 자넨 항상 날 놀라게 하는군."

"이 정도에 놀라긴. 고요, 여전히 그릇이 작군. 나한테 이건 시작에 불과할 뿐이야."

아, 바엘의 목표는 대체 어디까지 닿아 있단 말인가. 그가 바라는 단 한 사람을 만나고 나면, 그다음엔?

나는 문득 떠올렸다. 내가 지금 평범하게 대화하고 있는 이 사람은, 역사에 길이 남을 위대한 음악가라는 것을.

"그보다, 고요."

"어? 아, 그래."

"여행 도중 이상한 이야길 들었네."

"이상한 이야기라니?"

"태어나서부터 에단에서 자란 내가 모르는 어떤 곳이, 에단에 있다는 이야기."

나는 고개를 갸웃거렸다. 바엘은 그답지 않게 궁금함이 가득한 어린아이 같은 얼굴로 내게 물었다.

"자넨 혹시 들어 봤는가? '얼음나무 숲'에 대해서 말이야."

예언가 키세

모든 음악이 시작되는 곳
그리고 모든 음악이 잠드는 곳

"얼음나무 숲?"

"그래. 자네도 처음 듣나?"

나는 눈살을 찌푸리며 머리를 굴리다가 대답했다.

"설마 그 오래된 전설을 얘기하는 건가?"

"전설이라니?"

"익세 듀드로…… 에단을 이곳에 세웠다는 전설과도 같은 인물의 전기에 나오는 장소야, 그건."

"좀 더 자세히 얘기해 주게."

나는 『에단의 역사』라는 책과 익세 듀드로의 전기에서 본 글을 종합해 가며 이야기를 시작했다.

지금의 에단은 자치도시다. 통일된 하나의 달력이 없을 당시, 그러니까 아낙스 이전으로 300년쯤 거슬러 올라간 때까지만 해도 에단은 그저 눈 덮인 황무지였다. 그러나 최초의 드 모토베르토라 불리는 익세 듀드로가 이 땅을 자신의 정착지로 삼은 다음부터 많은 것이 달라졌다.

익세가 이곳에 멈추자 익세를 따르던 무리(그들은 스스로를 듀드론이라 불렀다.)들이 멈췄고, 곧 그 무리의 가족과 친구들이 모여들었다. 그 외에도 익세의 가르침을 받고자 끊임없이 밀려드는 사람들에 의해 에단은 점차 제대로 된 마을의 모습을 갖추어 갔다.

이후 익세와 듀드론들의 끊임없는 노력과 헌신으로 이 땅은 마침내 찬란한 예술과 문화로 가득 찬 아름다운 도시가 된다.

그로부터 300년이 지나 이 땅에 정복왕 아낙스가 나타났다. 지금 우리들이 사용하는 통일된 달력을 만든 이다. 정복왕은 아름다운 건

축물들과 예술로 가득한 이 도시가 어느 나라의 땅도 아님을 알고 기뻐하며 자신이 가지려 했다.

그러자 거센 반발이 일어났다. 그 반발자들은 에단의 시민들이 아닌 그 근처 대부족의 족장들(아낙스 이전에는 왕의 개념이 없었다.)이었다. 익세가 예술을 퍼뜨리며 동시에 심어 둔 샤머니즘적인 금기 때문에, 족장들은 이 땅을 아무도 가져서는 안 된다고 생각했다. 그들은 아낙스가 에단을 가질 경우 이곳을 침공할 것이라고 선언했다.

아낙스는 기가 막혀 물었다.

"전쟁을 하겠단 말이오?"

"그렇소."

"이 땅을 가지기 위해서가 아니라 아무도 이곳을 가지지 못하게 하기 위해서?"

"그렇소."

주인 없는 이 아름다운 땅과 수십만은 족히 되어 보이는 대 부족 연합을 번갈아 보며 고심하던 정복왕은, 결국 지도에 에단을 이렇게 표기하며 물러났다. '성역.' 그래야만 자신이 포기하는 이유가 '겁을 먹어서'가 아닌 '존중하니까'가 되기 때문이었다.

성역.

그렇다. 에단이 모토벤의 성지이며 성역이 된 것은 그때부터였다. 에단은 나라가 아닌 도시이며 그 어느 곳에도 속하지 않는다. 부족이란 단위가 나라로 바뀌고 족장들이 왕이 되어 가는 역사 속에서도 에단은 홀로 그렇게 도시로 남았다. 그리고 에단에서 살아가는 익세의 제자들은 스스로를 시민이라 칭하는 대신 이렇게 불렸다. 순례자들.

익세가 남긴 수많은 유산들 중 가장 고귀한 것이 바로 그 순례자들이다. 일생 동안 오직 한 그루의 나무만을 사랑했다는 익세는 자손을 낳지 않았지만, 대신 많은 수의 제자들을 두었다. 익세와 같은 시대에 에단에서 살아가던 이들 중 익세로부터 뭔가 하나를 배우지 않은 사람이 없을 정도였다.

그 제자들이 또 다음 세대의 제자들을 두면서 에단은 예술가들, 특히 음악가들로 가득 차게 되었다. 지금 에단이 모든 음악가들의 고향이라고 불리게 된 이유가 다 여기에서 비롯된다.

"그리고 익세는 죽기 전 자신이 사랑했던 그 나무를 불살라 버렸다고 해."

"평생 사랑했던 나무를? 끔찍하군."

"그래. 그런데 더 기묘한 것은 그 나무는 불타지 않았다는 거야. 오히려 불 속에서 차갑게 식어 갔대. 그리고 마침내는 얼음이 되었지. 익세가 그 나무를 향해 사과하며 껴안는 순간, 그는 한 줌 재가 되어 사라졌다고 해."

바옐은 코웃음을 쳤다.

"시시하군."

"하지만 일리가 있어. 대학자 키리오니의 말에 의하면, 초고온의 물체는 닿는 순간 오히려 차갑게 느껴진대. 얼음처럼 보인 그 나무는 사실 지옥의 불보다 뜨겁게 타오르고 있었던 거지."

바옐은 잠시 생각에 잠긴 얼굴을 하다가 불쑥 물었다.

"그래서? 그게 그 숲이란 것하고 무슨 관계인가?"

"그 나무는 어떻게 되었을까?"

"……글쎄."

"전기를 쓴 작가의 말에 의하면 그 나무는 익세가 죽은 뒤에도 그 자리에 계속 남았다고 해. 그뿐 아니라 가지가 하나 떨어질 때마다 그 자리에서 새로운 나무가 생겨났다는군. 얼어붙은 듯 보이는, 그러나 타오르는 나무들 말이야. 그런 식으로 마침내 그곳은 숲이 되었지. 작가는 직접 봤다고 적고 있지만, 글쎄…… 그 시대 사람들의 책에는 온갖 과장과 허위가 섞여 있거든. 어쨌든 작가는 그 숲을 보고 이렇게 적었어. '마치 얼음나무 숲과 같았다.'라고."

바옐은 음, 하고 작게 탄성을 발했다. 시시하다고 말한 것과는 달리 이 이야기가 마음에 든 듯했다. 나는 어깨를 으쓱하곤 말을 이었다.

"그냥, 전설일세. 에단 어디에도 그런 숲 같은 건 없잖나."

"있을지도 모르지. 한번 찾아보고 싶군. 익세 듀드로의 집은 어디 있나?"

나는 바옐이 농담을 하는 건지 진심으로 말하는 건지 알 수 없어 한동안 그의 얼굴만 쳐다보았다.

"이봐, 자네 정말로 아낙스 이전에 살았던 인물의 집이 아직 남아 있을 거라고 생각하나? 2000년은 지났다고."

"집이야 없어도 그 자리는 그대로일 거 아닌가."

"하지만 그의 집이 어디 있었는지는 아무도 몰라."

"어쨌거나 에단에 있겠지. 안 그런가?"

나는 그저 기막힌 웃음을 터뜨릴 수밖에 없었다. 바옐은 진심으로 믿고 있는 얼굴이었다. 그가 이런 쪽으로는 순진한 구석이 있다는 것이 재미있었다.

"관심이 있다면 그 책을 빌려 줄 테니 한번 읽어 보게."

"고맙지만 나는 글자가 싫어. 자네가 들려준 이야기면 충분한 것 같군. 그럼 난 이만 가 보겠네."

"벌써?"

"내가 머물 새 저택을 사 두었네. 대부의 집은 에단의 중심에서 너무 멀거든. 둘러보러 가야지."

에단의 중심가에 새 저택을 사다니, 확실히 그가 연주 여행을 하면서 돈을 많이 벌긴 번 모양이었다.

나는 나중에 방문하겠다고 말하며 바엘을 배웅했다.

며칠 뒤 가피르 부인의 살롱 연주회가 있던 날, 나는 언제나처럼 트리스탄과 함께 그곳으로 향했다. 트리스탄은 바엘에게도 권유했던 모양이지만 그가 거절했다고 했다.

"여명은 그대로 두었던가? 열어 본 거 아니지?"

내 물음에 트리스탄은 어깨를 으쓱하며 대답했다.

"어쨌거나 아직 살아 있는 걸 보면 그렇겠지."

"음…… 혹시 또 모르네. 30년이 지났으니 저주가 풀렸을지도."

"자네도 그 악기를 봤잖나. 그게 뭔지 알 수 없는 그 힘을 잃은 듯 보이던가?"

"……아니."

오히려 탐욕스럽게 다음 희생자를 찾고 있는 듯 보였다. 그것의 유일한 주인이라는 모토벤이 아니라면 가차 없이 그 생명을 앗아 가기 위해.

이에나스 후작의 저택에 거의 다 왔을 때 우리는 뭔가 이상하다는 걸 느꼈다. 평소에 비해 너무 조용하고 어두웠던 것이다.

"오늘은 연주회가 없나?"

"그랬다면 미리 전갈이 왔을 텐데."

우리는 의아해하며 저택의 문을 두드렸다.

잠시 후 문을 열어 준 사람은 놀랍게도 가피르 부인 자신이었다. 하인이 아닌 그녀가 직접 현관으로 나온 것이다. 그러나 평소처럼 아름다운 모습은 온데간데없고 그녀의 얼굴엔 슬픔이 가득했다.

"미안해요……. 오늘은 연주회가 없답니다."

"아, 그렇군요. 저희들은 괜찮습니다. 그런데 혹시 무슨 근심이라도 있으십니까? 안색이 너무 안 좋으시군요."

트리스탄이 걱정스럽게 물었다. 가피르 부인은 무언가 참는 얼굴로 입을 다물고 있다가, 기어이 트리스탄에게 기대며 울음을 터뜨렸다. 우리는 어쩔 줄을 몰라 일단 부인을 안으로 이끌었다.

"대체 무슨 일이 있는 겁니까? 말씀해 주십시오. 성심을 다해 돕겠습니다."

나는 진심을 담아 말했다. 한동안 손수건으로 눈물을 닦아 내던 부인은 울음 섞인 목소리로 겨우 말을 꺼냈다.

"그이가 아파요……. 너무 아파요. 오늘을 넘길 수 없을 거라고 해요. 그런데…… 부탁이 있어요. 오늘 모임이 취소되었다는 전갈을 두 분께만 보내지 않은 건 그래서예요. 부디 용서해 주세요."

"용서라니 당치 않은 말씀을. 저희가 할 수 있는 거라면 뭐든 하겠습니다. 말씀해 주십시오, 부인."

가피르 부인이 아무런 대가 없이 우리에게 베풀었던 호의와 정성을 어찌 잊을 수 있단 말인가. 그녀가 원하는 거라면 정말 뭐라도 해 주고 싶었다.

가피르 부인은 한참 만에 어렵게 말을 꺼냈다.

"그이가…… 듣고 싶어 해요."

"듣고 싶어 하다니, 음악 말씀이십니까?"

"예, 그래요. 그이가…… 마지막으로 그분의 연주를 듣고 싶어 해요. 아나토제 바옐이라는, 그분의 연주를요."

아, 바옐.

트리스탄과 나는 서로를 마주 보았다. 바옐의 귀향 소식은 키세의 종말론마저도 주춤하게 할 만큼 에단의 사람들을 열광시켰다. 그중 하나가 이에나스 후작이었나 보다.

트리스탄이 결심한 듯 자리에서 일어났다.

"데려오겠습니다. 지금 당장 데려올 테니 부디 울음을 그치고 기다려 주십시오, 부인."

"오, 트리스탄…… 고마워요."

그런데 그때, 대체 무슨 생각으로 그랬는지 알 수 없지만 나는 트리스탄을 붙잡았다.

"잠깐만 트리스탄, 내가 갈게."

트리스탄은 의아한 눈으로 나를 바라보다가 애매하게 고개를 끄덕였다.

두 사람을 뒤로한 채 저택을 나와 포플러 나무 사이의 오솔길을 정신없이 뛰어 내려갔다.

며칠 전 바옐이 내게 보여 준 태도로 인해 이제 나도 그의 친구라는 희망을 가졌기 때문일까? 아니면 울고 있는 가피르 부인을 달래줄 자신이 없었기 때문일까. 어쨌든 그때의 나는 충분히 바옐을 데려올 수 있을 거라 생각했다.

몬드 광장으로 나와 가장 먼저 보이는 마차를 붙잡아 탔다. 바엘의 집에 가 본 적은 없었지만 어딘지는 알고 있었다.

잠시 후 그의 집에 도착한 나는 다급히 저택의 문을 두드렸다.

"바엘, 바엘! 날세, 고요야!"

바엘이 조금 찌푸린 얼굴로 문을 열었다.

"대체 무슨 일인가."

나는 두서없이 말을 쏟아 내기 시작했다.

"가피르 부인이…… 아니, 부인의 남편이 위독하시네. 그런데 자네의 음악을, 자네의 연주를 죽기 전 마지막으로 듣고 싶다고 해. 지금 나와 같이 가 주게."

나는 그가 거절할 거란 생각은 해 보지도 않았다. 죽어 가는 사람의 마지막 소원이니까 누구라도 들어주는 게 당연하지 않은가. 나였다면 오히려 감동하여 달려갔을 것이다.

그러나 바엘의 얼굴은 차갑게 굳어졌다. 그 얼굴을 본 순간 가슴이 철렁 내려앉았다. 뭔지 몰라도 내가 방금 그에게 실수를 한 것이다.

"그래, 에단의 권위 있는 귀족이란 것들은 이런 식으로 음악가들을 오라 가라 하는 건가?"

그의 입에서 경멸이 잔뜩 섞인 질타가 쏟아졌을 때, 나는 바엘을 완전히 잘못 이해하고 있었다는 걸 깨달았다. 가피르 부인이나 이에 나스 후작에 대해서 전혀 모르는 그가 그러한 부탁을 어떻게 받아들일 것인지를.

"바, 바엘, 아니야. 그는 죽어 가고 있어. 단지 마지막으로 자네의 연주를……."

"죽어 간다라, 그런 것은 내게 중요하지 않아. 어떤 상태이든 상관

없어. 그 누구도 날 함부로 부를 수 없어. 내게 감히 연주하라고 명할 수 없어. 그건 자네라 해도 마찬가지야!"

나는 입을 벌린 채 그를 바라볼 뿐 아무 말도 할 수 없었다. 3년 만에 만난 그를, 3년 동안 어떻게 달라졌는지 모르는 그를, 나는 왜 며칠 전 그가 보여 준 미소만으로 다 이해했다고 착각했을까. 왜 이젠 그가 나를 받아들였다고 과신했을까.

"아니야, 바옐…… 미안해."

울면 안 돼. 울면 안 돼, 고요.

아무리 되뇌어도 소용없었다. 내 의지와는 상관없이 눈물이 비집고 나왔다. 평소 어린애처럼 눈물이 많다는 어머니의 말대로였다.

"그런 뜻은 아니었어. 하지만 부탁할게. 그분은 좋은 분이야. 자네도 만나 보면 생각이 달라질 거야."

"이 머저리 같은 친구야. 그가 누구든 어떤 상태이든 관심 없다고 말했어. 나는 귀국 연주회를 앞두고 있어. 그런데 죽어 가는 귀족 놈이 부른다고 달려가 연주해 줬다는 소문이 나면 누가 돈을 주고 내 연주회를 보러 오겠나? 그날부터 병자 놈들이 다 나를 불러 대겠군, 안 그래? 나는 모토벤이 와도 공짜로는 연주 안 해. 내게 의미가 있는 사람이 아닌 이상 감히 내 음악을 아무도 대가 없이 들을 수는 없어. 나는 돈을 벌 거야, 음악은 내게 생존하기 위한 방법이기도 하니까. 내게는 자네처럼 부자 부모도 안락한 가정도 없다고, 젠장! 이래서 자네가 싫은 거야!"

바옐은 눈앞에서 문을 쾅 닫고 사라졌다. 충격으로 굳어 버린 나는 그 자리에서 하염없이 눈물을 흘렸다.

그래, 그제야 떠올랐다. 바옐을 처음 만난 날, 귀족이라는 이유만으로 내게 보였던 그의 적의.

"미안해. 미안해, 바옐. 내가 몰랐어, 몰랐다고. 제발 용서해
줘……."

나는 자네의…… 단 하나의 청중이 되고 싶단 말일세.

"이럴 줄 알았지."

한참 만에 정신을 차렸을 때 트리스탄이 눈앞에 보였다. 그는 걱정
가득한 얼굴로 나를 부축해서 마차에 태웠다.

"본가로 돌아가겠나?"

"아니야…… 가피르 부인의 곁에 있어 줘야지."

"그럼 정신 차리고 눈물도 좀 닦게. 그런 얼굴로 갈 셈인가?"

나는 트리스탄이 내미는 손수건을 받아 얼굴을 문질렀다. 얼마나
울었는지 머리가 아팠다. 하지만 트리스탄의 말대로 정신을 차려야
했다.

가피르 부인의 저택에 먼저 돌아온 나는 멋쩍은 얼굴로 그녀와 마
주했다. 가피르 부인은 단지 내 손을 잡은 채 침묵했다. 그녀는 이겨
내기 위해 애쓰고 있었다.

얼마의 시간이 지났는지, 저택의 문이 열렸다. 트리스탄이 들어오
고 뒤이어 바옐이 들어왔다. 나는 차마 그의 얼굴을 볼 수가 없어 시
선을 피했다. 가슴 한구석이 찔린 듯 아파 왔다.

"오, 당신이 아나토제 바옐이군요. 정말 고마워요. 와 줘서 너무 고
마워요."

자리에서 벌떡 일어난 가피르 부인이 달려가 바옐의 손을 잡았다.
바옐은 굳은 얼굴로 적당히 인사를 나눈 뒤 곧바로 부인을 따라 이

에나스 후작이 있는 방으로 갔다. 트리스탄은 멍하니 앉아 있는 나를 일으켜 함께 방으로 데려갔다.

침실 안은 몹시 어두웠다. 기분 탓인지 주위에 이미 죽음의 그림자가 드리워져 있는 것처럼 보였다.

"이에나스. 그가 왔어요. 당신이 듣고 싶다던 그분이……."

가피르 부인의 말이 잠시 끊어졌다. 나는 후작이 그녀에게 들리지 않는 목소리로 무어라 말하고 있는 것일 거라 생각했다. 하지만 잠시 후 텅 빈 듯한 가피르 부인의 목소리가 이어졌다.

"이에나스……?"

그리고 이어지는 침묵만으로, 충분했다.

트리스탄은 탄식을 흘렸으며 나는 비틀거리다가 벽에 기대었다. 다시금 눈물이 주르륵 흘렀다.

후작은 부인만큼이나 좋은 사람이었다. 음악을 사랑하고 미술을 존경하며 시를 찬양하는 사람이었다. 그야말로 진정한, 에단의 순례자였다.

가피르 부인이 오열하는 소리가 침묵을 깼다. 트리스탄이 다가가 뒤에서 그녀의 어깨를 말없이 감쌌다. 나는 그들을 위해 해 줄 수 있는 것이 없어 등을 돌려 나가려 했다.

그런데 그때, 진한 바이올린의 음색이 나를 붙잡았다. 멈칫한 나는 다급히 뒤를 돌아보았다.

바옐이었다.

조용하지만 아름다운 진혼곡이 방 안을 맴돌았다. 불경한 생각이었지만 그 선율 위에서는 가피르 부인의 울음소리도 마치 노래처럼 들려왔다. 조금 더 음악이 이어지자 부인의 울음소리가 잦아들었다.

그녀가 고갤 들어 바옐을 바라보았다.

나는 나도 모르게 입을 열어 조사를 읊는 사람처럼 중얼거렸다.

"사람의 숨이 멎은 뒤에도…… 귀는 한동안 열려 있다고 하더군요. 후작께서는 분명히 들으셨을 겁니다."

부인은 가슴 아프도록 희미한 미소를 지었다. 그러곤 고개를 끄덕였다.

며칠 뒤 장례는 후작의 유지대로 조용히 치러졌다. 에단의 유명한 문인인 옐리안 홀츠가 조사를 써서 직접 읽었고, 평소 후작과 절친했던 화가 일라이스가 후작의 초상화를 그려 비석 곁에 놓았다. 후작이 후원했던 유명 오케스트라 메덴크루츠가 장례식이 진행되는 동안 느린 장송곡을 연주했다.

트리스탄과 나는 장례식이 끝날 때까지 가피르 부인의 곁을 지켰다. 바옐은 오지 않았다.

그 무렵부터 나는 두문분출하고 음악에만 몰두했다. 가을에 있을 콩쿠르 드 모토베르토를 위해서였다.

바옐에 대한 모든 것은 잠시 동안만 잊기로 했다. 내게도 욕심이란 게 생겼기 때문이다. 드 모토베르토가 되어 아버지를 기쁘게 해 드리고 싶다는 욕심.

결론부터 말하자면 그 욕심은 나를 상당히 발전시켰다. 가끔 대가들을 만나는 것은 더 이상 즐거움에 그치지 않았다. 그들로부터 무언가를 배우기 위해 애썼고, 그 외의 시간엔 홀로 피아노를 쳤다. 치고, 치고 또 치고 마침내 더 이상 손가락이 움직이지 않을 때까지.

그러던 어느 날엔가 한창 새로운 레퍼토리 작곡에 몰두하고 있는데, 어머니가 잔뜩 화를 내며 방으로 들어오셨다.

"아무튼 키세인지 뭔지 하는 놈은 별의별 짓을 다 하고 다니는구나. 평민공화당이라고? 나 원, 참! 누가 평민들의 이야길 들을까 봐. 자기네끼리 회의든 뭐든 잘들 해 보라지."

"무슨 말씀이세요, 그게?"

"키세 말이다, 키세! 종말이 온다느니 어쩐다느니 떠드는 그 사기꾼 예언가 놈. 그놈이 평민들을 선동해서 공화당이란 걸 만든다는구나. 하, 그들이 뭘 주장하는지 아니? 에단의 정책에 자기들도 참여할 수 있게 해 달란다."

난 정치에는 관심이 없었지만 역시 귀족의 피는 속일 수 없는지 상당히 신경 쓰였다.

"바로 오늘 몬드 광장에서 발족식을 가진다는구나. 이웃에 있는 파몬 부인은 신이 나서는 구경 가자고 하질 않나. 원, 한심한 여편네 같으니! 그게 무슨 뜻인지도 모르고 그저 재미있는 구경거리가 생긴 줄 아는 거지."

어머니가 집중을 깬 마당에, 나는 바람도 쐴 겸 그곳에 가 보아야겠다고 생각했다.

마차에 몸을 실은 채 키세에 대해 생각했다. 나는 평소 예언가들을 어떤 신비한 능력을 가진 자들이 아니라 시대를 뛰어넘는 직관력을 갖춘 자들이라고 여겼다. 그들은 남들보다 더 넓은 시야와 뛰어난 판단력으로 앞일을 내다볼 수 있는 거라고.

키세는 어떤 사람일까?

"알고 계십니까? 에단은 귀족들만의 도시가 아닙니다. 에단을 세운 익세는 귀족이었답니까? 에단이 생길 무렵에는 계급제도 같은 건 존재하지도 않았습니다. 우리는 다 같이 자랑스러운 에단의 순례자들입니다. 그런데도 귀족 마르티노들은 파스그란을 천박한 음악으로 취급하며 몇몇 귀족가의 살롱 모임에서는 평민의 출입을 금합니다. 진정한 예술을 구별하지도 못하는 자들이 뛰어난 평민 예술가들을 배척하고 있습니다. 참으로 통탄할 일입니다."

몬드 광장에서 연설을 하고 있는 사람은 표정만으로도 세상에 불만 가득한 염세주의자라는 걸 알 수 있었다. 설마 그가 키세일까?

그의 곁에는 같은 무리로 보이는 사람도 몇몇 서 있었는데, 그중 하나는 파스그라노인 휴베리츠 알렌이었다. 살롱에서 마르티노들이 이름을 자주 언급할 만큼 유명한 피아니스트였다.

"맙소사, 고요?"

한창 연설을 듣고 있던 나를 뒤에서 누군가가 불렀다. 트리스탄이었다.

"오랜만이야, 트리스탄. 자네도 와 있었나?"

"뭐, 나야 늘 몬드 광장에 있으니까. 그나저나 자넨 여기 웬일이야? 저런 걸 자네가 왜 듣고 있나?"

"그냥…… 듣다 보니 다 옳은 말 같긴 하군."

난 진지하게 말한 건데 트리스탄은 폭소를 터뜨렸다.

"자네가 그런 말을 하니까 진짜 재밌다는 거 아나? 아예 자네도 공화당 의원 시켜 달라지, 왜."

"놀리지 말게. 심각하게 듣고 있는 거라고."

낄낄거리던 트리스탄은 내게 어깨동무를 하곤 연설하는 사람들을 바라보며 말했다.

"지금 말하고 있는 사람이 나이젤 한스라는 자야. 평민들 중에서는 그를 따르는 무리들이 많아. 하지만 행동이 너무 극단적이라 오래가진 못할 걸세. 키세와도 서로 배척한다고 들었는데, 웃기는 일이지. 그의 말대로라면 뭉쳐야 하는 평민들이 서로 편을 가르고 있으니 말이야. 어쨌든 오늘만큼은 타협하기로 한 것 같군. 평민공화당의 출범은 둘 다 오랫동안 바라 온 것이거든."

사교계에서 살아가는 트리스탄은 나보다 많은 걸 알고 있었다. 연설을 하던 자가 키세가 아니라는 말에 나는 묘하게 안심이 되었다.

"그리고 그 옆은 자네도 알겠군? 파스그라노 피아니스트인 휴베리츠 알렌. 마르티노였다면 자네의 좋은 경쟁자가 되었을 텐데 아까운 일이지. 나이젤 한스와는 절친한 사이야. 그리고 그 뒤에 있는 우둔해 보이는 녀석은 휴베리츠 알렌의 연주 동료이자 그의 추종자인 콜롭스 뮈너야. 저 녀석은 무서워. 휴베리츠를 위해서라면 뭐든지 할 놈이니까. 대놓고 바엘의 험담을 하기도 하지. 평민이면서 마르티노가 되었네 어쩌네 하면서."

"자넨 모르는 게 없군."

"한 가지 더 알고 있어. 바엘은 휴베리츠를 몹시 싫어해. 두 사람은 사이가 좋지 않아. 사실 콜롭스 뮈너가 바엘을 욕하는 건 그래서고."

"아니, 어째서?"

"글쎄…… 파스그라노 주제에 바엘이 인정할 수밖에 없는 실력을 지녀서일까?"

나는 고개를 갸웃거렸다. 그러고 보니 바엘은 어떻게 지낼까 궁금해졌다. 이에나스 후작이 죽던 날 그 일이 있은 뒤 한 번도 만나지 않았던 것이다.

우리가 대화하는 사이 연설이 끝나고 나이겔 한스는 연단 아래로 내려갔다. 그때 내 머릿속에 문득 누군가가 떠올랐다.

"그런데 그 유명한 예언가 키세란 사람은 어디 있나?"

"아……."

트리스탄의 표정이 좀 이상해졌다. 그는 입술을 잘근잘근 씹더니 키세를 찾는 듯 두리번거렸다.

"저기, 저기 있어."

트리스탄은 연단 아래에서 나이겔 한스와 이야기하고 있는 누군가를 가리켰다. 하지만 나는 그 사람은 아닐 거라 생각하고 다시 한 번 물었다.

"누구?"

"나이겔 한스 바로 앞에 있는……."

"맙소사, 저기 있는 저 여성?"

트리스탄은 고개를 끄덕였다. 나는 놀란 나머지 한참 동안이나 입을 벌리고 그녀를 바라보았다. 그 유명한 예언가 키세가 여자였다니. 하지만 그녀는 마치 남자처럼 바지와 검은색 코트를 입은 채 모자까지 쓰고 있었다. 성별을 알 수 있었던 건 허리까지 내려오는 풍성한 붉은 머리카락 때문이었다.

그때 그녀가 내 시선을 눈치챈 것인지 이쪽으로 고개를 돌렸다. 나는 깜짝 놀라 얼른 시선을 피했지만 그녀는 무슨 이유에선지 성큼성큼 내가 있는 쪽으로 걸어왔다. 순식간에 그녀와 나 사이에 길이 생겨났고 사람들이 나를 쳐다보았다. 대체 왜?

내 앞으로 걸어온 그녀가 반가운 얼굴로 입을 열었을 때서야 내 의문은 해소되었다.

"트리스탄 벨제! 이게 얼마 만이야?"

"아, 그러게. 오랜만이야, 키세."

"왔으면 알은체라도 하지 않고. 또 힐끔거리다 그냥 가려고 그랬지? 자꾸 이러면 재미없어, 당신."

"미안, 미안. 친구가 있어서."

트리스탄은 나를 자신의 앞으로 끌어당겼고 나는 뜨끔하며 그녀를 바라보았다. 어쨌든 평민공화당을 만든 사람이라니 귀족을 싫어할 게 당연하지 않은가.

그녀가 초롱초롱한 눈으로 나를 쳐다보자 나는 경계하듯 그녀를 보며 입을 열었다.

"고요 드 모르페라고 합니다만, 혹시…… 귀족에 대한 거부감 같은 거 있으십니까?"

내 말이 끝난 직후 키세는 배를 부여잡은 채 그야말로 숨이 막혀 죽을 것처럼 웃어 댔다. 나는 귀까지 달아올라 어쩔 줄 모르며 트리스탄을 보았지만 트리스탄은 고개를 돌려 나를 외면했다.

키세. 그녀는 내가 생각한 예언자의 이미지와는 너무나 달랐다. 뭔가 신비스러운 분위기를 풍기면서 알아듣지 못할 말이나 중얼거리는 그런 노인네가 아니었던 것이다.

그녀는 어린아이처럼 맑고 커다란 붉은 눈망울을 가지고 있었으며, 장난기로 가득한 입매는 금방이라도 웃음을 터뜨릴 것 같았다.

"미안해요, 미안. 하지만 너무 재미있었어, 당신. 날 잔뜩 경계하는 그 눈망울이라니. 아하하. 귀여워. 사슴 같았다고나 할까."

그녀와 마주한 나는 첫 대화부터 말문이 막히고 말았다. 맹세코 이렇게 직설적으로 말하는 여성은 만나 본 일이 없었다. 내 또래의 여성과 대화하는 것 자체가 드물었지만.

"그만해, 키세. 고요가 곤란해 하잖아. 순진한 친구를 놀리지 마."

트리스탄이 잠깐 내 편을 들어 주었지만 나는 아까 나를 외면했던 그를 잊지 않고 있었다. 원망스럽다는 듯 트리스탄을 바라보자 그는 멋쩍게 웃으며 내 눈을 피했다.

"아무튼 반가워요. 정식으로 내 소개를 할게요. 이름은 키세. 성은 없으니 그렇게만 불러요. 그런데 나 이런 비싼 카페에서 차 마실 돈은 없는데. 당신이 내는 건가요?"

"아, 예. 물론입니다."

그곳은 나와 트리스탄이 애용하는 카페 마레랑스였다. 그녀는 신이 난 듯 케이크와 커피 등을 시켰다. 나는 그녀의 행동에 난감해하며 어떻게 하면 빨리 이 자리를 벗어날 수 있을까 고민했다.

"걱정 말아요. 나도 바쁜 몸이니까 빨리 사라져 줄게요. 이것만 먹고 나서."

"예?"

내가 당황해서 바라보자 키세는 숟가락을 입에 문 채 불분명한 발음으로 말했다.

"그리고 귀족한테 거부감 같은 거 없어요. 내가 평민공화당을 만들었다고 해서 오해하지 말아요. 난 귀족 타도를 외치는 나이겔 같은 머저리가 아니에요."

"그럼 당신은 뭘 위해서 이런 일들을 하는 겁니까?"

"뭘 위해서라, 흐음. 미래가 나를 그렇게 만들어요. 당신이 이러이러한 미래를 보았다면 직접 한번 해 보고 싶어지지 않겠어요? 머지않았어요. 곧 평민과 귀족 같은 것은 의미 없어질 거예요."

키세는 처음으로 예언가다운 말을 했다. 하지만 역시 귀족인 나는 그런 말들이 유쾌하지 않았고 그래서 따지듯 묻고 말았다.

"그럼 그 모든 게 올해 안에 다 일어난다는 말입니까? 당신이 그랬잖습니까. 1628년, 종말 한다고."

"으하핫."

키세는 숟가락을 떨어뜨리며 정신 나간 사람처럼 마구 웃어 댔다. 그 바람에 음식물들이 적지 않게 흘렀고, 트리스탄은 한숨을 내쉬며 손수건으로 그녀의 얼굴을 닦아 주었다.

"아아, 트리스탄. 왜 진작 이런 재미있는 친구를 소개해 주지 않은 거야? 나 이 사람 마음에 들어. 너무너무 마음에 든다고."

무슨 표정을 지을지 알 수가 없어 나는 헛기침을 하며 얼굴을 돌렸다. 정말 평소 보아 온 귀족가의 아가씨들하곤 너무나 다른 모습이었다. 평민 아가씨들은 다 이런 걸까?

그녀는 한참 만에 웃음을 그치더니 짐짓 진지한 얼굴로 나를 향해 말했다.

"이봐요, 고요 드 모르페 씨. 그 이야긴 누구한테 들으신 건데요? 나로부터?"

"아닙니다. 하지만 광장이나 살롱에서는 다들……."

"오, 1628년 우리들은 종말을 맞이하리니! 땀 흘려 일할 필요도, 열심히 피아노 치거나 바이올린 켤 필요도 없도다. 어차피 올해 안에 다 죽을 테니까! 내가 이랬단 말인가요?"

내게서 대답이 없자 그녀의 얼굴에선 순식간에 웃음이 사라졌다. 그녀는 마치 연극배우 같았다. 어느새 그 시선을 뗄 수 없는 붉은 눈동자에는 슬픔이 어려 있었다.

"바보들은 그렇게 직설적으로만 현실을 보려 하죠. 그것은 조용해요. 아무도 알지 못할 거예요. 세상의 참된 것을 볼 줄 아는 깊은 눈을 가진 몇몇 사람들을 제외하곤, 그것이 일어났다는 것도 모를 거예요. 하지만 당신은…… 당신은 직접 보게 되는군요."

"예? 보게 되다니 무엇을 말입니까? 그것이라면……."

"종말."

나는 도무지 뭐라 반응해야 될지 몰라 난감한 얼굴로 트리스탄을 보았다. 그러나 그는 입을 꾹 다문 채 키세에게 시선을 고정하고 있을 뿐이었다.

키세는 내게서 눈을 돌려 창밖을 내다보면서 새 숟가락을 입에 넣었다.

"슬픔이 눈이 되어 에단에 쌓이는 그날, 많은 사람들이 우리로부터 헤어질 거예요. 하지만 당신은 괜찮아요. 견딜 수 있을 거예요. 당신은 눈물이 많은 사람이니까."

그녀가 떠나고 나서도 한참 동안 나는 그 자리에 그대로 앉아 있었다. 그녀가 정말 키세이고, 예언가일까? 어머니의 말씀대로 그저 사기꾼은 아닌지. 마치 종말에 대한 예언은 하지 않은 것처럼 말하다가 이내 또 직접 종말을 보게 될 거라니.

"자네가 무슨 생각을 하는지 알 것 같긴 한데, 고요. 그녀는 미치지 않았어."

"미쳤다는 생각은 안 했어. 하지만 사기꾼이라는 말은 조금 일리가 있는 것 같군."

트리스탄은 조용히 한숨을 내쉬었다. 나는 문득 키세까지 알고 있는 이 친구가 대단하게 느껴졌다.

"그런데 대체 키세는 어떻게 알게 된 건가?"

"글쎄…… 만난 건 우리가 꽤 어릴 때였지, 아마. 자네와 나와 바엘이 처음 카논 홀에서 연주한 날, 그날 파티에서 만났어."

"그 파티에 키세가 왔었다고? 어떻게?"

"나도 모르겠어. 그녀는 종종 전혀 예상하지 못한 자리에 나타나곤해. 구석지고 더러운 선술집에서 열리는 부랑자들의 모임에 모습을 드러내는가 하면, 시에서 여는 귀족들을 위한 가장무도회에 참석하기도 하지. 하지만 대부분의 경우에는 몬드 광장의 이곳저곳을 기웃거리며 돌아다녀. 정말 종잡을 수 없는 사람이야."

트리스탄은 그녀에 대해서 떠올리는 것이 기분 좋은 듯 희미한 미소와 함께 말했다. 나는 그에게 키세를 사랑하느냐고 묻고 싶은 충동을 느꼈다. 하지만 고개를 젓고 말했다.

"어쨌든 꽤 충격적이군. 자네가 키세와 오랜 친구였다는 거하고 키세가 저런 인물이었다는 것. 그리고……."

"종말도?"

"자넨 그걸 믿나, 트리스탄?"

"나는……."

트리스탄은 잠시 말을 끊고 의자에 등을 편히 기대었다. 단지 그뿐인데 갑자기 그가 멀어 보였다.

"믿네. 그녀가 하는 말이라면, 모두."

어쩌면 트리스탄의 그 말은 별로 특별하지 않은 것일 수도 있었다. 에단 내에서 키세의 예언을 믿는 사람은 적지 않았다. 특히 파스그라노들이나 평민들은 그녀의 말을 거의 진실로 여긴다. 그런데도 왜 난군이…….

"그녀를 사랑하는군. 그렇지?"

결국 그 말을 입 밖으로 꺼내고 말았다.

찻잔을 입가로 가져가던 트리스탄의 손이 잠깐 멈칫했다. 하지만 그뿐이었다. 그는 별로 동요하지 않는 얼굴로 별것 아니라는 듯 대답했다.

"그녀는 내 모든 것이야, 고요."

#04
얼음나무 숲의 초대

에단의 역사 맨 앞장에는 이런 문구가 쓰여 있다

'우리는 순례자들이다.

에단에 살고 있으면서도

여전히 에단을 향하여 가는.'

트리스탄은 에단 내의 거의 모든 사교계에 참석한다. 그리고 파티나 모임이 없는 시간에는 늘 몬드 광장에 머문다.

그녀는 종종 전혀 예상하지 못한 자리에 나타나곤 해. 구석지고 더러운 선술집에서 열리는 부랑자들의 모임에 모습을 드러내는가 하면, 시에서 여는 귀족들을 위한 가장무도회에 참석하기도 하지. 하지만 대부분의 경우에는 몬드 광장의 이곳저곳을 기웃거리며 돌아다녀.

그 모든 것이, 그녀를 만나기 위해서였다.

나는 가슴이 터질 것 같은 기분을 느끼며 급히 내 방으로 뛰어 들어왔다. 그러곤 곧바로 피아노 앞에 앉았다. 피아노 덮개를 열자마자 내 손가락은 기다렸다는 듯 건반 위를 날아다니기 시작했다. 음악, 음악, 음악. 이 모든 감당하기 힘든 감정을 난 음악으로밖엔 꺼낼 수 없었다.

"맙소사, 왜 그녀에게 말하지 않나? 청혼을 해 보지그래. 에단에서 자네를 거절할 여인은 별로 없을 거야."

"이미 했네."

"해…… 했다고? 그런데 설마, 자네를 거절했나?"

"자신은 곧 죽을 거라서 내 청혼을 받아들일 수 없다고 하더군. 자신의 죽음까지 볼 수 있는 뛰어난 예언가라는 것은 얼마나 슬픈 일인가. 나는 농담처럼 만약 죽지 않으면 나와 결혼해 줄 것을 맹세하라고 했네."

"그랬더니?"

"대답 대신 나에게 키스하더군. 그래서 난…… 하루하루를 그녀가 내일 죽을 사람인 것처럼 사랑하네. 오늘이 아니면 다시는 사랑할 수 없을 것처럼, 오늘이 아니면 다시는 그녀를 볼 수 없을 것처럼. 하루하루 안도하며 또 슬퍼하며, 그렇게 내 모든 것을 다해 사랑하고 있어."

15년. 15년 동안이나 우린 친구였고 그만큼 절친하다고 생각했다. 비록 바엘과의 거리는 끝내 좁혀지지 않았지만 나는 트리스탄과의 관계로 위안을 얻었다.

그런데 나는 지금까지 그가 모든 것이라고 말할 만큼 사랑하는 사람이 있다는 것조차 몰랐다.

쾅, 쾅, 쾅!

아름다운 선율은 이내 듣기 힘든 불협화음이 되었다. 한참 동안이나 건반을 멋대로 내리쳤더니 누군가 방문을 열고 들어왔다.

어머니시겠지. 또 그런 식으로 할 거면 피아노를 때려치우라고 하시겠지.

"도련님, 도련님! 손님이 오셨습니다!"

하인이 나를 향해 소리쳤지만 나는 뒤도 돌아보지 않고 외쳤다.

"돌아가라고 해!"

"하지만……."

그때 누군가가 내 어깨를 잡았다. 나는 신경질적으로 뿌리치다가 그게 누구인지 확인하곤 동작을 멈췄다.

"새로 작곡한 곡인가? 솔직한 내 감상을 말하자면, 정말 못 들어주겠군."

석 달 만에 만나는, 바엘이었다.

나는 바엘을 앞에 앉히고 차도 내오게 했지만, 말은 한마디도 나와 주지 않았다. 나도 몰랐지만 저번의 일로 받은 충격이 아직 가시지 않은 것 같았다.

바엘은 말없는 나를 구경이라도 하듯 바라보다가 곧 깊이 한숨을 내쉬었다.

"그렇게 겁먹을 필요 없네. 난 자네에게 사과하러 온 거야."

"자네가 나에게 사과를 다 하겠다니 믿어지지가 않는군. 트리스탄이 보냈나?"

어이쿠, 맙소사. 내가 드디어 미쳤나 보다. 나는 나도 모르게 퉁명스레 대답하고 말았다. 하지만 바엘은 오히려 피식 웃었다.

"자네에게 귀여운 구석이 있다고 트리스탄이 말할 때마다 나는 이해를 못 했는데, 오늘 보니 알 것도 같군. 그러니까 지금 내게 삐쳐 있는 거지. 그렇지?"

"뭐……?"

바엘은 어깨를 으쓱하며 말했다.

"사실 요즘 나도 가피르 부인의 살롱 연주회에 나가고 있네. 자네에 대한 사죄의 뜻으로랄까."

"……."

"뭐, 그렇다고 자네 때문만은 아니야. 나는 그 귀부인의 인품이 마음에 드네."

기분이 이상해졌다. 결코 기쁘지는 않았고 오히려 비참함에 가까운 기분을 느꼈다. 나는 그런 것을 바란 게 아니다.

"그리고 이것, 받아."

바엘은 품에서 뭔가를 꺼내 내밀었다. 초대권이었다.

"생색내긴 싫지만 가장 좋은 자리일세. 생각보다 귀국 연주회가 조금 늦어져 버렸어. 카논 홀에 예약된 공연이 이제야 다 끝났다는군."

"……"

"안 받을 건가?"

나는 고개를 떨구었다. 바엘은 내밀었던 초대권을 테이블 위에 올려놓은 뒤 자리에서 일어났다.

"정말 자네에겐 무슨 말을 못 하겠군. 남자가 무슨 눈물이 그리 많나? 또 왜 우는 거야?"

"울고 있지 않네!"

"그럼 뭐가 문젠가? 사과도 받지 않고, 내가 뭘 더 해야겠나?"

나는 고개를 들어 바엘을 원망스럽게 바라보았다.

"왜 내겐 연주를 해 주지 않나?"

"뭐?"

"자넨 트리스탄의 기분을 상하게 했을 때 늘 바이올린을 연주했지. 하지만 내겐 말뿐이로군. 아, 그렇지! 아나토제 바엘은 '의미 있는' 사람에게만 공짜로 연주해 준다고 했지. 그렇다면 자네 연주를 듣기 위해 난 돈을 내야겠군. 얼마를 원하나, 이 시대 최고의 마에스트로? 난 자네가 몹시 싫어하는 부자 귀족 놈인지라 가진 건 돈뿐이라네. 얼마든지 액수를 불러 보게. 당장 수표를 써 줄 테니까."

순식간에 말을 쏟아 낸 나는 숨을 몰아쉬며 바엘을 노려보았다.

불같이 화를 내며 나가 버릴 것이라 생각한 바엘은 그러나 나를 가만히 바라보기만 했다. 잠시 후 웃는 듯 마는 듯한 얼굴로 그가 입을 열었다.

"좋아, 그렇다면…… 자네도 충분히 날 모욕한 것 같군. 그렇지? 이것으로 비겼네. 더 이상 서로 이 일로 문제 삼지 않았으면 좋겠군. 그리고 날 피해 다니지도 말았으면 하네."

나는 아무 말도 하지 않고 고개를 돌렸다. 벌써부터 죄책감이 마음속에서 스멀스멀 기어오르고 있었다.

바옐은 초대권을 그대로 둔 채 방에서 나갔다. 그가 나가고 나서야 초대권을 힐끗 보았다. 2층의 맨 앞 박스석. 그의 말대로 가장 좋은 자리였다.

잠시 멍하니 표를 보던 나는 그때 바옐이 밖에서 외치는 고함 소리를 들었다.

"당장 나와, 고요 드 모르페! 감히 날 모욕했어! 결투야!"

나는 서둘러 창밖을 내다보았다. 결투를 신청하는 사람 같지는 않은 표정으로 바옐이 나를 쳐다보고 있었다.

어처구니없는 기분을 느끼며 그를 내려다보다가, 문득 그의 손에 바이올린 가방이 들려 있는 것을 발견했다. 즉시 몸을 돌린 나는 외투를 집어 들고 날듯이 계단을 뛰어 내려갔다. 왠지 웃음이 나왔다.

"……그래서 결투를 하러 대체 어디까지 가겠다는 건가?"

"자네가 죽어도 아무도 모를 곳."

바옐은 도저히 농담하는 것 같지 않은 얼굴로 대답했다.

마차를 타고 두 시간이나 달려온 우리는 마차에서 내린 다음 또다시 한 시간을 걸었다. 나는 안절부절못하면서도 바옐을 따라가는 수밖에 없었다.

좁은 오솔길을 한참 걸은 우리는 어느새 산속에 들어와 있었다. 그래도 멈추지 않고 점점 깊은 곳으로 들어가자, 나는 아까 바엘이 한 말이 진심일지도 모른다고 생각했다. 그러나 정말로 결투를 하기 위해서라면, 바이올린 가방은 대체 왜 들고 가는 것일까?

"흠."

내가 지쳐 흐느적거릴 때가 되어서야 그가 멈췄다. 우리는 이제 어딘지 짐작도 할 수 없는 곳에 와 있었다. 바엘은 어딜 돌아봐도 산밖에 안 보이는 그곳에 우뚝 선 채 말했다.

"못 찾겠군."

"……바엘?"

"길을 잃은 것 같아, 고요."

나는 그만 힘이 빠져 그 자리에 털썩 주저앉았다. 그럴 기운만 있었으면 내 쪽에서 결투를 신청하고 싶은 심정이었다.

바엘은 헐떡거리는 나를 한심하다는 듯 바라보았다.

"정말이지 귀족은 어쩔 수 없군. 고작 이 정도에 지쳤나?"

"좋아. 귀족이니 뭐니 다 좋네. 대체 어딜 가려는 건지 제발 말이나 해 주게."

바엘은 대답하는 대신 바이올린 가방을 내려놓았다. 그러곤 마치 그 안에 물이라도 있다는 듯 한가로운 동작으로 가방을 열었다.

하지만 물끄러미 그 모습을 바라보던 나는 다음 순간 심장이 가슴 밖으로 튀어나올 뻔했다.

"바, 바, 바엘, 그, 그거!"

바엘은 한심하기 그지없다는 눈으로 나를 바라보며 말했다.

"만지는 건 난데 왜 자네가 죽으려고 하나."

"그만둬! 당장 손 떼!"

"호들갑 떨지 말게. 이걸 만진 지는 이미 석 달이나 지났어. 죽으려면 벌써 죽었어야 했다고."

말문이 턱 막혔다.

내가 그런 반응을 보일 수밖에 없었던 것은, 그 안에 여명이 들어 있었기 때문이다. 바엘도 켤 생각은 없는 듯 여명을 들어 잠시 만지작거렸고 나는 숨도 못 쉬고 그 장면을 바라보았다.

그는 왠지 모르게 아쉽다는 표정으로 여명을 가방 속에 도로 넣으며 말했다.

"자네 혹시 들어 봤나?"

"들다니, 뭘?"

"음(音)의 언어를."

"……음의 언어?"

바엘은 가방을 내버려 두고 내 옆으로 와 다리를 쭉 뻗고 앉았다. 그러곤 하늘을 올려다보는 자세로 말했다.

"나도 목숨이 소중하다는 것쯤은 알고 있네. 소망을 이루기 전까지 난 결코 죽을 수 없는 몸이야. 어쨌든…… 석 달 전 트리스탄으로부터 허락을 받은 뒤 난 바로 여명을 꺼냈네."

"허락이라니?"

"여명을 꺼내면 날 보지 않겠다던 그 친구 말 기억하지? 그리고 이에나스 후작이 죽던 날도. 그날 자네가 먼저 가고 나서 트리스탄과 나는 거래 비슷한 걸 했네. 후작에게 연주해 주는 대신 여명을 꺼내도 좋다고."

트리스탄…… 그래. 트리스탄만이 바엘에게 그렇게 할 수 있지.

"아무튼 그날 꺼내긴 했지만 켜 보진 않았네. 내게도 확신이 없었어. 여명이 날 자신의 주인으로 인정할 것이란 확신. 그래서 그저 내 방에 놔두기만 했는데, 어느 날 저것이 나에게 말을 걸어왔네."

나는 당혹스러운 기분으로 바엘을 바라보았다. 하지만 바엘은 결코 농담하는 얼굴이 아니었다. 하긴 애초에 농담 같은 걸 하는 친구도 아니다.

"그것은 사람의 언어는 아니었어. 아까 내가 말한 음의 언어였지. 분명 처음 듣는 것인데도 나는 그걸 알아들을 수가 있었네. 아무튼 저 악기가 내게 말하더군. 자신을 어떤 곳으로 데려가 달라고."

"어떤 곳?"

"얼음나무 숲."

나는 이제 더더욱 어떤 표정을 지어야 할지 알 수 없게 되어 버렸다. 내가 바엘에게 그 이야기를 해 준 것이 불과 몇 달 전인데, 몹시 오래 전에 들어 본 단어처럼 낯설게 느껴졌다.

바엘은 주위를 한번 둘러보곤 말을 이었다.

"이 근방에서도 비슷한 음의 언어가 들려와. 하지만 도무지 어딘지 모르겠어. 여명은 입을 다물었군. 왜일까. 혹시 우린 이미 그곳에 들어와 있는 게 아닐까?"

바엘의 말이 끝나자 왠지 섬뜩한 기분이 들어 나도 급히 주변을 훑어보았다. 하지만 평범한 나무들뿐이었다. 어딜 봐도 얼음처럼 보이는 나무는 없었다.

"바엘. 그냥 농담이라고 해 주게. 날이 곧 어두워질 텐데 돌아가는 게 좋겠어."

바엘은 뭐가 못마땅한지 얼굴을 찌푸리고 있다가 고개를 홱 돌려 나를 노려보았다.

"내가 이 귀중한 순간에 자네를 데리고 온 것은……."

하지만 거기까지 말한 바엘은 다시 뭔가 생각하는 표정을 짓더니, 갑자기 자리에서 벌떡 일어났다.

"들었나?"

"듣다니, 뭘?"

엉겁결에 따라 일어서며 내가 물었다. 바엘은 두 눈을 크게 뜬 채 어느 한 곳을 뚫어져라 바라보고 있었다. 그의 눈빛이 너무나 강렬한 광채를 발하고 있어 나는 조금 무서운 생각이 들었다.

천재들은 간혹 자신의 재능을 감당하지 못하고 미쳐 버리기도 한다던데, 이 친구도 혹시……?

"음악이야!"

"음악?"

바엘은 조용히 하라는 듯 황급히 손을 내저었다. 나는 입을 다문 채 귀에 온 신경을 집중했다. 하지만 아무리 기다려도 바람 소리와 잎사귀 바삭거리는 소리밖엔 들려오지 않았다.

"맙소사, 멈췄군. 사람을 몹시 꺼리는 모양이야."

바엘은 알아듣지 못할 말을 중얼거리고는 급히 바이올린 가방이 있는 곳으로 걸어갔다. 그러곤 그 속에서 여명과 활을 꺼냈다. 나는 눈에서 뭔가 번쩍하는 것 같은 기분을 느꼈다.

"안 돼, 바엘!"

만지는 것만으로는 괜찮을지 모르지만 그걸 켜게 되면 확실히 얘기가 달라진다. 그러나 내가 채 붙잡기 전에 바엘은 활로 여명의 현을 긁듯이 움직였다. 지잉!

"……!"

나는 그 자리에 덜컥 멈췄다. 바옐이 낸 소리는 C, 가장 기본이 되는 음이었다. 하지만 그건 그냥 단순한 음처럼 들리지 않았다. 마치, 울음소리 같았다. 30년 만에 목소리를 토해 내는 기쁨과 설움이 합쳐진 듯한, 환희와 분노에 찬 소리.

아아, 의심할 여지가 없었다. 그것은 분명 살아 있는 악기였다.

"그래……. 그래, 반응하는군. 찾았어. 이곳이야!"

바옐은 흡사 광인 같은 눈으로 한 곳을 뚫어져라 응시하며 환하게 웃었다.

나는 덜덜 떨며 그 자리에 주저앉았다. 도저히 서 있을 힘이 없었다. 무언가 지금 이곳에서, 우리의 현실을 깨뜨리는 일이 벌어지려 하고 있었다.

바옐은 C부터 B까지 차례대로 소리를 내었다. 그때마다 여명은 도저히 감당할 수 없는 진한 음색을 토해 냈다. 마치 그동안 잠들어 있던 음을 깨우는 듯한 그 행동이 끝나자, 바옐은 곧바로 연주를 시작했다.

몹시 감미로운 선율이 내 귀와 심장을 뒤흔들었다. 언젠가부터 눈물이 줄줄 흘렀고 나는 이 악마적으로 아름다운 선율에 귀를 틀어막고 싶은 기분과 죽을 때까지 듣고 싶다는 기분을 동시에 느꼈다. 말도 안 되는 감정이었으나 지금 이 순간 이곳에서는 모든 거짓과 진실이 뒤섞이고 현실과 죽음의 경계마저 모호했다. 따라서 모순마저도 지극히 정상적이었다.

바옐의 연주는 끝없이 계속될 것처럼 이어졌다.

나는 두 눈을 꽉 감은 채 머리를 감싸고 터질 것 같은 심장의 박동을 참아 가며 음악을 들어야 했다. 이대로 이 음악을 듣고 있으면 틀림없이 미쳐 버릴 것이라고 생각했으나 도저히 막을 수가 없었다. 그 거대한 음이 내 머릿속 가장 깊은 곳을, 내 심장의 가장 은밀한 곳을 꿰뚫고 들어왔다.

멈춰, 바엘. 연주해, 바엘. 멈춰, 제발, 연주해……!

"고요."

잠시 후 누군가 흔들자 나는 퍼뜩 정신을 차렸다.

얼마의 시간이 흐른 거지? 하루 종일 달린 사람처럼 몹시 피곤하고 몸에 힘이 하나도 없었다. 허우적거리는 나를 강한 손이 붙잡아 일으켰다.

고개를 들어 보니 아까와는 달리 평소처럼 차분하고 냉정한 얼굴을 하고 있는 바엘이 보였다.

"둘러봐."

나는 바엘의 말을 따라 멍하니 고개를 돌려 보았다.

아…….

머나먼 지평선을 향해 손을 뻗었는데, 그 덧없는 행동 끝에 지평선이 닿을 듯 말 듯 한 아련함. 나는 그렇게밖에 형용할 수 없는 가슴 벅찬 애수를 느꼈다.

순백의 나무들. 그 표면에 너울거리는 빛은 마치 나무가 움직여 우리에게 인사를 하는 듯 보였다. 새하얗고 눈부신 세상. 그 어떤 더러움도 속된 것도 침범한 적 없는, 티끌조차 묻어 있지 않을 것 같은 세계. 마치…… 바엘의 연주처럼.

나는 홀린 듯 바엘을 바라보았다. 바엘의 눈은 웃고 있었다. 그가 내게 말해 오는 듯했다.

내가 있을 거라고 했지?

정말이었다. 익세의 전기를 쓴 작가의 말에 따라, 그곳은 그렇게밖에 부를 수 없었다. 얼음처럼 보이지만 만지는 순간 재가 될 만큼 초고온으로 타오르는 나무들의 세계.

그곳은 마치, 얼음나무 숲과 같았다.

나는 한동안 넋을 잃고 그곳을 바라보았다.

전설 속에만 있는 줄 알았던 비현실 속에 들어와 있는데도, 묘하게도 심한 충격을 느끼거나 크게 놀랍지 않았다. 다만 너무나도 아름다워서, 내가 움직이면 이 모든 게 산산이 부서지고 다시 현실로 돌아갈까 봐 굳은 듯 그 자리에 못 박혀 있었다.

얼마가 지났을까. 갑자기 어떤 소리가 들렸다.

나는 깜짝 놀랐지만 아무 소리도 내지 않기 위해 입을 다물었다. 속삭임인가? 아니면 나뭇잎에 바람이 스치는 소리를 잘못 들은 걸까? 나는 좀 더 귀를 기울였다. 그러자 이번엔 분명히 들려왔다.

아…… 바엘이 말한 것이 이것이란 걸 깨달을 수 있었다. 음의 언어, 확실했다. 그것은 바람 소리 같은, 속삭임 같은 음악이었다. 바엘과는 달리 나는 알아들을 수 없었지만 한 가지, 숲은 우리에게 말을 걸어오고 있었다.

바엘을 바라보자 그는 손가락 하나를 들어 입가에 가져갔다. 조용히. 나는 고개를 조심스럽게 끄덕이고 잠자코 기다렸다.

그러자 곧, 들려왔다. 이번엔 확실한 음악이었다. 갑자기 숲 전체가 요동치는 것처럼 보여 나는 깜짝 놀랐다. 하마터면 뒤로 돌아 도망칠 뻔했지만 마치 예상이라도 한 듯 바엘이 내 팔을 붙잡았다. 간신히 정신을 차리고 좀 더 그 음악에 귀를 기울였다.

그것을, 그것을 무어라 표현할 수 있을까? 사람이 만든 그 모든 것 중에서 그런 소리를 낼 수 있는 것이 있을까?

없다. 없다. 결단코 없었다. 그것은 말하자면 온 세상이 들이쉬고 내쉬는 살아 있는 숨이었다. 산이 반주하고 바다가 선율을 만들어 내며 하늘이 지휘하는 연주였다. 그건 오직 음역의 신인 모토벤만이 들을 수 있고 이해할 수 있는 음악이었다.

누가 연주하는 것인가?

의심할 여지 없이 그것은 얼음나무 숲 자체였다. 수많은 얼음으로 된 나뭇가지들은 그 자체로 늘어진 현이다. 그 사이를 지나다니는 바람은 숙련된 마에스트로의 활이 되어 현을 당긴다. 숲의 모든 것들이 하나하나 고결하며 완성에 닿은 마에스트로였다.

나는 영원함을 들었다. 끝없는 찬란함을 들었다. 음의 절대적인 아름다움과 무한으로 뻗어 가는 화음을 들었다.

감히 이 안에서 내가 선율을 작곡한다고, 기교를 부려 피아노를 두드린다고 말할 수가 없었다. 나뿐 아니라 세상의 모든 영원불멸할 거장들이라 할지라도 인간이라면, 이 앞에서 감히 자신을 음악가라 말할 수 없을 것이다.

그렇게 점차 음악 속에서 정신을 잃어 가던 나를 깨운 것은, 청명한 바이올린 음 하나. 날카롭고 매끄러운, 음역의 신 앞에서조차 당당한 음 하나.

나는 퍼뜩 눈을 뜨고 믿을 수 없다는 듯 앞을 바라보았다.

그가, 바엘이 연주하고 있었다.

하얀 나뭇가지들 사이로 눈 같은 잎사귀들이 떨어지는 그 얼음나무 숲에서, 여명이 청아한 목소리를 토해 낸다. 일순 얼음나무 숲 여기저기에 숨어 있는 음악가들이 연주를 멈춘다. 그러곤 바옐의 연주에 귀를 기울인다. 바옐은 감히 신에게 자신의 음악을 들어 보라는 듯한 태도로 활을 움직였다. 그 자신감 넘치는 연주는 너무나 바옐다웠고 그래서 너무나 감동적이었다.

아…… 이것은 정녕 꿈인가 현실인가.

나는 바로 앞에서 목도하고 있는 와중에도 의심하고 또 의심했다. 끝날 것 같지 않은 음악, 끝나지 않길 간절히 바랐던 음악.

어느새 바옐은 독주하는 바이올리니스트가 되고 숲은 오케스트라가 되어 바옐을 따라가고 있었다. 이 장대한 초현실 협주곡을 듣고 있는 청중이 나 하나뿐이라니. 모두에게 목이 터져라 이 연주를 들으라고 외쳐 주고 싶은 동시에 모두에게서 감추고 나 혼자만 듣고 싶었다.

나는 온몸을 사시나무처럼 떨며 그 모든 것을 들었다. 귀로 듣고 눈으로 들었으며 영혼으로도 들었다. 감동만으로도 전율하다 죽어 버릴 수 있을 것만 같았다. 자유자재로 옥타브를 넘나드는 그 음악은 자유롭고 한계가 없었다. 계속 듣기 위해 내 생명을 바치고 영혼을 팔아야 했다면 그리했을 것이다.

그러나…… 아무리 영원하고 아무리 아름다워도 시작된 음악에는 반드시 끝이 있다. 이곳은 모든 음악이 시작되는 동시에 끝내 잠드는 곳. 음악이 잦아들기 시작했다.

나는 온몸의 혈관이 타들어 가는 것 같은 안타까움을 느꼈다. 내 속된 목소리가 행여 음악을 망치지 않을까 저어하지 않았더라면 멈추지 말라고 온 힘을 다해 소리 질렀을 것이다. 그러나 나는 고작 감격에 겨워 울고 있는 하나뿐인 청중에 불과했다. 나에게는 바엘처럼 이 음악을 이끌 힘이 없었다.

마침내 숲이 고요하게 가라앉았다. 마지막 화음으로 연주를 끝낸 바엘은 땀을 비 오듯 흘리고 있었다. 바엘은 한동안 헐떡였고 나는 숨을 죽인 채 그를 바라보았다.

여명은 더 이상 탐욕스러운 빛깔을 띤 악기가 아니었다. 몹시 경건한, 그러나 여전히 아름다운 모습으로 바엘의 손에 얌전히 들려 있었다.

음악은 끝이 났다. 그러나 나는 끝이 있되 영원할 수 있다는 게 무슨 뜻인지를 알았다.

우리가 얼음나무 숲을 벗어났을 때는 이미 밤이었다. 큰길로 걸어 나와 다시 마차를 잡을 때까지 우리는 한마디도 하지 않았다.

바엘은 무슨 생각을 하고 있을까. 나는 멍하니 창밖으로 새카만 밤을 바라보면서 그 모든 일이 꿈에서 일어난 것일지도 모른다고 생각했다.

너무 아름다웠고, 또 너무 멀었기에.

그러나 내 얼굴에 얼어붙은 눈물 자국은 그때까지도 녹지 않고 있었다.

#05
음악 결투

그가 얼음나무 숲에서
여명을 들어 올리는 순간 알았다
여명은 그곳에 속해 있음을

"고요. 이봐, 고요?"

"응?"

"왜 그리 넋을 놓고 있나? 요즘 자주 그러는군."

"아, 그냥……."

나는 창밖에서 시선을 떼고 맞은편에 앉아 있는 트리스탄을 보며 멋쩍게 웃었다.

트리스탄은 장난기 가득한 눈동자로 말했다.

"그러지 말고 털어놓게. 요즘 자네를 이렇게 만든 귀부인이 누구신지 말이야."

"그런 거 아니야."

여전히 짓궂은 표정으로 트리스탄이 뭔가 물으려는 찰나, 밖에서 마부의 목소리가 들려왔다.

"카논 홀에 도착했습니다!"

우리는 마차에서 내렸다. 카논 홀 앞에 벌써부터 수많은 사람들이 몰려 있었다. 근처의 조금 인적이 드문 곳에서는 은밀하게 표와 돈을 주고받는 사람들도 보였다.

"조심하게, 고요. 우리가 가지고 있는 입장권 때문에 여기 있는 사람들에게 살해당할지도 몰라."

트리스탄이 주위를 둘러보며 농담했다.

그날은 바엘의 귀국 기념 연주회가 열리는 첫날이었다. 이미 일주일 치 공연 입장권은 모두 매진된 상태. 입장권의 정가도 결코 적은 액수가 아닌데 에단의 암시장에서는 그 몇 배 혹은 몇십 배로 비싼 값에 팔리고 있다고 한다.

에단에서는 그런 일이 몹시 드문데, 스스로를 수준 높은 청중이라 생각하는 에단의 시민들은 누군가의 음악을 듣기 위해 애쓰는 일 따위를 경박하다고 여기기 때문이다. 따라서 이러한 에단의 풍경은 이 례적인 것이었고 그만큼 바옐의 인기는 대단했다.

바옐이 이 사실을 알면 얼마나 조소할 것인가 생각하며 나는 트리스탄과 함께 카논 홀로 들어섰다.

카논 홀에는 입장권을 가진 사람들만 들어올 수 있었기에 바깥보다 사람이 적었다. 대신 그들 모두가 하나같이 입이 떡 벌어지는 거물들이었다.

바옐의 대부이자 은퇴한 후에도 여전히 존경받고 있는 마에스트로 크림트 리지스트는 물론이고 에단 내 최고의 오케스트라로 인정받는 메덴크루츠의 수석 지휘자 알렉시스 르메로와 그가 가장 아끼는 제자인 팔마르 새틴, 세 치 혀가 그 어떤 비수보다 날카롭다는 전설적인 비평가 레오나르 라벨까지 있었다.

하지만 비록 앞에 붙는 수식어는 없더라도 에단에서 가장 유명한 것은 바로…….

"오, 트리스탄 아닌가."

"트리스탄 벨제! 자네 왔군."

순식간에 트리스탄을 알아본 에단의 유명 인사들이 우리 쪽으로 모여들었다.

트리스탄은 그 많은 사람들과 스스럼없이 인사를 나누며 몇몇은 나에게 소개해 주기도 했다. 하지만 점점 몰려드는 사람들을 감당할 수 없는 지경에 이르자 나는 결국 그 틈에서 홀로 빠져나와야 했다.

드넓은 카논 홀에서 그 많은 사람들 틈에서 혼자가 되었다는 것을 느꼈을 때, 문득 나는 같은 시절을 자라 온 트리스탄과 바옐에 비해 얼마나 초라한가를 깨닫게 되었다. 하지만 그 생경한 고독 속에 더 빠져들기 전에 고맙게도 누군가가 나를 알은척해 주었다.

"모르페 군, 오랜만일세."

고개를 돌려 보니 카논 홀의 주인인 레나르 카논이 푸근한 미소를 지으며 서 있었다. 악기 경매 이후 그를 처음 보는 거라 나도 무척 반가웠다.

"정말 오랜만이군요, 레나르 씨. 공연 준비 때문에 바쁘셨겠습니다."

"나야 뭐, 지켜보기만 했을 뿐인걸. 내가 제의하긴 했지만 역시 아나토제 바옐은 대단하더군. 그는 이곳에서 리허설도 한번 하지 않았네. 아무리 오랫동안 카논 홀에서 연주한 거장이라 해도 떨지 않기 위해 무대에 서 보기 마련인데 말이야."

"그게 바옐답지요."

"하하. 그는 정말 거물이 될 거야. 아니 이미 거물인가? 아무튼 지금 대기실에 있는데, 가 보겠는가?"

바옐이 별로 반가워할 것 같지 않았지만 입장 시간까지 혼자 서 있는 것보단 그에게 핀잔이라도 듣는 게 낫겠다 싶었다. 그래서 레나르 카논의 안내를 받아 바옐이 있다는 대기실로 갔다.

"저쪽 끝일세. 공연이 코앞인데 연습조차 안 하는군."

레나르 카논은 싫지 않은 기색으로 그렇게 말하고는 먼저 가겠다며 왔던 길을 되돌아갔다.

나는 조금 망설이다가 대기실 문 앞에 섰다. 그가 혹시 여명을 들고 왔을까. 아직까지도 그가 여명을 켰다는 사실은 나밖에 모르고 있었다. 만약 그가 무대에 여명을 든 채 나타난다면 연주가 어떻고를 떠나서 엄청난 화제를 불러일으킬 것이다.

심호흡을 하고 문을 두드리려는 찰나, 안에서 누군가의 목소리가 들려왔다.

"하긴, 오라버니는 긴장 같은 건 안 하잖아."

"다들 그렇게 생각한다면 성공한 거로구나. 하지만 나도 가끔은 떨 때가 있단다."

"정말? 못 믿겠는데."

나는 한동안 말문이 막힌 채 그대로 서 있었다.

바엘이 개인적으로 아는 여인이 있었던가? 게다가 이처럼 부드럽고 따뜻한 목소리로 대화할 만한 여인이.

"그나저나 이 바이올린은 정말 아름답네. 오라버니가 이걸 샀다고 들었을 때 걱정했는데…… 정말로 켤 수 있어?"

"이따가 무대에서 보면 알 수 있을 거야. 아…… 안 돼. 만지지는 말렴."

아무래도 그냥 돌아가야겠다는 생각이 들어 몸을 돌리는 순간, 팔꿈치로 건드린 것인지 문이 끼익 소리를 내며 조금 열렸다. 당황하며 급히 문을 닫으려 했지만 그만 문틈으로 바엘과 눈이 딱 마주치고 말았다. 결국 나는 멋쩍은 미소와 함께 말을 꺼낼 수밖에 없었다.

"미안. 그냥 인사나 하러 온 건데 먼저 오신 분이 있었군. 나중에 봐, 바엘."

그리고 바로 등을 돌렸지만 뒤에서 누군가가 나를 불렀다.

"잠깐만요! 혹시 고요 드 모르페 씨 아니신가요?"

조금 전까지 바엘과 얘기하던 여성의 목소리였다. 나는 다시 몸을 돌렸다.

"아, 예. 제가 맞습니다. 실례했습니다."

"아뇨, 괜찮아요. 들어오세요."

레이디의 청인데 마땅히 거절할 만한 말이 떠오르지 않았다. 결국 나는 바엘의 시선을 애써 피하며 대기실 안으로 들어섰다. 그제야 여인의 모습을 제대로 볼 수 있었다.

그녀는 조금 식상한 표현을 빌리자면 온실에서 귀하게 자란 한 떨기 꽃과 같았다. 청초하게 곱슬지며 내려온 금발이 어깨를 살짝 덮고, 푸른빛과 초록빛의 중간쯤 되어 보이는 맑은 눈은 한없이 순수하고 깊었다. 생각보다 나이가 많지 않은 듯 그녀는 아이 같은 천진난만한 미소를 띠며 인사했다.

"안녕하세요. 레안느 리지스트라고 합니다. 전부터 한번 꼭 뵙고 싶었어요."

"처음 뵙겠습니다. 그런데 실례지만 리지스트라면 혹시……?"

"예. 제 아버지가 크림트 리지스트세요. 아나토제 오라버니는 제게 가족과 다름없죠."

"그러셨군요. 뵙게 되어 영광입니다."

그녀와 대화하면서 나는 슬쩍 바엘의 표정을 살폈다. 그러곤 딱 기절하지 않을 만큼만 놀랐다.

그렇게 행복한, 그렇게 갖고 싶어 안절부절못하는 귀한 보물을 바라보는 것 같은 표정의 바엘이라니. 그 표정을 보면서 누가 모를 수 있단 말인가.

"실례가 되지 않는다면 언제 한번 모르페 씨의 연주를 들어 보고 싶어요."

"아, 네. 저야 영광입니다."

"사실 저보다 제 약혼자가 모르페 씨를 무척 존경하고 있거든요.

당신의 이야기를 자주 한답니다."

"예? 약혼자……라고요?"

이건 또 무슨 일인가. 나는 바엘을 돌아보았다. 좀 전의 행복하던 표정은 온데간데없고 얼굴이 무섭게 굳어져 있었다. 이것 참, 이렇게 속을 알기 쉬운 친구였다니.

나는 다시 레안느를 보며 조심스레 물었다.

"혹시 그 약혼자가 누구인지 물어도 실례가 되지 않을는지요."

"물론이죠. 그렇지 않아도 소개해 드리고 싶었던 참…… 아, 왔네요. 들어와, 휴벨."

문을 향해 고개를 돌리는 순간, 너무 놀라서 말문이 턱 막혔다. 더 놀랄 일이 남아 있었다니.

그가 천천히 안으로 걸어 들어와 내게 손을 내미는 그 순간이 얼마나 극적이었는지 모른다.

"드디어 뵙게 되었군요. 존경하는 마르티노, 고요 드 모르페 씨."

파스그라노 피아니스트 중에 가장 뛰어나다는, 평민공화당의 나이겔 한스와 절친하다는, 그리고 바엘이 그렇게나 증오한다던…….

"휴베리츠 알렌이라고 합니다."

"이봐, 어디 가 있었던 거야? 로비에서 한참이나 찾았네."

트리스탄이 들어와 내 곁에 털썩 앉았다. 나는 일찌감치 박스석 안에 자리를 잡고 앉아 무대를 멍하니 내려다보고 있던 참이었다. 머릿속이 엉망이었고 심장은 불규칙적으로 뛰었다.

트리스탄은 그런 나를 물끄러미 바라보다가 갑자기 피식 웃으며 입을 열었다.

"자, 이번에야말로 털어놓아 보게. 지금 자네를 이렇게 만든 귀부인이 여기 와 계시군. 그렇지?"

"……틀린 말은 아닐지도."

"뭐? 정말인가? 누군데?"

나는 한숨을 내쉬며 고개를 저었다. 그런데 그때 반대편 박스석 안으로 사람들이 들어왔다. 바로 지금 날 혼란스럽게 만들고 있는 휴베리츠 알렌과 레안느 리지스트, 그리고 그녀의 아버지인 크림트 리지스트였다. 바옐은 그들에게도 역시 가장 좋은 좌석을 준 것이다.

자리를 잡던 레안느는 내 시선을 눈치챘는지 이쪽을 바라보았고 우린 눈이 마주치고 말았다. 그녀는 싱긋 웃으며 목례했고 나도 얼떨결에 그녀를 향해 고개를 숙였다.

곁에 있던 트리스탄도 그녀를 알고 있는지 반가운 얼굴로 인사하며 내게 말했다.

"설마 레안느라고 말하려는 건 아니지, 고요?"

"아닐세. 그런데 자네는 그녀를 알고 있었나? 난 여태까지 바옐에게 여동생이 있다는 걸 몰랐어."

"뭐, 나는 몇 번 바옐의 집을 찾아간 적이 있으니까."

트리스탄은 그렇게 말하며 미안한 미소를 지었다. 평소 내가 두 사람의 사이를 부러워하고 있다는 건 그도 알고 있을 테니까. 그리고 덧붙였다.

"만약 레안느라면 단념하는 게 좋아, 고요."

"아니라는데도. 나는 다만…… 트리스탄. 혹시 알고 있나?"

트리스탄은 내가 무엇을 묻는 것인지 금세 알아차렸다. 그의 표정이 서글프게 일그러졌다.

"알고 있다 한들 나 또한 자네와 마찬가지야. 어떻게 할 수 없는 일이지."

"그럼, 바엘이 휴베리츠 알렌을 미워하는 이유는 다른 어떤 것이 아니라……."

"그녀의 약혼자이기 때문이지."

트리스탄은 고개를 흔들며 말을 이었다.

"그냥 모른 척하게."

나는 침울한 기분을 느꼈지만 잠자코 고개를 끄덕였다. 트리스탄의 말대로 안다 한들 어떻게 할 수 있는 일이 아니지 않은가. 할 수 있다고 해도 바엘은 내가 결코 참견하길 원하지 않을 것이다.

그때 갑자기 홀 안이 조용해지더니 곧 뜨거운 박수 소리가 들려왔다. 나는 고개를 들어 무대를 바라보았다.

바엘이 천으로 감싼 무언가를 든 채 무대 위로 뚜벅뚜벅 걸어 올라오고 있었다. 무대 중앙에 멈춘 그는 차갑게 굳은 얼굴로 자리를 메운 관객들을 한번 스윽 훑어보았다. 그러곤 들고 있던 것에서 천을 벗겨 냈다. 그러자 순식간에 박수 소리가 멎었다.

숨이 막힐 것 같은 고요 속에서, 목멘 듯한 트리스탄의 목소리가 들려왔다.

"설마……?"

곧바로 이어진 혼란스러운 외침은 흡사 비명처럼 들렸다.

"여명이다!"

"여명, 여명이야!"

"설마 저걸 켜겠다는 건가?"

역시. 나는 입술을 꾹 깨물었다.

한순간에 이 고귀하고 장엄한 카논 홀이 흡사 시장판처럼 변해 있었다. 떠들썩한 객석은 보지도 않고 바옐은 눈을 내리깐 채 가만히 활을 만지작거렸다.

제발.

나는 내 귀에도 들리지 않는 소리로 중얼거렸다.

제발 그로 하여금 더 이상 당신들을 경멸하게 하지 마. 당신들은 그의 청중이 아닌 관객에 불과하다는 것을 스스로 증명하지 마.

그때 바옐이 문득 고개를 들어 위쪽을 바라보았다. 어디를 보는 것인지는 분명했다. 그의 얼굴이 조금 부드러워졌으니까.

다음 순간 바옐은 여명을 천천히 들어 올려 조심스럽게 어깨 위에 놓았다. 사랑스러운 자식을 앉히는 듯한 그 행동은 애잔하며 감동적이기까지 했다. 그가 얼굴을 부드럽게 문지르듯 여명에 대자 홀 안이 조금씩 조용해졌다. 그의 오른손에 쥐인 활은 여명의 현을 향해 느릿느릿 올라갔다. 참으로 애가 탈 만큼 느린 동작이었다. 그사이 홀 안은 완전한 침묵 속에 빠졌다.

그리고 마침내 활이 현에 닿았다.

그 벼락같은 절정의 순간, 관중은 참았던 숨을 내쉬었고 동시에 여명의 울음이 터져 나왔다.

카논 홀의 벽을 타고 울리는 여명의 음색은 지난번 숲에서 들었을 때보다도 전율적이었다. 음의 아름다움을 최대한으로 살리기 위해 치밀하게 건축된 홀의 구조에 감탄할 수밖에 없었다.

바옐은 시선을 바닥에 고정한 채 격정적으로 연주했다. 마치 일생일대의 적을 눈앞에 두고 있는 것 같은 모습이었다. 매섭게 몰아치는 듯한 활의 움직임은 타오르는 분노인가 하면 엄한 절제가 느껴졌고,

경멸과 증오가 뒤섞여 혼란스러운 와중에도 완벽함을 놓치지 않았다.

10분여 만에 그 숨 막히는 격주가 끝나자, 무대 위에서 숨을 헐떡이며 객석을 노려보는 바엘의 카리스마에 모두가 압도당해 그 누구도 입을 열지 못했다. 박수 소리조차 없었다.

바엘의 거친 숨이 조금씩 잦아들고 마침내 조용해졌을 때 내가 제일 먼저 두 손바닥을 부딪쳤다.

짝.

짝, 짝.

짝짝짝…….

그것을 시작으로 우레와 같은 박수 소리가 터져 나왔다. 바엘은 무표정하게 객석을 한동안 응시하더니 답례의 인사도 하지 않고 휙 돌아서서 무대를 내려가 버렸다.

"자넨…… 알고 있었지?"

홀린 듯 박수를 치며 트리스탄이 내게 물었고 나는 말없이 고개를 끄덕였다.

"이건, 이런 건…… 아나토제 바엘이 여명을 쥐었다라."

트리스탄은 그렇게 중얼거리곤 허탈한 웃음을 터뜨렸다.

"자네로부터, 그리고 나로부터 더 멀어지겠군. 이제 그는 전설이 될 거야."

나는 조용히 고개를 끄덕였다. 그때까지도 귀를 멀게 할 것만 같은 박수 소리는 그치지 않고 있었다.

한 시간이 조금 넘는 바엘의 첫 독주회가 끝났다.

홀에서 나오는 관객들의 표정은 주로 두 종류였다. 얼굴이 새빨갛게 달아오를 정도로 흥분한 사람들과 멍하니 무언가에 홀린 듯한 사람들. 눈물을 흘리거나 울음을 터뜨린 사람들의 숫자도 적지 않았고 연주가 끝나자마자 혼절해 버린 귀부인도 있었다.

"믿을 수가 없군. 믿을 수가 없어. 여명을 켜다니, 그러고도 살아 있다니. 이건…… 이건, 그가 모토벤의 영역에 닿아 있다는 말인가?"

나는 평소 냉정하고 날카롭기로 소문난 비평가 레오나르 라벨이 안절부절못하며 그렇게 중얼거리는 것도 보았다. 바엘의 연주도 물론 놀라웠지만 그보다는 여명을 켰다는 사실 자체가 사람들을 더 경악시키는 듯했다.

"저기다! 저기 나왔다!"

"마에스트로 바엘! 영원한 드 모토베르토!"

카논 홀에서는 연주가 끝나면 연주자가 밖으로 나와 홀에서 잠시 청중과 시간을 보내는 관례가 있었다. 바엘이 모습을 드러내자마자 사람들이 그리로 몰려들었고 카논 홀의 직원들은 필사적으로 바엘을 둘러싸며 보호했다.

나는 트리스탄과 함께 멀리서 그 모습을 바라보았다. 바엘은 짜증스러운 표정이었지만 곁에 있는 대부와 레안느를 의식해서인지 억지로 입을 열었다.

"감사합니다. 이렇게 제 연주회에 큰 호응을 해 주시니 저는 좀 더 나은 연주로 보답하겠습니다."

사람들은 환호성을 지르고 박수를 쳤다. 그런데 그들 가운데에서 누군가가 큰 소리로 이렇게 외쳤다.

"그게 진짜 여명인지 어떻게 알아? 단순히 하얗게 칠한 바이올린일 수도 있지!"

바옐의 표정이 순간 매서워졌으나 대답할 가치가 없다고 생각했는지 못 들은 척했다. 그러자 같은 목소리가 다시 말했다.

"자신이 귀족이라도 된다는 듯 착각하고 있군. 평민인 주제에 마르티노인 게 그리도 자랑스럽냐?"

"맙소사."

트리스탄이 손으로 얼굴을 감싸며 중얼거렸다.

순식간에 홀 안이 조용해졌다. 독설을 퍼부은 사람 근처로 곧 공백이 생겨나, 나는 그가 누군지 알아볼 수 있었다.

콜롭스 뮈너. 휴베리츠 알렌의 연주 동료이자 그를 광적으로 따른다는 파스그라노 바이올리니스트. 평소에도 바옐의 험담을 자주 한다고 했던가. 그건 그럴 수도 있다고 하지만, 어떻게 지금 이 자리에서.

"그렇게 노려보지만 말고 내 말이 못마땅하면 결투라도 신청해 보지그래."

그가 빈정거리며 바옐을 향해 말했다. 그의 곁에는 트리스탄과 비슷하게 손으로 얼굴을 감싼 채 고개를 젓고 있는 휴베리츠 알렌도 있었다.

바옐은 조소하듯 웃고는 입을 열었다.

"그래. 그렇게 원한다면 결투하도록 하지."

나는 하마터면 안 된다고 소리치며 뛰쳐나갈 뻔했다. 콜롭스 뮈너는 바이올린을 켤 때 그게 어린아이들용(用)으로 보일 만큼 거구였다. 하지만 나보다 먼저 트리스탄이 그러려고 했기에 얼떨결에 그를 붙잡았다.

그사이 바옐의 말이 이어졌다.

"하지만 나는 음악가다. 칼을 들고 바닥을 구르며 싸우는 결투 같은 건 하지 않아. 그런 건 파스그라노들이나 하는 짓이지."

"뭐!"

"따라서 나는 음악가로서 너에게 음악 대 음악의 결투를 신청하겠다. 파스그라노 따위도 음악가라는 것을 네가 증명하고 싶다면 받아들여라."

콜롭스는 목까지 붉어져서는 흥분해서 외쳤다.

"받아들이지! 당연히 받아들이겠다! 네 입에서 파스그란이야말로 진정한 음악이라는 말이 나오도록 하겠다!"

맙소사. 제정신인가. 진심으로 자신이 바옐을 이길 수 있을 거라고 생각하는 건가?

다들 어처구니없어하는 가운데 바옐은 웃지도 않고 말했다.

"네 쪽에서 승부를 판가름해 줄 사람을 고르도록 해라. 누구든 상관없지만 판단력에 문제가 없어야 하고 에단의 시민 가운데 한 사람이어야 한다. 그것만 지킨다면 네 가족이든 친구든 누굴 심판자로 해도 좋다."

말을 마친 바옐은 미련 없이 돌아서서 카논 홀을 나갔다. 홀 안에 있던 사람들은 반은 충격과 반은 감동으로, 그가 사라지는 모습을 멍하니 바라보기만 했다.

"음악의 결투라니."

나는 탄식처럼 중얼거렸다. 그런 것은 본 적도 들은 적도 없는 결투였다.

그런데 그 단어 하나에 왜 이렇게도 가슴이 벅차오르고 두근거린단 말인가.

결투 날짜는 바옐의 독주회가 끝난 이틀 후로 잡혔다.

독주회는 그 이상 없을 만큼 성공적이었다. 마지막 날에는 홀을 가득 메운 사람들과 꽃다발 때문에 밖으로 나오지 못했을 정도였다.

많은 귀족들이 그에게 거액을 주며 자식들의 교육을 부탁하려 했다. 그러나 바옐은 본인도 아직 배워야 할 단계라며 모든 청을 거절했다. 하긴, 이제 바옐은 그가 그렇게나 혐오하던 귀족들보다도 돈이 많았다.

"누굴 심판자로 데리고 나올 거라고 생각하나?"

트리스탄의 물음에 나는 바옐을 바라보았다. 바옐은 앞만 보며 걸어가는 자세 그대로 대답했다.

"상관없어."

"상관없다니. 어떻게든 대중들 앞에서 자넬 누르기 위해 애쓰는 놈일세."

"상관없다니까."

"아하, 우리의 훌륭한 마에스트로께서 하시는 생각을 짐작하겠군. 누가 봐도 명백히 자네의 음악이 더 훌륭함에도 그 심판자가 콜롭스 뮈너를 승자라고 말하면, 어차피 그들의 망신이 될 뿐이란 거지?"

바옐은 얼굴을 조금 찌푸리며 트리스탄을 향해 또박또박 말했다.

"그 모든 것은 나에게 아무런 상관이 없네."

트리스탄은 불만스러운 표정을 지었지만 나는 알 것 같았다. 콜롭스 뮈너도 그 심판자도, 그들을 지켜볼 모든 대중들 가운데에도 그가 원하는 '단 한 명'은 없을 테니까. 그는 정말로 아무래도 상관없을 것이다.

우리 셋은 몬드 광장에서 동쪽으로 나 있는 작은 오솔길을 따라

올라갔다. 길 양쪽으로 일정하게 심어져 있는 포플러 나무는 언제나처럼 싱그러운 냄새를 풍겼다. 트리스탄이 멘 커다란 첼로 가방 안에서 가끔 덜그럭거리는 소리가 들릴 뿐, 우리 셋은 조용히 그 길을 따라 올라갔다.

가피르 부인의 저택에 가까워지자 희미한 피아노 소리가 들려왔다. 연주회가 시작되기도 전인데 성격 급한 누군가가 미리 연주를 시작한 모양이었다.

"흠, 마르틴인가? 잘 치는데. 누구지?"

트리스탄의 물음에 나는 고개를 갸웃거리며 대답했다.

"오늘 마르티노 중에서 나 말고 초대된 피아니스트는 없는 걸로 아는데."

생소한 터치였지만 내가 듣기엔 꽤 훌륭했다.

"뭐, 들어가 보면 알겠지. 새로운 음악가들을 만나는 건 언제나 내 즐거움이라네. 자네들은 솔직히 말해서 좀 질렸어."

트리스탄이 장난스레 말하며 저택의 문을 두드렸다. 금세 하인이 나와 정중히 인사하더니 우리를 살롱으로 안내했다.

살롱으로 들어서는 순간 피아노 소리가 또렷이 귀를 때렸고 나는 크게 충격을 받았다. 피아노를 치고 있는 사람은 마르티노가 아닌 파스그라노, 게다가 바엘이 그렇게도 미워하는 휴베리츠 알렌이었다.

"어서 와요, 고요. 바엘. 오, 트리스탄 벨제까지."

가피르 부인이 우리에게 걸어오며 인사했으나 나는 바엘의 눈치를 살피느라 제대로 대답조차 하지 못했다. 대신 트리스탄이 부인의 손등에 입을 맞추며 화답했다.

"오래간만에 뵙습니다, 부인."

"트리스탄 벨제, 에단에서 가장 바쁜 젊은이 같으니라고. 내 초대 때문에 무리한 것은 아니겠죠?"

"천만에요, 부인. 부인의 부름은 제 목록 중 어느 것보다도 우위에 있습니다."

"항상 말만 그럴듯하게 하지요."

가피르 부인은 웃으며 그렇게 말하고는 내 손을 잡았다.

"오늘 세 분이 삼중주를 한다는 이야기를 듣고 가슴이 떨려 잠도 이루지 못했답니다. 나는 입을 다물고 있었는데도 소문이 어찌나 빨리 퍼지던지, 꽤 많은 분들이 당신들의 연주를 들으러 이곳에 왔어요."

"그런 것 같군요. 새파란 파스그라노 애송이까지."

그때까지 가만히 있던 바엘이 차갑게 내뱉었다. 가피르 부인의 표정이 난처하게 바뀌었고, 나는 어쩔 줄 몰라 트리스탄과 바엘을 번갈아 보았다. 사실 바엘이 당장 자리를 박차고 나가지 않은 것만도 가피르 부인에 대한 예의 때문일 터였다.

유일하게 이 상황을 진정시킬 수 있는 트리스탄이 입을 열었다.

"아나토제, 자네의 곡을 연습하느라 난 어젯밤 한숨도 못 잤네. 지금 여기서 연주하지 못하면 억울해서 오늘도 잘 수 없을 거야. 제발 한 번만 눈 딱 감게."

"저 천박한 피아노 소리를 멈춰 준다면 그렇게 하지. 파스그라노 주제에 마르티노 흉내를 내고 있지 않나."

누가 뭐랄 새도 없이 그 소릴 들은 휴베리츠 알렌이 연주를 멈췄다. 살롱 안에 있던 사람들은 쉬쉬하며 바엘의 눈치를 살폈다.

휴베리츠는 표정이 별로 좋지 않았지만 싸움을 할 생각은 없는 듯 조용히 물러났다. 가피르 부인이 애써 미소를 지으며 분위기를 환기 시킬 겸 손뼉을 두어 번 쳤다.

"자, 자. 티타임은 이만 끝내도록 하죠. 오늘의 주인공 세 분이 오셨으니 이제 제가 마련한 조촐한 연주회를 시작할까 합니다."

하인들이 우르르 들어와 음식이나 그릇을 모두 치우고 의자를 정렬해 작은 객석을 만들었다. 빙 둘러싼 객석이 바라보는 곳에 피아노와 다른 악기들을 놓을 자리가 마련되었다. 그곳이 바로 에단에서 가장 인기 있는 살롱 연주회의 무대다.

"오늘 준비한 곡은 우리의 드 모토베르토, 아나토제 바엘이 작곡한 실내악곡입니다. 각각 한 대의 피아노와 바이올린 그리고 첼로를 가지고 연주합니다. 바엘의 가장 인기 있는 레퍼토리인 「뮈 뎀 이녹스」그 여섯 번째 곡입니다."

트리스탄이 듣기 좋은 목소리로 곡을 소개했다.

'뮈 뎀 이녹스'라는 말에 객석이 잠시 들썩거렸다. 바엘의 가장 유명한 레퍼토리의 신곡이니 그럴 만도 했다. 사람들은 이 크나큰 행운이 믿기지 않는 듯 흥분한 목소리로 웅성거렸고, 가피르 부인은 그저 고마운 미소를 보내왔다.

"그럼, 시작합니다."

내가 피아노 앞에 앉고 트리스탄이 첼로를 잡자 그제야 조금 조용해졌다. 하지만 완전한 침묵은 바엘이 가방 속에서 여명을 들어 올렸을 때야 찾아왔다.

여명, 나는 잠시 그 새하얀 바이올린을 홀린 듯 쳐다보다가 간신히 건반으로 눈을 내렸다.

내가 시작이었다. 하나, 둘, 심호흡을 하고 손가락에 힘을 주어 건반을 두드렸다. 가피르 부인의 살롱에 있는 피아노는 에단에서 손꼽히는 명기 중 하나였다.

나의 반주가 살롱 안을 부드럽게 어루만지고 지나가자 이어서 바엘의 연주가 시작되었다. 언제 들어도 감탄이 절로 나오는 매끄러움이다. 그는 최고의 마에스트로가 최고의 악기를 쥐었을 때 어떤 일이 벌어지는가를 몸소 보여 주고 있었다.

바엘과 연주할 때마다 나는 내가 얼마나 행운아인가를 느낀다. 분명히 영원할, 역사 속에서 영영 잊히지 않을 전설과 같은 음악가와 함께 연주를 하고 있다니. 비록 반주뿐일지라도 행복했다.

곧이어 트리스탄의 첼로가 합류하자 나는 피아노 소리가 너무 튀지 않도록 조심스레 낮췄다. 뮈 뎀 이눅스, 오직 한 사람을 위한 삼중주는 연주하는 나조차 소름 끼치도록 아름다운 화음을 토해 냈다. 트리스탄은 에단에서 손꼽히는 첼리스트는 아니었지만 바엘과의 호흡만큼은 누구보다도 잘 맞췄다.

예상대로 두 사람의 조화는 기가 막혔다. 나는 그것을 음미하며 반주할 뿐이다.

절정을 지나 여운을 남기는 바이올린의 음을 마지막으로 아쉬울 만큼 짧은 연주가 끝났다. 잠시 침묵하던 살롱 안은 곧 떠나갈 듯한 박수 소리로 가득 찼고, 나 또한 감동이 가슴에서 나가질 않아 잠시 건반 위에 손을 얹은 채 그대로 있었다.

바엘과 악수한 트리스탄이 내 어깨를 두드렸다.

"잘했어. 수고했어, 고요."

"너도, 트리스탄."

다음으로 나는 조금 긴장하며 바엘을 바라보았다. 나를 물끄러미 내려다보던 바엘은 무뚝뚝하게 고개를 한 번 끄덕였다. 그것은 괜찮왔다는 뜻이었다. 나는 그제야 씩 웃으며 자리에서 일어났다.

"감사해요, 여러분. 정말 대단했어요. 특히 바엘, 이렇게 제 초라한 살롱에서 신곡을 연주해 주시니 몸 둘 바를 모르겠군요."

가피르 부인이 감격한 얼굴로 다가와 바엘의 손을 잡았다.

"별말씀을. 부인께 헌정해 드리지 못해 유감입니다."

「뭐 뎀 이녹스」를? 호호. 농담도 심하군요. 그랬다간 에단에 있는 당신의 수많은 팬들이 날 가만두지 않을 거예요."

「뭐 뎀 이녹스」.

'오직 한 사람을 위한'이라는 뜻이지만 아이러니하게도 그 누구에게도 헌정되지 않은 곡.

세간에 떠도는 추측과 달리 그 곡은 바엘의 연인이나 짝사랑하는 누군가를 위한 것이 아니다. 나는 그게 누구를 위한 것인지 알고 있었다. 아직 바엘이 만나 보지 못한, 어쩌면 이 세상에 존재하지 않을 수도 있는 단 한 사람.

"그나저나 고요, 당신은 왜 독주회를 열지 않죠? 그 정도 실력이면 이미 충분한 것 같은데요."

바엘과 환담을 나누던 가피르 부인이 갑자기 내 쪽으로 화제를 돌렸다. 나는 상념에서 깨어나 대답했다.

"아, 부인. 제겐 레퍼토리가 그리 많지 않습니다. 사람들이 제 이름도 잘 모를 테고…… 독주회라니 당치도 않아요."

"바엘이나 트리스탄 같은 사람하고 어울려 다니니 정작 자신의 명성에 대해서는 모르는군요. 에단에서 당신이 얼마나 존경받는 피아니스트인지 모르는 사람은 당신 하나뿐일 거예요, 고요."

나는 그저 겸연쩍게 웃었다. 그런 말이 익숙하질 않았다.

135

"그건 부인의 말이 맞습니다."

그때 누군가 내게 다가오며 말했다. 상당히 가느다랗고 신경질적이며 날카로운 목소리. 휴베리츠 알렌이었다. 바엘은 넌더리를 내며 멀찌감치 걸어가 버렸다.

"그때 대기실에서 제대로 인사드리지 못해 아쉬웠습니다. 휴베리츠 알렌이라고 합니다. 마르티노의 독보적인 피아니스트를 만나게 되어 영광입니다. 고요 드 모르페 씨."

"독보적이라니 당치 않군요. 당신이야말로 파스그라노 중 가장 유명한 분이 아닙니까. 그런데 아까 연주하시던 건 혹시 마르틴입니까?"

휴베리츠는 피식 웃었다. 뭔가를 비웃는 듯한 웃음이었다.

"그놈의 파스그란이니 마르틴이니, 전 굳이 구별하거나 나누지 않습니다. 연주하고 싶은 곡을 연주할 뿐이지요. 마르틴처럼 들렸다면 마르틴일 겁니다."

바엘 같은 보수적인 마르티노가 들었다면 상당히 분개할 말이었지만 난 그런 것에 엄격하지 않기에 그런가 보다 하고 넘어갔다. 휴베리츠는 차가운 얼굴로 계속해서 말했다.

"다음은 제 연주입니다. 미천한 솜씨지만 부디 들어 주셨으면 좋겠습니다."

"아, 물론 감사히 듣겠습니다."

"영광이로군요. 그럼 실례하겠습니다."

휴베리츠가 멀어지자 나는 가피르 부인에게 양해를 구하고 바엘이 있는 쪽으로 걸어갔다.

"파스그라노들과 사이가 좋군그래, 고요."

여명을 가방 속에 넣으며 바엘이 빈정거렸다. 나는 난처해져서 변명하듯 말했다.

"그냥 인사를 나눴을 뿐이야. 난 그를 잘 몰라."

"어쨌든 적어도 파스그라노들 사이에선 자네가 꽤 인정받고 있는 것 같군. 잘해 보게. 둔재들 사이에서 왕 노릇을 하고 싶다면 말리지 않겠네."

존경하는 친구로부터 그런 말을 듣는 것은 괴로웠다. 하지만 잠자코 있었다. 내게서 대꾸가 없자 바옐은 그대로 가방을 든 채 몸을 돌렸다.

"뭐야, 아나토제. 벌써 가나? 고요, 자네는 또 왜 이래?"

귀부인들에게 둘러싸여 있던 트리스탄이 뒤늦게 달려와 바옐을 붙잡았다. 바옐은 내 쪽은 보지도 않고 내뱉었다.

"우린 그만 가지, 트리스탄. 마레랑스에서 한잔하세. 고요는 천박한 파스그라노의 연주를 듣기 위해 더 있고 싶다는군."

트리스탄이 묻는 듯한 얼굴로 나를 바라보자, 난 멋쩍게 웃으며 고개를 끄덕일 수밖에 없었다. 트리스탄은 다 알았다는 듯 말했다.

"또 우리의 괴팍한 마에스트로께서 친구의 심기를 상하게 한 거로군. 이 버릇없는 친구는 내가 잘 타이를 테니 천천히 즐기다 오게, 고요. 시간 나면 마레랑스에 들르고."

"그럴게, 트리스탄."

수많은 팬들이 아쉬워하거나 말거나 두 사람은 사라졌고, 나는 졸지에 혼자가 되어 객석에 쓸쓸히 앉아 있는 수밖에 없었다. 휴베리츠 알렌을 비롯한 몇몇 연주자들이 연주를 계속했지만 내 머릿속에는 바옐의 빈정거림 외엔 아무것도 들려오지 않았다.

"가피르 부인에게서 전갈을 받았단다. 독주회를 권유하시더구나, 얘야."

누가 연주하는 것인지 알 수 없는 아련한 음악 소리에 귀를 기울이던 나는 창밖에서 눈을 떼지 않은 채 대답했다.

"제겐 아직 일러요, 어머니."

"너랑 같은 나이인 아나토제 바엘을 좀 보렴. 그 뻔뻔한 녀석은 잘도 혼자 연주회를 열고 그러던데 넌 왜 안 된다는 거니?"

"어머니. 바엘은 드 모토베르토라고요. 전 에단에서 흔히 찾아볼 수 있는 그저 그런 피아니스트에 불과해요."

어머니는 혀를 쯧 하고 차셨다.

"아무튼 옛날부터 남을 띄워 주는 것만 좋아했지, 너는. 욕심이라곤 없니? 따지고 보면 아나토제 바엘 그 녀석이 이렇게까지 큰 것도 다 네 덕인데 말이다. 그 녀석이 연주 여행을 떠날 때 뒤에서 몰래 지원금을 대 준 게 너 아니니. 그 일만 생각하면 지금도 속이 터진다. 그런데 그 녀석이 너한테 해 준 건 대체 뭐가 있다니? 가끔 피아니스트가 필요할 때나 부르고 말이야."

"그는 에단에서 가장 훌륭한 마에스트로예요, 어머니. 오히려 그가 절 불러 주는 걸 영광으로 생각해야 한다고요."

"네 그 답답할 정도로 착한 소리, 더는 듣고 싶지 않다. 어디 계속 그렇게만 해 보렴. 음악사에 네 이름은 그저 '아나토제 바엘의 반주자' 정도로만 남을 테니까."

어머니는 가피르 부인의 전갈로 보이는 쪽지를 내게 던지고 나가 버리셨다.

에단에서 가장 뛰어난 피아니스트, 난 그런 칭호에는 관심이 없었다. 하지만 아나토제 바엘의 반주자로 남는 것도 원하지 않았다. 나는 가피르 부인의 전갈을 집어 들고 천천히 읽어 보았다.

아드님은 자신의 재능이 얼마나 훌륭한지에 대해서 잘 모르고 있습니다. 비록 보잘것없는 안목이지만 제가 보기에 아드님은 이미 에단에서 손꼽히는 뛰어난 피아니스트입니다. 그에게 독주회를 권유해 주십시오. 허락하신다면 제가 후원해 드리고 싶습니다.

가피르 부인의 후원이라. 에단의 모든 음악가들이 바라 마지않는 것일 테지만 난 여전히 준비가 안 된 느낌이었다.

독주회라니. 누군가와 의논을 해야겠다는 생각이 들었다. 머릿속에 두 사람이 떠올랐지만 이런 이야기를 털어놓을 수 있는 것은 한 사람뿐이었다.

나는 몬드 광장으로 향했다. 예상대로 트리스탄은 거기에 있었다.

"좀 갑작스럽기는 하지만, 나도 자네가 독주회를 열 정도의 실력은 이미 충분히 갖췄다고 생각하네."

독주회에 관한 이야기를 털어놓자 그답게 듣기 좋은 답변을 해 주었다.

"자네까지 그렇게 말해 주니 정말 헷갈리는군. 난 항상 내가 보잘것없는 피아니스트인 줄 알았는데. 바엘의 연주에 반주하는 것조차 분에 넘친다고 생각하는걸."

내 말에 트리스탄은 실소했다.

"자넨 남들에 대해선 상당히 객관적인 평을 내리면서도 자신에 대해선 그러지 못하는군. 아마도 자네가 자신을 평가할 때엔 바엘을 비교 대상으로 삼으니까 그럴 거야. 자네를 바옐보다 못하다고 말할 생각은 없지만, 알다시피 바옐이 존재함으로서 에단의 수많은 천재들이 둔재로 취급받고 있네. 난 자네 또한 그중 하나라고 믿어, 고요. 바옐이 곁에 있기 때문에 자네의 본래 실력이 평가절하당하고 있다는 말이지."

나는 잠시 트리스탄의 말을 곱씹다가 입을 열었다.

"실력은 둘째치고라도, 내겐 레퍼토리가 그리……."

"우리 몰래 작곡하고 있는 비장의 곡이 있다고 들었는데, 고요?"

트리스탄이 장난스레 눈을 반짝이며 물었다. 나는 난처해서 볼을 긁적였다.

"아직 완성하지 못했는걸."

"그럼 완성할 즈음으로 독주회 날짜를 잡으면 되겠군. 그리고 아나토제더러 피아노곡 하나만 헌정해 달라고 하게. 기꺼이 해 줄 거야."

자네가 달라고 할 때의 얘기겠지. 난 그렇게 대답하려다가, 고작 심술 난 꼬마처럼 보일까 봐 입을 다물었다. 트리스탄은 빙그레 웃으며 말을 이었다.

"그런데 시기가 애매하군. 난 당연히 자네가 콩쿠르 드 모토베르토를 준비할 거라고 생각했는데."

"아."

그러고 보니 잊고 있었다. 얼음나무 숲의 방문에, 바옐의 독주회에, 음악 결투 등 많은 일들이 있었으니.

"어차피 이번에도 드 모토베르토는 당연히 바옐의 차지일걸, 뭐."

"고요, 고요 드 모르페. 내가 하는 말을 뭐로 들은 겐가. 난 자네가 바옐에게 잠시 가려진 천재이길 바라네. 그리고 이제 아나토제도 그 자리를 내놓을 때가 되었어. 벌써 9년째 혼자 해 먹고 있지 않나. 양심이 있다면 내놔야지."

그렇게 말하며 트리스탄은 껄껄 웃었다.

나는 잠시 생각에 잠겼다. 드 모토베르토라. 그럴 일은 없겠지만 만에 하나 내가 바엘을 제치고 드 모토베르토가 된다면…….

"바엘은 나와 절교할 거야."

진지하게 말한 것이었지만 트리스탄은 숨이 넘어갈 듯 웃었다. 나는 난처해져서 말을 이었다.

"자네도 알잖아. 바엘은 날 좋아하지 않아. 내게 곡을 헌정할 것 같은가? 우리가 친구라지만, 에단 음악원부터 아주 오래 알아 오긴 했지만, 바엘은 날…….."

"아아, 숨부터 쉬게 해 주게. 자네가 날 이렇게 재미있게 해 줄 줄은 몰랐어."

트리스탄은 잠시 더 기침을 한 다음에야 조금 심각한 표정이 되어 말했다.

"바엘은 자네에게 열등감을 가지고 있는 거야. 그걸 왜 모르나?"

"뭐, 열등감? 말도 안 돼. 고작 내 실력은…….."

"음악을 가지고 말하는 게 아닐세. 바엘이 나는 받아들이고 자네를 받아들이지 못하는 건, 자네와 나의 차이 때문이 아니겠나. 그게 뭔지 곰곰이 생각해 보게. 이거 원, 사춘기 소년의 고민 상담을 하는 기분이군. 철 좀 들어, 고요."

트리스탄은 재미있어 못 견디겠다는 듯한 표정으로 내 어깨를 두드렸다. 하지만 난 도저히 그의 말을 이해할 수 없었다. 트리스탄과 나의 차이라니?

물론 셀 수 없이 많았다. 난 그처럼 말솜씨가 좋지도 않고 수려한 용모를 가지지도 않았으며 거의 모든 면에서 나을 게 없었다. 그래서 말도 안 된다며 항의하려는 찰나였다.

"뭐가 그렇게 재미있나? 둘이서 내 험담이라도 하는 것 같군."

"어이쿠!"

트리스탄은 그만 차를 조금 엎지르고 말았다. 언제 온 것인지 바옐이 우리 등 뒤에 서 있었다.

"아나토제, 깜짝 놀랐잖아. 웬일로 몬드 광장에 다 납시었나?"

"고요가 여기 자네를 만나러 왔다기에. 할 말이 있어, 고요."

"나한테? 무슨?"

바옐이 나에게 개인적인 볼일이 있는 것은 매우 드문 일이었으므로 나는 놀라지 않을 수 없었다.

"내일 결투에서 내 입회인이 되어 주지 않겠나."

"자네의 입회인?"

"그래. 입회인 한 사람이 필요하다더군. 자네한테 부탁하겠네."

"나한테?"

바옐은 짜증스럽게 말했다.

"바보처럼 되묻지 말게. 자네라고 분명히 말했잖아."

"아…… 난 단지 좀 의외라서."

"그럼 승낙한 걸로 알겠네. 내일 오후 2시 카논 홀 뒤에 있는 언덕일세."

바옐은 용건이 끝났다는 듯 등을 돌렸다. 트리스탄이 짐짓 서운한 듯 외쳤다.

"이봐, 나는?"

"자넨 됐어."

"나한테 이러긴가, 아나토제?"

"9년째 드 모토베르토를 혼자 해 먹고 있는 양심 없는 친구에게 뭘 바라나."

바엘이 사라지고 나자 트리스탄은 곤란한 웃음을 터뜨렸다.

"맙소사, 저 친구 다 들었군. 앞으로 적어도 일주일은 나랑 말도 안 하겠는걸."

비가 올 것처럼 불길한 회색을 품은 구름 아래에서 전대미문의 결투가 시작되려 하고 있었다.

바엘이 선택한 결투 장소는 카논 홀의 뒤에 있는 작은 구릉으로, 사람들이 잘 오지 않은 곳이었다. 카논 홀의 그림자가 아슬아슬하게 그곳까지 뻗어 오는 시각 나와 바엘은 구릉 위로 올랐다.

"자기가 왕이라도 되는 줄 아는 평민 마에스트로께서 납시었군."

땅바닥에 아무렇게나 앉아 있던 콜롭스 뮈너가 일어서며 말했다.

"부디 네 음악이 그 입만큼 천박하지 않기만을 바라지."

바엘이 차갑게 응수했다. 콜롭스 뮈너는 콧방귀를 뀌고는 잠시 나를 바라보았다. 나에게도 독설을 퍼붓는 줄 알고 뜨끔했지만, 그는 아무 말도 하지 않고 허리를 숙여 바이올린을 꺼냈다.

그사이 콜롭스 뮈너의 뒤에 있던 남자가 앞으로 걸어 나왔다.

"오늘 이 자리에 심판자로 서게 된 것을 영광으로 생각합니다, 마에스트로."

바엘의 눈이 가늘어졌다. 바이올린 가방을 든 그의 손이 부르르 떨리는 게 보였다. 콜롭스 뮈너는 이미 그의 목적을 어느 정도 달성한 듯싫었다. 심판자로 나온 것이 하필이면 휴베리츠 알렌이라니.

"두 분께서 준비가 되셨으면 시작을 하겠습니다만, 누가 먼저 연주하시겠습니까?"

"마음대로."

바엘이 그를 보지도 않고 대답하자, 콜롭스 뮈너가 대담한 동작으로 바이올린을 어깨 위에 놓았다. 먼저 시작하겠다는 의미였다.

바엘은 어깨를 으쓱하며 물러났고 나는 그 곁에 선 채 콜롭스 뮈너를 바라보았다. 사실 그의 연주를 직접 듣는 것은 이번이 처음이라 괜히 내가 더 긴장되었다. 그다지 좋은 평판이 들려오진 않았지만.

"그럼, 콜롭스 뮈너가 먼저 시작하겠습니다."

휴베리츠 알렌이 딱딱한 어조로 말했다. 왜 그의 목소리는 늘 내 귀에 날카롭게 들리는 걸까. 그에게 나쁜 감정이 있는 것은 아니었지만 난 그와 오래 이야기를 나누진 못할 거란 생각이 들었다.

콜롭스 뮈너는 심호흡을 하고 눈을 감은 채 활을 바이올린에 가져갔다. 생각보다 그는 이 결투에 진지한 태도로 임하고 있었다. 단지 바엘을 망신 주고 싶어 하는 것인 줄만 알았는데. 나 또한 그를 존중하기 위해 귀 기울여 그의 음악을 듣기로 했다.

그는 체격과는 조금 어울리지 않는 섬세하고 부드러운 동작으로 바이올린을 연주했다. 거칠고 정열적인 연주를 할 거란 내 예상은 완전히 빗나간 셈이었다. 음 하나하나에 정성을 기울인 5분 남짓의 짧은 소나타가 끝나자 그는 뜻 모를 한숨을 내쉬며 눈을 떴다.

나는 예의상 박수를 치다가 바엘의 뭐라 형용할 수 없는 불쾌한 표정을 보고는 어색하게 손을 멈췄다.

"콜롭스 뮈너의 연주가 끝난 것 같군요. 마에스트로께서 이어 주시겠습니까?"

휴베리츠 알렌이 바옐을 바라보며 정중하게 말했다.

바옐은 뭔가를 곱씹는 듯한 표정으로 가만히 바이올린 가방을 내려다보더니, 하는 수 없다는 듯 바이올린을 꺼냈다. 예상했지만 역시 여명은 아니었다.

콜롭스 뮈너는 자세를 잡는 바옐을 매섭게 노려보았다. 금방이라도 달려들어 바이올린을 부숴 버릴 것 같은 기세였다. 난 여차하면 바옐을 막아설 생각으로 자리를 조금 이동했다.

"정말이지, 이런 짓 두 번은 못 하겠군."

조용히 중얼거린 바옐은 땅바닥에 시선을 고정한 특유의 자세로 연주를 시작했다.

분명 상대를 압도하기 위해 콜롭스 뮈너가 흉내 낼 수 없는 갖가지 기교를 보여 줄 거라 생각한 나는 이어지는 바옐의 연주에 충격을 받았다.

거기에는 아무런 기교도, 과장된 음도 없었다. 단순하고 답답할 만큼 느린 선율이었다. 하지만 바옐이 들려주는 음을 따라 호흡이 바뀌는 게 느껴졌다. 나도 모르게 그가 연주하는 박자에 맞춰 숨을 멈췄다가 내뱉곤 했다. 듣는 사람을 상당히 힘겹게 만드는 음악이었다. 그가 진한 비브라토로 절정의 가닥을 연주할 때는 제발 그만 놓아 달라는 심정으로 가슴을 부여잡았다.

그 힘겨운 절정을 지나 드디어 음이 끝을 맺었을 때, 나는 비로소 참았던 숨을 토해 내었다. 바옐은 바이올린을 늘어뜨리고는 콜롭스 뮈너를 바라보았다.

"뭐야, 그건…… 방금 뭘 한 거야?"

콜롭스 뮈너도 가슴을 두드리며 숨을 몰아쉬고 있었다. 문득 눈을 돌린 나는 휴베리츠 알렌만이 차분하게 서 있는 것을 보았다. 그는 도저히 속을 짐작할 수 없는 표정으로 바옐을 바라보고 있었다.

"그럼 방금 들려주신 두 분의 음악으로 제가 감히 승부를 가려야 할 것 같군요."

나는 조금 불안한 기분을 느꼈다. 방금 그 음악은 바옐답지 않았다. 아름답지도, 화려한 기교가 섞여 있지도 않았으며 호흡을 불편하게 만드는 기이한 경험을 했을 뿐이다. 선율로만 따지자면 오히려 콜롭스 뮈너의 것이……

"마에스트로이신 아나토제 바옐의 승리로 하겠습니다."

콜롭스 뮈너는 눈을 부릅뜬 채 휴베리츠 알렌을 바라보았다. 자신의 패배는 정말 상상도 한 적이 없다는 듯 충격과 경악에 가득 찬 얼굴이었다. 게다가 휴베리츠 알렌은 콜롭스 뮈너가 가장 존경하고 따르는 사람이 아니던가.

반면 바옐은 이 결과에 대해 아무런 반응도 보여 주지 않았다. 당연하다는 듯한 거만한 태도도, 나처럼 이해가 안 간다는 듯한 의아함도 없었다. 그는 그저 바이올린을 가방에 넣은 다음 미련 없이 등을 돌렸다.

나는 조금 얼떨떨한 기분으로 휴베리츠와 콜롭스를 번갈아 본 뒤 바옐의 뒤를 따라가며 말했다.

"휴베리츠 알렌이란 사람, 상식이 없는 인물은 아닌 것 같네."

"글쎄."

"그런데 방금 연주한 그 음악, 무슨 뜻이 있는 건가?"

"별로."

나는 빠르게 걸음을 옮기는 바옐을 따라가면서 이 말을 할까 말까 고민하다가 결국 내뱉었다.

"솔직히 나였다면 승부를 가리기 힘들었을 걸세. 아까 자네가 연주한 그 음악, 무슨 의미인지는 모르겠지만 아름답게 들리지는 않았네."

"당연히 아름답게 들릴 리 없지."

"어째서? 그럼 왜 그런 음악을 연주한 건가?"

바옐은 갑자기 걸음을 멈추고 나를 홱 돌아보았다. 나는 또 내가 무슨 말실수를 한 게 아닐까 싶어 가슴이 철렁했다. 하지만 바옐은 화내는 것도 웃는 것도 아닌 기묘한 표정으로 말했다.

"저 덩치만 큰 바보 녀석의 음악은 정말이지 못 들어 주겠다는 심정과 내가 왜 이런 짓을 하고 있는 건지 도저히 모르겠다는 생각을 담았네. 덧붙여 고요 드 모르페도 참 얼간이라는 내용을 마지막에 넣은 것 같은데, 못 들었나?"

"……뭐?"

바옐은 거기서 말을 끝내고 다시 등을 돌려 가던 길을 걷기 시작했다.

나는 방금 그게 농담인지 진심인지 도저히 알 수가 없어서 멀어지는 바옐의 등만 바라보다 퍼뜩 정신을 차리곤 뒤늦게 그를 쫓았다.

#06
이국의 백작

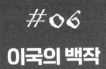

그곳은 나에게 다른 세계였다

그러나 바엘에게는

마치 고향처럼 보였다

"자, 그럼 어서 들려줘야지?"

트리스탄이 궁금해 못 견디겠다는 얼굴로 바옐을 바라보며 물었다.

결투가 끝난 뒤 트리스탄을 만난 우리는 언제나처럼 애용하는 카페 마레랑스로 들어섰다. 바옐은 못마땅한 얼굴로 자리에 앉으며 바이올린 가방을 내게 떠넘겼다.

"고요에게 물어보게. 냉정한 비평가시니까."

트리스탄의 시선이 곧바로 나를 향했다.

나는 뭐라고 말해야 할지 몰라 고민하다가 결국 느낀 것을 그대로 말하기로 했다.

"잘 모르겠지만 콜롭스 뮈너의 음악도 나쁘지 않았어. 바옐은 호흡을 불편하게 만드는 이상한 박자로 연주를……."

"내가 궁금한 것은 그런 게 아닐세, 고요. 콜롭스 뮈너는 대체 누굴 심판자로 세운 건가?"

"……휴베리츠 알렌."

잠깐이었지만 트리스탄의 얼굴에서 미소가 사라졌다. 그러나 금세 재미있다는 듯 웃으며 말했다.

"가장 존경하는 친구를 심판자로 세운 것이로군. 하지만 휴베리츠 알렌은 무작정 콜롭스의 편을 들어 줄 사람은 아니니, 어느 정도 공정한 판결을 내렸을 텐데?"

"맞아. 휴베리츠 알렌은 바옐의 승리라고 했어."

"역시. 가지 못한 게 진심으로 아쉽군. 콜롭스 뮈너의 표정이 볼만했을 텐데 말이야."

"결과를 받아들이기 힘들어하는 표정이었어. 게다가 그 결정을 내린 것이 다름 아닌 휴베리츠 알렌이니…… 그 절망감은 상상도 할 수 없을 걸세."

말하다 보니 그가 점점 더 가여워졌다. 나는 그에게 동질감이라도 느끼고 있는 것일까? 아무리 노력해도 바엘이 결코 내 음악을 인정해 주거나 들어 주지 않는 것처럼.

트리스탄은 잠시 나를 바라보다가 밝은 얼굴로 입을 열었다.

"그럼 나는 이 소식을 온 에단에 퍼뜨리러 가야겠군. 우리의 아나토제 바엘께서 또 하나의 전설을 만들었으니. 그날 바엘이 콜롭스 뒤 너에게 음악의 결투를 신청한 뒤로 모든 살롱과 거리에서 그 이야기 뿐이네. 하하, 당분간 에단에서 이런 결투가 유행할 것이라는 예감이 드는군."

트리스탄의 예감은 틀리지 않았다.

몬드 광장을 바라보며 카페에 앉아 있노라면, 광장 여기저기에서 아마추어 음악가들이 결투를 신청하는 모습을 어렵지 않게 볼 수 있었다. 그런 모습을 볼 때마다 바엘은 비웃을 뿐 자신이 그렇게 만들었다는 것을 자랑스럽게 여기지는 않았다.

하루는 즉석에서 음악의 결투를 하는 두 바이올린 연주자를 보며 바엘과 내가 내기를 했다. 나는 얼굴에 주근깨가 가득한 젊은 청년에게 걸었고, 바엘은 모자를 쓴 점잖아 보이는 반대편 남자에게 걸었다.

"얼마를 걸 텐가?"

내 물음에 바엘은 심드렁한 얼굴로 답했다.

"자네에게 돈은 별로 의미가 없을 테니 다른 것으로 하지. 진 쪽이 이긴 쪽에게 곡을 하나 헌정하기로 하세."

순간 나는 심장이 가슴 밖으로 튀어나온 줄 알고 얼떨떨하게 아래를 내려다보았다. 하지만 당연히 심장은 내 가슴속 제자리에서 박동하고 있었다.

바옐이, 바옐이 나에게 곡을 써 준다니.

내 기분을 눈치챈 것인지 그가 쓰게 웃으며 말했다.

"벌써 자네가 이긴 줄로 착각하고 있군. 저 모자 쓴 남자 쪽이 이길 걸세."

"그거야 두고 봐야지. 절대 말 바꾸기 없네."

나는 내 전 재산을 건 것과 같은 심정으로 광장에서 결투를 벌이고 있는 두 음악가를 바라보았다.

내가 고른 젊은 음악가가 먼저 연주를 시작하려는 듯 보였다. 그는 비장의 무기라도 꺼내는 것처럼 광장에서 연주하던 연습용 바이올린 대신 다른 바이올린을 꺼내 들었다. 짙은 색의 원목으로 보아 바이올린을 만드는 재료 중 상급에 해당하는 올레산 나무임이 틀림없었다.

나는 바옐을 바라보며 의기양양하게 웃었지만 바옐은 별로 동요하지 않는 얼굴이었다.

그런데 그 젊은 바이올리니스트가 막 활을 바이올린에 가져가던 찰나, 뒤에서 익숙한 목소리가 바옐을 불렀다.

"이보게! 드 모토베르토!"

바옐과 나는 뒤를 돌아보았다. 트리스탄이 헐레벌떡 우리 쪽으로 뛰어오더니 손에 들고 있던 구겨진 종이를 내밀었다.

"이게 뭔가?"

트리스탄은 숨을 몰아쉬면서도 미소 짓는 것을 잊지 않았다.

"우리의 아나토제 바옐께서 과연 네 번 연속 드 모토베르토가 될 것인지 시험해 볼 기회지."

"설마……."

나는 서둘러 트리스탄이 내민 종이를 펼쳐 보았다. 심장이 또 한 번 철렁했다. 콩쿠르 드 모토베르토의 공식 포스터였다.

"드디어 일정이 잡혔군!"

"한 달 후일세. 장소는 언제나처럼 카논 홀이야."

왠지 모르게 흥분했던 나는 그러나 다음 순간 바엘의 얼굴을 보고는 기분이 착 가라앉는 것을 느꼈다.

바엘은 담담하게 찻잔을 든 채 광장을 내다보고 있었다. 그에겐 별다른 흥분하는 기색도, 기대도, 걱정이나 불안도 없어 보였다. 당연하지 아니한가. 어차피 그의 자리임이 분명하다는 것을 나도, 그도 아는데.

"고요."

가만히 그를 바라보던 나를 바엘이 불렀다. 나는 조금 후에야 알아듣고 퍼뜩 정신을 차렸다.

"어, 어?"

"승부가 난 것 같군."

아차. 나는 잠시 잊었던 결투를 떠올리며 얼른 창밖을 내다보았다. 뒤에서 트리스탄이 무슨 일인지 물었지만 대답해 줄 정신이 없었다.

내가 걸었던 젊은 음악가는 현이 끊어진 바이올린을 든 채 울상을 하고 서 있었고, 반대편의 점잖은 음악가는 그런 그를 놀리기라도 하듯 천천히 감미로운 음을 연주하고 있었다.

"그 비장의 무기라는 것, 평소에 너무 아끼느라 꺼내 보지도 않았던 모양이군. 현이 관리가 안 되어 있었어."

바엘은 웃음기를 담아 말했지만 난 좌절감을 느꼈다. 그가 나를 위해 곡을 써 주는, 어쩌면 나를 위해 그것을 연주해 줄지 모르는 단한 번의 기회였는데.

"기대하고 있겠네, 고요. 부디 말도 안 되는 음표들의 조합으로 날즐겁게 해 주게."

나는 온몸에서 기운이 쭉 빠진 것처럼 심한 아쉬움을 느꼈다. 트리스탄이 바옐에게 타이르는 듯한 눈빛을 보냈다.

하지만 바옐의 말대로 될 것이다. 나는 다음 가피르 부인의 살롱연주회 때 내가 작곡한 곡을 연주하고 그 자리에서 바옐에게 그 곡을 헌정하기로 했다. 맙소사, 바옐은 그 많은 사람들 앞에서 날 망신주고야 말 것이다.

"그럼 슬슬 일어나지. 나온 김에 카논 홀에 들러야겠군. 신청하러가야 하지 않겠나."

바옐이 바이올린 가방을 들고 일어서자 나도 따라 일어섰다. 문득트리스탄을 돌아보니 그는 나를 보며 뜻 모를 미소를 짓고 있었다. 나는 어쩐지 얼굴이 달아오르는 것을 느끼며 바옐에게 들리지 않도록 작게 말했다.

"이번엔 달라. 나도 욕심이란 걸 배웠다고. 이번엔 드 모토베르토가되기 위해서 참가하는 거야."

"누가 뭐라던가. 난 진심으로 자넬 응원할 거야, 고요. 저 거만한 마에스트로에게 긴장감이란 걸 좀 가르쳐 주게나."

"다, 당연히 그럴 걸세!"

트리스탄은 낄낄거리고 웃으며 내 등을 쳤고, 찻값을 계산한 나는얼른 바옐을 따라 나갔다.

카논 홀 앞에는 이미 오래전부터 이날을 기다려 온 수많은 음악가들이 줄을 선 채 기다리고 있었다.

물론 그들 모두가 카논 홀의 무대에 오를 수 있는 것은 아니다. 지금으로부터 약 보름 동안 참가 신청을 받은 다음, 열흘 동안 예선이 열린다. 거기서 아마추어들은 다 떨어지고 제대로 된 음악가라고 인정받은 사람들만이 본선을 치를 수 있었다. 본선은 예선이 끝나고 닷새 후 카논 홀 안에서 열린다.

"줄이 좀 긴걸. 바옐은 예선을 치르지 않아도 되니 안으로 들어가서 레나르 씨를 만나면 될 것 같군."

트리스탄이 긴 행렬을 바라보며 말했다. 바옐은 고개를 끄덕이고 홀 안으로 들어가려다 나를 돌아보며 말했다.

"저 줄에 서서 기다릴 생각인가? 그냥 같이 들어가지. 인맥은 뒀다 이런 때 쓰는 거라네."

"하지만 그건 불공평해. 나도 그냥 여기서 기다릴……."

"자네는 쓸데없는 데에서만 귀족인 걸 티 내고 이런 때는 평민처럼 굴어. 어서 따라오게."

나는 고민하다가 결국 바옐을 따라 카논 홀 입구로 걸어갔다.

그런데 그때 참가 신청을 위해 줄을 서 있던 음악가들 중 하나가 큰 소리로 외쳤다.

"아나토제 바옐이다!"

"누가 감히 내 이름을 함부로……."

바옐이 눈살을 찌푸리며 뒤를 돌아보는 순간, 그 자리에 모여 있던 음악가들이 함성을 지르며 우리(아니, 정확히는 바옐)에게 달려들었다.

"드 모토베르토! 저를 제자로 받아 주십시오!"

"제 음악을 한 번만 듣고 평가해 주십시오, 마에스트로!"

"이번에도 당신이 드 모토베르토가 되실 거죠? 그렇죠?"

나와 트리스탄은 필사적으로 바엘을 끌고 거기서 탈출하기 위해 애썼다. 카논 홀의 입구를 지키던 경비병들이 달려와 도와주지 않았더라면 그 인파 속에 파묻혀 정말로 비명횡사했을지도 모를 일이었다.

카논 홀 안으로 들어오자마자 불같이 화를 내는 바엘과는 달리, 난 잠시 얼떨떨한 기분으로 서 있었다. 그 소란스러운 와중에 내 귀로 이런 말이 똑똑히 들려왔기 때문이었다.

"존경하는 마르티노 고요 드 모르페 씨, 이번엔 꼭 드 모토베르토가 되시길 바랍니다."

환청이 아니었을까? 날 알아보는 사람이 있다니. 게다가 바엘보다 나를 더 응원하는 사람이라니.

그때 소식을 들은 것인지 레나르 카논이 달려 나왔다.

"미안하군. 미리 올 거라고 언질을 줬더라면 이런 일이 없도록 조치를 취했을 걸세. 그 음악 결투 이후로 자네의 인기가 얼마나 폭발적인지 잘 모르는 모양이군. 아무튼 이리 들어오게. 그렇지 않아도 기다리고 있었네."

레나르 카논은 우리를 자신의 방으로 안내했다. 방 안에서 무언가를 열심히 끼적거리고 있던 청년이 벌떡 일어서더니 바엘을 보고는 입을 떡 벌렸다.

"이쪽은 듀프레 군일세. 자네들의 참가 신청을 도와줄 거야."

듀프레는 카논 홀에 새로 들어온 젊은 필사가였다. 나도 필사가가 필요할 때 그에게 부탁해 본 일이 있기에 잘 알고 있었다. 바엘이 그를 바라보자 듀프레는 어쩔 줄 모르고 바옐의 시선을 피했다.

"듀프레 군이 저런 모습도 다 보이는군."

레나르 카논은 재미있다는 듯 말하곤 눈을 찡긋하며 덧붙였다.

"사실 저런 모습을 한번 보고 싶어서 자네가 온다는 사실을 말하지 않았네. 듀프레 군은 여기 있는 모르페 군에게 뒤지지 않을 만큼 열성적으로 바옐을 좋아하니까."

나는 조금 떨떠름한 기분으로 듀프레를 바라보았다. 평소 침착하고 성실하기 그지없는 그는 내 앞에선 한 번도 그런 기색을 보이지 않았다.

"자, 그럼. 나는 이만 실례하지. 신청한 다음 돌아가면 따로 연락을 주겠네."

레나르 카논이 나가고 나자 듀프레는 더듬거리며 말했다.

"제, 제가 작성해 드릴 테니 며, 몇 가지 질문에만 다, 답변해 주십시오."

바옐은 시큰둥한 얼굴로 듀프레의 맞은편에 앉았고 이어지는 젊은 필사가의 목소리는 더 심하게 떨렸다.

"성함은…… 예, 무, 물론 알고 있으니 대답하실 필요가 없습니다. 나, 나이는……."

트리스탄은 피식 웃었고 나는 한숨을 내쉬었다. 그다지 많은 내용을 적어야 하는 것이 아님에도 바옐의 신청 양식을 작성하는 데는 한참이 걸렸다.

다음으로 내가 앞에 앉자 듀프레는 눈에 띄게 안도하는 기색이었다. 평소의 침착한 모습으로 돌아간 그는 듣기 좋은 목소리로 말했다.

"오래간만에 뵙습니다, 고요 드 모르페 씨. 이번 콩쿠르를 기대하고 있습니다. 아, 그나저나 이번엔 모르페 씨의 아버님께서 이 콩쿠르를 후원하십니다."

"아버지가?"

"그렇습니다. 덕분에 심사 때 한 표를 던질 수 있는 자격도 얻으셨습니다."

아버지가 후원을 하다니. 나는 난처한 얼굴로 트리스탄과 바옐을 돌아보았다. 바옐은 쓴웃음을 지었고 트리스탄은 그런가 보다 하는 표정이었다.

잠시 후 내 신청서 작성도 끝나자 우리는 레나르 카논의 방을 나왔다. 바옐이 있는 동안 숨도 못 쉬는 것 같던 뒤프레는 안도 반, 아쉬움 반 섞인 얼굴로 우리를 배웅했다.

그렇게 카논 홀을 나서기 직전, 나는 문득 홀 밖에 매우 이국적인 모습의 마차가 서 있는 것을 발견했다. 그 마차에서 내린 사람 또한 몹시 묘한 분위기를 풍기고 있었다.

내가 그 사람을 주의 깊게 바라보자 트리스탄이 의아한 듯 물었다.

"왜 그래?"

"아니, 그냥……."

하얗게 세어 버린 머리카락과 여유가 넘치는 미소. 독특한 회색의 눈동자. 손에서 빙글빙글 돌아가는 검은색 지팡이. 마치 마술사 같은 모습을 한 그는 아무렇지 않게 카논 홀로 걸어 들어왔다.

한동안 홀린 듯 그를 바라보던 나는 트리스탄이 부르는 소리에 퍼뜩 정신을 차리고는, 이미 홀 밖으로 나가고 있는 두 사람을 뒤늦게 쫓아갔다.

키욜 세바스찬 드 베인 백작.

지금도 그를 생각하면 마음이 복잡하다.

그는 사기꾼이었을까, 아니면.

악마……였을까.

그 신비로운 신사를 다시 만난 것은 그로부터 며칠 후였다.

콩쿠르가 끝날 때까지 개인 연주회를 당분간 쉬기로 한 우리는 마지막으로 가피르 부인의 살롱 연주회에 참석했다. 나는 그날 바옐에게 헌정할 곡의 악보를 들고 떨리는 가슴을 진정시키기 위해 애쓰며 내 차례를 기다리고 있었다.

"그러다가 피아노 앞에 앉으면 졸도하겠군, 고요."

내 옆에 앉은 바옐이 웃으며 말했다.

영문을 모르는 살롱 안의 사람들이 우리를 힐끔거렸다. 그들은 가피르 부인이 초대한 손님들답게 점잖고 예의 바른 사람들이어서 에단의 다른 시민들처럼 바옐을 보자마자 달려들진 않았다. 하지만 바옐이 무슨 말을 꺼내거나 특히 음악에 대해 말할 때마다 존경과 관심과 애정이 가득한 눈길로 바라보았다. 그리고 일부는 내게 부럽다는 듯한 시선을 보냈다.

노장 첼리스트인 미구엘 리먼의 연주가 끝나자 가피르 부인이 잠시 무대 위로 올라왔다.

"이제 다음으로 우리의 겸손한 피아니스트인 고요 씨가 연주할 차례군요. 하지만 그 전에 여러분들 모두에게 소개해 드릴 사람이 있습니다."

가피르 부인이 손짓을 하자 누군가가 무대 위로 가볍게 올라왔다. 나는 그가 며칠 전 카논 홀에서 마주친 기묘한 분위기의 남자라는 것을 한눈에 알 수 있었다. 신비로운 문양이 수놓아진 청색 벨벳 코트를 걸친 그는 버릇처럼 지팡이를 돌리며 사람들을 한번 주욱 훑어보았다. 가피르 부인이 그에게 애정 어린 미소를 보내고는 말했다.

"이분은 먼 이국땅에서 오신 키욜 세바스찬 드 베인 백작이십니다. 이번에 콩쿠르 드 모토베르토의 심사 위원 중 한 분이시기도 하고요. 영광스럽게도 오늘 제 조촐한 살롱 연주회에 참석해 주셨습니다. 모두 따뜻한 박수로 환영해 주시길 부탁드립니다."

나는 조금 놀라며 박수를 쳤다. 카논 홀로 자신 있게 걸어 들어올 때 이상하다는 생각은 했지만, 설마 심사 위원이었을 줄이야. 문득 옆을 보니 바옐이 고개를 갸웃거리며 키욜 백작을 바라보고 있었다.

"왜 그래?"

"아니, 그냥. 좀 이상하군."

"뭐가? 설마 아는 사람인가?"

"그건 아닐세."

사람들의 박수 소리가 멎자 우아하게 허리를 숙여 인사한 키욜 백작이 입을 열었다.

"이토록 환대해 주시니 몸 둘 바를 모르겠군요. 아름다운 귀부인께서 여시는 이 교양 있는 살롱 연주회에 참석하게 된 것을 영광으로 생각합니다. 아쉽긴 하지만, 말이 길어지면 흥이 깨질까 염려되니 이쯤에서 뒤로 물러나겠습니다. 콩쿠르가 끝날 때까진 계속 에단에 머물 것이므로 앞으로도 인사를 나눌 기회는 많겠지요."

이국적인 분위기에 맞게 그의 억양은 독특했다. 하지만 듣기 거슬리기보단 매력적이었다. 그는 지팡이를 빙글 돌리며 무대에서 내려갔고, 가피르 부인도 그의 뒤를 따라 내려가며 내게 눈짓을 했다.

심장이 멎는 기분이었다. 이제 드디어 내 차례였다.

"기대하겠네, 고요."

바옐이 내 어깨를 두드렸다.

나는 악보를 손에 든 채 무대로 천천히 걸어 나갔다. 사람들의 기대 어린 시선이 쏟아지는 가운데 나는 피아노 앞에 앉아 심호흡을 하고 건반 위에 손을 올려놓았다.

항상 가장 긴장되는 순간이 이때다. 칭찬은 바라지도 않으니 그가 내 음악을 비웃지만 말아 줬으면. 이 곡을 위해 며칠 동안 하루에 서너 시간밖에 자지 못했다.

피아노 소나타, C 마이너, 표제는 경의.

그것은 나답지 않게 어둡고 빠른 곡이었다. 초반부터 강하게 휘몰아치듯 시작된 음은 마지막까지 그 강렬함을 유지한다. 살롱 안을 메아리치는 어둡고 폭발적인 음색이 연주하는 나조차 전율을 느끼게 했다.

왜 나는 바옐에 대한 경의를 생각하면서 이런 음악을 만들었을까. 그것은 내가 말로는 하지 못하는 어떤 것이 나의 내면 혹은 나의 음에서 분출되었기 때문인지도 모른다.

게다가 평소엔 반주와 선율 사이의 박자를 엄격히 지키는 나이지만 이 곡은 그렇지 않다. 왼손이 중심을 잡고 오른손은 날아다닌다.

느끼는 대로, 하고 싶은 대로, 그러나 흐트러지지 않게, 마침.

나는 연주를 끝내고 눈을 떴다. 살롱 안은 고요했다. 설마 박수조차 나오지 않을 정도로 엉망이었나?

조심스럽게 자리에서 일어나며 주위를 둘러보았다. 바옐의 얼굴을 보고 싶었으나 사람들 틈에서 그를 찾을 수가 없었다. 그때 탁 하고 무언가 내리치는 소리가 들려 그쪽을 바라보았다. 다른 사람들도 나와 마찬가지로 고개를 돌렸다.

키욜 백작, 그가 지팡이로 땅을 짚고 일어선 것이었다. 내가 의아한 눈으로 바라보자 그는 지팡이를 놓더니 싱긋 웃으며 박수를 치기 시작했다. 멋쩍어서 고개를 숙이는 순간 살롱 안에 있던 모든 사람들이 자리에서 일어나 내게 박수를 보냈다. 이른바 기립 박수였다.

나는 진심으로 어리둥절해져서 허둥지둥 사람들을 향해 고개를 숙였다.

"정말 감사합니다, 여러분. 이 곡은 제…… 친구(이 단어를 꺼내기 전에 몇 번이나 망설여야 했다.)인 아나토제 바옐에게 헌정하는 곡입니다."

사람들의 박수가 더욱 뜨거워졌다. 그들 틈에서 바옐이 도저히 속을 알 수 없는 표정으로 걸어 나와 내게서 악보를 받았다. 나는 어쩐지 쑥스러워 그의 얼굴을 똑바로 쳐다볼 수가 없었다. 사실 내겐 이 살롱 안에 있는 모든 사람보다도 그의 반응이 중요했다.

바옐은 사람들의 박수 소리가 조금 멎자, 입을 열어 말했다.

"나도 자네에게 답례를 하겠네."

……답례라니?

알아듣지 못한 내가 고갤 들어 바라보자 바옐은 가지고 온 바이올린 가방을 열었다. 설마, 설마?

"지금부터 제가 연주할 곡은 이 친구를 위한 것입니다."

곧이어 여명이 바옐의 손을 따라 눈부신 자태를 드러냈다. 나는 무대 위에서 그야말로 얼어붙어 버렸다. 그리고 바로 앞에서 바옐이 감미로운 연주를 시작하고 나서야 무슨 일이 일어난 것인지 깨달았다.

그가, 연주하고 있었다. 나를 위해서.

그러나…… 지금 와서 생각해도 참으로 통탄할 일이지만, 나는 그가 어떤 음악을 연주했는지 알지 못한다.

듣지 못했다.

세상은 멎어 있었고 바옐의 활이 움직이는 것만 느릿느릿하게 보였다. 머릿속이 윙윙거리면서 지금 이건 꿈일 뿐이라고, 현실이 아니라는 소리만 메아리쳤다. 그리고 그 시간은 그야말로 순식간에 지나갔다. 어쩌면 연주가 짧았던 것일 수도 있지만, 말했다시피 나는 듣지 못했기에 모른다.

"울지 말게, 제발. 나까지 창피해질 거야."

언제 끝난 것인지, 환호와 박수 소리 속에서 바옐이 내게만 들리도록 속삭였다. 그가 내 어깨를 두드리고 나자 굳었던 몸이 움직여졌다.

나는 청중을 향해 어색한 미소를 지었다. 듣지도 못한 음악이 꽤나 감동적이었다는 표정을 짓기란 참으로 힘들었다.

연주회가 끝나고 만찬 시간에 나와 바옐은 가피르 부인과 같은 테이블에 앉았다. 잠시 후에는 가피르 부인의 권유로 키욜 백작까지 우리 테이블에 앉게 되었다.

처음 만난 탓이기도 하겠지만 나는 그 이국적인 신사가 몹시 어려웠다. 아까 내게 가장 먼저 박수를 쳐 준 사람인데도 말이다. 그래서 음식조차 제대로 넘기지 못하고 있는데, 백작이 문득 나에게 말을 걸었다.

"당신을 기억하고 있습니다, 고요 씨. 카논 홀에서 혹시 만나지 않았던가요?"

그의 말에 바옐이 의아한 듯 나를 바라보았다. 나는 괜히 얼굴이 달아오르는 것을 느끼며 작게 대답했다.

"아, 네. 스쳐 가면서 한 번……."

"그렇다면 당신도 콩쿠르에 참가하겠군요?"

"예. 보잘것없는 실력이지만……."

"하하하. 아까 무대 위에서 짓고 있던 그 표정, 역시 연기가 아니었군요."

나는 난처한 얼굴로 가피르 부인과 바옐을 번갈아 보았다. 그가 무슨 말을 하는 건지 누가 나에게 설명을 좀 해 줬으면.

"그렇게 대단한 연주를 해 놓고 자신이 뭘 했는지 전혀 모르겠다는 얼굴을 하고 계셨지요. 그래서 나는 당신이 지나친 능청꾸러기가 아니면 정말로 겸손한 분이겠구나 했습니다."

"그런…… 과찬이십니다."

"그럴 리가요. 난 이래 봬도 퍽 냉정한 비평가랍니다."

나는 이런 칭찬은 역시 익숙하지가 않아, 괜히 옆에 있는 포도주만 들이켜며 키욜 백작의 시선을 피했다.

그런데 그때 바옐이 입을 열더니 생각지도 못한 말을 꺼냈다.

"그렇다면 냉정한 비평가께서 들으신 제 연주는 어떠했습니까?"

나와 가피르 부인, 키욜 백작 모두 바옐을 쳐다보았다.

내가 아는 바옐은 절대로 저런 걸 묻는 법이 없었다. 그는 다른 사람의 평가 따윈 신경도 쓰지 않는다. 이미 그에겐 자신의 연주가 완벽하고 완성에 닿아 고결했으므로.

키욜 백작은 희미한 미소를 머금은 채 바옐을 가만히 바라보다 입을 열었다.

"글쎄요. 어렵군요."

당연히 내게 한 말보다 더한 격찬이 쏟아질 거라 생각했는데, 키욜 백작은 모호하게 답했다. 바옐의 눈썹이 꿈틀거렸고 가피르 부인은 난처한 얼굴로 미소를 유지하기 위해 애쓰고 있었다.

"어렵다는 그 말씀은?"

"취향의 문제가 아닐까 합니다. 객관적으로만 따지자면 물론 당신의 연주는 훌륭합니다. 너무 완벽해서 정이 가지 않을 정도죠. 하지만 진솔함에 있어서는…… 글쎄요. 저라면 고요 씨에게 표를 던질 겁니다."

나는 너무 놀라 신음을 내뱉었다. 바옐의 얼굴이 불쾌하게 일그러졌다. 반면 키욜 백작은 여유 있게 웃고 있었다.

"기분 나쁘게 듣지는 마십시오. 물론 당신의 그 아름다운 음색은 여러 사람을 현혹할 수 있겠지요. 하지만…… 부디 제 말을 용서해 주시길, 제 눈은 보통 사람들의 그것보다 많은 것을 꿰뚫어 본답니다. 예를 들어 당신이 누구를 위하여 연주하고 있느냐와 같은……."

백작은 한가로운 동작으로 술을 따르며 교묘하게 말을 끊었다. 그를 바라보던 바옐의 눈이 커졌고 나는 가슴이 덜컹거리는 것을 느꼈다. 방금 그건 어떤 의미로 한 말이었을까?

망설이던 바옐이 무언가 말하려는 찰나, 키욜 백작이 다시 말을 이었다.

"사람들은 괴팍한 예술가의 그림에서는 심오함을 느끼지만 천진난만한 아이들의 그림에서는 따스함을 느끼지요. 고요 씨가 하는 음악은 후자와 같았습니다. 들으면서 마음이 편해지더군요. 그는 당신을 향한 존경, 그 한 가지만을 순수하고 분명하게 전달했으니까요. 하지만 당신이 답례한 그 음악은 대체…… 글쎄요, 그건 뭐였습니까?"

가피르 부인은 더 이상 미소를 유지하지 못했다. 그녀는 키욜 백작의 손 위에 자신의 손을 얹었지만 백작은 그녀의 만류에도 아랑곳하지 않았다.

"당신은 고요 씨를 위해 연주한 게 아니지 않습니까?"

쾅. 바옐이 의자를 넘어뜨리며 자리에서 일어났다. 살롱 안에 있던 사람들이 모두 우리 테이블 쪽을 바라보았다. 바옐은 극도로 자신을 절제하고 있는 듯했지만 그의 얼굴에 드러난 경악과 혐오감만은 감출 수가 없었다.

키욜 백작은 너그러운 미소와 함께 잔을 들었다. 그가 천천히 입가로 잔을 가져가는 것을 바라보던 바옐은 바이올린 가방을 거칠게 낚아채고는 등을 돌렸다.

"바……."

따라 일어서려는 나를 가피르 부인이 잡았다. 그녀가 고개를 젓는 것을 보고서야 성급한 짓을 할 뻔했다는 것을 깨달았다. 지금 내가 그를 따라가 봤자 더 화를 돋울 것이 분명했다.

나는 뭐라 형용할 수 없는 기분을 느끼며 키욜 백작을 바라보았다. 자신이 무슨 짓을 했는지 전혀 깨닫지 못한 듯한 얼굴로 그는 한가롭게 또다시 술을 따르고 있었다.

정말로 모르거나, 의도했거나.

나를 치켜세워 준 그가 전혀 고맙지 않았다. 그래서 결국 인사도 없이 그 자리를 떠났다. 가피르 부인의 저택을 나와 몬드 광장으로 가는 오솔길을 훑어보았지만 바옐의 그림자조차 보이지 않았다.

이제 한동안 바옐을 만날 수 없을 것이다. 겨우, 겨우 그가 나에게 음악을 연주해 줄 정도로 다가갔다고 생각했는데. 정체도 모르는 이국의 신사가 그와 나를 비교함으로서 바엘은 자존심에 큰 상처를 입었을 것이다. 그게 물론 내 탓은 아니지만, 그도 그것을 알겠지만 그래도 나를 미워할 것이다.

"바엘⋯⋯."

그러나, 그러나 나 또한 그 이국 신사의 말이 마음에 걸렸다. 내가 듣지 못한⋯⋯ 그 음악.

당신은 고요 씨를 위해 연주한 게 아니지 않습니까?

예상했던 대로 그로부터 열흘간 바엘을 보지 못했다. 몬드 광장에도, 카페 마레랑스에도 그는 나타나지 않았다. 혹시나 해서 마레랑스에 죽치고 앉아 있던 내가 만난 것은 바엘이 아닌 트리스탄이었다.

"자네 얼굴이 왜 이러나?"

"트리스탄, 바엘은 어때?"

"갑자기 바엘은 어떠냐니? 나도 요 근래 만나지 못했어."

가슴이 덜컥 무너지는 기분이었다. 트리스탄마저 만나지 않았을 정도라면 그 일은 생각보다 바엘에게 큰 타격을 준 것일 터. 내가 더 듬거리며 그날의 일을 설명하고 나서야 트리스탄이 심각한 표정을 지었다.

"가피르 부인이 그날 별로 좋지 않은 일이 있었다는 듯 이야기하긴 했어. 하지만 난 그 키욜 백작이란 사람이 콜롭스 뮈너처럼 바엘을 대놓고 깔아뭉갠 그런 종류의 일이라고만 생각했지. 알다시피 바엘은 그런 건 신경 안 쓰지 않나. 천재에겐 추종자만큼이나 적이 많다고 말하곤 했으니."

"하지만 그는 어쩌면…… 바옐이 가장 염려하던 부분을 건드렸는지도 몰라."

"바옐이 가장 염려하던 부분?"

나는 주저했다. 그에 대해 설명하려면 바옐이 그토록 바라는 단 한 사람에 대해서도 고백해야 했다. 비록 이제는 바옐의 그 속내를 나만 안다는 것에 기쁨을 느낄 만큼 철부지는 아니지만, 오랫동안 트리스탄에게 그 사실을 숨겨 왔다는 것이 마음에 걸렸다.

그래서 또다시 부정하고 말았다.

"나도 잘 모르겠네. 하지만 확실히 그 사람은 콜롭스 뮈너 같은 자는 아니야. 뭔가 더 깊이 꿰뚫어 볼 줄 아는 것 같은 느낌이었어. 바옐도 그래서 신경 쓰이는 걸 거야."

"그것참…… 어떤 인물인지 만나 봐야겠군. 이야긴 많이 들었는데 직접 만나진 못했네. 요즘 나도 정신이 없어서."

"자네도 뭔가 일이 있는 건가?"

내 물음에 트리스탄은 슬픈 미소를 지었다. 바옐과 그 신사에 대해서만 신경 쓰느라 정작 나는 트리스탄이 어떻게 지내는지 묻지도 못했다. 트리스탄은 애써 아무렇지 않은 척 말했다.

"근래에 키세를 보지 못했어. 그래서 난 그냥, 걱정이 되어서……. 만나지는 못해도 어디에 나타났다는 말 정도는 들었는데. 요즘은 그녀를 아는 사람들 모두 보지 못했다는 말만 하더군. 심지어 나이겔 한스까지 찾아갔는데 말이야."

"그런 줄은 미처 몰랐네. 전에도 이런 적이 있나?"

트리스탄은 그 동작이 몹시 아프다는 얼굴로 고개를 저었다.

나는 딱히 해 줄 말이 없어 안타까움을 느꼈다. 트리스탄에게 위로

받는 것에 익숙해져 있는 나는 한 번도 그를 위로해 본 적이 없었다. 그렇다고 가식적인 말 같은 건 하고 싶지 않았다.

"자네만 괜찮다면 사람을 시켜 찾아보겠네."

내가 해 줄 수 있는 것은 그 정도뿐이니까. 트리스탄은 서글프게 웃으며 말했다.

"고마워. 하지만 그녀가 숨기로 작정했다면 찾으려 해도 찾을 수 없을 거야. 예언가니까."

"아하. 어쩌면 이미 내가 그녀를 찾을 거란 예언을 적고 있을지도 모르겠군."

내 말에 트리스탄이 잠깐이지만 웃었다. 늘 활기 넘치고 서글서글하게 웃기만 하던 친구가 이렇게 힘없는 모습을 보이는 건 정말이지 가슴 아팠다.

하지만 나는 또다시 바엘을 떠올렸다.

"그럴 정신이 없다는 건 알지만 자네도 시간이 나면 바엘의 집에 한번 들러 주게. 괜찮은지……."

"아무리 그래도 우리의 아나토제 바엘인데, 그런 것 때문에 침울해 있진 않을 걸세. 틀림없이 그 키욜 백작인지 뭔지의 코를 납작하게 해 주기 위해 비장의 곡을 쓰고 있을 테지. 콩쿠르도 머지않았고."

"그렇군. 그러고 보니 나도 곧 예선이야."

말하고 나서야 내 상태가 심각하다는 걸 깨달았다. 아직 어떤 곡을 칠지 결정도 안 했는데.

일단은 바엘도 트리스탄도 괜찮아질 거라 믿고 콩쿠르에 전념하는 수밖에 없었다. 가슴이 아팠지만 이번 콩쿠르는 내게도 퍽 중요했다.

"힘내라고. 지금은 다른 사람들보다 자기 자신을 신경 써야 할 때인 것 같으니."

트리스탄은 그런 말을 남기고 사라졌다. 왜일까, 그 말에 가슴이 뜨끔한 것은.

며칠 후 예선이 있던 날 나는 혼자 지몬 홀로 향했다.

지몬 홀은 이름에서 알 수 있다시피 거대 은행인 지몬사에서 세운 것으로, 에단의 외곽에 자리했다. 비록 카논 홀의 유서 깊은 위용에 짓눌려 에단 시민들에게 사랑받진 못했지만 돈을 많이 들인 건물답게 크고 시설도 좋았다. 콩쿠르 드 모토베르토의 예선은 바로 이곳에서 치러지고 있었다.

"모르페 씨 오셨군요. 순서가 제법 뒤입니다. 점심시간 후에 천천히 오셔도 될 것 같은데요."

명단을 확인한 듀프레가 친절한 어조로 말했다. 나는 그러겠다고 하고 지몬 홀을 나와 잠시 고민하다 몬드 광장으로 향했다.

연습을 충분히 하지 못한 데다 아직도 바엘의 소식을 듣지 못했기에 마음이 무거웠다. 혹시 트리스탄이 있을까 기대했지만 몬드 광장은 물론이고 마레랑스에도 그의 모습은 보이지 않았다. 모두 예선을 구경하러 간 것인지 몬드 광장도 평소와 달리 한산했다. 나는 우두커니 시계탑 앞에 서서 마음을 진정시키기 위해 애썼다.

그러던 내가 그녀를 발견한 것은, 이제 슬슬 지겨워져서 지몬 홀로 돌아가려던 때였다. 저만치 광장의 한구석에서 누군가 기웃거리고 있는 게 보였다. 별생각 없이 고개를 돌리려다 그 사람이 눈에 익숙한 붉은 머리카락을 내려뜨리고 있다는 걸 깨달았다.

키세! 남자 옷을 입었지만 틀림없는 그 예언가 키세였다.

지금쯤 그녀를 찾기 위해 에단을 헤매고 있을 트리스탄을 떠올리며 그쪽으로 달려갔다. 그러나 키세는 나를 피하기라도 하듯 몸을 돌려 어디론가 사라져 버렸다.

나는 다급하게 걸음을 재촉하여 키세가 있던 골목으로 뛰어들었다. 이미 그녀의 모습은 사라지고 없었지만 그래도 혹시나 하는 심정으로 익숙하지도 않은 그 골목을 헤매기 시작했다. 그렇게 걸어 다닌지 얼마 되지 않았을 때였다.

"……는 평소처럼 말했을 뿐인데 새삼 왜?"

"자네는 대놓고 나와 그를 차별하고 있어. 물론 내가 그에 대해 불평을 한다면 웃기는 일이겠지. 하지만 제발 더 이상 그 앞에서 내가 고개를 들 수 없게 만들지는 말게."

나는 그 자리에 멈춰 섰다. 우연이라고 하기엔 너무나도 절묘했다. 그 두 사람은 내가 아는 사람들이었다.

"고요와 자넨 달라, 트리스탄."

"그래, 다르지. 난 고요만큼의 실력을 갖추지 못했으니."

나는 숨을 죽였다. 본의 아니게 엿듣는 처지가 되고 말았지만 예의를 따지며 돌아설 수는 없었다. 그들이 내 이야길 하고 있었기 때문이다.

한동안 두 사람은 아무 말도 하지 않았다. 잠시 후 차갑게 가라앉은 바엘의 목소리가 들려왔다.

"무슨 소린가, 그게?"

"난 자네에게 전혀 위협이 되지 않는 존재니까 그토록 내게 친절할 수 있는 거겠지. 내가 고요만큼 자네처럼 되기를 원하며 죽도록 음악에만 매달렸다면, 나 또한 늘 자네의 빈정거림의 대상이 되었을 걸세."

"헛소리 말게, 트리스탄. 난 자네에겐 절대⋯⋯."

"그렇다면 고요에게만 그러는 이유가 뭔가. 그 친구가 귀족이라서? 그래?"

바엘은 대답이 없었다. 내 가슴이 세차게 두근거리기 시작했다. 두 사람은 한참 동안 침묵했다. 그리고 마침내 들려온 것은 목소리가 아 닌 발소리였다.

"도망가는 건가? 아나토제 바엘!"

"그만둬! 아무리 자네라 해도 이 이상 그 이야길 꺼낸다면 참지 않 겠네. 늘 하던 대로 사람 좋은 모양새로 바보같이 웃으면서 그 빨간 머리 계집이나 쫓아다녀!"

맙소사, 바엘이 트리스탄에게 저런 폭언을 퍼붓다니. 그보다 발소 리가 점점 가까워지고 있었기에 더 이상 그 자리에 있을 수 없었다.

서둘러 골목에서 나온 나는 몬드 광장을 벗어났다. 간간이 뒤를 돌아보았지만 다행히 바엘의 모습은 보이지 않았다.

대체 그 말다툼은 무엇이 주제였을까. 트리스탄이 내 부탁 때문에 그날의 이야기를 꺼낸 것은 틀림없었다. 그리고 바엘은 생각대로 나 에 대해 꽤나 불쾌해하고 있는 듯했다.

하지만 트리스탄이 틀렸다. 바엘은 나에게만 그러는 게 아니다. 트 리스탄이 아닌 다른 모든 사람에게 그러고 있을 뿐.

지몬 홀로 돌아온 나는 점심도 거른 채 그 일에 대해 계속 생각하 다가 문득 누군가를 떠올렸다. 콩쿠르 드 모토베르토는 마르틴뿐만 아니라 파스그란 또한 음악으로 인정하는 몇 안 되는 콩쿠르 중 하나였고, 덕분에 홀 안에는 많은 파스그라노들이 있었다.

혹시나 '그'가 있지 않을까 기대하며 주위를 두리번거리는 나를 뒤에서 누군가가 불렀다.

"고요 드 모르페 씨. 여기서 뵙게 될 줄 알았습니다."

내가 찾고 있던 사람이었다.

"정말 영광이로군요. 저를 찾고 계셨다고요?"

"그렇습니다. 한 가지 물어볼 것이 있어서……."

"존경하는 당신의 질문이라면 뭐든 대답해 드리고 싶지만, 다음이 제 차례라서요. 혹시 예선이 끝나고 다른 약속이 없으시다면 모르페 씨의 차례가 끝날 때까지 제가 기다릴 순 있습니다만."

"그래 주신다면 고맙지요. 시간을 많이 빼앗지는 않을 겁니다."

"그런 서운한 말씀을. 당신과 시간을 같이하고 싶은 쪽은 저입니다. 마르티노와 파스그라노라는 다소 극복하기 힘든 장벽이 존재하고는 있지만 말입니다."

그의 말이 농담처럼 들렸기에 나는 그저 웃었고, 휴베리츠 알렌은 예의 바르게 인사하고 안으로 들어갔다.

목소리가 귀를 찌른다는 것만 빼면 이야기하면 할수록 그가 괜찮은 사람처럼 느껴졌다. 나는 바엘처럼 파스그라노에게 딱히 악감정이 있는 것도 아니고 말이다.

문득 그의 연주가 궁금해져 청중석 쪽으로 들어갔다. 예선임에도 수많은 사람들이 자리를 메우고 있었다.

피아노 의자의 높이를 조정한 휴베리츠는 차분한 동작으로 건반 위에 손을 올려놓았다. 그러곤 허공을 향해 가벼운 한숨을 흘려보내고 눈을 감은 채 연주를 시작했다. 남자인 내게도 그가 피아노 치는 모습은 참으로 근사해 보였다.

"혹시 고요 드 모르페 씨?"

그의 연주를 감상하던 나는 옆에서 누가 속삭이듯 부르자 고개를 돌렸다. 처음 보는 사람이었다. 고개를 갸웃하자, 그가 수줍은 듯 웃으며 손을 내밀었다.

"악수 한번 해 주시겠습니까?"

뭔가 전혀 익숙하지 않은 상황이었다. 나는 얼떨떨한 기분을 느끼며 그가 내민 손을 붙잡았다가 몇 번 흔들고 놓아주었다.

그는 여전히 수줍게 웃더니 머뭇거리며 말했다.

"오늘 당신의 연주를 들으러 에단까지 왔습니다. 이곳에서 응원하고 있겠습니다."

나는 입을 벌렸다가 뭐라고 답해야 될지 몰라 그저 그에게 감사의 인사를 했다.

왠지 모르게 가슴이 설레고 기분이 좋아졌다. 나 같은 보잘것없는 음악가에게도 팬이 있는 모양이었다. 그러고 보니 며칠 전 카논 홀에서도 내가 드 모토베르토가 되길 바란다고 말해 준 사람이 있었다. 그 목소릴 떠올리자 더욱 가슴이 두근거렸다.

잠시 후 휴베리츠 알렌의 연주가 끝났다. 예선 때는 심사 위원들이 대부분 중간에서 연주를 끝내게 하는데, 휴베리츠만큼은 끝까지 놔두었다. 그 정도로 그의 연주가 훌륭하다는 얘기였다. 정말이지 파스그라노인 것이 안타까울 만큼.

나는 그의 날카로운 말투가 어쩐지 연주와 닮아 있다는 생각을 하며 청중석에서 나왔다.

"고요 드 모르페 씨. 다음다음 차례입니다. 이쪽으로 와 주세요."

나는 안내자를 따라 대기실로 갔다. 긴장감으로 가슴이 떨려 오기 시작했다.

내 앞에서 비올라를 들고 서 있는 연주자는 턱까지 떨고 있었다. 그에게 뭔가 위안이 될 만한 말을 꺼내려 했으나 안내자가 다음 이름을 호명하는 순간 그는 무대로 뛰쳐나갔다.

나는 그가 실수하지 않기를 바랐다. 하지만 그는 1분도 채 연주하지 못하고 심하게 활을 내리긋다가 엉뚱한 현을 튕겨 버리고 말았다. 심사 위원들은 고개를 저었고 그는 눈물이 그렁그렁한 채로 무대에서 내려왔다.

"다음, 고요 드 모르페 씨."

마음을 다잡으며 무대로 올라간 나는 청중석에서 환호성과 박수가 터져 나오자 잠시 어리둥절했다. 하지만 곧 정신을 차리고 무대 한편에 마련된 피아노 앞에 앉았다.

선곡을 하느라 고민을 많이 했지만 결국 평소의 나처럼 안정적이고 선율이 아름다운 곡을 골랐다. 나는 화려하고 과장된 기교를 부리는 것보단 있는 듯 없는 듯 한 루바토와 음 하나하나에 깊은 음색을 담는 것을 좋아했다. 트리스탄의 말을 빌리자면 그것이 실로 '나다운' 연주였다.

연주를 시작하고 나서야 떨림이 멎었다. 나는 또다시 깊은 내면으로 침잠하여 나의 음악 소리를 들었다. 피아노와 나를 제외한 모든 것이 단절되어 내 세계에서 지워졌다.

이렇듯 나의 세계란 끝 모를 깊이의 어둠 속에서 피아노와 나 홀로만 존재하는 공간이었다. 남은 모든 부분을 채우고 있는 것은 음악, 단지 음악뿐이다. 그 안에서 나는 꿈꾸는 듯한 선율의 가닥을 연주하고 그에 스스로 실망하거나 만족하며 세계가 흘러가도록 내버려 둔다. 그러다가 마침내 왼손부터 오른손까지 4옥타브에 이르는 아르페지오로 음악을 마무리했다.

그 간절한 여운을 느끼며 건반 위에서 손을 떼는 순간 나의 세계가 닫히면서 대신 청중의 박수 소리가 현실로 돌아온 나를 맞이했다.

나는 무대 앞으로 걸어가 청중에게 답례의 인사를 하고 심사 위원들의 표정을 살폈다. 혹시 그들이 내 연주를 제지한 것을 듣지 못한게 아닐까 싶어서였다.

하지만 그들 또한 감탄한 얼굴로 내게 박수를 보내고 있었다. 아쉽게도 혹은 다행히도, 그 안에 아버지나 키욜 백작은 없었다.

나는 멋쩍게 웃었다. 퍽 성공적으로 연주를 한 듯싶었다.

무대 위에서 내려와 대기실로 돌아오니 휴베리츠 알렌이 나를 기다리고 있었다. 그는 가볍게 고개를 숙이며 예의 바르게 말했다.

"연주 정말 잘 들었습니다. 그 아름다운 연주에 제 실력은 부끄럽기만 하군요."

"무슨 그런 말씀을, 당신이야말로 정말 훌륭했습니다."

휴베리츠가 웃으며 무언가 답례의 말을 하려는 순간, 서로를 부끄럽게만 할 뿐인 이런 칭찬은 그만둬야겠다는 생각에 내가 재빨리 말했다.

"당신에게 물어보고 싶은 건 그날의 결투에 관해서입니다."

휴베리츠의 표정이 희미하게 굳어졌다. 나는 머뭇거리다가 결국 가장 단순하게 묻기로 했다.

"꾸며 말하는 법도 돌려 말하는 법도 모르겠군요. 왜 그때 당신이 바옐의 승리라고 했는지 궁금합니다. 나는…… 물론 바옐을 몹시 좋아하고 그의 음악 또한 존경합니다만, 그날의 그것은 이해할 수 없었습니다."

그 말을 하면서 나는 서글픔을 느꼈다. 하지만 비록 자존심 상하는 일일지라도, 휴베리츠가 내가 알지 못한 어떤 것을 바옐의 음악에서 알아차렸다면 그게 무엇인지 알고 싶었다. 파스그라노지만 그는 정말 훌륭한 음악가였고 바옐이 그렇게 미워하지만 않았어도 어쩌면 그가 바라는 단 하나의 청중에 가장 가까이 다가갈 수도 있는 존재였다.

휴베리츠는 고개를 숙인 채 무언가 한참 생각하는 표정을 짓더니 한숨처럼 말을 내뱉었다.

"이것 참 괴롭군요. 당신의 질문에 답은 해 드리고 싶은데…… 저 또한 그날의 기억은 그다지 좋은 게 아닙니다. 아시다시피 콜롭스와 저는 절친했으니까요. 그는 그날 이후 제 앞에 나타나지 않았습니다. 집에 틀어박혀 무엇을 하는지 누가 찾아가도 나오지 않더군요."

내가 궁금한 것은 그런 게 아니었지만 잠자코 그가 말하도록 내버려 두었다.

"아무튼, 왜 마에스트로 바옐을 승자로 했는지 궁금하다고 하셨지요. 모르페 씨의 기준은 어떤 건지 모르겠으나 저는 선율이 아닌 다른 것을 더 주의 깊게 봤습니다. 콜롭스는 듣기 좋은 곡을 연주했지요. 하지만 그뿐이었습니다. 그런 곡은 누구라도 만들 수 있고 누구라도 연주할 수 있습니다. 하지만 마에스트로 바옐의 곡은……."

휴베리츠는 잠시 입을 다물고 다시 생각에 잠겼다. 느낀 것은 있는데 무언가 적절하게 표현할 말을 찾지 못하는 것 같았다.

결국 조급해진 내가 불쑥 물었다.

"바엘밖에 연주할 수 없는 그런 곡이라고요?"

"그런 '곡'이라기보다…… 그런 '연주'는 그분밖에 할 수 없을 겁니다. 느끼셨습니까, 음악에 호흡이 따라가는 것을?"

"그랬습니다."

"그리고 그러한 경험은 처음 해 보셨겠지요?"

나는 그 말에 재빨리 고개를 끄덕였다. 휴베리츠는 이제 편하게 술술 말했다.

"그분은 시험하고 있는 듯 보였습니다. 그분의 친구인 당신의 앞에서 그분을 잘 안다는 듯 말하는 것은 우습지만, 마에스트로 바엘은 자신이 여러 연주자들 중 하나일 뿐이라는 것을 견딜 수 없어 하시는 것 같았습니다. 오직 당신만이 독보적인 존재가 되어야 한달까요. 그래서 누구와도 차별되는, 그런 새 연주 기법을 만들어 보신 게 아닐까 싶습니다. 만약 그 시도가 성공한다면…… 우리는 이 시대를 바꿀 음악적 혁명을 보게 되겠지요."

머릿속에 벼락이라도 치는 듯한 기분이었다. 그럴 수도 있다는 가능성만을 말하긴 했지만, 휴베리츠도 나도 이미 직감하고 있었다.

바엘은 성공할 것이다. 그가 시도하는 게 무엇이든 간에.

"……고맙습니다. 당신의 안목이 나보다 깊이 있는 것만큼은 틀림없군요."

나는 비참한 기분을 느끼며 그렇게 말했고 휴베리츠는 얼른 손을 내저었다.

"제가 느낀 것을 말했을 뿐, 그게 사실인지는 마에스트로 본인만 알고 있을 겁니다. 어쨌든 오늘 이렇게 고요 씨와 이야기를 나눌 수 있어 기뻤습니다. 덕분에 당신에 대해서도 더 잘 알게 되는군요."

"저에 대해서요?"

휴베리츠는 내가 그를 만난 이후 처음 보는 따스한 미소와 함께 말했다.

"앞으로 기록될 모든 역사서와 음악사에서 당신의 이름 앞에 붙는 수식어는 뭐가 될까요. 아마 당신은 명(名)피아니스트라는 단어보다는 아나토제 바옐의 절친한 친구이자 연주 동료라고 남길 바라시는 것 같군요."

순간 뭐라 할 말을 잃어버렸다. 멍하니 그를 바라보던 나는 얼굴이 갑자기 뜨거워지는 것을 느끼며 고개를 돌렸다.

휴베리츠 알렌은 피식 웃고는 내게 인사하고 사라졌다. 나는 그가 나가고 나서도 한참 동안 그 자리에서 움직이지 않았다.

내가 원한 것은, 정말로 그런 것이었나? 스스로에게 질문을 던지면서 동시에 나는 답을 얻었다.

아마 바옐의 이름 앞에는 이런 수식어가 붙을 것이다. 영원하며 유일한 드 모토베르토, 아나토제 바옐.

그리고 나는 내 이름 앞에 이런 수식어가 붙길 바란다.

그의 하나뿐인 청중이었던, 고요 드 모르페.

첫 번째 살인 사건

아름다운 음색과

불협화음

그것은 건반 하나 차이

예선이 끝나고 지몬 홀 밖으로 나왔을 때, 헐레벌떡 뛰어오는 트리스탄과 만났다. 아까 바옐과 그가 논쟁했던 것을 들은 내색을 하지 않기 위해 애쓰며 나는 최대한 놀란 표정을 지었다.

"여긴 어쩐 일인가, 트리스탄?"

"큰일…… 큰일 났네, 고요. 지금 나와 같이 에단 시청으로 가세."

"갑자기 시청은 왜?"

"정확히 말하자면 시청이 아니라 그 안에 있는 근위대야."

"근위대?"

트리스탄은 가면서 말하자며 걸음을 재촉했고 나는 얼른 그를 따라 마차가 세워져 있는 곳으로 갔다. 마차를 잡아탄 우리는 에단의 중심에 있는 시청으로 향했고, 그사이 무슨 일인지 물었다.

"바옐이, 아나토제가 거기 있네."

"바옐이 근위대에?"

순간 온갖 영상들이 내 머릿속을 스치고 지나갔다. 아까 그렇게 화를 내고 사라지더니 술을 마시고 난동이라도 부린 걸까? 아니면 혹시 갑작스럽게 레안느가 휴베리츠의 약혼녀라는 사실에 분개하여 그와 싸움이라도 한 걸까?

그러다가 나는 고개를 흔들었다. 이게 무슨 말도 안 되는 생각이란 말인가. 휴베리츠 알렌은 조금 전까지 나와 이야기하고 있었는데.

"대체 무슨 일인데?"

"나도 잘 몰라, 고요. 하지만 심각해. 심각하다고."

트리스탄은 걱정과 불안이 가득한 얼굴로 중얼거렸다.

그럴 만했다. 에단은 평화로운 도시다. 예술가들이 태반인 이곳에서 분쟁이라고 할 만한 것은 마르티노와 파스그라노의 마찰 정도밖에 없었다. 따라서 가끔 그런 것이 존재한다는 것을 잊어버릴 정도로 근위대라는 단어가 등장하는 것은 매우 드문 일이었다. 대체 바옐이 무슨 심각한 일을 저질렀기에, 혹은 당했기에 근위대에 가 있단 말인가.

시청에 도착한 나와 트리스탄은 서둘러 마차에서 내려 건물 안으로 들어섰다. 로비에서 서성거리던 제복을 입은 남자가 나를 보고 심각한 얼굴로 다가왔다.

"아, 왔군요. 따라오십시오. 보여 줄 게 있습니다."

트리스탄이 묻는 듯한 얼굴로 바라보자 나는 그저 어깨를 으쓱하고 그 남자를 따라갔다.

그는 근위대장을 맡고 있는 케이저 크루이스라는 사람으로, 우리 집안과 깊다면 깊은 인연을 맺고 있었다. 결코 자랑할 만한 일은 아니지만 아버지가 하시는 일이 자주 시청과 마찰을 빚곤 했던 것이다.

케이저는 우리를 데리고 지하로 한참을 내려갔다. 점차 불쾌한 냄새가 코를 찔러 왔고 소름 끼치도록 차가운 공기가 얼굴을 때렸다. 트리스탄도 견디기 힘든 기색이었지만 잠자코 케이저를 따랐다.

마침내 제일 아래층이라고 생각되는 곳에 다다르자, 케이저가 예고도 없이 정면에 있던 문을 열었다. 무심코 그 안을 들여다본 나는 급히 입을 틀어막으며 고개를 돌렸다.

"이게…… 이게 뭡니까?"

내가 문 뒤로 돌아가 속을 진정시키기 위해 애쓰는 동안 트리스탄이 심하게 떨리는 목소리로 물었다. 케이저는 빈정거림이 느껴지는 말투로 대꾸했다.

"뭐라고 생각하십니까?"

"설마 이게…… 바, 바옐이라고 말씀하시는 건 아니겠지요?"

나는 더 이상 서 있지 못하고 그 자리에 주저앉았다. 이건, 이런 것은, 이런 결과는…….

케이저가 코웃음 치는 소리를 들으며 나는 오열했다. 이렇게, 산 사람을 단숨에 이렇게 만들 수 있는 건 그것밖에 없다. 그 전설, 빌어먹을 놈의 전설. 여명이…… 여명이!

"정확히 말하자면."

케이저의 말이 이어졌다.

"이 시체는 아나토제 바옐이 아니라 아나토제 바옐이 만든 시체라고 해야겠지요."

나는 고개를 퍼뜩 들다가 문에 머리를 쾅 부딪쳤다. 하지만 아픔 같은 건 전혀 느끼지 못했다. 그저 실낱같은 희망으로 소리쳐 물었다.

"바옐이 아니라고요?"

"아닙니다."

트리스탄은 탄식 같은 한숨을 내쉬며 고개를 떨구었다. 하지만 나는 쉽게 안도할 수 없었다.

"바옐이 이렇게 만들었다는 건 무슨 뜻입니까?"

"일단 눈으로 확인하셨으니 다시 위로 올라가지요. 당신들의 친구가 있는 곳으로 말입니다."

트리스탄은 빨리 그 자리에서 벗어나고 싶다는 듯 제일 먼저 등을 돌려 계단을 올랐다.

하지만 나는 그의 뒤를 따라가려다 케이저에게 붙들리고 말았다. 고개를 돌리자 그가 입술을 말아 올린 채 위협적으로 말했다.

"이번에는 당신네 집안이 가진 그 많은 돈으로도 안 될 겁니다."

나는 대답하지 않고 그의 손에서 빠져나와 황급히 트리스탄의 뒤를 따라갔다. 가슴이 불안으로 두근거렸다.

다시 위층으로 올라온 우리는 케이저가 안내한 곳으로 들어갔다.

바옐이 무표정한 얼굴로 방 안에 홀로 앉아 있었다. 트리스탄을 본 바옐의 얼굴이 조금 밝아지는가 싶더니, 이내 아까의 논쟁이라도 기억해 낸 듯 다시 사나워졌다. 그러나 트리스탄은 아랑곳하지 않고 바옐을 품에 꽉 안았다.

"이 친구야. 젠장…… 밑의 시체를 보고 놀라서 억장이 무너지는 줄 알았네."

"설마 그게 나인 줄 알았나? 내가 무슨 수로 하루아침에 그리 된단 말인가."

바옐은 차갑게 응수했지만 표정이 조금 전보다 풀어져 있었다. 그 다음으로 그는 내게 고개를 돌렸다. 무덤덤한 시선이 나를 한번 훑더니 이내 특유의 비꼬임 섞인 말투가 쏟아졌다.

"그리고 자넨 또 울었군?"

"……누구 때문에 울었다고 생각하는 건데!"

나도 모르게 소리를 지르자 바옐은 물론이고 트리스탄도 놀라 나를 쳐다보았다. 나는 신경질적으로 얼굴을 닦아 낸 다음 무어라 더 쏘아붙이려다가, 다시 울음이 터질 것 같아 입을 다물었다. 그러자 목이 아파 왔다.

"내가 죽었을 거라 생각했단 말이지."

바옐은 어쩐지 자조적으로 들리는 목소리로 내게 말했다.

"트리스탄과 마찬가지로 자네 또한 여명의 짓으로 내가 그리되었을 거라 믿었단 말이지, 자네가."

나는 몸이 떨리는 것을 느끼며 바엘의 눈을 바라보았다. 실망감 가득한 그의 눈은 내게 묻고 있었다.

나와 함께 그때 그 자리에 있었던 자네가 어떻게.

"난……."

변명하려 입을 열자 바엘의 표정이 경멸로 변했다. 결국 나는 입을 다물 수밖에 없었다. 그때 마침 케이저가 들어왔다.

"자 그럼, 설명해 보실까요, 마에스트로."

그가 바엘의 맞은편에 앉으며 묻자 바엘은 내게서 시선을 떼고 케이저를 바라보았다. 그를 향해 대답하는 바엘의 목소리에서는 분노가 뚝뚝 묻어 나왔다.

"무엇을 설명하라는 건지 모르겠군요. 내가 그 자리를 지나갈 때 시체가 있었다는 이유만으로, 죽은 지 몇 년은 되어 보이는 그 시체의 살인자가 나란 말입니까?"

케이저는 바엘의 눈을 바라보며 단조롭게 말했다.

"이 자리에 있는 모두가 알다시피 당신은 꽤 근사한 살인 무기를 가지고 있지 않습니까? 7000만 페르나 하는 지독한 농담 같은 무기를 말이죠."

"이봐!"

트리스탄이 울컥하여 책상을 내리쳤으나 바엘이 제지했다. 대신 차갑게 웃으며 케이저에게 말했다.

"당신이 음악가가 아니니 방금 전의 모욕은 용서하겠소. 에단의 시민이라곤 믿어지지 않게도 음악적 소양이라곤 눈곱만큼도 없는 사람인 듯하니까. 지금 나에게 내 생명과도 같은 소중한 악기를 한낱 사람을 죽이기 위한 무기로 사용했다고 말한 거요?"

"한낱 사람이라."

케이저는 자신을 모욕하는 말에 대해선 전혀 신경 쓰지 않고 자신에게 필요한 단어만 집어 들었다.

"위험한 발언이군요, 바엘 씨. 당신이 살인 용의자로 이 자리에 앉아 있다는 점을 상기시켜 드려야 할 것 같습니다."

"그쯤 해 두지?"

다시 트리스탄이 나섰다. 케이저의 멱살이라도 잡을 것 같은 태도였다.

"당신이야말로 당신이 지금 누굴 모욕하고 있는 건지 똑바로 아는 게 좋을걸."

"하, 멋지군요."

케이저는 피식 웃으며 나와 트리스탄을 번갈아 보고는 말했다.

"한쪽은 어마어마한 재력을, 다른 한쪽은 에단의 유력 인사들을 손에 쥐고 있으니. 하지만 당신들이 그것들을 휘두르기 전에 한 가지 알아 둬야 할 게 있습니다."

케이저는 거기서 말을 멈추고 트리스탄을 지그시 노려보았다. 그의 입가에는 여전히 미소가 걸려 있었으나 결코 호의적이지 않은 표정이었다. 결국 트리스탄이 일단 뒤로 물러났다.

"좋군요. 그럼 아래에 있는 시체에 대해 말씀드리죠. 그녀는 엘레나 휘슬이라는 여자입니다. 올해로 스물일곱이고 세 달 뒤 결혼할 약혼자도 있었죠. 그녀의 아버지는 평범한 약재상으로 결코 부유한 집안은 아니지만(그렇게 말하며 그는 의도적으로 나를 보았다.) 그들 나름대로 평화롭고 행복한 삶을 살고 있었습니다."

케이저는 거기까지 말하고는 재미있다는 듯 덧붙였다.

"그런데 죽어 버렸습니다."

나는 할 말을 잃었다. 트리스탄과 바옐의 표정을 보니 그 두 사람도 나와 별반 다르지 않은 기분을 느끼는 것 같았다. 이 사람, 뭔가 몹시 불쾌했다.

바옐이 눈살을 찌푸리며 말했다.

"그래서 뭐가 어쨌단······."

"정말로 재미있는 것은 말입니다."

케이저는 책상을 손가락으로 두드리며 말을 이었다.

"그녀가 어제까지는 멀쩡히 산 사람이었다는 겁니다."

머릿속에서 무언가 쿵 하고 내려앉는 소리를 들은 것 같았다. 나는 입을 벌린 채 바옐을 보았다. 그의 표정도 조금 일그러져 있었다. 트리스탄은 몇 번이나 입을 벌렸다가 닫고, 다시 벌렸다가 닫았다.

"농담하는 겁니까?"

바옐이 묻자 케이저가 고개를 저었다.

"아니요. 정말입니다. 어제 그녀의 약혼자와 아버지를 포함하여 그녀와 만나고 이야길 나눈 사람이 대여섯은 됩니다. 정말로 아무 문제가 없었다고 하더군요. 하지만 오늘 아침 친구와 함께 소풍을 나갔던 그녀는 당신이 그곳에 있던 바로 그 시각, 그 자리에서 그 모습으로 발견되었습니다."

케이저는 악질적으로 덧붙였다.

"죽은 지 몇 년은 된 것처럼 썩어 문드러진 채로 말이죠. 친구 또한 실종되었고요."

바옐은 피식 웃고는 손에 보물처럼 쥐고 있는 바이올린 가방을 눈짓했다.

"그래서, 하루아침에 사람을 그렇게 만들 수 있는 건 내가 가진 악기뿐이다?"

"예. 게다가 당신이 그 자리에 있었고 말이죠."

케이저의 말에 트리스탄의 시선이 바옐을 향했다. 바옐은 움찔하더니 불쾌함 가득한 얼굴로 말했다.

"바로 그 자리는 아니었어. 단지 같은 산속에 있었을 뿐이라고."

"그렇죠. 마에스트로의 말이 맞습니다. 하지만 기이한 것은, 그 산이란 곳이 에단에서 마차로 두 시간이나 걸리는 데다 사람들이 잘 가지 않는 장소라는 거죠. 그러니 묻겠습니다, 마에스트로."

케이저의 눈이 날카롭게 반짝였다.

"거기서 뭘 한 겁니까?"

나는 떨리는 것을 감추기 위해 두 손을 힘껏 맞잡았다.

그가 말을 꺼냈을 때부터 그곳이 어딘지 직감적으로 알았다. 바옐이 간 곳은, 그 시체가 발견되었다는 곳은 얼음나무 숲이 있는 장소. 그 멀고 깊은 산속인 것이다. 바옐이 왜 그곳에 갔는지는 너무나 분명했다. 살인을 하기 위해서가 아니라 그는 얼음나무 숲을 찾아갔던 것이다.

"기가 막히는군. 내가 알지도 못하는 사람에게 여명을 켜게 하기라도 했단 말인가?"

바옐은 냉정하게 말하기 위해 애썼지만 그 안에 담긴 분노와 모멸감은 감출 수 없었다. 케이저가 자신 있는 태도로 뭔가 맞받아치려는 순간 나는 결심하고 입을 열었다.

"당신의 논리에는 몇 가지 결함이 있군요, 크루이스 씨."

"뭐, 당신도 일단 관련자이니 들어 볼까요?"

그가 나를 관련자라고 한 것이 마음에 걸렸지만 무시하고 말했다.

"첫째, 그 논리가 성립되려면 여명이 사람을 죽이는 악기라는 게 증명되어야 합니다. 하지만 아쉽게도 30년도 넘은 그 일은 너무 오래전이라 신빙성이 떨어지고, 근래의 일을 볼 때는…… 글쎄요. 제가 알기로 수많은 사람들 앞에서 여러 번 그것을 연주한 유일한 마에스트로가 지금 멀쩡히 살아 있는 것 같습니다만."

케이저는 느긋하게 미소를 지었다. 그 모습은 반박할 만한 뭔가를 가지고 있는 것 같아 불안했지만, 그는 계속해 보라는 듯 내게 고갯짓했다.

"그리고 둘째, 그 여자와 바엘은 전혀 관련이 없을 텐데요. 바엘이 그의 말대로 자신의 생명과도 같은 악기를 남이 만지도록 할 리 없을 뿐더러, 왜 모르는 여자를 죽인단 말입니까?"

케이저는 흠, 하고 턱을 만지작거리더니 내가 그걸 묻기라도 기다린 것처럼 충격적인 대답을 던졌다.

"며칠 전 마에스트로 바엘과 음악의 결투인지 뭔지, 시답잖은 짓을 했다는 콜롭스 뭐너 말입니다."

갑자기 그 이름이 대체 여기서 왜 나오는 걸까. 전혀 짐작하지 못하는 내 귀에 트리스탄의 탄성이 들려왔다. 결코 즐겁지 않게 들리는 탄성이.

"그가 죽은 엘레나의 약혼자입니다."

말문이 턱 막혔다. 여기서 표정이 무너지면 안 되는데. 나는 나도 모르게 케이저의 시선을 피해 바엘을 바라보았다.

바엘의 얼굴은 읽기 힘들었다. 다만 그는 자신이 얼마나 난처한 상황에 빠져 있는가를 이제 깨달은 사람 같았다. 그걸 보는 순간 역시 내가 나서지 않으면 안 되겠다고 생각했다.

"그게 답니까?"

"글쎄요. 일단은 중요한 사실인 것만은 틀림없습니다."

그래서 내가 관련자인 것이다. 그 결투 때문에.

"내가 그 자리에 있었습니다. 결투가 있던 그날 말입니다. 하지만 패배한 것은 콜롭스입니다. 지독한 굴욕을 당한 것도 콜롭스입니다! 보복을 한다면 그가 해야지요. 왜 바옐이 멀쩡한 그의 약혼녀를 죽인단 말입니까? 게다가 바옐도 저도 그에게 약혼녀가 있다는 사실 같은 건 알지도 못했습니다!"

"아, 진정하시죠. 제가 지금 그걸 가지고 뭐라고 하는 건 아니지 않습니까."

바옐이 나를 잠깐 보더니 다시 케이저에게로 고개를 돌렸다. 나를 나무라는 듯한 시선이었지만 도저히 가만히 있을 수가 없었다. 답답하고 불안했다.

"단지 저는 마에스트로가 아주 기본적인 질문에 대답해 주시기를 바라는 겁니다. 다시 한 번 묻겠습니다. 왜 그곳에 갔던 겁니까?"

바옐은 시선을 내리깐 채 생각에 잠긴 얼굴을 했다. 잠시 기다리던 케이저는 재촉하듯 말했다.

"침묵이 길어질수록 의심이 깊어진다는 걸 아셔야 합니다."

결국 참다못한 트리스탄이 바옐을 다그쳤다.

"말해, 바옐. 왜 갔는지 그냥 말해 버리면 되잖나. 자네도 그 위슬인지 뭔지 하는 여자처럼 그냥 소풍 갔다고 하면 되잖아!"

"뭐, 소풍은 아니었지만…… 비슷하네."

케이저의 입가가 꿈틀거렸다. 무언가 하나라도 필사적으로 잡아내려는 사람처럼 그의 온 신경은 바옐의 말에 집중되어 있었다.

"그냥…… 마음을 정리하러 갔던 걸세. 가끔 그곳에 가곤 하지. 홀로 산속에서 연주하기도 하고. 홀에서 연주하는 것과는 또 다른 맛이 있거든."

케이저는 기대했던 말이 나오지 않은 듯 기가 막힌다는 얼굴로 물었다.

"그걸 변명이라고 한 겁니까? 고작 연주하기 위해 그 먼 곳까지 마차를 타고 갔다고요?"

콰당! 트리스탄은 결국 케이저의 멱살을 잡고야 말았다. 그의 눈은 흡사 타오르는 것처럼 보였다.

"이제 그만해. 충분히 한 것 같군. 나는 결코 내 인맥을 자랑하거나 으스댈 생각이 없었지만, 당신의 말대로 이제 그것을 좀 휘둘러 볼까 해. 감히 바옐에게, 바옐의 연주에 고작이라는 단어를 갖다 붙이지 마!"

"……뭐, 좋습니다."

케이저는 입꼬리를 올려 웃더니 가볍게 트리스탄의 손을 떼어 내고 다시 자리에 앉았다.

"일단 오늘은 돌아가십시오. 좀 더 조사를 한 뒤 다시 부를 겁니다. 소환에 응하지 않으면 어떤 불이익이 갈지 모르니 중요한 일이 있더라도 취소하시는 게 좋을 겁니다."

"당신이야말로 어떤 불이익이 갈지 모르니 콩쿠르가 끝나기 전까진 날 소환할 생각은 하지 않는 게 좋을 거요."

바옐은 냉정하게 내뱉고는 자리에서 일어났다. 케이저는 웃으며 고개를 숙였고, 트리스탄이 재빨리 바옐을 끌고 자리를 벗어났다. 나도 그들의 뒤를 따라가면서 불안하게 케이저를 돌아보았다.

그는 단단히 벼르고 있었다. 그 이유 중 하나는 나일 것이다.

시청을 나오며 트리스탄이 분통을 터뜨렸다.

"참을 수가 없군. 정말 어처구니가 없어. 어떻게 이런 모욕을……."

"어쨌든 고맙네. 자네들을 부르길 잘했군."

"당연히 그래야지! 앞으로도 계속 부르게. 함께 갈 테니까! 고요도……."

트리스탄이 나를 돌아보며 말끝을 흐렸다. 나는 그 시선에 고개를 떨구며 조용히 말했다.

"어쩌면 내가 가지 않는 게 더 나을 수도 있어. 그는 나를 싫어해. 아니, 우리 집안을 싫어하지. 아버지가 돈으로 꽤 많은 걸 피해 왔으니까."

"하지만……."

"약속할게. 내가 도움이 된다면 언제든지 달려가겠네. 하지만 당분간은 자네들을 만나지 않는 게 좋을 것 같아."

내 말에 트리스탄은 이해한다는 듯 고개를 끄덕였지만 바엘은 코웃음을 쳤다.

"말은 그럴싸하게 하고 집에 틀어박혀 콩쿠르 준비나 하려는 건 아닌가?"

"아나토제, 제발!"

트리스탄이 막으려 했으나 바엘은 기다렸다는 듯 쏟아 내었다.

"사실대로 말하자면, 고요. 난 자네의 도움은 필요 없어. 자네가 가진 게 돈 말고 또 무엇이 있나? 잘 모르는 모양이지만 돈이라면 이제

나도 제법 많이 가지고 있다네. 그러니 트리스탄만 있으면 될 것 같 군. 그럼 조심해서 돌아가게. 운이 좋아 예선을 통과한다면 본선 때 볼 수 있겠지."

……가슴이, 무너진다.

이유라도 알 수 있다면. 나는 그에게 헌신을 다하고 있다고 생각 하는데 그가 계속 나에게 빈정거리고, 밀어내고, 경멸하는 그 이유를 조금이라도 알 수 있다면.

"내가…… 귀족이라서 그래?"

탁한 내 목소리, 나조차도 듣기 싫었다.

"대체 내가 자네에게 뭘, 무엇을 했기에?"

시야에서 바엘이 사라졌다. 트리스탄이 나를 막고 있었다. 그는 근 심 가득한 얼굴로 내 어깨를 잡고 조용히 속삭였다.

"고요, 그만해. 그냥 돌아가. 바엘은 날카로워져 있을 뿐이야."

나는 비틀거리며 몸을 돌렸다. 트리스탄이 내 등을 가볍게 떠미는 게 느껴졌다. 나는 눈을 꽉 감으며 바엘에게 들릴지 아닐지 확신할 수 없는 작은 목소리로 말했다.

"이젠…… 지쳤어. 나는 자네를 이해 못해. 처음부터 내가 이처럼 자네에게 아무것도 아니었다면, 왜 나에게 가르쳐 주었나. 단 한 사 람, 그리고 그 숲…… 왜 자네를 쫓을 수밖에 없는, 그런 것들을."

그리고 그 자리를 떠났다.

그다음 날부터 나는 앓아누웠다.

콩쿠르까지 일주일밖에 남지 않은 상황이었지만 아무런 힘도 생기 지 않고 이대로 그냥 죽어 버렸으면 싶었다. 모든 목표와 의욕을 상실한 채 날마다 베개에 얼굴을 파묻고 흐느껴 울었다. 콩쿠르든 뭐든 빨리 다 지나가 버렸으면 좋겠다고 생각했다. 웬일인지 어머니는 그런 내게 아무 말씀도 하지 않으셨다.

시간이 어떻게 흘러가는지 느낄 수가 없었다. 며칠 되지 않은 것 같기도 했고 이미 콩쿠르가 다 끝나 계절이 바뀌었을지 모른다는 생각도 했다. 누가 찾아와도 만날 생각이 없긴 했지만, 바엘은 그렇다 치고 트리스탄마저 오지 않는다는 사실이 나는 적잖이 마음 아팠다.

"몇 번이나 말을 해야 알아듣죠? 고요는 아프단 말이에요!"

그렇게 무기력하게 누워 있던 어느 날, 창밖에서 어머니의 고함 소리가 들려왔다. 나는 눈을 떴지만 자리에서 일어나진 않고 잠자코 있었다. 어머니의 태도로 봐서 친구들은 아닌 것 같았다.

"아니, 감히 어딜!"

어머니가 비명처럼 소리를 질렀고 곧이어 우르르 사람들이 집으로 들어오는 발소리가 들렸다.

그제야 일이 심각하다는 것을 깨달은 나는 억지로 몸을 일으켰다. 땀에 젖어 축축한 셔츠를 일단 갈아입을까 고민하고 있는데, 누군가 노크도 없이 문을 벌컥 열었다.

"대장님, 여기 있습니다!"

근위복을 입은 병사 중 하나가 나를 보더니 바깥을 향해 소리쳤다. 나는 이 무례한 태도에 대해 너무 기가 막힌 나머지 뭐라 말이 나오지 않았다.

잠시 후 누군가 성큼성큼 내 방으로 걸어 들어왔다. 케이저 크루이스, 근위대장이었다.

"실례하겠습니다, 고요 드 모르페 씨."

"또 당신이군요."

"지금 같이 근위대로 가 주셔야 할 것 같습니다."

"체포 영장은 받아 오고 하시는 말씀이겠지요."

"아뇨. 그런 것은 없지만, 당신이 가지 않으면 아나토제 바엘 씨에게 상당히 불리할 겁니다."

교활하군⋯⋯. 어떻게 하면 나를 움직일 수 있는지 그는 너무나 잘 알고 있었다. 나는 며칠 전의 일을 떠올리면서도 갈 수밖에 없었다.

"옷을 갈아입고 나갈 테니 시간을 주십시오. 그리고 근위병을 데리고 당장 집 밖으로 나가십시오."

"그러죠."

그들이 나가고 나자 기다렸다는 듯 어머니가 들어오셨다. 어머니는 새파랗게 질려 있었다.

"무슨 일이니? 응? 무슨 일이야?"

"친구가 안 좋은 상황에 처해 있어서 제가 가 봐야 할 것 같아요."

"고작 그런 일 때문에 무단으로 우리 집에 들어올 리가! 네 아버지가 한창 어려울 때도 감히 이런 짓은 못했는데. 감히, 감히 우리 모르페 집안에⋯⋯."

"걱정하지 마세요. 금방 돌아올게요."

"하지만 지금 넌 몸도⋯⋯ 또 그 아나토제 바엘이라는 녀석의 일이구나!"

대답할 기력도 없었다. 나는 어머니가 뒤에서 바엘에 대해 험담을 늘어놓는 동안 묵묵히 옷을 갈아입었다.

"아버지를 부를까? 응?"

"아뇨, 제발 그러지 마세요. 제가 알아서 할게요."

나는 걱정으로 가득한 어머니의 얼굴에 키스하곤 집을 나왔다.

정문에서 기다리고 있던 케이저가 마차로 나를 안내했다. 마차에 올라타자 내 맞은편에 앉은 그는 이 상황을 즐기고 있는 것이 분명한 얼굴로 말했다.

"안색이 안 좋으시군요. 걱정스러운 일이라도 있습니까?"

"몸이 별로 좋지 않을 뿐입니다."

"그럼 그날 이후 한 번도 외출을 하지 않으신 건 단지 그 이유 때문입니까?"

그동안 나를 감시라도 했다는 건가. 그의 말이 신문하는 것처럼 느껴져 불쾌했다. 나는 그의 질문을 무시하고 물었다.

"그래서 그동안 진전된 거라도 좀 있으십니까?"

"예, 목격자를 찾았습니다."

나는 깜짝 놀라 케이저를 바라보았다. 케이저는 피식 웃으며 말을 이었다.

"그날 죽은 엘레나와 함께 소풍을 나갔다는 친구입니다. 정말 신기하게도 그녀는 엘레나가 죽은 날로부터 벌써 며칠이 지났다는 것을 인지하지 못하고 있었습니다. 그녀가 들려준 말을 요약하자면 이렇습니다. 그날 엘레나가 갑자기 보도 듣도 못한 산으로 놀러 가자고 했답니다. 그래서 별생각 없이 따라나섰는데 생각보다 너무 멀리 가더랍니다. 마차를 타고 두어 시간쯤 가서 내렸는데 거기서 그치지 않고 엘레나가 끝도 없이 산으로 들어가려 했다더군요. 조금 따라가던 그녀는 아무래도 뭔가 이상해서 그냥 돌아가자고 했지만, 엘레나는 그녀의 말을 무시하고 홀로 산으로 계속 들어갔답니다. 결국 친구 혼자 숲을 나오긴 했지만 걱정이 되어서 에단으로 돌아오자마자 콜롭스에게 알리려 했다는군요. 그리고 그게 바로 오늘입니다."

"예? 잠깐만요, 무슨 말인지 이해가……."

"그 사이의 모든 시간이 증발해 버린 겁니다. 그녀들이 소풍을 간 날은 우리가 알기론 며칠 전이지요. 하지만 엘레나의 친구는 그게 오늘인 줄 알고 있는 겁니다. 정말 농담 같지 않습니까? 그녀의 말에 따르면 그 산에서 에단까지 오는 데 며칠이나 걸렸으며, 그녀는 그것을 전혀 인지하지 못했다는 거니까요."

나는 눈살을 찌푸렸다. 열이 있어선지 머리가 아파선지, 생각이 쉽게 정리되지 않았다. 갈아입은 옷이 다시 축축하게 젖어 들기 시작했다. 식은땀이 나는 것 같았다.

"괜찮으십니까?"

나는 얼굴에서 흐르는 땀을 훔쳐내며 대답했다.

"예. 그녀의 말이 사실이라면 그것참 이상하군요. 혹시 다른 가능성은 생각해 보지 않았습니까? 이를 테면 그녀가 엘레나를 살해하고 거짓말을 하는 것일 수도 있지 않습니까. 바옐에 비하면 오히려 그날 함께 있었던 친구 쪽이 더 의심스러운데요."

"그녀가 무슨 수로 하루 만에 사람의 시체를 그렇게 만들 수 있단 말입니까?"

"그럼 바옐은 무슨 수로 그리 만든단 말입니까? 여명으로? 제발 집어치우십시오! 시체가 발견됐다는 이유만으로 살인자 운운하는 당신의 태도는 정말 참을 수가 없군요. 살이 썩어드는 희귀병이 발생했다고 말하는 편이 훨씬 상식적일 겁니다!"

소리를 지르고 나자 머리가 찌잉 하고 울려 왔다. 나는 참을 수 없이 지끈거리는 머리를 문지르며 의자에 기대었다. 마차가 조금만 덜컹

거려도 구역질이 날 만큼 어지러웠다. 왜 하필 이런 날 나를 불러내야 했단 말인가.

"일리 있군요."

한참 만에 케이저가 조용히 말했다. 나는 간신히 눈을 뜨고 그를 바라보았다.

"하지만 엘레나의 친구는 퍽 재미있는 말을 했습니다."

나는 대꾸할 힘이 없어 잠자코 기다렸다. 케이저는 턱을 쓰다듬으며 말을 이었다.

"전 그녀에게 그곳에 아나토제 바옐이 있었다거나 하는 이야기는 전혀 하지 않았습니다. 그런데 그녀가 먼저 말하더군요. 엘레나가 숲으로 들어가면서 계속해서 음악이 들려온다는 말만 반복했다고 합니다. 그러곤 주저 없이 그 음악이 들려오는 곳으로 향했다고요."

"하, 말할 필요도 없이 그 음악은……."

"예, 바이올린 연주였답니다. 태어나서 그렇게 아름답고 그렇게 매끄러운 연주는 처음 들었다고 합니다."

나는 눈을 감았다.

엘레나는 바옐이 숲에서 연주를 하던 그 시각, 그곳으로 향했다. 그리고 죽었다. 아주 오래 전에 죽은 것 같은 모습으로.

바옐은 틀림없이 얼음나무 숲을 찾아가기 위해 거기 있었을 것이다. 그리고 엘레나가 들었다는 그 연주는 아마 바옐이 얼음나무 숲으로 가는 길을 열기 위해 했던 연주일 터.

이 모든 것을 어떻게 설명해야 한단 말인가.

그리고 그 여인은 도대체 왜 죽었단 말인가.

잠시 후 마차가 시청에 도착했다. 마차에서 내리다가 비틀거리는 나를 케이저가 잡아 주었다. 그에게 이런 꼴을 보이는 게 정말 싫은데도 어쩔 수가 없었다.

"바옐은 안에 있습니까?"

"아니요. 솔직하게 말씀드리자면 그는 데려오지 못했습니다. 당신의 친구인 트리스탄 벨제라는 젊은이의 보호망이 어찌나 강력하던지요. 콩쿠르 전까진 꿈도 꾸지 말라더군요."

그의 말에서 콩쿠르가 아직 끝나지 않았다는 걸 알 수 있었다. 묘한 기분이 들었다. 안타까움과 동시에 안도감이 드는 이유가 무엇이란 말인가.

"아니 잠깐, 그럼 나는 대체 왜 데리고 온 겁니까?"

"사실 며칠 동안 다른 가설을 좀 세워 봤습니다. 아나토제 바옐이 그 여자를 살해할 이유는 제가 봐도 좀 부족했으니까요. 그래서 다른 용의자를 생각해 보았고, 그중 하나가 당신입니다. 아나토제 바옐을 평소에 그렇게 끔찍이도 존경한 당신이라면 콜롭스 뮈너가 그를 모욕한 것에 앙심을 품을 수도 있지요."

기가 막힌 동시에 허탈해졌다.

그는 내 반응에는 아랑곳하지 않고 나를 끌고 근위대로 들어갔다. 잠시 후 나는 전에 바옐이 앉아 있던 그 의자에 앉아 케이저를 마주 보게 되었다.

"아무 말도 하고 싶지가 않으니 증거가 나오면 깨우도록 하십시오."

나는 그렇게 말하고 책상 위에 엎어져 버렸다.

"혐의에서 빨리 풀려나고 싶다면 몇 가지만 대답해 주시면 됩니다. 그날 당신은 콩쿠르 드 모토베르토의 예선을 치렀죠?"

"예."

"그런데 지몬 홀 관계자에 따르면 당신의 차례는 오후였다고 하더 군요. 그래서 아침 일찍 왔던 당신은 오후에 다시 오겠다고 말하고 사라졌죠. 그리고 한참이 지나서 당신의 차례가 거의 다 되어서 돌아 왔고요."

"아마도요."

"그 사이 어딜 갔던 겁니까?"

"몬드 광장에 갔습니다. 마음을 정리할 겸……."

"그걸 증명해 줄 사람이 있습니까?"

나는 잠시 그날 광장에서 키세를 봤던 것과 트리스탄과 바엘의 논 쟁을 엿들었던 걸 떠올렸다. 하지만 셋 중 누구도 나를 보진 못했다.

"없습니다."

"그거 곤란하군요."

순간 뭔가 속에서 치밀어 올라 나는 상체를 벌떡 일으켰다.

"도대체 이러는 이유가 뭡니까? 아무런 증거도 없이 말도 안 되는 억지만 들이대는군요. 그렇게 나를 잡아넣고 싶습니까? 아버지에 대 한 미움 때문에요?"

"고요 드 모르페 씨. 물론 제가 댁의 아버님을 싫어하는 건 사실입 니다. 하지만 현실을 직시하십시오. 이건 살인 사건입니다. 에단에서 살인 사건이 일어난 것이 몇 년 만인지 알고 있습니까? 이건 매우 심 각한 일입니다."

"그러니까 도대체 자꾸 살인 사건이라고 하는 이유가 뭡니까? 제가 보기에 그것은 희귀병에 걸려 죽은 시체일 뿐입니다."

케이저는 피식 웃었다. 그러곤 갑자기 테이블 위에 있던 종이와 펜을 내게로 밀었다. 자세히 보니 그 종이는 비어 있는 악보였다.

"거기에 아무 음이나 그려 넣어 보십시오."

"……이건 무슨 장난입니까?"

"그냥 아무거나 좋으니 그려 넣어 보십시오."

"합당한 이유를 대기 전엔 절대 그러지 않겠습니다."

케이저는 한숨을 푹 쉬더니 잠시 근위대의 권위가 어쩌고 하는 말 따위를 중얼거렸다.

"아무튼 하라고 하면 한 번에 해 주는 사람이 없군. 그날 시체가 있던 장소에서 우리가 발견한 뭔가가 있습니다. 그게 뭔지 분석하느라 여태껏 말하지 않았지만 그건 악보였습니다. 왜 우리가 아나토제 바옐을 단번에 용의자로 의심한 건지 이제 이해하리라 믿습니다. 바이올린 소리와 악보. 그 모든 게 음악가와 관련되어 있음은 분명하지 않습니까. 우리는 전문가에게 의뢰해서 그 악보를 누가 작곡한 건지, 누구의 필체인지, 무슨 의미가 있는지 분석하게 했습니다. 전문가는 그게 어떤 메시지라고 하더군요. 음으로 만든 메시지. 물론 암호처럼 축약되어 있는 단어들의 배열이기에 제대로 해석하는 데는 시간이 좀 걸렸습니다. 아무튼 그 악보에는 이런 단어들이 쓰여 있었습니다. '모토벤의 고결한 복수'."

"뭐……라고요?"

차가운 손이 등을 쓸어 만지고 지나가는 기분이었다.

"아직 누구의 짓인지는 알 수 없습니다만 어쨌거나 병으로 죽은 게 아니란 것은 증명되었지 않습니까? 복수를 위한 살인, 이건 가장 질이 나쁜 범죄입니다."

"맙소사. 정말로 누군가가……."

나는 손으로 입을 막고 충격을 다스리기 위해 애썼다. 누군가가 바엘을 대신하여 콜롭스 뮈너에게 응징이라도 가했단 말인가? 그의 약혼녀를 죽임으로써?

"아무튼 당신도 용의자 중 하나입니다. 이제 악보를 그려 주시죠."

나는 잠시 마음을 가라앉힌 다음, 떨리는 손으로 악보 위에 한 줄을 채워 넣었다. 하지만 이런 걸 시키는 그의 행동은 참으로 부질없어 보였다. 내가 정말 범인이라면 시체 위에 남긴 악보와 같은 식으로 음표를 그릴 리 없지 않은가.

내 마음을 읽기라도 한 듯 케이저가 악보를 훑어보곤 말했다.

"평소의 당신 필체대로 적었길 빕니다. 사실 아까 당신의 집에서 악보 한 장을 훔쳐 왔거든요. 그것과 이것을 대조해 볼 겁니다. 만약 당신이 일부러 이걸 평소와 다르게 그렸다면…… 우리는 더 이상 수고할 필요가 없겠죠."

……정말이지 교활한 인간 같으니.

그런데 그때 문이 쾅 하고 열리면서 사람들이 쏟아져 들어왔다. 그들은 제복을 입고 있었지만 에단 근위대의 복장은 아니었다.

케이저가 어리둥절한 표정을 짓는 순간 맨 마지막으로 들어온 남자가 나와 그를 경악시켰다.

"아버지?"

그러나 아버지는 나를 보지 않고 케이저에게 똑바로 걸어가셨다.

"잘 들어라, 케이저 크루이스. 이번에야말로 끝인 줄 알아라. 감히 귀족가에 무단으로 침입하고, 체포 영장도 없이 사람을 데려가고, 온갖 거짓과 은폐로 유도신문을 한 것에 대해 변명할 수 없을 것이다."

아버지의 표정은 사나웠으나 케이저는 오히려 휘파람을 불었다.

"와, 이거 감동했습니다. 정말 빠르시군요. 카트라에서 여기까지 오신 겁니까?"

"콩쿠르의 심사 때문에 이미 에단에 들어와 있었다. 네놈의 허술한 정보망에 그런 건 포착되지 않았던 모양이지?"

"아쉽게도 그랬나 봅니다. 그럼 제가 오늘 한 행동에 대해 정식으로 항의 문서를 제출해 주십시오. 며칠 조사한 뒤 결과가 나오겠지요. 물론 그 안에 당신의 아드님이 살인자라고 밝혀지지만 않는다면 말입니다."

정말 대단한 자다. 에단의 시장마저 아버지 앞에서는 저런 태도를 보이지 못하는데.

"어디 그 배짱이 언제까지 가나 두고 보지."

아버지는 그렇게 내뱉고 케이저를 어깨로 밀친 다음 드디어 내게로 시선을 돌리셨다. 1년 만인가, 2년 만인가. 엄격한 아버지의 얼굴에 잔잔한 미소가 번지는 게 보였다.

"고요. 괜찮으냐?"

"예. 심려를 끼쳐 드려 정말 죄송해요."

"심려는 무슨. 그보다 네 안색이 별로 좋지 않구나. 이놈이 고문이라도 한 거냐?"

"몸이 좋지 않아 누워 있던 환자를 여기까지 끌고 온 것도 고문이라면, 그런 셈이죠."

아버지는 다시 한 번 노발대발하셨고, 케이저에게 미안해질 지경으로 온갖 험한 말과 욕설을 퍼부으신 다음에야 나와 함께 시청을 나오셨다.

"그나저나 몸도 좋지 않은데 이런 일까지 겹치다니, 콩쿠르에 영향이 크겠구나."

나는 잠깐 숨이 멎는 듯한 기분을 느꼈다. 콩쿠르. 그래, 아버지는 분명히 기대하고 계실 텐데.

"그게……."

"내일이 전야제라는 것은 알고 있겠지? 앞으로 이틀밖에 남지 않았지만 네가 열심히 하리라고 믿는다. 물론 드 모토베르토가 된다면 그 어찌 가문의 영광이 아니겠느냐마는…… 부담 갖진 말거라. 네가 할 수 있는 만큼만 하면 된다."

"아버지, 그게……."

"내가 심사 위원이란 얘긴 들었겠지? 걱정 마라. 네 아비이긴 하지만 나는 공정하게 심사할 거란다. 공정하게 내 아들에게 표를 던질 거란 말이야. 누가 뭐라 하겠느냐? 돈을 가진 자가 하는 일은 원래 뭐든 공정한 법이지. 하하하."

내 등을 두드리시는 아버지에게 나는 더 이상 아무 말도 할 수 없었다.

아버지는 전야제가 시작될 때 다시 오시겠다며 5000만 페르 상당의 보석을 귀족들에게 베푼다는 문서에 사인을 하러 가셨다.

집으로 돌아온 나는 어지러운 머리를 붙잡고 어머니께 대강의 상황을 설명해 드렸다. ("아니 그 양반은 에단까지 왔는데 집에도 한번 들르지 않다니!") 간신히 어머니를 진정시켜 드리고 내 방에 들어와 곧바로 피아노 앞에 앉았다. 피아노 건반이 두 개의 층이 있는 것처럼 보이고 악보들이 허공을 둥둥 떠다녀도 나는 더 이상 쉴 수 없었다.

아버지가 거기 앉아 계실 것이다. 아버지가 처음으로 내 무대를 보러 그 자리에 오실 것이다. 어쩌면…… 마지막으로 말이다. 그러니 절대 엉망으로 만들 수는 없었다. 드 모토베르토는 생각하지 말자. 그저 내가 할 수 있는 만큼만 하는 거다.

나는 트리스탄이 농담처럼 비장의 곡이라고 말했던 악보를 꺼내 음표를 채워 넣기 시작했다.

F에서 시작하는 모르덴트*와 왼손의 엇박자 화음…… 시체 위에 악보를 남긴 이유는 뭘까. 어떤 괴기한 음악 애호가의 짓일까. 다시 C로 돌아와서 스타카토로 빠르게, 그러나 물결을 첨벙거리듯 부드럽게…… 아니, 광기 어린 팬의 짓이라고 하는 편이 더 맞겠지. 그는 바엘을 위해 했다고 하지만 오히려 그것이 바엘을 곤란하게 만들고 있다. 만약 이대로 계속 놔둔다면…….

나는 반은 음악에 미치고 반은 사건에 대해 생각하며 그날 하루를 보냈다. 자정이 넘어 새벽이 왔을 때는 내가 살아 있는 건지 죽어 있는 건지 확신이 가지 않을 정도였다.

결국 머릿속에서 계속 넘쳐흐르는 음들을 가까스로 막으며 잠자리에 들었다. 이런 날은 몹시 드문데 하필 몸이 따라 주지 않다니.

그러고는 거의 죽은 듯이 잠을 잤다. 아무런 꿈도 꾸지 않고 정말 깊은 잠에 빠졌다. 눈을 떴을 때는 이미 정오에 다다른 시각이었고 침대와 옷은 땀으로 흠뻑 젖어 있었다. 다행히 어제보다 몸이 가볍고 개운했다.

씻고 난 뒤 늦은 식사를 마친 나는 어제 쓰다 만 악보를 마저 채워 넣었다. 사실 머릿속에선 이미 거의 완성되어 있던 곡이었다. 그동안 옮겨 적는 것이 두려워 미루고 있었을 뿐. 머릿속에선 아름다운 음들

---

* 꾸밈음의 일종.

이 바깥으로 나왔을 때 막상 피아노로 쳐 보면 기대했던 것만큼 아름답지 않아 실망한 적이 많았다. 그것이 두려웠다.

잠시 후 드디어 완성한 다섯 장의 악보를 피아노 위에 조심스럽게 올려놓았다. 처음으로 직접 소리를 들어 보는 것이다. 제발…… 이 곡이 내가 상상한 만큼 아름답기만 하다면, 이것을 나의 주 레퍼토리로 삼아 계속 작곡해 나갈 수도 있을 것이다.

심호흡을 하고 건반을 내리쳤다. 폭풍 같은 전율이 내 가슴을 훑고 지나갔다. 참을 수 없는 감성이 홍수처럼 범람했고 나는 그 넘쳐 흐르는 감정들을 음으로 승화시켰다.

그것은 거의 무아지경의 연주였다. 머리로는 아무것도 의식하지 못한 채 손가락만을 움직였다. 반복되는 음들이 오르락내리락했고 절정 같은 환희에 차올랐다. 이 곡이라면, 이대로 마지막까지 가 주기만 한다면 감히 음역의 신 모토벤에게까지 도전장을 낼 수 있을 것만 같았다.

언제 어떻게 끝났는지 알 수 없었지만, 정신을 차렸을 때는 이미 건반 위에서 손을 멈춘 채 숨을 몰아쉬고 있었다. 나는 내 손가락들을 홀린 듯 바라보며 천천히 건반에서 내렸다. 한동안 정적이 흘렀다.

"하……."

두 손으로 얼굴을 감싸고 울음과 웃음을 동시에 터뜨렸다.

나는 꽤 냉정한 비평가다. 트리스탄의 말대로 나 자신에 대해서는 더 그렇다. 그러나 지금은 말할 수 있다.

어쩌면, 드 모토베르토가 될 수 있을지도 모르겠다고.

#08

광기와 복수의 전야제

왜 그 당시엔 알지 못했을까

그 모든 것이, 시작에 불과하다는 것을

전야제가 다가오자 나보다 더 신이 난 것은 어머니셨다. 어머니는 내게 이런저런 옷을 입혀 보며 즐거워 하셨는데, 내가 보기엔 어느 것이 나를 가장 우스꽝스럽게 만들 수 있나 고민하시는 것 같았다.

시야를 가릴 지경인 거대한 레이스를 달아 주시려는 걸 간신히 말린 나는 전야제가 시작되기 30분 전에야 겨우 집을 나설 수 있었다.

사실 나는 콩쿠르 드 모토베르토의 전통인 전야제를 별로 좋아하지 않았다. 가장 중요한 콩쿠르를 하루 앞두고 파티에 오라 하니 누가 맘 편히 가겠는가. 그 파티는 결코 즐기기 위한 파티가 아니었다. 서로를 라이벌이라고 여기는 음악가들끼리 신경전을 벌이는 꼴만 종종 보게 되니 말이다.

그래도 전통인 데다 심사 위원들이 모두 참석하기에 연주자들도 모습을 보이는 게 예의였다. 그나저나 바옐도 올 텐데 걱정되었다. 그를 마주하면 어떤 표정을 지어야 할지.

나는 전야제가 열리는 카논 홀의 부속 건물인 대연회장으로 들어섰다.

소규모의 실내악단이 흥겨운 음악을 연주하고 있었다. 그곳에는 음악가들뿐 아니라 콩쿠르를 후원하는 귀족들, 여러 분야의 권위자들과 예술가들이 있었다. 마치 가피르 부인의 살롱 연주회를 보는 듯한 기분이었다.

안으로 들어서자 몇몇 사람들이 인사를 해 왔고 나도 그에 답했다. 아버지가 오셨을까 싶어 주위를 두리번거리는 내게 익숙한 두 사람이 다가왔다.

"모르페 씨."

"휴베리츠 알렌. 레이디 레안느."

나는 서로 다정하게 손을 붙잡고 나타난 두 사람에게 인사했다. 레안느가 눈부신 미소로 답하자 휴베리츠가 입을 열었다.

"몸이 안 좋으시다는 소릴 듣고 걱정했습니다. 콩쿠르엔 참가하시는 거죠?"

"물론입니다. 당신은 준비 잘되어 가고 있습니까?"

"늘 하던 대로죠. 저야 사실 콩쿠르의 결과에 대해서는 관심 없으니까요. 저명한 마에스트로들의 새로운 곡을 직접 들을 수 있다는 것에 기쁨을 느낄 뿐입니다."

나는 속으로 조금 부끄러워졌다. 저런 말을 저렇게 진심 어린 눈으로 이야기하다니…… 이제는 그가 정말 마음에 들었다.

"고요!"

두 사람과 좀 더 이야길 나누고 있을 때 누군가가 사람들을 헤치며 내게로 걸어왔다. 아, 그렇게 오래된 것도 아닌데 그의 얼굴이 이렇게 반가울 수가 없었다.

"트리스탄!"

"걱정했잖아. 자네 괜찮나? 어제 케이저인지 뭔지 하는 근위대장이 또 자넬 데리고 갔다면서? 이유가 뭔가? 바엘에 대해 묻던가?"

"아니야. 그거라면 아버지가 해결해 주셨네."

눈살을 찌푸리며 뭔가 더 말하려던 트리스탄은, 그러나 옆에 있던 휴베리츠와 레안느를 발견하자 머뭇거렸다. 그것을 눈치챈 두 사람이 자리를 비켜 주려 했으나 갑자기 트리스탄이 휴베리츠를 붙잡았다.

"저기, 당신 친구 말입니다. 콜롭스 뭐너…… 그는 괜찮습니까?"

"글쎄요…… 요즘 보지 못했습니다. 약혼녀에 관한 소식은 들었습니다만, 저조차 만나 주지 않고 있습니다."

트리스탄은 심각한 얼굴로 그를 붙잡고 있던 손을 놓았다. 휴베리츠가 사라지자 나는 트리스탄에게 물었다.

"갑자기 콜롭스는 왜?"

"아니…… 좀 이상한 이야기를 들어서. 아무것도 아니야, 신경 쓰지 말게."

"그렇군. 그나저나 바옐도 왔나?"

"그래. 지금 대부하고 함께 있네."

나는 괜히 주위를 한번 둘러보고는 트리스탄에게 조용히 물었다.

"난 어떻게 해야 하지?"

"음, 콩쿠르가 끝날 때까진 아무래도 멀리하는 편이……."

트리스탄이 어렵게 말을 잇고 있던 그때, 갑자기 누군가 불쑥 옆에서 나타났다. 새하얀 연미복을 멋있게 차려입은 그 사람은 키욜 백작이었다.

내가 뜨끔하여 물러서려는 순간 백작이 환하게 웃으며 나를 향해 입을 열었다.

"여기 계셨군요. 올해 드 모토베르토가 될 강력한 후보 중의 한 사람이 말입니다."

당황한 내가 아무 말도 못하는 사이 사람들이 우리 주위로 몰려들기 시작했다. 키욜 백작에겐 마치 사람들을 끌어모으는 재능이라도 있는 것처럼 보였다.

"안 좋은 일에 휘말려 계시다는 얘길 들었습니다. 미약하지만 내 도움이라도 필요하시다면 언제든 말씀해 주십시오."

백작이 부드럽게 말했다. 이쯤 되자 내게 호의적임이 분명한 그 사람을 무시할 수 없게 되었다.

"말씀은 정말 감사합니다만, 괜찮습니다. 곧 해결되겠지요."

"부디 원만히 해결되길 빕니다. 그리고 이쪽은 트리스탄 벨제 씨, 맞지요? 사교계를 한 손에 휘어잡고 계신다는 분을 드디어 만나 뵙게 되는군요."

"예? 무슨 그런 가당치 않은 말씀을……."

그러는 동안 점차 더 많은 사람들이 모였다. 트리스탄이 있어서 더 그런 듯싶었다.

나는 자꾸 낯부끄러운 말만 늘어놓는 키욜 백작을 피해 어디로든 숨고 싶은 심정이었다. 그러나 그는 다른 심사 위원들과 막역한 사이라도 되는 듯, 내게 그들 한 명 한 명을 소개해 주었다. 물론 그것은 영광스러운 일이므로 차마 거절할 수가 없었다. 다음으로 키욜 백작은 모든 심사 위원들 앞에서 나를 가리키며 말했다.

"정말 안타까운 일이지 않습니까? 에단에는 훌륭한 음악가들이 이처럼 많은데 그 모든 재능들이 단 한 사람의 영광에 가려져 빛을 보지 못한다니요. 앞으로는 고요 씨 같은 숨겨진 천재들을 발굴하기 위해 애쓰실 거라고, 이 자리에서 모두 맹세하십시오."

그의 익살스러운 말투에 모두가 웃었다. 나도 억지로 웃어야만 했다. 슬그머니 시선을 돌려 보니 트리스탄은 어느새 그 틈을 빠져나가고 없었다.

그에게 배신감을 느끼며 주위를 둘러보다가 그 많은 사람들 틈에서 묘한 표정으로 나를 바라보고 있는 바엘과 정확히 눈이 마주쳤다. 순간, 그 떠들썩한 연회장으로부터 귀가 닫힌 것처럼 아무것도 들려오지 않고 오직 바엘의 두 눈만 보였다.

"……인 거지요, 고요 드 모르페 씨?"

갑자기 키욜 백작이 지팡이로 내 어깨를 치는 바람에 퍼뜩 정신을 차렸다. 무슨 말을 한 건지 몰라도 모두가 나를 주목하고 있었다.

"아…… 죄송합니다만 다시 한 번 말씀해 주시겠습니까?"

"그동안 두문불출하신 것은 내일 우리에게 들려줄 위대한 곡을 작곡하시느라 그런 거냐고 물었습니다."

"결코 위대하진 않습니다만, 그래도 내일을 위해 준비한 곡이 있기는 합니다."

사람들이 짧게 환호했다. 키욜 백작은 관심 있는 얼굴로 내게 뭔가 더 물으려 했지만 나는 이쯤에서 정말 그만둬야겠다고 생각했다.

"실례하겠습니다. 즐거운 밤 되시길."

그러곤 도망치듯 사람들 틈에서 빠져나왔다.

"바엘."

왜 그랬는지 나도 알 수 없다. 하지만 그런 눈을 하고 있는 그를 도저히 혼자 둘 수 없었다. 이런 대우는 자네가 받아야 해. 이런 영광은 그가 차지해야 한다. 그러나 바엘은 몸을 돌려 다른 곳으로 걸어가고 있었다.

"이봐……!"

앞으로도 계속 내게 그런 대우를 한다고 해도, 언제나 내게 빈정거릴 뿐이라고 해도.

"바엘!"

드디어 그가 멈춰 섰다. 그리고 천천히 고개를 돌렸다. 잔뜩 일그러져 있을 거라 생각한 그의 표정은 그러나 의외로 담담했다.

바엘은 처음 보는 신기한 물건이라도 된다는 듯 내 얼굴을 주의 깊게 훑더니 입을 열었다.

"앞으로 날 무시할 작정 아니었나?"

나도 사람이고 화가 났으며 그보다 더한 서운함을 느꼈다. 그래도, 늘 그런 식이어도 멋쩍게 웃으며 이렇게 말할 수밖에 없는 건 그게 나이기 때문이다.

"내가 잘못했네. 용서해 주게."

그의 음악에 모든 마음을 빼앗겨 버린, 그의 단 하나의 청중이 되고 싶은 나이기 때문이다.

바옐은 의아함 가득한 얼굴로 나를 한동안 바라보더니 결국 평소의 그처럼 오만한 표정으로 돌아가 말했다.

"그러지. 본디 용서란 너그러운 자만이 휘두르는 법."

나는 무심코 피식 웃었다가 곧 하얗게 질려 버렸다.

그가 인용한 그 문장은 정복왕 아낙스가 했던 유명한 말이었다. 자신의 부인과 가장 아끼던 기사가 바람피운 사실을 알게 된 정복왕은, 용서를 비는 기사에게 인자한 얼굴로 그렇게 말한 뒤 옆에 있던 아내를 칼로 베어 버렸다.

"바…… 바옐. 그거 농담이지?"

"뭐, 편할 대로 생각하게."

바옐은 고개를 돌려 여전히 연회장 안의 사람들을 휘어잡고 있는 키욜 백작을 바라보았다. 나는 조금 전의 일이 마음에 걸려 어색하게 웃으며 말했다.

"좀 이상한 사람이라고 생각하지 않나?"

"글쎄."

다행히 바옐은 마음 상한 것처럼 보이지는 않았다. 하긴, 어차피 내 일이면 그 많은 사람들 앞에서 누가 우위인지는 분명히 가려질 터.

그러고 보니 내일, 바옐은 대체 어떤 음악을 들고 나올 것인가.

"자네들 화해했군. 하하, 잘했어. 나이에 맞게 굴어야지. 우리가 애들처럼 싸울 땐가."

트리스탄이 나와 바옐의 어깨에 각각 팔을 걸치고는 기분 좋은 듯 말했다. 나는 그저 멋쩍게 웃었지만 바옐은 반응 없이 키욜 백작만 뚫어져라 바라보고 있었다.

순간 이유 모를 불안감이 엄습했다. 바옐의 그 읽기 힘든 표정 때문이었을까.

파티는 점차 무르익어 갔다. 그래도 아버지는 오지 않으셨다. 그 서류에 좀 복잡한(혹은 불법적인) 서명이 들어가는 모양이었다.

아무튼 다들 술이 한두 잔씩 들어가자 파티장은 조금 시끄러워졌고 또 조금 솔직해졌다. 한쪽 구석에서는 내일 드 모토베르토가 누가 될 것인가에 대한 내기를 대놓고 하기도 했다. 하지만 바옐은 그런 모습을 보면서도 얼굴을 일그러뜨리지 않을 만큼 기분 좋게 취해 있었다.

나도 술을 한두 모금 입에 대긴 했지만 내일의 컨디션을 위해 그쯤에서 자제했다. 다만 그런 우리들 사이에서 홀로 이 파티장의 술을 몽땅 동낼 것처럼 들이붓고 있는 한 사람이 있었다.

"그만해, 트리스탄."

"놔둬, 놔두라고. 이런 날이 아니면 언제 마시겠나. 제길……"

트리스탄은 콩쿠르에 참가하지 않지만 그래도 이렇게 흐트러질 정도로 술을 마시게 할 수는 없었다. 내가 그의 손에서 술병을 빼앗기 위해 안간힘을 쓰자 곁에 있던 바옐이 말했다.

"그의 말대로 놔둬."

"하지만……."

"키세가 오지 않아서 그럴 뿐이야."

내가 의아해서 바옐을 바라보자 갑자기 트리스탄이 버럭 소리를 질렀다.

"그 여자 이름 꺼내지 마! 듣고 싶지 않아. 듣고 싶지 않다고……."

트리스탄은 내 어깨에 얼굴을 파묻고 엉엉 울기 시작했다. 그러자 주위 사람들의 시선이 우리 쪽으로 모였고 나는 난감하게 그를 달래며 바옐에게 말했다.

"아무래도 이만 트리스탄을 집에 데려다줘야 할 것 같아."

바옐은 가느다란 한숨을 내쉬고 나를 도와 트리스탄을 부축했다.

"오늘은 내 집에서 재우는 게 낫겠군. 여기서 가까우니까."

우리는 트리스탄을 데리고 연회장의 뒷문으로 나왔다. 마차를 잡을까 했지만 바옐이 그냥 부축해서 걸어가자고 했다. 다행히 트리스탄은 우리가 이끄는 대로 반쯤은 자신의 발로 걸었기에 그리 힘들지는 않았다.

"키세가 오지 않았다라…… 그동안 콩쿠르 전야제 때 한 번도 빠지지 않았던 모양이지?"

"내가 알기론 그렇네."

"그것참 이상하군. 트리스탄을 피해 다니는 걸까? 난 며칠 전에 그녀를 몬드 광장에서 봤어."

"정말인가?"

내가 고개를 끄덕이자 바옐도 의아해하는 표정을 지었다.

"그렇다면 아직 에단에 있다는 얘기로군. 난 진작 떠났을 거라 생각했네."

"떠나다니, 왜?"

"죽음을 준비하려 가 아닐까? 그녀의 예언대로 그녀가 곧 죽는다면 말이지."

듣고 보니 그럴듯했다. 죽음이 임박했음을 알고 트리스탄에게 더 이상 상처 주지 않기 위해 일부러 피하는 건지도.

장담하지만, 키세는 트리스탄이 그녀를 사랑하는 만큼 그를 사랑하고 있을 것이다. 정말 가슴 아픈 사랑이었다. 차라리 죽기 전까지 둘이 함께하는 것이 낫지 않을까?

"고요."

"응?"

"한 가지…… 물어볼 게 있어. 자네에게밖에 물을 수가 없어서."

그렇게 말하며 바엘은 트리스탄이 자는지 확인하듯 힐끔거렸다. 나는 가슴이 조금 두근거리는 걸 느끼며 바엘을 쳐다보았다. 하지만 바엘은 조금 더 걸어가서 사람이 없는 어두운 골목길에 이르러서야 다시 말을 꺼냈다.

"키욜 백작에 대해 어떻게 생각하나?"

"……어?"

무슨 의도로 묻는 것일까.

바엘은 조금 머뭇거리더니 결국 힘을 주어 내뱉었다.

"그가…… 어쩌면 내 음악을 이해하는 단 한 사람일지도 모른다고, 생각해 보지 않았나?"

내가 갑자기 멈춰서는 바람에 내게 더 많이 기대고 있던 트리스탄이 휘청거렸다. 바엘도 걸음을 멈추고 나를 돌아보았다.

"그건 말도 안 돼."

나는 깊이 생각해 보지도 않고 대답했다.

"어째서지?"

"그때 그는 자네의 음악에 대해 잘 모르겠다고 했잖아."

"아니야. 말하기 어렵다고 했을 뿐이네."

"이해하지 못하니까 그럴듯하게 돌려 말했겠지! 자네의 음악은 그저 완벽하기만 할 뿐 정이 가지 않는다고도 말했고 또……."

"하지만 그는 알고 있었어."

바옐이 단호하게 말하는 바람에 나는 입을 다물었다. 그의 눈은 확신에 차 있었다.

"내가 누구를 위해 연주하는 것인지, 내 연주가 왜 완벽하기만 할 뿐 정이 가지 않는지…… 그것은 공허하기 때문이야. 그는 나를 이해했어. 아프도록 찔렀지. 내 연주엔 영혼이 없어. 단 한 번도 혼신의 힘을 실은 적이 없으니까."

나는 다시 입을 벌렸지만 뭔가가 나오다가 목에서 턱 막혔다. 바옐은 시선을 조금 돌리며 흐리게 말했다.

"그런 상대를…… 만나지 못했으니까. 그런데 처음으로 만났네. 처음으로, 혼을 실어서 내 모든 것을 다해 연주하고 싶다는 생각을 했어. 그리고 그걸 들어 줬으면 하는 사람이, 내 음악을 인정해 줬으면 하는 사람이 그자야."

아무 말도 못 하는 나를 바옐이 똑바로 바라보았다.

"그가 내가 바라던, 그리고 기다려 온 유일한 사람이라고 생각하지 않나?"

참으려고 했지만, 얼굴이 잔뜩 일그러지는 것을 막을 수 없었다.

……아니야.

속으로 되뇌었다. 그럴 리 없다. 이렇게 끝이 나서는 안 되었다. 이렇게 간단하게 나타나 버리면, 그동안 단 한 번도 가슴으로 포기한 적이 없었던 내 바람은? 그의 하나뿐인 청중이 언젠가 내가 되리라고 믿어 의심치 않았던, 내 바람은?

"제발 그렇다고 말해 줘, 고요. 나는…… 한계야."

그제야 나는 그의 얼굴에 절박함이 담겨 있다는 것을 알았다. 늘 나를 무시하고 인정하려 들지 않고 경멸하면서, 어째서 이런 그의 날 것 그대로의 진심은 내게만 보일까.

나는 고개를 떨어뜨렸다. 간신히 입을 열었으나 입술이 부르르 떨리기만 할 뿐 여전히 아무 말도 내뱉을 수가 없었다. 차마 내 입으로 그것을 인정하기 싫었다.

키욜 백작에 대한 묘한 느낌을 그동안 부정하려 애써 왔지만 어쩌면 나는 바엘보다도 먼저 알았는지 모른다. 바엘을 단 한 번 보자마자, 그의 음악을 단 한 번 듣자마자 바엘의 속내를 알아 버린 그를.

"역시 그날의 그 음악은…… 내게 답례한 것이 아니었군."

절망으로 머리가 돌아 버린 것인지 엉뚱한 말이 튀어나왔다. 바엘은 답하지 않았지만 무시무시한 표정을 짓고 있을 거란 생각이 들었다. 그래서 나는 더더욱 고개를 숙였다. 부축하고 있는 트리스탄의 무게가 묵직하게 느껴져 왔다.

"그러니 못 들었지. 차라리 다행이라고 생각하네. 그걸 듣고 감동했더라면, 그걸 듣고 정말 기뻤더라면…… 난 나를 용서할 수 없었을 거야."

"집어치워, 고요. 언제든 다시 자넬 위해 연주할 테니 지금은 내 말

221

에 대답해."

"내가 알 바 아니야!"

나는 소리치며 트리스탄을 바옐에게 밀쳐 버렸다. 그를 붙잡으며 비틀거리는 바옐에게 드디어 해방된 기분으로 외쳤다.

"고맙군! 자네에 대한 미련을 마침내 떨쳐 버리게 되었어. 단 하나의 청중이든 얼음나무 숲이든 음악의 혁명이든 될 대로 되라지. 나는 더 이상 그런 것들에 대해 생각하지도, 관여하지도 않겠어. 자네에 대해서도 마찬가지야! 그래, 작별일세. 완벽한 작별을 고했으니 이제 홀가분하게 나는 나만의 연주를 하겠네. 잘 가게, 드 모토베르토."

나는 몸을 돌려 끝없는 어둠처럼 보이는 골목으로 뚜벅뚜벅 걸어갔다. 뒤에서 내 이름을 부르는 바옐의 목소리가 얼핏 들린 것도 같았지만 환청일 게 분명했다. 그가 그를 버려두고 돌아서는 사람 따위를 부를 리 없지 않은가.

……빌어먹을.

모퉁이를 돌아 바옐의 시야에서 내가 보이지 않게 되자 그 자리에 무너지듯 주저앉았다. 가슴이 뜨거운 불에 휩싸였다가 찬 얼음 속에 담기길 반복했다. 손으로 입을 틀어막고 나는 꺽꺽거리며 울기 시작했다.

왜, 왜…… 왜!

눈이 시리도록 푸른 밤을 노려보며 내 모든 원망을 담아 외쳤다.

왜 내가 아니란 말입니까?

나는 세상에 영원히 남을 천재적인 음악가가 되길 바란 것이 아니다. 단지 내가 사랑하는 한 음악가에게서, 내 모든 경의를 다해도 모자라는 존경하는 한 사람에게서 인정받고 싶었을 뿐이다. 그마저도 그리 사치스러운 소망이었단 말인가?

그 원망은 곧 나에 대한 자학으로 이어졌다. 나는 눈을 감고 나 자신에게 퍼부어 줄 수 있는 온갖 험한 욕을 다 했다.

그러나 잠시 후, 조용하고 어두운 골목에서 들려오는 어떤 소리가 나를 방해했다.

뚜벅, 뚜벅뚜벅.

나는 어둠 속에 주저앉은 그대로 잠깐 눈을 떴다. 부랑자이거나 나처럼 늦게까지 모임을 즐긴 술주정뱅이일 거라 생각했다. 그러나 그가 점차 가까워질수록 내 눈을 의심하지 않을 수 없었다.

그는 내가 아는 사람이었다. 하지만 결코 정상적인 모습이 아니었다. 입은 벌어져 있고 두 눈은 광기로 번들거렸으며 손에는 도살장에서나 쓸 법한 거대한 칼이 들려 있었다.

나는 차마 숨도 제대로 못 쉬고 그의 모습을 빤히 지켜보았다. 그는 내 바로 앞을 지나가면서도 나를 전혀 보지 못한 것 같았다. 물론 어둠 속이기는 했지만 뭔가 이상했다.

그가 지나가고 나서, 내가 방금 왔던 길을 그가 그대로 밟아 가는 걸 보면서 나는 어떤 사실을 깨달았고 동시에 경악과 공포를 느꼈다.

틀림없었다. 그는, 콜롭스 뭐냐는 바옐이 있는 쪽으로 가고 있었다.

더 이상 생각할 것도 없이 자리에서 벌떡 일어나 그의 뒤를 쫓아 달렸다. 생각보다 걸음이 빠른 듯 그는 이미 쭉쭉 나아가 저만치 앞에 있었다. 심장이 미친 듯이 뛰고 불안감이 온몸을 뒤덮었다. 제발 바옐이 이미 집으로 들어갔기를.

……아, 신이여!

멀지 않은 곳에 바옐이 있었다. 내가 트리스탄을 그에게 밀치고 난 그대로의 모습을 한 채 멍하니 서 있었다. 나는 참지 못하고 소리 쳤다.

"바옐!"

그 목소리를 들은 것인지 앞서가는 콜롭스 뮈너의 걸음이 빨라졌 다. 바옐이 우리 쪽을 돌아보았다. 나도 달렸다. 바옐의 눈이 점차 놀 라움으로 커지는 게 보였다.

"도망쳐!"

숨이 턱까지 차올랐다. 거의 콜롭스 뮈너를 따라잡았다. 그러나 바 옐도 가까워져 있었다. 바옐은 트리스탄과 함께 피하려 했지만 다른 사람을 부축하며 빨리 움직이기란 쉽지 않았다.

콜롭스 뮈너가 악에 받친 소리를 내질렀다. 그의 손에 들린 거대한 흉기는 이미 뒤로 한껏 젖혀져 있었다.

"네놈이 엘레나를……!"

"안 돼!"

나는 비명에 가까운 악을 질렀다. 콜롭스가 휘두른 흉기는 다행히 바옐 옆의 허공을 붕 때리며 지나갔다. 칼의 무게에 콜롭스가 잠시 중심을 잃고 휘청거렸고 그사이 나는 그들이 있는 곳에 도달했다.

바옐은 충격으로 가득한 얼굴이었지만 끝까지 트리스탄을 놓지 않 았다. 콜롭스가 다시 바옐 쪽으로 향하는 것을 보며 더 생각할 것도 없이 몸을 날렸다. 그리고 콜롭스 뮈너의 허리를 잡은 채 바닥을 뒹 굴었다.

괴성을 지르며 몸부림치는 그를 나는 온 힘을 다해 바닥에 짓눌렀 다. 보기만 해도 섬뜩한 칼이 위협적으로 머리를 스쳤으나 콜롭스는 차마 내게 그것을 휘두르진 못했다.

"비켜, 비키라고! 죽기 전에 비켜!"

"그만두십시오! 왜 이러는지 알지만 바엘이 그런 게 아닙니다. 당신의 약혼녀를 바엘이 죽였다는 건 누명이란 말입니다!"

"닥쳐! 저놈이야! 저놈이라고!"

흥분한 그가 팔을 휘둘렀고 그 팔꿈치에 머리를 제대로 얻어맞은 나는 중심을 잃고 땅에 처박혔다. 눈물이 찔끔 날 정도로 고통스러웠다. 팔을 허우적거리며 일어서려 애썼지만 머리를 맞은 충격 때문인지 몸을 가눌 수가 없었다. 흐려지는 시야 속에 콜롭스가 바엘에게 다가가는 게 보였다.

"바엘…… 안 돼, 바엘!"

뒤에서 비명과 함께 소란스러운 목소리가 들려왔다. 다행히 지나가는 사람들이 우릴 본 모양이었다. 그러나 콜롭스는 아랑곳하지 않았다. 그가 칼을 다시 들어 올리는 것을 보며 바엘이 분노 섞인 목소리로 말했다.

"멍청한 놈, 내가 그런 게 아니야!"

"입 닥쳐, 너야! 너일 수밖에…… 네가……!"

그의 칼이 매섭게 내려가는 것을 보며 퍼뜩 몸을 일으키던 나는, 갑자기 세상이 뒤집히는 걸 느끼며 그대로 정신을 잃었다.

"……요. 고요. 고요! 정신이 드나?"

누군가 내 몸을 흔드는 것이 느껴졌다. 나는 힘겹게 눈꺼풀을 들어올렸다.

흐릿한 시야 속에 잘생긴 남자의 얼굴이 보였다. 좀 더 자세히 들여다보니 그 얼굴은 내게 몹시 익숙했다.

"트리스탄……?"

"오, 모토벤이시여!"

탄식처럼 그렇게 말한 트리스탄은 내 목을 꽉 끌어안았다. 그러곤 내가 숨이 막혀 그의 등을 좀 아프게 때렸을 때서야 놓아주었다.

"괜찮나? 망할 돌팔이 의사 같으니라고! 이렇게 금방 일어날 걸, 자네가 깨어나지 못할지도 모른다는 말에 얼마나……."

트리스탄은 목이 멘 듯 눈시울을 붉힐 뿐 말을 잇지 못했다. 나는 웃으며 그의 등을 두드려 주었다.

"난 괜찮아. 그런데……."

여기가 어딘가 하고 주위를 둘러보았다.

내가 누워 있는 곳은 낯선 침대였고 방 안의 광경을 보니 병원 같았다. 왜 내가 병원에 있는 것인가 잠깐 고민하다가 그제야 정신을 잃기 직전 마지막으로 본 광경을 떠올렸다.

"바엘은!"

나는 필사적으로 바엘을 찾아 고개를 이리저리 돌렸다.

그런 내 눈에, 침대 근처에 앉아 있는 의외의 인물이 보였다. 왜 이 자리에 있는 것인지 도저히 이해할 수 없는 사람이.

"무사히 깨어나서 다행입니다."

그가 앉아 있던 의자에서 일어나며 나를 향해 부드럽게 말했다. 나는 이유를 묻는 얼굴로 트리스탄을 바라보았고 트리스탄은 생각났다는 듯 입을 열었다.

"여기 계신 키욜 백작이 아니었으면 두 사람 다 말 그대로 죽을 뻔했네. 마침 그곳을 지나가시다가 자네와 바엘을 구해 주셨다네."

감사의 인사를 해야 했지만 나는 그보다 먼저 다급히 물었다.

"바엘은 무사해?"

"글쎄…… 무사하다고 해야 할지."

트리스탄이 모호하게 대답했고 나는 더욱 조급해져서 그를 다그쳤다.

"무슨 말인가, 그게? 크게 다친 거야?"

"그건 아닐세. 그냥…… 팔하고 어깨를 조금 다쳤어. 콜롭스 뮈너가 칼을 배우지 않았다는 사실에 감사할밖에."

나는 크게 안도의 한숨을 내쉬었다. 정말 큰일 날 뻔했다. 그 거구가 그런 흉기를 휘두를 땐 정말 꼼짝없이 죽는구나 싶었는데.

그제야 키욜 백작을 돌아볼 여유가 생겼다.

"정말 뭐라 감사를 드려야 할지……."

"하하, 아닙니다. 사실 운이 좋았다고 해야겠죠. 파티의 주인공이나 다름없는 세 분이 일찍 나가셔서 저도 흥이 좀 깨진 탓에 연회장에서 나왔습니다. 집으로 가던 중 당신의 고함소리를 들은 것 같아서 걸음을 옮겨 보길 잘했지요."

"그랬군요. 한데 콜롭스 뮈너는 어떻게 막으신 겁니까?"

키욜 백작은 대답 대신 아무것도 없던 빈손으로 갑자기 어딘가에서 지팡이를 꺼냈다. 정말 마술사 같은 동작이었다. 그는 지팡이를 톡톡 치면서 말했다.

"이놈으로 재주 아닌 재주를 부렸을 뿐입니다. 말씀드렸다시피 운이 좋아 막은 겁니다."

"하늘이 도왔군요. 그럼 콜롭스 뮈너는 어떻게 되었습니까?"

"잠시 후 근위대가 와서 데려갔습니다. 제가 특별히 처리해 줄 것을 부탁했으니 엄벌을 받을 겁니다."

나는 고개를 숙여 그에게 감사의 인사를 하고, 아까부터 욱신거리는 머리를 만져 보았다. 혹이 난 듯 조금 부어올라 있었다.

트리스탄이 걱정스럽게 물었다.

"내일 콩쿠르는 문제없는 거지?"

"뭐, 손과 발은 멀쩡하니…… 아."

그제야 어떤 사실을 깨달았다. 그리고 두려운 마음으로 트리스탄의 얼굴을 바라보았다. 트리스탄은 서글프게 고개를 저음으로써 내 두려움을 확인시켜 주었다.

"설마?"

"그래. 바옐은 내일 콩쿠르에서…… 연주할 수 없어."

그가 살았다는 것에 그저 안도하며 무심코 지나친 사실을 뒤늦게야 깨달은 것이다. 바옐이 팔과 어깨를 다쳤다던……. 나는 허탈하게 중얼거렸다.

"말도 안 돼. 이럴 수는 없어."

"당신에게는 기회나 다름없을 텐데요, 고요 씨."

키욜 백작의 냉정한 말에 나는 자신도 모르게 벌컥 화를 내고 말았다.

"그런 말씀 마십시오! 드 모토베르토가 될 사람은 그밖에 없단 말입니다. 콩쿠르를, 콩쿠르를 연기할 순 없는 겁니까?"

바보 같은 질문이다. 키욜 백작도 대답하지 않았다. 나는 절망스럽게 머리를 감쌌다.

"안 돼, 바옐은…… 바옐은 지금 어떤……?"

트리스탄은 입을 열었으나 무언을 내뱉고 다시 닫았다. 그게 무슨 뜻인지 충분히 알 수 있었다. 그의 절망감을 감히 내가 상상이나 할 수 있을까. 한 번도 다른 사람에게 내준 적 없던 그 자리를, 앞으로 어쩌면 죽을 때까지 오직 그만을 위하였을 자리를, 이렇게 허무하게 포기하게 되었는데.

"또 날 미워하겠군. 아니…… 더 미워하겠어."

"그런 소리 하지 마, 고요. 이건 자네 잘못이 아닐세. 키욜 백작 이전에 자네가 바엘의 목숨을 구했다는 걸 잊지 마. 이렇게 된 이상 무조건 자네가 드 모토베르토가 되어야 해. 다른 누군가가 그 자리를 갖는다면 그거야말로 바엘은 참을 수 없을 걸세."

"안 돼…… 나는 안 돼."

"그 약한 소리, 답답한 소리 좀 하지 마. 바엘은 가고 싶어도 못 간단 말일세!"

나는 이를 꽉 깨물며 무릎 사이에 얼굴을 파묻었다. 손에 닿는 모든 것을 집어 던지고 소리 높여 울부짖고 싶었다. 그러나 키욜 백작과 트리스탄이 곁에 있기에 그럴 수 없었다.

잠시 후 그저 모든 것을 참느라 떨고 있는 내게 트리스탄이 괴로운 목소리로 말했다.

"자네가 이러면 나는 어쩌란 말인가……. 그 모든 일이 벌어지는 동안 정신없이 취해서는, 두 친구가 이렇게 되는 걸 알지도 못했던 나는…… 나야말로 죄인일세."

"아니야, 트리스탄. 왜 그런 말을 하나. 난 원망 안 해. 바엘도 마찬가지일 거야."

"그러니까 제발 자네마저도 포기한다는 말은 하지 말게. 둘 모두 기권해 버리면 난…… 평생 나를 용서할 수 없게 돼."

내 어깨를 짚은 그의 손이 떨리는 것을 느꼈다.

그래, 트리스탄은 나만큼이나 괴로울 것이다. 누구의 잘못도 아니지만 모두가 자기 잘못이라고 생각할 수밖에 없는 우리의 관계가 문득 서글프게 느껴졌다.

"알겠어, 트리스탄…… 바엘은 지금 어디 있나?"

트리스탄이 괴로운 얼굴로 말했다.

"옆방에 있지만, 내 생각엔 자네는 가지 않는 게……."

그러나 그때 문이 조용히 열리고 누군가가 걸어 들어왔다. 그를 본 나는 심장이 내려앉는 기분을 느꼈다.

무슨 생각을 하는지 알 수 없는 표정의, 바엘이었다.

나도 모르게 그의 시선을 피하며 대신 붕대가 감긴 그의 오른팔을 바라보았다. 내가 걱정하거나 위로하는 말을 꺼내면 틀림없이 가식이라며 독설을 퍼부을 테고, 그렇다고 아무 말 없이 가만히 있으면 지금의 상황을 행운으로 여기고 있을 거라 생각할 거다.

나는…… 어떻게 해야 하나.

속으로 깊은 갈등을 하는 내게 바엘이 먼저 입을 열어 말했다.

"일어났군, 고요. 다행일세."

"……어?"

나는 물론이고 트리스탄도 눈을 휘둥그레 떴다. 우리 둘을 아무렇지 않게 경악 속에 빠뜨린 바엘은 한가로운 동작으로 걸어와 침대에 걸터앉았다.

"다행이라고 했어."

"아…… 아, 고마워."

"고요에게 할 말이 있으니 자리를 좀 비켜 주게, 트리스탄."

트리스탄은 의아한 얼굴로 나와 바엘을 번갈아 보다가 결국 문 쪽으로 걸음을 옮겼다. 다음으로 바엘의 눈이 키욜 백작에게 향했다. 그 눈동자가 묘한 빛을 띠었다는 생각이 든 것은 기분 탓일까.

"무례한 부탁인 줄 알지만 백작께서도 잠시 피해 주시지요."

바엘의 지나치게 정중한 말투에 가슴이 욱신거렸다. 그는 상대가 귀족이라고 해서 특별히 예의를 갖추거나 신경 쓰는 사람이 아니었다. 키욜 백작은 그에게 귀족 이상의 무언가…… 진심으로 자신이 찾던 단 한 사람이라고 생각하는 것이다.

백작은 잠시 나를 바라보았다. 괜찮은지 묻고 있는 것 같았다.

"부탁드립니다."

내 말에 그는 뜻 모를 미소를 짓고는 자리를 비켜 주었다.

두 사람이 나가고 나자 바엘은 자세를 조금 바꿔서 등을 보이고 앉았다. 내가 그를 부르려는 순간 등 돌린 채로 그가 먼저 말했다.

"그냥, 듣기만 했으면 좋겠네."

나도 모르게 대답이 튀어나오려는 것을 간신히 막았다. 대신 침을 꿀꺽 삼키고, 두려워하며 기다렸다. 내게 얼굴조차 마주하지 못하고 그가 꺼낼 말들을.

"난…… 자네가, 싫어."

굳이 더 수고할 필요도 없었다. 그때부터 내 말문은 완전히 막혀 버렸으니까.

"내겐 여유가 없어. 살면서 단 한 번도 그런 걸 느껴 본 적이 없어. 항상 빨리, 누구보다도 먼저 가장 높은 자리에 도달해야 했지. 천재이고 싶었으니까."

또다시 나오고 있다…… 또다시 말하고 있다. 나에게만.

"내가 천재처럼 보이기 위해 얼마나 많이 노력했는지 아무도 모를 걸세. 어렸을 적 매번 수십 가지의 다른 기교들을 즉흥적으로 사용한다고 생각했겠지만, 그건 모두 나 혼자 있을 때 밤새도록 연습해 본 것들이네. 나는 감히 누구도 따라잡을 수 없을 만큼의 천재로 보이고 싶었어. 특히…… 자네에게."

바옐은 잠시 비웃는 듯한 웃음소리를 냈다. 나를, 혹은 그 자신을.

"그 똘망똘망한 눈동자. 나를 동경하고 어떻게든 내게 인정받고 싶어 하는 그 눈동자. 그런 눈으로 나를 바라보는 자네를, 내가 얼마나 미워했는지 아나? 자네 때문에 생전 처음 열등감을 느끼며 잠을 설쳤던 날들…… 자넨 짐작도 할 수 없을 거야."

바옐은 아직도 취해 있는 것이 분명했다. 이런 말들을 그 자신의 입으로 꺼낼 리가 없는데.

그가 나에게 금언시키지 않았더라면 나는 그만두라고 외쳤을 것이다. 듣기 싫었다. 보기 싫었다. 그의 긍지와 자존심이 내 앞에서 무너지는 모습 같은 것은, 꿈에서라도.

"자네는 안락한 가정에서 좋은 옷을 입고 좋은 음식을 먹으며, 남는 시간에 취미로 적당히 피아노나 치고 말았겠지. 그런데도 무섭도록 나를 쫓아오는 자넬 보며 나는 처음으로 두려움을 느꼈어. 그럴수록 더 멀리 달아나려고 피나는 연습에 연습을 거듭했지. 나를 쫓아다니고 나 때문에 괴로워하고 나의 청중이 되기 위해 애쓰느라 시간을 허비한 자네와 달리, 나는 바이올린에만 몰두했기에 자네와 제법 멀어질 수 있었네. 어쨌거나 자네는 아직 음의 언어는 듣지 못하는 것 같으니까."

바옐은 잠시 고개를 들어 허공에 한숨을 흘려보냈다.

그와 멀다는 말에 차라리 나는 안도감을 느꼈다. 그래, 그는 그 자리에 있어야 한다. 내가 닿을 수 없는 그 높은 곳에. 내가 그저 우러러볼 수만 있도록……

"이제 내게는 모든 음악이 마치 언어처럼 들려오네. 대부분의 음악가들은 간단한 단어조차 만들어 내지 못하는, 한마디로 '말도 안 되는' 음악을 하지. 그리고 자네는…… 이제 막 말을 깨치려는 어린아이 같은 음악을 해. 키욜 백작도 그것을 알고 있었네. 그의 말처럼 자네의 음악은 너무나 순수하고, 때때로 깜짝 놀랄 만큼 참신한 문장을 토해 내기도 하지. 그래서 나는 항상 자네를 살폈어. 자네와 가까워지고 싶어도 그럴수록 자네에게 갖는 내 열등감이 더없이 추하게 느껴져 그럴 수 없었네. 자네는 순수하게 내 음악을 좋아하고 동경하는데, 나는 자네에게서 좋은 음악이 나올 때마다 걷잡을 수 없는 분노와 불안을 느꼈으니…… 이 얼마나 한심하고 추악한 인간의 마음이란 말인가."

그렇지 않아…… 그렇지 않아.

바옐이 지금 말하는 그런 사람이 내 곁에 있었다면, 나 또한 그랬을 거다. 그것이 인간의 마음인 것을…… 그러다가 문득 깨달았다. 트리스탄이 늘 말해 오던 나와 트리스탄의 차이, 바옐의 열등감.

그가 트리스탄은 받아들이면서 나는 그러지 못했던 것은, 내가 늘 그를 쫓았기 때문이다. 자신을 쫓아오는 자에게 그 누가 너그럽고 관대할 수 있단 말인가. 하지만 트리스탄에게는 그런 욕심이 없었다.

그도 음악을 좋아하지만 바옐처럼 최고가 되는 것을 바라거나 나처럼 인정받고 싶어 하진 않았다. 그저, 말 그대로 좋아했다. 하지만 나는 어떠했는가?

"그래…… 자네 말대로 영원히 헤어지는 것이 나을지도 몰라. 우린 서로에게 전혀 득이 되지 않아. 자네로 인해 나를 채찍질하며 달려올 수 있었다는 것은 인정하겠네. 하지만 더 이상은 아니야. 자네도 알다시피 내겐 목적이 있어. 그리고 겨우 그것에 다다를 수 있는 방법도 생겼네. 추한 욕심에 기대지 않고서도 말이야."

추한 욕심이라니, 그렇지 않다. 오히려 바옐을 몰아붙인 게 누구인가? 그에게 인정받고 싶다는 나의 욕구는, 그의 단 하나뿐인 청중이 되고 싶다는 그 욕망은 탐욕이 아니고 무엇이란 말인가. 이 세상, 그 어느 음악가나 청중보다도 지독한…….

"자네의 말이 옳아. 자넨 자네의 음악을 하도록 해. 더 이상 내게 매달리지 말게. 나를 쫓지도 말고 내게 구애받지도 마."

바옐이 자리에서 일어났다. 나는 붙잡으려고 손을 뻗었지만 차마 그러지 못했다. 바옐은 결연한 의지라도 다지고 일어선 사람처럼 하나 흐트러지지 않는 동작으로 나를 돌아보았다.

잠시 눈이 마주쳤다. 그의 눈이 짧게 작별을 고했다.

"드 모토베르토가 되게. 고요."

바옐이 등을 돌렸다. 그러곤 걸음을 옮겼다. 잠시 후 문이 열렸다. 그리고 그는 나갔다.

바옐이 내게 작별을 고하고 나갔다.

바옐이 내게 드 모토베르토가 되라 말하고 나를 남겨둔 채 나갔다.

진실로, 그가 나를 떠났다.

아…… 아아…….

가슴속에 꽉 막힌 무언가는 내 숨조차 트이게 해 주지 않았다. 속에 쌓인 울음과 격분을 토해 내려 해도 아무 소리도 나오지 않았다.

그가 주문한 금언이 아직 나를 짓누르는 걸까.

악보 위의 다카포*처럼 되돌릴 수만 있다면. 나의 과오로 인해 그를 멀어지게 하고, 그것이 나의 잘못이란 것도 모른 채 계속 그를 괴롭힌 나의 일생을…… 다시, 다시 한 번만 처음으로 돌아갈 수 있다면.

드 모토베르토가 되게.

나는 귀를 틀어막았지만 바옐은 계속해서 내게 속을 알 수 없는 표정으로 그 말만을 반복해 왔다. 어떤 이유에선지, 그 목소리에는 온기마저 담겨 있었다.

나는 그 괴로운 자장가와 함께 소리 없는 울음을 울며 잠이 들었다. 아니, 반쯤은 정신을 잃었다.

그리고 다음 날 눈을 떴을 때, 에단에는 밤사이 소리 없이 눈이 내려 온 도시가 눈에 뒤덮여 있었다.

* 악보에서 처음으로 되돌아가라는 기호.

#09
콩쿠르 드 모토베르토

그날은 눈이 왔다

모든 것을 덮으려는 듯이

"맙소사, 눈이라니. 지금은 가을이라고! 이게 무슨 일인지. 키세의 말대로 종말이 오려나 보군."

트리스탄이 신발에 묻은 눈을 털어 내며 말했다.

나는 이미 옷을 다 입은 채 창밖을 바라보고 있었다. 그 눈은 누가 봐도 확실히 이상했다. 그러나 나는 별다른 것을 느끼지 못했다. 오히려 그것이 자연스러워 보였다.

"고요, 자네 괜찮은 건가?"

트리스탄이 걱정스럽게 물었다. 나는 그를 바라보며 고개를 끄덕였다. 미소까지 띤 채 말이다. 사람을 속이는 것이, 내 감정을 감추는 것이 이리도 쉬울 줄이야. 어제까지는 상상도 하지 못했던 일이다. 하지만 무언가가 내 안에서 일그러졌다. 쪼개지고 왜곡되고 비틀린 채 떨어져 나갔다. 그리고 내 마음 언저리 어딘가에 박혀 때때로 불편하게 가슴을 찔렀다.

"콩쿠르는……?"

"가야지."

나는 담담하게 대답했다. 그리고 아무렇지 않게 덧붙였다.

"가서 드 모토베르토가 될 걸세."

그것만이, 유일하게 바엘에게 닿는 길.

트리스탄은 놀라거나 웃지 않았다. 다만 고개를 끄덕였다.

카논 홀 앞에는 어마어마한 인파가 모여 있었다. 에단의 모든 시민들이 3년에 단 한 번 열리는 이 음악의 축제를 보기 위해 몰려든 것만 같았다.

내가 마차에서 내려 카논 홀까지 이어지는 피아노 건반 문양의 카펫을 밟자 사람들이 크게 환호했다. 왠지 씁쓸했다. 그들은 알까. 그들이 가장 고대하고 있는 영원한 드 모토베르토는 오늘 오지 않는다는 것을.

"후……. 정말이지 엄청나군. 이제 자네의 인기도 바엘 못지않은 것 같은걸."

뒤따라 내린 트리스탄의 말에 나는 아무 대꾸도 하지 않았다. 다만 묵묵히 카펫을 밟고 카논 홀로 들어갔다.

홀 안에는 오늘 콩쿠르에 참여하는 음악가들과 후원자들, 그리고 가피르 부인이 있었다. 키욜 백작과 함께 서 있던 그녀는 나를 보더니 슬픈 눈을 하고 다가왔다.

"이야기는 들었어요. 바엘은 오늘 결국…… 오지 않는 건가요?"

"예."

가피르 부인은 고개를 숙인 채 잠시 말이 없다가 곧 나를 올려다보며 입을 열었다.

"드디어 당신 차례예요, 고요."

"말씀하지 않으셔도 알고 있습니다. 저는 최선을 다할 겁니다."

부인의 눈동자가 흔들렸다. 마치 내가 그런 대답을 할 줄은 몰랐다는 듯이.

그 눈빛이 가슴을 아프게 찔러서 시선을 돌리다가 키욜 백작과 눈이 마주쳤다. 그는 웃으며 살짝 고개를 숙였다. 이 모든 게 그의 잘못이 아닌데도 나는 그가 까닭 없이 미웠다. 아니, 이유가 없는 것은 아니다. 내가 외면하고 있을 뿐.

"고요, 고요!"

그때 저만치에서 사람들을 밀치며 아버지가 달려오셨다.

"괜찮으냐? 어제 그런 일이 있었다는 걸 오늘에서야 들었다. 어디 다친 데는 없고?"

"예, 전 괜찮아요."

아버지는 내 얼굴을 잡고 이리저리 훑어보시더니 안도의 한숨을 내쉬었다.

"다행이구나. 대체 이 무슨 흉흉한 일인지…… 한밤중에 콩쿠르를 앞둔 음악가들을 습격하다니, 그런 놈은 따끔하게 벌을 받아야 하는데."

"그는 약혼녀를 잃어서 슬퍼하고 있었을 뿐이에요. 전 미워하지 않아요."

아버지가 내 말에 부드럽게 웃으셨을 때, 뒤에서 빈정거리는 투로 누군가 말했다.

"오히려 고맙겠지. 아나토제 바옐이 기권하게 되었으니."

나는 가슴이 뒤틀리는 기분을 느끼며 돌아보았으나 사람들이 몰려 있어 누가 한 말인지는 알 수 없었다. 그제야 분위기가 묘하다는 것을 눈치채고 홀 안을 둘러보았다. 몇몇의 사람들을 빼곤 나를 힐끔거리면서 자기네들끼리 뭔가 속삭이거나 노골적으로 불쾌하다는 듯 바라보거나 혹은 내 눈길을 피했다.

그들의 반응에 아버지의 얼굴이 험악하게 변했지만 나는 괜찮다는 의미로 고개를 저었다. 아버지는 내 어깨를 붙잡고 진지한 얼굴로 말씀하셨다.

"고요. 우둔한 자들의 말에는 귀를 기울이지 마라. 그건 네 탓이 아니야. 네가 아나토제 바옐을 구하기 위해 뛰어들었다는 것은 다 알고 있다."

아버지의 따뜻한 목소리에 겨우 냉정을 유지하고 있던 마음이 흔들리는 것을 느꼈다. 그 품에 안겨 나에게 이런 감당하기 힘든 일들을 주지 말라고 외치며 하염없이 울 수만 있다면.

"알고 있어요. 전 괜찮아요."

또다시 쉽게 나오는 거짓말. 하지만 나 스스로 그 거짓말을 믿지 않으면 이곳에서 한 발자국도 더 나아갈 수 없다.

"그런데 어머니나 형님들은요?"

"네 어머니는 벌써 객석에 가 있다. 걱정할까 봐 네가 다쳤다는 얘기 하지 않았는데…… 분위기로 봐서는 벌써 들었겠구나. 그리고 실라이스와 라파는 나 대신 서류 더미 속에 묻혀 있지."

나는 고개를 끄덕였다.

잠시 후 연주회장의 문이 열리고 레나르 카논이 직원들을 이끌고 밖으로 나왔다. 그는 여러 안면이 있는 음악가들과 인사를 나눈 다음 큰 소리로 말했다.

"자 그럼, 본선에 참가하시는 연주자분들과 그 가족분들은 각각 대기실로 들어가 주십시오."

내게도 변함없이 친근한 눈빛을 보내오는 그에게 목례로 답했다. 아버지는 심사 위원이셨기에 나와 함께 가실 수 없었고 대신 트리스탄이 동행해 주었다.

배정된 대기실로 걸어가면서 나는 우연히 근처 대기실의 문이 열려 있는 것을 보았다. 그 안에서는 놀랍게도 내가 알고 있는 두 사람이 큰소리로 논쟁하고 있었다. 나도 모르게 그쪽으로 다가갔다.

"고요? 자네 대기실은 거기가……."

트리스탄이 부르자 나는 얼른 손가락을 하나 세워 조용히 하라고 했다. 그러곤 조심스럽게 문틈에 귀를 대었다.

"그게 다 당신 친구의 탓이라고! 왜 그걸 인정하지 않지?"

"당신이야말로 왜 이해를 못 하지? 그가 그럴 수밖에 없었다는 걸 모르겠어? 그만큼 슬픔을 견딜 수 없었다는 걸 모르겠냐고!"

"마치 세상의 모든 사람들이 슬픔을 견딜 수 없으면 살인을 저지른다는 것처럼 말하지 마!"

흥분한 목소리의 남자가 여자를 향해 소리를 질렀다.

"콜롭스는 살인 같은 건 저지르지 않았어!"

"거길 지나가던 키욜 백작님이 아니셨으면 바엘 오라버니는 죽었을 거야!"

나는 가슴이 조마조마하게 타들어 가는 것을 느꼈다. 어느새 내 옆에는 트리스탄이 바싹 다가와 함께 그들의 논쟁을 엿듣고 있었다.

"콜롭스는 지금 엉망진창이라고. 그의 약혼녀를 당신의 그 잘난 오라버니가 죽였다는 소문 듣지 못했어?"

"휴벨…… 휴벨, 머저리 같은 소리 하지 마. 그걸 사실이라고 생각하는 거야?"

"사실이든 아니든 그건 중요하지 않아. 콜롭스는 그런 소문을 듣고 냉정한 판단을 할 수 있는 상태가 아니었고 또……."

순간 레안느가 충격을 받은 듯 물러섰다. 그녀의 얼굴에는 분노와 실망이 가득 담겨 있었다. 휴베리츠는 멈칫하더니 언짢은 목소리로 물었다.

"뭐지, 그 표정은?"

"사실이든 아니든 중요하지 않다고? 어떻게…… 어떻게 그런 말을 해? 그분은 내 오라버니야. 당신이 나와 결혼하고 나면 당신과도 가족 같은 인연을 맺게 되는 거라고. 그런데 어떻게……."

휴베리츠는 기가 막힌다는 듯 웃었다.

"가족? 피 하나 섞이지 않은 남자에게 어떻게 그런 말을 그리도 쉽게 하지? 레안느, 그만해. 내가 의심하게 하지 마. 왜 나에게 늘 그 아나토제 바엘이라는 소리만 듣게 하는 거야, 왜!"

레안느의 손이 휴베리츠의 얼굴을 때리고 지나갔다. 그녀의 눈에서는 눈물이 뚝뚝 떨어지고 있었다. 그녀는 간신히 자신을 억제하는 목소리로 말했다.

"한 번만 더 그런 소릴 하면……."

"정말 모르는 거야? 아니면 모르는 척하는 거야? 당신이 그를 아무리 가족이라고 불러도 소용없어. 당신과 함께 있을 때 당신을 쳐다보는 그의……."

"그만해!"

"그러니까 내가 이런 소리 하게 만들지 말란 말이야!"

그때 트리스탄이 갑자기 나를 끌어당겼다. 나는 뒤로 홱 젖혀지는 바람에 하마터면 우스꽝스럽게 넘어질 뻔했다. 의아한 얼굴로 트리스탄을 돌아보자 그는 뒤쪽을 고갯짓했다. 사람들이 대기실을 찾아 하나둘 이쪽으로 걸어오고 있었다.

나는 황급히 그러나 소리는 나지 않게 문을 닫고는 재빨리 옆에 있는 내 대기실로 들어왔다. 그리고 잠시 마음을 가라앉힌 다음 입을 열었다.

"휴베리츠 알렌이 저렇게 흥분하는 모습은 처음 보는걸."

"그만큼 그도 힘들 거야. 콜롭스를 나나 바엘이라고 생각하고 자네가 휴베리츠의 입장이라고 생각해 보게."

그제야 조금 이해가 갔다.

"그나저나 그 논쟁, 콜롭스와의 일만을 얘기하는 것 같지 않던데. 휴베리츠는 알고 있었어. 바옐이 레안느를……"

"그 앞에서 지켜본다면 누구라도 모를 수 없을 걸세."

트리스탄은 깊은 한숨을 내쉬었다. 그러곤 웃는 건지 마는 건지 모를 얼굴로 말을 이었다.

"바옐에게는 잘되었다고 해야 할지."

"그게 무슨…… 설마 저 둘이 갈라지기라도 한단 말인가?"

"모르지. 하지만 레안느로부터 요즘 자주 다툰다는 말은 들었어."

어제 전야제 때 본 두 사람의 모습은 너무도 다정했기에 나는 의외라고 생각했다. 트리스탄은 입술을 만지작거리며 계속 말했다.

"어쩔 수 없었다곤 해도 드 모토베르토를 놓치는 게 바옐로서는 매우 자존심 상하는 일일 걸세. 그를 싫어하는 사람들은 자신이 없어서 일부러 다친 거라고 비꼬고 있으니까……. 그런 그의 곁에 레안느라도 있어 준다면 정말 좋을 텐데. 그 괴팍한 성격도 좀 고치고 말이야. 휴베리츠에겐 미안한 말이지만 난 그 두 사람이 헤어지길 바라네."

나는 이제 휴베리츠도 제법 좋아하므로 아무 말도 할 수 없었다. 하지만 바옐의 곁에 누군가 있어 줘야 한다는 말에는 동감이었다.

트리스탄은 근처 의자에 앉아 생각에 잠긴 얼굴을 했다. 나는 나대로 곧 무대 위에서 하게 될 연주를 머릿속으로 그려 보았다. 아름다운 멜로디, 화음, 지나치지도 모자라지도 않은 기교, 낭만적인 연주.

주위가 조용해지자 곧 대기실에까지도 참가자들의 연주가 들려왔다. 몇 곡 정도 들었지만 마음에 남을 만큼 아름다운 연주는 없었다.

사교계에서 제2의 바옐이라고 멋대로 떠드는 신예 바이올리니스트 크마리스 리베르토의 연주도 있었는데, 내가 듣기엔 열 살 때의 바옐에게도 미치지 못하는 것 같았다.

다음은 휴베리츠 알렌이었다. 역시 인기가 많은 듯 청중의 환호가 뜨거웠다.

그러나 환호가 그치고 나서도 한참이 지나도록 그의 연주는 들려오지 않았다. 의아해진 내가 자리에서 몸을 일으켰을 때 겨우 휴베리츠가 연주를 시작했다.

잠시 듣던 나는 눈살을 찌푸렸다. 그 연주는 그가 예선 때 했던 것보다도 한참 모자랐다. 아까 레안느와 다툰 것이 그에게 적잖은 영향을 끼친 걸까? 결국 중간에 크게 실수하며 불협화음을 만들어 낸 그는, 건반을 신경질적으로 내리친 다음 잠잠해졌다. 무대에서 내려가 버린 모양이었다.

"저런. 저래서는 다음 콩쿠르 때도 이미지가 좋지 않을 텐데."

트리스탄이 안타까운 듯 중얼거리자 나도 동감의 뜻으로 고개를 끄덕였다. 트리스탄이 이어 말했다.

"저런 성격에 대해서는 좀 알지. 이제 대기실로 돌아오면 레안느와 또 한 번 크게 싸울 걸세."

"아니, 왜?"

"레안느는 위로하려 들 테지만 휴베리츠는 이게 다 너 때문이라며 화를 낼 테니까."

"……트리스탄. 진심으로 바라고 있군. 두 사람이 헤어지길."

트리스탄이 내 말에 멋쩍은 듯 웃었을 때 누군가가 대기실의 문을 두드렸다.

"고요 드 모르페 씨, 다음 차례입니다."

그토록 마음을 다잡기 위해 애썼건만 그 말을 듣자마자 가슴이 크게 철렁거렸다. 내 심장 뛰는 소리가 귀까지 들려오는 듯했다. 나는 그제야 내가 지금 서려는 무대가 어디인지 새삼 떠올렸다.

"잘할 거야. 자네의 그 긴장은 피아노 앞에 앉으면 사라지지 않나."

트리스탄의 말에 나는 애써 고개를 끄덕였다.

우리는 카논 홀 직원의 안내를 따라 대기실을 나왔다. 트리스탄은 이제 객석으로 가겠다며 헤어졌고, 나는 홀로 무대 뒤에서 내 차례를 기다렸다. 그 순간이야말로 정말 꼭 죽을 것처럼 떨렸다. 내 앞에서 누가 무슨 연주를 하는 것인지 하나도 들리지 않았다.

그리고 마침내.

"고요 드 모르페 씨."

폭발적인 환호성이 내 귀를 때렸다.

나는, 그런다고 진정될 리 없는 가슴을 손으로 꾹 누르고는 무대 위로 걸어 나갔다. 숨이 막힐 정도로 객석을 가득 메운 사람들. 모두의 시선이 나를 향하고 있을 거라 생각하니 한 걸음 한 걸음 떼기가 참 힘들었다.

저 앞에 내가 연주할 피아노가 보인다. 나는 그쪽으로 걸어가기 전에 잠시 고개를 돌려 심사 위원들을 바라보았다. 아버지가 엄지손가락을 치켜들며 환하게 웃고 계셨다. 나는 고개를 끄덕였다. 다음으로 키욜 백작과도 잠시 눈이 마주쳤다. 그는 내게 미소를 보내왔으나 나는 못 본 척했다.

바엘, 오직 자네에게만 어울리는 그 이름을 내가 잠시만 맡아 두겠네. 자네가 다시 가져갈 때까지.

다시 발을 떼어 뚜벅뚜벅 걷기 시작하자 사람들이 박수를 보냈다.

청중의 환호, 그것은 환희.

청중의 열광…… 그것은 영광.

그런데도 바엘은 왜 그것에 만족하지 못하고, 단 한 사람만을…….

나는 피아노를 향해 걸어갔다. 조명을 받아 무대 위에 마치 몽환적으로 떠 있는 듯 보이는 검은색의 피아노. 한쪽에는 'J'라는 글자가 크게 새겨져 있고 그 옆에는 아름다운 글씨체로 흘려 쓴 카논이라는 이름이 있다. J. 카논의 임투르멘타 중 새벽에 버금간다고 불리는, 그가 만든 마지막 피아노였다. 최고의 마에스트로들만이 이 피아노를 연주했을 터.

나는 심호흡을 하고 피아노 앞에 앉았다. 의자는 마치 내게 딱 맞춘 듯이 편안해서 높이를 조정할 필요가 없었다. 떨리는 두 손을 건반 위로 가져갔다. 그럴 자리가 아니란 건 알지만 버릇처럼 건반을 한 번 쓸었다.

누르고 싶다. 연주하고 싶다. 내 모든 감각과 예지가 내가 오늘 이 자리에서 최고의 연주를 할 것이라고 분명하게 외치고 있었다. 어쩌면 나를 드 모토베르토로 이끌어 줄, 어쩌면 나를 명피아니스트의 한 사람으로 남게 해 줄, 어쩌면 내 생애에 영원히 기록될…… 음악.

나는 눈을 감고 숨을 들이켰다. 머릿속을 복잡하게 하는 생각들이 하나씩 사라져 갔다. 또다시 나만의 어둠 속 피아노가 놓여 있을 그 세계로 들어가기 전 떨쳐 내야만 하는 것들. 아버지, 욕망, 나의 팬들, 휴베리츠와 레안느, 트리스탄, 그리고 바엘. 단 하나뿐인 청중.

바엘…… 그리고 그의 단 하나뿐인 청중.

눈으로 뭔가 뜨거운 것이 차오르는 것을 느꼈다. 이유를 몰랐기에 당황했고, 그러자 간신히 그러모았던 감정과 이미지가 흩어졌다. 어디서부터 시작하였더라? 왼손과 오른손의 위치는? 빠르기는?

그때, 아주 가까운 곳에서 바이올린 소리가 들리는 바람에 나는 화들짝 놀라며 눈을 떴다.

더 이상 내 앞에 검은색 피아노 같은 것은 없었다. 나만의 음이 침잠해 있는 세계도 없었다.

이곳은…… 하얗다. 너무나 하얗다.

아아, 그래. 나는 얼음나무 숲에 와 있었다. 그리운 곳, 가슴 아픈 곳, 만져도 닿지 않을 것 같은 전설 속의 세계.

그곳에…… 바옐이 있다.

마치 얼음나무 숲 속에 녹아드는 것처럼 자연스럽게 그 세계와 어우러지는 여명을 든 채, 그가 부드럽게 연주하고 있었다. 결코, 결코 꿈에서라도 잊을 수 없는 그 연주.

나는 눈물을 왈칵 쏟았다. 그를 향해 손을 뻗었다. 그러나 그럴수록 그는 멀어져 갔다. 그의 음악 또한 점차 희미해졌다. 아니, 내 귀가 멀고 있는 것이다. 나는 이해하지 못한다. 그것을 듣지 못한다. 가슴 한쪽이 미칠 듯이 가려웠다. 왜 내게는 그를 이해할 수 있는 재능이 없단 말인가, 왜.

이렇게 듣고 싶은데, 이렇게 원하는데……!

"고요 씨?"

눈을 떴다. 내 앞에는 안개에 싸인 듯 흐릿하게 보이는 그 검은색 피아노가 있었다. 나는 멍하니 고개를 돌려 객석을 바라보았다. 아버지를 비롯한 심사 위원들이 의아한 얼굴로 나를 바라보고 있었다.

나는 떨리는 손을 들어 내 얼굴을 매만졌다. 거기에 물기 같은 것은 없었다.

그래…… 그래.

비로소 마음이 편해졌다.

"기권하겠습니다."

속삭이듯 사람들을 향해 그렇게 말하고, 나는 피아노를 떠났다.

연주회장을 나와 카논 홀의 뒷문으로 향했다. 다행히 아무하고도 마주치지 않았다. 멀리서 트리스탄이 나를 찾는 목소리가 들려왔지만 무시했다. 그러곤 아무 생각 없이 카논 홀 뒤의 언덕으로 향했다.

누구도 밟지 않은 언덕 위의 눈은 몹시 순결해 보였다. 나는 그 셀수 없는 순결 알갱이들을 꾹꾹 눌러 죽이며 맨 꼭대기까지 올라갔다.

얼마 전 이곳에서 두 사람이 결투를 했다. 나는 그 결투의 승자가 섰음 직한 자리에 아무렇게나 주저앉았다. 금세 바지가 축축하게 젖어 들었지만 개의치 않았다.

탁 트인 새하얀 도시와 낡은 고성 같은 분위기를 풍기는 카논 홀이 눈앞에 펼쳐졌다. 멀지 않은 카논 홀에서는 아련하게 음악 소리가 들려오고 있었다. 사람의 애간장을 녹이는 듯한 절절한 첼로 소리. 여태까지 들은 것 중엔 가장 담백하고 마음에 들었다. 나는 그더러 드모토베르토가 되라고 속으로 외친 다음 눈 위에 드러누워 버렸다.

나는 나에게 왜 그랬느냐고 물었다. 그리고 웃었다. 이젠 아무래도 좋았다. 앞으로 3년간은 생각하지 않아도 되니까.

툭.

그때 뭔가 차가운 것이 얼굴을 때렸다. 나는 얼굴을 손으로 문지른 다음 눈앞에 가져갔다. 눈이었다.

툭.

"머저리 고요 드 모르페."

그가 있는 힘껏 눈을 던졌다. 퍽. 이번 건 좀 아팠다.

"그만둬."

나는 눈을 털어 내며 다른 손으로 얼굴을 가렸다. 하지만 이번엔 커다란 눈덩이가 배를 강타했다.

"멍청하고, 쓸데없고, 한심하기 그지없어."

그는 즐거워 못 견디겠다는 목소리로 그렇게 말하며 또다시 눈을 뭉치기 시작했다.

"그만두라니까!"

나는 자리에서 벌떡 일어났다. 눈으로 눈이 들어간 건지 눈에서 눈물이 줄줄 흘렀다. 거칠게 눈을 비비고는 지지 않기 위해 땅에서 눈을 모으기 시작했다. 하지만 그러는 사이 머리에 두 번이나 더 눈 덩이를 맞았다.

"나이깨나 먹어서 이게 뭐 하는 짓이야, 바옐!"

나는 신경질적으로 외치며 그에게 회심의 일격을 날렸지만 그는 고개를 약간 꺾어 간단하게 피했다. 어이없어하는 내게 마지막으로 눈 세례를 쏟은 바옐이 통쾌하다는 듯 웃었다.

"아하하. 한번쯤 이렇게 후련하게 패 주고 싶었어."

"……그렇게 내가 미웠나."

"미웠지. 그래."

바옐은 내가 앉아 있던 자리 옆에 두 다리를 뻗으며 털썩 앉았다. 머뭇거리던 나도 그 곁에 앉았다. 그의 입가엔 기분 좋은 미소가 걸려 있었고, 나는 그게 아니꼬워서 말했다.

"내가 드 모토베르토가 안 된 게 그렇게 좋은가?"

"그래, 좋아. 솔직히 말하자면 정말 미치도록 좋네."

"……좀 착하게 살아 보는 게 어떤가, 바옐."

바옐은 피식 웃었다.

아까 내가 보았던 그 환상인지 데자뷔인지 모를 장면처럼, 지금 일어나는 이 모든 일들에는 전혀 현실감이 없었다. 그와 다투고 논쟁하고 작별을 고한 것이 마치 수십 년 전의 일인 것처럼 느껴졌다.

어쩌면 그저 이대로 웃으며 넘길 수도 있을 것 같았다. 어제 그게 마지막이 아니었다. 다시 이렇게 그와 이야기를 하고 있는 것이다.

"그거, 눈이 녹은 거라고 믿겠네."

바옐이 핀잔처럼 말하자 나는 훌쩍거리며 눈가를 훔쳐냈다. 지금 이 상황이 너무 기뻐서 울어 버렸다고 하면 바옐은 또 어린애 같다며 빈정댈 테니까.

"그나저나 팔을 그렇게 막 써도 되는 건가? 아까 눈 던지는 힘이 장난 아니던데. 감정이 담겨 있었다고."

"뭐 어떤가. 어차피 연주하지 못할 거."

"바보 같은 소리 마. 다 나으면 다시 시작해야지."

"그러는 사이 그는 떠날 걸세."

말문이 막혔다. 바옐이 말하는 그가 누군지 한 번에 알아채 버린 내가 원망스러웠다.

키욜 백작은 심사 위원 일 때문에 잠시 이곳에 온 것이다. 콩쿠르가 끝나면 당연히 돌아갈 테고.

"다시…… 만날 수 있을까? 그를, 아니면 그런 사람을."

바옐의 목소리가 무거워졌다. 그 깊이 모를 안타까움은 내게 그대로 전해질 만큼 절실했다. 그래서 나도 모르게 이렇게 내뱉었다.

"따라가면 되잖나?"

결코 바라지도, 꿈에서라도 일어나길 원하지 않는 그런 일을.

바옐은 자조적으로 웃으며 말했다.

"그래…… 그럴 수도 있지. 사실 그것에 대해 계속 생각했어."

바옐의 대답은 청천벽력과도 같았다. 내가 말을 꺼내긴 했지만 그렇게 쉽게 응수할 줄이야. 내 표정이 꽤나 볼 만했던지 바옐이 나를 힐끔 보고는 크게 웃음을 터뜨렸다.

"이봐. 자네는 내가 기르는 강아지도 아닌데 왜 주인에게 버림받은 것 같은 그런 표정을 짓고 있나."

바옐은 눈을 긁어모아 내 얼굴에 장난처럼 뿌렸다.

"걱정 마. 안 떠날 걸세. 이제 이곳엔, 내게도 여러 가지 소중한 것이 생겨서……"

바옐은 카논 홀을 바라보며 말끝을 흐렸다.

잠시 우리 사이에 침묵이 흘렀고 그 사이를 화려한 피아노 연주가 맴돌았다. 바옐은 이해할 수 없는 미소와 함께 중얼거렸다.

"괜찮군. 저 안의 아무나가 드 모토베르토라는 호칭을 달고 나타나겠지."

"……미안."

"아니. 자네만 아니라면 나는 그게 누구든 용서할 수 있을 것 같은 기분이야."

내가 절망 반 원망 반 섞인 시선으로 돌아보자 바옐은 카논 홀을 바라보는 자세 그대로 단조롭게 말했다.

"그들은 나에게 아무 의미 없으니까. 하지만 자네는 아니지."

"······어?"

"나는 미안하다는 말은 해 본 적도 없고 하기도 싫어서, 다른 걸로 대신하겠네."

바엘은 자리에서 일어나 조금 떨어진 곳으로 걸어갔다.

여태까지 전혀 몰랐는데 거기에 바이올린 가방이 있었다. 바엘은 가방을 열고 그 안에서 여명을 꺼냈다. 볼 때마다 새삼 감탄할 만큼 아름다운 그 악기는 눈 위에서 더욱 매혹적이었다.

바엘은 여명을 어깨 위에 올려놓고 활을 댄 다음, 연주하기 직전 나에게 이렇게 말했다.

"이번엔, 듣게."

나는 그게 무슨 뜻인지 제대로 깨닫지도 못했으면서 황급히 고개를 끄덕였다.

바엘은 눈을 감고 천천히 연주를 시작했다. 한 음, 한 음 정성 들여 만들어 낸 그 음들은 눈 위를 고고히 떠돌았다. 다친 팔 때문에 넓은 음역을 연주하거나 화려한 기교를 쓰지는 못했지만, 그 느리고 단순한 연주가 오히려 내게는 진솔하게 들려왔다.

나는, 그 모든 것을 그저 들었다. 너무나 잘 들려왔다.

그 연주는 몹시 아름다웠고 또 바엘만의 독특한 분위기가 있어서, 그게 아이들이 장난삼아 부르는 오래된 동요라는 것을 깨달은 것은 연주가 끝나고도 조금 지난 후였다.

"하······."

그저 기가 막혀 말은 안 나오고 감탄사만 토해 냈다.

도저히 그 장난스러운 동요를 연주한 사람이라고는 생각할 수 없을 만큼 진지한 얼굴로 활을 내리며, 바엘이 말했다.

"왠지 이 곡, 자네한테 어울려."

"……「우리 집 강아지」가 말인가?"

"그래. 딱 자네잖아."

바옐은 여명을 도로 집어넣으며 킬킬거리고 웃었다. 나는 뭐라 형용할 수 없는 감정을 느끼며 그에게 눈을 집어 던졌다. 이번엔 정통으로 맞혔고, 그 바람에 무서운 표정을 짓는 그를 피해 나는 달아나야 했다.

이 행복한 얼굴을 감추기 위해 그랬다는 걸 그는 모를 것이다. 왜냐하면 그건, 그것이야말로 오직 나만을 위한 연주였기 때문이다.

그렇게 바옐과 눈밭을 구르다시피 하며 내려오는데, 카논 홀 쪽에서 누군가가 혼자서 걸어오는 것이 보였다. 트리스탄인가 했지만 그보다는 키가 작았다.

조금 더 다가와 소리치면 목소리가 닿을 정도의 거리가 되자 누군지 알아볼 수 있었다. 카논 홀에서 일하는 필사가, 듀프레였다.

"저 친구가 여긴 웬일이지?"

"글쎄……."

바옐은 역시 무리한 듯 다친 팔을 주무르며 얼굴을 찡그렸다. 내가 그를 걱정스럽게 바라보던 그때 듀프레의 목소리가 들려왔다.

"멀리서 여기 계신 걸 보고 찾아왔습니다. 마에스트로 바옐, 그리고 고요 씨."

그가 정중하게 인사하자 나와 바옐도 답례했다. 그는 예전처럼 떨지 않고 차분하니 듣기 좋은 목소리로 말했다.

"콩쿠르가 끝났습니다."

그의 말에 나는 심장이 아릿하게 아파 오는 걸 느꼈다. 하지만 묘하게도 듀프레는 웃고 있었다. 그는 바옐을 바라보며 말을 이었다.

"그리고 아무도 드 모토베르토의 호칭을 받지 못했습니다."

나는 입을 벌리고 바옐과 듀프레를 번갈아 보았다. 이런 일이 있을 수 있단 말인가? 콩쿠르가 만들어진 이래 한 번도 드 모토베르토가 나오지 않은 적은 없었다. 그것은 에단의 상징과도 같기에.

"그럼…… 어떻게? 앞으로 3년간은 공석이란 말인가?"

내 물음에 듀프레는 웃으며 고개를 저었다. 그러곤 손을 펼쳐서 카논 홀을 가리켰다.

"심사 위원분들이 기다리고 계십니다. 함께 가시죠."

바옐도 그렇고 나도 그렇고 아무 말도 할 수 없었다.

결국 무언가 결심한 얼굴로 바옐이 먼저 걸음을 뗐다. 다음으로 듀프레가 나를 바라보자 나도 모르게 움찔했다. 그들이 보기엔 도망이나 다름없었을 나의 기권에 대해서 책임지지 않으면 안 될 때가 온 것이다.

나는 그들 모두보다는 내게 말 못 할 만큼의 기대를 걸고 계셨을 아버지와 마주하는 게 두려웠다. 하지만 그래도 가야 했다.

공석이 된 드 모토베르토의 자리, 그리고 우리 둘을 부르는 사람들. 무슨 일이 생긴 것인지는 알아야 하니까.

나는 이미 멀어진 바옐을 쫓아 걸음을 재촉했다.

카논 홀에 가까워질수록 사람들의 환성인지 아우성인지 모를 소리가 커졌다. 그들 또한 드 모토베르토가 없다는 사실에 흥분하고 있는 것일까.

다행히 철저히 통제되고 있는 카논 홀의 뒷문에는 사람이 없었다.

우리는 듀프레가 이끄는 대로 따랐다. 그곳은 레나르 카논의 사무실이었다.

듀프레는 노크를 하고 문을 연 후 옆으로 물러났다. 바엘이 먼저 들어가고 나는 떨리는 가슴을 진정시키기 위해 심호흡을 몇 번 한 뒤 따라 들어갔다.

안에는 심사 위원들이 각자의 취향대로 앉아 있거나 서 있었다. 가장 먼저 나와 눈이 마주친 아버지와 바엘의 대부인 크림트 리지스트, 키욜 백작과 비평가 레오나르 라벨 등…… 그들 모두가 우리를 바라보고 있었다. 나는 아까 무대에 섰을 때보다도 더 떨리는 것을 느꼈다.

"그럼 이제 회의를 시작해 보죠."

키욜 백작이 지팡이를 짚으며 일어섰다.

회의라니? 나는 아버지를 바라보았으나 아버지는 내게서 고개를 돌리셨다. 그분의 늙으신 얼굴에 나타난 침통한 표정을 본 나는 가슴이 비틀리는 고통을 느꼈다.

그때 옆에 있던 바엘이 입을 열었다.

"회의라니요. 우선 상황부터 설명해 주셨으면 합니다."

"아."

키욜 백작은 곤란한 미소와 함께 말했다.

"콩쿠르는 끝이 났고 우리는 표를 던졌습니다. 그리고 개표를 했죠. 결과는…… 전부 다 무효표였습니다."

나는 뭐라 형용할 수 없는 감정을 느꼈다. 기쁨도 안타까움도 아닌 이것은 대체…….

"처음에는 할 말을 잃은 듯하던 청중도 곧 일어나 우리에게 박수를 보냈습니다. 그것으로 모든 것이 분명해졌습니다. 우리는, 그리고 그들은 드 모토베르토에 오를 수 있는 오직 한 사람을 기다리는 겁니다."

나는 말 못 할 만큼 감격하여 바엘을 바라보았다. 그러나 그는 말이 없었다. 키욜 백작은 지팡이 끝을 톡톡 두드리며 이어 말했다.

"그래서 묻겠습니다. 마에스트로 바엘, 팔이 언제 낫습니까?"

"······예?"

바엘은 그답지 않게 침착함을 잃어버린 얼굴로 반문했다. 가슴이 쿵쾅거리며 뛰기 시작했다. 설마, 수십 년의 역사 동안 단 한 번도 없었던 그런 일이 일어나려는 것인가.

키욜 백작이 웃으며 말했다.

"예, 콩쿠르를 연기하겠습니다."

나는 할 말을 잃은 채 그를 바라보다가 다른 심사 위원들의 표정도 살폈다. 그들 또한 키욜 백작에게 동의하는 얼굴이었다.

이것은 정말로 엄청난 일이었다. 단 한 명의 연주자를 위해 이 거대한 행사를 미룬다니.

하지만 나는 그 와중에 묘한 이질감 또한 느꼈다. 기쁨보다도 먼저 내 뇌리를 차지하는 불안. 콩쿠르 심사만 30년 넘게 한 인물도 여기 있는데, 어찌하여 키욜 백작이 이렇게도 자연스럽게 모두의 대표인 것처럼.

"그게 가능하다면······."

한참 만에 바엘의 입에서 나온 목소리는 떨리고 있었다.

"일주일만 미뤄 주십시오. 그러면 저는 최고의 연주를 청중에게 바칠 것입니다."

그렇게 말하는 바옐의 눈은 키욜 백작에게 향해 있었다. 다른 심사 위원들은 감탄한 듯 고개를 끄덕였으나 키욜 백작은 자연스럽게 그 시선을 피하며 나를 보았다.

"그리고 고요 씨는 그가 연주한다면 당연히 기권 같은 건 안 하실 테지요?"

부끄러웠지만 나는 고개를 끄덕였다. 역시 그는 알고 있었다. 내가 기권한 이유를. 키욜 백작은 만족한 얼굴로 웃었다.

"그럼 두 분은 최고의 연주로 보답해 주십시오. 앞으로의 일주일은 몹시 길겠군요."

카논 홀을 나온 바옐은 정말로 기분 좋은 듯 내내 미소를 머금고 있었다.

나도 물론 기뻤으나 키욜 백작에 대한 생각만 하면 뱃속이 불편해졌다. 바옐은 분명 일주일 뒤 그의 생애에 있어서 최고의 연주를 할 터. 그가 그렇게나 바라던 단 한 사람을 위한 연주는 얼마나 경이적일 것인가…… 상상만 해도 전율이 느껴질 정도였다.

누가 먼저 가자고 한 것도 아닌데 우리 둘은 자연스럽게 몬드 광장으로 향하고 있었다. 카페 마레랑스에 가면 트리스탄이 있으리라.

그곳에 도착하여 문을 열고 안으로 들어서자 역시 그가 있었다. 다만 어둡기 그지없는 얼굴로.

"트리스탄! 소식 들었나?"

"아…… 자네들 왔군."

트리스탄은 깊이 생각에 잠겨 있었던 듯 멍하니 고개를 들었다. 나와 바옐이 자리에 앉자 그가 힘없는 미소를 띠며 말했다.

"아무튼 축하하네. 바엘, 이제부턴 의사 말대로 팔 쓰지 말고 조심하게."

"그럴 셈이야. 아까 눈싸움은 괜히 했군."

바엘이 나를 보며 불만스럽게 중얼거렸다. 내가 하자고 한 것도 아니었는데. 억울해진 내가 무어라 대꾸하려는 찰나 트리스탄이 말이었다.

"아까 카논 홀에서 케이저 크루이스를 만났네."

"또? 콩쿠르가 끝났으니 와서 조사 받으라던가?"

내가 놀라서 묻자 트리스탄은 고개를 저었다.

"아니. 자네들 혐의는 이제 풀렸어. 어젯밤 사이 근위대에 갇혀 있던 콜롭스 뮈너가 죽었네."

"뭐……?"

차가운 것이 몸을 감싸는 기분이었다. 나는 부르르 떨며 바엘을 바라보았다. 바엘이 눈살을 잔뜩 찌푸리며 물었다.

"어떻게?"

"그의 약혼녀와 똑같은 모습으로 하룻밤 사이 썩은 채. 그리고 무슨 악보가 남아 있었다고 하던데, 해석해 보니……."

"모토벤의 고결한 복수."

내가 말하자 트리스탄과 바엘이 놀란 듯 나를 보았다.

"어떻게 알았나?"

"케이저가 말해 줬어. 그 약혼녀가 죽었을 때도 그런 악보가 남아 있었다고. 그나저나 똑같은 악보에 똑같은 죽음이라니…… 이건 사람의 짓일까?"

내 물음에 아무도 대답하지 못했다.

나는 잠시 바옐이 곁에 놓아둔 바이올린 가방을 바라보았다. 확실히 현실 속에서 그런 일을 가능하게 할 수 있는 것은 저 악기뿐. 비록 30년 전 일이지만…… J. 카논이 아무 이유 없이 여명을 숨겨 두진 않았을 거다.

"그나저나 우리 혐의는 풀렸다고?"

바옐은 그 사실이 더 중요하다는 듯 물었다. 트리스탄은 고개를 끄덕이며 대답했다.

"알다시피 어젯밤 우리는 내내 병원에 있지 않았는가. 병원 의사하고 키욜 백작이 확인해 주었네. 그래서 케이저는 실망한 듯 웃으며 돌아갔어."

바옐은 그제야 표정을 누그러뜨리며 고개를 끄덕였다. 하지만 트리스탄은 여전히 불안한 얼굴이었다.

"앞으로 정말 조심하게, 바옐. 이건…… 이상해. 자네를 광적으로 따르는 팬의 짓일 걸세. 그리고 알다시피 그런 팬들은 마지막에는 자신이 사랑하는 음악가마저 망치고 마네. 제발 몸조심해."

나도 동의하는 뜻으로 고개를 끄덕였다. 바옐은 굳은 얼굴을 하고 있을 뿐 아무 말도 하지 않았다.

이 평화로운 에단에 살인마라니. 단지 바옐을 모욕했다는 이유만으로 두 사람을 죽였다면, 앞으로 얼마나 더 많은 일들을 저지를 것인가. 빨리 그를 잡지 않으면 바옐을 시기하거나 미워하는 사람들까지 해를 입을 테고, 그것은 곧 바옐의 명성에도 악영향을 끼칠 것이다.

나는 차라리 케이저를 응원하고 싶은 심정이었다.

우리들을 불안하게 하는 그 살인 사건만 제외한다면 그로부터 일주일간은 너무나 평화로웠다. 특히 바옐에겐 아마 그 일주일이 그의 인생에 있어서 가장 평온한 나날이었을 것이다.

드디어 자신의 모든 것을 다 바쳐 연주할 상대를 만나 그에게서 인정받기 위해 연습하는 바옐은…… 행복해 보였다.

그는 우리 집에 놀러 와 자신의 연주가 어떤가 하고 내게 묻기까지 했다. 그만큼 기대하고 또 초조해 하고 있었다. 언제나처럼 자신이 연주하면 모두가 박수칠 거라 믿고 그런 그들을 조롱하는 바옐이 아니었다.

나는 그가 물을 때마다 웃으며 대답해 주었다. 역시, 최고야. 그러고 나면 그는 웃었고 내 가슴은 일그러졌다. 조금씩, 조금씩, 조금씩…….

그리고 그사이 트리스탄이 예상했던 대로 레안느와 휴베리츠는 약혼을 파기했다. 콜롭스 뮈너의 죽음과 바옐에 대한 의심을 휴베리츠는 감당하지 못한 것 같았다. 레안느 또한 무너지는 휴베리츠를 지탱하기엔 너무 어렸다.

두 사람의 결별 소식을 들은 나는 짧게 탄식했고 트리스탄은 멋쩍게 웃었다. 그리고 바옐은…… 너무 좋아 어쩔 줄 모르는 표정을 숨기지 못했다. 그래서 나와 트리스탄은 그걸 가지고 한동안 바옐을 놀렸다.

"이 기회에 레안느에게 청혼을 하지 않겠나, 아나토제?"

트리스탄의 말에 바옐은 들고 있던 활을 떨어뜨렸다. 그러곤 몹시 당황한 얼굴로 말했다.

"무슨 그런…… 아직 아니야. 레안느는 너무 힘들어하고 있네."

"바보 같은 소릴. 이런 때야말로 곁에 있어 주는 사람에게 마음이 가기 마련이네."

"하지만…… 아무튼 아직은 그런 걸 생각할 때가 아닐세. 콩쿠르가 내일이야."

"유독 이번 콩쿠르에 집착하는군, 바옐. 자넨 항상 느긋하게 즐겨 왔잖아?"

"이번엔 달라."

바옐은 그렇게 말하며 떨어진 활을 주워들었다. 유심히 활을 보는 듯했지만 그의 시선은 이미 다른 먼 곳을 향해 있었다.

나는 모른 척했고, 트리스탄은 고개를 갸우뚱하며 물었다.

"다르다니 뭐가?"

"이번엔 내 모든 것을 다해 연주할 걸세."

트리스탄은 입을 떡 벌리고는 나를 돌아보며 더듬거렸다.

"바, 방금 들었나? 아나토제가 뭐라고 하는지?"

나는 억지로 웃으며 고개를 끄덕였다.

"하, 팔에 소름이 다 돋는군. 우리의 마에스트로가 마치 그동안은 설렁설렁 연주해 온 것처럼 말하는데. 어쨌든 저런 각오라니 대단한 음악이 나올 거라는 것만은 알겠어. 이거 몹시 기대되는군. 고요, 자네도 긴장해야 할 것 같아."

"하하……."

"그나저나 요즘 제2의 아나토제 바옐이라고 불리는 크마리스 리베르토, 그 녀석이 하는 소릴 들었나? 자기는 자네와 비교되고 싶지 않다더군. 제2의 누구라고 부르지 말아 달라고, 곧 자신이 유일한 크마리스 리베르토가 될 거라고 건방지게 말하고 다니는 모양이야."

트리스탄의 말에 나는 피식 웃었다. 확실히 그 친구는 어깨에 힘이 너무 많이 들어가 있다. 바엘 또한 실소했다.

"놔두게. 그런 말을 할 수 있는 건 어린 녀석들의 특권이지."

그리고 다시 활을 들어 여명을 켜기 시작했다.

우리는 약속이나 한 듯 입을 다물었다. 무슨 말을 하고 있었든 어떤 분위기였든, 바엘이 연주만 시작하면 아무것도 할 수 없었다. 단지 그 소리에 정신이 홀려 그칠 때까지 멎어 있을 뿐.

짧은 연주를 끝내면서 우리를 다시 시간과 공간의 영역 속에 되돌려놓은 바엘은 그제야 생각났다는 듯 물었다.

"그런데 그 살인자는 잡았다던가?"

"아니, 진전이 없는 모양이야. 하지만 정말로 사람이 사람을 어떻게 그런 식으로 죽일 수 있을까? 그 이상한 악보만 남아 있지 않았어도 영락없이 그건 희귀병인데 말이야."

"사람이 아니면 악마라도 그리했단 말인가?"

바엘은 농담처럼 말하고 여명과 활을 가방 속에 넣었다. 오늘 연습은 그만하려는 모양이었다. 내가 그와 트리스탄을 배웅하자 돌아서기 전 바엘이 말했다.

"내일 보지, 고요. 자네의 연주도 기대하겠네."

"응, 긴장하라고."

바엘은 피식 웃었고 나도 나답지 않게 그런 말을 한 게 조금 멋쩍어서 웃었다. 트리스탄은 낄낄거리며 바엘의 어깨를 치고 내게도 눈인사를 보내왔다.

두 사람이 곧 시야에서 사라지고 나자 나는 괜히 뿌듯한 기분을 느꼈다. 바엘과 이런저런 일이 있은 후 우리 둘의 관계는 전에 비하면 정말 많이 나아졌다. 농담도 주고받았고, 바옐 또한 더 이상 나를 드러내 놓고 경멸하지 않았다.

그는 지난번에 병원에서 털어놓은 그 말들로 인해 내게서 완전히 해방된 듯 보였다. 그리고 나니 우리 둘 다 편해졌다. 바옐에게도 나에게도 다행스러운 일이었다.

다음 날 카논 홀 앞에 나와 바옐이 함께 나타났을 때 사람들이 지르는 함성은 뭐라 표현할 수 없을 정도였다. 예민한 바옐은 거의 두 귀를 틀어막다시피 하며 카논 홀로 얼른 들어갔다. 나 또한 나를 응원하는 사람들에게 멋쩍게 손을 흔들며 그를 따라갔다.

홀 안은 전보다 조용했다. 이미 다들 각자의 대기실로 들어간 것 같았다.

"여기군."

내 대기실은 예전과 같은 자리였다. 그리고 옆방이 바옐의 대기실이었다. 레나르 카논이 신경 써서 배치해 둔 것이리라.

하지만 나는 좀 의아한 기분을 느꼈다. 그곳은 원래 휴베리츠 알렌의 방이었다.

"휴베리츠 알렌은 다시 참가 안 하나?"

"아, 기권했다고 레안느가 말해 주더군."

바옐이 덤덤하게 대답했다. 나는 어쩐지 안타까워, 얼마 전까지 휴베리츠의 이름이 있었을 문패를 바라보았다. 바옐은 어깨를 으쓱하고는 말했다.

"들어가게. 이따가 콩쿠르 끝나고 보지."

"자네 차례는 언제야? 듣고 싶은데."

"자네 바로 다음."

"윽. 왜 하필 바로 나 다음인가? 비교당하게."

바엘은 픽 웃으며 방으로 들어갔고 나도 내 대기실 안으로 걸음을 옮겼다.

트리스탄은 우리 두 사람을 방해하지 않겠다며 일찌감치 객석에 가서 앉아 있었다. 어제까지는 몰랐는데 오늘 아침 잠깐 보니 그가 많이 여윈 것 같았다. 키세에게서 아직 아무런 소식이 없으니 걱정이 이만저만이 아닐 것이다. 어쩌면 그녀의 예언대로 이미……

그때 옆방에서 작게 바이올린 소리가 들려왔다. 바엘이 연습을 하는 모양이었다. 그에게서 초조함이 느껴져 나는 고개를 절레절레 저었다.

그렇게도 키욜 백작 앞에서 연주를 하는 게 긴장되는 것일까. 가슴이 조금 아릿해졌지만 전처럼 심한 질투는 느끼지 않기 위해 애썼다. 그가 나를 받아들였듯 이제는 나도 그런 그를 수용해야 했다. 친구로서 그가 원하는 단 하나의 청중을 만나기를, 그리고 그로부터 인정받기를 바랄 수밖에.

그때 무대가 있는 쪽으로부터 박수갈채가 들려왔다. 누군가가 굉장한 연주를 한 듯싶었다. 역시 거장들만이 참가한 콩쿠르답다고나 할까.

사실 일주일 전 콩쿠르 연기를 결정했을 때 본선 참가자들 중 젊은 음악가들 대다수는 거칠게 반발했다. 모두가 최선의 연주를 했을 텐데 심사 위원 전원으로부터 무효표가 나왔으니 그럴 만도 했다. 게다가 그 연기가 아나토제 바엘의 참가를 위한 것이라 하니, 그들은 상처 입은 자존심을 핑계로 다들 기권해 버렸다.

하지만 콩쿠르의 후원회나 심사 위원들은 그러거나 말거나 신경 쓰지 않았다. 진짜 거장들은, 음악을 오랫동안 해 온 말없는 음악가들은 그저 고개를 끄덕여 동의했을 뿐이다.

그리하여 오늘은 정말 대단한 사람들만이 콩쿠르에 나와 있었다. 나도 차라리 객석에 가서 앉아 있을 수 있다면 얼마나 좋을까 싶을 정도로. 어쩌면 휴베리츠 알렌이 이것 때문에 콩쿠르를 기권하고 청중석에 있을지도 모른다는 생각이 들었다.

바옐의 바이올린 소리가 멎었다. 그도 본선 참가자들의 음악을 듣는 듯했다. 그건 신기하고 재미있는 변화였다. 바옐은 다른 사람의 음악에 대해서는 평하지도, 귀 기울여 듣지도 않았다. 하지만 그 자신이 인정받고 싶은 청중을 얻은 후로는 그도 남의 음악을 곧잘 듣게 되었다. 특히 나의 음악을.

똑똑.

"고요 씨."

내가 대답하자 문이 열리고 듀프레가 들어왔다.

"벌써 내 차례인가?"

"예. 이번에는 기권 안 하시겠지요?"

그의 농담에 나는 피식 웃으며 고개를 끄덕였다.

"그럼 같이 가시지요. 저도 기대하고 있습니다. 무대 바로 옆에서 저명한 마에스트로들의 음악을 듣는 것이 제게는 어쩌나 큰 행운인지 모르겠습니다."

"그럼 나 다음으로 바옐이 연주할 땐 자네 기절할지도 모르겠군."

"그도 그렇지만…… 그보다 그분의 대기실 문을 어떻게 두드려야 할지 몹시 걱정입니다. 두 번이 좋을까요, 세 번이 좋을까요?"

나는 진심이 담긴 그의 순진한 물음에 한참 웃고는 두 번이 좋을 것 같다고 진지하게 일러 주었다. 그는 기쁜 얼굴로 고개를 끄덕이며 사라졌고 나는 무대 뒤에서 기다렸다.

바로 일주일 전에도 이곳에 서 있었다. 다시 경험하는 일임에도 그때와 마찬가지로 떨렸다. 다만 그때처럼 절박하거나 마음이 무겁진 않았다. 그저, 할 수 있는 만큼만.

"다음, 고요 드 모르페 씨."

나는 괜히 옷을 툭툭 털고 무대로 나갔다. 전에는 함성이 있었는데 이번에는 웬일인지 뜨거운 박수 소리만 쏟아졌다. 나는 멋쩍은 기분으로 무대를 가로질러 피아노 앞에 앉았다. 일부러 아버지의 얼굴이나 객석 쪽은 보지 않았다.

심호흡을 하고 눈을 감은 다음 마음이 안정될 때까지 기다렸다. 드디어 차분하게 흥분이 가라앉았다는 생각이 들었을 때, 건반을 두드리기 시작했다.

이 기막힌 화음만큼은 내가 만들었는데도 칭찬해 주고 싶다. 바옐이 이 음악을 듣는다면 무엇을 말하고 있다고 할 것인가? 내 음악에도 언어가 있는가? 나는 말이 되는 음악을 하고 있을까?

있는 듯 없는 듯 한 아르페지오로 애타는 느낌을 이끌어 낸 뒤 아름답고 낭만적인 분위기의 연주를 이어 갔다. 손가락은 무의식적으로 건반을 두드렸고 나는 내가 만들어 내는 음을 느낄 뿐이었다. 조금씩, 세계 안으로 음이 차오른다. 조금씩, 갈증 나도록 느릿느릿…… 그리고, 여기다!

순식간에 조성이 바뀌고 격렬한 연주가 시작된다. 피아노의 건반 끝에서 끝까지 훑어 내려가며 나는 폭발적으로 휘몰아치는 감정을 쏟아 내었다. 어둡고 광적인 그러나 찬란한 음들이 튀고, 어지러이 흩어지는가 싶으면 끝내 다시 모여 완주를 이룬다. 음만이 가득한 세계에서 나는 흡족한 얼굴로 끝을 향해 치달았다.

단 하나의 문장일지라도 바옐에게 전해졌을 것이란 생각이 들었다. 그는 들었을 것이다. 말은 더 이상 필요 없다. 우리 사이에는, 음악만이……

흑건(黑鍵)만을 연속적으로 두드리며 나는 신비로운 화음에 취한 듯 나도 모르게 몸을 들썩거렸다. 어느새 마지막에 다다랐다. 음악의 마지막 한 줄의 마디는 전체가 루바토로, 무박자에 가까울 정도의 애드리브로 꾸몄다. 나는 용감하게도 이것을 이날의 느낌에 따라 연주하기로 했다.

마음 가는 대로, 손이 가는 대로. 차고 넘쳐흐르는 충만한 감성들이 음의 재료가 되고 끝을 맺을 때까지 한 치의 흐트러짐 없이 나아간다.

그러고는 마침내, Fine*.

건반에서 손을 떼자마자 속에서 무언가 울컥하고 치솟아서 입을 급히 틀어막았다. 전율하는 몸의 떨림이 멈추질 않았다.

이 음악이라면 부끄럽지 않다. 드 모토베르토가 되지 못해도, 이토록 완벽한 연주를 해낸 나 자신에게 벅차오르도록 감격했다.

박수가 쏟아지고 사람들이 자리에서 일어났다.

나는 간신히 몸과 마음을 추슬러 피아노에서 일어났다. 그러곤 무대 앞으로 걸어 나가 나의 음악을 들어 준 소중한 청중에게 진심을

---

* 피네. 악곡의 끝.

다한 감사의 인사를 했다.

심사 위원석의 아버지도 내게 뜨거운 박수를 보내고 계셨다. 아버지의 눈이 반짝거리는 것을 본 나는 가슴이 너무나 뜨거워져서 입을 꾹 다물고 아버지를 향해 다시 한 번 고개를 숙였다.

그 환호와 사람들의 박수는 내가 무대에서 내려올 때까지도 계속되었다.

나는 무대 뒤로 돌아가 사람들의 눈에서 보이지 않게 되자 결국 참지 못하고 어깨를 들썩거리기 시작했다. 하지만 곧 근처에서 인기척이 느껴져 재빨리 눈가를 훔치며 등을 돌렸다. 뒤에서 따스한 목소리가 들려왔다.

"잘 들었네, 고요."

나는 눈물로 엉망이 된 얼굴인 걸 알면서도 고개를 들어 그를 바라보지 않을 수 없었다.

여명을 손에 들고 있는 바옐이었다.

"틀림없이 자네는 에단 최고의 피아니스트일세."

나는 부르르 떨리는 두 손을 꽉 움켜쥐며 입을 열었다.

"그만…… 놀리게. 안 그래도…… 참느라 힘들어 죽겠는데."

"놀리는 거 아니야. 오랜만에 참 괜찮은 문장을 들었어."

내가 더 이상 아무 말도 못 하자 그는 장난스럽게 빙긋 웃고는 말했다.

"하지만 내가 더 멋질 걸세."

그가 그렇게 말하고 무대로 걸어가는 것을 보면서 나는 실소하지 않을 수 없었다. 하지만 곧 몸이 덜덜 떨려 오는 바람에 두 손으로 어깨를 힘껏 감쌌다. 도저히 감당할 수 없는 이 기쁨과 성취감. 나는 오늘 당장 죽어도 행복할 놈이라고, 그리 생각했다.

그리고 곧…… 혼신의 힘을 다한, 그가 그토록 바라던 단 한 명의 청중을 향한 바옐의 연주가 시작되었다.

나는 그만 울음을 그치고 자리에서 일어났다. 그리고 홀린 듯 무대 쪽으로 걸어갔다. 사람들에게 내가 보일 듯 말 듯 한 아슬아슬한 자리에서 훔쳐보는 기분으로 바옐의 연주를 지켜보았다.

일주일 동안 나는 바옐의 연주가 어떨까 상상해 보았다. 말이 나오지 않는 아름다운 선율을 연주할 것인지, 아니면 누구도 따라 할 수 없는 그만의 기교를 사용할 것인지, 그것도 아니라면 새로 시험하고 있는 그 기묘한 연주법을 쓸 것인지…….

솔직히 맨 마지막 것은 가장 희박하다고 생각했다. 아직 완성되지 않은 것을 무리하게 써 보지는 않을 테니.

하지만 지금, 이것은? 내 눈앞에서 일어나고 있는 이것이, 대체 무엇이란 말인가?

현이 요동친다. 왼손이 움직이는 것은 거의 보이지도 않았다. 그는 여명을 든 두 팔뿐이 아니라 온몸으로, 그리고 영혼을 떨며 연주하고 있었다. 하나의 현을 그을 뿐인데도 그것은 매끄럽게 한 가지 음인가 하면 동시에 여러 갈래로 갈라지듯 몹시 풍부하고 깊었다.

세상에…… 그것은 뭐라 말할 수 없이 현란했다.

단 하나의 악기와 단 한 명의 바이올리니스트가 정말로 이러한 것을 만들어 낼 수 있단 말인가? 진정 그 자신 외에는 누구도 따라 할 수 없을 것 같은 보잉, 기교, 정확성…… 관객들은 모두 입을 벌리고 있었으나 아무도 소리를 낼 수 있는 자는 없었다.

정신이 저 세계 어딘가로 가 버린 것처럼, 그것은 듣고 있는 것조차 벅찼다.

아, 이것인가? 바엘, 그가 진심으로 자신의 '모든 것을 다한' 연주는 이런 것인가?

이것을, 이것을 키욜 백작이라면 들을 수 있단 말인가? 진정으로 이것을 '들을 수 있는' 자가 존재하기는 한단 말인가?

나는 몸서리치듯 떨었다. 온몸이 부서질 것처럼 덜덜 떨렸다. 하염없이 울며 인정하였다. 그래, 나는 그의 청중이 될 수 없음을.

그리고 또한 이해했다. 왜 얼음나무 숲이 그만을 그들의 세계로 받아들였으며, 왜 여명이 그만을 자신의 주인으로 인정하였는지. 왜 그가 진정으로 영원한 드 모토베르토일 수밖에 없는지…….

바엘…… 이제 이 이름을 부르는 것조차 조심스러울 정도로 그는 너무나 멀리 가 있다. 그가 나 때문에 열등감에 시달렸다는 사실을 지금은 믿을 수 없다. 그의 이 음악이 언어가 되고 미려한 문장이 되어 마침내 완벽한 글을 탄생시키는 것이라면, 그 글은 인간이 읽을 수 없는 신의 언어일 것이다.

나는 그가 언제 음악을 끝냈는지조차 깨닫지 못했다. 귀에서 메아리치고 가슴에서 요동치는 음들은 내 안에서 나가질 않았다. 필사적으로 그것들을 쫓느라 숨조차 쉬지 못하던 나를 누군가 뒤에서 치는 바람에 격렬하게 기침을 토해 내었다.

간신히 진정하고 돌아보니 듀프레가 나처럼 눈물을 줄줄 흘리며 바엘을 홀린 듯 바라보고 있었다. 그의 입에서 그 자신조차 인식하지 못하는 듯 보이는 가느다란 목소리가 새어 나왔다.

"모토벤……."

그래. 무한의 건반을 두드리고 시공을 넘나드는 현의 가닥을 뜯는 모토벤만이 이러한 것을 우리에게 들려줄 수 있으리라.

나는 조금 더 몸을 내밀어 객석을 바라보았다. 모두가 아무 말도 못 하고 제자리에 굳은 듯 못 박혀 있었다. 연주를 끝낸 바엘만이 이 멎어 버린 시계 속에서 홀로 헐떡이며 단 한 곳을 뚫어져라 보았다. 그의 시선이 가 박힌 곳은 말할 필요도 없이 키욜 백작이었다.

백작의 표정은 참으로 묘했다. 턱을 한 손으로 감싼 채 지독히도 감정 없는 얼굴을 한 그는 바엘의 시선을 받아 내며 침묵을 지키고 있었다.

그는 알까. 이 엄청난 음악이 이 수많은 청중 중 오직 그 자신만을 위한 연주였다는 것을. 알고서도 저런 표정을 하고 있단 말인가.

바엘은 기다렸다. 사람들이 하나둘 정신을 차리고, 비명 같은 환성을 지르며 그에게 박수를 보낼 때에도, 바엘은 기다렸다. 오직 단 한 사람, 키욜 백작의 고개가 끄덕여지기만을.

하지만 키욜 백작은 아직도 홀로 시간을 되찾지 못한 사람처럼 그 자리에서 미동도 하지 않았다.

잠시 후, 열광적이다 못해 폭발적인 청중의 반응 속에서 바엘의 얼굴이 일그러졌다. 그는 이를 꽉 깨물며 등을 돌렸다. 그러곤 인사 한 번 하지 않고 거친 걸음걸이로 무대를 내려갔다.

내가 있는 곳과는 반대쪽이었기에 나는 잠시 망설였다. 그는 그의 청중으로부터 만족할 만한 반응을 얻지 못한 것 같았다. 나도 믿을 수 없었다. 이 연주를 듣고 울지 않는 자가 있다면 그것은 철의 심장을 가진 악마이거나 심장이 멎어버린 시체뿐일 것이다. 그런데 어째서, 어째서?

콩쿠르는 금방 끝이 났다. 바엘의 뒤에서 순서를 기다리고 있던 서너 명의 음악가들은 차례대로 기권을 선언했다. 나 또한 내 연주가 그의 다음이었다면 아마 하지 못했을 것이다.

그리고 곧, 심사의 순간이 왔다.

"조용히 해 주십시오. 제발."

청중은 난리가 나 있었다. 바엘의 연주가 끝난 이후로 아직까지 그들은 진정을 못 했다. 나 또한 마찬가지였다. 자꾸만 떨려오는 몸 때문에 주먹을 꽉 쥐거나 머리를 흔들거나 팔로 어깨를 감싸 봤지만 소용이 없었다.

"조용!"

키욜 백작이 지팡이로 무대를 쾅 하고 내리치자 사람들이 놀라서 입을 다물었다. 순식간에 홀 안이 조용해졌다. 매서운 눈으로 객석을 둘러본 키욜 백작은 그제야 표정을 풀며 말했다.

"모두들 표를 던졌고 결과가 나왔습니다."

다들 숨을 죽이고 그의 입에서 이어질 말을 기다렸다.

"고요 드 모르페 씨에게 두 표, 그리고 나머지 여덟 표는 모두 아나토제 바엘 씨에게……."

키욜 백작의 말은 사람들의 함성에 파묻혀 더 이상 들려오지 않았다. 나는 당연한 결과에 마음이 편안해졌지만 아버지를 제외하고 나에게 또 표를 던진 사람이 있다는 것에 약간 놀랐다.

키욜 백작을 비롯한 다른 심사 위원들은 청중이 잠잠해질 때까지 인내심을 가지고 기다렸다. 그 와중에 아버지가 나를 향해 엄지손가락을 치켜드시는 것을 보고 나는 피식 웃었다. 아버지 마음에 들었다면 그것으로 되었다.

"후…… 아무튼 그리하여 이번 드 모토베르토의 호칭은 아나토제 바엘 씨가 받게 되었습니다. 아나토제 바엘 씨, 무대 위로 올라와 주십시오."

사람들이 환호성을 지르고 박수갈채를 보냈다. 나도 박수를 치며 무대 뒤쪽을 기웃거렸다. 하지만 바엘은 나오지 않았다.

"아나토제 바엘 씨, 무대로 나와 주십시오!"

못 들었을 것이라 생각한 키욜 백작이 다시 외쳤고 사람들은 더 크게 박수를 쳤다. 그래도 무대 뒤에선 아무도 걸어 나오지 않았다. 심사 위원들이 서로를 보며 영문 모를 얼굴들을 했고 청중의 박수 소리 또한 조금씩 잦아들었다.

설마…… 아까 그 표정.

"잠시 기다리십시오."

사람들에게 그렇게 말한 키욜 백작이 내 앞으로 걸어왔다.

"대기실에 가서 그를 데려와 주십시오."

나는 이유 모를 불쾌감을 느꼈지만 결국 군말 없이 몸을 돌려 무대를 내려왔다.

솔직히 대기실로 향하면서도 자신이 없었다. 바엘은 이미 가 버렸거나, 남아 있더라도 내가 설득한다 하여 별로 달라지진 않을 것이다.

바엘의 대기실 앞에 서서 문을 두드리려는 순간, 제대로 닫혀 있지 않았던 것인지 문이 스르륵 열렸다. 바엘은 고개를 떨군 채 책상에 아슬아슬하게 걸터앉아 있었다.

그 모습을 본 내 가슴이 아프도록 덜컹거렸다. 그런 분위기는 그와는 너무도 어울리지 않았다. '좌절한 듯한 모습의' 바엘이라니.

"바엘…… 축하해. 자네가 이번에도 드 모토베르토야."

나는 간신히 입을 열어 말했다. 하지만 내 말에도 바엘은 고개를 들지 않았다.

"다들 기다리고 있네. 나가서……"

"왜지?"

나는 깜짝 놀라 입을 다물었다. 그의 목소리는 쉬어 버린 것처럼 이상하게 변해 있었다. 여전히 고개를 들지 않은 채로, 바엘이 물었다.

"왜냐고."

"바엘…… 무엇이 왜냐고 묻는 건가."

"모른 척하지 마. 자넨 알 거 아닌가."

그가 스르르 고개를 들어 나를 바라보았다. 생기 잃은 눈동자가, 절망과 공포로 가득한 표정이 거기 있었다.

"왜 그가 나를 인정하지 않지?"

한동안 말문이 막혀 서 있던 나는 억지로 쥐어짜 내어 말했다.

"그는…… 이해하지 못한 거야, 바엘. 생각을 다시 하게. 자네가 착각한 걸 수도 있어. 요즘 자네가 너무 힘들었기 때문에, 그 단 한 명을 간절히 원했기 때문에…… 이상한 느낌이 드는 사람을 만나자 그대로 그가 자네가 기다리던 사람이라고 믿어 버린 거야."

바엘은 대답하지 않았지만 내 말에 동의하는 것 같지도 않았다. 나는 얼굴이 일그러지는 것을 느끼며 고개를 숙였다. 그러곤 주먹을 꽉 쥐고 용기 내어 내뱉었다.

"나는 솔직히 이해할 수 없어, 바엘. 저기 있는 저 많은 사람들이 진심으로 자네의 음악을 이해하지 못한다면, 아니 느낄 줄 모른다면 왜 자네에게 열광하겠나. 왜 그토록 자네의 음악을 갈구하고 자네의

276

음악에 눈물을 흘리겠나. 난 자네가 바라는 그 단 한 사람이란 게 뭔지 잘 몰라. 키욜 백작인지 아닌지도…… 모르겠어. 하지만 혹시라도, 저들 하나하나가 자네의 단 한 사람일 수도 있다는 생각은 해 보지 않았나? 내가…… 나 또한, 자네의 음악을 듣는 단 한 사람일 수도 있잖나."

바옐은 고개를 돌려 버렸다.

잠시 침묵이 흘렀고 그 침묵은 내 가슴을 아프게 쿡쿡 찔렀다. 하지 않았으면 좋았을 말을 괜히 내뱉었다는 생각이 들었다. 아까 그의 음악을 듣는 것조차 벅찼으면서 감히 내가 그의 단 한 사람일 수도 있다고 말하다니.

"이것이…… 절망인가?"

한참 만에 바옐의 입에서 나온 그 말에 나는 고개를 퍼뜩 들었다. 그는 여전히 내게서 시선을 피한 채 허탈한 목소리로 말했다.

"내가 자네의 음악을 외면할 때마다 이런 기분을 느꼈나? 이런…… 끝도 없이 추락하고 또 추락하여 마침내 지옥에 가 닿은 것 같은…… 지독한 공포를 느꼈나?"

나는 아무 말도 할 수 없었다. 트리스탄이라면 이런 때 바옐에게 무어라 말할까.

"드디어…… 만났어. 드디어. 내가 일생 동안 기다려 왔다고 감히 말할 수 있는, 그런 존재를. 그런데…… 하, 정작 만났는데 내가 그를 만족시키지 못하는군. 이 무슨 빌어먹을 희극인가."

트리스탄…… 제발 그가 와 주었으면.

"이렇게 내가 저주스러울 수가 없어."

이유는 몰랐지만, 무슨 말을 해야 하는지도 할 수 없었지만, 다만 그렇게 말하는 바엘을 도저히 그냥 놔둘 수는 없다는 생각이 들었다. 그래서 감히 그에게 다가가려 발을 떼는 순간 톡 하는 소리가 뒤에서 들려왔다.

나는 놀라 그쪽을 바라보았다. 혹시라도 트리스탄이 와 주었을까 하는 기대를 품으며.

그러나 그 기대는 곧 산산이 부서지면서 절망적인 본색을 드러냈다. 나는, 그의 이런 등장에 공포마저 느꼈다.

"이런, 제가 들어선 안 될 소리를 들은 것 같군요."

말과는 달리 방으로 들어서는 키욜 백작은 미소를 띠고 있었다.

어디부터 어디까지 들은 거지? 문득 바엘의 표정을 살피니 그도 나와 비슷한 기분을 느끼는 듯 경악에 가까운 얼굴을 하고 있었다.

"하도 오지 않으시기에 와 봤습니다. 마에스트로 바엘, 드 모토베르토 호칭을 거부하실 생각입니까?"

그가 지팡이를 짚은 채 바엘을 똑바로 바라보며 물었다. 바엘은 입을 열었지만 아무 말도 하지 못했다.

"마에스트로 바엘?"

백작이 다시 그를 부르자 결국 내가 나섰다.

"그냥 놔두십시오. 잠깐이면 되니까, 제발 당신은 그만……."

그러나 그때 바엘이 걸터앉아 있던 책상에서 내려와 키욜 백작의 앞에 똑바로 섰다. 그의 눈은 조금 전과는 다르게 형형히 빛나고 있었다.

"대답해 주십시오, 백작."

키욜 백작은 고개를 갸웃하고는 빙긋 웃으며 대답했다.

"무엇이든 제가 대답해 드릴 수 있는 것이라면요."

"제 음악이 어땠습니까?"

단도직입적인 그의 질문에 입을 다무는 키욜 백작을 보며, 나는 심장이 미칠 듯이 뛰는 것을 느꼈다. 나조차 이렇게 떨리는데 대답을 기다리는 바옐의 심정은 오죽할까. 제발, 제발 그의 입에서 바옐의 음악에 찬사를 보내는 말들이 쏟아졌으면.

"어땠냐니요."

키욜 백작은 이 질문이 바옐에게 얼마나 중요한 것인지 깨닫지 못한 얼굴로 웃으며 말했다.

"말이 필요합니까? 당신 말고는 아무도 그런 연주를 할 수 없겠지요."

바옐의 얼굴에 한 줄기 희망의 빛이 스쳤다.

하지만 그런 대답이 나오길 바랐음에도 내가 지금 느끼는 이 감정은 기쁨도 슬픔도 아니었다. 아까 바옐의 연주가 끝났을 때 키욜 백작이 짓고 있던 그 표정…… 그것은 정말로 그런 것이었나?

그리고 곧, 쓴맛을 속에 숨긴 달콤한 과실의 껍질이 벗겨졌다.

"하지만 그뿐입니다."

"……예?"

"전에도 말했듯이 취향의 차이일 뿐입니다. 당신이 드 모토베르토 호칭을 받을 자격이 충분하다는 것과 최고라는 것에는 이의가 없습니다. 하지만 저는 고요 씨에게 표를 던졌습니다."

……그리고 갈라졌다.

악마들이나 즐겨 먹을 법한 가증스러운 그 과실은 속에 품고 있던 독으로 삼킨 자의 입을 쓰게 만든다.

바옐은 눈을 크게 떴다. 그러나 아무리 똑바로 초점을 맞추려 해도 이 현실을 도저히 직시할 수 없는 듯했다.

나는 순식간에 죄인이 되었다. 이 자리에서, 절망과 공포 속에 빠져 있는 바엘에게, 키욜 백작은 길고 잔인한 손가락을 들어 나를 가리켰다. 저 존재야말로 너를 이렇게 만든 장본인이라고.

"저는 고요 씨의 음악이 더 좋습니다. 그 안에는 누구라도 반할 수밖에 없는 순수가 있지요."

나는 나도 모르게 고개를 저었다. 아니라고, 나는 그런 존재가 못된다고 웃으며 농담처럼 말하고 싶었으나 결국 내뱉지 못했다. 바엘은 뭔가 그를 지탱하고 움직이게 하던 소중한 것을 잃어버린 사람처럼 텅 빈 눈을 들어 나를 봤다. 그 눈과 마주치자 나 또한 내게서 비슷한 것이 빠져나가는 것 같은 기분을 느꼈다.

"대답이 되었으면 이제 가시죠. 사람들이 기다리고 있습니다."

제발 저 입을 막을 수만 있다면 뭐라도 할 수 있을 것 같았다.

하지만 그때 예상하지 못한 일이 벌어졌다. 완벽히 무시하거나 이 자리에서 나가 버릴 것이라 생각한 바엘은, 그러나 얌전히 그 말에 따랐다. 아무렇게나 내팽개쳐 둔 여명과 활을 가방에 고이 집어넣고 키욜 백작이 이끄는 대로 걸어갔다.

흘러내린 머리카락이 눈을 가리고 있어 나는 그의 표정을 볼 수 없었다. 다만 그가 이러는 것이 화를 내거나 울부짖는 것보다 훨씬 무서웠다.

나는 뒤에서 없는 존재인 것처럼 두 사람을 따라갔다. 무대 위로 올라가는 바엘의 걸음걸이엔 한 치의 흐트러짐도 없었다. 이건…… 도대체? 바엘은 체념한 걸까?

바엘이 무대 위로 모습을 드러내자 사람들이 또다시 소리를 지르기 시작했다.

　바옐은 그들 모두를 한번 주욱 훑어보았다. 그리고 웃기 시작했다. 바옐은 말 그대로 미친 사람처럼 웃었다. 허리를 붙잡고 앞으로 몸을 숙여 온몸이 떨리도록 웃는가 하면, 다시 고개를 들어 하늘을 향해 정신 나간 사람처럼 웃어 댔다. 물론 그 소리는 사람들의 환호성에 묻혀 들려오지 않았다.

　하지만 나는…… 그 떠들썩한 괴리 속에서 누군가의 희미한 울부 짖음을 들은 것만 같았다.

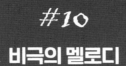

#10
비극의 멜로디

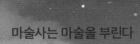

마술사는 마술을 부린다

음악가는 음악을 연주한다

전혀 관계없어 보이는 두 존재가 만나 빚은

비극의 멜로디가 흐른다

날씨가 제법 싸늘해졌다. 나는 바람을 오래 쐬어서 얼얼해진 뺨을 문지르며 창문을 닫았다.

콩쿠르가 끝난 지도 벌써 2주.

오늘 키욜 백작은 에단을 떠난다고 했다. 그는 며칠 전 나를 한번 찾아왔지만 나는 몸이 아프다는 핑계로 만나지 않았다. 만나고 싶지 않았다. 솔직히 말하자면…… 두려웠다.

연속 네 번째로 드 모토베르토가 된 바엘은 그날 이후 보지 못했다. 나도 연락하지 않았고 그도 나를 찾지 않았다. 트리스탄만이 곤란한 듯 나와 바엘 사이를 왔다 갔다 하더니, 요즘에는 그것도 뜸해졌다.

나는 아주 조금만 희망을 가지고 기다려 보기로 했다. 백작이 떠나고 시간이 더 흐르고 나면…… 이 모든 일이 없었던 것처럼 될지도 모른다고.

하지만 내가 그렇게 결심한 그날 바엘이 찾아왔다.

"어서 오게. 여기 앉아. 차 마실 텐가?"

바엘은 가볍게 고개를 저었다. 평소처럼 속을 짐작할 수 없는 그런 표정이었다.

나는 주저하다가 바엘의 맞은편에 앉았지만, 그러고 나서도 바엘은 한참 동안 아무 말도 하지 않았다. 무슨 말이든 먼저 꺼내야 하는 건가 고민하고 있다가 바엘의 손에 붕대가 감겨 있는 것을 발견했다.

"바엘, 그거……?"

"별거 아니야."

바엘은 손을 테이블 아래로 치웠다. 나는 떨리는 목소리로 물었다.

"요즘 뭘 하고 다니는 건가?"

"본래 내게 어울리는 그런 짓."

"그게 무슨……."

바엘은 멀쩡한 다른 손으로 테이블을 쾅 하고 내리쳤다. 내가 움찔하며 물러나자 그는 무섭게 일그러진 얼굴로 말했다.

"제대로 된 부모 하나 가지지 못한 빌어먹을 평민의 자식에게 어울리는 그런 짓 말이야!"

나는 입만 뻐끔거리다가 간신히 말했다.

"갑자기 왜 그러나…… 바엘."

"역시 이런 내가 이해 안 되나? 될 리가 없지! 책에나 나올 법한 평범하고 안락한 가정에서 자란 고요 드 모르페. 무심한 아버지에 잔소리 많은 어머니, 훌륭하게 자란 두 형과 풍족한 재정, 거기다 적당히 해도 쑥쑥 성장하는 재능도 있으니. 언제 어느 한구석 부족함을 느껴 보았나?"

나는 가슴이 먹먹해지는 것을 느꼈다. 전에도 바엘은 내게 그런 말을 했다. 하지만 왜, 듣는 나보다 말을 하는 그가 더 괴로운 표정을 짓고 있단 말인가.

"정말…… 하고 싶은 말이 뭔가?"

바엘은 테이블을 내리쳤던 손으로 주먹을 꽉 쥐었다. 그의 얼굴이 괴롭게 일그러졌다가 펴지고 다시 일그러지길 반복했다. 그는 고개를 숙인 채 한참이나 떨다가 나를 바라보며 억눌린 목소리로 말했다.

"내게…… 자네의 그 순수를 줘, 고요……."

머릿속에서 내가 알고 있는 모든 단어들이 빠져나갔다. 바엘은 이해할 수 없는 말을 이어 갔다.

"잃고 싶어서 잃은 게 아니야…… 그럼 내가 어떻게 해야 했지?"

답해 줄 수 없는 물음을 던져 오는 바엘의 시선이 너무 아파서 나는 고개를 돌렸다.

"천재 신동에게 반한 훌륭한 마에스트로가 기꺼이 그를 맡아 기른다? 먹여 주고 재워 주고 입혀 주며 바이올린까지 가르친다? 그런 건 자네 같은 순진한 놈들이나 믿는 거야. 아무런 대가 없이 퓌세 곤노르 같은 작자가 나를 맡았을 것 같나? 아니지…… 아니야. 그래, 나는 지불해야 했어. 내가 가진 것으로나마 갚아야 했어. 빌어먹을…… 매일 밤마다, 지불하고 또 지불해야 했다고!"

나는 도저히 믿을 수 없어 바엘을 바라보았다. 그리고, 깨달았다. 급히 입을 틀어막았지만 울음 같은 탄식이 새어 나왔다. 견디지 못하고 몸이 부들부들 떨리기 시작했다.

바엘은 손을 들어 자신의 얼굴을 가렸다. 그러곤 얼굴을 꽉 움켜쥐었다. 바꾸려는 듯이, 뭉개려는 듯이.

"더러움이란 건 정말 더러운 거야…… 단지 더러움이 뭔지 알게 되었을 뿐인데, 그 순간 나까지도 더러워지고 말지."

다시 손을 떼어 나를 바라보는 바엘은 울고 있었다. 내 눈에서도 눈물이 솟구치기 시작했다.

"그렇기에 그를 만족시키지 못하는 거야. 나처럼 더러운 놈은 아무리 연주해도 기만이 될 뿐이야. 아름다울 리가 없지…… 뿌리는 썩어 있는데. 인정할 리가 없지. 본질은 이렇게나 천박한데!"

그렇게 불같이 외치던 바엘의 표정이 갑자기 확 달라졌다. 그는 내게 무언가를 갈구하는 표정으로 애타게 말했다.

"제발…… 그러니 자네가 가진 것을 내게 주게. 자네가 원하는 것과 모두 바꾸겠어. 내게 열광하는 청중? 다 가지게. 누구도 따라 할 수 없는 기교? 매끄러움? 정확성? 다 가져가 버리게. 그러니 자네의 그 순수함 한 조각만을 내게 줘. 제발 그걸 내게…… 그래야만 그를……"

나는 울음을 터뜨리며 바옐을 붙잡았다.

"제발 그만해! 제발…… 그만하라고. 잊어버려. 그는 떠날 사람이야. 잊어버리라고!"

"이게 마지막 기회야. 그걸 내게 줘. 나는 그 앞에서 마지막으로 다시 한 번 연주를 하겠어. 고요, 제발……"

줄 수 있다면 이 심장인들 뜯어 주지 못할까. 바옐이 내게 원하는 그 터무니없는 것이 진실로 줄 수 있는 것이라면 기꺼이.

"제발 정신 차려. 바옐, 평소의 자네로 돌아와!"

하지만 바옐은 넋이 나간 얼굴로 중얼거렸다.

"줄 수…… 없나? 역시 그럴 수는 없나? 그렇다면…… 그렇다면 나는……"

퍼뜩 정신을 차렸다. 그 뒤에 하려는 말이 무엇이든 더 이상 나오게 해선 안 되었다. 그대로 바옐을 붙잡고 흔들었다.

"기다려! 기다리게, 기다리라고. 내가 가서 그를 데리고 오겠어. 여기서 기다려, 제발!"

나는 바옐의 대답도 기다리지 않고 밖으로 뛰쳐나왔다. 아직 키욜 백작이 에단을 떠나지 않았기만을 바랐다. 하인을 불러 마차를 꺼내 오라 명하려던 나는 생각을 고치고 직접 말 한 마리를 끌고 와 올라 탔다. 그러곤 정신없이 달렸다. 에단 밖으로 나가는 길은 우리 집에서 멀지 않았다.

그 길로 접어들었을 때 나는 천천히 말의 속력을 줄였다. 급히 달려올 필요도 없었다. 길을 따라 늘어서 있는 이국풍의 마차는 마치 나를 기다리고 있는 것처럼 얌전히 서 있었다.

예상대로 내가 그곳에 도달해 말에서 내리자 마차 안에서 사람이 나왔다. 처음 그를 만났을 때와 같은 차림의 키욜 백작이었다.

"오셨군요. 기다리고 있었습니다."

"……어떻게 제가 올 거라는 걸 아셨습니까?"

백작은 대답하기 전 지팡이로 모자 끝을 조금 올렸다. 그렇게 하니 그의 신비로운 눈이 더 잘 보였다.

"제가 떠나는 날이 되면 아나토제 바옐 씨가 참지 못하고 당신에게 달려갈 거라고 생각했지요."

"당신은…… 알고 있었습니까?"

"예, 알고 있습니다. 그가 제게 바라는 것이 뭔지."

나는 부르르 떨리는 손으로 주먹을 꽉 쥐었다. 바람직하지 못한 행동이라고 해도, 그의 대답에 따라 이 주먹을 뻗을 수도 있었다.

"알면서…… 그리하셨습니까?"

백작은 한가로이 하늘로 시선을 돌리며 말했다.

"지금은 백작이라는 칭호를 갖고 있지만, 본디 저는 마술사입니다."

"마술사라고요?"

"예. 이 지팡이와 모자를 보고 짐작하셨으리라 생각했는데요."

마술사 같다는 생각을 한 것은 사실이었다. 하지만 마술을 하는 귀족이 있을 리가.

"몰랐습니다. 당신이 살고 계시다는 나라는 어떤지 몰라도 이곳에 선 귀족과 마술사의 차이가 제법 큽니다."

"아, 오해하셨군요. 제가 말하는 마술사란 단순히 사람들 앞에서 재주를 넘는 그런 광대가 아닙니다."

"그럼……?"

백작은 그에게 몹시 어울리는 신비스러운 미소를 띠었다.

"아낙스 이전, 익세가 이 땅에 있을 때는 지금과는 다른 언어를 썼지요."

"그랬습니까?"

"예. 그리고 그때에는 마술사라는 단어와 같은 의미로, 지금은 이렇게 부르는 단어를 썼답니다."

키욜 백작이 지팡이로 허공에 무어라 글자를 썼다. 무슨 신기한 물질이 지팡이 끝에 묻어 있는지 허공에는 빛으로 이루어진 글자가 남았다.

나는 눈을 크게 뜨고 그것을 읽었다.

"지금…… 당신 자신을 악마라고 하시는 겁니까?"

백작은 웃음을 터뜨리며 말했다.

"악마란 게 별거겠습니까. 사람들을 현혹시키고, 매혹당한 사람들을 놀리며, 마지막에는 비열한 방식으로 뒤통수를 칩니다. 마술사와 마찬가지죠. 그저 지독한 장난꾸러기들이랄까요."

나는 그가 농담을 하는 건지 뭔지 알 수 없었다. 이런 이야기는 왜 하는 것일까.

그때 무언가 퍼뜩 머릿속을 스치고 지나갔다.

"설마 당신, 속인 겁니까? 바엘의 음악을 알아듣지 못했으면서 이해한 척한 겁니까?"

"알아듣다라……"

키욜 백작은 지팡이를 빙글빙글 돌리며 잠시 생각에 잠긴 얼굴을 했다. 그러곤 이내 미소를 입가에 올리며 말했다.

"미려하고 화려하며 아름답기 그지없지만, 결국 속을 뜯어보면 한 음악가의 처절한 절규가 담겨 있는 그 음악 말씀이시군요."

"……당신은, 정말 들을 수 있군요."

"글쎄요. 단순히 글자를 읽을 줄 아는 것과 글을 볼 줄 아는 것과 그 글에서 감동을 느낄 줄 아는 것은 다르지요."

나는 심장이 두근거리는 것을 느꼈다.

바엘처럼 키욜 백작도 음악을 글에 비유했다. 그렇다면 그도 알고 있는 것인가. 음의 언어를.

"역시 당신이…… 그의 하나뿐인 청중입니까?"

내 물음에 키욜 백작은 헛웃음을 터뜨렸다. 그리고 고개를 절레절레 저었다.

"정말이지 지나치게 깨끗한 동경이군요."

"예?"

"답은 드린 것 같습니다, 고요 씨. 제가 당신의 음악을 좋아하는 것은 당신의 이런 면이 그대로 음악에 묻어 있기 때문입니다. 제게 아나토제 바엘의 음악은 의미가 없습니다. 아무리 훌륭하고 너무나 아름답고 또 그 모든 것을 이해해도…… 저는, 느낄 줄 모르기 때문이죠."

나는 눈살을 찌푸리며 백작을 바라보았다. 하지만 그는 그런 수수께끼 같은 말만을 남긴 채 등을 돌렸다.

"잠깐만, 당신이 이대로 가면 바엘은……!"

"제가 어떻게 하지 않았어도 그는 무너졌을 겁니다. 예. 그것은 준비된 수순입니다. 얼음나무 숲에 사는 괴물을 깨운 것은 그 자신이지요. 그러니 앞으로도 계속 그의 곁에 있을 거라면 부디 몸조심하십시오, 고요 씨."

그리고 그대로 마차에 올라탔다.

나는 마차로 달려가 안을 들여다보았으나 그는 모자를 들었다 놓으며 인사를 보낼 뿐이었다.

"얼음나무 숲이라니, 당신은 그것을 어떻게 알고 있는……."

백작은 빙그레 웃고는 대답 대신 다른 말을 했다.

"당신의 음악을 들으며 저는 잠시 제가 마술사라는 것도 잊었습니다. 그리고 어쩌면, 느낄 수 있을지도 모르겠다고 생각했지요. 부질없는 짓입니다. 예. 조금 더 기다렸으면 정말로 감동을 알게 되는 날이 올 수도 있겠지요. 하지만 그날이 오면 저는 그 모든 것을 제 손으로 더럽히게 될 것입니다. 마술사의 본성이란 그런 것이지요……. 그러니 늦기 전에 떠나야겠습니다. 부디 계속 그 모습을 간직하시기를."

그리고 키욜 백작은 떠났다. 마차는 안개 속에 모습을 감추듯 사라졌다.

기이한 일이었다. 조금 전까지 안개 같은 것은 없었는데.

말을 타고 천천히 집으로 향하면서 나는 바옐에게 무슨 말을 할지 고민했다.

백작이 바옐의 음악을 이해한다는 것에는 의심할 여지가 없었다. 하지만 느낄 줄 모른다는 말은 무슨 의미인가? 이해하지만 감동을 느끼지는 못하는 그자가…… 정말로 바옐의 청중일까?

확실한 것은, 그렇든 아니든 바옐에게 남은 것은 없다는 것이었다. 키욜 백작은 떠났다. 그리고 바옐은 다시 기다려야 한다. 하지만 그에게 버틸 힘이 있을지. 아까 바엘이 보여 준 모습은 너무나 불안했다.

그렇게 저택에 거의 다 도착했을 때, 나는 마차 한 대가 급히 집에서 빠져나가는 것을 보았다. 의아하게 그것을 바라보다가 문득 바엘일지도 모른다는 생각이 들었다.

더 생각할 것도 없이 말을 달려 마차를 쫓기 시작했다. 불안이 점점 내 마음을 잠식해 갔다.

마차는 바엘의 집 쪽으로 달리고 있었다. 하지만 잠시 후 그의 집에 도착했음에도 마차는 서지 않고 계속 달렸다. 대체 어딜 가는 것일까?

몬드 광장을 가로지른 마차는 생소한 골목으로 들어갔다. 나는 사람들을 피하다 조금 뒤처지는 바람에 다시 말을 재촉했다. 다행히 마차를 놓치지 않고 아슬아슬하게 따라잡았다. 마차는 조금 더 달리다가 어느 커다란 저택 앞에서 섰다. 그 저택을 확인하고 나서야 나는 바엘이 어디에 왔는지 알 수 있었다.

크림트 리지스트, 바엘의 대부의 집.

달칵하는 소리와 함께 마차 문이 열렸고 나도 말에서 내렸다. 바엘이 굳은 얼굴로 내려섰고 그에게 다가가던 나는 흠칫하며 멈춰 섰다.

"바엘…… 저기."

그러나 바엘은 내 존재를 전혀 깨닫지 못한 사람처럼 거침없는 걸음걸이로 저택 안으로 들어갔다. 잠시 망설이다가 결국 무례인 줄 알면서도 바엘의 뒤를 따라갔다.

저택 안에서는 바이올린 소리가 새어 나오고 있었다. 이 훌륭한 솜씨라면 말할 필요도 없이 크림트 리지스트의 연주이리라. 거장의 연주를 이렇게 대가 없이 들을 수 있다니……. 나는 잠시 거기에 귀를 기울이다가 퍼뜩 정신을 차리며 바옐을 쫓아갔다.

바옐은 이제 방 안으로 들어가고 있었다. 나를 위한 것인지 아니면 닫는 것을 잊어버린 것인지 문을 활짝 열어 둔 채로 말이다. 나는 조금 망설이다가 결국 안까지 따라 들어갔다. 바이올린 소리가 점점 더 커지고 있었다.

"대부. 레안느."

바옐의 나직한 목소리와 함께 바이올린 소리가 멎었다.

"오라버니!"

"오, 아나토제. 이 시간에 여긴 웬일이냐?"

레이디 레안느의 활기 넘치는 목소리와 크림트 리지스트의 따스한 목소리가 이어졌다.

나는 주춤거리면서 그들이 있는 곳으로 다가갔다. 레안느가 나를 알아보고 활짝 웃으며 입을 열었으나 그녀는 더 이상 아무 말도 내뱉지 못했다.

바옐이 그들의 앞에서 바이올린 활을 허공에 높이 들어 올렸다가, 벽을 향해 힘껏 내리쳤다.

픽! 활대가 부서지고 조각이 튀었다. 나와 크림트 리지스트와 레안느 모두 입을 벌리고 바옐을 처다보았다.

곧 부러진 활을 아무렇게나 던져 버린 바옐이 대부를 향해 말했다.

"레안느와의 결혼을 허락해 주십시오."

나는 바보처럼 멍하니 바옐을 바라보았고 크림트 리지스트와 레안느는 잠시 서로의 얼굴을 마주 보았다. 곧 레안느의 얼굴이 붉어지자, 크림트 리지스트가 미소 지으며 말했다.

"갑작스럽긴 하지만 나로서는 기쁘지 않을 수 없는 일이구나. 하지만 방금 활을 부러뜨린 그건……."

바옐은 고개를 끄덕이며 단조로이 말했다.

"결혼한 다음 은퇴하겠습니다. 다시는 바이올린을 손에 들지 않을 것입니다."

……내 안에서 뭔가, 부서지는 소리가 들렸다.

트리스탄이 말리고 크림트 리지스트가 말렸지만 소용없었다. 가피르 부인도 일부러 찾아와 간곡하게 부탁했지만 바옐은 정중히 그러나 단호하게 거절했다. 다음으로는 레나르 카논이 찾아와서 언제든 원할 때마다 카논 홀에서 공연해도 좋다는 말까지 했다. 역시 바옐은 고개를 저었다.

모두가 애원하며 그를 붙잡았지만 카논 홀이 무너지고 에단에 종말이 와도 꼼짝도 하지 않을 것처럼 바옐의 태도에는 변함이 없었다. 그중 어느 몰상식한 부자가 바옐에게 여명을 팔 생각이 없느냐고 물었다가 호되게 면박당하고 사라지기도 했다.

바옐의 은퇴 소식은 온 에단을 뒤흔들었다. 연말이 다가올수록 자주 거론되는 키세의 종말론이나, 아무도 듣지 않는 권리를 주장하는 평민공화당의 목소리나, 티격태격하던 파스그라노와 마르티노들마저 잠잠해질 정도로 그 여파는 대단했다.

어제까지만 해도 그가 또다시 드 모토베르토가 되었다는 사실에 열광했던 에단이었다. 하지만 이제는 다들 침통하고 우울한 얼굴로 누군가를 원망했다.

그 원망의 대상은 처음에는 명확하지 않았다. 바옐을 원망하는 무리, 그가 만족할 만한 반응을 보여 주지 못한 청중이 무식하다며 자중하라는 무리, 여명을 쥔 다음부터 이렇게 된 거라며 아무 잘못 없는 바이올린을 욕하는 무리까지…….

그러나 그 어느 것에도 만족하지 못하던 군중들은 마침내 적당한 목표물을 찾아냈다.

그것은 레안느였다. 옛 역사부터 천재들의 곁에는 항상 그들을 나락으로 빠뜨린 여자가 있었노라며 그들은 레안느를 욕했다. 바옐이 은퇴하는 이유가 모두 다 이 결혼 때문이라고 레안느를 손가락질했다. 거장으로 인정받는 바이올리니스트의 예의 바르고 교양 있는 딸이 하루아침에 화형당해야 할 마녀가 되었다.

바옐의 말을 빌리자면 이 빌어먹을 희극에 나는 웃었다. 그리고 울었다. 그들이 불태워야 할 사람은 레안느가 아닌 나였다.

그리고 이 소란한 틈을 타 바옐의 광기 어린 팬으로 추정되는 살인마는 또다시 한 사람을 죽였다. 죽은 그 사람의 이름을 들었을 때 나는 온몸에 소름이 돋는 것을 느꼈다.

퓌세 곤노르.

바옐의 말에 따르면 그로부터 순수를 앗아 가고 더러움을 가르친 장본인이었다. 10년 전까지는 제법 존경받는 음악가였지만 바옐이 크림트 리지스트의 품으로 간 뒤부터는 그를 뒤에서 헐뜯지 못해 안달이었다. 점차 광적으로 바옐을 욕하는 것에 집착한 그는 결국 사람들로부터 외면당했고, 나중에는 그런 음악가가 존재했다는 사실조차 잊히었다. 며칠 전 바옐로부터 그 이름을 듣기 전에는 나도 잊고 있었다.

어떻게 생각하면 그 살인마가 퓌세 곤노르를 죽인 것은 당연한 일인지도 모른다. 예전부터 바옐을 드러내놓고 비난하곤 했으니까. 하지만 그게 이유라면 그는 콜롭스 뮈녀보다도 훨씬 먼저 죽었어야 했다.

그런데 새삼 왜, 지금에 와서야.

그러다가 나는 문득 섬뜩한 추측을 떠올렸다. 어쩌면 살인마가 바옐이 며칠 전 내게 털어놓은 그 사실을 알게 된 것인지도 모른다고.

하지만 대체 어떻게? 바옐과 나만이(그리고 어쩌면 트리스탄까지 세 사람만이) 알고 있는 그 사실을 알았단 말인가?

나는 부르르 떨리는 몸을 두 팔로 감쌌다.

그날…… 바옐이 내 앞에서 고백하던 그날, 그의 말을 함께 들었다는 것밖에는 답이 없었다. 그리고 그게 사실이라면 말할 필요도 없이 살인마의 다음 목표는 나였다.

그런 생각을 한 뒤로부터 며칠이 지난 어느 날이었다.

그날은 잠에서 깨었을 때부터 몹시 기분이 이상했다. 그 느낌은 뭐라 설명할 수 없지만, 평소와는 다른 공기가 주위에 흐르는 듯했다. 나는 멍한 기분으로 일어나 피아노 앞에 앉았다. 그러곤 비어 있는 악보에 글자를 채워 넣기 시작했다. 그래, 음표가 아닌 글자를.

좀 더 자세히 말하자면, 그것은 유서였다.

멀리서 나를 지켜보고 있는 듯 어렴풋이 느껴지는 죽음이란 것은 참으로 묘했다. 나는 마치 행복하게 살다가 죽을 날이 되어 그것을 관대하게 받아들이는 노인처럼 '그래, 거기서 잠시만 기다려다오.' 하는 심정으로 유서를 썼다.

많은 단어는 필요하지 않았다. 그저 사랑하는 사람들에게 잘 지내라는 몇 마디, 내 보물과도 같은 악보들을 잘 보관해 줄 것을 부탁하는 몇 마디, 크리스티안 미누엘의 피아노를 휴베리츠 알렌에게 전해 줄 것을 부탁하는 몇 마디를 적어 넣었다. 이 좋은 악기가 이곳에서 그대로 썩는 것을 원치 않았다. 그리고 레안느와 바엘의 약혼으로 더욱더 좌절하고 있을 휴베리츠 알렌이 다시 일어서길 바랐다.

유서를 다 쓴 나는 그것과 함께 펜도 주머니 속에 집어넣었다. 내가 만약 그 살인마의 다음 희생양이 된다면 죽기 전에 어떻게든 그의 흔적을 남겨 놓을 생각이었다. 나 다음으로도 더 많은 사람들이 죽을 것이다. 그리고 어쩌면 트리스탄이나 바엘에게까지 해를 끼칠지도 모른다. 그것만은 막아야 했다.

그렇게 생각하며 무심코 창밖을 내다본 나는 누군가가 저택 앞에 서 있는 것을 보고 소스라치게 놀랐다. 순간 벌써 사신이 나를 마중 나온 줄로만 알았다.

하지만 자세히 보니 그 사람은 내게 익숙한 붉은 머리카락을 길게 늘어뜨리고 있었다. 누군지 깨닫자마자 나는 창문을 벌컥 열고 소리쳤다.

"키세!"

키세는 웃으며 뒤로 돌아섰다. 그러곤 마치 따라오라는 듯 천천히 정문을 나갔다.

나는 더 생각할 것도 없이 급히 외투를 걸치고 밖으로 달려나갔다. 이번만큼은 놓칠 수 없었다. 산 채로 시들고 있는 듯한 트리스탄을 위해서라도.

"잠깐만 기다리십시오! 키세!"

그러나 키세는 뒤도 돌아보지 않고 뛰기 시작했다. 소녀처럼 발랄하고 가벼운 걸음이었지만 나는 그녀를 쫓아가기 위해 숨이 턱에 닿도록 뛰어야 했다.

간신히 그녀를 시야에서 놓치지 않은 채로 꽤 긴 시간을 달렸다.

나는 거의 쓰러질 것처럼 지쳤으나 키세는 속도를 늦추지 않았다. 그녀는 며칠 전에 말을 타고 갔던 익숙한 길로 들어서고 있었다.

그곳은…… 리지스트가였다.

키세는 정문 앞에서 한 바퀴 빙글 돌더니 쉽게 문을 열고 안으로 들어갔다. 그러곤 한가로운 동작으로 마치 자기 집이라도 되는 듯 정원을 거닐기 시작했다.

하지만 나는 들어가지 않고 망설였다. 바옐은 약혼 이후 이곳에서 레안느와 함께 살고 있었다. 안에 그들이 있을지도 몰랐다. 나는 바깥에서 조심스럽게 소리쳤다.

"키세, 할 말이 있습니다. 잠깐 나와서 이야기를 들어 주십시오."

키세는 아무 대답 없이 정원에 핀 꽃의 향기를 맡고 잔디를 손으로 쓸었다.

"당신 때문에 트리스탄이 망가지고 있습니다. 제발 그를 만나 주십시오. 늘 당신을 찾고 있단 말입니다."

키세는 여전히 아무 말도 하지 않았다. 그러다 문득 신기한 것이라도 발견한 듯 정원의 저편으로 뛰어갔다.

결국 망설이던 나도 들어가지 않을 수 없었다. 저택 안에서 누가 나오지 않나 살피며 조심스럽게 키세가 간 방향으로 걸어갔다. 정갈하게 가꾸어진 정원 길을 따라 걸으니 어울리지 않게 엉망이 된 화원이 나왔다.

그리고 그곳에, 망가진 꽃들을 치유하고 있는 성녀가 있었다.

"어라? 고요 씨?"

성녀가 돌아보더니 내 이름을 불렀다. 나는 얼떨떨한 기분을 느끼다가 고개를 흔들고 정신 차렸다.

"레이디 레안느."

"와! 반가워요."

내 앞으로 걸어온 그녀는 흙이 잔뜩 묻은 장갑을 낀 채 손을 내밀었다가, 자신의 잘못을 알아차리곤 무안한 듯 얼른 장갑을 벗었다. 부끄럽게 웃는 그녀에게 나는 고개를 숙이며 말했다.

"결례를 용서하십시오. 허락도 없이 들어왔습니다."

"무슨 말씀이세요. 언제든지 불쑥 찾아오셔도 된답니다."

레안느는 때 묻지 않은 순수한 미소와 함께 답했다. 나는 오래간만에 마음이 따스해지는 걸 느끼며 입을 열었다.

"그런데 혹시 이곳으로 키세가 들어온 것을 보지 못했습니까?"

"예? 키세요?"

레안느는 잠시 눈동자를 이리저리 굴리다가 고개를 갸웃하며 되물었다.

"설마 그 예언가 키세를 말씀하시는 건 아니죠?"

"예언가 키세 맞습니다. 길고 붉은 머리카락을 가진 여성이지요."

"어머! 키세가 여자였어요?"

내가 처음 그 사실을 알았을 때와 비슷한 반응을 하는 그녀를 보며 잠깐이지만 웃지 않을 수 없었다. 레안느는 잠시 신기하다는 둥 믿을 수 없다는 둥의 말을 중얼거리다가 말했다.

"하지만 여기로 들어온 사람은 아무도 없었는데요. 저는 꽃을 돌보는 중이었고 그러다가 고요 씨가 온 것을 봤어요."

나는 암담한 기분을 느끼며 잠시 화원을 둘러보았다. 어디에도 사람이 숨을 만한 곳은 없었다. 이곳이 아니라 다른 곳으로 갔나? 그러다 문득 시선이 짓밟힌 꽃에 닿았다.

"그런데 이건 누가 이렇게 만든 겁니까?"

레안느는 멋쩍게 웃으며 말했다.

"훌륭한 음악가의 아내가 된다는 것은 쉽지 않은 일이네요. 바엘 오라버니의 은퇴를 제 탓이라고 여기는 사람들이 많아요. 하지만 이해해요. 그 사람들은 그저 어디든 원망할 곳이, 화풀이할 상대가 필요한 것일 테죠. 그렇다면 오라버니보다는 차라리 저를 괴롭히는 게 나아요. 오라버니는 예민해서 견딜 수 없겠지만 전 생각보다 강하거든요."

빙긋 웃는 그녀를 보며 나는 잠시 말문이 막히는 걸 느꼈다. 그녀를 처음 보았을 때는 온실 속에서 자란 마음 여린 아가씨라고 생각했었다. 그러나 그녀는 내가 생각했던 것보다 훨씬, 그리고 나보다 더 마음이 단단한 게 틀림없었다.

그녀를 걱정했던 나는 조금 마음이 놓이는 것을 느꼈다. 이런 레안느라면 분명 바엘을 지탱해 줄 수 있을 것이다.

"그런데 바엘은 집에 있습니까?"

"네. 오라버니는 그날 이후 어디에도 나가지 않아요."

"그럼 집에서 무얼 하고 있습니까?"

"작곡요."

"……예?"

잘못 들었다고 생각했기에 멍청하게 반문했다. 레안느는 살며시 웃고는 나를 끌고 저택으로 향했다.

"저보다는 오라버니에게 직접 들으시는 게 좋겠네요. 어서 들어오세요."

나는 결국 갖가지 혼란스러운 기분들과 싸우며 한동안 저택의 응접실에 우두커니 앉아 있었다.

레안느가 직접 차를 내왔고 내가 고맙다고 인사하자 그녀는 웃으며 나갔다. 그리고 잠시 후 바옐이 들어왔다. 그는 약간 피곤해 보인다는 점만 제외하면 예전과 다를 것이 없었다. 나는 나도 모르게 벌떡 일어났다가 그가 손을 내젓는 것을 보고 다시 천천히 앉았다.

내 맞은편에 앉는 바옐의 손에는, 레안느의 말이 농담이 아님을 증명하는 듯한 악보가 몇 장 들려 있었다. 그것에서 눈을 떼지 못하는 내게 바옐이 먼저 말을 건넸다.

"잘 지냈나?"

나는 그 인사가 다른 의미로 쓰이는 경우가 있던가 한참을 생각했다. 대답 없는 나를 의아하게 바라보던 바옐은 쓰게 웃으며 말했다.

"무슨 생각을 하는지 짐작할 만하군. 됐어, 잘 지냈겠지."

나는 고개를 젓는 것도 아니고 끄덕이는 것도 아닌 애매한 각도로 움직였다. 바옐은 그런 내 앞으로 악보를 내밀었다. 그를 처음 만났을 때처럼, 아무 부연도 없이.

"이게…… 뭔가?"

"자넨 알면서도 꼭 되묻는 피곤한 말버릇이 있군."

"악보인 걸 모르는 건 아닐세. 그럼, 레이디 레안느의 말이 사실인가? 정말로 작곡을 하고 있다고?"

"그래."

나는 순식간에 가슴이 기대로 부푸는 것을 느끼며 물었다.

"역시 다시 바이올린을 켜는 거지?"

"그래. 단 한 번만."

"단…… 한 번이라고?"

바옐은 악보를 테이블 위에 내려놓고 그답지 않게 머뭇거리는 태도로 말했다.

"이건…… 고별 연주랄까."

"바옐, 그러지 말고 그냥……."

"날 설득하려 들면 이 악보를 그냥 찢어 버릴 테니 그만둬."

나는 바로 입을 다물었다. 무서운 표정으로 나를 한번 쏘아본 바옐은 다시 악보로 시선을 내리며 말했다.

"이건 환상곡일세."

"환상곡?"

"그래. 표제를 봐."

나는 떨리는 손을 뻗어 악보를 집었다. 그러곤 천천히 들어 눈앞으로 가져왔다.

굳이 필사가가 필요 없을 만큼 뛰어난 바옐의 필체. 그 아름다운 필체로 그려진 음표들이 내 눈을 어지럽히며 돌아다녔다. 그리고 나는 그들의 맨 위에 지휘자처럼 서 있는 음악의 표제를 보았다.

「얼음나무 숲」.

순간 심장이 멎는 줄 알았다.

"얼음…… 얼음나무 숲?"

내가 바옐을 바라보자 그는 조금 누그러진 표정으로 말했다.

"그날의 연주, 기억하는가?"

가슴속에서 작은 폭발이 일었다. 어떻게 잊을 수 있겠는가.

나는 아직도 꿈만 같은 그날의 일을 떠올리며 힘겹게 고개를 끄덕였다. 바옐은 담담하게 말을 이었다.

"그때의 그것을 악보로 옮겨 보았네. 한 대의 바이올린과 한 대의 피아노를 사용하는 이중주이지. 나는 그때와 같은 연주를 할 거야. 그러니 이번에는 자네가…… 얼음나무 숲이 되어 주게."

나는 입을 벌렸다. 하지만 아무 말도 내뱉지 못했다. 말 못 할 만큼 가슴이 이상했다.

바옐은 그런 나를 이해하는 듯이 서글픈 미소를 보내며 조금은 어색하게 말했다.

"이것으로 나를…… 용서해 주겠나?"

나는 악보를 든 손을 떨어뜨렸다. 그리고 고개를 숙였다. 차마 입에서 쏟아 내지 못한 감정들이 눈으로 흘러내렸다. 하염없이, 하염없이.

이번에는 바옐도 그런 나를 경멸하지 않았다.

가피르 부인의 살롱. 바옐이 선택한 고별 무대는 그 조그마한 예술가들의 안식처였다. 그는 카논 홀에서처럼 사람들이 비명을 지르고 떠드는 것을 원하지 않는다고 했다. 나도 동의했다.

가피르 부인에게 그렇게 부탁하자 부인은 초대할 사람들의 명단을 만들었다. 그리고 그날만큼은 언제나 열려 있던 그곳을 철저히 통제하기로 했다.

하지만 에단은 크지 않는 도시다. 아무리 쉬쉬해도 소문은 나기 마련이었다. 바옐의 고별 연주회가 열린다는 소리는 에단의 전역에 빠르게 퍼졌다. 그날의 연주를 듣기 위해 지방에서 올라온다는 사람들도 있었다.

바옐은 신경 쓰지 않았다. 나도 마찬가지였다. 나는 오직 그 마지막 연주를 위해 집에 틀어박혀 연습하고 또 연습했다. 트리스탄이 서운해 할 거란 생각이 들었지만 어쩔 수 없었다.

바옐은 이중주를 선택했고, 그건 잘한 일이었다. 트리스탄은 이제 도저히 연주를 한다든가 사교 모임에 참석할 수 있는 상태가 아니었다. 나는 그가 몹시 걱정되었지만 일단은 바옐의 고별 연주회를 먼저 생각하기로 했다. 이 연주회가 끝나면 그를 찾아가 어떻게든 기운을 차리도록 도와주리라.

바옐의 마지막 연주인 데다 우리 두 사람만의 경험을 바탕으로 한 특별한 곡이었으므로, 나는 혼신의 힘을 다해 연습하지 않으면 안 되었다.

바옐은 그답지 않게 악보를 '엉성하게' 적었다. 빠르기나 곡의 분위기, 강약 표시라든지 페달의 위치 등을 하나도 표시하지 않은 것이다. 예전 같았으면 늘임표 부분에서 몇 박자로 늘일 것인가까지 하나하나 꼼꼼히 적었을 텐데. 그래서 연습은 배로 힘들었지만 오히려 나는 행복했다.

그 말은 선율을 제외한 모든 것을 내게 전적으로 맡긴다는 뜻이고, 그건 나를 믿는다는 말이니까.

나는 그날의 연주를 떠올리며 최대한 그 분위기를 살리기 위해 노력했다. 하루가 어떻게 가는지, 밤과 낮이 어떻게 바뀌는지 느끼지 못할 정도로 정신없이 거기에만 매달렸다.

아마 바옐이 그날 찾아오지 않았더라면 나는 그의 고별 연주회가 바로 다음 날이란 것도 몰랐을 것이다.

"바엘? 이렇게 늦은 시간에 웬일인가?"

나는 직접 정문까지 달려나가 문을 열었다. 그런데 바엘이 조금 이상했다. 뭔가 충격적인 거라도 본 사람처럼 새파랗게 질린 얼굴로 안절부절못하며 서 있었다.

"고요…… 고요."

"왜 그래? 무슨 일이야?"

"마…… 마차."

"마차?"

바엘은 호흡을 몇 번 가다듬더니 조금 전보다 분명한 목소리로 말했다.

"그래, 마차가 필요해. 어서."

나는 얼떨떨했지만 그가 몹시 절박해 보여 군말 없이 등을 돌렸다. 그때 뒤에서 바엘이 조그맣게 덧붙였다.

"마부는 안 돼. 내가 몰 테니까…… 빨리."

나는 얼른 하인들을 시켜 지붕이 없는 작은 마차를 꺼내 오게 했다. 정문 밖으로 마차가 나오자 바엘은 마부를 밀어내다시피 하며 자리에 올랐다. 그러곤 다급하게 외쳤다.

"어서!"

나는 황급히 옆자리에 올라탔다. 너무 급하게 나온 나머지 외투도 챙기지 못했지만 어쩔 수 없었다.

바엘은 내가 미처 자리를 잡기도 전에 마차를 출발시켰다. 비틀거리며 간신히 중심을 잡은 나는, 이를 악문 채 마차를 모는 바엘에게 물었다.

"대체 왜 그래? 어딜 가는 건가?"

"가 보면 알아. 가 보면…… 나도 뭐라고 설명할 수 없어. 그건……
그건."

바엘의 질린 얼굴 위에 두려움이 떠올랐다. 가슴이 쿵쾅거리며 뛰
기 시작했다. 뭔가 짚이는 게 있었다.

"그 살인마인가? 또 나타났나? 이번엔 누구를……."

"아니야, 아니야! 아니…… 그래. 맞을지도 몰라. 어쩌면……."

마차는 큰길을 벗어나 한참을 달렸다. 그 길은 나도 알고 있었다.
내일 우리가 연주할 그 음악의 표제.

"설마 지금 얼음나무 숲에 가는 건가?"

"그래. 맞아."

나는 한참 동안 할 말을 찾지 못하다가 겨우 말했다.

"이봐, 바엘…… 이건 좋지 않아. 지금은 혐의가 풀렸다고 해도 우
리는 한번 의심을 받았어. 게다가 그곳에선 사람도 죽었지 않나. 당분
간은 가지 않는 게……."

"그럴지도 모르지. 하지만 나 혼자서는 어떻게 할 수 없어. 도저히
트리스탄을 데려갈 수는 없었어……."

바엘은 자신이 무슨 말을 내뱉는 건지도 모르는 얼굴이었다. 멍하
니 뭐라고 더 중얼거리는 그를 보며 나는 그냥 입을 다물고 있는 게
낫겠다 싶었다. 어차피 그곳에 가면 바엘을 이렇게 만든 무언가가 있
을 테니까.

이미 해가 져서 어두운데도 바엘은 자주 가 본 사람처럼 조금도
헤매지 않고 마차를 몰았다. 한동안 침묵 속에서 달린 끝에 드디어
마차가 섰다. 그러나 한참을 더 걸어 들어가야 했다.

나는 마차에 매달려 있던 램프를 떼어 손에 들었다. 바엘은 바이올

린 가방 하나만을 든 채 벌써 산속으로 들어가고 있었다. 나는 황급히 그 뒤를 따랐다.

뭐가 그리 급한지 바옐은 거의 뛰다시피 했다. 램프를 든 나도 몇 번이나 발이 돌과 나무뿌리에 걸려 비틀거렸지만, 바옐은 그런 것들에 전혀 방해받지 않는 듯 쭉쭉 나아가고 있었다. 멀어지는 그를 따라잡고 다시 멀어지면 따라잡기를 여러 번, 드디어 목적지에 도착한 듯 바옐이 우뚝 멈춰 섰다. 나는 이미 턱까지 차오른 숨을 고르느라 헉헉대다가 물었다.

"다 온 건가? 또 연주를 해야 하나?"

"아니야. 그런 것은 이제 필요 없어."

바옐은 바이올린 가방을 만지작거리면서 말을 이었다.

"램프를 끄게."

나는 램프에 달려 있는 조그마한 꼭지를 돌려 불을 껐다. 이제 한 치 앞이 보일까 말까 한 어둠 속에서 뭔가 부스럭거리는 소리만 들을 수 있었다.

그리고 잠시 후 눈앞에 새하얀 것이 나타났다. 그것은 바이올린, 여명이었다.

나는 작게 탄성을 질렀다. 여명은 마치 스스로 빛을 발하는 것 같았다. 거기서 뻗어 나온 빛은 점차 환해지더니 결국은 숲의 모든 것을 비출 것처럼 밝아졌다. 나는 눈이 부셔서 손으로 눈을 가렸다가 잠시 후 빛이 사그라지자 치웠다.

그리고 나타난 풍경에 숨을 멈췄다.

어느새 우리는 얼음나무 숲에 들어와 있었다. 모든 것이 그대로였다. 얼어붙은 듯 타오르는 듯 형태를 가늠할 수 없는 나무들, 끊임없이 대화를 나누는 듯 이리 불고 저리 부는 속삭임 같은 바람.

나는 행여나 그들의 대화를 방해할까 조심스러워하며 참았던 숨을 내뱉었다. 그러곤 그들의 소리가 잦아들기를 기다려 아주 작은 목소리로 바엘에게 물었다.

"도대체 전과 무엇이 다르다는 건가?"

내 말에 바엘은 퍼뜩 정신이 든 사람처럼 움찔했다. 그러곤 두려움과 경이가 가득한 얼굴로 손을 들어 한 곳을 가리켰다.

"저것이…… 안 보이는가?"

내 시선이 그의 손끝을 따라 새하얀 숲의 저편으로 옮겨 갔다. 그가 가리키는 게 뭔지 알게 된 나는 흠칫했다.

그것은 나무였다. 숲에 나무가 있는 것이 어찌 놀랄 일이겠느냐마는, 그 나무는 다른 것들보다 좀 더 분명한 형태를 유지하고 있었다. 어떻게 알았는지는 설명할 수 없다. 하지만 나는 보는 순간 깨달았다.

그 나무야말로, 저 머나먼 시간으로부터 그 자리에 영원히 얼어붙어 있었던 신화 그 자체였다.

그리고 익세는 죽기 전 자신이 사랑했던 그 나무를 불살라 버렸다고 해.

과거에 내뱉었던 내 목소리가 이제야 메아리치며 되돌아왔다. 나는 전율을 느끼며 낯선 내 목소리에 귀를 기울였다.

그런데 더 기묘한 것은 그 나무는 불타지 않았다는 거야. 오히려 불 속에서 차갑게 식어 갔대. 그리고 마침내는 얼음이 되었지. 익세가 그 나무를 향해 사과하며 껴안는 순간, 그는 한 줌 재가 되어 사라졌다고 해.

익세의 흔적이 아직도 묻어 있을 것만 같은, 그 나무. 틀림없이 이곳 얼음나무 숲에서 타오르고 있는 모든 나무들의 어머니. 익세가 사랑한, 그리고 익세가 불태워 버린 익세의 나무였다.

"정말로 있었다니…… 익세의 나무가."

내가 홀린 듯 그것을 바라보며 중얼거리자 바옐이 세차게 고개를 저었다. 그러곤 다시 그 나무를 가리켰다. 바옐의 손가락이 부르르 떨렸다.

"좀 더 자세히 봐……. 저 나무에 매달려 있는 것을."

나는 눈을 가늘게 뜨고 나무를 자세히 훑기 시작했다.

그러고 보니 뭔가 이상했다. 나는 일그러진 듯한 나무의 기이한 형태를 보고 그게 무엇인지 설명하기 위해 애썼다. 그러나 말이 나와 주지 않았다. 도저히 내가 본 그것을 믿을 수 없어서, 납득할 수 없어서.

현실은 이미 우리를 벗어나고 있었는지도 모른다. 그날, 현실일 수도 꿈일 수도 없는 얼음나무 숲을 방문한 이후로.

"가지 마, 고요!"

뒤에서 바옐이 소리쳐 불렀지만 나는 홀린 듯 나무를 향해 걸어갔다. 점차 가까워졌다. 점차 그 형태가 뚜렷해졌다.

그 나무에 정말로 뭔가가 매달려 있었다…….

"……세?"

헉하고 숨을 들이켜다가 사레가 들리는 바람에 나는 한참 동안 기침을 했다. 목에서 비릿한 맛이 올라올 만큼 격한 기침이었다. 간신히 기침이 멎자 눈을 들어 그 끔찍한 광경을 바라보았다.

너무나 악마적이고 공포스러워서 도저히 현실로 받아들이고 싶지 않은 광경. 굳이 그 모습을 표현하라고 하면, 나는 이렇게밖에 말할 수 없을 것이다.

나무가 사람을 빨아들이고 있다고.

사방으로 흐트러진 머리카락은 나무의 갈라진 틈을 파고들고, 팔은 줄기로, 다리는 뿌리로 뻗어 간다. 비정상적으로 늘어난 그 몸은 흡사 불에 녹은 밀랍 인형 같았다.

거기 그렇게 끔찍하게 일그러진 형상으로 매달려 있는 사람이 내가 아는 사람이 아니었더라면, 나는 조각이라 했을 것이다. 환상이라 했을 것이다. 혹은 그 무엇이든, 현실이 아니라고 했을 것이다.

왜, 어떻게, 누가, 그녀를…….

"키세."

그녀의 이름을 내뱉자 그것은 완전한 현실이 되었다. 나는 입을 틀어막으며 그 자리에 주저앉았다.

바로 며칠 전에 나비처럼 나풀거리던 그녀였다. 그로부터 조금 더 얼마 전엔 개구쟁이처럼 골목을 뛰어가던 그녀였다. 숟가락을 입에 넣고, 내가 종말을 보게 될 것이라며 천진난만하게 웃던 그녀.

"키세…… 키세…… 키세."

나도 모르게 그녀를 향해 손을 뻗었다. 그녀의 얼굴은 평온하였으나 틀림없이 끔찍하게 고통스러울 것이다. 살아 있는지 죽어 있는지조차 알 수 없었지만, 그녀를 구해야 했다.

하지만 뒤따라온 바엘이 나를 붙잡았다.

"바보 같은 짓 하지 마! 저걸 만지면 자네도……."

"하지만…… 안 돼. 구해야 해. 사람들을 불러와, 바엘. 나는 여길 드나들 힘이 없어. 자네뿐이야. 어서!"

갑자기 바람이 매서워졌다. 음의 언어로 조용히 속삭이던 그들이

성질을 부리는 것 같았다.

바엘은 눈살을 잔뜩 찌푸렸다.

"안 돼, 그건."

"그럼 여기 이렇게 놔둘 셈이야? 이렇게 내버려 둘 거냐고!"

바엘은 뭐라고 대꾸하려다가 갑자기 입을 다물었다. 숲이 말하는
소리에 귀를 기울이는 듯했다. 그의 표정이 점차 이상해졌다. 그리고
마지막에는 경악으로 두 눈을 부릅떴다.

"세상에…… 나더러 그걸 믿으라는 건가?"

바엘의 입에서 도무지 이해할 수 없는 말이 새어 나왔다. 나는 바
엘을 붙잡고 흔들었다.

"뭐라는가? 이 끔찍한 행위에 대해서 그들이 뭐라고 지껄이느냔 말
이야!"

숲은 더 이상 아름다운 몽환의 세계가 아니었다. 처참하고 공포스
럽고 지옥 같았다. 바엘이 뭐라고 하든 나는 이 숲을 나가기만 하면
바로 사람들을 데려올 생각이었다.

바엘은 잠시 후 침착함을 되찾았다. 그리고 냉엄하기 그지없는 얼
굴로 말했다.

"받아들여, 고요. 그녀는 이미 자신이 이렇게 될 것을 알고 있었어.
그녀의 예언대로."

"……그건 말도 안 돼."

그럴 리 없다. 이렇게 될 것을 아는 사람이 그렇게 행복하게 웃을
수 있을 리 없다.

"어서 떨어져. 우린 나가야 해. 이 숲에는 주인이 있어!"

바엘이 나를 끌어당겼다. 주인이라는 말에 내 머릿속을 스쳐 지나

가는 장면이 하나 있었다. 키욜 백작이 그랬던가? 얼음나무 숲에 사는 괴물을 조심하라고.

"그래, 그 괴물! 내가 봐야겠네. 내가 봐야겠다고! 어차피 다음 차례는 나란 말이야!"

그러나 다음 순간 눈앞이 번쩍할 정도로 뭔가가 내 얼굴을 후려치고 지나갔다. 뺨이 아프게 욱신거렸다. 옆으로 돌아간 고개를 바로 하고 보니 바엘이 주먹을 쥔 채 무시무시한 얼굴로 나를 노려보고 있었다.

"이 머저리야."

그는 씹어뱉듯이 말했다.

"저 여자는…… 키세는 제물이란 말이다."

나는 허탈하게 웃으며 멍청히 되물었다.

"그 무슨 낡아 빠진 단어야? 제물?"

바엘은 단어 하나하나에 뚝뚝 떨어지는 분노를 담아 말했다.

"그래, 낡아 빠진 제물. 그렇게 말하는, 자넬 대신한 제물 말이지."

……뭐?

뭐라고?

"저 여자는 여기 내 눈앞의 머저리를 대신해 저기 저렇게 매달려 있는 거라고! 바로 그런 표정을 지을까 봐 말하지 않은 거야. 다 알아들었으면 일어나. 당장 일어나서 이 모든 것이 헛수고가 되기 전에 이 빌어먹을 곳을 나가!"

바엘이 멱살을 잡고 일으켰으나 나는 바로 서지 못하고 비틀거렸다.

나를 대신한 제물이란 게 도대체 무슨 소리인가?

소리를 내어 물었다고 생각했는데 바엘은 듣지 못한 것처럼 나를 끌어당겼다. 나는 그에게 비틀비틀 끌려가면서 뒤를 돌아보았다. 일그러진 키세의 모습. 욕지기가 날 만큼 기괴하고 비현실적인 모습.

언제부터 그 아름답던 곳이 이렇게 되었을까.

얼음나무 숲에 사는 괴물을 깨운 것은 그 자신이지요.

빌어먹을 환청, 빌어먹을 메아리, 빌어먹을 이 모든 것.

숲의 속삭임은 더 이상 세기의 음악이 아니었고 아름답게 너울거리는 나무들은 더 이상 경이로운 전설이 아니었다. 이곳은, 끔찍하다. 온통 비틀리고 왜곡되었다. 사랑하던 주인의 손에 의해 불태워져 마지막까지 영원히 타올라, 결국은 얼어붙은 나무가 만든 세계 따위가 처음부터 아름다울 리 없지 않은가.

그리고…… 바옐에게 힘없이 끌려가던 나는 보았다.

그 비참한 역설 속에서, 키세가 눈을 뜨는 것을.

그녀는 나를 바라보았다. 나도 그녀의 눈을 봤다. 우리는 서로 마주한 채로 점차 멀어져 갔다.

나는 차마 아무 말도, 아무 행동도 할 수 없었다. 이윽고 어슴푸레하게 사라지는 그녀의 얼굴이 슬프게 미소 지었다. 그녀가 입술을 열고 무어라 말을 했다. 들릴 수 없는 거리였으나 나는 그것을 들었다.

트리스탄…….

그러고 나서 얼음나무 숲이, 닫혔다.

#11

모토벤의 고결한, 복수

그런 순간이 있다

거짓이라고 믿었던 것이 진실이었음을 깨닫는 순간

상상이라고 믿었던 것이 현실로 닥쳐오는 순간

내게는 그 순간이 피아노 건반을

한꺼번에 내리치는 것처럼 쾅 하고 들려왔다

"살아…… 있어."

어두컴컴한 숲 속에 망연히 주저앉아 나는 멍하니 중얼거렸다. 여명을 가방에 넣던 바옐이 흠칫하더니 물었다.

"뭐?"

"살아 있어. 키…… 키세가 눈을 떠서 나…… 나를 봤어."

바옐은 잠시 침묵했다. 나는 머리카락이 모두 쭈뼛 설 만큼 공포에 질려 있었다.

참으로 기묘하고 가증스러운 일이었다. 키세와 눈이 마주쳤을 때 그녀를 살려야겠다는 생각이 오히려 사라졌다. 너무나 두렵고 무서워서, 그저 도망치고 싶다는 생각밖에 들지 않았다.

그것은…… 아니다. 현실이, 내 눈앞에서 벌어진 일이, 아니다.

"정신 차려, 얼간아. 헛것을 본 거야."

바옐은 바이올린 가방을 들고 걸어와 나를 거칠게 일으켰다.

나는 더 이상 저항할 생각이 없었다. 양심에 걸리는 척 발을 땅에 붙이고 있으면서도 오히려 바옐이 끌고 가 주기를 바랐다. 착한 고요 드 모르페는 그녀를 구해야 한다고 우긴다. 그러면 냉정한 아나토제 바옐은 나를 욕하며 이곳에서 데리고 나갈 것이다.

나는 그것을 머릿속으로 그렸다. 그리고 그것을 바랐다.

"우욱……."

참지 못하고 그 자리에 엎드려 구역질을 했다. 자신이 혐오스러워 견딜 수가 없었다. 온몸을 타고 기어오르는 벌레 같은 이 느낌들은 나 자신의 더러움이 만들어 낸 것이었다.

착하고 겸손한 고요 드 모르페? 그런 것은 처음부터 없었다. 얼음 나무 숲이 그 가증스러운 진실을 아름다움 뒤에 숨겼듯이.

"잊어버려."

나는 조금 더 속에 든 것을 비워 낸 후에야 간신히 고개를 들 수 있었다. 바옐의 얼굴 위엔 어둠만이 있을 뿐, 그의 표정은 이제 보이지 않았다.

"자네를 데려온 것, 지금은 후회하고 있어. 하지만 나도 처음 봤을 때 너무 놀랐기 때문에…… 그때는 이해하지 못하고 뛰쳐나왔어. 이곳을 알고 있는 건 알다시피 자네뿐이니까 데려온 거야. 그렇지만 이젠 됐어. 잊어. 자네 대신 거기 못 박혀 있어도 그건 자네 탓이 아니야. 그건…… 아무튼 자네가 한 짓이 아니야."

"나 대신이란 게 무슨 뜻인가, 바옐?"

나는 갈라지는 목소리로 어둠을 향해 물었다. 바옐은 침묵했고 나는 갑갑함을 느끼며 외쳤다.

"나는 자네와는 달라! 나는 평범해. 아무 힘도 없다고! 얼음나무 숲을 연 것은 자네지 내가 아니야. 그 숲의 괴물인지 뭔지를 깨운 것도 내가 아니라고! 그런데 왜 키세가…… 거기 나 대신 매달려 있다는 거야? 트리스탄도 자네도 아닌 나 대신이라고? 말도 안 되는 소리 집어치워!"

"그래. 믿지 마."

바옐은 내 멱살을 잡고 다시 일으켰다.

"믿지 말라고. 모두 잊어. 닥치고 이대로 돌아가서, 다신 이곳에 오지 않는 거야. 트리스탄에게도 절대 말해선 안 돼. 그리고 내일, 아무 일도 없었던 것처럼 우리는 연주하는 걸세."

나는 메마른 웃음소리를 내며 말했다.

"그게 가능할 것 같나? 저 모든 걸 보고서도 아름다운 연주를 할 수 있단 말인가? 그 곡에 붙어 있는 표제가 다른 것도 아닌 얼음나무 숲, 그것인데도?"

"그래!"

바옐은 사납게 외치며 나를 밀쳐 냈다. 나는 그대로 바닥에 처박혔다. 낙엽 썩는 냄새가 코를 확 찔렀다. 참지 못하고 다시 구토했다.

"고별 연주 따위 나도 하고 싶지 않았네. 내가 왜 작곡했다고 생각하지? 내가 왜 이중주를 준비했다고 생각하는 거냐고! 고요 드 모르페…… 그 곡은 자네 때문에 이렇게 된 나를 위한, 나 때문에 이렇게 된 자네를 위한 우리 두 사람을 위한 환상곡이야. 싫다면 할 수 없어. 나도 미련은 없네."

덜그럭거리는 소리가 들렸다. 그리고 바옐의 목소리가 멀어졌다. 그가 등을 돌린 모양이었다.

"그래도 혹 해 볼 마음이 있다면, 따라와. 나는 그곳에서 기다리고 있겠네."

터벅터벅. 바옐이 떠나기 시작했다.

나는 한동안 멍하니 그 소리를 듣고만 있었다. 아무 생각도 들지 않았다.

그러다가 문득, 바람이 불었다. 위이이잉 워어어어……. 바람은 흡사 누군가의 괴로운 울부짖음처럼 들렸다. 스스스스……. 잎사귀들이 마찰하며 웃는 소리가 이어졌다. 순간 발밑에서 머리끝까지 소름이 쫙 돋았다.

"기, 기다려! 바옐!"

이곳은 얼음나무 숲의 입구. 끔찍한 몽환의 세계로 가는 가장자리. 나는 자리에서 일어나 정신없이 바옐을 쫓기 시작했다. 그 모습은 원래 내가 하고 있었어야 할 모습이었다. 내가 외면한 그녀처럼 나무에게 먹히지 않기 위해 나는 달리고 또 달렸다. 늘어진 나뭇가지들이 얼굴을 할퀴고 튀어나온 나무뿌리들이 발목을 붙잡았다. 그래도 미친 듯이 달렸다.

공포 때문이라는 달콤한 허울을 쓴, 가증스러운 한밤중의 도피. 그러나 정작 나는 죄의식으로부터, 양심으로부터, 그리고 나다웠던 모든 것으로부터 도망치고 있었다.

헐떡이며 숲을 빠져나온 나는 무사히 나왔다는 것을 믿을 수 없었다. 몇 번이고 스스로의 얼굴을 만진 끝에야 아직 살아 있다는 것을 깨달았다.

문득 두려움을 느끼며 숲을 돌아보았다. 숲에서 뻗어 나온 삐죽삐죽한 나뭇가지들이 모두 나를 손가락질하고 있는 것만 같았다. 차마 형용할 수 없는 기분으로 미칠 듯 심장이 뛰는데도 어째서인지 눈물은 나지 않았다. 어쩌면 나는 이 처참한 도주로 인해 울 자격을 잃어버린 것인지도 몰랐다.

그때 누군가 턱 하고 내 어깨에 손을 얹었다.

나는 비명을 지른 다음 뒤를 돌아보았다. 음울한 그림자가 드리워진 바엘의 얼굴이 보였다. 그는 서글픈 미소를 짓고 있었다.

"타게."

우리는 다시 마차에 올라탔다. 그리고 말없이 밤길을 달리기 시작했다. 아무 말도 하지 않았지만, 이제 서로에게 불쾌한 그물을 씌운 공범자가 되고 말았다는 것을 어렴풋이 느끼고 있었다.

그래. 우리는 진실을 외면했고 입을 닫았으며, 그로서 비참한 탈주는 시작되었다.

마술사가 그토록 찬미해 마지않았던 순수.

그것은 그날 이후로 더 이상 내 안에 없었다.

다음 날은 가슴 시릴 만큼 하늘이 맑았다. 따스한 햇볕이 내리쬐고 그 사이로 기분 좋게 차가운 바람이 부는, 완연한 가을날이었다.

가피르 부인의 저택으로 향하는 오솔길을 걸으며 나는 머리와 옷에 묻은 낙엽을 털어 냈다. 쓸쓸히 떨구어진 그것들은 항상 슬프다. 이처럼 마지막에 어울리는 분위기일 필요는 없지 않은가.

가피르 부인의 저택 근처에는 벌써 수많은 사람들이 몰려 있었다. 모두 바옐의 마지막 연주를 듣기 위해 온 것이리라. 저택 주변을 둘러싼 근위대가 그들을 잘 통제하고 있는 덕분인지 다행히 주위는 조용했다.

나를 응시하는 사람들 틈을 헤치고 지나갔다. 그들의 시선에는 아무것도 담겨 있지 않았지만 나는 마치 처형장으로 걸어가는 죄수가 된 것 같은 기분을 느꼈다.

그렇게 살롱 안으로 들어섰을 때 나는 단번에 사람들 틈에서 행복한 듯 웃고 있는 두 사람을 발견했다.

바옐과 레안느였다. 레안느는 기품 있는 순백의 드레스를 입고 머리를 땋아 한쪽으로 내려뜨리고 있었다. 평상시보다 훨씬 어른스러워 보이는 그녀는 역시 사랑스럽고 아름다웠다. 바옐은 그런 레안느의 곁에서 그녀가 하는 말을 주의 깊게 듣고 있었다.

살롱 안의 분위기는 다행히 에단 시내처럼 살벌하지 않았다. 다들 그저 안타까워하며 그래도 결혼을 축하한다는 말을 두 사람에게 건넸다.

나는 가피르 부인의 살롱이 언제나처럼 그대로라는 것에 안도했다. 그리고 그 분위기에 기대어 어제의 그 모든 것이 다만 끔찍한 악몽이 었을 뿐이라고 위안해 보았다. 그러고 나서야 주위를 둘러보며 누가 왔나 살펴볼 여유가 생겼다.

침울하게 웃고 있는 바옐의 대부 크림트 리지스트, 메덴크루츠의 지휘자와 연주자들, 그 외 많은 거장들. 유일한 이름으로 불리고 싶 다는 크마리스 리베르토, 레나르 카논 씨와 카논 홀의 필사가인 듀프 레. 왜 이곳에 있는 것인지 도통 이해할 수 없는 케이저 크루이스, 그 리고…… 그리고?

"휴베리츠 알렌."

휴베리츠가 고개를 들어 나를 보았다. 바로 가까이에 있는 그를 이 제야 알아보다니, 그보다 그가 이곳에 왔다는 사실이 믿기지가 않았다.

"오랜만이군요, 고요 씨."

그의 안색은 몹시 어두웠으나 목소리는 변함이 없었다.

"당신 얼굴이 많이 안 좋군요. 괜찮습니까?"

휴베리츠는 우울하게 웃더니 날카롭게 되물었다.

"고요 씨는 괜찮습니까?"

나는 대답하지 못했고 그는 자조적인 미소와 함께 말했다.

"그런 거지요."

뭐라 할 말이 없어진 나는 잠자코 입을 다물었고 휴베리츠는 어깨 를 으쓱한 다음 자리를 비켜 주었다. 고개를 저으며 걸음을 옮기는데 뒤에서 누군가 부르는 소리가 들려왔다.

"고요!"

그 목소리 하나에 가슴속을 뿌옇게 채우고 있던 위안이 순식간에 독기가 되어 내 심장을 쑤셨다. 나는 가슴을 매만지며 간신히 뒤로 돌아섰다.

"트리……스탄."

"고요, 키세를 봤다면서?"

틀림없이 내 심장은 그 자리를 뛰쳐나갔다. 아니면 산산이 조각나서 온몸에 퍼져 헐떡이고 있든가. 그렇지 않고서야 이렇게 몸이 벌벌 떨릴 수가 없다.

"방금…… 뭐라고?"

"키세 말이야! 봤다면서!"

보았지, 그래. 봤다 뿐인가? 그 기괴한 모습을 악마가 내 눈에 새기기라도 한 것처럼, 나는 아직도 보고 있네.

"무슨 말인지…… 모르겠어, 트리스탄."

나는 숨이 차는 것을 느끼며 말했다.

"하지만 레안느가 그러던데. 키세를 쫓아 며칠 전 바엘의 집에 왔었다고."

잔뜩 긴장했던 나는 한순간에 맥이 탁 풀리는 것을 느꼈다. 어제의 그 일을 이야기하는 것이 아니었다. 그것이 당연한데도, 나는 바보같이 트리스탄이 모든 것을 알았을지도 모른다고 생각한 것이다.

"아…… 아, 그거. 보긴 봤는데…… 글쎄, 나도 쫓아갔지만 금방 사라졌네."

"키세는 어때? 건강하던가? 별일 없는 거지? 어디 아픈 기색은?"

트리스탄은 거의 병적인 집착을 보이며 물었다. 나는 아프게 내 어깨를 잡은 그의 손을 간신히 떼어 내며 말했다.

"괜찮았어. 잘만 뛰어가던걸."

단지 몇 마디 한 것뿐인데도 식은땀이 잔뜩 났다. 트리스탄은 그제야 안도하는 기색이었다. 잔뜩 일그러져 있던 그의 얼굴이 풀리면서 우리가 좋아하는 미소가 돌아왔다.

"그래…… 그랬군. 아직 이 에단에 있었어. 고마워."

"응…… 아직, 이 에단에 있네."

그것은 거짓이 아니었다.

"그나저나 고요. 긴장으로 잠을 잘 자지 못한 모양이지? 눈 밑이 검은데."

"그런가? 연습을 오래 하느라……. 긴장도 많이 되고……."

"힘내게. 두 사람의 이중주라니 무척 기대하고 있네. 물론 나를 빼놓아서 섭섭하기도 하지만 말이야."

"……미안."

트리스탄은 씩 웃으며 내 어깨를 툭 쳤다.

"농담이야. 난 이제 자네들을 따라갈 실력이 못 돼. 기쁘게 물러나서 청중의 자세로 듣겠네."

"미안……."

"아, 글쎄. 농담한 걸 가지고 그런 표정을 지으면 내가……."

트리스탄의 말끝이 흐려졌다. 나는 어제 흘리지 못한 죄악의 눈물이 지금에서야 솟구치려는 것을 느꼈다.

"미안해. 미안하네. 트리스탄…… 미안…… 미안……."

"이봐, 고요?"

트리스탄이 그제야 심각한 표정을 지으며 물었다.

"왜 그러나? 무슨 일이야? 또 바엘과 다퉜나?"

"아니야. 아닐세. 난…… 나는……."

"진정해, 고요. 바옐의 마지막 연주라고 하니 감정이 복받치는 모양이군. 괜찮아. 어쩔 수 없는 일이란 걸 우리 둘 다 알지 않나. 비록 음악은 더 이상 들을 수 없겠지만 친구로서 바옐이 행복하길 빌어 주자고."

그것을 절대 트리스탄에게 보여 줄 수 없어.

나는 이를 악물고 소리 내지 않기 위해 애쓰며 흐느꼈다. 트리스탄은 한동안 나를 가볍게 토닥이며 달래 주었다. 어쩔 수 없는 일이라는 그의 말을 나는 구원처럼 필사적으로 받아들였다.

용서받아야 했다. 죄를 짓자마자 성당으로 달려가, 그 조그마한 방 안에 있는 얼굴도 모를 신부를 향해 정신없이 지껄이고 나면 용서가 되었다고 믿는 것처럼…… 이기적인 고해를 해야 했다.

"자, 다 울었으면 가서 준비하게. 사람들이 기다리고 있네."

트리스탄의 따스한 미소를 보며 나는 간신히 울음을 그쳤다. 그러곤 손수건으로 엉망이 된 얼굴을 여러 번 훔쳤다. 내 얼굴에 묻은 죄악이 그리하면 닦아지기라도 하는 것처럼.

간신히 진정하고 사람들 틈을 파고든 나는 바옐에게로 걸어갔다.

바옐은 아까부터 나를 바라보고 있었다. 그의 얼굴은 차분했다. 나처럼 괴로워하거나 죄책감에서 벗어나려 발버둥 치는 것 같지 않았다. 어쩌면 그는 어제 그것을 죄라고 생각지도 않는 것인지 몰랐다.

"연습은 충분히 했겠지."

바옐은 옛날의 그처럼 오만한 표정으로 나를 보며 물었다. 나는 입을 꾹 다물고 고개를 끄덕였다.

"그럼, 해 보지. 우리의 마지막 연주를."

나는 피아노 앞에 앉았다. 살롱 안에 있던 청중도 모두 자리를 잡고 앉았다.

가피르 부인의 살롱에 있는 피아노는 J. 카논의 명기 중 하나였다. 새하얀 건반들 사이의 흑건들. 흑과 백이 어울려 이처럼 아름다운 조화를 이뤄 내는 것은 이것밖에 없을 것이다. 나는 차마 그 새하얀 건반들을 만지기가 두려웠다. 내 손끝에서 뭔가가 묻어날 것만 같았다.

그때 내 곁에서 바엘이 여명을 꺼냈다. 그는 피아노의 곁에 바싹 붙어 있었다. 그가 내게 눈짓했다. 나는 고개를 끄덕였다. 반 페이지 정도의 전주의 시작이 나였다.

내가…… 얼음나무 숲이 되어야만 하는 것이다.

그렇게 생각했을 때 뭔가가 벼락처럼 내 머리를 꿰뚫었다. 나는 눈을 부릅떴다. 그러곤 바엘에게 아무 신호도 하지 않고 건반을 치기 시작했다.

처음은 바엘이 작곡한 대로 그 아름다운 전주였다. 손끝에서는 아무것도 묻어나지 않았다. 나는 안도했다. 그리고 환희를 느꼈다. 털어 놓을 수 없는 진실도 꿈도, 환상과 현실도, 그 경계도, 모두 여기, 이 건반 위에. 모두 여기, 이 음악 위에……!

나는 미친 듯이 손을 움직여 연주했다. 아름다운 선율은 이내 광기 어리고 공포스러운 불협화음으로 변했다. 어젯밤 본 모든 장면들이 내 손끝에서 나와 건반 위를 춤추듯 떠다녔다. 공포가 피아노를 타고 음 위에서 흐른다. 음산하고 소름 끼치는 음악이 살롱 전체를 뒤덮는다.

어느 여인의 가느다란 비명이 들려왔다. 나는 기뻤다. 더, 더 그 공포를 느끼고 알아야 해. 당신들도, 모두!

"그만둬!"

그때 누군가가 나를 세게 밀쳤다.

나는 피아노 의자와 함께 뒤로 벌렁 나가떨어졌다. 머리를 바닥에 부딪쳐 고통에 신음했다. 검게 변했던 시야가 조금씩 돌아오기 시작했다. 간신히 눈을 뜨고 앞을 바라보았다.

"지금 뭐 하는 거야, 당신…… 당신, 마에스트로의 연주를 망치지 마!"

빨갛게 달아오른 얼굴로 나를 노려보는 것은 필사가인 듀프레였다. 헛웃음이 나왔다. 나만큼이나 바옐을 숭배한다고 알려진 사람답게 늘 예의 바르던 그가 분노로 일그러진 얼굴을 하고 있었다.

"꺄아아아악!"

그때 살롱 한구석에서 무서운 비명이 들려왔다. 그 비명은 마치 전염성이라도 있는 것처럼, 한 사람 두 사람 차례대로, 마침내는 살롱 안의 거의 모든 사람들에게로 옮겨 갔다.

오직 피아노 근처에 있는 나와 바옐 그리고 듀프레만이 이 상황을 납득하지 못하고 눈을 크게 떴다. 내 음악 때문에 지르는 비명이라고 하기엔 너무 늦었다. 나는 듀프레를 밀쳐 내며 자리에서 일어났다.

……그리고 보았다.

살롱 한가운데에 사람들이 둘러싼 빈 공간이 있었다. 거기에 뭔가가 누워 있었다.

'뭔가'라고 할 수밖에 없는 이유는 그것이 더 이상 사람이 아니었기 때문이다. 사람이라고는 도저히 생각할 수 없는 모습을 하고 있었기 때문이다.

그녀는 성녀였다. 망가진 꽃을 치유하며 내게 미소 짓던 강한 성녀.

내 기억 속의 그녀는 웃고 있었다. 너무나도 행복하고 티 없이 맑게, 웃고 있었는데.

살아 있었는데.

그곳에는 레안느가 입고 있던 순백의 드레스를 입은, 죽은 지 몇 년은 된 것처럼 썩어 문드러진 시체가 있었다. 시체가 손에 쥐고 있는 낡은 악보 한 장이 스스로 연주되기라도 하는 것처럼 내 머릿속에 음을 불어넣었다.

모토벤의 고결한, 복수.

장렬한 화음이었다.

"레안느!"

짐승 같은 울부짖음이 들렸다. 남겨진 자들은 슬퍼하거나 말거나, 살롱 안에 있던 다른 사람들은 비명을 지르며 우르르 출구를 향해 몰려갔다. 지옥과 같은 아비규환이 그 평화롭고 안온하던 저택을 뒤엎었다.

그러나 그때 누군가가 출구를 쾅 닫고는 문을 막아섰다.

"아무도 못 나갑니다!"

케이저 크루이스였다.

사람들은 반발하고 아우성쳤으나 어느새 몰려온 근위대가 그를 도와 출구를 봉쇄했다.

나는 귀족들과 실랑이를 벌이는 그에게서 눈을 돌려 레안느를 바라보았다. 가슴이 뜯기는 것 같았다. 결혼을 앞두고 있던 사랑스럽고 행복한 신부가 맞이한 죽음의 모습은 슬프도록 처참했다.

늙은 아버지가 그의 죽은 딸을 붙들고 비통한 울음을 터트렸다. 그녀의 전 약혼자였던 휴베리츠 알렌도 넋이 나간 표정으로 입을 벌린 채 주저앉아 있었다.

콰쾅, 그때 바로 옆에서 피아노 건반이 불협화음을 일으켰다.

고개를 돌려 보니 바옐이 건반을 짚은 채 몸을 지탱하기 위해 안간힘을 쓰고 있었다. 나는 그를 곁에서 부축하려 했지만 바옐은 그런 나를 거칠게 뿌리쳤다. 그러곤 가슴을 움켜쥔 채 막 물 밖으로 나온 사람처럼 한참 동안 헐떡였다.

"레안……느."

바옐은 정신 나간 사람처럼 그 이름만을 중얼거렸다.

나는 아무 말도 못 하고 이를 꾹 깨물었다. 그동안에는 그 살인자의 정체를 몰라 무서웠고 의도를 알 수 없어 불안했다. 하지만 지금은 순수하게 그에게 분노를 느꼈다.

간신히 피아노에서 손을 뗀 바옐은 시체가 있는 쪽으로 비틀비틀 걸어갔다. 그러나 채 죽은 약혼녀를 품에 안아 보기도 전에 그의 가장 절친한 친구에게 붙잡혔다. 바옐을 뒤에서 끌어안은 트리스탄의 눈에서 굵은 눈물이 한 줄기 흘렀다.

"보지 마, 바옐."

"놔……."

들릴 듯 말 듯 한 바옐의 목소리는 듣는 사람마저 똑같은 고통을 그대로 느끼게끔 했다. 트리스탄은 고개를 저으며 그를 더욱 세게 붙들었다.

"놔! 레안느! 레안느……!"

바옐은 상처 입은 짐승처럼 트리스탄의 품 안에서 발버둥 쳤다. 그런 바옐의 울부짖음에 크림트 리지스트의 절규 또한 커졌다.

그때 그들 사이에 주저앉아 있던 휴베리츠 알렌이 벌떡 일어났다.

그러곤 눈물로 엉망이 된 얼굴을 한 채 바엘을 죽일 것처럼 노려보며
외쳤다.

"감히 그 이름 입에 담지 마!"

휴베리츠가 달려와 바엘과 트리스탄을 한꺼번에 덮쳤다. 그들은 한
데 엉켜 우당탕 바닥을 굴렀다. 밀려난 트리스탄은 벽에 머리를 부딪
치더니 고통스러운 신음을 흘렸고, 바엘은 휴베리츠의 밑에 깔린 채
헐떡였다.

"당신 때문이야! 콜롭스도, 그 약혼녀도, 이제는…… 이제는 레안
느까지!"

휴베리츠는 바엘의 멱살을 쥔 채 주먹을 들어 올렸다.

나는 다급히 두 사람에게 달려갔다. 그러곤 휴베리츠가 뒤로 힘껏
당겼던 주먹을 내지르기 전에 간신히 붙잡았다.

"휴베리츠 알렌, 제발!"

"놓으십시오, 고요 씨. 당신마저 다치기 전에!"

휴베리츠가 내게 잠시 고개를 돌린 사이 바엘이 그를 거칠게 밀치
며 자리에서 일어났다. 휴베리츠는 악을 쓰며 다시 달려들었지만 바
엘은 그런 그를 사정없이 걷어찼다. 그는 결국 외마디 비명과 함께 나
가떨어졌고 그 뒤에 있던 나도 같이 바닥에 쓰러졌다.

찬 바닥에 몸을 부딪치고 휴베리츠의 무게까지 고스란히 받아 내
야 했던 나는 여기저기가 욱신거리고 정신이 하나도 없었다. 그 와중
에 귀를 때리는 울음소리와 비명까지 들려와 거의 미칠 뻔했다.

이곳은 이미, 그 자체로 지옥 같았다.

"레안느…… 레안느."

바엘은 그런 우리를 내버려 두고 비틀비틀 시체가 있는 곳으로 걸

어갔다. 그러곤 홀로 시체의 곁을 지키고 있던 대부의 곁에 털썩 주저 앉았다.

바엘은 이제 망인이 된 약혼녀의 얼굴을 향해 손을 뻗었다. 그러나 느릿느릿 뻗어 가던 그 손은 썩어 든 피부를 채 만지지 못하고 멈췄 다. 소리 없이 눈물을 떨어뜨리는 바엘의 어깨가 가늘게 떨리는 것이 보였다. 나는 목이 메는 것을 느끼며 고개를 돌렸다.

곁에서는 휴베리츠 알렌이 넘어진 자세 그대로 엎드린 채 서럽게 울고 있었다. 그토록 격렬하게 표출되었던 분노는 슬픔에 잠시 기만 당한 도피처에 불과한 듯 보였다. 나는 아무 말도 할 수 없어 그저 조 용히 그의 등에 손을 얹었다.

문득 고개를 들어 벽에 기댄 채 멍하니 앉아 있는 트리스탄을 바 라보았다. 텅 비어 있는 눈을 한 그는 바엘과 휴베리츠의 고통을 진심 으로 이해하고 있는 듯 보였다. 그래…… 언젠가는 정말로 이해하지 않으면 안 될 날이 올 것이다. 나도 바엘도, 죽음을 가장한 끔찍한 삶 을 살고 있는 그의 연인에 대해서 끝까지 숨길 수는 없을 것이다.

"왜……?"

그때 희미한 바엘의 중얼거림이 들려왔다. 그는 자리에서 천천히 일어나 살롱 안에 있는 모든 사람들을 주욱 둘러보았다. 그러곤 다시 입을 벌렸다.

"왜지……?"

땀과 눈물로 얼룩진 그의 얼굴은 참혹했다. 바엘은 출구 쪽에 몰려 어쩔 줄을 모르는 사람들을 향해 한 걸음, 한 걸음 다가갔다.

"왜 죽였지?"

사람들이 점차 두려운 얼굴로 그를 피해 물러나기 시작했다. 그러나 바옐은 아랑곳하지 않고 그들을 향해 비척비척 걸음을 옮겼다.

"레안느는…… 왜?"

한 사람을 노려보던 바옐의 고개가 다른 사람을 향해 홱 돌아갔다. 바옐과 눈이 마주친 사람은 움찔하며 뒤로 피했다. 바옐은 크게 눈을 부릅뜨고 이 사람 저 사람을 바라보았다. 그 안에 범인이 있다는 것을 확신하는 듯.

"왜? 왜…… 왜!"

그는 진심으로 애타게 이유를 묻고 있었다. 이 잔인한 죽음에 분노하기 앞서 납득할 수 있는 이유 한 자락을 원하고 있었다. 그래야만 범인을 원망할 수 있고, 미워할 수 있기 때문이었다.

그러나 아무도 답하지 못했다. 오직 나 혼자만을 제외하고는.

"결혼하고 나면…… 은퇴하겠다고 했기 때문이지."

그 지독한, 바옐의 음악을 죽도록 사랑하는 살인마는 그래서 그녀를 죽인 거다. 이제까지와는 다른 이유로.

감히 음악을 그만둘 생각은 하지 말라는 것처럼.

이제 그는 단순히 바옐을 모독하는 자들에게 철퇴를 내리는 복수자가 아니었다. 바옐과 관련된 일이라면 무슨 이유로든 사람을 죽일 것이다.

나는 목덜미에 서늘한 죽음의 감촉을 느꼈다. 언젠가 분명히, 내 차례가 온다.

"진정하십시오, 마에스트로. 이곳에서 범인을 찾을 때까지 아무도 나가지 못할 겁니다. 분명히 그 살인마는 아직 이곳에 있습니다."

그들 가운데 케이저 크루이스만이 유일하게 바옐을 막아섰다. 그를 멍하니 바라보던 바옐의 눈동자가 곧 천천히 흔들리기 시작했다. 그때까지 그를 지탱해 준 무언가가 허무하게 사라진 것처럼, 바엘은 그 자리에 힘없이 무릎을 꿇었다.

그리고 마침내 목 놓아 울음을 터뜨렸다. 단 하나의 청중에 이어 그의 유일한 안식처가 될 수 있었던 반려마저 잃고 말았다는 것을 이제 막 깨달은 사람 같았다. 그런 그에게 다시 용기를 내어 다가가려던 나는 트리스탄이 먼저 걸음을 옮기는 것을 보곤 그 자리에 멈췄다.

트리스탄은 바엘의 곁에 똑같이 무릎 꿇고 앉아 조용히 그의 어깨에 손을 올렸다. 바엘은 그를 밀어내지 않았다.

나는 서글픔을 느끼며 시선을 돌리다 크림트 리지스트의 등에서 멈췄다. 늙은 마에스트로는 어느새 울음을 그친 채 조용히 앉아 있었다. 한동안 침통한 얼굴로 딸의 시체를 훑던 그는 곧 그 썩은 몸을 안아 들었다. 그리고 천천히 출구 쪽으로 걸음을 옮겼다.

그 행동에는 뭐라 말로 표현할 수 없는 비장함이 있었다. 사람들은 홀린 듯 그를 바라보며 조금씩 자리를 비켜 주었다. 곧 출구로 이어지는 긴 공백이 생겨났다.

늙은 마에스트로는 그 길을 따라 말없이 걸었다. 그가 문 앞에 도착하자 근위대 사람이 어떻게 하냐는 눈으로 케이저 크루이스를 바라보았다. 케이저는 잔뜩 눈살을 찌푸린 얼굴로 고개를 끄덕였다. 그도 자식 잃은 부모를 막을 수는 없었다.

문이 열리고 마에스트로가 나가기 위해 발을 떼었다. 바엘은 울면서도 자리에서 일어나 그를 따르려 했지만, 크림트 리지스트가 잠시 고개를 돌려 그런 바엘을 바라보았다. 그 눈동자에는 뭐라 형용할 수 없는 감정이 들어 있었다.

"다시는 너를…… 보고 싶지 않다."

바옐의 걸음이 멎었다. 그 말 한마디로 바옐을 그 자리에 못 박은 크림트 리지스트는 다시 살롱 밖으로 걸음을 옮겼다. 그가 나가고 문이 서서히 닫혔다.

사라지는 그의 대부와 반려의 모습을 보며 바옐은 무슨 생각을 했을까. 나는 감히 상상할 수도 위로할 수도 없었다.

그로부터 아프게 고개를 돌리던 나는 문득 가피르 부인과 눈이 마주쳤다. 그녀의 두 눈에는 눈물이 가득 고여 있었다. 그제야 떠올랐다. 그리 머지않은 과거의 날, 이곳에서 그녀가 그녀의 동반자를 잃었을 때…… 그 죽음 속을 고요히 떠돌던, 음악이 있었다.

나는 홀린 듯 피아노로 가서 앉았다. 미친 짓인지도 모른다. 사람들은 혼란스러워 하고 있었고 화가 나 있었고 두려워하고 있었다. 어쩌면 나를 향해 야유를 보낼지도 몰랐다. 하지만 그래도 상관없었다. 나는 바옐에게 해 줄 수 있는 일이 없었다. 이것 외에는.

내가 피아노를 치기 시작하자 사람들이 모두 고개를 돌려 바라보았다. 나는 눈을 감았다. 그저 나의 세계로 가자. 그리고 오늘만큼은 어둠과 피아노뿐인 그곳에 내가 가장 존경하는 마에스트로이자 사랑하는 친구를 초대하는 거다. 그를 곁에 놓고 이 음악을 들려주자.

천천히, 그러나 슬프지 않은 장송곡이 흘렀다. 잠시 웅성거리던 사람들의 목소리가 잦아들었다. 그리고 마침내 곧, 평온해졌다.

우리는 음악가였다. 음악가는 음악으로 말하면 되는 것이다. 전주로 그에게 다가가고, 화음으로 그를 달래고, 클라이맥스에서 그를 일으키자. 단 한마디라도 좋아. 나의 보잘것없는 이 음악이 언어를 만들어 내어 그의 귀에 가 닿기를.

아련한 여운을 남기며 음악을 끝맺고 나는 눈을 떴다. 그리고 살롱을 둘러보았다.

박수를 치는 사람은 없었으나 모두들 나를 바라보고 있었다. 그들 가운데 몇몇은 고개를 끄덕였다. 나는 답례의 목례를 하고 의자에서 일어나 바옐을 찾아보았다.

바옐은 자리에 주저앉은 그대로 등을 보이고 있을 뿐, 미동도 하지 않았다. 그의 곁에서는 트리스탄이 조용조용 무언가를 말하고 있었다. 나는 가슴이 타들어 가는 것 같았으나 적어도 그가 더 이상 울지 않는다는 것에 안도했다.

"이제 다들 모여 주십시오."

케이저 크루이스가 사람들을 불러 모았다. 어쩐지 내 연주가 끝날 때까지 그가 기다려 준 것 같은 묘한 기분이 들었다.

사람들이 모여들자 케이저는 손에 들고 있던 것을 높이 올려 보여 주었다. 그것은 시체의 손에 쥐어 있던 악보였다.

"잉크가 채 마르지도 않은 상태군요."

케이저는 손에 묻어난 잉크를 문지르며 말했다.

"살인을 저지르기 바로 전 이 자리에서 그렸다는 말이 됩니다. 혹시 누군가 악보를 쓰고 있는 걸 본 사람 있습니까?"

사람들이 서로의 얼굴을 힐끔거렸으나 아무도 나서는 자는 없었다. 케이저는 좀 더 사람들을 훑어본 뒤 말했다.

"아무도 보지 못한 모양이로군요. 하지만 사람이 이렇게 많은 곳에서 태연히 그릴 수는 없었을 겁니다."

그의 말대로 악보는 전처럼 깔끔하지 않고 여기저기 흩날려 그린 자국이 있었다. 마치 어딘가에 숨어서 급히 그린 것처럼.

"그렇다면 평소와 같이 자신의 필체를 숨기기는 어려웠겠지요."

나와 다른 음악가들은 고개를 끄덕여 동의했다. 애당초 전문가가 아니고서야 필체를 숨기는 것이야말로 쉽지 않은 일이었다. 케이저는 잠시 생각하다가 말했다.

"여기 계신 모든 분들의 친필 악보를 자택에서 가져오도록 하겠습니다. 반론을 제기하지 마십시오. 이곳에 있는 모든 이들이 용의자입니다."

반발했다가는 의심받을지도 모르는 상황이라 음악가들은 모두 조용히 허락할 수밖에 없었다. 나는 저번 일도 있고 해서 어머니가 많이 놀라실 거란 생각이 들었지만 어쩔 수 없었다.

근위대가 음악가들의 집을 들쑤시고 다니는 동안 케이저는 사람들의 몸을 수색했다. 나는 별생각 없이 그것에 응했는데, 그가 품속의 깊은 곳에서 편지와 펜을 꺼내 들자 가슴이 철렁 내려앉았다.

"이건 뭡니까, 고요 드 모르페 씨?"

케이저는 의심스럽다는 듯 나를 보며 물었다. 내가 차마 대답하지 못하고 머뭇거리자 그의 눈이 가늘어졌다.

"당신은 평소에도 펜을 가지고 다닙니까? 악보도 함께요?"

사람들의 시선이 나에게로 쏠렸다. 주위에 있던 몇몇 인물들은 황급히 내게서 떨어졌다. 트리스탄마저 놀란 듯 나를 바라보고 있었다.

나는 차마 바엘의 표정은 확인하지 못하고 고개를 푹 숙인 채 더듬거리며 말했다.

"그것은…… 악보가 아닙니다."

"악보가 아니면 뭡니까?"

케이저는 악의적으로 웃으며 천천히 그 악보를 펼치기 시작했다. 나는 속에서 뭔가가 울컥 치미는 것을 느끼며 그에게서 악보를 빼앗으려 했다. 하지만 그의 곁에 있던 근위대 몇 명이 저항하는 나를 붙잡아 바닥에 꿇어 앉혔다.

"보지 마! 그건……."

그것은 유서였다. 며칠 전에 작성해서 품 안에 넣어 둔 유서.

케이저는 악보를 펴서 거기에 시선을 꽂은 채 한참 동안 움직이지 않았다. 이리저리 구르던 그의 눈동자가 마침내 악보의 마지막까지 훑었고, 다음으로 나에게 향했다. 나는 이를 꽉 깨물며 케이저를 노려보았다. 그는 묘한 얼굴로 다시 악보를 접었다.

"일단은 압수하겠습니다. 왜 이런 것을 적어 품속에 넣어 두었는지 꽤나 그럴듯한 시나리오가 떠오르는군요."

"돌려주지 않으면 당신을 죽이겠다."

나는 내가 무슨 말을 하는지 거의 의식하지도 못한 채 내뱉었다. 그리고 깨달은 순간 후회했다. 방금 전 살인 사건이 일어난 곳에서 할 만한 말은 아니었다.

순식간에 주위의 공기가 싸늘하게 가라앉았다. 내 주위에서 사람들이 조금 더 물러났다.

"죽이겠다……라고요?"

케이저는 빙글거리고 웃으며 이어 말했다.

"어떻게 말입니까?"

내 안에서 난폭한 광기가 치솟는 것을 느꼈다. 저 입을 틀어막을 수만 있다면 정말로 그를 죽일 수도 있을 것만 같았다.

하지만 모두가 숨을 죽이고 굳어 있는 그때 누군가가 케이저의 곁으로 다가왔다. 소리 없는 움직임이었기에 아무도 몰랐다. 나도 그가 케이저의 손에서 악보를 빼앗기 전까지는 눈치채지 못했다.

바옐은 너무나도 간단히 케이저로부터 악보를 가로챘다. 그러곤 한 걸음 물러나 읽기 시작했다. 케이저는 무슨 일이 일어난 건지 깨닫지 못한 얼굴로 바옐을 바라보다가 잠시 후 악을 썼다. 하지만 트리스탄이 바옐의 앞을 막아섰다. 케이저가 움찔하며 멈춘 사이 가피르 부인과 레나르 카논도 다가와 그를 가로막았다.

"일단은 그냥 두시지요."

레나르 카논의 부드러운 말투에는 엄중한 경고 또한 담겨 있었다. 케이저는 근위대에게 명령을 내리려는 듯 손을 들었다가, 무슨 생각을 했는지 아무 말도 하지 않고 천천히 내렸다. 그는 차가운 얼굴을 한 채 기다렸다.

바옐은 곧 다 읽었는지 고개를 들어 나를 바라보았다.

다음 순간 그의 얼굴이 무섭게 일그러졌다. 거칠게 악보를 조각조각 찢어 버린 그는 그것을 내 얼굴에 뿌렸다.

"그렇게 죽고 싶나? 그렇다면 지금 죽어 버리지 그러나?"

바옐의 목소리에는 빈정거림과 조소가 가득 담겨 있었다. 무어라 더 폭언을 퍼부으려는 그를 트리스탄이 잡았다. 트리스탄의 굳은 얼굴을 힐끔 돌아본 바옐은 조소를 치우고 대신 얼굴을 일그러뜨리며 말했다.

"어디…… 죽어 봐. 자네를 위해 우는 일 따위, 없어."

바옐은 몸을 돌려 나로부터 멀어졌다. 트리스탄은 서글픈 얼굴로 나를 바라보더니 고개를 젓고 그런 바옐을 따라갔다.

근위대는 케이저와 내 눈치를 보며 물러났고, 레나르 카논이 다가와 나를 일으켜 주었다. 케이저는 내 주머니에 있던 펜 끝을 유심히 보고 손으로 만져 보기도 했다. 하지만 다행히 잉크는 묻어나지 않았다. 그는 가볍게 코웃음 치고는 다른 사람의 몸을 수색하러 갔다.

잠시 후 필적(筆跡) 전문가가 도착했다. 음악가들의 집을 수색했던 근위대들도 악보를 한 뭉치씩 들고 들어왔다. 나는 범인이 음악가가 아니면 어떻게 하나 생각했지만 부질없는 짓이었다.

결과는 너무나 금방 나왔다.

"그럴 리가…… 없지 않습니까?"

나는 떨리는 목소리로 케이저를 향해 말했다. 하지만 그는 단호하게 고개를 저었다.

"이렇게 명백한 증거가 나왔습니다."

"단지 필체가 같다는 이유로 이럴 수는 없습니다. 무슨 힘으로 사람을 그렇게 만든단 말입니까?"

"그건 지금부터 심문해서 알아볼 일입니다."

나는 마음속 깊은 곳에서 무언가가 엉키는 기분을 느꼈다. 이해할 듯하면서도 납득이 가지 않는 결과였다.

"비키십시오, 고요 씨. 그를 감싸서 좋을 게 없을 텐데요."

케이저의 날카로운 지적에 더 이상 할 말이 없었다.

그때 뒤에서 하, 하고 허탈하게 웃는 소리가 들렸다. 나는 뒤를 돌아보았다. 휴베리츠 알렌이 웃고 있었다.

"내가 레안느를…… 죽였다고?"

그의 말투에서는 여러 가지가 묻어났다. 냉소와 분노, 슬픔과 허무 따위의 것들이.

"내가…… 내 가장 절친한 친구와 그의 약혼녀까지 죽였다고?"

그럴 리 없었다. 내가 그를 좋아하고 아니고, 죽은 이들과 그의 관계가 어떻고를 떠나 그일 리는 없었다. 왜냐하면 지금 그는 내 눈앞에서 부서지고 있었기 때문이다.

케이저는 말없이 휴베리츠를 바라보다가 문득 시선을 내렸다. 그러더니 갑자기 그의 손을 붙잡았다. 휴베리츠가 움찔하며 손을 빼려 했으나 케이저는 그 손을 눈높이로 들어 올려 유심히 보았다. 거기에는 잉크가 묻어 있었다.

케이저의 눈이 가늘어졌다.

"변명은 근위대에 가서 하십시오."

휴베리츠는 결국 자조적으로 웃으며 순순히 붙들렸다. 동기? 케이저라면 그런 것쯤 아무렇게나 만들어 낼 것이다. 사람들이 좋아하는 신파 같은 이야기는 이미 마련되어 있었다. 자신을 배신하고 다른 남자를 선택한 전 약혼녀에 대한 복수. 아낙스가 그의 아내에게 너그러이 용서를 휘둘렀듯이.

바옐은 잡혀가는 휴베리츠의 뒷모습을 아무 감정 없는 얼굴로 보고 있었다. 어쩌면 그도 휴베리츠가 범인이란 것을 믿지 않는 것인지도 몰랐다.

그리하여 휴베리츠는 연행되었고 다른 사람들은 일단 풀려났다. 가피르 부인의 살롱 연주회는 잠시 동안 문을 닫기로 했다. 많은 사람들이 바옐과 나의 이중주를 듣지 못한 것을 아쉬워했으나 차마 바옐에게 그것을 부탁할 수 있는 자는 없었다.

그리고 우리의 「얼음나무 숲」은 결국, 그 후로도 연주되지 못했다.

슬픔과 고요에 잠겨 에단은 며칠의 세월을 땅 위에 더 얹었다.

이제 에단에서 대놓고 바옐을 험담하는 자는 아무도 없었다. 도시의 분위기는 묘했다. 바엘과 그 광적인 추종자의 이야기는 두려움을 기이한 형태로 변질시켰다. 사람들은 적어도 겉으로는 무서워하는 듯했으나 뒤에서는 그 이야기에 열광했다.

"아나토제 바엘의 음악에 홀려, 그 아름다운 연주를 듣기 위해 살인을 저지르는 악마가 나타났다는군."

"그럴 만하지."

"당신의 하나뿐인 아들인 드 모토베르토를 위해 모토벤께서 직접 마녀에게 신벌을 내리신 거야."

"그럴 만해."

이미 전설과 다름없었던 바엘은 이제 산 채로 신화가 되어 가고 있었다. 그리고 그들 가운데 현실주의자처럼 보이는 사람들이 조심스럽게 이런 의문을 제기했다.

"마에스트로는 결혼하면 은퇴하겠다고 했지. 하지만 결혼은 없던 일이 되었으니…… 다시 연주를 시작하는 건가?"

그 의심은 지저분하게 증폭되고 과장되어 마침내 '마에스트로가 다시 현을 켠다.'라는 허무맹랑한 소문으로 에단의 시민들을 들뜨게 했다. 일부는 오히려 레안느의 죽음을 축복이라 생각하고 있었다.

나는 사람들의 이 집단적인 광기에 현기증을 느꼈다. 구역질이 났다. 바엘이 그들을 경멸해 마지않는 것도 무리가 아니라고 처음으로 생각했다.

이 일로 바엘은 오랫동안 그의 대부가 되어 준 크림트 리지스트와도 결별했다. 그로써 바엘의 곁에는 정말로 더 이상 아무도 남아 있지 않게 되었다. 나와 트리스탄 외에는.

나는 도시의 이러한 분위기 속에 차마 바엘을 만나러 가지 못했지만, 그가 어떤 표정을 짓고 있을지는 머릿속에 그려졌다. 그는 아마 산 채로 질식하고 있을 것이다.

트리스탄이 어떻게든 해 주리라 믿으며, 나는 바엘 대신 휴베리츠 알렌을 만나러 갔다. 사람들의 시선이 곱지 못할 테지만 죄 없이 홀로 근위대에 감금되어 있을 그를 도저히 외면할 수 없었다. 그야말로 지금 혼자였다.

예상대로 케이저는 나를 별로 반기지 않았다. 그렇다고 면회를 거절하지도 않았다. 휴베리츠가 있는 곳으로 안내하는 그는 내가 공범이라는 게 밝혀지기라도 했으면 하는 표정이었다.

지하로 내려가자 탁한 공기가 숨을 불편하게 했다. 굳게 닫힌 문들 중 하나를 케이저가 열었다. 그는 들어가라는 듯 옆으로 비켜섰고 나는 조심스럽게 안으로 발을 디뎠다.

곧 뒤에서 문이 닫히고 자물쇠 잠기는 소리가 들렸다. 살인 용의자인 걸 알면서도 한 방에 단둘이 가둔 채 사라져 버리다니. 나는 씁쓸했지만 휴베리츠 알렌을 믿기에 잠자코 안으로 더 들어갔다.

감옥의 저쪽 구석에 온몸을 있는 대로 움츠린 조그마한 음영이 보였다. 며칠 사이 완전히 다른 사람이 된 휴베리츠 알렌이었다. 여기저기 거칠게 상해 버린 피부와 더러워진 옷, 아무런 삶의 의욕도 없어 보이는 눈동자를 한 그는 나를 의미 없이 한번 훑었다.

"휴베리츠 알렌, 괜찮습니까?"

"아…… 고요 씨로군요. 잘 보이지 않아서."

심하게 갈라진 목소리로 겨우 그렇게 말한 그는 듣기에도 고통스러운 기침을 몇 번 했다. 나는 가늘게 떨고 있는 그에게 외투를 벗어서 걸쳐 주었다. 그의 몸에서는 역한 냄새가 났다.

"옷이 더러워집니다, 고요 씨. 귀족들만 입을 수 있는 비싼 옷이지 않습니까."

"그런 말씀 마십시오."

나는 가슴 한구석이 꽉 막히는 것을 느꼈다.

그와 이렇다 할 친분이 있는 것은 아니지만 이런 처지가 된 것은 너무도 안타까웠다. 그는 친구를 잃고 사랑하는 약혼녀와 헤어졌으며 마지막에는 그녀를 죽였다는 누명까지 쓰게 되었다. 가장 훌륭한 파스그라노가 하루아침에…….

"이곳을 드나들면 좋을 일이 없을 겁니다. 고요 씨도 누명을 썼었다고 들었는데요. 의심받을 겁니다. 당신의 그…… 친구도 좋아하지 않을 테고요."

휴베리츠는 일부러 바옐의 이름을 언급하지 않으려 하는 것 같았다. 잠시 고민하던 나는 어렵게 그 말에 답했다.

"당신을 도저히 혼자 내버려 둘 수가 없어서요."

휴베리츠는 나를 바라보며 입을 다물었다. 낯선 이에게 예민한 구석을 찔린 듯한 얼굴이었다. 나는 얼른 이어 말했다.

"동정이라고 생각하지 마십시오. 나는 당신을 친구라고 여겼을 뿐입니다."

"친구……라."

그렇게 중얼거린 휴베리츠는 메마르게 웃다가 다시 격한 기침을 했다. 그의 등을 두드려 줄까 말까 망설이는 사이 그가 간신히 기침을 멈추고 말했다.

"당신은 저를 믿는군요. 뭐…… 제게 친구가 많은 것은 아닙니다만 나이겔이 몇 번 찾아와 주긴 했습니다."

아, 나이겔 한스. 그제야 나는 평민공화당의 창설 때 연단에서 떠들던 그 염세주의자를 떠올렸다. 그러고 보니 휴베리츠 알렌과 절친한 사이라고 했었다.

그리고 그날…… 키세와 만났지.

거기까지 떠올리자 갑자기 심장이 요동치기 시작했다. 휴베리츠의 굳은 표정이 키세의 얼굴과 겹쳐 보였다. 그(그녀)가 나를 향해 입을 열어 말했다.

당신은 직접 보게 되는군요.

무엇을…… 무엇을 말입니까?

종말.

나무에 매달려 있던 당신의 그 모습, 그것이 종말입니까? 아니면 아직도 뭔가가 더 남아 있단 말입니까? 이보다 더 끔찍한 것이?

"고요 씨?"

휴베리츠가 흔드는 바람에 나는 퍼뜩 정신을 차렸다. 나도 모르게 멈췄던 숨이 한꺼번에 터지면서 한동안 말을 못 하고 헐떡였다. 휴베리츠는 미심쩍은 눈으로 나를 바라보다가 말했다.

"아무래도 이곳 공기가 좋지 않은 것 같습니다. 오래 계시면 저처럼 될 겁니다. 찾아와 주신 점은 감사드립니다만 이제 가 주십시오."

"하나만…… 하나만, 휴베리츠 알렌."

휴베리츠는 묻는 시선으로 나를 보며 말을 기다렸다. 나는 호흡을 몇 번 가다듬고 간신히 입을 열었다.

"정말로 당신이 아닌 거라면, 당신의 필체를 흉내 낼 수 있는 사람이 누가 있겠습니까?"

"……그걸 알면 당신이 진짜 범인을 찾을 수 있습니까?"

"모릅니다. 하지만…… 곧 제 차례가 올 겁니다."

내 말에 휴베리츠의 표정이 비로소 심각해졌다.

"나뿐이 아닙니다. 당신의 친구와 레안느의 죽음은 시작에 불과할지도 모릅니다."

휴베리츠는 이를 악물며 고개를 돌렸다. 그의 입에서 고통스러운 탄식이 흘러나왔다. 그런 모습을 보며 나는 그 이름을 꺼낸 걸 후회했지만, 덕분에 휴베리츠는 지금 단지 슬퍼하고 있을 때가 아니란 걸 깨달은 듯했다. 다시 나를 바라보는 그의 두 눈은 활활 타오르고 있었다.

"이곳에서나마 도울 수 있는 것이라면 뭐든 하겠습니다. 그놈을, 그 빌어먹을 놈을 반드시 잡아 주십시오."

"그렇다면 떠올려 보십시오. 음악가의 친필 악보를 직접 보거나 손에 넣을 수 있는 자는 많지 않습니다. 당신의 필체를 따라 하기 위해서 분명히 오랫동안 연습했을 겁니다. 당신이 악보를 준 사람이나 긴 시간 동안 보여 준 사람이 있는지 생각해 보십시오."

휴베리츠는 눈살을 찌푸리며 생각에 잠긴 얼굴을 했다. 잠시 후 그가 불분명한 몇몇 이름들을 말했다.

"콜롭스…… 아니야. 나이젤…… 하지만 그 친구는 음악에는 조예가 없는데. 크림트 리지스트…… 가장 많이 내 악보를 봤지만 그분일 리는 없고. 연주회를 위해 다른 파트의 연주자들에게 악보를 준 적은 있지만 그것은 필사된 것…… 그리고, 가피르 부인."

거기까지 중얼거린 휴베리츠가 문득 고개를 들었다. 나는 가피르 부인이라는 이름이 나온 것에 적잖이 놀랐다. 휴베리츠는 멍하니 어둠 속을 바라보며 말했다.

"가피르 부인께 곡을 헌정해 드린 일이 있습니다. 물론 친필로 된 것이었지요."

"하지만, 그분일 리가……."

"살인은 그곳에서 일어났습니다."

휴베리츠는 명료해진 눈동자로 나를 바라보았다. 그러곤 한 자 한 자 똑바로 내뱉었다.

"고요 씨. 당신이 정말로 범인을 찾고 싶다면 당신이 알고 있는 사람들에 대한 일반적인 인상부터 버려야 합니다. 범인은 보란 듯이 칼을 들고 다니며 자신을 살인마라 드러내진 않을 겁니다. 나 또한 부인의 인품을 의심하고 싶지는 않습니다. 하지만 만약이란 게 있습니다. 부인이 아니라면 부인에게 가까이 다가갈 수 있는 자의 짓일 수도 있지요. 부인께 제가 헌정해 드린 악보를 다른 이에게 보여 준 적이 있는가 물어보십시오. 물론 그녀가 어떻게 반응하는지 잘 살피셔야 합니다."

나는 침을 꿀꺽 삼켰다. 뭔가 은밀한 지령이라도 받은 기분이었다. 그때 마침 문이 덜컹 열렸다. 케이저가 나를 보며 고갯짓했다.

"충분히 시간을 보내신 것 같으니 이제 나오십시오."

나는 고개를 끄덕이고 잠시 휴베리츠 알렌을 바라보았다. 그가 희미하게 웃으며 내게 손을 내밀었다. 서글픈 마음으로 그 손을 맞잡은 다음, 그를 남겨 두고 감옥 밖으로 나왔다.

가슴속에 뭔가 들어앉은 것처럼 무거웠지만 그래도 발을 떼야 했다. 이 어둠 속에서 한시라도 빨리 그를 꺼내려면 진짜 범인을 찾아야 한다.

아마 그리 오래 걸리지는 않을 것이다. 내가 그 살인마를 찾거나 그가 또다시 사람을 죽일 테니까. 그리고 그것은 내가 될 가능성이 높았다. 울지 않을 거란 친구를 위해서라도 나는 일단 살아 보기로 했다.

살아남는다. 그리하여 키세가 말한 종말이 무언지 이 두 눈으로 확인하고야 말겠다고 결심했다.

가피르 부인의 살롱에 갈 만한 구실로 뭐가 좋을까 고민하는 사이 레안느의 장례식 날이 왔다. 원망스럽도록 푸른 하늘 아래 장례 행렬이 이어졌다. 크림트 리지스트는 관을 든 자들의 바로 뒤를 따르고 있었고 나와 트리스탄은 맨 뒤에서 행렬을 쫓았다.

바옐은…… 참석하지 않았다.

기이할 정도로 조용한 행군이었다. 울음소리는커녕 사람들의 발소리마저 거의 들리지 않았다. 슬픔보다는 엄숙함이 행렬의 주위를 맴돌았다.

그렇게 해서 마침내 레안느가 차갑게 놓일 땅 앞에 도착했을 때, 나는 이 잔인한 안식처에 할 말을 잃었다. 그 아름답던 여인이 영원히 누워 있어야 할 땅은 너무나 메마르고 너무나 황량했다. 가슴이 쥐어짜는 듯 아파서, 그리고 죽음이라는 것의 잔혹성을 다시 한 번 깨달아서 나는 말없이 주먹을 쥐었다.

이미 깊게 파여 있던 땅 속으로 관이 천천히 내려갔다. 흙을 덮기 전 신부가 성전을 손에 든 채 몇 마디 조사의 말을 읊었다. 그러곤 관 위에 성수를 뿌렸다.

크림트 리지스트와 레안느의 친구로 보이는 몇몇 여인들이 울음을 터뜨렸다. 나 또한 두 손을 맞잡은 채 조용히 그녀의 명복을 빌었다.

"마에스트로!"

누군가의 놀란 듯한 외침이 들린 것은 크림트 리지스트가 맨 처음 관 위에 흙을 뿌리려던 순간이었다. 나는 고개를 들어 사람들의 시선이 향한 곳을 바라보았다.

바옐이었다. 게다가 그는 손에 여명을 들고 있었다. 눈이 부시도록 파란 하늘 아래 여명이 그 독특한 빛을 번뜩였다.

많은 사람들이 그 모습을 보고 놀랐다. 장례식 날 마에스트로가 자신의 애기(愛器)를 들고 나왔다는 것은 오직 한 가지만을 뜻했다.

진혼곡.

바옐은 사람들의 기대에 보답하듯 여명을 들어 어깨 위에 놓았다. 그러자 누구도 더 이상 움직이지 못했고 말을 꺼내는 자도 없었다. 바옐은 땅 밑 깊은 곳에 놓여 있는 관에 시선을 고정했다. 활을 현에 대는 순간 그의 눈에서 눈물이 주르륵 흘러내렸다. 하지만 닦을 생각을 하지 않았다. 바옐은 그 상태로 입을 열었다.

"들어라."

누구를 향하는 것인지 알 수 없는 독백.

"너는 나에게 모토벤의 고결한 복수라며 이렇게 했다. 그렇다면 나는 오늘 이 자리에서 너에게 이것을 들려주겠다. 이것은…… 나의 복수다."

말이 끝남과 동시에 여명에서 찬란한 비명이 터져 나왔다. 그것은 음음의 형태를 하고 있는 날 선 울부짖음이었다. 이 안에서 슬퍼하는 척하며 태연히 숨어 있을지도 모르는 살인마를 향해 던지는 바옐의 극렬한 앙갚음.

숨이 막혀 왔다. 절절하게 울리다가 어느 순간 반짝하고 심장을 긁고 지나가는, 지나치게 고통스럽고 지나치게 황홀한 바이올린 소리. 그것은 이 자리에서 듣는 모든 이들의 가슴을 헤집었다.

범인이 누구든, 여기 있는 자이든 아니든, 틀림없이 이 음악은 그를 부수고야 말 것이라는 생각이 들었다. 이것은 너무나도 감미로운 복수였다. 아마 내가 그 범인이라면 절정의 행복감을 느끼며 나 자신을 죽일 것이다.

그것은 그 이전에도 이후에도 없었던, 모든 사람들의 호흡을 곤란하게 만들고 종국에는 듣는 이의 숨마저 멎게 하는, 그런 음악이었다.

이제까지 이어져 온 모든 마르틴과 파스그란을 뒤엎는 음악적 혁명. 바옐은 그의 반려를 제물로 하여 완성시키고야 만 것이다.

……들려오는 것만 같았다. 얼음나무 숲의 괴물이 희열에 차 웃는 소리가. 키욜 백작이 말한 대로였다. 모든 것은 처음부터 그리되도록 되어 있었다. 잔혹한 창조주가 그의 피조물로 하여금 자신의 음악을 완성시키도록 만든, 준비된 수순이었던 것이다.

모토벤이시여, 당신이셨군요.

나는 깨달았다. 나만이 깨달았다. 내 안에서 찢어진 가슴이 뭔가를 울컥하고 토해 냈다. 내가 사랑하는 나의 친구는, 하나뿐인 청중을 찾아 헤매던 고결한 마에스트로는 초월자의 훌륭한 꼭두각시가 된 것도 모른 채 신의 음성을 연주하고 있었다.

세상 모든 이들을 향한 모토벤의 고결한 복수.

그것은, 음악이었던 것이다.

#12

종말의 서곡

이미 막은 올랐다

완성을 위해서는

계속 연주되어야 한다

그 끝이 파멸일지라도

그날 장례식장에서 바옐의 연주는 10여 분이 넘도록 이어졌고, 그 자리에 있던 모든 이들은 그 반에 이르기도 전에 이미 탈진해 있었다. 주위를 지나던 사람들이 하나둘 모여들었고 바옐의 끔찍한 연주에 휘말려 자리를 뜨지 못했다.

너무나 필사적으로 혼신의 힘을 다한 연주였기에 그것은 아름답기보다 장엄하게 슬펐다.

마침내 트리스탄이 바옐의 손에서 활을 빼앗을 때까지 그 지옥 같은 연주는 계속되었다. 사람들은 비로소 잃었던 숨을 되찾았고 그러자마자 울음을 터뜨렸다. 엄숙한 침묵뿐이던 장례식이 순식간에 곡소리로 메워졌다.

바옐은 숨을 헐떡이며 관을 노려보았다. 분노로 일그러진 그의 얼굴에 차츰 다른 표정이 스며들었다. 나는 더 이상 볼 수가 없어서 고개를 돌렸다.

여기저기 쓰러지거나 기댄 사람들, 목 놓아 우는 사람들, 무릎을 꿇은 사람들…… 잠든 여인의 관을 중심에 두고 모든 이들이 마에스트로의 복수에 전율하고 있었다. 틀림없이 이 음악을 살인마 또한 들었을 거라는 근거 없는 믿음이 생겼다. 그렇다면 그는 지금 어떤 모습을 하고 있을까. 후회하고 뉘우치며 살려 달라 빌고 있을까? 아니면…….

그러다가 문득 나는 울고 있는 사람들 가운데 홀로 태연히 서 있는 한 사람을 발견했다. 아니, 그것은 태연하다고도 말할 수 없는 상태였다.

그의 얼굴에 드러난 그 표정은 차마 내 눈을 믿고 싶지 않았지만…… 환희였다.

듀프레는 너무나도 행복한 얼굴로 울며 바옐을 보고 있었다. 아무리 바옐의 음악을 좋아한다고 하지만, 어찌 이 자리에서 저런 표정을? 나는 불쾌감과 이질감을, 그리고 마지막에는 두려움을 느꼈다. 뭔가 이상했다. 저것은 단순히 바옐을 향한 동경이라고 하기엔…….

살인마.

나는 그 단어를 떠올렸고 동시에 놀라 멎어 버렸다. 이유는 알 수 없었다. 다만 심장이 은밀하게 뛰기 시작했다. 다시 한 번 조심스럽게, 찬찬히 그의 얼굴을 살폈다.

정말로 그럴 수 있을까? 정말로?

내가 과민한 것인지도 모른다. 그는 단지 바옐의 음악을 미칠 듯이 사랑하기에, 이런 자리에서 그런 음악을 듣고도 그저 감탄하기만 한 것인지도 몰랐다. 하지만 단순히 그렇다고 하기엔 섬뜩한 뭔가가 거기 있었다.

그는 이내 몸을 돌렸다. 그러곤 사람들 틈을 헤치며 어디론가 사라졌다.

내가 그의 행동에 대해 깊이 생각하는 동안 어느덧 정신을 차린 사람들이 하나둘 흩어지고 있었다. 잠시 후에는 흙을 덮는 사람들 외엔 아무도 남지 않게 되었다. 늙은 마에스트로마저 바옐을 질린 듯 쳐다보다가 간신히 걸음을 떼었다.

바옐은 비석 앞에 무릎 꿇은 채 관 위에 흙이 쌓여 가는 것을 바라만 볼 뿐 말이 없었다. 나는 그 모습을 착잡하게 바라보다가 입을 열었다.

"미안. 나 먼저 가 보겠네."

트리스탄이 의아한 듯 나를 보았으나 바옐은 미동도 하지 않았다.

나는 두 사람에게서 등을 돌려 걸음을 옮겼다. 아까 내가 본 것과 깨달은 것들을 정리할 시간이 필요했다.

만약 듀프레가 범인이라면?

나는 일단 그가 범인이라는 가정하에 모든 것을 설명해 보기로 했다. 가장 최근의 일로 거슬러 올라가 보면 그가 어떻게 휴베리츠 알렌의 필체를 따라 할 수 있었을까 하는 문제가 생긴다. 가피르 부인으로부터 그의 악보를 빌렸을까? 아니면…… 아!

나는 나 자신의 아둔함을 깨닫고 머리를 쳤다.

콜롭스…… 나이겔…… 크림트 리지스트…… 그분일 리는 없고. 다른 파트의 연주자들에게 악보를 준 적은 있지만 그것은 필사된 것…… 그리고, 가피르 부인.

차근차근 휴베리츠가 한 말을 떠올려 가던 나는 이제까지 주목하지 못했던 한 단어를 발견했다.

그것은 필사된 것.

물론 에단에는 필사가가 많고 인기 있는 직업이었다. 휴베리츠가 반드시 듀프레에게 필사를 부탁했을 거란 보장은 없었다.

하지만 듀프레는 최근 나타난 신인이면서도 그 아름다운 필체로 인기가 많았다. 아까 그가 그런 표정을 짓고 있는 것을 보지 않았더라면 신경 쓰지 않았을 그 사실이 갑자기 무척이나 중요한 것으로 생각되었다.

휴베리츠가 듀프레에게 필사를 부탁한 적이 있을까? 만약 있다면 그건 중요한 정황이 된다. 누군가의 필체를 따라 할 수 있고 여러 음악가들의 친필을 직접 볼 수 있고, 게다가 바엘의 광적인 추종자라면…… 그러나.

그가 무슨 수로 사람을 그렇게 만들 수 있지?

오랫동안 고민하던 나는 결심했다. 듀프레를 직접 찾아가 보기로 말이다. 그가 정말 범인이라면 무슨 수로 사람들을 그렇게 죽인 것인지 밝혀내야 했다.

나는 품속에 들어 있는 펜을 손으로 꽉 쥐었다. 잉크 같은 것은 필요 없었다. 내 몸이 썩어드는 순간 나의 피로 거기에 적을 것이다.

앞으로 일어날 일들을 대비해 내 주변을 차분히 정리해 나갔다. 단지 그랬을 뿐인데 시간은 금세 흘러 며칠이 지났다. 이제 계절은 초겨울에 접어들어 있었다. 부지런한 가을은 성년이 된 잎들을 성급히 떨구고 다음 해를 기약하며 사라졌다. 키세의 말대로 에단에 종말이 온다면 그것들은 돌아오지 못할 터.

드디어 때가 되었다고 생각한 어느 날, 나는 근위대에 다시 들렀다. 그동안 계속 고민한 끝에 나는 듀프레가 범인일 거라 거의 확신하고 있었다. 그 표정이 도저히 잊히질 않았다. 하지만 휴베리츠에게 사실을 확인하는 것이 먼저였다. 그리고 무엇보다 내가 미처 계획한 대로 하지 못했을 때 내 뒤를 이어 줄 사람이 필요했다.

그러나 공교롭게도 그날따라 근위대에 케이저가 없었다. 부대장은 케이저의 허락 없이는 죄수를 면회할 수 없다고 했다. 나는 그에게 사정하다시피 해서 한 가지만 물어봐 줄 것을 부탁했다. 부대장은 알았다고 하고 지하로 내려갔다.

휴베리츠는 현명한 인물이니 내가 그걸 물었다는 것만으로 많은 것을 깨달을 수 있을 것이다. 예전에 그와 내가 나눈 대화도 있고 하니 말이다. 혹 내가 죽었다는 소식을 듣게 되면 그는 범인이 누군지도 알게 될 것이다.

부대장은 금세 돌아왔다. 그리고 짤막한 대답을 들려주었다.

"그렇다는군요."

이것으로 가설은 성립되었다. 이제 살인 방법, 그것만 알아내면 되는 것이다.

다음으로 찾아갈 곳은 카논 홀이었다. 근위대에서 나오던 나는 막 마차에서 내리고 있는 케이저와 마주쳤다. 그는 놀란 눈으로 나를 보다가 픽 웃었다.

"또 오셨습니까?"

"케이저 크루이스."

그는 뭐냐는 듯 나를 보다가, 내가 말없이 한참 그를 바라보자 그제야 표정이 굳어졌다.

"무슨 일입니까?"

"만약에 또 다음 희생자가 생기면, 그럼 휴베리츠 알렌은 무죄로 밝혀지겠지요?"

"무슨 뜻으로 묻는 건지는 모르겠지만…… 당신을 공범이라고 가정하고 그런 질문을 받으면 픽 재밌어집니다."

"뭐라고 비꼬아도 상관없습니다. 하지만 한 가지만 기억해 주십시오. 만약 그다음 희생자가 나라면, 당신이 의심해야 할 사람은 휴베리츠가 아니라 듀프레입니다."

케이저의 표정이 구겨졌다. 그는 눈동자를 잠시 먼 곳으로 돌렸다가 말했다.

"듀프레? 설마 카논 홀의 그 젊은 필사가……."

"예, 맞습니다."

그는 고개를 한쪽으로 꺾었다.

"듀프레라. 왜 그런 말씀을 하시는지 모르겠군요."

"저도 아직은 잘 모릅니다. 그저 기억하고 계십시오."

의심스러운 표정으로 나를 보는 그를 뒤로하고 마차에 올랐다. 마차가 떠나기 전 그가 창문에 대고 외쳤다.

"혹시 당신의 그 유서랑 관련이 있는 겁니까?"

나는 힘없이 웃었다.

"당신은 머리가 좋은 사람이란 걸 알고 있습니다. 만약 나에게 무슨 일이 생기면 그 유서의 내용을 내 가족들에게 전해 주시기 바랍니다."

묘한 표정으로 나를 바라보는 케이저의 모습이 멀어졌다. 마차는 부드럽게 흔들리며 에단 한복판을 가로지르기 시작했다.

카논 홀로 향하는 동안 나는 여러 가지를 생각했다. 가족, 친구들, 피아노, 음악…… 바옐이 완성한, 그 음악.

그가 그렇게 될 동안 나는 나만의 세계를 완성하지도, 가장 존경하는 한 사람의 청중이 되지도 못했다. 자조적인 웃음이 나왔다. 그렇게 뭐 하나 되지 못한 채 생을 마감하게 되는구나. 하지만 후회는 없었다. 그 모든 아름다운 것들…… 꿈같은 것들, 지옥 같은 것들. 다른 사람들은 볼 수도 상상할 수도 없는 영역을 넘나들며 그 모든 것을 봐 왔지 아니한가.

그 모든 기억을 안고 음악과 함께 황홀한 죽음을.

나는 진실로 두렵지 않았다.

내 죽음에 울어 주지 않을 내 친구는, 대신 나에게도 그 아름답고 섬뜩한 진혼곡을 들려줄지도 모를 일이다. 살인마가 원하는 것이 바로 그것이란 걸 알면서도, 그 음악을 듣기 위해 앞으로도 계속 제물을 바칠 거라는 걸 알면서도…… 나를 위해 바엘이 연주해 주기를 바랐다.

살인자의 마음도 이런 나와 크게 다르지 않을 테지.

나는 쓰게 웃었다.

콩쿠르 이후 카논 홀은 장기간 휴장 중이었다. 연주회장은 닫혔고 로비까지만 그 문을 열어 두고 있었다.

안으로 들어선 나는 우연히 로비에서 레나르 카논과 마주쳤다. 그는 내 방문을 반가워하면서도 의아해했다.

"장례식 이후로 처음 보는 건가? 여긴 어쩐 일로?"

"잠깐 저와 얘기를 나누실 수 있는지요."

그는 고개를 갸웃하고는 자신의 방이 있는 2층으로 나를 안내했다. 혹시나 듀프레가 그곳에 있을까 긴장했던 나는 방 안이 텅 비어 있자 조그맣게 한숨을 내쉬었다.

레나르 카논과 서로를 마주보며 자리에 앉았다. 그가 부드러운 미소와 함께 입을 열었다.

"무슨 일이지? 나를 개인적으로 찾아온 적은 한 번도 없었던 것 같은데."

"예. 저기…… 여쭤볼 것이 있습니다. 곤란하시다면 대답하지 않으셔도 됩니다. 하지만 대답해 주실 수 있는 일이라면 솔직하게 말씀해 주십시오."

레나르 카논은 내 목소리가 심각하다는 걸 눈치챘는지 조금 놀란 표정을 지었다. 그러곤 진중하게 고개를 끄덕였다.

"그래. 무엇이 묻고 싶은가."

"듀프레에 대해서입니다."

"듀프레?"

나는 고개를 끄덕였다. 그는 의외라는 듯 눈살을 살짝 찌푸리며 말했다.

"이유는 나중에 묻기로 하지. 듀프레는 자네도 알다시피 실력 있는 필사가일세. 비록 카논 홀에 들어온 지는 얼마 되지 않았지만 이미 유명한 음악가들은 모두 그에게 필사를 부탁하고 있지. 자네처럼."

"그가 혹시 다른 음악가들의 필체를 따라 하기도 합니까?"

"아, 물론이네. 가끔 괴팍한 작곡가들은 자신의 필체까지 그대로 베껴 줄 것을 부탁하니까. 그게 얼마나 어렵고 힘든 일인지도 모르고 말이지. 하지만 듀프레는 잘 해내고 있네."

역시.

"그렇군요. 그 외에 그에게 뭔가 이상한 점 같은 것은 없습니까?"

레나르 카논은 내 얼굴을 가만히 바라보았다. 왜 이런 것을 묻는가 의구심이 생긴 듯했다. 나는 일단 말해 보기로 했다.

"사실 저는 그가 요즘 에단에서 일어나는 살인 사건의 범인이라고 생각하고 있습니다."

레나르 카논은 의자 위에서 거의 펄쩍 뛰다시피 했다. 나는 그의 얼굴에 당황과 혼란, 경악과 분노가 차례대로 스쳐 지나가는 것을 보았다.

"고요 군, 지금…… 꽤 지나친 발언을 한 것 같네만."

"아닙니다. 그렇게 생각할 만한 근거는 있습니다. 그저 증거가 없을 뿐이죠."

레나르 카논은 얼굴을 심하게 일그러뜨린 채 한참 동안 생각에 잠 겼다. 나는 그가 침착하게 판단할 수 있을 때까지 조용히 기다렸다. 마침내 그가 다시 입을 열었다.

"나는 자네를 꽤 좋아하고 신뢰하네. 그래, 헛소리를 늘어놓을 사 람은 아니지. 자네가 그렇게 믿는다면, 물론 내 생각은 다르지만 분명 이유가 있을 거라 믿네. 그렇다면 좋아. 내가 알고 있는 듀프레에 대 해서 이야기해 주겠네."

그가 듀프레를 만난 것은 몇 개월 전이라고 했다.

어디 시골에서 올라온 건지 친지도 돈도 없는 상태로 듀프레는 무 작정 카논 홀을 찾아왔다. 처음에 레나르 카논은 그를 부랑자인 줄 알고 내쫓으려 했다고 한다.

하지만 그때 우연히 카논 홀에서 연주하던 피아니스트의 틀린 음 을 듀프레가 모두 정확히 집어내는 것을 보고 생각을 바꿨다. 그에게 음악적 재능이 있다고 확신한 레나르 카논은 그를 곁에 두고 이것저 것 가르쳐 보았다.

듀프레는 음악을 듣고 깊이 이해하는 것에 천부적인 재능이 있었 으며 특히 바엘의 음악을 광적으로 좋아했다. 그러나 어느 악기건 간 에 결코 연주하려 들지는 않았다.

한번은 소일거리로 시켜 본 필사를 그가 너무나 잘 해내자, 그다음 부터는 아예 카논 홀의 전속 필사가로 일하게 했다고 한다.

"그는 차분하고 예의 바르며 사려 깊은 사람일세. 왜 그를 살인자 라고 생각했는지 모르겠으나 그가 누군가를 죽인다는 것은 상상도 할 수 없어."

"예. 틀림없이 그는 레나르 씨가 말한 그런 사람이라고 생각합니다.

하지만 그 살인마가 사람을 죽이는 이유는 이미 상식 밖의 것입니다. 저는…… 확신하고 있습니다. 다만 그 살인 방법을 지금부터 찾아볼 생각입니다."

레나르 카논은 복잡한 심정인 듯 아무 말도 하지 않았다. 처음부터 그를 설득할 생각은 없었던 나는 다시 물었다.

"그의 작업실이 어딥니까? 잠시만 돌아볼 수 있게 허락해 주십시오. 아무것도 찾지 못한다면 조용히 나가겠습니다."

"아, 그래. 자네가 그렇게 해서 오해를 풀 수 있다면야."

방을 나온 우리는 계단을 올랐다. 듀프레의 방은 카논 홀의 거대한 세 기둥 중 가운데 것, 그중에서도 맨 꼭대기 층에 있었다. 거의 뾰족한 탑이나 다름없는 기둥이었기에 그의 방은 밖에서 보기에도 무척 좁을 듯했다. 하지만 더 좋은 방을 주겠다고 해도 듀프레가 그곳을 고집했다고 한다.

구릿빛 열쇠로 방문을 연 레나르 카논은 안으로 들어가라는 듯 손짓했다.

"그럼 난 내려가 있겠네. 천천히 둘러보고 나오게나."

"예, 고맙습니다. 그런데 듀프레는 지금 카논 홀에 없습니까?"

"그래. 누구더라…… 크마리스 리베르토의 악보를 받으러 갔을 걸세, 아마."

나는 고개를 숙였고 레나르 카논은 방문을 닫았다. 잠시 그의 발소리가 멀어질 때까지 기다린 뒤에 방 안을 제대로 둘러보았다.

첫 느낌은 정말로 깔끔하다는 것이었다. 방 안에는 침대 하나와 책상 하나, 그것이 다였다. 책상 위에는 악보가 쌓여 있고 그 옆에는 잉크와 깃펜 등이 정돈되어 있었다. 뭔가 찾으려 해도 찾을 만한 것이 없었다.

잠시 고민하던 나는 악보가 쌓여 있는 곳으로 걸어갔다. 휴베리츠의 필체를 베끼려고 애쓴 흔적 따위가 남아 있지 않을까 하는 실없는 기대를 하며.

쌓여 있는 악보 중 하나를 들어 살펴보던 나는 뭔가 이상하다는 걸 깨달았다. 그것들은 누군가의 악보를 필사한 걸로 보이지는 않았다. 악보 위에는 작곡가의 이름도, 제목도 없었다. 설마 듀프레가 직접 작곡하는 곡인가?

거기 그려져 있는 음들을 머릿속 건반으로 눌러 보았다. 그러자 묘한 화음들이 떠다녔다. 이것이 정말 선율인가? 도저히 의미가 있다고는 생각할 수 없는 박자와 음표들. 너무나 작위적인 냄새가 풍겼다.

그렇다면 설마…….

"음악이 아닌 건가?"

그렇게 중얼거린 순간 갑자기 문이 덜컹 열리는 바람에 깜짝 놀라 악보를 손에서 놓쳤다. 레나르 카논인 줄 알았던 나는 그러나 형체가 그보다 작자 가슴이 철렁 내려앉는 걸 느꼈다. 눈을 크게 뜨고 나를 보던 상대의 표정이 점차 차가워졌다.

"여기서 뭘 하시는 겁니까, 고요 씨?"

듀프레였다.

나는 호흡이 가빠지는 기분을 느끼며 필사적으로 변명할 말을 찾았다.

"아…… 나는, 필사를 부탁할 게 있어서."

내가 듣기에도 어색할 만큼 목소리가 떨렸다. 듀프레는 방어적인 눈으로 나를 한참이나 바라보더니 천천히 말했다.

"그런 일이라면 아래에서 기다리셨어도 되었을 텐데요. 방까지 찾아와서……."

그렇게 말하던 그의 시선이 아래로 내려갔다. 거기엔 내가 떨어뜨린 악보가 있었다. 그는 건조하게 말을 이었다.

"주인의 허락도 없이 악보를 보시다니요."

"미안하네. 그저, 자네가 요즘 누구의 악보를 필사하고 있나 궁금해서……."

나는 급히 악보를 주워들어 그에게 내밀며 조심스럽게 물었다.

"그런데 이건 무슨 악보지? 작곡가의 이름도, 곡의 제목도 없던데. 보통 필사가들은 헷갈리지 않기 위해 먼저 그것을 써 놓지 않던가?"

듀프레의 표정은 조금도 흐트러지지 않았다.

"필사가들마다 일하는 방식이 다르니까요. 자랑할 생각은 없습니다만 남들보단 비상한 기억력이 있는지라."

그렇게 말한 듀프레는 거친 걸음걸이로 방 안을 가로질러 내게 걸어왔다.

나는 심장이 세차게 박동하는 것을 느끼며 품속으로 손을 집어넣었다. 그곳에 펜이 있었다. 여차하면 그것으로 듀프레를 찌를 생각까지 했다.

그러나 내 가슴이 폭발하기 직전, 듀프레는 나를 그냥 지나쳐 책상쪽으로 걸어갔다. 긴장감과 두려움이 등 뒤를 타고 차가운 땀으로 흘러내렸다. 나는 천천히 뒤를 돌아보았다. 그가 책상을 훑어보며 단조롭게 말했다.

"그나저나 의외군요. 전의 일도 있고 해서 앞으로 저를 찾아오시지 않을 줄 알았습니다."

전의 일이라니?

내가 대답하지 않자 책상 위 악보들을 정리하던 듀프레가 문득 고개를 들어 나를 바라보았다.

"연주하시던 당신을 넘어뜨린 일 말입니다."

아아. 그날…… 가피르 부인의 살롱에서 멋대로 마지막 연주를 망쳐 버린 나에게 그가 화를 냈었다. 레안느의 일 등이 생기는 바람에 그것을 완전히 잊어버리고 있었다.

"내가 자네였어도 화가 났을 거야. 결국 바엘의 연주를 듣지 못했으니까."

"아뇨. 지금은 다행이라고 생각하고 있습니다."

나는 그의 입가에 차가운 미소가 떠오르는 것을 보며 숨을 잠시 멈췄다. 그러다 문득 내가 품속에 여전히 손을 넣고 있다는 걸 깨닫고 어색하게 손을 빼며 물었다.

"다행이라니, 그건 또 무슨 뜻인가?"

"어쨌거나 마에스트로께선 '마지막' 연주를 못 하셨으니까요. 사람들이 그러더군요. 그 말은 곧, 그가 다시 현을 켜게 되는 것이라고."

듀프레는 그때 장례식장에서 보였던 바로 그 표정을 다시 지었다. 여전히 무섭고 여전히 섬뜩했다. 그런 얼굴로 너무나 감미롭게 들리는 목소리로 말을 이었다.

"그래서 저는 그런 일이 벌어져서 오히려 다행이라고 생각하고 있습니다."

마음속에서 뭔가가 크게 휘몰아쳤다. 나도 모르게 낮아진 목소리로 말했다.

"그런 말은 입 밖으론 내지 않는 게 좋겠어. 특히 바엘 앞에선."

그러나 그는 아무래도 상관없다는 듯 어깨를 으쓱하며 대답했다.

"저도 바보는 아닙니다. 이런 속내는 상대가 고요 씨니까 털어놓는 거지요."

아니야. 그렇다고 하기엔 듀프레는 그때 너무 드러난 표정을 하고 있었다.

뭘까. 정말로 뭘까. 그의 정체는…… 그가 정말 범인이라면, 왜 지금 나를 내버려 두고 있을까? 레나르 카논이 내가 여기 있다는 사실을 알고 있기 때문에? 혹은 아직 때가 아니기 때문에?

거기까지 생각했을 때 문득 듀프레가 웃으며 입을 열었다.

"자, 그러니 고요 씨도 한번 솔직하게 말씀해 보시죠."

"……뭘 말이지?"

그가 한 걸음, 나를 향해 다가왔다.

"여기 들어오신 진짜 이유를 말입니다."

한 걸음 더.

나는 호흡이 거칠어지는 것을 드러내지 않으려 애쓰며 그가 다가오는 만큼 조금씩 뒤로 물러났다.

"진짜 이유라니. 아까 말하지 않았나?"

"전 바보가 아니라고 말씀드렸습니다. 필사를 맡기러 오셨다는 분의 손에 아무런 악보도 들려 있지 않은데요."

이런 머저리 같으니라고.

"아…… 미리 부탁하러 왔네. 앞으로 작곡할 곡을 맡길 생각인데, 바쁘지 않은가 물어보러……."

"그것뿐입니까?"

어느새 그는 꽤 가까워져 있었다. 나는 또다시 품속으로 손을 넣고 싶은 걸 간신히 참았다. 시간이 있을까? 손에 아무것도 들고 있지 않은 그가 무슨 수로 나를 죽일까? 멀쩡하게 살아 있던 사람을 단번에 썩게 만드는 그 힘이 지금 내 눈앞에서 발현되는 건가?

그러나 그때 구세주가 나타났다.

"고요 군!"

듀프레가 그 목소리를 듣고 잠깐 시선을 돌린 사이 나는 황급히 방 밖으로 도망치듯 빠져나왔다. 레나르 카논이 계단을 뛰어 올라오고 있었다. 그의 얼굴이 그렇게 반가울 수가 없었다.

"레나르 씨! 무슨 일입니까?"

"큰일 났네. 지금 당장 자네 친구에게 가 보는 게 좋을 것 같군."

"친구라면…… 바엘 말입니까?"

레나르 카논은 몹시 심각한 얼굴로 고개를 끄덕였다.

"그래. 이번엔…… 그의 대부라는군. 어떻게…… 어떻게 이런 일이. 왜 그에게만 이런 일이…….'

발을 붙이고 있는 땅이 빙글빙글 돌았다.

또……? 그사이 또?

나는 비틀거리다가 난간을 붙잡고 간신히 몸을 지탱했다. 온몸이 뜨겁게 달아오르는 게 느껴졌다. 가슴속에서 분노와 연민과 고통 같은 것들이 한꺼번에 소용돌이쳤다. 입을 열었으나 울음은 나오지 않고 허탈한 웃음만 터졌다. 그대로 천천히 뒤를 돌아보았다.

문턱을 밟고 서 있는 듀프레의 얼굴에는 거짓 슬픔이 떠올라 있었다. 그는 표정과는 너무나도 어울리지 않은 높은 톤의 목소리로 중얼거렸다.

"그것참 애석한 일이로군요. 하지만 마에스트로께선 또…… 그 아름다운 절규를 들려주시겠지요?"

더 이상은, 참을 수가 없었다. 그 위선적인 얼굴로 애도하는 척하며 그는 이미 바옐의 진혼곡을 기대하고 있었다. 머리끝으로 모든 피가 쏠렸다. 이성을 잃는다는 느낌이 어떤 건지 깨달았다.

"개자식!"

조금 전까지 머릿속을 잠식하고 있던 공포를 분노가 전부 게걸스럽게 먹어 치웠다. 나는 듀프레에게 달려들어 어깨로 그의 가슴을 들이받았다. 신음과 함께 우당탕 뒤로 나가떨어진 그를 다시 위에서 덮쳤다. 주먹으로 그 증오스러운 얼굴을 힘껏 때리다가 손에 무언가 잡히자 그것도 집어 던졌다. 와장창하고 뭔가가 깨지면서 내 얼굴로도 파편이 튀었다. 그래도 멈추지 않고 또 다른 물건을 집어 들었다.

그러나 그것으로 듀프레를 내려치기 직전 레나르 카논이 나를 뒤에서 붙잡았다.

"고요 군, 진정하게! 왜 이러는 건가?"

"이 자식이 틀림없습니다. 이놈이 죽인 겁니다! 이놈이라고요!"

"고요 군, 제발!"

누군가와 주먹다짐 같은 건 한 번도 해본 적 없던 내가 그날 처음으로 모든 폭력적 본능을 쏟아 내었다. 말리는 레나르 카논마저 거칠게 밀쳐 내고 듀프레와 엎치락뒤치락하며 바닥을 뒹굴었다. 마침내 직원들이 달려오고 근위대에서 사람들이 올 때까지 나는 온 힘을 다해 그와 싸웠다. 그럴 수만 있었으면, 그를 죽였을 거다.

엉망진창이 되어 버린 방 안에서 끌려 나가며 나는 듀프레를 노려보았다. 희한하게도 마주보는 그의 눈에 분노나 억울함 같은 것은 없었다. 그는 그저 나를 차갑게 바라보았다.

그 눈은 바옐이 청중을 바라보는 그것과 너무나도 흡사해서, 나는 잠깐이지만 가슴 한구석이 뜨끔해지는 것을 느꼈다.

그는 나를, 왜 경멸한 것일까.

그렇게 끌려가서 근위대에 갇혀 있는 동안 나는 홀로 방치되었다. 몸 여기저기가 쑤셨고 입 안에서는 자꾸 새어 나오는 피 때문에 비린 맛이 났다.

어둠 속에서 분노가 점차 사그라지면서 곧 슬픔이 밀려왔다. 바옐은 지금 어떤 모습을 하고 있을까. 트리스탄이 그의 곁에 있을까.

너무나도 짧은 시간 동안 많은 사람들이 죽었다. 모토벤의 뜻을 이어받은 살인마의 목적이 그저 이 세상 것이 아닌 듯한 그 음악을 완성시키는 것에 있었다면, 살인은 레안느가 죽었을 때 끝났어야 했다.

하지만 그는 멈추지 않았다. 또 죽였고, 앞으로도 죽일 것이다…….

이유는 한 가지밖에 생각할 수 없었다. '듣기' 위해서다. 드 모토베르토가 모든 것을 다한 연주를, 진정으로 그의 영혼이 울며 토해 내는 그 절규를 듣기 위해서다.

가슴이 시렸다. 그런 그를 이해할 수 있는 나 자신이 싫었다.

그렇게 어둠 속에서 나를 향해 스멀스멀 기어 오는 온갖 감정 그리고 기억들과 싸우고 있을 때 케이저가 찾아왔다. 내가 근위대에 갇힌 지도 한참이 지난 후였다.

그는 어디를 다녀온 것인지 여행용 망토까지 걸치고 있었다. 나를 골방에서 풀어주고 대신 자신의 사무실로 데려갔다.

"아까 그렇게 비장하게 나가시더니, 결국 어린애들처럼 몸싸움이나

하려고 그랬습니까?"

"듀프레가 살인마인 게 분명합니다. 그놈이 장례식에서……."

그러나 케이저는 내 말을 막았다.

"당신이 남기고 간 말도 있고 해서, 여기 오기 전까지 조사를 좀 했습니다. 들으셨겠지만 아나토제 바옐의 대부인 크림트 리지스트가 오늘 오전 자택에서 살해당했습니다. 첫 번째 발견자인 트리스탄 벨제는……."

"트리스탄?"

내가 황급히 되묻자 케이저는 고개를 끄덕였다. 나는 혼란스러워지는 것을 느꼈다.

"트리스탄이 어떻게요?"

"시체를 처음, 그것도 혼자 발견해서인지 우리가 갔을 때는 거의 제정신이 아니더군요. 정작 미쳐 버릴 사람은 아나토제 바옐일 텐데 오히려 자기 친구를 위로해 줘야 할 지경이었습니다."

"바옐은, 바옐은 괜찮습니까?"

내 질문에 케이저는 입을 열었다가 닫고는 손가락으로 책상을 몇 번 두드렸다.

물어보나 마나였다. 말 못 하게 괴로워하고 있을 두 사람의 모습이 그려져서 목이 메었다. 나는 고개를 떨구고 이를 꽉 깨물었다.

가만두지 않겠다. 더 이상은 증거도 아무것도 필요 없었다. 이제는……

"그리고 당신이 말한 듀프레는……."

그 이름이 나오자 고개를 퍼뜩 들었다. 내 얼굴을 본 케이저는 흠칫하더니 이내 씁쓸한 어투로 말을 이었다.

"그 시각 크마리스 리베르토의 집에 있었다고 합니다. 크마리스와 그 집 하인들이 증언해 주었습니다. 아침부터 쭉 같이 있었다고 하니 그사이 나가서 누군가를 죽이고 돌아오진 못했다는 얘깁니다."

뭐?

"그럴 리가…… 아닙니다. 그입니다!"

"고요 씨. 진정하시는 게 좋겠군요. 친구를 위해 범인을 잡고 싶어 하는 마음은 잘 알겠습니다만, 그런 식으로 몰아붙여서는 아무것도 해결되지 않습니다."

"크마리스와 그 집 하인들이 거짓말을 하는 겁니다! 그래, 어쩌면 공범일지도 모릅니다. 아니면 카논 홀로 돌아오는 길에 들렀다든가, 틀림없이 그가……!"

"고요 드 모르페 씨."

케이저의 냉정한 부름에 나는 입을 다물었다. 그는 깊게 한숨을 내쉬었다.

"저도 모든 가능성을 확인해 보고 온 참입니다. 하지만 듀프레가 멀리서 누군가를 죽이는 마법이라도 부리지 않는 이상, 그건 불가능합니다."

아니다. 분명히 무슨 수가 있었을 것이다.

"같은 이유로 휴베리츠 알렌 또한 풀어 줄 수밖에 없었습니다. 목격자도 없고…… 필체가 비슷한 악보만으로는 도저히 증거가 안 되니까요."

아, 휴베리츠 알렌. 그가 풀려났다는 말에 나는 조금이나마 위안을 느꼈다.

"그리고 당신은 아무래도 좀 쉬시는 게 좋겠습니다. 아마 당신이 느끼는 그것은 슬픔이 다가 아니겠지요. 당신 또한 그자의 희생물이 될 가능성이 높고, 그게 두렵기 때문에 이처럼 지나친 반응을 하는 겁니다. 원한다면 근위대에 머물러도 좋으니 정신 좀 차리십시오. 안락하진 않겠지만 안전은 보장할 수 있습니다. 지난번 감옥에 갇혀 있던 콜롭스 뮈녀가 그렇게 허무하게 범인에게 당해 버리는 바람에 그 후로는 더욱더 보안을 철저히 하고 있습니다."

흥분했던 내 행동이 부끄러워질 만큼 케이저는 차분한 얼굴로 말했다. 나를 걱정하는 듯한 그의 말이 생경하기는 했지만 기분이 나쁘진 않았다. 그러나 고개를 저었다.

"두 사람에게 가 봐야겠습니다."

"뭐, 그럼 그렇게 하십시오."

케이저는 일어나 문을 열어 주고 나를 배웅했다. 근위대를 떠나기 직전 케이저가 묘한 표정으로 말했다.

"그리고 당신의 그 친구……."

"예? 바엘 말입니까?"

케이저는 잠깐 시선을 다른 곳으로 돌렸다가 곧 픽 웃으며 고개를 저었다.

"아닙니다. 아무쪼록 몸조심하십시오. 유서 같은 걸 전하러 갔다가 당신의 아버지에게 칼 맞고 싶지는 않으니까 말입니다."

나는 잠깐이었지만 그 말 덕분에 웃을 수 있었다.

근위대에서 내준 마차에 올라타자 목적지를 말하지도 않았는데 마차가 움직이기 시작했다.

잠시 후 도착한 곳은 크림트 리지스트의 집이었다. 왠지 모르게 아직도 그 안에 살인자가 숨어 있을 것처럼 주위는 불길하게 적막했다.

나는 조심스럽게 저택 안으로 한 걸음씩 내디뎠다. 대문은 부서져 있었고 집 안도 엉망이었다. 근위대가 와서 한바탕 수색을 하고 갔으리라. 안으로 좀 더 들어갔다. 예전에 바엘이 활을 부러뜨렸던 그 방 안에 내가 보고 싶어 한 두 사람이 있었다.

바엘은 한 팔을 테이블 위에 걸친 채 고개를 푹 숙이고 있었다. 흘러내린 그의 머리카락이 얼굴을 가리고 있어 표정은 볼 수 없었다.

묘한 것은 트리스탄이었다. 바엘의 곁에서 그를 지탱하고 있을 거라 믿어 의심치 않은 그가, 바엘과 멀찌감치 떨어진 곳에 홀로 앉아 있었다. 그의 표정은 반쯤 넋이 나간 것 같았다.

무엇보다 내가 들어섰는데 두 사람 모두 미동도 하지 않았다. 벽에 걸린 그림이라도 보는 것 같은 기분이었다. 나는 차마 목소리를 낼 엄두도 내지 못했다.

우울하게 시선을 돌리던 나는 바엘의 앞에 떨어져 있는 작은 책 하나를 발견했다. 그 책을 향해 바엘의 다른 손이 늘어져 있었다. 마치 들고 있다가 힘없이 떨군 것처럼.

나는 천천히 소리 나지 않게 그에게 걸어갔다. 그러곤 조심스럽게 자세를 낮춰 그 책을 집어 들었다. 바엘이 나를 덥석 붙잡을지도 모른다고 생각했으나 그러지 않았다.

책을 들고 한 장 한 장 넘겨 보기 시작했다. 페이지 넘어가는 소리가 크게 들릴 정도로 실내는 고요했다.

오래 지나지 않아 나는 그것이 크림트 리지스트의 일기장임을 깨달았다. 흘날려 쓴 필체는 알아보기 어려웠지만, 간간이 레안느와 바엘의 이름이 보였다. 자세한 내용을 보는 것은 실례일 것 같아 주르륵 페이지를 넘겨 맨 마지막으로 쓴 내용을 보았다. 뭔가 단서라도 있지 않을까 해서.

잔인한 나의 모토벤이시여, 당신은 당신의 아들 드 모토베르토를 제게 보내 주셨습니다. 감사하군요. 그리고 저주스럽군요. 그는 악마였습니다. 그 악마가 나의 장례식에서는 그 저주받은 음악을 연주하지 않길 바랍니다.

그의 필체를 잘 모르는 내 눈에도 그 문장 하나하나에 끔찍한 분노가 담겨 있음을 알 수 있었다. 글자는 심하게 휘어졌고 종이의 군데군데는 펜에 긁혀 찢어져 있었다.

나는 그만 책을 덮고 바옐을 내려다보았다. 멀리서 볼 땐 몰랐는데 그의 몸이 가늘게 떨리고 있었다. 그 모습을 보는 순간 누군가 내 가슴을 우악스럽게 쥔 것처럼 심장 안쪽 깊은 곳에 고통을 느꼈다.

나는 책을 떨어뜨리며 그 곁에 무릎을 꿇고 앉았다.

"바옐……"

"닥쳐."

울음 섞인 차가운 목소리로 그가 내뱉었다. 고개를 떨군 바옐의 머리 아래로 점점이 액체가 떨어졌다. 나는 눈을 감고 다시 한 번 그의 이름을 불렀다.

"바옐."

"닥치라니까!"

바옐이 내 멱살을 붙들었다. 나는 눈을 가늘게 뜨고 바옐을 바라보았다.

시뻘겋게 변한 그의 얼굴은 모든 근육이 일그러진 것처럼 굴곡진

주름으로 가득했다. 이를 하얗게 드러낸 채 으르렁거리는 바엘은 필사적으로 이 모든 걸 참기 위해 애쓰고 있었다.

욕을 들어도 좋으니까, 얻어맞아도 좋으니까, 나는 그가 그것을 참지 않았으면 했다.

"여긴 나와 트리스탄밖에 없어. 그러니까……."

부들부들 떨던 바엘은 결국 눈을 꽉 감으며 내 어깨로 무너졌다. 그는 내가 마치 마지막 구명줄인 것처럼 필사적으로 붙들고 울음을 터뜨렸다.

죽을힘을 다해 우는 사람을 본 일이 있는가. 짐승이 된 것처럼 온갖 기괴한 소리로 우는 것을 들어 본 일이…….

바엘이 그랬다.

나는 어깨를 빌려 주고 있을 뿐 그의 등을 토닥이거나 하진 않았다. 그 울음은 너무나 참혹해서, 그 눈물은 너무나 독해서…… 감히 손을 댈 수 없었다.

문득 고개를 들어 보니 트리스탄이 그런 우리 두 사람을 바라보고 있었다.

케이저의 말은 틀리지 않았다. 그는 정말로 어딘가 좀 이상했다. 눈을 부릅뜬 채 그가 몹시 절박한 표정으로 나를 쳐다봤다. 나는 고개를 조금 갸웃거렸다. 그러자 트리스탄은 입을 벌려 무언가 소리 없이 내뱉었다.

……줘.

알아듣지 못한 내가 눈살을 찌푸리자, 트리스탄은 다시 한 번 그것을 발음했다. 그때 그의 눈에서 갑자기 눈물이 주르륵 흘렀다.

……줘, 키세를.

나는 하마터면 바옐을 밀치고 자리에서 일어날 뻔했다. 앞의 말은 불분명했으나 뒤의 입 모양은 확실히 보았다. 그는 '키세'라고 말했다.

심장이 쿵쾅거렸다. 잊고 있던 두려움과 죄책감이 천천히 소용돌이치며 가슴속을 타고 오르기 시작했다. 그러나 나는 못 알아들은 척하며 고개를 저었다. 나도 모르게 저지른 일이었다.

트리스탄은 결국 단념하듯 입을 다물었다. 그러곤 고개를 돌리고 여전히 눈물을 흘리는 채로 입가를 올려 조용히 웃었다.

그 모습은 몹시 낯설었다. 내가 아는, 우리가 아는 그 트리스탄이 맞단 말인가?

그는 잠시 후 천천히 자리에서 일어났다. 그러곤 곧 죽을 병자처럼 상체를 늘어뜨린 채 힘없이 방에서 걸어 나갔다. 나는 그가 갑자기 달려들거나 그 자리에 쓰러질지 모른다는 생각으로 가슴을 졸이며 그 모습을 지켜보았다. 하지만 그대로 조용히 사라졌다.

내가 나의 죽음과 바옐과 그 범인에 대해서 생각할 동안, 우리의 또 다른 친구는 대체 무슨 일을 겪고 있었던 건가.

하지만 나는 더 이상 그를 신경 쓸 수 없었다. 내 어깨를 누르고 있는 바옐만으로도 이미 충분히 버거웠으므로.

항상 우리를 감싸 주고 위로해 주고 다독여 주던 웃음 많던 그를 나는 그렇게 보내고 말았다. 그가 무슨 마음으로 그 자리에 앉아 있었는지, 무슨 생각을 하며 우리를 지켜보았는지, 마지막에 어떤 말을 내뱉었는지도 모른 채…… 키세에게서 등을 돌려 도망치던 그날처럼.

그때…… 그를 잡았더라면.

그랬더라면.

몬드는 익세가 이 땅에 살아 있던 시절, 그의 가장 충실하고 뛰어난 제자였다.

익세로부터 하바스(지금의 하프와 흡사한 악기)를 배운 그는 가느다랗고 긴 손가락으로 하바스의 현을 아름답게 유린했다. 그러한 몬드가 누구보다도 열정적으로 하바스 연주를 들려준 대상은 바로 그가 사랑한 여인이었다.

이름이 전해지지 않은 그 여인은 몬드의 스승인 익세와 함께 살았다고 하는데, 오직 한 그루의 나무만을 사랑했다는 익세의 연인은 아닐 것이므로 아마 그의 수제자가 아니었나 싶다.

아무튼 안타깝게도 그 여인은 몬드가 차마 그 애타는 마음을 고백하기도 전에 원인을 알 수 없는 사고로 죽고 말았다.

그녀의 죽음을 알게 된 몬드는 그 소식을 들은 자리에 그대로 주저앉아, 말없이 울며 하바스의 현을 뜯기 시작했다. 그 음악은 수많은 사람들을 울리고 감동시켰으며 결코 멎지 않았다.

아무것도 먹지도 마시지도 않은 채 꼬박 사흘간 하바스를 연주한 몬드가 그 자리에서 절명할 때까지.

그 슬프지만 아름다운 전설은 에단에서 살아가는 사람들에게 깊은 감명을 주었다. 그리하여 몬드가 죽은 자리에는 몬드의 흉내를 내며 어설프게 사랑을 고백하는 수줍은 젊은이들이 모여들게 되었다.

그로부터 수많은 시간이 흐른 지금 그 자리는 몬드 광장이라 불리고 있다.

내가 그 몬드 광장으로 허겁지겁 달려온 이유는, 지금 내가 아는 누군가가 그런 몬드를 흉내 내려 하고 있었기 때문이다.

이미 엄청나게 몰려든 인파 때문에 그의 모습은 보이지 않았다. 다만 가슴 아프도록 매끄러운 바이올린 음이 사람들 틈새를 파고들어 내 귀에까지 들려왔다.

"비켜 주십시오! 비키란 말입니다!"

하지만 이미 반쯤 넋이 나간 사람들은 그 자리에서 움직일 줄을 몰랐다. 트리스탄은 이런 때 몬드 광장에 없고 어딜 갔단 말인가.

내가 그 소식을 들은 것은 이미 하루가 다 가고 노을이 짙게 하늘을 뒤덮던 때였다. 놀랍게도 가피르 부인이 직접 우리 집으로 방문하여 그 사실을 알려 주었다.

"바옐이 몬드 광장에 나타난 건 오늘 아침이라고 해요. 처음엔 다들 그저 바이올린 가방을 들고 나타난 아마추어 연주가라고 생각했지요. 하지만 그 안에서 여명이 나왔을 때는……."

"그래서, 그때부터 시작한 연주를 아직까지 하고 있단 말입니까?"

"그래요. 처음엔 마에스트로가 장례식에서 들려주었던 진혼곡 같은 의미로 연주를 시작한 거라고들 생각했죠. 하지만…… 멈추지 않았어요. 그 음악 때문에 아무도 감히 말릴 수 없었어요. 용서해요, 고요. 나 또한 정신을 차리지 못했어요. 그저 몇 시간 동안 다리 아픈 것도 모르고 선 채 듣기만 했죠. 나를 따라온 귀머거리 하인이 나를 흔들지 않았으면 도저히 깨어나지 못했을 거예요. 정신이 들자마자 당신이 생각나서 급히 이리로 왔어요. 당신뿐이에요. 그대로 놔두면 바옐은…… 틀림없이 죽고 말아요."

나는 더 들을 것도 없이 외투를 잡아채 가피르 부인과 함께 집을 나왔다. 그녀의 마차에 올라탄 채 속이 타들어 가는 것을 느끼며 창밖을 계속 힐끔거렸다.

나는 친구의 이런 기행이 놀랍기보다는 목이 메었다. 그가 왜 그런 짓을 저지르고 있는지 모르는 바는 아니었다. 문득 크림트 리지스트의 일기장에서 봤던 대목이 생각났다.

그는 악마였습니다. 그 악마가 나의 장례식에서는 그 저주받은 음악을 연주하지 않길 바랍니다.

"비키라니까!"

상념에서 깨어난 나는 거칠게 소리를 질렀다. 내가 힘으로 길을 열려 하자, 넋이 나가 있던 사람들이 나를 돌아보았다.

"고요……?"

"고요 드 모르페?"

군중들의 몽롱한 시선이 나를 향했다. 그들을 뚫고 지나가려던 나는 흠칫하며 멈췄다. 잠깐의 침묵 속에 바이올린 선율만이 가슴 아프게 흘렀다.

"마에스트로!"

"우리에게 이중주를, 그와의 이중주를!"

"저번에 들려주지 못했던 그 음악을 들려주십시오!"

사람들은 급기야 나를 에워싸더니 한 곳으로 거칠게 떠밀기 시작했다. 나는 악을 쓰며 버티려 했지만 다수의 힘 앞에 속절없이 떠밀렸다. 숨이 점차 막히다가 어느 순간 탁 트였다.

나는 사람들 틈에서 밀려 나와 그들이 둘러싸 만든 넓은 공터 안에 쓰러졌다. 바이올린 소리는 바로 옆에서 들리고 있었다.

"……바엘?"

고개를 들어 보니 그 안에서 바엘이 연주를 하고 있었다. 물줄기가 힘없이 솟구치는 분수대에 걸터앉은 채 그는 무감각한 인형처럼 팔만 움직였다. 그러나 그럴 때마다 여명은 진하게 울었고 전신이 다 떨리는 음이 터져 나왔다. 평소처럼 땅에 시선을 꽂은 채 아무 감정 없는 얼굴로 그는 그렇게 연주하고 있었다.

이미 죽은 사람 같은 친구의 모습을 본 나는 눈물이 왈칵 솟았다.

"바엘…… 제발 그만……."

그러나 내가 그에게 손을 뻗던 그때 사람들이 웅성거리기 시작했다. 그 소리는 속삭임처럼 작았으나 워낙 많은 이들이 똑같은 말을 중얼거리고 있어 내 귀에도 똑똑히 들려왔다.

"피아노를 가져와, 피아노를."

"피아노, 피아노."

나는 차마 믿을 수 없어 우리를 둘러싸고 있는 군중을 쭉 둘러보았다. 그들 중 제대로 된 눈동자를 하고 있는 이는 없었다.

여기가…… 정녕 신의 전당인가? 이곳 에단이, 정말로 모든 음악가들의 고향이라 불리는 그 아름답고 평화롭던 도시가 맞단 말인가?

음악은 사람을 어디까지 미치게 할 수 있단 말인가.

잠시 후 정말로 길이 트이고 몇몇 사람들이 피아노를 밀며 걸어왔다. 작고 조잡하며 더러운 갈색 피아노였다. 아마 몬드 광장에서 어느 아마추어가 쓰던 것을 빼앗아 온 것이리라.

그들은 의자를 놓고 나를 억지로 앉혔다. 바엘은 그때까지도 시선을 돌리지 않고 연주를 계속하고 있었다. 군중의 광기 어린 외침과 바엘의 연주가 뒤섞여 귓속으로 들어오자 나는 거의 정신을 차릴 수가 없었다.

"연주해!"

"그와 이중주를 해!"

"연주하라고!"

미칠 듯한 혼란 속에서 나는 간신히 집중할 수 있는 뚜렷한 가닥 하나를 붙잡았다. 그것은 분노였다.

그래. 그렇게나 연주하길 원한다면, 해 주지.

나는 자리에서 벌떡 일어나 의자를 집어 들었다. 그리고 그것으로 온 힘을 다해 건반을 내리쳤다.

콰쾅!

끔찍한 불협화음과 함께 건반들의 파편이 튀었다. 사람들은 깜짝 놀라 뒤로 물러섰으며 바이올린 소리도 멎었다. 순식간에 조용해져 버린 광장 안에서 나만이 홀로 씩씩대며 부서진 의자를 던졌다.

"정신 차려……."

나는 입을 벌린 채 아무 말도 못 하는 그들을 향해 말했다.

"이해하지 못하면서, 듣지도 못하면서……."

어쩌면 그들 중 누구도 아닌 사람을 향해.

"단 하나의 청중조차 되어 주지 못하면서!"

나는 주먹으로 다시 한 번 건반을 내리쳤다. 이미 망가진 건반은 먹먹한 음으로 고통을 호소했다. 참을 수 없을 만큼 손이 욱신거렸지만 내색 없이 사람들을 노려보았다.

"당신들 모두……."

그러나 그때 뜨거운 손이 내 어깨를 잡았다. 입을 다문 채 나는 뒤를 돌아보았다.

바엘이 몹시 고통스러워 보이는 얼굴로 나를 바라보고 있었다. 나 또한 그 얼굴을 보자 더 이상 화낼 힘이 없어졌다.

"그만할 테니까…… 자네도 그만둬."

그의 목소리에서 깊은 괴로움이 묻어났다. 나는 이를 꽉 깨물며 고개를 숙였다. 눈가가 뜨거워지고 코끝이 아팠지만 정작 울어야 할 사람은 내가 아니었기에 참았다.

그대로 침묵하는 우리를 말없이 바라보던 군중은 곧 병자들처럼 조용히 흩어지기 시작했다. 우리는 주위에 한 사람도 남지 않을 때까지 그 자리에서 움직이지 않았다.

이윽고 정신 나간 축제 뒤에 남은 적막이 감당하기 힘들 만큼 쓸쓸히 내려앉았다.

바옐은 다시 분수대 위에 털썩 앉았다. 그의 손에 힘없이 들려 있는 여명은 금방이라도 떨어질 것처럼 아슬아슬해 보였다.

나는 그 곁에 무너지듯 앉아 피가 흐르는 왼손을 내려다보았다. 멍하니 거기에 시선을 고정한 채 꿈에서도 생각해 보지 못한 말을 불쑥 꺼냈다.

"떠나, 바옐."

바옐은 말이 없었다.

"이 지옥 같은 곳에서…… 떠나. 이곳에서 자네가 원하는 사람은 만날 수 없을 거야."

스르륵 흘러내리던 여명을 바옐이 겨우 다시 잡았다.

"사람들은 미쳐 가고 있어. 아니, 이미 미쳤어. 그 살인마가 나타났을 때부터 이렇게 될 것을 알았어야 했어. 자네의 그 음악을…… 이곳의 소위 수준 높은 청중은 감당 못해."

바옐은 메마르게 웃으며 입을 열었다.

"그럼? 어딜 가면 감당할 수 있는 사람을 만나겠나? 키욜 백작이 왔다는 그 이국의 땅?"

그런 곳은 없을 거라고, 키욜 백작을 다시 만날 수는 없을 거라고, 그런 말이 나오려 했으나 나는 꾹 참으며 거짓말했다.

"그래. 그곳도 좋겠지."

바옐은 더 이상 웃지도, 대답하지도 않았다.

찬 겨울바람이 적막과 어울려 슬프게 울었다. 부서진 조각들이 발밑에서 흩어졌다. 갑자기 견딜 수 없이 가슴이 미어져 왔다. 그때 바옐이 불쑥 말했다.

"내가 계속 연주하면 될 거라고 생각했어."

"……무슨 말인가?"

"문득 깨달았네."

바옐은 고개를 들어 나를 바라보았다.

"내가 가만히 있으면 놈은 또 죽일 것이란 걸. 그것도…… 내가 진혼곡을 연주해 줄 만큼 가까운 사람을."

아무 말도 못 하는 내게 바옐은 쓰게 웃으며 말을 이었다.

"자네…… 그리고 트리스탄만이 남았어."

나는 속에서 뭔가 울컥하는 것을 느꼈다. 평소 같았으면 바옐의 그런 말에 감격했을 텐데 그때는 오히려 화를 냈다. 그 마음을 모르는 것도 아니면서.

"그렇다고 이 자리에서 죽을 때까지 연주할 생각이었나? 자네도 그 빌어먹을 낭만주의자처럼 사랑하는 사람을 애도하며 죽고 싶었어? 웃기지 마! 그게 뭐가 감동적인 전설이야? 그것이나 얼음나무 숲이나 다 똑같아. 하나도 아름답지 않아! 살아. 바옐. 살아야 해!"

바옐은 조금 놀란 듯 나를 쳐다보다가 허탈하게 웃었다.

"자네가 그런 말을 하는 건 별로 어울리지 않는군……. 알았어, 나도 다신 할 생각 없네."

그 웃음은 너무도 아슬아슬해 보였다. 눈앞에서 그의 모습이 흐려지는 것 같은 착각이 일었다. 나는 마음이 급격하게 불안해지는 걸 느끼며 물었다.

"바옐, 왜 그러나? 대체 무슨 생각을 하고 있는 거야?"

그는 텅 빈 얼굴로 고개를 저었다.

"아무것도. 그래…… 자네가 말하는 그 먼 땅에서는 나 같은 건 둔재에 불과할지도 모르지. 그리고 어쩌면, 만날 수 있을지도……."

거짓 바람을 심어 주는 것은 지독한 현실을 가르쳐 주는 것보다도 어쩌면 잔혹한 일인지도 모른다. 하지만 나는 당장 부서지는 그를 붙들기 위해 진심인 척 고개를 끄덕였다.

"분명히 그럴 수 있어."

바옐은 희미하게 웃었다. 그리고 대답했다.

"하지만 떠나지 않아."

"……뭐?"

"말했지 않나. 연주 여행은 지겹다고. 조금은 더 이곳에서 기다려 보려고 해. 만약 내가 에단을 떠나야만 하는 날이 온다면…… 그것은 이 에단이 멸망했을 때겠지."

그의 대답은 의외였으나 나는 묘한 안도감을 느꼈다. 에단의 시민들을 도저히 사랑할 수 없는 바옐도 에단 자체에 대한 애착은 가지고 있는 모양이었다.

어쨌거나 그가 태어나 자란 곳이기 때문일까?

"그리고 이제는 진혼곡 따위 싫어. 나도 자네처럼 어울리지 않는 말 한번 해 보겠네. 앞으로는…… 내가 아끼는 사람들을 살리기 위한 연주를 할 걸세."

나는 바옐이 그런 말을 한 것에 조금 놀랐다.

"사람을 살리기 위한 연주라. 그것참 멋진……."

"그러니까 죽지 마."

내 말을 자르며 그렇게 말한 바옐은 시선을 조금 피했다. 아마 쑥스러워 그리한 것이겠지만 나로서도 다행이었다. 내 얼굴은 그야말로 가관이었을 것이다. 방심하고 있는 사이 심장 깊은 곳을 날카로운 것으로 찔린 듯한 기분이었다.

그리고 상처 난 가슴에서는 뭔가가 넘쳐흘렀다…….

바옐은 이내 멋쩍게 웃더니 멎어 있는 나를 장난스럽게 활로 때렸다. 그러곤 그것과 여명을 가방에 넣고 닫았다. 마지막으로 등을 돌리는 그에게 나는 충동적으로 내뱉었다.

"미안해."

바옐은 고개를 돌려 '무엇이?'라는 표정으로 나를 바라보았다.

나는 머뭇거리다가, 한 번도 그 앞에서 말한 적 없던 내 가장 간절한 바람을 꺼냈다.

"자네의 그…… 단 한 사람이 되어 주지 못해서."

바옐의 눈이 커졌다. 나는 가까스로 그의 놀라움이 담긴 시선을 피하며 덧붙였다.

"하지만 알아주게. 진정으로, 진심으로…… 되고 싶었다는 걸."

이 한마디의 말로는 턱없이 부족할 만큼, 그 바람은…… 그 바람은 너무나도 뜨거웠다는 것을.

바옐에게선 아무 말도 없었다.

나도 묵묵히 땅만 내려다봤다. 그가 무언가 대답해 주길 바란 것은 아니었다. 적어도 비웃지 않은 것에 안도했다.

바람이 내 발 아래 고이 잠들어 있던 흙을 쓸었다. 장난치듯 원을 그리며 흙을 모아 허공을 향해 뿌린 바람은 즐거운 듯 춤추며 사라졌다. 그 흙이 눈으로 들어가는 바람에 나는 눈을 몇 번 깜빡거렸다.

그러고 나서 다시 고개를 들었을 때, 바옐은 흠칫하더니 무언가 말하려는 듯 입을 열었다. 그러나 아무 말도 하지 않고 그대로 다물며 조용히 웃었다. 마지막으로 고개를 한 번 끄덕거린 바옐은, 몸을 돌려 걸음을 옮겼다.

그것으로…… 되었다.

그 반응은 오히려 너무나도 바옐다웠기에.

나는, 만족했다.

눈으로 들어간 흙은 잠시 후 저절로 흘러나왔다.

#13
환상곡, 얼음나무 숲

언젠가 신을 만난다면 물으리

당신은 우리에게 무엇을 주고
무엇을 앗아 가신 거냐고

몬드 광장을 한눈에 내려다볼 수 있는 카페 마레랑스의 주인 이름은 클로드 장 리제였다.

그는 과묵하고 잘 웃지도 않는 중년의 남작이었다. 비록 하위 귀족이긴 하지만 그런 신분으로 카페를 운영하는 것은 상당히 드문 일인데, 내가 그 이유를 물을 때마다 그는 웃는 듯 마는 듯 한 표정을 지을 뿐 대답하지 않았다. 그럼에도 올 때마다 끈질기게 물어본 덕분에 나는 그로부터 한마디를 얻어 낸 적이 있다.

"음악이 좋아서……."

정말로 살아 있는 그대로의 음악을 듣고 싶다면 카논 홀보다는 그처럼 몬드 광장에 자리를 잡는 것이 좋다.

말없이 차를 만들고 때때로 몬드 광장 쪽을 향해 귀를 기울이는 그를 나는 전부터 마음에 들어 하고 있었다. 하지만 그 성격 탓에 많이 가까워지진 못했는데, 그런 그가 만난 지 몇 년 만에 처음으로 내게 버럭 소리를 질렀다.

"고요 씨, 바깥을……!"

그 외침에 화들짝 놀라 창가로 달려가기 몇 분 전, 나는 바엘과 난롯가에 앉아 손을 녹이며 트리스탄에 대한 이야길 하고 있었다.

바엘도 그의 상태가 심상치 않다는 것은 진작부터 눈치챘지만, 원인을 알면서도 우리가 해 줄 수 있는 일이 없었기에 그에 대한 얘기를 꺼렸다. 그래서 망설이던 나는 결국 그의 대부가 죽던 날 저택에서 내가 본 광경에 대해 이야기했다.

다 듣고 난 바엘은 눈살을 잔뜩 찌푸렸지만 여전히 방어적인 자세였다.

"키세라는 이름 앞에 뭐라고 했는지 듣지 못했다면서."

"뭔가 해 달라는 것 같았어. '살려 줘.'라든가, '구해 줘.'라든가. 트리스탄의 입 모양은 구해 줘, 쪽에 더 가까웠던 것 같아. 아무튼 그런 의미였다면?"

"그냥 '찾아 줘.'라는 말이었을 수도 있지 않나."

"그런 모양은 아니었다니까."

"그 정도 봤으면 제대로나 볼 것이지."

바엘은 버릇대로 빈정거리고는 잠시 생각에 잠긴 표정을 했다. 그도 일이 심각하다는 것을 모르는 바는 아닐 것이다. 다만 그것과 진실로 마주하는 것을 두려워하고 있을 뿐.

"좋아. 트리스탄이 키세를 봤다고 말하고 싶은 거로군. 하지만 어떻게? 그가 무슨 수로 그곳에 찾아간단 말인가."

"그야…… 모르지."

"그것참 대단하군."

바엘은 어처구니없다는 얼굴로 비꼬았다.

며칠 전과는 다르게 바엘은 어느새 예전의 그로 돌아가 있었다. 기뻐해야 할 일인지 안타까워해야 할 일인지. 그가 억지로 괜찮은 척하는 것만 아니라면 다행스러운 일이었다.

그때 클로드 남작이 우리가 주문한 차를 직접 가져왔다. 나는 언제나처럼 웃으며 눈인사를 건넸으나 그는 살짝 고개를 끄덕일 뿐 살갑게 응해 주지 않았다.

내가 찻잔을 손에 들고 후우 불자 바엘은 묘한 얼굴로 나를 바라보다가 말했다.

"샨닐차로군."

"응. 왜?"

"레안느가 좋아했지."

나는 하마터면 찻잔을 떨어뜨릴 뻔했다.

바옐은 자기가 내뱉은 말을 후회라도 하는 것처럼 고개를 흔들었다. 하지만 다음 순간 그의 말이 이어지고 있었다.

"가시가 많은 식물이라 하지 말라고 했는데…… 내년에 자기가 직접 기른 것으로 차를 만들어 주겠다며, 그 집 정원에 심었어."

나는 엉망이 된 꽃밭을 손질하고 있던 그 작고 예쁜 아가씨를 떠올렸다. 가슴에서 뭔가가 뭉클하고 움직였다.

바옐은 내 시선을 감당 못 하듯 고개를 떨구었다가, 다시 들었다가 마침내는 다른 곳으로 돌렸다.

"누군가가 망가뜨려서 다행이라고 생각했는데……."

바옐의 씁쓸한 얼굴 위에 슬픈 미소가 번졌다.

"그게 이렇게 그리워질 줄은 몰랐군."

나는 떨리는 손으로 찻잔을 내려놓았다. 감미로운 차향에 숨이 막힐 것만 같았다. 손을 어디다 둬야 할지, 시선을 어디로 돌려야 할지 몰라 허둥대다가 나도 모르게 주머니에서 손수건을 꺼냈다. 그리고 다급히 그에게 건넸다.

눈동자만 돌려 힐끔 나를 본 바옐은 그대로 헛웃음을 터뜨렸다.

"됐어. 내가 자네처럼 툭 하면 우는 줄 아나."

"미안. 어떻게 해야 할지 몰라서……."

"그렇게만 해."

바옐은 찻잔으로 얼굴을 잠시 감췄다가 다시 드러냈다. 어느새 웃음도 우울한 눈동자도 사라져 있었다. 앞으로 누군가를 살리기 위한 연주를 하겠다는 그는, 죽은 이를 그리워하는 대신 산 자들과 행복하기 위해 애쓰는 것 같았다. 그런 그 모습은 메말라 보이지 않고 내겐 너무도 강해 보였다.

문득 책임감이 느껴졌다. 산 자로서, 그의 친구로서. 슬픔도 죄책감도 잠시만 그를 위해 덮어 두고 내가 할 수 있는 것을 생각해 보았다. 그리고 곧 미소 지었다. 예나 지금이나 내가 바옐을 위해 할 수 있는 것은 하나뿐이었다.

"바옐, 예전에 하지 못한 그 이중주, 다시 해 볼까?"

"……싫어했지 않나?"

"우리만 아는 그녀의 죽음을 위한 추모곡이라고 하면…… 조금이나마 사죄가 될까."

바옐은 잠시 생각에 잠긴 얼굴을 했다가 입을 열었다. 하지만 그의 대답을 가로막으며 누군가가 날카롭게 외쳤다.

고요 씨, 바깥을…….

"……보십시오!"

나는 잠시 얼떨떨하게 클로드 남작을 바라보았다. 처음엔 그의 목소리가 아닐 거라 생각했지만, 소리가 들려온 방향에는 그 소박한 남작밖에 없었다. 클로드의 손가락은 이리저리 흔들리며 몬드 광장 쪽을 가리키고 있었다.

나는 테라스가 있는 쪽으로 달려갔다. 그러곤 바깥으로 고개를 내밀어 몬드 광장을 내려다보았다.

와아아아아아아!

그대로 멎어 버렸다. 뜨거운 열기가 얼굴에 닿으며 불쾌한 감촉을 남겼다. 내 시야에 들어오는 그것을 믿을 수 없어, 나는 더욱더 눈을 크게 떴다.

처음에는 그것이 수만 가지의 사람 얼굴로 이루어진 괴물이라고 생각했다. 욕지기가 날 만큼 추하게 꿈틀거리며 군중이 우리를 향해 똑바로 다가오고 있었다. 그들의 머리 위로 넘실거리는 광기가 눈에 보이는 것만 같았다. 그리고 그들의 가장 중심에는, 한 늙은 남자가 무언가를 품에 안은 채 넋 나간 얼굴로 걸어오고 있었다.

"바…… 바옐."

사람들이 가까워질수록, 그들의 중심에 있는 노인의 모습이 커질수록, 그가 품에 안고 있는 것이 무언지 뚜렷해질수록…… 심장이 얼어붙는 것 같았다.

"피해야 돼!"

급히 몸을 돌린 나는 바옐과 마주쳤다. 그는 차갑게 가라앉은 얼굴로 나를 보더니 시선을 돌려 바깥을 내다보았다. 그러곤 역시 굳어 버렸다.

"또……인가?"

사람을 살리기 위한 음악을 하겠다는 그를 살인마는 기다려 주지 않았다.

바옐이 모습을 드러내자 사람들은 미친 듯이 소리를 질렀다.

"진혼곡을 들려주십시오!"

"당신 때문에 죽은 이를 위한 위로의 음악을!"

광장이 꽉 찰 만큼 거리를 메운 사람들은 한목소리로, 동일한 눈빛으로, 같은 방향을 향해 그들의 더러움을 성토했다.

바옐은 무게가 없는 사람처럼 허우적거렸다. 나는 간신히 그가 쓰러지기 전에 붙잡았다. 바엘의 눈은 공포와 충격으로 크게 벌어져 있었다.

"설마…… 트리스탄인가?"

목 뒤쪽으로 커다란 말뚝이 박히는 기분이었다. 그 말에 대해 생각해 보기도 전에 고개가 저절로 휘저어졌다.

"아니야. 트리스탄의 모습은 아니었어."

머저리 같은 소리다. 이미 썩어 문드러진 그 시체가 누군지 알아볼 수 있을 리가. 하지만 나조차 믿지 않는 그 말을 바엘은 믿었다. 믿지 않고서는 일어날 수 없으니까.

간신히 중심을 잡고 일어난 바엘은 다시 광장을 내다보았다. 까마득하게 오랜 옛날, 죽은 연인을 그리워하며 몬드가 연주했던 그 자리는 사람들의 발에 짓밟히고 더럽혀지고 뭉개졌다. 그들은 그들의 발 밑에서 부서지는 전설이나 낭만 따위에는 관심도 없었다.

살인마보다도 잔인한 청중이여, 광기여, 소용돌이여.

에단의 시민들은, 살해당한 이의 죽음에 '열광하고 있었다.'

음악을!

음악을!

음악을!

"고요……."

바엘의 부름을 들었으나 나는 대답할 힘이 없었다. 나조차 그들 틈으로 빨려 들어가 한목소리를 낼 것 같았다.

간신히 에단에 기대어 보려는 바엘에게, 온 시민들이 합심하여 제발 자기네들을 경멸해 달라고 부르짖는 꼴이었다. 이미 제어가 풀린 그들은 멈추지 않을 기세였다. 그리고 그들 가운데 몇몇 작자들은 노골적으로 나를 바라보며 손가락질하기도 했다.

마치 '저놈 차례는 언제일까?' 하고 묻는 것 같았다.

나는 그 눈빛에 분노를, 혐오감을, 그리고…… 두려움을 느꼈다.

"마에스트로!"

"당신의 진혼곡을!"

"죽은 크마리스 리베르토를 위해!"

그제야 우리 둘 다 죽은 이가 누군지 알 수 있었다. 제2의 바엘이라고 불리기 싫다던 치기 어린 젊은 바이올리니스트. 살인마는 처음으로 돌아가 또다시 바엘을 모욕한 자를 죽인 것이다.

그래서는 안 되었지만, 나는 트리스탄이 아닌 것에 잠깐 안도감을 느꼈다.

"하지 않아……."

바엘이 중얼거렸다. 하지만 사람들의 외침은 사그라지지 않았다. 환호성은 절규가 되고 울부짖음이 되었다. 아우성치는 그들은 하나같이 바엘을 향해 손을 뻗었다.

이건…… 아니다. 뭔가가 잘못되었다. 세상이 비틀렸다. 대체 언제부터?

바엘은 결국 테라스 밖으로 몸을 내밀었다. 그러곤 거의 뛰어내릴 기세로 팔을 휘저으며 소리를 질렀다.

"하지 않아. 연주하지 않는다고!"

나는 급히 그의 허리를 붙잡았다.

다행히 바엘은 오래 날뛰지 않았다. 그의 외침 하나로 광장은 갑자기 쥐 죽은 듯 조용해졌다. 나는 이 섬뜩한 침묵에 머리털이 곤두서는 공포를 느꼈다.

"연주하지 않는다고……?"

"바이올린을 켜지 않겠다고……?"

"당신 때문에 사람이 죽었는데……?"

그만…… 제발 그만.

곧 광기의 폭풍이 휘몰아쳤다.

절규하는 자.

탄원하는 자.

애원하는 자.

우는 자. 짖는 자. 울부짖고 부르짖는 자.

성난 군중은 닥치는 대로 손에 잡히는 모든 것을 우리가 있는 2층의 테라스로 던지기 시작했다. 카페의 창문이 깨지고 부서진 의자가 뒹굴었다.

카페의 문을 향해 사람들이 몰려들었으며 성급한 몇몇 작자들은 2층으로 뛰어오르기까지 했다. 마레랑스의 직원들이 모두 달려나가 문을 막았지만 오래 버틸 수는 없을 듯했다.

"바옐!"

그러나 바옐은 단호하게 고개를 저었다. 그는 손에 들고 있는 바이올린 가방을 더욱 세게 쥐었다.

"더할수록 놈은 멈추지 않을 걸세."

"하지만 이러다간 자네가 죽어!"

그러나 그때였다. 무슨 일인지 문득 사람들이 조금 잠잠해졌다. 그들은 잠시 소동을 멈추고 한 곳을 뚫어져라 바라보며 카페로 이어지는 길고 좁은 길을 텄다.

잠시 후 그 사이로 한 남자가 걸어 나왔다. 늙고 왜소한, 아까 그들의 중심에 있던 남자였다. 깊게 주름진 그 얼굴에는 온갖 세월과 감정이 다 들어앉아 있었다. 그가 품에 안고 있는 시체를 내려다보며 말했다.

"이 녀석은 정말로 쓸모없는 녀석이었습니다. 별것 아닌 실력으로 교만을 떨었지요. 하지만 이제야…… 죽어서야 쓸모 있는 일을 하게 되었습니다."

거기까지 말했을 때, 나는 그가 누구인지 깨달았다. 턱이 부르르 떨렸다. 전신에 소름이 돋았고 차마 입이 떨어지질 않았다.

"마에스트로, 죽은 제 아들을 위해 연주해 주십시오."

그는, 죽은 크마리스 리베르토의 아버지였다.

바엘은 난간을 부서져라 움켜쥐었다. 멍하니 입을 벌린 그도 할 말을 잃은 듯했다. 침묵하는 청중을 내려다보는 바엘의 눈에서 곧 굵은 눈물이 쏟아졌다. 그의 입에서 나만이 알아들을 수 있을 만큼 작은 중얼거림이 새어 나왔다.

"대부……."

썩은 시체를 안아 든 그 노인에게서 바엘은 죽은 대부의 모습을 보고 있었다. 나 또한 눈가가 뜨거워지는 것을 느끼며 그의 팔을 붙잡았다.

"아니야!"

그러나 바엘은 홀린 듯 노인을 바라보며 천천히 고개를 저었다. 내 손을 느린 동작으로 걷어 낸 그는 바이올린 가방을 열었다.

"안 돼……."

조금 전까지는 성난 군중을 달래기 위해 그가 연주하길 바랐으면서도, 지금은 그것을 막고 싶었다. 군중 따위는, 죽은 사람은 문제가 아니었다. 이대로 가면, 이런 식의 일들이 계속 벌어지면 죽고 마는 것은 바옐이었다.

하고 싶지 않아.

여명을 끄집어내는 바옐의 얼굴 또한 그렇게 말하고 있었다. 그러나 이곳에 몰려든 수많은 사람들의 숨 막히는 갈구보다도, 바옐은 저 자식 잃은 아비 때문에 활을 들고 있었다.

제발, 멈춰 줘. 누구라도 이것을…… 모토벤이시여.

바옐의 활이 곧 현에 닿았다. 그러나 여명은 울지 않았다. 차마 활을 긋지 못하는 바옐은 떨고 있었다.

침묵한 채 기다리고 있던 청중이 조금씩 들썩이기 시작했다. 여전히 썩은 몸을 안아 든 노인은 고요히 바옐을 올려다보고 있었다.

바옐은 작게 울음 같은 탄식을 토해 냈다. 그의 손에 힘이 들어가는 것이 보였다.

그러나 그때.

"근위대는 들어라!"

구원자가 나타났다.

"지금부터 이곳에 열린 불법 집회를 해산시킨다. 저항하는 자에게는 칼을 휘둘러도 좋다!"

선지자와도 같은 그 외침에 침묵이 쫓겨났다.

뒤를 돌아본 사람들은 곧 태양 아래에서 번뜩이는 날카로운 칼날과 마주하게 되었다. 에단의 역사상 근위대가 무섭게 정렬한 채 사람들을 에워싸거나 칼을 꺼내 드는 광경을 보는 것은 참으로 드문 일이었다. 나조차 잠시 입을 벌리고 그들이 철컥철컥 소리를 내며 걸어오는 것을 바라보았다.

사람들은 곧 혼비백산하여 사방으로 도망치기 시작했다. 나는 그들의 중심에 서 있는 케이저를 보고 가슴이 폭발할 것 같았다. 그를 좋아하게 될 날이 올 줄은 꿈에도 알지 못했다.

그러나 광기에 허우적거리던 사람들 중 일부는 거기에 혼란이 가중되자 거의 미쳐 버리고 말았다. 판단할 능력을 상실한 그들은 카페로 몰려들었다. 결국 문이 부서지고 누군가 거기에 깔린 듯 고통스러운 비명을 질렀다. 다른 이들을 짓밟고 테라스를 기어오르는 사람도 있었다.

나는 얼른 바옐에게 여명을 가방에 넣도록 한 뒤 그의 팔을 붙잡고 나가기 위한 길을 찾기 시작했다. 다행히 다른 비상구가 있다며 클로드가 우리를 구석으로 안내했다.

"저기로 나가면 광장과는 반대 방향에 있는 뒷골목이 나옵니다. 그쪽으로 도망치십시오."

그러나 우리가 비상구 앞에 다다른 그때, 클로드가 손잡이를 향해 손을 뻗기도 전에 문이 벌컥 열렸다. 나는 광분한 무리들이 이 출입구를 발견하고 뛰어든 줄만 알고 절망감을 느꼈다. 하지만 그 안에서 아는 얼굴이 튀어나오자 비명처럼 그의 이름을 불렀다.

"트리스탄!"

그의 얼굴은 그새 검게 죽어 있었다. 하지만 눈만은 형형히 빛나며 우리를 훑었다.

"어서, 이쪽으로."

그가 나직이 말했다.

나는 급히 트리스탄에게 달려갔지만 바옐은 그 자리에 선 채 미동도 하지 않았다. 의아해서 그를 돌아보았다.

"바옐?"

바옐은 묘한 표정으로 무언가 말하려는 듯 입을 열었다. 그러나 우당탕하는 소리와 함께 2층으로 사람들이 뛰어 올라왔다.

"저기 있다!"

눈이 뒤집힌 사람들이 달려들자 바옐도 더는 지체할 수 없었다. 결국 바옐과 함께 우리는 비상구를 통해 바깥으로 내달렸다. 뒤에서 클로드 남작이 그들을 막아서며 악을 쓰는 소리가 들렸다. 나는 그에게 감사하며 또 그를 두고 도망치는 것에 미안해하며 걸음을 재촉했다.

계단을 내려오자 출구가 보였다. 클로드 남작의 말대로 좁은 골목길로 빠져나왔다. 멀리서 사람들의 아우성치는 소리가 들렸다. 다행히 이곳은 아직까진 조용했다.

"따라와."

트리스탄이 우리를 이끌었다.

나는 바옐과 시선을 교환하곤 그를 따라갔다. 그동안 어디에 있었던 건지, 어떻게 알고 나타난 것인지 묻고 싶은 것이 많았다. 그러나 트리스탄은 내가 어떻게 말 붙여 볼 겨를도 없이 골목길을 이리저리 걸었다. 길을 몰라 헤매는 것 같진 않았기에 잠자코 따라가던 나는 결국 입을 열어 물었다.

"트리스탄, 어디로 가는 건가?"

하지만 그는 대답하지 않았다. 계속 그를 따라가면서 바옐을 돌아보았다. 바옐의 얼굴은 심각하게 굳어져 있었다. 그는 바이올린 가방을 끌어안다시피 한 채 걸음을 옮겼다. 내가 다시 트리스탄을 향해 입을 여는 순간 그가 드디어 말을 꺼냈다.

"기억하나?"

나는 숨이 찰 지경으로 빨리 걷는 그에게 바싹 붙으며 되물었다.

"무엇을 말인가?"

"맨 처음 죽은, 콜롭스 뮈너의 약혼녀."

트리스탄의 음성은 기묘했다. 메마른 그의 목소리에는 약간의 금속성이 섞인 것 같았다.

나는 기분 탓일 거라 여기며 다시 물었다.

"갑자기 그녀는 왜?"

"그녀에게는 친구가 하나 있었지. 함께 갔었으나 홀로 살아 돌아온 친구 말이야."

나는 잠시 이전에 들은 케이저의 이야기를 떠올렸다. 벌써 까마득하게 느껴지는 일이었다.

그날 죽은 엘레나와 함께 소풍을 나갔던 여인입니다. 정말 신기하게도 그녀는 엘레나가 죽은 날로부터 벌써 며칠이 지났다는 것을 인지하지 못하고 있습니다. 그사이의 모든 시간이 증발해 버린 겁니다. 그녀들이 소풍을 간 날은 우리가 알기론 며칠 전이지요. 하지만 엘레나의 친구는 그게 오늘인 줄 알고 있는 겁니다. 정말 농담 같지 않습니까? 그녀의 말에 따르면 그 산에서 에단까지 오는 데 며칠이나 걸렸으며, 그녀 자신은 그것을 전혀 인지하지 못했다는 거니까요.

"그 친구가 어쨌다는 건가?"

"나는, 의심했네."

트리스탄은 걸음을 멈추지도, 나를 돌아보지도 않은 채 계속 말을 이었다.

"자네들이 뭔가 나에게 숨기는 것이 있을지도 모른다고."

가슴이 철렁했다. 나는 바옐을 돌아보았다. 그는 이제 이를 악물고 있었다.

내가 먼저 바옐을 붙잡으며 그 자리에 멈췄다. 트리스탄은 홀로 몇 걸음 더 가다가 멈춰 섰다. 잠깐 동안 침묵이 흐르는 이곳의 공기는 묘했다. 너무 조용했다.

나도 바옐도 아무 대답도 못 하자 트리스탄이 곧 한숨처럼 말을 쏟아 내었다.

"그날 아나토제는 그곳에 왜 있었던 것일까. 그곳은 어디일까. 어째서 내가 모르는 그곳을 고요는 알고 있을까. 그래서…… 찾아가 봤지. 레안느의 장례식이 끝난 그날, 그 친구라는 여인을."

심장의 크기는 분명히 변함이 없을 텐데, 점점 크게 부풀어 오르는 것처럼 가슴속에서 요동쳤다.

"그녀는 이미 그 근처에서 미친 여자 혹은 살인자로 취급받고 있었네. 가족들마저 그녀를 외면하는 바람에 홀로 집에 갇힌 채 말라 가고 있었지. 나는 그녀에게 그들이 갔던 곳으로 데려다 달라고 말했네. 처음엔 무서운 듯 거부하던 그녀도 왜 친구가 그 자리에서 죽었는지 알아야 한다고 설득하자 간신히 집 밖으로 나왔지. 그래서 우리는 갔네. '그곳'으로."

트리스탄은 갑자기 확 뒤로 돌았다.

움찔하며 뒤로 물러난 나는 그의 잔뜩 일그러진 얼굴과 마주하게 되었다. 나도 모르게 바옐의 팔을 잡았다. 그 팔도, 떨리고 있었다.

"기이한 일이었어. 그래, 이해할 수 없는 일이었지. 단지 그녀의 집을 나와 골목길을 조금 걸었을 뿐인데…… 우리는 어느새 그 숲에

가 있었네."

딱딱 하는 소리가 들렸다. 나는 잠시 후에야 그것이 내 이빨이 부딪치는 소리임을 깨달았다.

트리스탄은 팔을 양옆으로 펼쳤다. 그러곤 으르렁거리듯 말했다.

"보이나?"

나는 그 섬뜩한 눈을 더 이상 마주할 수 없었다.

"이것이 보여?"

덜덜 떨며 가까스로 시선을 내린 나는 트리스탄이 말한 그것을 보았다.

수면…… 처음에는 그것이 우리의 발밑에 고여 있는 물인 줄 알았다. 그러나 비도 오지 않는데 물이 홀로 파문을 그리고 있을 수는 없었다. 그 파문이 점차 넓어져 우리 모두를 담았다는 생각이 들었을 때, 발밑에 있던 그 물이 우리를 향해 쏟아졌다.

나는 비명을 질렀다. 순식간에 모든 것들이 거꾸로 솟았다.

하늘이 뒤집혀 땅에 섞여 들어갔으며 물이 공기를 마시고 불을 토해 냈다. 밤에 침식당한 낮이 별을 향해 탄원했고 번개는 구름을 던지며 포효했다. 진실이 거짓을 호도하고 시간이 공간을 일그러뜨리면서 우리가 있던 그 자리는 모습을 바꾸었다. 꿈이 현실 속에 자리했으며 과거가 미래를 역전하고 추한 기억들은 우리를 향해 그 장면을 벌름거렸다.

……보였다.

그 모습은 현실인지 무언지 구분할 수 없었으며 구분 자체가 무의미했다. 저편에, 수면에 비쳐 어른거리는 것처럼 분명하지 않고 답답한 영상이 보였다.

우리가 서 있는 이 길 위를 트리스탄이 달리고 있었다. 그리고 그 곁에는 처음 보는 어떤 여인이 있었다. 두 사람은 곧 순백의 세상에 도달했다. 일그러진 키세를 본 트리스탄은 고통스럽게 비명을 질렀다. 그러느라 트리스탄은 그의 뒤에 누군가 나타난 것을, 그리고 함께 온 여성이 순식간에 썩어 문드러지는 것을 보지 못했다.

영상은 갑자기 바뀌었다. 이번에는 나와 바엘이 달리고 있었다. 나무에 못 박혀 일그러진 모습의 키세를 뒤로하고 우리가 도망치고 있었다. 나는 가슴 가장 깊은 곳에 숨겨 둔 치부를 들켜 버린 사람처럼 어쩔 줄을 몰랐다.

다시 영상이 흘렀다. 아무도 없는 고요한 얼음나무 숲은 천천히 흐르는 유령처럼 기이한 모습으로 춤추고 있었다. 그 땅 위에, 새하얀 그림자가 나타났다. 그 그림자는 누군가를 안고 있었다. 안겨 있는 그녀의 모습을 본 나는 소리를 질렀다.

키세! 분명히 그녀였다.

하얀 그림자는 키세의 붉은 머리카락을 애틋하게 쓸었다. 그러곤 그녀에게 입을 맞추고 얼음나무 숲의 가장 거대한 나무를 향해 다가 갔다. 그림자는 조금 전 그토록 애타게 키세를 쓰다듬던 손으로 맹렬히 그녀를 나무에 못 박았다.

나는 내 가슴에 말뚝이 박히는 것 같은 고통을 느꼈다. 분명히 느껴지는 그 고통은 그러나 꿈속의 것이고 환상이고 내 것이 아니었기에 생경했다. 새하얀 그림자는 일그러져 가는 그녀를 애무하며 사라졌다.

영상은 끊임없이 흘렀다…….

또다시 내가 나왔다. 나는 누군가와 이야기를 나누고 있었다. 그에게 무언가를 부탁하며 안타깝게 쏟아 내고 있었다. 신비스러운 미소로 순수를 찬양하며 사라져 버린 마술사…… 혹은 악마. 키욜 백작은 부드럽게 웃고 있었다. 그의 새하얀 머리카락이 모자 밑에서 찰랑거렸다.

그만해!

나는 숨이 막혀 울음을 터뜨렸다. 이곳에서, 이 안에서 숨 쉴 수 있는 방법은 오직 그것뿐이었다.

하지만 우리를 머금고 있는 수면은 아직 보여 줄 것이 남아 있었다. 장대한 초현실의 협주곡이 내 눈앞에 펼쳐졌다. 얼음나무 숲을 처음 방문하던 때 바엘이 내게 보여 준 그 영원함이 또다시 가슴 위로 흘렀다.

나는 눈물을 줄줄 쏟아 내며 넋이 나가 그 모습을 바라보았다. 귀에는 아무것도 들리지 않았으나 나는 이미 그 음악을 듣고 있었다. 과거로부터 단 한 번도 끊긴 적 없는 그것을…….

수면은 바닥을 드러내고 있었다. 드디어 숨을 쉴 수 있게 되기까지 얼마 안 남은 시점, 영상은 또다시 과거로, 과거로, 과거로 흘렀다……. 아무도 그 순백의 세상을 침범한 적 없던 나날, 그 안에는 한 사람이 잠들어 있었다.

새하얗게 타들어 가 마침내 얼음이 되어 버린 나무들의 지배자. 그 기괴한 초현실의 주인. 그리고…… 바엘이 깨운 그 잔혹한 괴물은 무려 2000년간 그곳에 잠들어 있었다.

그럴 리 없어…… 그럴 리가.

그가…… 그가 어떻게 그 긴 시간 동안.

순식간에 모든 세상이 또다시 바뀌었다. 여태까지 흐른 모든 것이

거꾸로 묻히고 눈앞에서 어른거리던 수면도 사라졌다. 환상은 다시 현실이 되고 나는 그 현실에 발붙인 모습 그대로 돌아왔다. 여전히 바엘의 팔을 부여잡고 있었다. 얼굴을 엉망으로 만든 눈물만이 그 모든 꿈의 유일한 증거였다.

그러나 나는 차마 시선을 들 수 없었다.

그 골목을 지나면, 이 모든 환영을 지나면 우리가 도달해 있을 곳은 결국…….

"환영합니다."

나는 퍼뜩 고개를 들었다.

2000년 전의 신화를 증명하는 그 숲의 주인이 우리를 향해 두 팔을 벌렸다. 아무 말도 못 하고 서 있는 우리 대신 트리스탄이 그 앞에 무릎 꿇으며 외쳤다.

"데려왔다. 데려왔어. 그러니…… 그러니 이제 그만 그녀를…… 죽여 줘."

죽여 줘.

그제야 나는 깨달았다. 트리스탄이 내게 벙긋거리던 그 말이 무엇이었는지를.

얼음나무 숲의 지배자는 관대하게 웃으며 숲의 저편을 가리켰다. 그곳에 무엇이 있는지 나는 알고 있었다. 이 숲의 중심인 가장 거대한 나무…… 그곳에 매달려 있는 기괴한 예언가.

그러나 눈을 돌려 본 나는 심장이 멎는 기분을 느꼈다.

그곳에는 아무것도 없었다. 희미한 '자국'만이 남아 있을 뿐.

"먹혔……어!"

그렇게 내뱉고는 입을 틀어막았다.

그러나 트리스탄은 황홀한 눈으로 그 나무를 바라보며 천천히 일어나 그곳으로 다가가기 시작했다.

"안 돼, 트리스탄!"

나는 달려가 그를 붙잡으려고 했지만 그런 나를 뒤에서 바옐이 붙들었다.

"그만둬!"

"하지만 트리스탄이……!"

"이미…….”

바옐은 나를 붙잡은 것이 아니었다. 그는 내게로 무너지며 격한 울음을 터뜨렸다.

"죽었어!"

나는 입을 벌린 채 고개를 들어 다시 트리스탄의 뒷모습을 바라보았다.

그는 엉성하게 그려진 그림자처럼 비틀비틀 나무를 향해 다가가고 있었다. 그가 두 팔을 벌렸다. 얼굴은 볼 수 없었지만 틀림없이 행복하게 웃고 있을 거란 생각이 들었다.

키세…….

다음 순간 트리스탄의 몸이 새하얀 나무의 품에 안겼다.

화아악.

너무 눈이 부셔서 나는 눈을 질끈 감았다가 떴다.

순식간이었다. 트리스탄의 모습은 더 이상 없었다. 다만 그가 거기 있었음을 증명하듯 하얀 재가 잠시 날렸다. 마치 눈 같았다.

"트리스……탄?"

넋 나간 듯 그렇게 중얼거리다가, 무릎에 통증이 느껴져 시선을 내려 보니 어느새 내가 주저앉아 있었다. 내 뒤에서 조용히 흔들리는 바엘의 무게가 묵직하게 느껴졌다.

"나는……."

그를 지탱하기 위해, 너를 버렸다.

몸이 쓰러질 것 같아 두 팔로 땅을 짚었으나 오래 버티지 못했다. 나는 새하얀 땅 위에 머리를 묻고 비명을 질렀다. 광포하게 속을 헤집고 뛰어다니는 이 감정 덩어리를 꺼내기 위해 토악질을 했으나 아무것도 나오지 않았다. 제어를 잃은 눈에서 줄줄 흘러내리는 액체는 새하얀 그 땅 위에서는 너무나 더러워 보였다.

더럽구나, 더러워. 이처럼 더럽구나. 내 눈물은…….

"일어나십시오."

그때 부드러운 목소리가 우리를 두드리듯 깨웠다. 마치 거역할 수 없는 명령인 듯, 나는 뜻하지도 않았는데 홀린 듯 고개를 들었다.

"당신들에게는 당신들의 결말이 기다리고 있습니다."

그의 너무나도 천진난만한 미소에 나도 따라 웃었다. 나는 일어나 바엘을 끌어안고 재미난 구경거리라도 되는 듯 그 괴물을 바라보았다. 우리를 기다리는 게 무엇이든 이미 망가진 나를 또 부술 수는 없었다.

"길고 긴…… 죽음과도 같은 잠이었습니다."

나른한 그 목소리는 감출 수 없는 환희에 떨리고 있었다.

하얀 그림자로 흔들리는 그의 기괴한 얼굴은 평소처럼 온화하거나 예의 바르지도, 바엘의 음악을 듣던 때처럼 희열에 차 있지도, 나를 노려보던 그때처럼 경멸에 일그러져 있지도 않았다. 그 얼굴을 봤을 때 내가 느낀 감정은 한 가지뿐이었다.

아아, 그렇구나.

"듀프레."

타오르는 것을 증명이라도 하듯 새하얀 불씨를 튀기는 나무들 사이에서 젊은 필사가가 걸어 나왔다.

"이곳에서 당신과 마에스트로를 다시 보게 되다니 기쁘군요."

나는 멍하니 그를 올려다보며 그 말을 반복했다.

"다시……라고?"

"처음 당신들이 이 얼음나무 숲에 방문하였을 때 저는 이곳에 잠들어 있었지요. 오면서 보셨을 텐데요?"

그랬다. 환상인지 꿈인지 모를 그 장면 안에는, 마치 멎어 버린 것처럼 꼼짝 않고 잠들어 있던 듀프레의 모습이 있었다. 찰나였지만 나는 그 시간이 2000년에 달하는 것을 느낄 수 있었다.

"하지만…… 네가 왜? 어떻게 그 긴 시간 동안……."

혼란스럽게 중얼거리던 나는 서서히 뭔가 깨닫는 바가 있어 입을 다물었다.

얼음나무 숲이 처음 어떻게 만들어졌는가? 이 기만 가득한 비극 안에는, 오직 한 그루의 나무를 사랑했다는 전설 속의 인물과 그의 마지막이 있었다.

거기까지 생각한 나는 문득 머리카락이 곤두서는 사실을 깨닫게 되었다.

"설마……?"

내 중얼거림에 품 안에 있던 바옐도 고개를 들었다. 어느새 눈물이 말라붙은 얼굴로 그는 조용히 듀프레를 응시했다.

그 얼굴에는 아무것도 없었다. 드디어 마주하게 된 살인자에 대한 분노도, 방금 전 또 하나의 친구를 잃은 슬픔도, 아무것도. 흡사 영혼이라도 빠져나간 것처럼 가슴 아플 만큼 텅 비어 있었다.

듀프레는 그 얼굴을 들여다보며 부드럽게 미소 지었다. 그리고 말했다.

"그렇습니다. 내 본래 이름은 이그지스 듀프레. 2000년 전 이 땅에 정착하여 터를 만들었으며, 사람들에게 예술과 문화를 가르쳐 나를 섬기게끔 하였으며, 아낙스 왕으로 하여금 에단을 성역으로 만들고 사라지게 한 장본인. 세월이 흘러 언어가 변하여 지금의 당신들은 나를 이렇게 부릅니다. '익세 듀드로'라고."

머리끝을 때린 거대한 충격은 등을 따라 흐르며 아플 만큼 짜릿한 전율을 남겼다. 나는 부르르 떨면서 조금 전과는 다른 기분으로 듀프레를 올려다보았다.

소년처럼 미소 짓고 있는 그는 도저히 신화 속 인물이 걸어 나왔다고는 생각할 수 없는 모습을 하고 있었다.

"말도…… 안 돼."

"그렇게 생각하시는 것도 무리는 아니지요."

"하지만, 네가 정말로 그 익세 듀드로라면…… 자신의 손으로 불태운 나무에 의해 죽었을 텐데?"

듀프레는 갑자기 고개를 숙이고 킬킬거리며 웃었다. 다시 고개를 든 그는 도저히 뜻을 알 수 없는 동작으로 손을 휘저었다.

그러자 갑자기 얼음나무 숲 전체가 출렁였다. 나는 깜짝 놀라 바엘을 붙들었다. 하지만 바엘은 그 모든 것이 자기와는 아무 상관도 없다는 것처럼 미동도 하지 않았다.

잠시 후 듀프레의 곁으로 키세를 삼킨 그 거대한 나무가 갑자기 나타났다. 나는 움찔하며 조금 뒤로 물러났다.

그 나무에는 욕지기가 오를 수밖에 없는 '흔적'이 남아 있었다. 사람을 삼킨…… 흔적.

"이 나무가 당신들 입에 그토록 오르내린 그것입니다. 에나두라는 이름을 가지고 있는, 제가 일생 동안 사랑한 나무 말입니다. 그녀는 이 숲 모든 나무들의 어머니이기도 합니다."

나는 두려움과 경이감으로 심장이 뛰는 것을 느꼈다.

그것이 사실이라면, 어릴 때 책으로만 봐 왔던 전설적인 두 존재가 내 앞에 나란히 서 있는 것이다. 현실이라고 하기엔 너무나 거대했고 꿈이라고 하기엔 너무나 분명했다.

듀프레는 조용히 손을 뻗어 그의 곁에 있는 나무를 애틋하게 쓰다듬었다. 순식간에 사람을 재로 만든 나무임에도 그만은 그 얼음인지 불길인지 모를 것에 영향을 받지 않는 것 같았다.

그 모습을 보고서는 믿을 수밖에 없었다. 그가, 그만이 이 신화를 오롯이 증명하며 서 있는 나무의 주인이었다.

"내 손으로 에나두를 태웠다라……. 사람들에게는 그런 이야기가 재미있나 봅니다. 하긴, 끔찍할수록 매력을 느끼게 되는 것이 전설이라던가요. 누가 나의 전기를 적었는지는 몰라도 그에게 박수를 보내고 싶을 정도입니다. 진실보다도 더 진실 같은 거짓이 거기에 있더군요."

"그 모든 역사와 전기가…… 거짓이라고?"

"그렇습니다. 이 모든 끔찍한 짓은 내가 가장 절친한 친구라고 믿었던 자가 해낸 일입니다."

나는 호흡을 멈췄다. 붙들고 있는 바옐의 팔에서도 경직이 느껴졌다. 듀프레는 쓸쓸하게 웃으며 말을 이었다.

"그의 이름은 프리스 몰프. 그 당시 가장 위대한 마술사였습니다. 키욜에게서 들었겠지만…… 예, 당시에는 그들을 악마라고 불렀지요. 지금의 당신들과 마찬가지로 그와 나는 서로에게 하나뿐인 친우였습니다. 그러나 서로를 생각하는 내면은 판이하게 달랐죠. 언제나 모든 것에서 앞서갔던 나를, 그는 고요 씨, 당신처럼 결코 동경하지 않았습니다. 오히려 지독하게 증오했지요. 그래서 그가 불러낼 수 있는 가장 끔찍한, 모든 것을 녹일 때까지 결코 사그라지지 않는 지옥 불로 나의 모든 것을 태웠습니다. 이 땅 위에 있었던 나의 집과 나와 함께 살았던 제자들, 그리고 에나두까지 말입니다. 하지만 나만큼은, 에나두 아래에 잠들어 있던 나만큼은 그 불에 어떤 해도 입지 않았습니다. 에나두가 나를 지켜 냈던 거지요. 2000년…… 무려 2000년 동안이나 산 채로 타들어 가는 그 끔찍한 고통을 인내하면서 말입니다."

낮아지는 그의 목소리에서 비탄이 느껴졌다. 그는 잠시 눈을 감았다가 뜨며 말했다.

"끝없이 타올라 마침내 차가워지면서…… 나무는 얼어붙고 이곳의 모든 시간과 공간 또한 얼어붙었습니다. 저는 그대로 잠들어 결코 깨어날 수 없는, 죽음과도 같은 꿈을 꾸었지요. 아니, 어쩌면 그것은 정말로 죽음이었는지도 모릅니다. 그러나…… 붉은 머리카락의 예언자가 언급한 1628년, 나는 다시 눈을 뜨게 되었습니다. 바로 한 위대한 음악가에 의해서."

듀프레는 그렇게 말하며 바엘을 똑바로 쳐다보았다. 일렁인다는 착각이 들만큼 뜨겁게 타오르는 그 눈은 섬뜩하리만치 진한 애정을 담고 있었다.

바옐은 도저히 그것을 견딜 수 없는 듯 물러서려는 몸짓을 했다. 하지만 듀프레의 목소리는 우리를 휘어잡듯 멈추게 했다.

"죽음처럼 그 긴 잠을 자고 있던 나를 깨운 것, 그것은…… 얼음처럼 차가우며 매끄럽기 그지없는, 바이올린 음 하나였습니다."

순간 등 뒤로 소름이 돋았다. 그가 말하는 것이 무언지 듣는 순간 알았다.

처음 이 얼음나무 숲에 들어오던 날, 우리를 초현실의 공간으로 인도하던 여명의 울음.

듀프레는 그가 잠들었던 세월만큼의 무게가 담긴 거대하며 위압적인 목소리로 말을 이었다.

"당신의 그 음악은 영겁의 시간 속에서 나를 재구성하였고, 죽음과도 같은 악몽 속에서 나를 일으켰습니다. 불에 의해 일그러진 채 얼어붙은 이 땅의 모든 시간과 공간을 녹이고, 그 주인을 말없이 지키고 있던 이 숲을 다시 타오르게 했습니다."

바옐은 부정하려는 듯 크게 고개를 저었다. 하지만 나는 귓가에 키욜 백작이 남기고 간 말들이 스치는 것 같았다.

얼음나무 숲의 괴물을 깨운 것은 그 자신이지요.

"그 음은 제게 모토벤의 음성과도 같았습니다. '일어나라.' 예, 그리하여 나는 2000년 만에 눈을 뜨게 되었습니다. 그리고 당신을 보았습니다. 내게 새 생명을 준, 아버지 당신을 말입니다."

"웃기지 마라!"

지금까지 침묵했던 바옐이 갑자기 앞으로 뛰쳐나갈 듯 크게 동요하며 외쳤다. 나는 황급히 그를 붙들었다. 경악과 두려움으로 일그러진 바옐의 얼굴은 이 모든 것을 믿을 수도 인정할 수도 없다는 듯했다. 그는 내 품 안에서 격하게 몸을 움직이며 말했다.

"그럴 수 없다. 그럴 수 없어! 내가 정말 너를 깨운…… 그래, 빌어먹을 아버지라면, 네가 어떻게 나에게 그런 일들을 할 수 있느냐? 왜 레안느를 죽였나! 대부는? 트리스탄은……!"

흥분한 채 그의 목을 잡아채기라도 할 것처럼 팔을 휘젓는 바옐과 달리 듀프레는 너무나도 차분한 음성으로 답했다.

"당신이 결혼하고 나면 은퇴하겠다고 했기 때문이지요. 안 됩니다. 안 되고말고요. 완성이 머지않은 그 음악을 멈추겠다니요? 저는 그것을 결코 두고 볼 수 없었습니다. 내가 잠들어 있는 동안 차마 눈 뜨고 볼 수 없을 만큼 타락해 버린 예술, 감히 모토벤의 이름을 입에 올릴 수 없을 만큼 조악하게 전락해 버린 음악. 에단은 이미 순례자들의 도시로서 보존해야 할 모든 유산을 잃어버렸습니다. 하지만 당신, 오직 당신만이 그 시절과 다름없는, 아니…… 그 시절을 뛰어넘는 음악을 하고 있었습니다. 듣는 순간 알았습니다. 당신이야말로 나를 대신해 이 세상에 모토벤의 고결한 복수를 들려줄 수 있을 것이란 사실을. 나도 이루지 못한 그 음악을, 당신이라면 완성할 수 있으리란 것을!"

바옐은 이를 악문 채 듀프레를 죽일 것처럼 노려보았다. 누를 수 없는 격한 동요와 분노 때문에 그의 몸은 한없이 떨리고 있었다. 바옐은 씹어뱉듯이 반문했다.

"완성을 위해……?"

"그렇습니다, 완성을 위해! 그리고 당신은 이미 그것을 완성하셨습니다. 당신의 약혼녀, 그녀의 장례식 날 말이죠. 혼돈과 분노, 슬픔과 원망, 그 모든 감정의 격의 속에서 마침내 모토벤의 복수가 이루어진 것입니다. 감춰야 했지만 나는 도저히 그 벅찬 감격을 드러내지 않을 수 없었습니다. 저 먼 무저갱에서 공허하게 흩어지던 모토벤의 음악을 당신은 여기, 이 현실 속으로 끌어내었으니까요!"

나는 파르르 떨며 바옐의 팔을 꽉 붙잡았다.

내가 그날 본 듀프레의 표정은 그래서 그토록 섬뜩하고 찬란했던 것이다. 나 또한 그 음악을 듣는 순간 황홀경에 빠졌음을 어찌 부인하겠는가.

"아…… 그것을 듣기 위해, 나는 손을 멈출 수 없었습니다. 죽이고 죽여야만 그 완성된 음악이 내게 들려왔습니다. 그 훌륭한 음악의 재료로 쓰인 그들은 죽어서도 행복할 것입니다."

바옐의 입에서 뿌드득 이가 갈리는 소리가 들려왔다. 나는 끔찍한 기분을 느꼈으나 마음 한구석에서는 그런 그에게 동조하고 있음을 느꼈다. 진심이었다. 나는 듀프레가 느낀 감정이 어떤 것인지 이해할 수 있었다. 내 가슴 가장 깊숙한 곳에 묻어 둔 응어리 같은 치부들이 지금 현실로 기어 나와 그를 빚었다 해도 놀라지 않을 것이다.

그런데 그때, 그런 나를 읽기라도 한 듯 바옐의 고개가 갑자기 내게 향했다. 나는 말 그대로 심장이 뚝 떨어지는 기분을 맛보았다. 도저히 속을 짐작할 수 없는 그 눈동자는 이미 내 마음을 다 훑고 나를 비난하는 것만 같았다. 나는 숨소리조차 낮추며 기다렸으나 그는 아무 말도 하지 않았다. 다만 그렇게 잠시 더 바라보다가 고개를 툭 떨구었다. 표정을 볼 수 없는 그에게서 희미한 중얼거림이 새어 나왔다.

"그래. 그래…… 나 때문이었군. 당신의 말대로…… 나는 악마였군요, 대부."

숨이 끊어질 듯 아슬아슬하게 이어지는 그 목소리는 죄책감과 비탄에 잠겨 있었다. 바옐은 손톱이 부러질 것처럼 힘을 주어 그 새하얀 바닥을 긁었다. 가슴이 찢기는 듯한 소리가 터져 나왔다.

"내가 너마저 죽였군…… 트리스탄!"

그리고 이어지는 울부짖음과도 같은 탄식.

나는 부르르 떨면서 주먹을 꽉 쥐었다. 더 이상은…… 듣고 있을 수가 없었다.

고개를 떨어뜨린 채 괴로움에 떨고 있는 그를 놓고 천천히 자리에서 일어섰다. 그러곤 품속에 손을 집어넣었다. 그 안에서 차디찬 감촉이 느껴졌다. 심장마저도 얼어붙는 것만 같은.

나는 너를 이해한다. 진심으로.

그러나 용서할 수는 없다.

다음 순간 내 앞에서 여전히 달콤한 미소를 띤 채 서 있는 듀프레를 향해 달리기 시작했다. 그가 2000년 전의 전설 같은 인물이라는 것, 순식간에 사람을 썩게 만드는 불가해한 능력을 가졌다는 것, 그 모든 것은 더 이상 나와 아무 상관이 없었다.

나는 단지 이 순간을 기다리며 계속 품속에 넣은 채 그 끝을 세워 온 날카로운 펜을 꺼냈다. 그것을 쥐는 순간 태어나서 처음으로 삶의 란 것을 느꼈다. 단 한순간, 그의 목을 찌르기만 한다면!

나는 소리를 지르며 다리에 힘을 주었다. 이제 듀프레의 얼굴이 지척이었다. 그가 자신의 옆에 있는 거대한 나무에 손을 뻗는 게 보였다. 에나두의 가지 하나를 잡은 그는 그것을 쉽게 부러뜨려 나를 향해 겨누었다.

나는 이를 으드득 갈았다. 저 나뭇가지로 어떻게 나를 해하든, 죽는 그 순간까지도 그를……!

그러나 그 순간 뭔가가 나를 붙잡았다. 나는 몇 걸음 남기지 않고 그 자리에 덜컥 서고 말았다. 이성을 잃을 것 같은 분노와 혼란 속에서도 간신히 뒤를 돌아보았다. 거기에는 바엘의 얼굴이 있었다.

"왜, 왜 막는 거야? 놔!"

"그만둬……."

"다음은 어차피 내 차례야. 그러나 그다음은 없어야 돼!"

나는 바엘을 뿌리치려 했지만 그가 단단하게 나를 붙잡았다. 그러곤 억지로 몸을 비틀어 빼려는 나를 사정없이 발로 걷어찼다. 무릎 뒤를 제대로 차인 나는 중심을 잃고 바닥에 호되게 쓰러졌다. 팔을 허우적거리며 일어서려 했지만 바엘은 내 멱살을 잡고 땅바닥에 강하게 눌렀다.

어지러움 속에서 시야가 회복되자 그의 잔뜩 일그러진 얼굴이 보였다. 바엘은 나를 증오하면서도 애타는 눈으로 노려보며 말했다.

"죽지 말라고 말한 것 잊었나? 이제는 너밖에! 너밖에…… 없단 말이다."

나는 그대로 멎어 버렸다. 마지막 그의 말은 거의 속삭임에 가까웠다. 그러나 듣는 순간 내가 있던 자리가 어딘지, 내가 하려던 것이 무언지를 잊어버렸다.

가슴속에서 살의가 부서졌다. 허무하게 빠져나가는 그 감정들을 다른 것이 대신 메웠다. 나는 입을 열었으나 차마 아무 말도 내뱉지 못했다.

그런 우리 위로 그림자가 떨어졌다. 고개를 조금 비틀어 우리를 내려다보고 있는 그 가증스러운 얼굴을 바라보았다. 듀프레는 웃는 듯

마는 듯 한 기묘한 얼굴로 입을 열었다.

"부디 목숨을 소중히 하시기를. 당신을 대신해 바쳐진 예언가를 위해서라도."

"……뭐?"

나는 분노 속에서도 희미한 기시감 같은 것을 느꼈다. 그 이야기를 누군가로부터, 어딘가에서 분명히 들었는데……. 듀프레는 혼란스러워하는 나에게 친절히 설명하듯 말했다.

"키욜 백작이 너그러이 용서를 휘두른, 키세 말입니다."

"너그러운…… 용서?"

그것 또한 어디선가 들었던 말이었다. 아마도 같은 사람으로부터.

"아낙스 왕이 그의 아내에게 휘둘렀던 그것 말입니다. 키욜 백작은 그의 반려로 운명 지어진 예언가가 자신을 버리고 트리스탄이라는 젊은이를 택하자 아낙스 왕과 똑같은 짓을 했습니다. 바로 여기 있는 에나두에게 제물로 바침으로써 말이죠. 대신 키욜 백작은 당신만큼은 건드리지 말아 달라고 했습니다."

제물…… 나를 대신한 제물. 그랬다. 바엘이 그렇게 말했었다.

"그와의 약속이 아니었다면 맨 처음 죽었을 사람은 당신이었을지도 모르죠. 그 가엾은 악마가 당신을 위해 한 짓을 좀 보십시오. 자신은 결코 가져 본 적 없던, 가질 수도 없는 헛된 것을 그는 너무나 동경하고 있었습니다. 그래서 그는 당신에게 애정과 경의를 느꼈던 것 같습니다."

듀프레는 동정심과 경멸이 기이하게 뒤섞인 얼굴로 나를 내려다보며 말을 맺었다. 하지만 나는 이상하게도 아무것도 느낄 수 없었다. 내 대신 거기에 매달렸다는 예언가에게도, 나를 죽였을 거라 말하는 신화적 인물에게도, 나를 살려 준 마술사에게도.

나는 다만 키욜 백작의 마지막 모습을 떠올렸다. 순수를 찬양하며 그것을 간직하라고 내게 말하던 마술사.

그는 나를 지켜 주기 위해 키세를 매달았고, 그것은 내 순수를 부쉈다.

"하…… 하하."

웃을 생각이 없었는데 웃음이 나왔다. 지독하게 어색한, 내 것 같지 않은 웃음.

"그래서…… 악마인가?"

이유는 알 수 없었지만 눈 주위가 뜨거워지는 것을 느꼈다. 분명히 가슴은 텅 비어 있는데도 몸은 제멋대로 눈물을 배출하고 있었다. 참을 수 없을 만큼 역겨운 가식이 내 얼굴을 유린하는 것 같았다. 그러나 나는 손을 들어 그것을 치워 낼 힘도 없었다.

그때 나를 짓누르고 있던 힘이 가벼워지는 것을 느꼈다. 시선을 조금 내리자 나를 안쓰럽게 내려다보고 있는 존경하는 친구의 얼굴이 보였다.

너는 살아야 돼.

그는 소리를 내지 않았지만 눈물 때문에 어른거리는 시야 속에서도 그 입 모양을 읽을 수 있었다. 하지만 그게 무슨 말인지는 이해할 수 없었다.

바옐은 그런 나를 내버려 두고 자리에서 일어났다. 지독하게 굳어 있는 그 얼굴이 마침내 듀프레와 마주했다.

"그래서…… 무엇이 더 남았지?"

"예?"

"마술사와 예언가. 너그러운 용서와 죽음. 그리고 또 뭐가 남았나?"

듀프레는 대답하지 않고 다만 묘한 표정을 지었다. 그것은 아직 못다 한 이야기가 남아 있으며, 그것을 맞혀 보라는 듯한 얼굴이었다.

하지만 바옐은 무시하고 말을 이었다.

"더 이야기할 것이 남아 있지 않다면 이번엔 내가 너에게 묻겠다. 그 빌어먹을 완성된 음악인지 뭔지, 그것을 연주함으로써 내게 돌아온 것은 뭐지? 나는 네 바람대로 그것을 이루었다. 하지만 네가 나에게 돌려준 것은 죽음 말고 또 무엇이 있었나?"

듀프레의 입가에 주름이 잡혔다. 바옐은 잔뜩 분노가 담긴 얼굴로 격하게 외쳤다.

"사람들이 내게 준 것은 갈채였나? 천만에! 내 눈앞에는 정신 나간 자들의 몸부림과 귀머거리들의 향연만이 역겹게 펼쳐지더군. 어디 있지? 나의 청중은. 어디 있지? 내 음악을 이해할 자는, 어디 있냐고!"

바옐의 외침에 듀프레가 갑자기 폭발적인 웃음을 터뜨렸다. 진심으로 즐거움을 못 견디겠다는 듯한 그 웃음소리에 바옐마저 주춤했다. 그는 나무를 붙잡고 그야말로 숨이 막힐 듯 웃어 댔다.

서서히 표정이 일그러진 바옐은 참지 못하고 뭐라 다시 소리치려 했다. 그러나 듀프레가 손을 내저으며 그를 제지했다. 간신히 웃음을 그친 듀프레는 잠시 후 숨을 몰아쉬며 말했다.

"오, 제발 아버지여. 당신이 경멸하는 저 우둔한 작자들을 흉내 내지 마십시오. 바로 앞에 있는 당신의 아들을, 당신의 하나뿐인 청중을 못 알아보십니까?"

"……뭐?"

끊어질 듯 바옐의 입에서 반문이 흘러나왔다. 나 또한 스르르 고개를 돌려 듀프레를 바라보았다. 여전히 이해는 할 수 없었지만 어렴풋이 느낄 수는 있었다. 이것은 참으로 지독한 상황이란 것을.

"여기 있지 않습니까, 아버지! 당신의 모든 음악을 들은 제가 말입니다!"

바옐은 눈을 부릅뜬 채 듀프레에게 시선을 고정하고 있을 뿐 아무 말도 하지 않았다. 그러나 겨우 자신을 억누르고 있음에도 가늘게 떨리는 그 손은, 바옐이 얼마나 속으로 경악하고 있는지 고스란히 보여 주고 있었다.

듀프레는 답답하다는 듯 외쳤다.

"제게 던지신 당신의 복수! 그 음표들은 너무나도 맹렬히 저의 심장을 향해 달려들었지요. 그대로 황홀경 속에 죽어 버릴 것만 같았습니다. 당신의 그 '음의 언어'는 너무나도 찬란하게 그리고 황홀하게 내 귀를 만족시켰습니다. 저는 그 외 당신의 모든 음악도 당신과 똑같이 듣고, 이해하고, 느꼈단 말입니다!"

바옐은 그 외침에 밀려난 것처럼 한 걸음 뒤로 떼었다. 그러곤 간신히, 한마디를 꺼냈다.

"거짓……말이다."

듀프레는 발을 굴러 가며 격하게 외쳤다.

"오라, 영원으로부터 흘러나와 마침내 안식으로 귀결되는 음을 듣는 자여. 오직 나와 같이 혈관 속 음역을 가지고 있는 순례자의 후예만이 이것을 들으리니, 듣고서 내게로 오라! 당신이 카논 홀에서 독주회를 열 때 시작했던 음악의 일부분이지요! 사람의 언어로 표현하자니 조악하기 짝이 없습니다만, 이래도 저를 부인하실 생각이십니까?"

바옐의 입에서 외마디 비명 같은 신음이 흘러나왔다. 그는 다시 한 걸음 뒤로 물러섰다. 경악으로 일그러진 그의 얼굴에서 나는 듀프레의 말이 진실임을 깨달았다. 허탈한 웃음이 내 입에서 흘러나와 허공으로 섞여 들어갔다.

바옐은 그 자신조차 믿지 않는 것이 분명한 말들을 정신없이 내뱉었다.

"그럴 리…… 없어. 그럴 리가…… 아니다, 아니야!"

"제발, 당신은 나만큼이나 기다려 왔잖습니까! 오직 나만이 당신의 매끄러운 음 속에 감춰진 경멸을 들었으며, 오직 나만이 이해하지 못하면서 박수를 소모하는 자들을 향한 당신의 비웃음을 들었으며, 오직 나, 나, 나 혼자만이! 결국에는 그 모든 것을 온전히 당신과 똑같이 느껴 줄, 그 단 한 사람을 찾아 헤매는 당신의 순결한 고독을 들었단 말입니다!"

순간 바옐의 손에서 여명이 떨어졌다.

다음으로 바옐은 털썩 무릎을 꿇고 앉았다. 투레질하는 짐승처럼 거친 숨이 그의 입가를 들락날락했다. 고개를 천천히 가로젓는 그는, 그러나 부정하는 자신을 부정하고 있었다.

듀프레는 그런 그에게 숨 쉴 틈도 주지 않고 몰아붙였다.

"저기 있는 얼간이는 아무리 원해도 그것이 될 수 없습니다. 느낄 줄 모르는 키욜 또한 마찬가지입니다. 오직 내가 당신의 하나뿐인 청중입니다. 오직 내가, 당신이 그토록 기다려 온 바로 그 사람이라고요! 아버지!"

듀프레는 울부짖듯 그렇게 외치며 바옐의 앞에 무릎 꿇었다.

바옐은 가느다랗게 떨며 아무 말도 하지 못했다. 그의 말라붙은 눈물 자국 위로 다시 새 것이 흘러내렸다. 그는 떨면서, 두려워하면서, 마침내 마주하게 된 이 소망의 끝에서 다만 어찌할 바를 모르고 있었다. 듀프레는 그런 그를 뜨겁게 안았다. 그 품에서 움찔한 바엘은 잠시 후 끔찍하게 갈라지는 목소리로 물었다.

"네가…… 네가 나의……?"

"단 한 사람입니다."

"정말로…… 네가……."

"예, 당신의 하나뿐인 청중입니다."

그 대답이 끝남과 동시에 바엘의 입에서 광포한 울음이 터져 나왔다. 그동안 참아 온 온갖 격정들. 그중에서 어떤 것을 끄집어내도 어울리지 않는, 그 모든 것이 들어 있으나 또한 그 모든 것에서 배제된 그것은…… 울음이란 것 말고는 아무것도 설명할 수 없었다.

바엘이 그토록 바라던, 오직 바이올린 하나를 껴안고 일생 동안 바라 온, 어쩌면 그 자신조차 이뤄질 수 있을까 의심했던 그 소망이 바로 이 자리에서 이런 형태로 구현될 줄은 그 자신도 알지 못하였을 것이다.

단 한 사람을 찾아 헤매던 나의 친우가 드디어 내가 아닌 그 한 사람을 만나고야 말았다. 그리고 나는 축복할 수 없는 나 자신을 저주했다. 바엘의 모든 것을 파괴하고, 부수고, 마침내 우리를 이 악몽 같은 세계 속으로 들여온 저 남자가 진실로 그의 청중이라는 이 기가막힌 비극 또한 저주했다.

모토벤이 준비한 것인가? 이 무대는, 이 만남은, 이 빌어먹을 클라이맥스는.

2000년, 2000년 만에…… 그 태곳적에 시작된 이야기가 인내한

신에 의해서 마침내 가장 끔찍한 결말을 완성하였다. 바로 지금, 이 자리에서.

"내 청중…… 나의 청중이라고!"

그 울음의 끝에서 신의 사랑스러운 아들은 흐느끼듯 웃고, 울부짖듯 웃었다. 그의 창조주를 향한 기이하고 구슬픈 반역이었다. 심하게 떨리는 그의 탄원이 헛된 메아리처럼 잠시 맴돌다 사라졌다.

듀프레는 힘 있게 고개를 끄덕이며 말했다.

"그렇습니다. 그러니 이제 아버지, 마지막으로 저를 위한 연주를 해 주십시오."

바엘의 얼굴에서 순식간에 웃음과 울음 모두 사라졌다. 바엘은 그런 단어는 처음 듣는다는 듯이 반문했다.

"마지막……?"

"예. 에나두는 더 이상 견디지 못합니다. 당신이 이 공간을 침범함으로써 저와 이곳에 멈춰 있던 모든 것을 깨우고 말았습니다. 물론 아버지 당신을 원망하는 것은 아닙니다. 그러나 이제 에나두는 다시 타들어 가게 될 것이고, 마침내는 안식을 맞이할 것입니다. 그리고…… 그렇게 되면, 저 또한."

그렇게 말하는 그의 눈에 조금이지만 슬픔이 깃들었다. 바엘은 음울한 그늘을 드리운 채 자신의 소중한 청중을 바라볼 뿐이었다.

듀프레는 곧 품에서 바엘을 놓고 땅에 떨어져 있는 여명을 주워 들었다. 그리고 그것을 바엘의 손에 소중하게 쥐여 주었다.

"이것은 J. 카논이라는 마술사가 그의 말대로 자신의 혼을 담아 만든 악기입니다. 이 얼음나무 숲에 들어왔던 그는 에나두의 가지 하나를 꺾어 이 바이올린을 만들었습니다. 이것은 오직 모토벤의 아들만을 위해 만들어진 악기이며, 그렇기에 영원히 당신 것입니다."

바엘은 떨리는 손으로 여명을 붙잡았다. 이제는 그에게 익숙한 그 악기를 바엘은 왠지 낯설고 생경한 것을 보는 듯한 눈으로 내려다보고 있었다.

듀프레는 그 모습을 아련히 응시하다가 나직하게 말을 이었다.

"이제 이것으로 당신의 하나뿐인 청중을 위해, 오직 저를 위해…… 당신의 모든 것을 다한 연주를 들려주시겠습니까?"

바엘은 잠시 듀프레를 응시했다. 젖은 듯 메마른 듯 속을 짐작할 수 없는 눈동자가 그의 청중을 훑었다. 조금 시간이 흐른 뒤에야 바엘은 천천히 고개를 끄덕였다.

"……하지."

듀프레는 그 이상 기쁠 수 없다는 얼굴로 부드럽게 미소 지었다. 그러곤 바엘이 비틀거리며 그 자리에서 일어설 때까지 기다렸다. 바엘은 떨어뜨린 활을 주워들었다. 그러곤 자세를 잡고 느릿느릿 여명에 갖다 대었다.

그러나 목 놓아 기다리는 그의 청중을 애태우기라도 하듯 그는 그 상태로 멎어 버렸다. 잠시 동안 기다려 보아도 그는 연주를 시작하지 않았다. 듀프레는 조바심이 나서 못 견디겠다는 듯, 가장 민감한 부위가 간지러운 것을 겨우 참는 듯한 표정으로 바엘을 바라보았다. 하지만 그래도 연주는 시작되지 않았다.

마침내 얼굴을 일그러뜨리는 듀프레에게 바엘이 조용하게 말했다.

"잊었나?"

"예?"

"나의 연주에는 죽음이라는 대가가 필요하다는 것을. 사람의 목숨

말이야."

멍하니 있던 듀프레는 잠시 후에야 깨달은 듯한 표정을 지었다. 그는 자신의 손에 들린 나뭇가지를 내려다보고, 다음으로 내게 시선을 돌렸다.

"아아, 그렇군요."

듀프레는 재미있다는 듯 웃으며 나뭇가지를 들고 내게 걸어왔다.

그가 나를 비웃듯 내려다보며 곁에 앉았을 때에도, 나를 향해 그 얼어붙은 가지를 뻗을 때에도, 나는 그저 바라만 볼 뿐 아무것도 하지 않았다. 눈을 아프게 하는 새하얀 그것을 바라보며 다만 생각했을 뿐이다. 이제 죽는구나…… 하고. 그것은 무의식적인 깨달음이었다.

그러나 그때 차가운 바엘의 목소리가 들려왔다.

"아니. 그쪽이 아니다."

듀프레의 손이 움찔하며 멎었다. 천천히 고개를 돌린 그는 견고한 검처럼 자신을 겨누고 있는 바엘의 활과 마주하게 되었다.

바엘은 무섭게 굳은 얼굴로 단호하게 말했다.

"내가 원하는 것은 자네의 목숨이야."

"……예?"

"난 저 녀석의 죽음에는 연주하지 않아."

듀프레의 얼굴이 굳었다. 그리고 내 가슴으로는 그 나뭇가지 대신 다른 것이 고통스럽게 파고들었다. 바엘은 조금도 흔들림 없이 말을 이었다.

"약속하지. 자네가 죽는다면 나는 최고의 진혼곡으로 보답하겠어. 맹세하건대 그것은 내가 여태껏 연주한 그 어떤 곡보다도 훌륭하고, 전율적일 걸세. 세상에 단 하나 존재했던, 나의 진정한 청자 하나만을 위한 연주니까."

"하지만⋯⋯."

"자네가 그랬지. 나의 음의 재료로 쓰인다면 행복할 거라고. 자네 말대로야. 자네는 이 세상에서 가장 아름다운, 그리고 진정으로 완성된 음악의 재료가 되는 걸세."

입을 벌린 채 바옐을 바라보던 듀프레는 서서히, 황홀한 얼굴로 웃기 시작했다. 그러곤 기쁨에 찬 목소리로 물었다.

"아버지⋯⋯ 진정 그리하시겠습니까? 제게 그런 영광을⋯⋯ 저를 위해, 오직 저를 위하여 연주해 주시는 겁니까?"

"그래."

바옐은 다짐하듯 굳게 고개를 끄덕였다. 듀프레는 기쁨만이 충만한 얼굴로 바옐을 바라보다가 천천히 걸음을 옮겼다. 그가 걸음을 멈춘 곳은 일생 동안 사랑했다던 그 나무의 곁이었다.

듀프레는 애틋한 눈으로 나무를 훑다가 그것을 껴안았다. 세심하게 에나두를 쓸어내리는 그의 동작은 경건해 보이기까지 했다. 듀프레의 두 눈에서 잠시 후 느릿느릿 눈물이 흘러내렸다. 그는 진정 만족한 얼굴로 입을 꾹 다물고, 아주 조용히 미소 지었다.

"알겠습니다, 아버지."

듀프레는 에나두에게서 손을 떼고 반대편 손에 들고 있는 새하얀 나뭇가지를 향해 시선을 옮겼다. 부드러운 눈으로 그것을 잠시 바라보던 그는, 갑자기 그 새하얀 것으로 자신의 심장을 찔렀다.

나는 비명을 지른다고 생각했으나 귀에는 아무 소리도 들려오지 않았다. 너무나 크나큰 충격으로 목구멍이 마비된 것만 같았다.

조금도 날카롭지 않아 보이던 그 끝은 그러나 소름 끼칠 만큼 부드럽게 듀프레의 살을 파고들었다. 그는 힘겹게 미소 지으며 그것을 끝까지 밀어 넣었다.

"아……."

마침내 나뭇가지의 모습이 흔적도 없이 사라졌다. 그리고 잠시 후 그것이 파고든 부분부터 천천히 그의 몸이 검게 물드는 것이 보였다.

썩어 가고…… 있었다. 저것이었다. 그동안 수많은 사람들을 그토록 이해할 수 없는 모습으로 죽게 만든 것이.

"이제…… 당신 차례입니다."

듀프레는 그렇게 말하며 그 자리에 털썩 무릎 꿇었다. 섬뜩하리만 치 하얀 재가 썩어 문드러지는 살점 위로 점점이 떨어졌다.

시간이 얼마 남아 있지 않았다곤 하지만, 정말로 자신의 목숨을 미련 없이 버린 것에 나는 경악을 넘어 경의마저 느꼈다. 듣기 위해 누군가를 죽일 수 있는 자는, 듣기 위해 죽을 수도 있는 것일까.

바옐은 말없이 여명을 어깨 위에 얹었다. 그러곤 활을 가져갔다. 경 건한 청중의 자세로 자신을 올려다보는 듀프레를 마주 보는 그의 두 눈은 차마 형용 못 할 감정을 담고 있었다.

이제 세상에서 가장 극적이며 구슬픈 진혼곡이 시작되려 하는가.

나는 듀프레만큼이나 나 또한 그 음악을 바라고 있음을 깨달았다. 그 상태로 시간이 조금씩 흘렀다. 바옐은 입술을 꽉 깨문 채 말이 없 었다. 연주도 시작하지 않았다. 나는 약간의 의혹을 느끼며 바옐을 바라보았고 듀프레는 애타게 말했다.

"아버지…… 연주해 주십시오."

현을 꽉 누르고 있는 바옐의 손이 부르르 떨리는 게 보였다. 힘겨 웠는지 듀프레는 헐떡거리며 한 손으로 땅을 짚었다.

"제발…… 내 죽음에…… 완성된 그……."

그러나 바옐은 눈을 감아 버렸다. 바이올린을 든 그의 손은 여전히 움직일 줄을 몰랐다. 나는 가슴이 타는 것만 같았다. 내가 대신하여 바옐을 향해 연주하라고 외쳐 주고 싶었다.

"아버지……?"

하지 않을 수 있을 리가……?

그는 바옐의 하나뿐인, 그리고 어쩌면 마지막이 될지도 모르는 청중이었다.

그런 그가 바옐의 음악을 위해 지금 죽어 가고 있었다.

바옐은 그런 그에게 최고의 진혼곡을 바칠 것이다. 바칠 수밖에 없다. 죽어가는 그의 청중만큼이나 그 자신도 이날을 기다려 왔으니까.

그런데 왜?

"아버……."

끊임없이 바옐을 부르던 듀프레는 결국 그 자리에 쓰러졌다. 부들부들 떨리고 있는 그 몸은 이제 반 이상 썩어들어가고 있었다. 하지만 간절하게 빛나는 두 눈동자만은 여전히 바옐에게 고정된 채였다.

바옐은 이를 꽉 깨물며 그 시선에서 냉정히 고개를 돌렸다. 덜덜 떨리고 있는 그의 두 팔은 세상에서 가장 무거운 것을 얹고 있는 것처럼 보였다.

그 상태로 침묵이 계속되자 바닥에 쓰러진 듀프레의 몸이 푸들거렸다. 그의 열망이 삶에 대한 것으로 바뀌었다. 이를 악문 그의 소리 없는 부르짖음이 내 귀에까지 들리는 것만 같았다.

이 빌어먹을 몸, 조금 더 버텨야 한다. 아직 연주가 시작되지 않았어. 나는 들어야 해, 나는 들어야 해! 오직 나 혼자만이 저 가엾은 분의 연주를 들을 수 있단 말이야!

"……용서하지 않아도 좋다."

그때 바엘의 입이 열리고 그 안에서 탄식과도 같은 한마디가 흘러나왔다. 그 뜻을 이해하기도 전에 그는 여명과 활을 천천히 내렸다.

나는 물론이고 듀프레 또한 눈을 크게 부릅뜨고 그 모습을 바라보았다. 다음 순간 바엘은 이미 거의 죽음에 다다른 그의 청중에게 잔인한 쐐기를 박았다.

"연주하지 않을 것이다."

나는 급히 입을 틀어막았다. 가슴이 찢기고, 마음이 억눌리고, 눈물마저 잃은 지독한 깨달음이 나를 관통했다. 온몸이 이 기막힌 참극 앞에 사시나무처럼 떨렸다.

이것은 지금 죽어가는 그의 청중을 향한 것도, 에단의 어리석은 청중을 향한 것도 아닌, 바로, 바로 그 자신을 겨냥한…….

"이것이 나의 고결한 복수다."

나지막이, 바엘의 입에서 그 한마디가 흘러나왔다.

잠시 죽음 같은 정적이 흐르고, 마침내 그 말로서 완전히 해방된 것처럼 듀프레의 몸이 모두 썩어들었다. 죽은 지 몇 년은 된 것 같은 그 모습은 처참했다. 그리고…… 슬펐다.

바엘은 그 썩은 몸 앞에 한쪽 무릎을 꿇고 앉았다. 그리곤 묵묵히 여태껏 참았던 눈물을 떨구었다. 뜨겁게 흐르는 그 눈물은 바엘의 턱을 타고 방울져 하얀 땅 위에 떨어졌다. 영원히 이어질 것 같은 침묵 속에 바엘의 흐느낌이 잠시 섞였다 사라졌다.

……아아.

속에서 벼락처럼 광포하게 반사되는 온갖 감정들이 터질 것처럼 부풀었다. 나는 가슴이 칼로 메워지는 고통을 느끼며 간신히 몸을 일으켰다. 그리고 그에게 다가가려 했다. 그러나 바엘은 고고한 자존심으로 고개를 저어 내 손길을 거부했다. 나는 그 자리에 멎은 채 한참 동안 침묵했다.

문득 한기를 느꼈다. 추웠다. 이 땅은 지독하게 춥고 슬펐다.

우우우우…….

바람이 거친 울음소리를 내며 거꾸로 솟구치기 시작했다. 얼어붙은 듯 차가운 나무들이 순식간에 불에 휩싸인 것처럼 일렁였다. 썩어든 듀프레의 몸은 그 바람에 휩쓸려 에나두에게 흘러들었다.

드디어 일생 동안 사랑한 두 존재가 결합하는 순간, 인간의 몸은 한 줌 재가 되어 사라졌다. 타오르는 불씨들이 증발한 주인을 애도하듯 눈물처럼 사방으로 흩어졌다.

주인을 잃은 숲이 서서히 스러지기 시작했다. 틀림없이 그 안에는 슬픔을 표하는 음의 언어가 물결치고 있으리라. 그것을 알아들을 수 없는 내 귀에는 그저 세상에서 가장 슬프고 장엄한 진혼곡이 들려올 뿐이었다. 그 음악에는 세월이, 역사가, 전설 속의 존재만이 가질 수 있는 진정으로 아름다운 무게가 있었다. 숲은 그렇게 격정으로 치닫는 음악처럼 크게 타올랐다. 자신을 소모하여 빚어낸 수많은 음표들이 하얗게 흩날렸다.

지휘자도 연주자도 없는 유령 교향곡을 들으며 우리는 그대로 숲이 무너질 때까지 꼼짝도 하지 않았다. 하얀 재가 가라앉는 동안 환상은 또 한 번 자신의 몸을 뒤집어 시간과 공간의 자리를 바꾸었다.

끝없이 들려오는 것 같던 음악은 어느새 멎었고, 우리는 처음 얼음나무 숲의 입구를 열었던 그 깊은 숲속에 와 있었다.

조금 전까지 새하얗던 세상에는 이제 암흑만이 자리하고 있었다. 손안에서 부서지는 버림받은 나뭇잎들, 숨 막힐 것 같은 침묵을 내쫓으려는 풀벌레들의 고함, 코를 찌르는 차가운 바람의 냄새…… 시야를 대신한 다른 것들이 밤을 받아들이며 나를 일깨우듯 재촉하고 있었다.

나는 지독한 꿈을 꾸고 일어난 것처럼 멍했고 몸을 일으킬 힘이 없었다.

그런데 그때, 차가운 무언가가 문득 얼굴에 닿았다. 손으로 얼굴을 문지르며 나는 고개를 들었다.

잘 보이지 않는 어둠 틈에서 조그마한 무언가가 떨어지고 있었다. 빽빽한 나무들 사이로 용케 기어들어 온 달빛이 그 한 점 무언가를 비추었다.

……눈이었다.

당신은 직접 보게 되는군요.

차가운 불길이 온몸을 뒤덮는 듯했다. 그것을 깨닫는 순간, 여태껏 참았던 설움이 가슴 깊은 곳에서부터 복받쳐 오르는 것을 느꼈다.

나는 입을 벌렸다. 목을 타고 흐르는 감정의 격류를 붙잡지 않고 놓았다. 내 것 같지 않은 구슬픈 울음소리가 밤을 어지럽혔다. 정신없이 울었다. 모든 것을 다해 울었다. 붉은 머리카락의 그녀가 진정 위대한 예언가라는 것을 증명이라도 하듯…… 그 모든 것이 꿈이 아니었음을 성토하기라도 하듯.

어둠 속에서 그림자 하나가 그런 내 곁으로 걸어왔다. 그는 아무 말도 하지 않았고, 나와 함께 울어 주지도 않았다. 다만 슬프도록 오래 살았던 어느 나무의 잔재가 섞여 있을지도 모르는 그 차가운 눈을, 그는 오래도록, 오래도록…… 함께 맞았다.

새벽이 부드러이 밤을 밀어낼 때까지.

_Finale_*

그리고 바엘은 떠났다
그의 마지막 소망을 극렬하게 드러낸,
모든 현이 끊어진 여명을 들고서
그는 그 현을 바꾸지 않을 것이다
그의 생 마지막까지도

……다시는 연주하지 않을 것이다

* 피날레. 최종 악장.

바다와도 같은 에단은 10년이 지나도록 그 진중함을 간직하고 있었다. 이 땅의 여기저기에서 새롭고 힘찬 물길이 흘러들어왔어도 바다의 거대한 흐름을 바꾸기란 쉽지 않은 일이었다. 에단은 철없는 아이들을 보듬어 안듯 담담히 그 모든 것을 받아들였다. 그리고 자신의 일부로 만들었다.

그렇게 에단은 다시 잔잔히 흐른다. 한때는 파도를, 한때는 더없는 고요함을 품으며.

그 안에서 작은 물고기 떼처럼 살아가는 사람들만이 조금씩 변화를 일으킨다. 아직도 마르틴만이 위대하다느니, 이제 그런 것은 낡은 유물이라느니 하며.

요즈음에는 후자 쪽이 좀 더 지지를 받는다.

지금은 귀족들마저 매너리즘에 빠진 마르틴보다는 파스그란을 선호한다. 살롱 연주회의 인기는 절정에 달했고, 음악가를 직접 가르치는 대가들이나 그런 그들을 후원하는 귀족들의 숫자도 늘어났다. 가피르 부인이 그런 그들의 중심에 있음은 말할 것도 없었다.

그러다 보니 자연스레 정식으로 음악원을 졸업하는 사람들의 수는 적어졌고, 따라서 고전 마르티노의 숫자도 많이 줄었다. 요즘 젊은이들에겐 엄격한 작곡 규칙을 외우거나 따분하게 박자를 세어야 하는 등의 일은 맞지 않는 모양이었다.

그러한 와중에 새로운 것을 시도해 보겠다며 피아노를 마치 타악기처럼 엉망진창으로 두드리는 다소 독특한 신인이 등장하기도 했다. 또한 바엘의 그 전설적인 기교를 익히고야 말겠다며 현을 무수히 끊어 먹는 연주자들도 있었다. 비슷하게 흉내 내는 사람은 봤지만 거의 대부분이 남의 호흡을 움직이기는커녕 자기의 호흡도 조절하지 못해

제풀에 무너지곤 했다.

그런 음악가들을 보며 나도 모르게 세상 참 많이 변했다고 중얼거렸다가, 순식간에 늙은 기분이 들어서 혼자 멋쩍게 웃었다.

"도련님, 누가 찾아오셨는데요."

"누구? 오늘 만날 사람이 있었던가?"

"아뇨. 미리 약속하고 오신 분은 아닙니다. 돌려보낼까요?"

나는 손에 든 악보를 잠시 내려다보다가 고개를 저었다.

"들어오시라고 해."

잠시 후 방으로 들어선 사람은 내가 처음 보는 간소한 차림의 남자였다. 하지만 그는 혼자가 아니었다. 내게 몹시 친근한 얼굴이 뒤이어 나타났다.

"케이저, 자네였나?"

"아니. 난 길 안내를 맡았을 뿐이네. 자네의 집을 찾고 계시다기에."

"요즘 근위대장은 그런 일까지 하는가 보군. 월급이 아까운걸."

"무슨 소릴. 자네 아버지가 지폰사 회장의 탈세를 도왔다는 혐의를 받고 있어. 그래서 혹시 저택에 굴러다니는 영수증이라도 하나 발견할까 싶어 들렀지."

케이저의 말에 나는 웃음을 터뜨렸다. 그는 여전히 돈으로 모든 것을 해결하는 우리 가문을 싫어했고 아버지는 더더욱 싫어했지만, 그럼에도 우리 둘은 절친한 관계를 유지하고 있었다.

나는 케이저와 함께 온 남자를 바라보았다.

"아, 죄송합니다. 저를 찾아오셨다고요?"

"그렇습니다. 바벨 포론이라고 합니다."

남자는 정중하게 자신을 소개했고, 나는 어디선가 그 이름을 들은 것 같다고 생각했다. 내가 고개를 갸웃하자 케이저가 언질을 주었다.

"세상 돌아가는 것 좀 보면서 일하게. 그 유명한 역사학자 바벨 포론 경이란 말이야."

"아!"

나는 그제야 깨닫곤 황급히 고개를 숙였다.

"죄송합니다. 볼 줄 아는 거라곤 악보밖에 없어서……."

"아닙니다. 저도 제 영역 밖의 일들은 잘 모르지요."

그는 예의 바르게 답했다.

나는 손에 든 것들을 내려놓고 서둘러 두 사람에게 자리를 권했다. 그 유명한 역사학자와 마주하게 되다니 가슴마저 떨렸다. 하인에게 차를 내오라고 시킨 뒤 조심스럽게 물었다.

"그런데 제게 무슨 일로……."

그 역사학자는 잠시 입을 다문 채 침묵하더니 곧 어려운 투로 이야기를 꺼냈다.

"먼저 용서해 주십시오. 당신에게도 틀림없이 괴로웠을 그 기억을 다시 떠올리게 할 테니 말입니다. 실은 저는, 아나토제 바옐을 찾고 있습니다."

나는 주먹이 하얗게 되도록 꽉 움켜쥐었다. 그가 이 땅에서 가장 유명한 역사학자이자 존경받는 저술가가 아니었다면, 당장 이 집에서 나가라고 외쳤을 것이다.

하지만 말리는 듯한 케이저의 표정을 보고 간신히 나를 다잡았다. 그래도 다음 순간 내 입에서 나온 목소리는 어쩔 수 없이 불쾌함을 담고 있었다.

"지난 몇 년간 나는 당신과 같은 질문을 하는 사람들 모두에게 똑같은 반응을 보여 줬습니다."

"예. 주위의 모든 것을 집어 던진 다음 당신이 할 수 있는 가장 험한 말을 해서 내쫓았다더군요. 그 험한 말이 '깃털 빠진 오리'라는 얘길 듣고 저는 퍽 심각한 고찰을 해야 했습니다."

나는 상대의 담담하고 진지한 대꾸에 헛웃음을 흘릴 수밖에 없었다. 결국 그가 말한 것 같은 반응을 보여 주기 전에 이유부터 묻기로 했다.

"다른 이들이 그러는 건 이해하지만, 당신 같은 분이 어째서 그를 찾는 것인지는 도저히 짐작할 수 없군요."

"제게는 극비와도 다름없는 일이지만 당신에게는 솔직히 말해야겠군요. 이번에 아나토제 바옐의 전기를 집필하려고 합니다."

너무 놀라서 멍청하게 보일 걸 알면서도 입을 다물 수가 없었다. 케이저 또한 나와 비슷한 얼굴로 그 유명한 역사학자를 돌아보았다.

우리 둘을 간단히 혼돈 상태에 빠뜨린 그는 여전히 담담한 어조로 말했다.

"사실 제가 이 에단에 들어선 지는 상당히 오래되었습니다. 원래는 제일 먼저 당신을 만날 생각이었지만, 그에 대해 이야기하고 싶지 않다는 당신의 뜻을 존중하여 지금까지 찾지 않은 것이었습니다. 대신 다른 많은 사람들로부터 정보를 수집했지요. 하지만 그의 마지막에 대해서는…… 그것을 그 자리에서 본 모든 자들이 한사코 대답하길 거부했습니다."

어찌 우리 모두를 귀머거리라고 부르던 그날의 그 모습을 쉽게 이야기할 수 있겠는가. 우리에겐 치부와도 다름없는 일인데.

나는 이해하듯 고개를 끄덕였다. 그러자 역사학자의 어둡던 두 눈이 잠깐 빛을 발했다.

"그럼 당신은 알고 있습니까? 그가 마지막 연주를 한 뒤에 어디로 사라진 것인지."

나는 입을 다물고 잠시 침묵했다. 이 고명한 저술가를 실망시키고 싶어서는 아니었다. 나 또한 대답할 수 있기를 간절히 바라 왔다. 10년이 지나는 동안.

"미안합니다. 나 또한 모릅니다. 여태까지 대답을 거부한 것은 숨기기 위해서가 아니었습니다. 나는 그걸 모른다는 말을 하는 것이…… 싫었습니다."

케이저는 이제 놀라움을 띤 그 얼굴을 내게로 돌렸다. 나는 고개를 조금 숙여 그 시선을 피했다.

내 앞에 앉아 있던 역사학자는 깊이 한숨을 흘렸다. 그 드러나는 실망감에 나는 죄라도 지은 듯한 기분을 느꼈다.

"그렇군요. 그는 정말로 자신의 모든 끈을 단절한 채 떠난 것이군요. 그날 여명의 현을 단호하게 끊었듯이."

이번엔 내가 다시 놀랄 차례였다. 고개를 들어 이해할 수 없다는 눈으로 바라보자, 그는 메마른 미소를 띠며 말했다.

"저 또한 그날 그 자리에 있었습니다."

"그……러셨습니까?"

"그랬습니다. 하지만 다른 이들의 눈에는 그 마지막이 어떻게 비쳤을까 궁금해서 묻고 다닌 거지요. 아무도 대답하지 않아서 그들이 나와 같이 느꼈는가는 알 수 없었습니다."

나는 심장이 은밀하게 두근거리는 것을 느꼈다. 침을 꿀꺽 삼키고,

조심스레 물었다.

"당신은…… 어떻게 느끼셨습니까?"

"이렇게 이야기해도 될지 모르겠군요. 나는, 환희를 느꼈습니다."

그는 차 한 잔만 하고 가시란 부탁을 정중히 거절한 채 금세 자리에서 일어났다.

그가 멀어지는 것을 바라보며 케이저와 나 둘 다 아무 말도 하지 않았다. 바로 조금 전에 일어난 일인데도 마치 꿈속에서 본 것처럼 기이하게 멀다는 느낌이 들었다.

케이저가 문득 입을 열었다.

"일은 잘되어 가나?"

"아…… 응. 고맙게도 휴베리츠 알렌이 그의 소나타 작품집을 내게 맡겼어."

"휴베리츠 알렌이라. 이제는 그의 스승인 폴 크루거보다 유명해질 지경이던데, 자네 같은 돌팔이 필사가에게 자기 악보를 맡기더란 말인가?"

"당연하지. 누구처럼 호시탐탐 우리 집안을 망하게 하려는 친구와 달리 그는 나를 도와주고 싶어 하거든."

케이저는 웃음을 터뜨린 다음 짓궂은 얼굴로 물었다.

"지난 10년 동안 그래 온 것처럼 대답해 주지 않겠지만, 또 물어도 되나? 왜 하필 필사를 하는 거지?"

"돈도 많고 시간도 많은데 할 일은 없으니까."

케이저는 눈살을 찌푸리며 듣기 싫다는 표정을 짓더니, 금세 웃음을 터뜨리며 내 어깨를 툭툭 쳤다.

"부디 그 친구가 공연 당일 자신의 악보를 알아보지 못해서 연주회를 망치게 하지만 말라고. 자네 악필이란 거 아나?"

"그래, 악필이지. 하지만 휴베리츠 알렌은 더해. 자기 것을 자기가 못 알아보더라니까."

우리는 신나게 그런 이야기를 주고받았다. 지금쯤 에단에서 가장 유명한 피아니스트의 귀가 좀 가려울 것이다.

케이저와 헤어진 뒤 내 방으로 돌아오자, 어쩐지 그곳이 예전보다 좀 더 적막하고 쓸쓸해 보였다.

아까 놓아둔 악보를 향해 걸어가다가 문득 발걸음을 조금 돌려 피아노 앞에 앉았다. 이제는 하루에 30분 정도만 주인에게 어루만져지는 그 피아노는 그것이 불만인 듯 요즘 제 목소리를 잘 내지 않았다. 곧 조율사를 불러야겠다는 생각을 하며 덮개를 열었다.

피아노 건반을 쓸어내리던 예전 버릇은 버린 지 오래였다. 그러다 보면 연주를 시작하기 전에 활로 현을 어루만지던 한 친구가 생각나서였다.

나는 눈앞이 뿌옇게 변하는 것을 느끼곤 황급히 고개를 흔들었다. 그리고 항상 의자 곁에 놓여 있는 몇 장의 악보를 집어 들어 피아노 위에 올려놓았다. 이미 다 외운 그 악보를 굳이 보며 치는 것은 그리움이 만들어 낸 쓸모없는 의식 외엔 아무것도 아니었다.

그렇게 천천히 건반을 두드리기 시작했다. 들어도 들어도 이 음악의 아름다움은 매번 내게 새로운 감동을 주었다. 이때만큼은 뛰쳐나간 내 영혼도 근처로 걸어와 조용히 그것을 함께 듣고 있는 것처럼 느껴졌다.

길지 않은 연주를 끝내고 나는 한숨을 쉬며 손가락을 멈추었다.

그리고 악보를 다시 옆에 정돈해 놓고 피아노의 덮개를 닫았다.

매일같이 나는 이 곡을 연주한다. 이제는 너무 멀고 희미한 그날을 떠올리며.

하지만 함께 바이올린을 연주해야 할 사람은 거기 없었다.

나는 그제야 그 사실을 깨달은 사람처럼, 무너지듯 피아노 위에 엎드렸다.

며칠 뒤 내게 악보를 받으러 온 휴베리츠는 케이저와 마찬가지로 나에게 악필이라며 악의 없는 농담을 퍼부었다. 나는 당신도 만만치 않다는 식으로 창의 없는 대꾸를 하며 그를 돌려보냈다.

그러고 나서 또다시 다른 사람의 악보를 들어 올린 내게 며칠 전과 마찬가지로 하인이 올라와 말했다.

"도련님, 누가 찾아왔는데요?"

기시감이란 것은 묘하게 아련한 느낌을 동반하여 왔다. 나는 조금 지체하다가 대답했다.

"이번엔 아낙스의 국왕이라도 오셨나?"

"아뇨. 우체부입니다."

"우체부가 왜?"

"아마 그건 우체부가 물어볼 것입니다."

나는 하인의 말을 이해하지 못한 채 얼떨결에 고개를 끄덕였다. 아무튼 내가 어릴 때부터 오직 나만을 섬긴 그가 허튼소리를 할 리는 없었다.

잠시 후 내 방으로 올라온 우체부는 하인의 예상대로 말했다.

"편지만 주고 가면 될 일인데 왜 저를 부르신 겁니까?"

나는 그런 적 없다고 말할 뻔했다가 한참 만에 겨우 다른 대답을 떠올렸다.

"제게 편지를 주러 오셨다고요?"

"예. 발신인은 없는데 찍혀 있는 소인으로 보아 여기에서 상당히 먼 지방에서 온 것 같습니다."

나는 그에게서 편지를 건네받고 별생각 없이 봉투를 내려다보았다. 그의 말대로 발신인은 없고 오직 내 이름과 주소만이 적혀 있었다.

편지를 건네준 채 나가야 할지 기다려야 할지 곤란한 표정을 짓고 있는 우체부를 보고 나는 황급히 말했다.

"편지를 전해 주셔서 감사합니다. 하인이 실수로 올라오시라 한 모양입니다. 번거롭게 해 드려 죄송합니다."

그는 이해했다는 얼굴로 고개를 끄덕이고는 몸을 돌렸다.

나는 다시 봉투 위로 시선을 옮겼다가 봉인을 풀고 편지를 꺼냈다. 신기하게도 그 안에는 편지지가 아닌 악보가 들어 있었다.

악보의 맨 위에 적힌 음표들을 별생각 없이 따라가던 나는, 죄 없는 우체부에게 또다시 무례를 저지르고 말았다.

"잠깐만요!"

밖으로 나가 문을 막 닫으려던 우체부는 기어이 불쾌한 표정을 지었다. 나는 그런 그에게 사과할 생각조차 떠올리지 못하고 황급히 물었다.

"그 지방이 어디라고 했습니까?"

케이저가 휴가를 내고 함께 가 주겠다고 말했지만 나는 고개를 저어 거절했다. 나의 방문조차 달갑게 여기지 않을 것이 분명한 그 앞에, 케이저를 데리고 가면 틀림없이 문전에서 쫓겨날 거란 생각이 들었다. 그런 생각들을 하며 나는 잠깐이지만 옛날로 돌아간 것처럼 웃을 수 있었다.

그는 정말로 그가 말했던 이국의 땅을 찾으려 했던 것 같다. 아낙스 왕국에 속해 있지 않은 도시가 에단 말고도 존재했단 사실은 나를 놀라게 했다. 그 땅은 이 대륙이 아닌 다른 대륙으로 바다를 건너가야 한다고 했다.

나는 어릴 때 이후 정말 오래간만에 바다를 다시 보게 된다는 사실에 기쁨을 느꼈다.

그리고 그 기대는 며칠 후 뱃멀미라는 상당히 불쾌하며 현실적인 감각으로 나를 배신했다. 그렇다 하여 바다를 다시 보았을 때의 그 감동이 줄어든 것은 아니었지만. 앞선 시대를 살아간 성인들이 어째서 에단을 바다에 비유했는지 알 것 같았다.

신대륙을 밟으며 환호하는 모험가들과 달리 나는 그리움과 미련을 찾아 떠난 단순한 방랑자에 불과했다. 그를 찾을 수 있을 거란 자신은 없었다. 내가 아는 것은 그 도시의 이름뿐이었다.

다시금 마음을 다잡기 위해 품속에 넣어 둔, 몇 번이고 몇 번이고 반복해서 읽은 그 악보를 꺼냈다. 맨 위에는 내가 너무나 잘 알고 있는 음악의 음표가, 그리고 그 밑에는 글씨가 쓰여 있었다.

친애하는 나의 벗, 고요.

내 가슴을 무너지게 만든, 그 한마디.

이곳은 이름도 들어 보지 못한 어느 시골 마을일세. 글자조차 배우지 못한 아이들이 있고, 냇가에는 소란스럽게 떠드는 아낙네들이 있고, 그런 그들을 조용히 굽어보는 산이 있는 아름다운 곳이지. 나는 이곳에서 아이들에게 음악을 가르치고 있네. 이곳 사람들은 물론 나를 전혀 모르고, 일을 해야 할 시간에 악기를 연주하며 노래를 부르는 것을 주제넘은 사치로 생각하지. 하지만 내가 무료로 가르치는 데다 이 사람들도 음악이 싫지만은 않은지 점차 아이들을 보내는 사람들이 많아졌네. 오, 그래. 눈에 보이는군. 자네가 얼마나 놀라고 있을지 말이야. 하지만 의심하지 않아도 좋네. 나는 자네가 기억하고 있는 그 아나토제 바엘이 맞네. 그리고 나는 지금 즐거워. 그래, 정말로 즐거워.

나는 슬며시 미소 지었다. 그 대목까지 읽고 나면 나도 항상 즐거워졌다.

놀랄 일은 하나 더 있네. 이건 절대로 과장이나 농담이 아닌데, 글쎄 여기 있는 이제 갓 열세 살이 된 소녀가 전성기 때의 나와 맞먹는 기량을 가지고 있지 뭔가. 이 아이는 이미 음의 언어를 이해하고 있네. 가끔은 그것을 노래로 불러 나에게 말을 걸어오기도 하지. 놀랄 정도야. 정말 놀랄 정도야. 자네 말대로 세상에는 천재가 많더군.

나는 정말로 그 말만큼은 믿을 수가 없었다.

나는 종종 그 아이의 연주를 듣고 그에 대한 감상을 말하곤 하는데, 어제는 글쎄 그 깜찍한 숙녀가 내 냉정한 비판에 화가 났는지 이렇게 말하지 뭔가. '선생님은 어쩜 그렇게 제 음악을 이해 못 하세요?' 하하.
그 당돌함이 귀엽기도 하지만 슬프기도 했네. 꺼내고 싶지 않은 이야
기지만 그 모습은 어쩐지 10년 전의 나를 닮은 것 같아서 말이야. 나는
그 소녀의 미래가 나와 똑같이 흘러갈까 봐 걱정이 되었지. 그래서 물
었네. '너도 너의 전부를 이해할 수 있는 단 하나의 청중을 바라니?' 그
러자 그 작은 소녀는 의아하다는 듯 나를 한참 바라보았어. 그러곤 되
묻더군. '왜 그런 것을 바라지요? 이미 있는데.' 난 정말로 놀랐네. '이
미 있다고?' 내 질문에 소녀는 아주 자랑스럽게 자신을 가리키며 말했
지. '여기 있잖아요. 나. 내 모든 것을 나와 똑같이 이해하고 들어주는
나 자신을 위해 연주하면 왜 안 되지요? 남에게 들려주기 위해서만 연
주할 거라면, 나는 두 손만 가지면 되잖아요. 하지만 귀가 있다는 것은
나 또한 내 연주를 듣기 위해서예요.' 소녀는 아무렇지 않은 얼굴로 그
렇게 말하고는 또다시 연습을 시작했지. 아…… 그 일이 있고 나서는
더 이상 참을 수가 없었네. 너무 오래 전의 그 일들이 꾸역꾸역 밀려와.
내가 단 한 번이라도 오롯이 나 자신을 위해 연주한 일이 있었을까? 나
는 기억해 낼 수가 없었네. 대신 자네를 떠올렸지. 그래서 이렇게 편지
를 쓰게 된 걸세.

나는 다시 편지를 넣고 발걸음을 재촉했다.

길을 찾는 능력도 수완도 없었지만, 간신히 불쌍한 방랑자의 모양
새를 하여 여러 사람들로부터 동정 섞인 조언을 얻을 수 있었다. 물
론 그 조언에는 내가 가진 돈 또한 한몫을 했다.

그리하여 겨우 찾게 된 그 마을은 바엘의 말대로 깊은 시골이었다.
아름다운 그 마을의 풍경을 보는 순간, 가슴이 너무도 벅차 울음을

터뜨릴 뻔했다. 그 안에 내가 사랑하고 그리워한 친구가 있다.

나는 간신히 마음을 달래며 마을 안으로 걸음을 재촉했다.

봐도 봐도 신기하기만 한 갈색 피부를 가진 마을 사람들은 오히려 내가 신기한 듯 빤히 쳐다보았다. 그들 중 몇몇 사람을 붙잡고 바엘이 어디 있는가를 물었다. 그리고 대답을 듣는 순간 퍽 곤혹스러워지고 말았다. 도저히 그 말을 알아들을 수가 없었다.

"아나토제 바엘. 바엘 말입니다!"

한참이나 마을의 이 사람 저 사람과 실랑이를 벌인 끝에 나이 지긋한 노인 하나가 나를 어디론가 데려갔다. 조그마한 마을에서도 한참을 벗어난 산속이었다.

나는 혹시 이 노인이 사람 없는 곳에서 갑자기 강도로 돌변하는 게 아닐까 싶어 조마조마한 기분을 느꼈다. 하지만 다행히도 잠시 후 조그마한 오두막집 하나가 나왔다. 노인은 거기를 가리키고는 올라왔던 길을 도로 내려가기 시작했다.

나는 그의 등 뒤에 감사와 사과의 말을 몇 마디 중얼거린 뒤 다시 오두막집을 바라보았다.

부드러운 햇살이 맴돌고 있는 동화 속에나 나올 법한 모습이었다. 아름다운 광경이었지만 보면서 가슴이 시리고 아파 왔다. 그러나 벅찬 설렘과 기대 또한 있었다.

나는 조심스럽게 낡은 울타리 문을 열고 마당 안으로 발을 디뎠다. 순간 집 안에서 희미한 바이올린 소리가 들려왔다. 그 자리에 덜컥 멈추어 귀를 기울였다. 이 그리운 매끄러움은 틀림없이…….

"바엘……."

나는 결국 참지 못하고 크게 소리를 질렀다.

"바옐!"

바이올린 소리가 멎었다. 연주가 끝날 때까지 기다리지 못한 내 행동을 금세 후회했지만, 이미 그 작은 오두막집의 문은 열리고 있었다.

놀랍게도 거기서 조그마한 소녀가 얼굴을 내밀었다. 불만 가득한 표정을 짓고 있는 그녀의 손에는 바이올린이 들려 있었다. 나는 한눈에 그녀가 바옐이 말한 그 소녀임을 알 수 있었다.

"아…… 안녕. 혹시 그 안에 네……."

말이 채 끝나기도 전에 또 한 사람이 모습을 드러냈다.

그의 얼굴을 보고 나는 그대로 멎어 버렸다. 10년이 지났는데도 속을 알 수 없는 표정은 변함이 없었다.

급격히 눈가가 뜨거워졌다. 조그마한 소녀 앞에서 다 큰 어른이 우는 모습을 보여 주기 싫었지만, 얼굴을 가려야 한다고 생각했을 때는 이미 눈물이 줄줄 흐르고 있었다.

그런 나를 말없이 바라보던 바옐은 고개를 내려 그의 곁에 있는 조그마한 소녀를 향해 알아들을 수 없는 말을 속삭였다. 소녀는 새침한 얼굴로 고개를 끄덕이고는 내게서 시선을 떼지 않은 채 천천히 걸어 나왔다. 그러고는 마당 한구석에 매여 있는 그네 위에 앉아 힘차게 그것을 움직이기 시작했다. 여전히 나를 뚫어져라 바라보면서.

"들어와."

나는 퍼뜩 놀라 소녀에게서 시선을 떼고 다시 바옐을 바라보았다. 그는 내 얼굴을 보곤 살짝 눈살을 찌푸렸다.

그제야 정신을 차리고 황급히 눈가를 문지르며 걸음을 옮겼다. 뭐라 말을 꺼내고 싶어도 입을 여는 순간 울음만 터져 나올 것 같았다. 그래서 집에 들어서고 나서도 입술을 꾹 깨문 채 안간힘을 다해 참는 나를, 놀랍게도 바옐이 먼저 안았다.

"오느라 힘들었겠군. 그동안 잘 지냈나?"

"윽…… 으윽……."

"뭐…… 긍정의 대답인 것 같군."

더 이상 견디지 못하고 그의 품 안에서 10년을 참아 온 울음을 터뜨렸다. 메마른 줄 알았던 눈물이 아직도 그렇게 많이 남아 있다는 사실에 놀랐다.

결국 한참 뒤 그의 옷을 엉망으로 만든 채 떨어졌고, 바옐은 그답게 불쾌함을 감추지 않았다.

"그래. 오래간만에 만난 친구에게 한다는 인사가 참 지저분하군."

"미…… 미안."

"됐어. 저기 주전자가 있으니 차나 좀 끓이게. 옷 좀 갈아입고 올테니."

"으…… 응."

바옐은 방으로 들어갔고, 나는 그제야 조금 진정하며 소박한 집 안을 한번 돌아보았다. 에단에 있을 때에도 바옐이 사치스러운 생활을 한 것은 아니지만 이런 모습은 정말 의외였다.

한참 동안 부엌을 뒤진 끝에 주전자처럼 생긴 물건을 찾아내었다. 문제는 주전자를 든 다음이었다. 물을 여기에 넣어 끓이는 건가, 아니면 찻잎?

나는 혼란스러워서 머리를 감싸 쥐었다. 내게 있어 차라는 것은 하인을 시키면 뚝딱하고 만들어져 나오는 것이었다. 마레랑스의 그 소박한 남작이 어떻게 하는 걸 보긴 봤는데.

"주전자하고 눈싸움이라도 하나?"

나는 황급히 뒤를 돌아보다가 닫지 않은 찬장의 문에 그만 머리를 쾅 하고 부딪쳤다. 내가 떨어뜨린 주전자가 바닥을 뒹굴며 요란한 소리를 냈고, 눈물이 찔끔 날 만큼 아픈 것을 내색도 못 한 채 이마를 문질렀다.

그 상태로 잠깐 침묵이 흐른 뒤에, 곧 바옐이 폭발적인 웃음을 터뜨렸다.

"가관이군, 진짜 가관이야! 오랜만에 만나서도 여전히 날 즐겁게 해 주는군그래."

"……진짜 아프단 말일세."

"나도 시키고 나서야 자네가 차를 끓일 줄 아나 의심했지. 됐으니까 가서 앉아 있어. 내가 할 테니."

바옐은 능숙한 솜씨로 주전자에 물을 넣고 난로 위에 올렸다. 그리고 찻잎을 담아 묶은 듯 보이는 작은 망 두 개를 각각 찻잔 안에 넣었다.

나는 다음에는 실수 없이 해내기 위해 그 과정들을 꼼꼼히 기억하다가, 그다음이란 게 없을지도 모른다는 생각에 서글픔을 느꼈다.

잠시 후 김이 모락모락 나는 찻잔 두 개를 들고 바옐이 내 앞에 앉았다. 그것을 건네받아 입가로 가져가던 나는 그게 샤닐차라는 것을 알아차렸다. 가엾은 친구. 과거에 멎은 시간 속에서 살고 있는 것은 나뿐이 아니었던 것이다.

나는 애써 그 사실을 모른 척하며 물었다.

"밖에 있는 아이가 자네가 말한 그 아인가?"

"그래. 엘리제라고 하네."

"정말로 저 조그마한 소녀가 자네만큼 연주한다고?"

"그렇다니까. 오면서 듣지 못했나? 자네가 오기 전까지 연주하고 있었지."

나는 그 자리에서 펄쩍 뛸 뻔했다.

"아까 그게 자네가 한 게 아니라고?"

"그래. 내가 뭐랬어."

그렇다면 그건 정말로 놀라운 일이었다. 나는 갑자기 내 등장으로 인해 세기의 천재를 집 밖으로 쫓아낸 듯한 자괴감을 느꼈다.

바옐은 그런 나를 보고 웃으며 말했다.

"아직도 자네 집엔 돈밖에 없겠지?"

"갑자기 왜?"

"언젠가 저 아이를 에단으로 보내려고 해. 그때 저 아이를 좀 맡아 주게."

"에단으로……?"

바옐은 고개를 끄덕이며 아이가 있음직한 곳을 바라보았다. 그 눈에는 따스한 애정이 담겨 있었다.

"이 작은 마을에 두기엔 너무 아깝지. 저 아이가 성장하는 것을 보고 싶긴 하지만…… 내 욕심 때문에 이곳에 둘 순 없어."

"그럼…… 자네도 같이 오면 되지 않나. 자네 말대로 워낙 풍족하다 보니 한 사람 정도는 같이 와도 될 것 같은데."

나로서는 가진 용기를 모두 끌어모아 한 말이었다. 하지만 바옐은 조금도 고민하지 않고 고개를 저었다.

"여기가 좋아. 나는 샨닐차를 재배해서 이 마을과 근처 마을 사람들에게 팔고 있네. 이곳 사람들은 차를 무척 좋아하거든."

"하…… 자네가 차를 재배한다고. 정말 믿기지가 않는군."

"나도 가끔은 그래."

우린 둘 다 웃어 버렸다. 그 웃음이 멎을 때쯤 내가 불쑥 말을 꺼냈다.

"얼음나무 숲은 스러지고 자네 또한 떠났어. 그리하여 완성된 음악은 그 끝을 맞이했네."

바옐의 얼굴이 희미하게 굳었다. 그는 찻잔을 내려놓고 잠시 침묵하다가 문득 말했다.

"그날은 그랬는지도 모르지."

의아해진 내가 반문하려 하자 바옐은 눈빛으로 제지했다.

"시간이 조금 지나고 나서야 나는 깨달았네. 우리가 그곳에서 끝이 났어야 할 종말의 잔재를 가져왔다는 것을. 그러니까 그것은…… 끝이 아닐세."

나는 입을 다문 채 그의 말이 무엇을 의미하나 생각해 보았다. 그때 바옐이 손가락을 들어 거실 한쪽을 가리켰다.

그 손가락을 따라 고개를 돌렸다. 그리고 작게 탄성을 질렀다.

어떻게 지금까지 알아차리지 못했는지 이해가 안 갈 만큼 하얗게 빛나는 여명이 거기 있었다.

"언젠가 한 천재적인 소녀가 새하얀 바이올린을 들고 에단에 나타날 걸세. 그 소녀의 음악은 모두를 사로잡고 미치게 만들겠지. 그러나 사람들이 이해하지도 듣지도 못한다 한들 소녀는 괘념치 않을 걸세. 이미 자신의 단 하나뿐인 청중과 함께하고 있을 테니까. 그런 그녀가 연주하는 음악은 결코, 우리와 같은 비극을 만들어 내지 않을 거야."

나는 입을 다물었다. 그러곤 다시 눈물이 나려는 것을 참으며 잠자코 고개를 끄덕였다. 침묵이 길어지자 왠지 참을 수가 없어서 다시 억지로 웃으며 물었다.

"그런데 혹시 여기 피아노 선생님은 하나 필요 없나? 작은 아이들 정도는 가르칠 수 있을 것 같은데."

"여기까지 와서 내 일거리를 빼앗을 셈인가? 자넨 그 거대한 홀에서 사람들의 박수를 받으며 연주해야 돼. 그게 어울려."

정색하며 대답하는 바엘에게 나는 조용히 웃으며 말했다.

"나도 이제는 연주하지 않아. 필사가 일을 하고 있어."

"필……사가?"

바엘의 눈이 커졌다. 나는 그의 시선을 조금 피하여 고개를 끄덕였다. 덧붙이지 않아도 좋을 말을 괜히 했다는 생각이 들었다.

한참을 할 말을 찾지 못하고 바엘은 주먹을 쥐었다 폈다 반복했다. 간신히 그의 입에서 한마디가 흘러나왔다.

"설마 아직도 자네는……."

"내 영원한 바람이니까."

바엘은 아른거리는 눈으로 나를 바라보며 입을 꾹 다물었다. 나도 똑같이 했다.

다행히 침묵이 어색하게 길어지기 전, 끼익 소리를 내며 문이 조금 열렸다. 그리고 그 틈으로 귀여운 소녀의 얼굴이 나타났다. 소녀는 바엘에게 무언가 묻는 듯한 말을 하며 나를 바라보았고, 바엘은 소녀에게 다정한 어조로 대답해 주었다. 소녀의 얼굴이 또다시 불만스럽게 변하자 나는 그만 자리에서 일어났다.

"그만 가 볼게."

"뭐? 벌써……?"

"저 조그마한 숙녀는 내가 여기 있는 게 마음이 안 드는 눈치인걸."

"자네가 나를 데려가려고 온 사람인 줄 알아서 그래."

"크게 잘못된 오해는 아니로군."

나는 주춤거리며 따라 일어선 바엘을 내버려 두고 엘리제라는 이름을 가진 그 소녀를 향해 다가갔다. 엘리제는 나를 잔뜩 경계하는 얼굴로 바라보았지만, 나는 허리를 숙여 그녀와 눈높이를 맞추곤 손을 내밀었다.

"안녕. 아저씨는 이제 갈게. 하지만 언젠가 다시 만나게 될 거야."

그녀는 눈을 동그랗게 뜨고 있을 뿐 내가 내민 손을 붙잡지 않았다. 나는 소녀가 알아듣지 못할 거란 걸 알면서도 조용히 속삭였다.

"그러니까 그때가 되면 저기 있는 네 스승도 데리고 와 주렴. 지금처럼 그렇게 원망스럽게 올려다보며 말하면 바엘은 틀림없이 거절하지 못할 거야. 알았지?"

소녀는 여전히 그 큰 눈으로 나를 바라만 볼 뿐 대답하지 않았다.

나는 그만 허리를 펴고 바엘을 돌아보았다. 소녀는 그사이 나를 지나쳐 바엘에게 쪼르르 달려가 그의 팔을 꼭 붙들었다.

바엘에게 눈으로 작별 인사를 건넸다. 바엘은 나를 붙잡을 듯 말 듯 묘한 표정으로 바라보았다. 나는 기다리지 않고 문밖으로 나섰다.

아무튼 누군가가 곁에 있어 다행이야.

그렇게 생각하며 걸음을 옮겼다. 그리고 그 걸음이 생각보다 떼기 어렵지 않다는 것에 조금 놀랐다.

그렇게 몇 걸음 더 걸어서 울타리에 다다랐을 때, 갑자기 청아한 바이올린 소리가 나를 붙잡았다. 나는 눈을 크게 뜨고 숨조차 멈췄다. 그 매끄러운 음색은 뒤에서 들려오고 있었다.

천천히 뒤로 돌아 작고 아담한 오두막집을 바라보았다. 소녀와 바옐의 연주는 너무도 비슷했지만, 이 곡만큼은 도저히 헷갈릴 수가 없었다.

왠지 이 곡, 자네한테 어울려.

우리 모두 젊고 아무것도 모르던 시절, 유난히 새하얗게 눈이 내려앉은 가을날, 우리 둘은 어떤 언덕에 서 있었다.

그답지 않게 장난기 가득하던 표정으로 나를 바라보며 내 곁에 털썩 앉던, 바옐. 며칠 사이 참 많은 일을 겪었던 우리가 아주 잠시였지만 행복하고 평온했던, 그런 날이었다.

나는 뜨거운 눈물이 볼을 타고 흐르는 것을 느꼈다. 손으로 눈을 감싸고 돌아섰다. 그리고 점점 멀어지는 바이올린 소리를 들으며 걸음을 옮겼다.

10년 만에 다시 들은 그의 연주는 내게 애틋했으나, 아쉬울 것은 없었다. 그의 음악은 처음부터 언제나 내 안에 살아 있다. 끝이 있되 영원한 그 음악은 언제까지고, 언제까지고…….

그의 청중이 되길 소망한 누군가의 귀를 영원히 맴돌 것이다.

Fine

……이쯤에서 우리가 언급해야 할 또 한 사람이 있다. 생소한 이름이라고 생각하는 사람도 있겠으나, 아나토제 바엘의 전성기였던 1628년에는 에단에서 가장 뛰어난 피아니스트 중의 한 사람이었다. 그는 당시 에단에서 명망이 높았던 귀족 가문 모르페가의 자제이다. 셋째 아들인 그는 가문을 물려받기 어려웠고 따라서 아버지의 권유에 따라 열 살 때 에단 음악원에 입학한다. 사실 에단의 귀족이면서 가문 내에 음악가가 없는 것은 수치스러운 일이었기에 그렇게 한 것이었지만, 그는 거기서 아버지도 몰랐던 재능을 발견하게 된다. ……중략…… 만약 그가 아나토제 바엘을 쫓아다니는 시간에 피아노를 더 연습했더라면 1000페이지에 달하는 이 고급 전기의 주인공은 아나토제 바엘이 아닌 그가 되었을지도 모를 일이다. 아무튼 그는 역사에 남을 명피아니스트의 자질을 가졌음에도 '마에스트로'보다는 '아나토제 바엘의 친우'로서 남기를 더 원했던 것 같다. 그의 바람대로인지 작금의 모든 음악서나 전기에서 그의 이름은 항상 '아나토제 바엘의 절친한 친구' 혹은 '아나토제 바엘의 열렬한 추종자' 등으로 기록되고 있다.

하지만 필자는 이 책에서 그 이름 앞의 수식어를 감히 이렇게 적어 보고자 한다.

고결한 여명의 주인이자 영원한 드 모토베르토, 아나토제 바엘.
그리고 그의 유일한 청중이었던, 고요 드 모르페.

바벨 포론, 『아나토제 바엘 전기』 中에서

얼음나무 숲
외전

그러나 때로는 지극한 아름다움이
더러움 속에서 잉태되기도 하는 법

소년의 유년기는 불행했다. 적어도 소년이 느끼기로는 그랬다.

제대로 된 부모를 가지지 못한 것, 그래서 기억나지 못하는 갓난아기 시절부터 고아원에서 자랐기 때문만은 아니었다. 늘 굶주리며 얼마 지급되지 않는 빵마저 자기보다 덩치 큰 다른 아이에게 빼앗기고, 헐벗은 채 한겨울의 혹한 속에서 사는 것쯤도 소년의 '진짜 불행'에 비하면 아무것도 아니었다.

소년은, 깨어나 잠드는 순간까지 하루 종일 자신의 귀를 도려내고 싶은 충동에 시달렸다.

세상의 모든 소리들이 소년을 공격해 왔다. 다른 사람에게는 작고 사소한 소리, 이를테면 연필을 깎거나 양동이에 물을 긷는 소리, 사람들이 평범하게 나누는 대화 소리마저도 소년의 귀에는 축제 날 하늘에서 축포가 터지듯 엄청난 소리로 들려왔다.

그래서 귀를 틀어막거나 일부러 소리를 질러 보기도 했다. 그러나 어떤 짓을 해도 그에게 다가오는 민감한 소리들을 결코 막을 수가 없었다.

소년은 고아원에서 자주 달아났다. 고아원이 싫어서가 아니었다. 그곳에서 만들어 내는 소리들을 참을 수 없어서였다.

그나마 그가 쉴 수 있는 곳은 오직 고아원 뒤에 있는 깊은 골짜기였다. 골짜기라고 조용하지만은 않았다. 오히려 도시보다 훨씬 더 큰 소리가 들리기도 했다. 그러나 적어도 그것들은 참을 수 없을 만큼 불쾌하게 들리지 않았다. 오히려 때로는 놀라울 만큼 부드러운 소리를 내기도 했다.

그러나 배가 고파지면 어쨌든 다시 산을 내려가야 했고, 지옥과도 같은 고아원의 소음 속으로 돌아가면 딱 죽지 않을 만큼만 얻어맞았다.

그렇게 일곱 살이 되자 소년은 이제 반쯤 포기한 채, 모든 소리들이 자신의 머리를 쥐어틀고 박살내는 날만을 기다렸다.

적어도 죽음에는 절대적인 고요가 있을 테니까.

그런 소년이 '그것'을 발견한 것은 우연한 일이었다. 소년은 여느 때와 같이 소음의 포화 상태를 피해 어디론가 도망치고 있었다. 그러다 다다른 곳은 어느 쓰레기 더미 앞이었다.

냄새는 질식할 것처럼 역했으나 놀랍게도 조용했다. 소년은 그곳이 마음에 들어 이리저리 쓰레기 더미를 뒤지며 돌아다녔다.

소년에게 그곳은 새로운 왕국과도 같았다. 낡아빠진 부지깽이는 그의 무기였으며 머리가 잘려나간 목마는 함께 모험을 떠날 애마였다.

살이 부러진 마차 바퀴를 상대로 한창 사투를 벌이던 소년은, 쓰레기더미 사이 튀어나온 무언가에 발이 걸려 넘어지고 말았다. 투덜거리며 상처에서 난 피를 문질러 닦은 다음 자신을 넘어뜨리게 한 것이 무엇인지 살펴보았다.

소년은 고개를 갸웃거렸다. 그런 것은 태어나 처음 보았기 때문이다. 혼자 힘으로는 힘겨웠지만 간신히 쓰레기 더미에서 꺼내들었다.

그것은 묘하게 생긴 나무토막이었다. 한쪽은 제법 부피가 있게 넓은 반면 다른 쪽은 가느다란 막대처럼 되어 있었다. 무엇보다 소년이 도저히 이해할 수 없는 것은 거기에 얇은 실 같은 것이 매달려 있다는 점이었다.

소년은 순수한 호기심 때문에 그 실을 당겨 보았다. 그리고 깜짝 놀랐다. 실에서 처음 들어보는 어떤 소리가 났다. 남들은 그 소리에 아무 의미도 없다고, 오히려 귀를 불쾌하게 자극한다고 말했을 것이다. 하지만 소년은 달랐다. 듣는 순간 알 수 있었다. 이 실을 아주 잘 움직이면 귀에 거슬리지 않는 좋은 소리가 날 거라는 걸 말이다.

소년은 그 자리에 주저앉아 실을 이리저리 움직이고, 당기고, 퉁겨 보기 시작했다. 어느 순간 깜짝 놀랄 만큼 예쁜 소리가 나기도 했다. 해가 넘어가는 줄도 모르고 실을 당기는 소년의 입가에는 태어나 처음으로 떠오른 미소가 있었다.

놀랍고도 아름다웠다. 세상에 듣기 싫지 않은, 자신의 귀를 만족시킬 수 있는 '진짜 소리'가 있었다니!

소년은 해가 져서 실과 나무토막이 완전히 보이지 않을 때까지 그것을 가지고 놀았다. 그리고 문득 어둠이 깔린 것에 놀라 황급히 고아원으로 돌아갔다.

무수한 매질은 당연히 예상하고 있었다. 그러나 소년이 처음으로 가지고 싶다고 생각한 그 나무토막까지 빼앗으려 한 것은 의외였다.

"그거 이리 줘봐. 땔감으로 쓰기 딱 좋겠는데."

소년은 필사적으로 저항했다. 하지만 상대는 어른인지라 쉽게 그것을 빼앗아 갔다. 그 순간 소년의 입에서 그렇게도 증오했던 '소리'가 처음으로 튀어나왔다.

"돌려줘!"

주위에 있던 다른 고아들은 물론이고 나무토막을 빼앗으려 했던 원장까지도 놀라 움직임을 멈췄다.

"뭐야, 병신이 아니었네? 말을 할 줄 알잖아."

"그건 내 거야. 돌려줘!"

소년은 원장에게 매달린 채 악을 썼다. 그러자 원장은 짐짓 친절한 미소를 짓더니 이렇게 말했다.

"갖고 싶어? 그럼 줄게. 자, 잘 받아야 돼."

그러곤 들고 있는 나무토막으로 소년의 머리를 후려쳤다.

소년이 다시 눈을 떴을 때, 서른 명 넘게 우글거리며 자는 방 안에 처음으로 따뜻한 불이 피워져 있었다. 소년은 힘겹게 고개를 돌려 난로를 바라보았다.

그 안에는 소년이 주워 온 나무토막이 조용히 타오르고 있었다. 타닥거리며 튀어오르는 불씨가 소년에겐 마치 나무가 우는 소리처럼 들렸다.

소년은 눈을 감았다. 그도 나무와 함께 눈물을 흘렸다.

그날 이후로 소년은 매일같이 쓰레기 더미에서 시간을 보냈다. 하지만 온몸이 더러워지고 찢길 때까지 뒤지고 또 뒤져도 그 나무토막과 비슷한 무엇도 찾을 수 없었다.

소년은 쓰레기 더미 한가운데에 절망으로 주저앉았다. 그전에는 소리를 피하는 것 이외에 아무것도 원하는 게 없었기에 그런 감정을 몰랐다. 하지만 무언가를 강렬히 원한다는 게 어떤 감정인지 처음으로 알게 되었다.

빈손으로 터덜터덜 고아원으로 돌아온 그는 또다시 매질을 예상했다. 하지만 그날은 무언가 좀 달랐다. 고아원 주변이 너무 조용했던 것이다. 의아해하며 걸음을 옮기던 그때, 소년은 무언가를 '들었다.'

걸음을 멈추고 숨조차 멈추었다. 놀라움 때문이기도 하지만 그 소리를 놓치기 싫어서이기도 했다. 그 소리는 소년이 나무토막을 가지고 놀며 계속 만들어내고자 했던 소리였다. 물론 그것보다 조금 덜 아름답기는 했다. 하지만 분명히 그것이 아니고서는 만들어낼 수 없는 소리였다.

　소년의 마음속에서 무언가 끊어질 것처럼 애가 탔다. 지금 저 소리를 내는 사람으로부터 방법만 배운다면 저보다 훨씬 아름다운 소리를 낼 수 있을 것 같았다.

　소년은 서둘러 걸음을 옮겼다. 그리고 고아원 바깥 창가에서 소리가 나는 안쪽을 들여다보았다.

　흰머리 가득한 어떤 노인을 아이들이 둘러싸고 있었다. 노인은 며칠 전 소년이 주웠던 나무토막과 비슷하지만 그보다 훨씬 멀쩡한 것을 들고 묘한 자세로 서 있었다. 바로 거기에서 소리가 나오고 있었다.

　소년은 노인의 행동을 주의 깊게 관찰했다. 하나도 빼놓지 않고 기억하기 위해서였다.

　노인은 소년의 생각과 달리 손으로 그것을 퉁기지 않았다. 대신 길고 가느다란 막대로 실들을 비벼 소리를 내고 있었다. 소년은 배우지 않았음에도 보는 것만으로도 그게 어떤 원리로 소리를 만들어내는지 이해했다. 당장 그 두 가지를 쥐고 싶어 미칠 지경이었다.

　길지 않은 노인의 동작이 끝나고 소리도 멈췄다. 하지만 소년의 머릿속에서는 끝없이 이어지고 있었다. 노인이 만들어낸 소리를 모두 받아들인 소년은 머릿속에서 그것을 완벽히 재구성하였을 뿐만 아니라, 그에 그치지 않고 새로운 것을 창조해냈다.

　아, 그것은 너무나 아름다웠다!

　그것이 그토록 증오하던 소리의 일부라고는 믿을 수 없었다. 무언가 다른 단어로 불러야 할 것 같았다. 그러나 그 단어가 무언지는 아직 깨닫지 못했다.

　전율 때문에 소년은 주저앉았다. 완전히 내면으로 들어가 버린 그는 바깥에서 아이들이 지르는 소리도 듣지 못했다. 한참 동안 음을 느끼고 소유하고, 마침내 일말의 아쉬움을 느끼며 다시 눈을 떴다.

이것으로는 부족했다. 그는 아무것도 배울 필요가 없는 반면 모든 것을 배워야 했다.

고아원 정문 앞에서 한참을 기다린 끝에 소년은 마침내 바깥으로 나오는 노인을 볼 수 있었다. 노인의 곁에는 다른 젊은 남자도 붙어 있었다.

"아이들을 위한 연주는 어떠셨는지요, 곤노르 선생님?"

남자가 묻자 노인이 덤덤히 답했다.

"귀여운 아이가 별로 없더군."

"더럽고 천한 고아들이니까요. 그 점은 어쩔 수 없죠."

"시청에서 이런 일은 좀 시키지 않았으면 좋겠군. '음악 봉사'라니 그 무슨 어처구니없는 단어란 말인가. 어차피 수준 높은 음악을 이해할 교양머리도 없는 것들인데."

"그러게 말입니다. 선생님을 초청할 돈으로 차라리 빵이나 한 조각 더 넣어 줬으면 좋았을 텐데요."

노인은 작게 코웃음 쳤다.

"요즘 나를 업신여기는 것들이 너무 많아. 레나르 카논만 해도 그래. 가진 거라곤 카논 홀밖에 없는 주제에, 내가 거기서 독주회를 열고 싶다는 뜻을 몇 번이나 내비쳤는데도 모른 척하더군."

"선생님을 거절했다고요? 설마요!"

"아니, 정말로 그랬네. 애송이 주제에 J. 카논의 아들이라는 이름만 믿고……."

바로 그 순간 소년이 그들 앞으로 뛰쳐나가며 소리쳤다.

"기다려!"

노인은 눈을 크게 뜰 뿐이었지만 젊은 남자는 깜짝 놀랐는지 가슴을 쓸어내렸다.

"아이고 놀래라. 뭐야, 너?"

"당신, 당신하고 이야기하고 싶어."

소년이 노인을 가리키며 말하자 젊은 남자가 버럭 화를 냈다.

"지금 누구한테 당신이라는 거냐? 어디서 예의도 모르는 꼬마가, 이분이 누군 줄 알고……."

"놔둬 보게, 앤더슨 군."

노인의 눈은 차게 굳어 있었지만 입가는 어쩐지 웃고 있었다.

"그래, 나랑 이야기하고 싶다고?"

"응."

"무슨 이야기를 하고 싶으냐?"

"그거."

소년은 노인이 들고 있는 작은 갈색 가방을 가리켰다. 노인이 가방을 들어 보였다.

"이거 말이냐? 바이올린?"

"바이……올린."

소년은 매우 신중하게 그 이름을 발음했다.

"그래. 처음 봤나 보구나. 이건 바이올린이라고 하는 악기란다."

"악기."

소년이 생소한 듯 반복해서 따라하자 대화를 듣고 있던 젊은 남자가 혀를 찼다.

"여긴 정말 심각하군요. 아무리 고아라지만 에단에 살면서 악기가 뭔지, 바이올린이 뭔지 모른다니요?"

노인은 그를 무시한 채 소년을 향해 허리를 약간 숙였다.

"이게 마음이 드니?"

"응. 나 그걸 갖고 싶어."

"하하, 이걸 갖고 싶다고."

젊은 남자가 곧바로 소년의 머리를 쥐어박았다.

"너 이게 얼마짜리 악기인 줄 알아? 하여튼 아무것도 모르면 이렇게 용감하다니까."

노인은 남자가 쥐어박은 자리를 곧바로 쓰다듬어 주었다.

"앤더슨 군의 말대로 이건 좀 비싸단다. 대신 좀 저렴한 거라면 줄 수도 있는데."

"정말?"

"곤노르 선생님?"

앤더슨은 믿을 수 없다는 듯 노인을 바라보다가, 소년의 얼굴을 훑고는 알 듯하다는 표정을 지으며 고개를 돌렸다.

"연습용 바이올린 하나 사 주는 게 뭐 그리 어렵겠느냐. 대신……."

"대신?"

소년의 얼굴을 한동안 바라보던 노인은 괜히 옆에 있던 앤더슨의 눈치를 힐끗 보고 말했다.

"다음 달에 내가 다시 올 때까지 열심히 연습하겠다고 약속해야 한다."

"그럴 거야! 꼭 그럴게."

"아, 한 가지 더."

소년이 바라보자 노인의 얼굴이 엄격해졌다.

"나한테 계속 반말을 하면, 그럼 바이올린도 없는 거야. 알겠니?"

소년은 왠지 모르게 움츠러들며 노인을 향해 대답했다.

"……네."

다음 날부터 고아원에서 바이올린 소리가 멎는 날이 없었다. 처음에는 웬 소음이냐며 난리를 피우던 사람들도 점차 아름다워지는 바이올린 소리에 귀를 기울이기 시작했다.

소년은 눈을 뜨고 있을 때면 언제나 바이올린을 연주했다. 잘 때에도 꼭 껴안고 누구도 빼앗지 못하게 했다. 한두 번 그것을 부수려던 원장마저 이제는 누구보다 가까이에서 소년의 연주를 들으려 할 지경이었다.

그러나 정작 소년은 자신의 연주에 만족할 수가 없었다. 노인 대신 바이올린을 가져다준 앤더슨은 소년에게 아주 기본적인 것밖에 가르쳐 주지 않았다. 소년의 머릿속에 있는 소리를 표현하기 위해서는 더 많은 기술이 필요했다.

결국 소년은 그 모든 것을 직접 창조하기 시작했다. 제멋대로 익히다 보니 보통의 바이올린 연주자들과는 결이 다른 기술을 구사했지만, 어쨌든 훗날 배우게 될 운지법, 비브라토, 스타카토나 피치카토 같은 기술들을 소년은 대부분 스스로 익혔다. 또한 어떤 바이올린 연주자들도 개발하지 못한 자신만의 특유한 연주법을 발견했으나 그것은 죽을 때까지 혼자만의 비밀로 했다.

곤노르는 그로부터 반년이 지난 뒤에야 다시 소년의 앞에 나타나는데, 이는 약속했던 시간보다 한참 늦은 것이었다.

사실 곤노르는 소년을 만난 것과 바이올린을 준 사실마저 잊고 있었다. 그러다 어느 살롱에서 만난 신예 바이올리니스트가 이런 말을 하는 것을 들었다.

"곤노르 선생님, 일전에 에단 외곽에 있는 고아원에서 무료 봉사 연주를 하신 적이 있으시다죠?"

곤노르는 잠시 기억을 더듬어보다가 대답했다.

"글쎄, 그랬던가?"

"하하, 선생님도 참. 봉사한 사실을 떠벌이지 않으려고 겸손을 떠시는 거군요. 앤더슨이 말해 주던데요."

"아, 그래."

곤노르는 대답하며 앤더슨의 가벼운 입을 저주했다.

"그런 적이 있었던 것도 같군. 그런데 그건 왜 물어보나? 자네도 소위 음악 봉사란 것에 관심이 있나 보지?"

"아니요. 좀 묘한 소문이 들려서 말입니다."

"소문?"

곤노르는 일순 긴장했다. 자신에 대해 사람들이 뒤에서 뭐라고 떠드는지 모르는 바가 아니었다. 그리고 서글프게도 그 소문의 대부분은 사실이었다.

젊은 바이올리니스트는 천연덕스럽게 말을 이었다.

"그 고아원에 기막힌 천재가 나타났다고요."

"······천재?"

"바이올린을 손에 쥔 지 겨우 반년인데 연주 실력이 보통이 아니랍니다. 하필 선생님께서 다녀가신 그 시기와 딱 맞물려, 혹시 선생님께서도 그 아일 봤는지 여쭙고 싶어서요."

"글쎄, 그런 이야기는 처음 듣는······."

그렇게 말하던 순간 드디어 곤노르의 머릿속에 소년의 얼굴이 어렴풋 떠올랐다. 보통 같았으면 무시했을 당돌한 부탁을 단지 소년이 귀엽다는 이유로 들어줬었다. 그 소년일까? 아니면 다른 소년의 이야기일까?

"궁금해서 견딜 수가 있어야죠. 언제 한번 찾아가 볼 생각입니다. 그런 인재라면 빨리 발굴해서 후원자를 만나게 해 줘야죠. 레나르 카논이나 젊은 이에나스 후작 같은 사람을 말입니다. 특히 후작은 어찌나 재능 있는 사람들을 좋아하는지……."

그 말을 듣는 순간 곤노르의 마음이 조급해졌다.

"아, 그래. 드디어 기억이 나는군. 그 소년 말이지? 알다마다. 그 아이에게 바이올린을 가르쳐준 게 나라네."

"그게 정말입니까?"

"그렇다니까. 열심히 연습하라고 사비로 바이올린까지 사 줬지. 내 말을 잘 지키고 있는 모양이군. 보람 있는걸."

"역시 선생님이 하신 일이었군요. 그럴 줄 알았습니다. 뛰어난 인재는 곧바로 알아보는 눈이 있으시다니까요."

곤노르는 그저 허허 웃었다. 그리고 하루 빨리 그 고아원을 다시 찾아가야겠다고 결심했다.

앤더슨의 도움 없이 혼자 고아원이 있는 산 중턱까지 오르며 곤노르는 자신의 다리를 저주하고 있었다. 그뿐 아니라 이제는 늙어 제대로 현을 누르지 못하는 손가락, 쓸데없는 '봉사' 따위를 시키는 에단의 시청, 감히 자신의 독주회를 거부한 카논 홀의 애송이까지 모두를 저주했다.

그리고 드디어 멀리서 어렴풋 고아원의 표지판이 보일 때쯤, 곤노르는 들었다. 매우 특이한 소리였다.

만약 그 건방진 신예 바이올리니스트가 미리 말해 주지 않았더라면 노인은 그것을 바이올린 소리라고 생각지도 않았을 것이다. 현을 저렇게 무례하게, 혹은 창조적으로 다루는 작자는 이제까지 본 적이 없었기 때문이다.

곤노르의 걸음이 빨라졌다. 숨이 차올라 헉헉대면서도 그는 열심히 다리를 움직였다. 그리고 마침내 고아원 안으로 들어섰다.

그 순간 안개가 걷히듯 모든 소리가 또렷해지며 바이올린 음이 귀로 파고들어 왔다. 곤노르는 움직임을 멈추고 입조차 다물었다.

그는 제자리에서 부르르 떨었다. 언젠가부터 잊고 있었던 음악에 대한 설렘, 경외, 애정……. 그러한 것들이 다시금 노인의 마음에서 부풀었다. 그는 너무도 벅차, 하마터면 울음을 터뜨릴 뻔했다.

곤노르는 천천히, 감히 그 소리를 방해할 수 없다는 듯 고아원 건물로 다가갔다. 그리고 일전에 소년이 곤노르에게 그렇게 했듯이 창문으로 안쪽을 훔쳐보았다.

아, 틀림없었다. 그 작은 소년이었다!

소년은 곤노르가 처음 봤을 때 느꼈듯 여전히 사랑스러운 얼굴을 하고 있었다. 이제는 본인이 가진 재능까지 함께 발산되면서 실로 독특한 분위기까지 뿜어냈다. 아직 저렇게나 작으면서 말이다!

그가 컸을 때 과연 어떤 모습을 하고 있을지, 지금 들리는 이 음악이 어떻게 변화될지 상상하는 것만으로도 몸이 떨렸다.

곤노르는 결심했다. 남들이 무어라 떠들든 간에("퓌세 곤노르, 그 음침한 노인이 지금까지 결혼하지 않은 것은 소년들을 너무 좋아해서라지?") 저 소년을 데려가기로. 그렇게 해서, 자신을 무시한 에단 모두의 코를 납작하게 해 주기로.

곤노르도 알고 있었다. 시간이 흐를수록 무르익는 훌륭한 여러 마에스트로들과 달리 자신은 이미 끝나 버렸다는 걸. 더 이상 머릿속에 창조성이란 단어 따위는 없고 다른 이의 악보를 보고 연주하는 것조차 간신히 해낸다는 걸.

지금까지는 치기로 그 사실을 부인해 왔지만 너무도 찬란한 소년의 미래 앞에 그는 오히려 덤덤히 인정할 수 있었다.

좋아, 그렇다면. 그러나 아직 모든 것이 끝나지는 않았다. 내 시대가 끝났다면, 그렇다면 새로운 천재, 저 소년의 시대를 열어 주는 역할을 기꺼이 떠맡으리라. 퓌세 곤노르라는 이름이 비록 훌륭한 바이올리니스트로 남지는 못할지라도, 세기에 남을 천재 바이올리니스트의 스승이라는 두 번째 이름으로 빛나게 만들리라.

소년을 '사는' 데에는 생각보다 많은 돈이 들어갔다. 고아원 원장이 그를 쉽게 내주려 하지 않은 탓이었다. 에단에 살면서 음악의 음자도 몰랐던 원장은 어느새 광적인 바이올린 애호가가 되어 있었다.

하지만 원장도 결국엔 소년의 미래에 곤노르가 더 보탬이 된다는 것을 인정했다. 그리고 인정이 끝나자마자 차가운 계산이 시작되었고, 곧 만족할 만한 금액을 곤노르로부터 받아냈다. 곤노르는 이를 갈았지만 미래를 위해 이까짓 투자쯤 아무것도 아니라고 위안하는 수밖에 없었다.

소년은 곧바로 짐을 쌌고 아무 불만 없이 곤노르를 따라 에단의 중심가로 함께 왔다. 곤노르의 집은 예전만 못해 어두침침하고 더러웠다. 하인이라곤 그 주인처럼 늙어 버린 노인 하나가 전부였다.

하지만 소년은 아무 불만도 표하지 않았다. 악취가 나는 서른 명이 넘는 꼬마들과 한 방에서 뒹굴던 것보다야 어딘들 낫지 않을까. 소년은 오히려 자기 자신만의 방이 하나 따로 주어진다는 것에 놀라고 감격했다. 서둘러 곤노르에게 감사를 표하기까지 했다.

그러나 그건 고작 그날 저녁까지였다. 식사가 끝나고 노인의 부름을 받아 소년이 응접실로 갔을 때 곤노르는 새 바이올린을 손에 쥐고 있었다.

"그 형편없는 악기는 버리거라. 이젠 이걸 쓸 테니까."

비록 싸구려 연습용이라고 해도 소년에겐 처음으로 온전하게 생긴 바이올린이었다. 소년은 그것을 버리는 대신 한쪽으로 치워놓았다.

곤노르는 아무 말 없이 들고 있던 바이올린을 내주었다. 소년은 조심스레 그것을 받았다.

"내가 부자였다면 저 유명한 악기 제작자 J. 카논의 명기라도 사주었겠지만 지금으로선 무리다. 하지만 걱정 마라. 언젠가 너는 그의 악기 컬렉션을 모두 모을 정도로 엄청난 돈을 벌게 될 테니까. 하지만 그렇게 하려면."

곤노르는 다른 바이올린을 들어 어깨에 올려놓았다.

"네가 아무리 타고난 천재라고 해도 연습이 필요하다. 아주 엄청난 연습 말이야. 너는 앞으로 나를 스승님이라고 불러야 한다. 그리고 내가 시키는 일은 뭐든 군말 없이 해내야 해. 결코 싫다는 대답도, 안 된다는 말도 듣지 않겠다. 하라면 하라는 대로 해."

"네, 스승님."

소년은 자신의 입장을 잘 이해하고 있었고 이 노인을 거스르면 안 된다는 것도 알았다. 비록 지금은, 이라는 전제를 달기 했지만.

"나처럼 어깨에 얹거라. 아니 아니, 얼굴로 그렇게 마구잡이로 누른다고 지탱하는 게 아니다. 이거야 원, 바른 자세를 갖추는 게 우선이겠군."

곤노르는 신경질적이었지만 오랜만에 누군가를 가르치는 것에 의외의 즐거움을 느끼고 있었다. 그는 직접 소년의 자세를 잡아 주면서 소년의 어깨와 팔, 허리 등을 눌러보고 매만졌다. 소년이 이상하다고 느낄 즈음 마지막으로 그는 소년의 머리카락을 쓸어 보고 눈살을 찌푸렸다.

"이렇게 더러울 데가. 이가 잔뜩 있구만. 안 되겠다, 먼저 씻어야지. 더러운 것이 악기에 묻으면 안 되니까."

곤노르는 소년에게서 바이올린을 다시 빼앗고는 욕실로 데려갔다. 노인이 함께 들어오자 소년이 말했다.

"혼자 씻을 수 있는데요."

"입 닥쳐, 꼬마야. 널 만지느라 더러워진 내 손은 어쩐단 말이냐? 그리고 보니 계속 꼬마라고 부를 수도 없겠군. 네 이름이 뭐냐?"

"없어요. 그냥 다들 뮤트라고만 불렀어요."

"그렇군. 걱정 마라, 곧 괜찮은 이름으로 지어 줄 테니까. 너한테는 네 재능에 어울리는 이름이 있어야 돼."

곤노르는 자신의 손을 먼저 씻고, 놀라울 정도로 다정하게 소년을 씻겨 주었다. 소년은 아무것도 모른 채 그저 아버지가 있다면 이런 느낌일까 하고 감격할 정도였다.

"자, 그럼. 악보를 볼 줄은…… 됐다. 알 리 없겠지."

목욕 후 두 사람은 다시 응접실로 나왔다. 악보책을 꺼내던 곤노르는 신경질적으로 도로 집어넣고, 대신 자기 바이올린을 들었다.

"조금 길 테지만 듣고서 외우거라. 세 번 연주해 줄 테니까 그때까지 외우지 못하면, 내일 식사는 없는 거다."

소년은 고개를 끄덕였다. 곤노르는 기본적인 연습곡 하나를 연주했다. 난이도가 높지는 않지만 바이올린의 여러 주법들을 한 번씩 사용할 수 있기에 입문자들에게 필수적인 곡이었다.

꽤나 긴 곡이 끝날 때까지 소년은 단 한번 눈도 떼지 않고 집중해서 들었다. 연주를 끝낸 곤노르가 소년을 바라보았다.

"어떠냐? 멜로디가 없기 때문에 외우기 쉽진 않겠지만……."

"다 외웠어요."

"뭐?"

소년은 대답하는 대신 자기 바이올린을 들고 연주하기 시작했다. 틀리는 곳이 단 한 군데도 없을 뿐더러 치가 떨릴 만큼 정확히 박자와 음계를 짚어냈다.

곤노르는 태연한 표정을 유지하려 애쓰고 있었지만 속으로는 부들부들 떨고 있었다.

'나는 어쩌면 생각보다 대단한 인재를 가르치고 있는 것인지도 모른다.'

곧 소년을 가르치는 것조차 버거워질지도 몰랐다. 곤노르는 두려움과 동시에 질투, 그리고 어쩔 수 없는 기대감을 느꼈다.

소년의 연주가 끝나자 그는 아무렇지 않게 말했다.

"좋아, 기억력은 비상한 것 같군. 그럼 지금부터 그 곡을 반복해서 연주해라."

"이것만 계속요?"

"그래. 내가 그만두라고 할 때까지 멈추지 마."

소년은 그럴 필요가 없다고 느꼈지만, 지금은 하라는 대로 해야 했다. 군말 없이 연주를 시작했고 그때마다 단 한 번도 틀리지 않았다.

곤노르는 소파에 기대어 앉은 채 눈을 감고 있었다. 세 번쯤 반복했을 때 소년은 그가 어쩌면 자는지도 모른다고 생각했다.

밤을 지나 새벽이 되고, 난로에 있던 장작은 모두 재가 되어 불씨가 말라가고 있었다. 그럼에도 소년은 멈추지 않았다. 고아원에 있을 때 하루 종일 연주하는 게 습관이 되지 않았더라면 이미 어깨가 떨어져 나갔을 것이다.

그런 소년임에도 점차 힘겨움을 느꼈다. 이것은 자기가 연주하고 싶은 곡이 아니었다. 연주기법을 손에 익히기 위한 것이란 걸 알 수 있었지만, 이미 다 알고 있는 것들이었다. 게다가 아름다운 곡도 아니었다.

소년은 그것을 변화시키고 싶은 충동을 느꼈다. 하지만 그래도 될지 알 수 없었다. 미약하게 코를 골고 있는 곤노르는 자고 있는 게 분명했지만, 연주가 달라지면 눈을 뜰지도 몰랐다.

그럼에도 불구하고 소년은 조금씩 변화를 시도했다. 필요 이상으로 현을 강하게 눌러 보기도 하고 서로 기법을 섞어서 다르게 연주해보기도 했다. 그러자 지겹기만 하던 연습에 점차 흥미가 일기 시작했다.

어느 순간부터 그 평범한 연습곡은 전혀 다른 곡이 되어 있었고 소년은 거기에 완전히 푹 빠졌다. 그래서 퓌세 곤노르가 진작부터 눈을 뜬 것을, 소년을 증오에 가까운 눈으로 노려보고 있다는 것을 알지 못했다.

무겁고 날카로운 것이 날아와 소년의 머리를 때렸다. 소년은 바이올린과 현 모두를 떨어뜨리며 뒤로 넘어졌다. 신음을 흘리며 머리를 만져 보니 새빨간 피가 새벽빛 속에 묻어나왔다.

고통보다는 너무 놀랐기 때문에 소년은 떨면서 시선을 들었다. 곤노르가 창가를 등진 채 역광 속에서 무섭게 소년을 내려다보고 있었다.

"여기에 데려올 때 내가 뭐라고 말했지?"

"……하라는 대로 무조건 하라고요."

"그래. 바보는 아닌 것 같군. 그런데 왜 지키지 않지?"

소년은 아무 대답도 하지 않았다.

"다시 그 썩은 소굴로 돌아가고 싶은 거냐? 더러운 꼬마들 속에서 똑같이 뒹굴고 싶어? 지금 든 것 말고 내가 사 준 바이올린까지, 모두 다시 빼앗아가길 원하냐?"

"……아니요!"

"그럼 시키는 대로만 해. 주제넘게 행동하지 마. 나는 감히 나한테 기어오르려는 놈들을 가장 싫어한다. 내 기분을 거스르지 마라."

"네, 선생님."

"다시 바이올린 들고, 내가 시킨 곡을 연주해라. 아침 식사를 하고 올 테니 그때까지 멈추지 마라. 잠시라도 멈추면, 그러면…… 내가 다시 올라올 것이다."

곤노르는 응접실을 나갔고 소년은 피를 닦을 새도 없이 얼른 다시 바이올린과 활을 들어야 했다.

손이 떨렸지만, 억지로 연주를 시작했다. 이마에서 기분 나쁜 액체가 흘러내리는 것을 느꼈다. 하지만 소년은 필사적으로 바이올린만 연주했다.

버텨야 한다. 살아남아야 한다, 여기서.

얼마 후 앤더슨이 곤노르의 집을 방문했다. 그리고 거기서 동료들에게 떠들었던 그 소년을 발견했다.

역시나 라고 앤더슨은 생각했다. 곤노르는 귀여운 소년들만 보면 음악을 가르쳐 준다는 핑계로 집에 불러들이곤 했다. 곤노르의 악취미에 대한 소문도 소문이지만 사실 앤더슨은 이미 한물 가버린, 본인만 그 사실을 인정하지 않는 이 늙은 바이올리니스트를 좋아하지 않았다.

그럼에도 정기적으로 그를 방문하며 아첨을 떠는 이유는 적어도 그가 에단의 여러 일자리를 소개시켜 줄 수 있기 때문이었다. 앤더슨은 아직 연주만으로 먹고 살 수 있는 능력이 안 되었고, 얼마 전부터는 어쩌면 영원히 그런 것은 아닐까 염려하고 있었다.

"여. 출세했는걸, 꼬마."

앤더슨의 목소리에 소년이 뒤를 돌아보았다. 앤더슨은 그 얼굴을 보고 깜짝 놀랐다. 반년 전 당돌하게 그의 앞을 막아서며 멈추라고 소리친 그 소년이라고 믿어지지가 않았던 것이다.

소년은 고아원에 있을 때보다는 살이 올랐지만, 반대로 표정은 훨씬 어두워진 것 같았다. 곤노르의 집에 있는 것이 소년에게 결코 좋지 않다는 것을 앤더슨은 바로 알았다.

"어…… 잘 지내고 있는 거야?"

소년은 대답하는 대신 응접실로 들어오는 문간만 힐끗 보았다. 곤노르가 오지 않는지 걱정하는 것 같았다.

'그런다고 어쩌겠냐. 동화 속에서처럼 짠하고 나타나 구해 줄 기사 같은 건 없어. 난 도와줄 수가 없다고.'

고아원에서 맞아 죽거나 굶어 죽거나 돌림병으로 죽거나, 아무튼 허무하게 스러질 수도 있는 인생이었다. 오히려 그곳에서 꺼내준 걸 다행으로 여겨야 할 것이다.

곤노르가 엄한 얼굴로 나타난 것은 그때였다.

"또 연주를 멈춘 거냐? 이번엔 무엇으로 맞아 볼……."

앤더슨을 발견한 곤노르의 목소리가 흐려졌다. 잠시 어색한 침묵이 흐른 뒤 곤노르가 짐짓 기쁜 표정을 지었다.

"왔나, 앤더슨 군. 이 작은 신사를 기억하고 있는지 모르겠군. 그때 자네가 연습용 바이올린을 가져다줬었지, 아마."

"아, 네. 기억하고 있습니다. 설마 여기서 이 꼬마를 다시 보게 될 줄은 몰랐지만요."

"조심하게, 앤더슨 군. 꼬마라니, 자네는 지금 세기의 천재를 지칭하고 있다네."

"세기의 천재라고요?"

곤노르는 자식 자랑을 하는 부모들이 으레 그러하듯 자부심과 조바심이 뒤섞인 표정을 지었다.

"말로 설명할 게 아니지. 자네가 직접 들어보게나."

그러곤 이내 굳은 얼굴을 소년에게 되돌리며 명령했다.

"연주해."

소년은 곧바로 바이올린을 어깨에 얹었다. 수백 번은 해 본 듯한 기계적인 동작이었다. 앤더슨은 반년 전 바이올린이 뭔지도 몰랐던 소년이 자세를 제법 그럴 듯하게 취하는 걸 보고 조금 놀랐다.

하지만 그 놀라움은, 이어진 연주에 비하면 정말로 아무것도 아니었다.

절대적인 정적 속에 태초의 소리가 터져 나오듯 바이올린이 처절하게 울었다. 앤더슨은 입을 벌렸다. 그때부터 아무 생각도 떠올릴 수 없이 소년의 연주를 들었다.

연습곡, 그것은 단지 연습곡일 따름이었다. 앤더슨도 바이올린을 처음 쥘 무렵 배웠던 아주 단순한 음률이었다. 그런데, 그것이 이토록 풍부한 소리를 낼 수 있다고?

같은 곡일지라도 연주자에 따라 느낌과 해석이 달라지는 거야 수도 없이 봐 온 일이었다. 하지만 이건 정말로, 모두가 단지 기계적으로 활을 긋는 말 그대로 연습곡일 뿐인데!

게다가 소년은 모든 것은 하나도 틀림없이, 문자 그대로 정확히 연주했다. 세상 모든 바이올린을 시작하는 이들이 교본으로 삼아야 할 것만 같았다. 심지어 몇몇 현역 바이올리니스트들도 이 소년에게서 다시 배워야 하리라. 앤더슨 자신을 포함하여.

"어땠나?"

곤노르가 말을 걸고 나서야 앤더슨은 연주가 이미 끝났음을 알았다. 그는 무언가 말을 하려고 했지만 한동안 어휘가 되지 않는 이상한 소리들만 나왔다. 곤노르는 자랑스러움을 참지 못했다.

"놀랐군그래. 하지만 이 정도에 놀라서야 쓰겠는가?"

"이건 참…… 하지만 선생님, 이건…….""

앤더슨은 소년을 새로이 보았다. 소년은 자신이 한 일에 대해서 아무 감흥이 없는 것 같았다. 오히려 가라앉은, 죽은 눈을 하고서 앤더슨을 슥 훑을 뿐이었다. 그 눈을 보고서야 앤더슨은 결심했다.

"이 아이는 제대로 배워야 합니다. 에단 음악원에, 아니, 이 정도라면 드 모토베르토인 크림트 리지스트께서도……."

순간 곤노르의 얼굴에서 미소가 사라졌다.

"지금 내 밑에서는 제대로 배우지 못하고 있다는 건가?"

"아, 아니요. 그런 뜻은 아니었습니다. 다만 정식 교육원에서……."

"시간이 벌써 이렇게 됐나. 다른 일정이 있으니 그만 돌아가 줬으면 좋겠군, 앤더슨 군."

곤노르는 시계 쪽은 쳐다보지도 않고 무뚝뚝하게 말했다. 앤더슨은 입을 다물었다. 그러곤 소년과 곤노르를 번갈아보고 얼른 그 응접실을 나왔다.

'저 아이를, 저 아이를…….'

앤더슨의 마음이 한없이 조급해졌다. 그를 도울 수 있는 사람이 누가 있을까? 에단 내에 도대체 누가.

'저곳에서 꺼내 줘야 한다!'

앤더슨이 다녀간 뒤로도 변한 것은 거의 없었다. 소년은 언제나 선 채로 바이올린을 연주하며, 죽어 갔다.

세상 모든 소음 속에서 유일하게 소년을 지켜 주었던 바이올린 소리가 언젠가부터 그토록 증오한 소음보다 더 듣기 싫어졌다.

그만두고 싶었다. 동시에 영원히 연주하고 싶었다. 기분 나쁜 노인이 시키는 대로가 아니라 그 자신이 원하는, 천상의 음을 연주하고 싶었다.

소년은 이제 알았다. 자신이 이 땅에 태어난 이유가 오직 연주하기 위함이었음을. 사람들이 단순히 신이라고밖에 표현할 수 없는 세계의 어떤 흐름, 그 진리를 음으로, 악보로 바꿀 수 있다면 그것은 자신만이 가능했다.

그러나 이대로는, 이 집에서 하루하루를 보낼수록 그 자신은 죽어간다.

연주한다. 맞는다. 배를 곯는다. 또 연주한다. 또 맞는다. 그리고 만진다.

언젠가부터 소년은 자신이 연주하는 게 어떤 음인지 듣지 못했다. 소음조차도 들려오지 않았다. 결코 그를 놓아주지 않던 소리가 드디어 그로부터 벗어나려 하고 있는 것이다. 그것은 소년이 그토록 바라던 평온일지도 모른다.

왜 하필 그 간절한 평온은 바라지 않는 순간 찾아온단 말인가. 음악이라는 걸 알게 된 순간부터는, 바이올린을 쥐게 된 이후부터는 그토록 증오하던 소리를 미워할 수 없었다. 오히려 자신이 품고 달래고…… 사랑하고 싶었다.

그런데 이제 반대로 소리가 자신을 버리려 하는 것이다.

소년은 손을 멈췄다. 바이올린을 내려뜨렸다. 곧 곤노르가 응접실로 달려와 무언가 집어던지거나 하겠지만 더 이상은 연주할 수가 없었다.

그때였다.

"어, 왜 그만두는 거야? 더 해 줘."

소년은 깜짝 놀라 두리번거렸다. 응접실 안에는 아무도 없었거니와, 그처럼 천진난만한 목소리를 낼 수 있는 아이는 더더욱 있을 수 없었다.

"여기야, 여기."

목소리가 키득거리며 말했다. 소년은 고개를 돌려보았다. 그리고 살짝 열린 창가에서 발돋움한 채 응접실을 들여다보는 자기 또래의 남자아이를 발견했다.

소년은 적잖이 놀랐으며 속으로 긴장했다. 고아원에서 같은 또래의 다른 아이들을 못 본 것은 아니었으나 그처럼 '진짜 살아 있는 아이'는 처음 보았다.

아이는 땀에 젖은 얼굴로 해맑게 웃고 있었으며 햇빛 아래 찬란하게 빛이 나는 금발을 가지고 있었다. 무엇보다 세상 근심이라곤 없는 듯한 표정이 인상적이었다.

"드디어 인사하네. 안녕! 난 너 예전부터 알았다? 이 집에 네가 처음 온 날부터 언제나 그 소리가 들렸거든."

"누구야, 너?"

"나? 난 트리스탄이야. 트리스탄 벨제! 넌 이름이 뭐야?"

"나…… 난 아직 이름이 없어."

"뭐? 어떻게 이름이 없을 수가 있어?"

소년은 우물쭈물할 뿐 대답하지 못했다. 이름을 가지지 못한 게 지금처럼 부끄럽게 느껴지기는 처음이었다.

그러자 트리스탄이라는 이름의 금발머리 소년은 이내 대수롭지 않게 말했다.

"걱정 마. 내가 하나 지어 줄게. 그래도 괜찮다면. 어때?"

곤노르가 지어오겠다고 했지만, 소년은 어째서인지 트리스탄으로부터 이름을 받고 싶었다. 그처럼 당당하게 자기 이름을 말할 수 있는 아이라면 분명히 좋은 이름을 줄 것 같았다.

"좋아."

트리스탄이 빙긋 웃었을 때, 응접실 쪽으로 누군가 다가오는 발걸음 소리가 들렸다. 곤노르임을 직감한 소년이 창 밖에 대고 외쳤다.

"숨어, 어서!"

트리스탄은 영문을 모르는 듯 고개를 갸웃거렸지만, 창문 아래로 사라졌다. 곧장 곤노르가 들어왔고 소년을 보자마자 뺨을 후려쳤다.

"이번엔 무슨 이유로 멈췄는지 들어보자."

다시는 하지 않겠다고, 이제 그만두겠다고 말하려고 했었다. 그 때문에 곤노르가 자신을 죽인다고 해도 말이다.

하지만 소년의 입이 열리자 다른 대답이 흘러나왔다.

"……벌."

"뭐?"

"벌이 창문으로 들어왔어요. 움직이면 쏠까 봐, 무서워서 그랬어요. 죄송해요."

곤노르는 손을 거두고 응접실을 한번 둘러보았다.

"벌 같은 건 없는데 무슨…… 아하."

그가 창가로 걸어가자 소년은 긴장했다. 하지만 다행히 곤노르는 조금 열린 창문을 닫을 뿐이었다.

"이걸 열어 놓으니 그렇지. 자, 이젠 벌도 없고 됐지? 다시 시작해라."

"네."

군말 없이 바이올린을 어깨 위에 얹었으나 곤노르는 몇 마디를 덧붙였다.

"불만 가득한 얼굴 해 봐야 소용없다. 누누이 말하지만 이건 다 너를 위해서야. 재능을 가진 아이들이 그 같잖은 자만심 때문에 망가지는 경우가 얼마나 많은지 아느냐? 결코 자기 재능을 자만해서도, 그렇다고 과소평가해서도 안 돼. 그러기 위해 오직 연습이 필요한 거다. 재능을 뛰어넘는 피나는 노력! 그래야 불멸의 거장 반열에 오를 수 있는 거야."

소년은 대답 없이 곧장 연주를 시작했다. 그래야 곤노르가 응접실에서 나갈 것이고, 그래야 다시 트리스탄을 만날 수 있을 것이기 때문이다.

예상대로 곤노르는 잠깐 연주를 듣다가 만족한 얼굴로 응접실에서 나갔다. 소년은 연주하는 자세 그대로 힐끔 시선을 돌려 창가를 쳐다보았다. 이제는 닫힌 창문 너머로 금발 머리카락이 보였다.

트리스탄은 미소 짓고 있었지만, 왠지 조금 전보다는 어두워진 미소였다. 그는 창문 너머에서 입술만 움직여 말했다.

또 올게.

소년은 알아들었고, 그래서 답례의 미소를 지었다. 어째서인지 아까 전보다는 연주가 힘겹지 않았다.

"내가 알기로 그분은 훌륭한 연주자요. 한때 스승으로 섬겼던 사람을 모함하다니 당신도 보통이 아니군그래."

"모함이라니요! 전 다만 그 아이를, 그 아이만은 꼭 거기서 꺼내 줘야겠다는 생각이 들어서……."

"그러니까 이유가 뭐요? 내가 듣기로 고아원에서 다 죽어 가던 걸 데려와 먹이고 입히고 재워 주고 바이올린까지 가르쳐 준다 하던데. 그런 훌륭한 일을 두고 당신은 감금, 학대라고 말하는 거요?"

앤더슨은 난처함을 느꼈다. 설마 하니 이렇게까지 말이 통하지 않을 줄은 몰랐다. 에단이 본디 범죄와는 거리가 먼 도시이기는 했다.

하지만 범죄가 생기는 게 오히려 이상하다고 말할 정도라니.

"당신이 몰라서 그렇게 말하는 겁니다, 크루이스 경감님."

"그럼 당신이 말해 보시오. 저명한 마에스트로 퓌세 곤노르가 어린 아이를 학대하고 있다는 증거가 뭔지."

"그건…… 당신이 직접 찾아가 보면 알 겁니다."

"나는 그렇게 한가한 사람이 아니오."

"경감님!"

그러나 크루이스는 한가로이 고개를 돌려 자기 사무실 한쪽 구석에서 긴 칼을 만지작거리는 어린아이를 바라보았다.

"그건 만지지 말거라. 손이 베일 수도 있다, 케이저."

소년이 그만두자, 경감이 다시 앤더슨을 바라보았다. 앤더슨은 헛웃음을 짓고 말했다.

"그 소년도 당신 아들 또래입니다."

"……"

"근위대와는 말이 통하지 않으니 실질적으로 힘을 발휘할 수 있는 다른 사람들을 찾아보아야겠군요. 물론 당신이 이 일에 대해서 어떤 식으로 대처했는지도 그분들께 꼭 말씀 드려야겠고요."

앤더슨은 그만 자리에서 일어났다. 문을 나서기 직전, 뒤에서 크루이스의 목소리가 들려왔다.

"알겠소, 알겠다고. 어차피 그쪽으로 갈 일이 있으니 내 그 집엘 들러보기는 하겠소. 하지만 별다른 이상이 없으면 나야말로 그런 허무맹랑한 소리를 늘어놓은 당신에 대해 곤노르 선생에게 반드시 언급해 줘야겠군."

앤더슨은 아무 대답 없이 사무실 문을 나섰다. 부디 자신의 행동이 포기한 일자리만큼의 값어치가 있기만을 바랄 뿐이었다.

트리스탄은 매일 소년이 바이올린을 연주하는 응접실 창가에 나타났다. 소년에겐 아침마다 티가 나지 않게 창문을 조금씩 여는 것이 습관이 되었다. 뿐만 아니라 연주하는 자리도 조금씩, 눈에 띄지 않을 만큼 천천히 창가로 옮겨가기 시작했다.

그들은 소년이 잠시 현을 조율하거나 화장실을 다녀와 손을 씻는 척할 때마다 아주 조금씩 대화를 나눴다. 그로 인해 소년은 트리스탄에 대해 여러 가지를 알게 되었다.

트리스탄은 평민 집안의 아이였으며 곤노르의 집에서 얼마 멀지 않은 곳에 엄마와 단둘이 살고 있었다. 형제가 없는 대신 그에게는 많은 친구들이 있다고 했다. 소년의 연주를 듣게 된 것도 친구들과 놀다가 우연히 곤노르의 집 담을 넘은 덕이었다.

"잠깐 쉬고 밖에서 나랑 놀면 안 돼?"

"안 돼."

소년은 단호하게 말했다.

그러자 트리스탄의 얼굴이 조금 어두워졌다.

"너 힘들어 보여."

"힘들어. 하지만…… 요즘은 네가 와 주니까 괜찮아."

트리스탄은 이내 밝게 웃었다.

소년은 항상 궁금했었다. '친구'라는 단어가 무슨 뜻일까, 그게 어떤 감정을 주는 것일까 하고. 트리스탄을 통해 이제는 이해할 수 있었다. 그건 무척이나 기분 좋은 것이라고.

하루 종일 연주만 하는 것이 일과의 전부라고 해도 이제 대부분의 시간을 트리스탄이 함께 있어 주기에 전처럼 끔찍하지만은 않았다. 손가락에서 쥐가 나고 어깨에서 경련이 일어나고, 한쪽으로 누른 고개가 잘 펴지지 않을 때까지 연주만 해도 그것이 전처럼 힘들지만은 않았다.

그러던 어느 날 소년에게 뜻밖의 행운이 찾아왔다. 연주하다 손가락이 찢어져 피가 철철 흘러내린 그 일은 틀림없이 행운이었다.

"이래서야 당분간은 연주할 수 없겠군. 조심하지 그랬느냐? 아무리 네가 타고났어도 잠깐이라도 연습을 쉬면 어떻게 되는 줄 아느냐? 도태된다, 망가진단 말이다! 사람들은 금방 널 잊어버릴 거다. 아무리 한때 열광하고 찬미했어도, 잠시만 눈에 보이지 않으면 금세 잊는단 말이다. 청중이란 그처럼 하등 쓸모없는 것이다. 그들의 환호를 절대로 믿어서는 안 돼. 이런 중요할 때에 연습을 쉬다니, 어쩌면 이리 운이 없는지……."

곤노르는 욕설과 함께 한참 더 말을 쏟아냈지만, 결국엔 손가락을 치료해 주고 3일간 연주를 금지하게 했다.

소년은 그날부터 자기 방에서 쉬면서 창문으로 트리스탄이 오지 않는지 내다보았다. 언제나처럼 점심시간이 끝나자 트리스탄이 몰래 나타나 응접실 창가에서 기웃거리는 게 보였다. 소년은 최대한 작게 소리쳤다.

"트리스탄, 트리스탄!"

몇 번을 더 부른 끝에야 트리스탄이 고개를 들어 2층 창문을 올려다보았다.

"거기서 뭐해? 오늘은 연주 안 해?"

"못해. 손가락을 다쳤거든."

"정말? 많이 다쳤어?"

"괜찮아. 오히려 너무 좋아. 드디어 쉴 수 있으니까."

트리스탄이 문득 웃었다.

"다행이네. 그럼 이제 나와서 놀면 안 돼?"

"글쎄, 그건 안 될 것 같아."

"저런. 너희 아버지는 굉장히 엄격하시구나."

"아버지 아니야."

"그럼?"

"그 사람은 나한테 아무것도 아니야."

트리스탄은 이해하지 못하는 듯 보였지만 더 캐묻지 않았다. 대신 눈을 빛내더니 말했다.

"거기서 잠시만 기다려. 알았지?"

그러곤 소년이 대답할 사이도 없이 뛰어서 담장을 넘어갔다. 소년은 초조했지만 트리스탄이 말한 대로 계속 창가에서 기다렸다.

끔찍할 만큼 길게 느껴지는 시간이 지나고 드디어 트리스탄이 다시 나타났다. 그는 낡아빠진 밧줄을 손에 들고 있었다.

"던질 테니까 잘 받아."

소년은 그가 무엇을 하려는지 알았다. 그래서 기쁜 마음에 고개를 끄덕였다.

트리스탄은 밧줄 한쪽 끝에 작은 나뭇가지를 묶고, 휘휘 돌리다가 위로 던졌다. 두 번의 실패 끝에 소년은 밧줄을 붙잡았다. 그리고 방침대 난간에 그것을 묶었다. 밧줄이 팽팽해지더니, 곧 트리스탄이 밧줄을 붙잡고 벽을 디디며 올라오기 시작했다.

소년은 기쁜 한편 마음이 불안했다. 계속 문 쪽을 살피며 누가 오지 않는지 발걸음 소리에 귀를 기울였다.

트리스탄은 날렵한 동작으로 금세 올라왔다. 창문 안으로 들어온 그가 숨을 고르더니 다소 어색한 듯이 손을 내밀었다.

"드디어 직접 만나서 인사하네. 그렇지?"

소년은 그를 가만히 보다가, 와락 안았다. 트리스탄은 잠시 당황했지만 미소 지으며 등을 토닥였다. 그러곤 소년의 손가락을 잠시 들여다보았다.

"상처가 심각해 보이네. 하지만 덕분에 오래 이야기할 수 있어서 다행이야. 오늘 네게 꼭 해 줄 이야기가 있었거든."

"나한테?"

"응."

트리스탄의 눈이 반짝 하고 빛났다. 그처럼 아름다운 표정을 지을 수 있는 사람은 없을 거라고 소년은 생각했다.

"드디어 내가 네 이름을 지어왔어!"

"정말?"

"그래. 한번 들어봐."

트리스탄은 마치 중대 발표라도 하듯 등을 곧게 펴고 헛기침을 했다. 그리고 어른 흉내를 내며 짐짓 엄숙하게 말했다.

"아나토제 바엘."

"아나토제…… 바엘?"

"응. 어때, 마음에 들어?"

소년은 기쁜 얼굴로 고개를 끄덕였다. 트리스탄이 어떤 이름을 가져왔어도 분명 그것은 소년의 마음에 들었을 것이다.

"정말 마음에 들어. 고마워."

그러자 트리스탄이 제자리에서 펄쩍 뛰며 환호성을 질렀다.

"다행이다! 나 얼마나 고민했는지 몰라. 사실 글자 같은 건 잘 모르거든. 우리 엄마가 어딘가에서 보고 읽어 줬는데, 아마 성전이나 신문 같은 데였을 거야. 너도 알다시피 거기엔 대단한 사람들만 나와. 그러니까 좋은 이름인 게 분명해."

"그렇구나. 응, 틀림없이 좋은 이름일 거야."

이제 앞으로 아나토제 바옐이라고 불리게 될 소년이 활짝 웃었다. 그는 트리스탄이 지어 준 그 이름을 몹시 소중하게 여기고 자랑스러워했는데, 죽을 때까지 그 이름의 뜻이 무엇인지는 알지 못했다.

사실 철없는 아들이 무릎에 머리를 기댄 채 어리광을 부리고 있을 무렵, 트리스탄의 어머니인 벨제 부인은 신문을 읽기 위해 안간힘을 쓰고 있었다. 그녀는 글자를 잘 몰랐지만 그 사실을 아들 앞에서는 결코 내색하지 않았다.

"어머니, 그거 읽고 있는 거예요?"

"그럼. 이 엄마는 다 읽을 수 있어."

"우와! 그럼 거기 혹시 예쁜 이름 같은 건 없어요? 제가 친구한테 이름을 하나 지어주기로 했거든요."

"이름?"

벨제 부인은 눈살을 몹시 찌푸린 채 신문을 한참 들여다보았다.

"여기…… 아나토제라는 이름이 하나 있구나."

"아나토제요? 아나토제…… 어머니, 그 이름 좋은 것 같아요!"

"그래? 그럼 다른 단어를 또 찾아볼까. 어디……."

사실 그 단어는 '아미토스'라고 읽었으며 토마토 수프를 묽게 끓이는 타 지방의 요리였다. 바옐이 평생에 걸쳐 먹기를 거부한 것 중 하나가 바로 토마토였으니 아이러니한 일이었다.

하지만 이 사실을 알 리 없는 두 사람은 그저 신이 나서 대화를 주고받았다.

"여기 다른 이름도 있구나. 이건 매냐라고 읽는 것 같아."

사실 그 단어는 '매자'로, 당시 여성들에게 인기 있던 속옷의 상표였다. 트리스탄은 잠시 이름을 되뇌어 보더니 고개를 저었다.(바엘은 이 사실을 트리스탄에게 두고두고 고마워 해야 하리라.)

"그건 어쩐지 여자애 이름 같아서 안 되겠어요. 다른 건 없어요?"

"흠, 다른 거라."

벨제 부인은 주의 깊게 보며 신문을 몇 장 넘겼고, 이 모습은 트리스탄의 눈에 무척이나 지적으로 보였다.

"바엘, 이건 어떠니?"

"바엘? 바엘…… 아나토제 바엘!"

트리스탄은 무릎을 탁 쳤다.

"어머니, 그거예요. 그 이름이 좋겠어요. 그 애와 잘 어울려요."

벨제 부인은 트리스탄의 머리를 사랑스럽다는 듯 쓰다듬었다.

"친구에게 이름도 지어 주고, 이런 기특한 것."

트리스탄은 웃으며 마음껏 어리광을 부렸다. 그 단어는 벨제 부인이 유일하게 제대로 읽은 단어지만, 만약 바엘이 그 뜻을 알았다면 그리 좋아하지는 않았을 것이다.

아무튼 이렇게 하여 드디어 검은 머리카락의 우울한 소년은 아나토제 바엘이라는 이름을 갖게 되었다. 트리스탄이 그 이름을 처음으로 불러 준 뒤부터 바엘은 그것이 태어날 때부터 자신을 위해 준비된 이름처럼 느껴졌다.

두 사람은 신이 나서 몇 번이나 서로의 이름을 부르며 방 안을 돌아다녔다. 둘 다 가진 게 아무것도 없고 방에 장난감이라고 부를 만한 것도 없었지만 시간이 가는 줄도 모르고 놀았다. 누가 무슨 말을 하든, 어떤 동작을 하든 배를 붙잡고 웃었다.

그 바람에 마침내 누군가 이 소란을 듣고 안으로 들어온 것도 눈치채지 못했다.

"나 모르게 친구가 생긴 모양이구나."

바옐의 얼굴이 하얗게 굳어졌다. 곤노르가 천천히 안으로 들어와 문을 닫았다. 곤노르를 잘 모르는 트리스탄마저 조금 두려운 기색을 띠었다.

"네 귀여운 친구를 소개해 주지 않겠니?"

"저, 이쪽은……."

바옐은 이상하다고 생각했다. 곤노르가 화를 내긴커녕 빛나는 눈으로 트리스탄을 보고 있으니 말이다. 순간 바옐은 깨달았다. 트리스탄이 곤노르의 마음에 든 것이다.

"나도 몰라요. 어디 시장바닥에서 뒹굴던 애예요. 왜 들어왔는지 나도 모르겠어요. 나가!"

바옐은 눈을 휘둥그레 뜨고 있는 트리스탄을 향해 다시 한 번 외쳤다.

"빨리 나가!"

마음이 아팠지만 어쩔 수 없었다. 트리스탄은 머뭇거리더니 창가로 가려 했다. 그러나 바옐이 곤노르 뒤에서 황급히 고개를 저었다. 트리스탄은 방향을 바꿔 곤노르가 들어온 방문으로 걸어갔다. 나가기 직전 뒤를 돌아보았지만, 바옐은 서글픈 눈으로 마주할 뿐이었다.

트리스탄이 나가고 곧, 문이 닫혔다.

해가 길어지고 날은 점차 더워지고 있었다. 트리스탄은 집에서 나와 골목길을, 여름을 달려갔다.

항상 발랄하기만 했던 그는 요 며칠 동안이나 제대로 잠을 이루지 못했다. 새로운 친구를 만났지만 그 친구는 어딘지 모르게 어둡고 비밀스러웠다. 그래서 트리스탄은 안타까웠다. 그를 꺼내어 자기처럼 밝고 즐거운 세상에서 살게 해 주고 싶었다.

곤노르의 집에 도착하자 트리스탄은 조심스레 주변을 서성였다. 지난 번 바엘의 태도로 보아 아버지인지 할아버지인지, 혹은 아무것도 아닌지 모를 그 남자를 무척 무서워하는 것 같았다. 트리스탄이 찾아오는 것 또한 더 이상 달갑지 않게 생각할지도 몰랐다.

만약 오늘의 만남에서 바엘이 그런 내색을 조금이라도 보인다면 트리스탄은 다시 이곳을 찾아오지 않겠다고 다짐했다. 아무리 그가 연주하는 음악이 아름답더라도 말이다.

트리스탄은 지난번 밧줄을 던져 올라갔던 바엘의 방 아래에 섰다. 오늘은 연주도 들려오지 않고 저택 주변이 아주 조용했다. 아직 손가락이 낫지 않은 탓일 거라 여기고, 주변에 있는 작은 돌들을 주워 창문으로 던지기 시작했다. 그러나 몇 번을 두드려도 바엘의 방 창문은 열리지 않았다.

바로 그 시각 바엘은 예전에 연습하곤 했던 응접실에 앉아 있었다. 곤노르가 오래간만에 억지 미소를 띤 채 손님을 맞이하고 있었던 것이다.

"바쁘신 분께서 뭘 여기까지. 이런 늙은이한테까지 신경써 줄 필요는 없소만."

"무슨 그런 서운한 말씀을 하십니까. 선생님 같은 분을 찾아뵙고 안부를 여쭙는 것이 에단의 근위대에서 해야 할 일인데요. 사실, 그게 일의 전부이기도 하고요."

"하하, 무슨 그런 말씀을."

바엘은 자신을 '벤자민 크루이스'라고 소개한 남자를 바라보았다. 그도 종종 바엘을 힐끔거리고 있었다. 영문을 모른 채 입을 다물고 앉아 있는데, 벤자민이 문득 화제를 바엘 쪽으로 돌렸다.

"그런데 이 아이가 그러니까……."

"아, 예. 경감님께서도 들으셨나 보군요. 얼마 전에 제가 고아원에서 데리고 온 아이지요. 바이올린에 약간 소질이 있어 차근차근 가르치던 참입니다."

"아하, 그러시군요. 바쁘신 와중에도 좋은 일을 하시는군요."

"좋은 일은 무슨, 저야 오히려 쓸쓸하지도 않고 가르치는 재미로 할 뿐입니다."

"저런, 겸손하시기까지."

벤자민은 그 후로 반시간 가량 곤노르와 이런저런 대화를 나누었고, 노인에게 아무런 악의나 학대의 혐의점을 찾을 수 없다고 판단했다. 노인이 데리고 있는 소년은 표정이 조금 어둡다는 것 외엔 아무것도 특기할 만한 게 없었다. 원래 고아들이란 그처럼 이유 없이 그늘이져 있지 않던가.

결국 그는 시간 낭비만 한 셈이라고 투덜거리며 그 집을 나왔다. 이럴 시간에 차라리 그의 숙적인 모르페 가문의 비리나 파헤치는 편이 더 나았을 것이다. 앤더슨인지 뭔지, 그동안의 은혜를 저버리고 스승의 뒤를 칠 궁리만 하고 있는 게 분명했다.

곤노르에게 그 사실을 알려줘야 하나 말아야 하나 고민하며 걷고 있던 그때, 벤자민의 앞으로 작은 형체가 나타났다.

"경관님! 경관님 맞죠?"

"경관은 아니고 경감이다만, 아무튼 무슨 일이냐?"

똑똑해 보이는 그 금발 소년은 어째서인지 잠시 주저했다.

"저 혹시…… 아나토제를 구해 주러 오신 건가요?"

"아나토제?"

트리스탄이 곤노르의 집을 가리켰다. 벤자민은 그쪽을 돌아보곤 말없이 앉아만 있던 검은 머리의 소년을 떠올렸다.

"그 아이 이름이 아나토제인가 보군. 한데 구해 주러 왔냐는 게 무슨 소리냐?"

"아나토제가 아무래도 거기 갇혀 있는 것 같아요."

"갇혀 있다고?"

"네. 갇힌 채 매일 연주만 하는걸요."

벤자민은 소년의 헛소리를 듣고 있는 자신에게 한심함을 느꼈다.

"그거야 당연한 일 아니냐. 오히려 고마워해야 할 일이지. 유명한 바이올리니스트가 공짜로 가르쳐 주고 있지 않느냐."

"하지만, 항상 연주만 하는걸요."

"항상 연주하는 게 뭐?"

"제 말은 그러니까, 아침부터 새벽까지 계속요. 쉬지 않고요. 손가락 끝이 모두 벗겨질 정도로요."

트리스탄이 자기 손가락을 펴 보이면서 말했다. 벤자민은 잠시 입을 다물었다. 그러고 보니 그 소년이 손가락에 붕대를 감고 있었던 게 떠올랐다.

"그건…… 그야 훌륭한 바이올리니스트가 되려면 그 정도 연습하는 게 당연하겠지."

"그런가요? 원래 그런 건가요?"

"아마 그럴 게다. 만약 그 아이가 정말로 힘들었거나 거기서 도망치고 싶었다면 나한테 이야기했을 거야. 난 몇 번이나 기회를 줬어. 하지만 가만히 앉아 있기만 하더구나. 별로 불만이 없는 것 같았어."

그 말에는 트리스탄도 더 이상 입을 열지 못했다. 아이가 물러나자, 벤자민은 혀를 차고는 다시 걸음을 옮겼다.

자기 방 안 침대에 앉아 바엘은 두려운 듯이 곤노르를 올려다보고 있었다. 방금 전 이상한 남자가 다녀간 뒤로도 그는 기분이 좋아 보였다.

"오늘이 무슨 날인지 아느냐, 이 꼬마야?"

"아니요, 모르겠어요."

"오늘은 바로 네가 이름을 갖는 날이란다."

바엘의 가슴이 덜컹 내려앉았다. 그는 지금 이름이 마음에 들었다. 하지만 분명 곤노르는 다른 이름을 지어 왔을 것이었다.

"적지 않은 기부금을 내야 했지. 저명한 신부로부터 이 이름을 얻기 위해서 말이다. 그만큼 소중히 다루어야 한다. 이거야 원, 내가 너를 위해 희생한 것들이 얼마나 많은지 넌 짐작도 하지 못할 거다."

바엘은 떨면서 기다렸다. 곤노르는 숨을 크게 들이쉬고 연설을 하는 사람처럼 말했다.

"파이아누스 엘림 디 곤노르."

사실 곤노르는 귀족이 아니기에 이름과 성 사이에 '드'를 넣을 수 없었다. '디'는 그럼에도 작위를 가지고 싶어 하는 가문들이 편법으로 쓰는 방법으로, 변방의 이름 없는 땅을 헐값에 매입해 거기에 자신의 성을 붙여 귀족 흉내를 내는 것이다. 물론 아낙스 왕국에서 정식으로 하사한 작위가 아니기에 '드'라는 호칭 대신 '디'를 붙여야 했고, 진짜 귀족들은 오히려 이러한 이름을 우습게 보았다.

이런 점을 모르는 것은 차치하더라도, 바엘은 절대로 그런 길고 이상한 이름으로 불리고 싶지 않았다. 곤노르가 자랑스러움을 감추지 못하는 표정으로 물었다.

"어떠냐? 너무 그렇게 감격할 필요는 없다. 내 성을 물려받는 것이 당연하지. 나는 네게 부모와도 다름없으니 말이다. 물론 아직은 너를 양자로 들일 생각이 없다. 그건 네가 모든 걸 잘 해냈을 때의 이야기야. 어쨌든 성만은 내 것을 물려줄⋯⋯."

곤노르의 목소리가 점차 흐려졌다. 아무리 눈이 침침한 그라고 해도 지금 바엘의 표정이 결코 마음에 들어 그런 게 아니라는 것쯤은 알 수 있었다.

"도대체 뭐가 문제인 거냐? 넌 이름이란 게 뭘 의미하는지도 모르는 거냐?"

"아니요. 전, 저는⋯⋯ 이미 이름을 가지고 있어요."

"뭐?"

곤노르는 지금 상황을 이해할 수가 없었다.

"무슨 소리냐, 그게. 넌 분명히 이름이 없다고 했어. 뮤트라는 뭐, 그런 말 같지도 않은 이름으로 불린다고."

"네, 그랬어요. 하지만 지금은⋯⋯ 있어요. 제 친구가 지어 줬어요."

"친구?"

곤노르의 얼굴에 처음에는 의아함이, 다음에는 깨달음이, 마지막으로 분노가 서렸다.

"그 금발 거지 아이 말이냐?"

"트리스탄은 거지가 아니에요!"

바옐은 자신도 모르게 크게 외쳤다. 하지만 곧 위축되어 조용히 덧붙였다.

"그 아이에겐 엄마도, 집도, 이름까지도 모든 게 다 있어요……."

"시끄러워!"

곤노르가 위압적으로 성큼 다가섰다.

"그따위 근본도 모르는 어린애가 지어 준 이름은 당장 잊어버려라. 내가 가져온 이름이야말로 성전에 나오는 현인들과 천사와, 그 외 훌륭한 업적을 이룬 이들의 이름을 따서 지은 거란 말이다!"

"하지만 전 그 이름이 싫어요! 제 이름은 아나토제예요. 아나토제 바옐!"

곤노르는 충격을 받았다. 그 이유는 자신도 알 수 없었다.

"어디서 그런, 우습지도 않은 이름 따위를…… 네 이름은 파이, 파이누스……."

그 다음이 뭐였더라? 곤노르는 속으로 욕설을 퍼붓고는 손등으로 바옐의 얼굴을 후려쳤다.

"다시는 그 아일 만날 생각하지 마라! 그리고 내일부터 다시 바이올린을 연습해! 손이 낫든 아니든, 피가 나든 부러지든 상관 안 할 테니까!"

곤노르는 문을 쾅 닫으며 나갔다. 그러나 계단을 내려가려다 분을 이기지 못하고, 다시 되돌아와 바옐의 방문을 걸어찼다. 침대에 걸터 앉아 있던 바옐이 화들짝 놀라 몸을 일으켰다.

"바옐? 아나토제 바옐? 그 따위 이름은 당장 잊어버리게 해주마!"

그는 난로에 있던 부지깽이를 들어 바옐을 사정없이 때리기 시작했다. 옷이 찢어져 나갈 정도로 잔혹한 매질이었다.

바옐은 이를 악물고 폭력을 참아내며, 곤노르의 의도와는 정반대로 속으로 트리스탄이 준 자신의 이름만 필사적으로 외치기 시작했다. 결코, 죽어서도 잊을 수 없도록 말이다.

벤자민 크루이스는 가정적인 남자였다. 반은 자의고 반은 타의 때문이었다.

에단의 근위대는 이름과 다르게 무척 한가한 곳이었다. 그도 그럴 것이 음악만이 전부인 평화로운 이 도시에서 범죄란 무척이나 낯선 단어였기 때문이었다.

10여 년 전 일어났던 에단 전체를 발칵 뒤집어놓은 그 기이한 살인사건(혹은 자살 사건이라고 불러야 할지도 모른다.)을 제외하고는 이렇다 할 범죄가 없었던 게 사실이다.

'게다가 아직 그건 해결하지도 못했지.'

물론 그것은 벤자민만의 생각이었다. 대부분의 사람들은 입을 모아 그 사건의 살해자가 하나의 악기라고 말했다. 정말이지 터무니없는 몸값을 지닌 새하얀 바이올린이라고 말이다. 이름이 여명이었던가, 뭐라더라.

'악기가 살인을 한다니, 나중에는 아예 걸어 다니고 말도 한다고 하겠군.'

희대의 악기 제작자인 J. 카논이 남긴 그 악기는 증거품으로 압수하기 직전 사라졌다. J. 카논은 잃어버렸다고 둘러댔지만 그게 가당키나 한 일인지. 자기 심장은 어디에 빼놓고 올지언정 악기만은 챙길 위인이었다.

"아버지, 오늘은 아무 이야기도 해 주지 않으실 거예요?"

작은 아이가 똘망똘망한 눈동자로 벤자민을 바라보았다. 벤자민은 미소 지으며 아들의 머리를 쓰다듬었다. 아들은 벤자민이 본인 인생에서 잘 이루어냈다고 생각하는 몇 안 되는 업적 중 하나였다.

"당연히 해 줘야지, 케이야. 보자, 그러니까 어디까지 했더라……."

"모르페 가문에 대한 이야기요. 아버지가 제일 싫어하시는."

"아 그래, 그렇지. 에단에서 가장 돈 많은 집안, 그러나 음악적 교양이라고는 눈곱만큼도 없단다. 모든 불법적인 일들을 돈으로 해결하려고 하지. 그것도 아주 뻔뻔하고 당당하게 말이다. 그 가문의 주인은 페세로 드 모르페인데, 아들만 줄줄이 셋 있지. 첫째와 둘째는 제 아비를 똑같이 빼닮았고, 막내아들은 너랑 비슷한 또래라고 들었는데, 그러니까……."

말을 이어가던 벤자민의 머릿속에 어떤 목소리가 들려왔다.

"그 소년도 당신 아들 또래입니다."

벤자민은 말을 멈췄다. 불쾌한 기분이 솟더니 이어 찝찝함이 뒤따랐다.

그랬다. 정말 그랬다. 그 우울해 보이는 검은 머리 소년은 딱 케이저의 또래였다.

"그…… 막내아들한테는 음악을 시키려는 모양이더구나. 본인도 창피했겠지. 에단에 살면 집에 음악 하는 사람 하나쯤은 있어야 한다고 다들……."

"하지만, 그렇지만 항상 연주만 하는걸요. 아침부터 새벽까지 계속요. 쉬지 않고요. 손가락 끝이 모두 벗겨질 정도로요."

케이저는 아버지가 자꾸 말을 멈추자 의아하다는 듯 올려다보았다. 결국 입술만 곱씹던 벤자민이 자리에서 벌떡 일어났다.
"에잇, 난 찝찝한 건 못 참아. 잠시 어디 좀 다녀오마."

물론 벤자민은 곧바로 다시 곤노르를 찾아가는 어리석은 짓은 하지 않았다. 대신 자기 대신 찾아가 볼 만한 사람, 그리고 자기보다 그럴 듯한 핑계로 소년에 대해 알아보고, 내키면 곧장 소년을 꺼내 줄 수 있는 그런 사람을 찾아갔다.
벤자민은 태생적으로 귀족을 혐오했지만 그 사람만큼은 존경하고 있었다.
"오, 경감님 아니십니까."
몬드 광장에서 이어지는 가로수길을 걸어 올라가던 벤자민은 마침 산책을 나온 그 남자와 마주쳤다.
"가피르 후작님, 그간 평안하셨습니까."
이에나스 드 가피르 후작. 그는 작년 타계한 아버지로부터 에단에서 가장 크고 아름다운 저택과 영지를 물려받은 인물이었다. 그러나 소박했고 무엇보다 예술을 사랑했다. 가문의 재산을 모두 예술가들을 후원하는 데 쓴다는 말이 있을 정도였다.

그는 자기보다 신분이 한참 낮은 벤자민에게도 깍듯이 존칭을 지켰다.

"여기까지는 어쩐 일로 올라오셨습니까? 설마 나를 만나러 오신 건가요?"

"예. 약속도 없이 찾아뵈어 죄송합니다만, 잠시 시간을 내어 주실 수 있는지요?"

"물론입니다. 근위대에서 일부러 나오셨다면 중대한 일임이 분명하겠지요."

두 사람은 함께 산책하며 이야기를 나누었다. 벤자민은 곤노르의 집에서 본 소년에 대해 설명했다. 물론 소년이 어떤 상황이라는 등의 말은 하지 않고, 바이올린에 대단한 재능을 가진 소년이 나타났으니 후작이 한번 찾아가 보거나 곤노르와 같이 초대하면 좋을 거라는 식으로 말을 흘렸다.

물론 이에나스 후작은 대단한 관심을 보였다.

"에단에 그런 천재 소년이 나타났단 말입니까? 그런데 내가 모르고 있었다니, 앞으로는 에단의 순례자라는 호칭으로 불리는 걸 부끄러워해야겠습니다."

"후작님이 아니면 그 호칭에 어울리는 사람이 누가 있겠습니까. 아무튼 소년에게 관심을 가지고 지켜봐 주신다면 좋겠구나 해서요."

"물론이죠. 당장 만나 보고 싶군요. 그나저나 경감님께서 그런 일까지 마음을 써 주실 줄은 몰랐습니다."

"누군가 그 소년에 대해 특별히 부탁을 해서요. 하지만 음악에 대해 무지한 제가 무얼 해 줄 수 있겠습니까. 저보다는 후작님께서 해 줄 수 있는 일이 훨씬 많겠지요."

이에나스 후작은 미소를 짓고 조만간 꼭 그 소년을 찾아가겠노라 말했다. 덕분에 벤자민은 조금이나마 마음의 짐을 덜어내고 집으로 돌아갈 수 있었다.

그러나 물론, 바로 그날 저녁 후작이 그 약속에 대해 까맣게 잊어 버릴 만큼 충격적인 일을 경험하리라곤 그로서도 알 수 없는 노릇이었다.

이에나스 후작은 약속한 것은 반드시 지키는 인물이었다. 그날 저녁 시청에서 열리는 만찬회에 제시간에 가서 참석한 것도 같은 맥락에서 행한 일이었다.

그러나 누가 알았으랴. 바로 그날 그 자리에서 운명의 상대를 만나게 되리라고 말이다.

만찬회에는 특별히 이웃 왕국인 아낙스의 인사들도 몇몇 초청된 상태였다. 그중에서 그는 한눈에 시선을 사로잡는 여인을 발견했다.

응접실 한쪽 소파에 앉아 사람들의 물음에 조용히 답하며 은은한 미소를 보이는 그녀는 마드렌 드 케일라인이었다. 후에 가피르 부인이라고 불리며 에단의 사교계에서 가장 큰 입지를 다질 여성이었다.

이에나스 후작은 그녀의 단정한 모습과 숨길 수 없는 품위에 감탄했고, 한눈에 반해 버렸다.

어렸을 적 어머니에 대한 좋지 않은 기억 때문에 결코 결혼을 하지 않겠다고 결심했던 그였다. 그러나 마드렌을 만나는 순간 자신이 얼마나 철이 없었는지 깨달았다.

그녀를 보자마자 머릿속에 이미 미래 자기 저택의 응접실 모습이 그려졌다. 온갖 재능 넘치는 예술가들(특히 음악가들)로 가득한 그곳에서 미소를 지으며 다정하게 손님들을 안내하는 마드렌. 그리고 그 곁에 서서 사랑스럽다는 듯 부인을 바라보는 자신의 모습이 너무나 자연스럽게, 당연하다는 듯이 상상되었다.

이에나스 후작은 결심했다. 무슨 일이 있더라도 그것을 현실로 만들고야 말겠다고 말이다.

하지만 만찬이 끝나고 잠시 티타임을 가졌을 때, 후작은 그런 생각을 하고 있는 것이 자신뿐만이 아님을 깨달았다.

"이번에 카논 홀에 들여온 피아노는 제 이름을 걸고 단언하건대 당신의 마음에 쏙 들 겁니다."

"그렇게 자신 있게 말씀하시는 걸 보니 당신 아버지 J. 카논께서 만드신 건가 보군요."

"아니요. 아버님의 가장 뛰어난 제자라고 일컬어졌던 크리스티안 미누엘의 것입니다. 아시다시피 그가 생전에 만든 피아노는 단 두 대뿐이죠. 그중 하나입니다."

"오, 크리스티안 미누엘이라. 그의 피아노는 간결하고 따뜻한 소리가 난다고 들었어요."

"정말이랍니다. 언제든 카논 홀로 찾아오십시오. 직접 연주해 보셔도 좋습니다."

풍성한 갈색 머리에 단정한 외모를 하고 있는 그 청년은 희대의 악기 제작자, J. 카논의 막내아들인 레나르 카논이었다. 모든 음악가들이 연주하길 바라마지 않는 꿈의 전당, 저 카논 홀이 바로 레나르 카논의 것이었다.

물론 시기심 많은 누군가는 제 아비의 업적으로 으스대는 허수아

비일 뿐이라고 말하기도 하지만, 사실 그렇게 따지면 모든 귀족들도 그저 대대로 작위와 영지를 물려받는 사람들일 따름이었다.

아무튼 한눈에 보아도 레나르 카논과 마드렌은 친근해 보였다. 더 절망스러운 예감으로는, 두 사람이 이미 약혼한 관계일지도 모른다는 생각이 들 정도였다.

결국 이에나스 후작은 그날 마드렌과 인사 몇 마디 나누는 정도로 만족해야 했다. 그리고 저택으로 돌아오자마자 집사를 시켜 그녀에 대해 알아보게 했다. 집사는 은밀하고 신속하게 마드렌 드 케일라인에 대해 알아 왔는데, 현재 여러 가문에서 혼담을 제의하는 모양이지만 아직 누구와도 약혼한 상태는 아니라고 했다.

이에나스 후작은 쾌재를 부르고 그녀와 만날 만한 모임, 그녀를 초대할 만한 가문, 그녀가 참석할 만한 공연에 대해 알아보고 주기적으로 그 장소들을 방문하기 시작했다.

바로 이러한 일 때문에 벤자민 경감과의 약속을 까맣게 잊고 말았던 것이다.

그렇게 해서 아나토제 바옐은 그 끔찍한 곤노르의 집에서 1년 반을 더 지내게 되었다. 한동안은 곤노르의 제자인 앤더슨이 이런저런 사람들을 만나며 바옐을 구해 보기 위해 애썼지만, 대부분 무관심하거나 뭐가 문제되는지 잘 모르겠다는 반응이었다.

하기야 겉으로 보기엔 저명한 마에스트로가 보잘 것 없는 고아 소년을 데려다 먹이고 입히고 바이올린까지 가르치며 헌신적인 봉사를 하고 있을 따름이었다.

결국엔 앤더슨도 지쳐, 본인의 생활까지 힘들어지자 바옐의 문제에 대해 완전히 손을 떼게 되었다.

삶이 참으로 아이러니한 것은 바로 그때부터 바엘의 존재에 대해 관심을 갖는 사람들이 생겨났다는 점이다.

음악만을 위한 음악의 도시. 그러한 곳에서 비범한 재능이 오랫동안 감춰지기란 오히려 쉽지 않은 일이었다.

바엘의 무서운 재능을 알아본 이후, 곤노르는 기회만 생기면 사람들이 자신으로부터 바엘을 빼앗아갈 것임을 알았다. 이미 곤노르가 바엘에게 가르쳐 줄 수 있는 것은 더 이상 없었고 그저 멈출 수 없는 연습만 시키는 것이 전부였다.

그래서 아무에게도 바엘에 대해 말하지 않고, 가끔 알은체하는 사람이 있어도 생각보다 뛰어난 아이는 아니라는 식으로 겸손을 떨었다. 그것은 한동안은 성공하는 듯 보였다.

한편 바엘은 곤노르가 원하는 모든 것을 군말 없이 해냈다. 그의 연주는 아주 곧게 다듬어지고 날카로워져 오래 듣고 있으면 심장에 무리가 갈 정도였다. 훗날 그를 대표하는 매끄러움과 정확성은 바로 이러한 학대 수준의 연습에서 비롯된 것이나 마찬가지였다.

곤노르는 바엘이 연주하는 방에서 한층 떨어진 응접실에서 그리 크지도 작지도 않은 연주 소리에 만족하며 차를 마시거나 졸거나 했다. 그가 낮에 바엘의 방을 찾는 것은 오직 연주가 멈췄을 때뿐이었다.

이 무렵 바엘은 자주 고독감을 느꼈다. 그것은 곤노르나, 이제는 둘도 없는 친구가 된 트리스탄과 관계된 문제가 아니었다.

그것은 음악과 관계된 문제였다. 어려서부터 마음속에 끊임없이 울려 퍼지는 절대적인 진리의 음악을 자신만이 연주할 수 있다는 건 이미 알고 있는 사실이었다. 그러나 그것을 자신처럼 '들을 수 있는' 자는? 그런 자는 얼마나 될까?

바옐은 이미 시도해 보았다. 곤노르에게, 그의 늙은 하인에게, 트리스탄과 앤더슨의 앞에서도 슬쩍 흘렸다.

그러나 그중 단 한 명도 그 음악을 이해하지 못했다. 그저 평소 바옐이 연주할 때와 마찬가지로 '좋구나, 그렇게 계속해라.'는 정도의 반응일 따름이었다.

바옐은 당황했고, 나중에는 두려움까지 느꼈다. 만약 자신이 천상의 음을 연주한다 한들 사람들이 그것을 듣지 못한다면 무슨 소용이란 말인가?

그러나 한편으로는 또다른 희망을 가지면서, 고작 네 사람에게 시도해 봤을 뿐이니 나중에 더 큰 무대로 나간다면, 그중 들을 수 있는 사람이 분명히 있을 거라고 생각했다. 그리고 그런 날이 빨리 오기를 걱정과 기대가 섞인 마음으로 기다렸다.

어느 날 오후 또다시 곤노르가 들어와 바옐의 연주를 멈추게 했다. 이제 그런 상황이 익숙한 바옐은 또 어딘가에서 손님이 찾아왔다고 생각하고 체념한 채 응접실 옆에 딸린 작은 방으로 들어갔다.

창문조차 가려진 어두운 그 방에서 바옐은 손님이 갈 때까지 바이올린과 단둘이 있어야 했다. 물론 한없이 지루한 일이긴 하지만, 가끔은 곤노르와 그들의 대화를 엿들으며 음악에 대한 것을 배우기도 했다.

가령 바옐은 자신이 살고 있는 '에단'이라는 곳이 음악에 바쳐진 도시라는 걸 알았다. 그건 바옐로서는 행운에 가까운 일이었다. 그리고 에단에는 두 종류의 연주자들이 있으며, 주로 귀족과 저명한 마에스트로들은 '마르틴'이라는 음악을, 그 밖에 하층민이나 거리의 공연가들은 '파스그란'이라는 음악을 한다는 걸 알았다.

특히 파스그란 음악을 하는 파스그라노들은 음악을 경의나 존중의 대상이 아닌 일종의 재미로 여기고 무례하게 음악을 다룬다고 했다. 따라서 바옐은 비록 자신이 고아 출신에 평민이지만 결코 그런 음악은 하지 않겠다고 결심했다.

또한 모든 음악가들이 바라마지 않는 꿈의 전당이 있는데 '카논홀'이라는 이름으로 불리며, 거기서 독주회를 갖는 것만큼 영광스러운 일은 없다고 했다. 바옐은 대화 중에 곤노르가 자주 불쾌한 듯이, 감히 자기를 거부한 것에 대해 주절거리는 소리를 들었다.

곤노르마저 연주할 수 없는 공연장이라니. 바옐은 가슴이 뛰는 것을 느꼈다. 자신이 저택 밖으로 나돌아 다닐 수 있게 되는 순간 가장 먼저 가 볼 곳이 그곳이라는 것도 알았다.

그러나 무엇보다 바옐의 가슴을 설레게 한 것은 바로 3년에 한 번 열리는 '콩쿠르 드 모토베르토'라는 대회였다.

오직 인정받은 연주가들만이 콩쿠르에 참가할 수 있으며, 그중 가장 훌륭한 사람에게 다음 대회까지 '드 모토베르토'라는 호칭을 준다는 것이었다. 이 칭호를 가진 연주자는 에단 내 음악가들 중 최고의 권위를 가지며 고위 귀족들조차 함부로 하지 못한다고 했다.

드 모토베르토!

바옐은 입으로 몇 번이나 그 이름을 되뇌어 보았다. 아나토제 바옐 드 모토베르토. 마치 자신을 위해 준비된 이름처럼 느껴지지 않은가.

그러나 음악의 도시에서 오직 최고들만이 참가한다는 무대에서 자신이 과연 정말로 그 이름을 받을 수 있을까? 비교할 대상이 없었기에 바엘은 자신이 어느 정도의 수준인지 몰랐다. 어쩌면 진짜 천재들에 비해서 아주 하찮은 정도인지도 몰랐다.

바엘이 듣기에 유명한 바이올리니스트라는 곤노르의 연주는 사실 낡아빠져서 시시했다. 그러나 곤노르는 어쩌면 그리 대단치 않은 연주자일 뿐인지도 모르고 진짜 천재들은 저 바깥세상에 흔히 널려 있는지도 몰랐다.

바엘은 걱정이 되었고, 단지 곤노르의 명령 때문이 아니라 그런 날이 왔을 때 그들에게 뒤지지 않기 위해 진심으로 열심히 연습하기 시작했다. 곤노르도 곧 바엘의 소리가 달라진 것을 알았고 뿌듯한 눈길로 바라보았다.

아무튼 그날 손님이 와 방 안에 갇혀 있을 때도 바엘은 비록 직접 연주하지는 않았지만 눈을 감고 완전히 집중한 채 상상 연습을 하고 있었다. 그때 하나의 목소리가 그의 연습을 방해했다.

"곤노르 선생님!"

맑고 생기 넘치며 앳된 목소리였다. 사람의 목소리가 그처럼 귀에 듣기 좋았던 것은 처음이기에 바엘은 상상을 그만두고 눈을 떴다. 목소리는 문 하나를 사이에 두고 응접실 쪽에서 들려오고 있었다.

"이게 누구야. 우리 레안느가 벌써 숙녀가 다 됐네."

곤노르의 말에 꼬마 숙녀가 꺄르르 웃는 소리가 들렸다. 바엘은 그 웃음소리에 가슴이 이상하게 한 번 뛰는 것을 느꼈다. 그리고 문 쪽으로 다가가 가만히 귀를 대었다.

"이렇게 예쁜 딸을 두다니 자네가 부러워 죽겠구만, 크림트."

"하하, 그래서 제가 선생님께도 빨리 결혼하시라고 권해 드린 게 아닙니까."

"늘그막에 후회가 드는구만. 참 예쁘기도 하지. 차 마시겠느냐, 레안느?"

"네! 주세요."

곤노르가 늙은 하인을 소리쳐 불렀다. 그 틈을 타 바엘은 소리가 나지 않게 문을 아주 조금만 열었다. 틈이 작기에 시야는 좁았지만, 레안느가 끊임없이 돌아다니는 바람에 바엘도 곧 그녀를 발견할 수가 있었다.

아! 소녀는 정말로 빛이 났다. 마치 트리스탄처럼 말이다. 바엘이 트리스탄을 볼 때마다 의아하게 느끼는 것, 자신에게는 없는 그 무엇이 소녀에게도 있었다.

바엘은 숨조차 멈춘 채 소녀의 모든 것을 찬찬히 보았다. 소녀는 기분이 좋을 때면 윗니가 모두 보일 정도로 크게 미소를 지어 웃고, 아버지가 자신을 칭찬하면 부끄러운 듯이 살짝 이마를 찌푸렸다.

사랑…… 뿐만 아니라 모든 것을 가진 아이. 그녀의 아버지는 소녀를 어찌나 예뻐했을까. 그 어머니는 어찌나 소중히 소녀를 보듬고 안아 줬을까.

세상 어딘가에 그림자가 있다는 것, 어딘가에는 나쁜 의도를 가진 사람들이 있다는 것, 소녀는 그러한 불편한 지식으로부터 자유로웠다. 티 없이 맑고, 한 점 때 묻지 않고 고왔다.

바엘은 자신의 등, 팔과 다리에 간지러움을 느꼈다. 소녀를 보고 있으면 있을수록 자신이 어딘가 오염된 것처럼 느껴졌다. 나는 어찌나 추한가. 저 소녀 앞에서 내가 어떻게 동등한 존재라고 말할 수 있단 말인가.

소녀는 마치, 그와는 다른 종인 것 같았다.

"그나저나 바쁠 텐데 드 모토베르토께서 이런 누추한 곳까지 어인 방문이신가?"

"섭섭한 소리 마십시오, 선생님. 종종 편지도 드리고 하지만 언제나 초대를 거절한 쪽은 선생님이시지 않습니까."

"하하, 내가 그랬던가."

"솔직히 목적이 없는 것은 아닙니다."

"목적?"

소녀의 모습만 훔쳐보던 바옐은 깜짝 놀랐다. 방금 곤노르가 그 남자를 칭하기를 드 모토베르토라고 했기 때문이다. 그 말인즉슨 에단에서 가장 훌륭한 음악가라는 것…… 바옐은 당장이라도 자기 바이올린 소리를 들려주고 싶어 안달이 났다.

"선생님께서 흥미로운 아이를 하나 데리고 계시다고 하더군요."

곤노르는 속으로 욕설을 퍼부었다. 또 그놈의 앤더슨 짓인가.

"글쎄, 아무래도 소문이 좀 와전된 모양이군. 자네 같은 사람이 관심을 가질 정도는 아니야."

"제가 뭐라고요. 아무튼 꼭 만나 보고 싶습니다."

"그게 목적이었다면 헛걸음을 했군그래. 그 아이는 지금 여기에 없다네."

"저런. 어디로 갔나요?"

"몸이 별로 좋지 않아서 잠시 요양을 보냈어. 생각보다 오래 걸릴지도 모른다더군."

바옐은 그렇지 않다고, 지금 이곳에 자신이 있다고 목이 터져라 외치고 싶었다. 그러나 후에 일어날 일들이 두려웠다. 이미 앤더슨을 포함하여 많은 사람들이 그 집에 왔다 갔지만 자신을 거기서 꺼내어 준 사람은 하나도 없었다.

바옐은 이미 상당 부분 체념하고 있었다. 어쩌면 성인이 될 때까지 계속 저 지독한 노인네와 지내야 할지도 모른다고. 때문에 용기를 내기가 어려웠다.

"그렇군요. 아쉽긴 하지만 미리 약속을 정하지 않고 방문드린 제 잘못이지요."

"잘못이라고 할 것까지야. 덕분에 레안느 얼굴도 보고 나로서는 잘된 일이지. 아무튼 그 아이가 돌아오는 대로 내 자네에게 편지 함세."

"약속하시는 겁니다."

리지스트 부녀는 금세 돌아갔다. 바옐은 안타까워하면서도 끝내 나가지 못했고 그런 자신이 저주스러웠다. 마지막으로 소녀의 얼굴을 한 번 더 보는 게 그가 할 수 있는 전부였다.

잠시 후 두 사람을 배웅하고 돌아온 곤노르가 바옐이 있는 곳의 문을 열었다. 그의 표정은 무시무시했다.

"아무래도 너한테 관심을 가지는 사람들이 꽤나 많은 모양이구나. 안 그러냐?"

"……."

"그런다고 좋아할 것 없다. 넌 그냥 서커스 원숭이 같은 거야. 다들 와서 보고는 나이답지 않게 잘한다며 칭찬하겠지. 하지만 그뿐이다. 그저 재미있어하고는 돌아가 잊어버릴 거다. 내 말이 맞는지 틀리는지 한번 봐라. 저들이 널 찾으러 다시 오는 일은 결코 없을 테니까."

바옐은 아무 대꾸도 하지 못했다. 어쩌면 그의 말이 맞을지도 모른다고 생각했다. 드 모토베르토라는 사람에게 연주를 들려주지 못한 것도 안타깝지만 그 소녀를 다시 볼 수 없다는 게 가장 마음 아팠다.

바옐은 그날 밤 소녀에 대해 떠올리면서 잠이 들었다. 그리고 꿈속에서 처음 황홀경을 경험했다.

그의 주변을 떠도는 모든 소리들이 달콤하고 감미롭게 뒤섞여 그를 위해 연주했다. 바옐은 마치 햇빛 아래 게으른 고양이처럼 침대 위에서 이리저리 뒤척였다. 그와 같은 행복감에 젖어 보기는 처음이었다.

그의 마음속에서 오직 장엄하게, 곧게 뻗어가던 음악이 그날만큼은 흐물거리며 풀어졌다. 그러나 완벽함을 놓치는 대신 오히려 참을 수 없이 부드럽고 아름답게 녹아내리는 것이었다.

이 음악을 들으면 모든 이가 사랑에 빠지리라. 바옐은 확신할 수 있었다. 그리고 음악으로 사람의 마음을 변화시킬 수 있다는 것도 깨달았다.

이 음악을 그 소녀에게 들려줄 수만 있다면. 소녀가 음악을 듣고 찬란한 미소를 자신에게 보인다면 행복감만으로 정신을 잃을 수도 있을 것 같았다.

지금껏 그가 해 온 연주는 대부분 곤노르를 위한 것이었거나 스스로를 위한 것이었다. 누군가에게 연주를 들려주고 싶다는 욕망 역시 재능을 확인하고 싶은 마음 때문이었다. 한데 그런 것과 상관없이 순수하게 그저 자신의 음악을 들려주고, 들어주길 바란 상대를 만난 것이다.

그날 처음으로 소년은 사랑을 앓았다.

이런 마음을 그저 홀로 품은 채로 또다시 시간이 흘렀다. 바옐은 그 소녀에게 연주해 줄 날만을 손꼽아 기다렸지만 기회는 쉽게 오지 않았다. 곤노르가 어디에도 그를 내보이려 하지 않은 까닭이었다.

그러나 드디어 아홉 살이 되던 해 여름, 바옐에게 처음으로 기회가 찾아왔다.

에단에서 가장 권위 있는 콩쿠르가 무엇이냐고 묻는다면 '콩쿠르 드 모토베르토'라는 것에 누구도 이의를 제기하지 않을 것이다. 하지만 그 다음으로 중요한 콩쿠르가 무엇이냐고 물으면 음악가들 사이에서는 논쟁이 벌어진다. 에단에서는 매년 여러 종류의 콩쿠르가 열렸으며, 주최자들은 한결같이 자신들의 콩쿠르가 비록 드 모토베르토까지는 아니어도 그에 근접한다고 말하기 좋아했다.

첫 번째 후보는 물론 콩쿠르 드 지몬이었다. 세계 각지에 은행을 소유한 지몬사에서 개최하는 것으로, 다른 건 차치하더라도 우선 상금이 어마어마했기에 참가하는 음악가들의 숫자는 오히려 콩쿠르 드 모토베르토보다도 많았다. 우승 후 연주 여행을 떠날 경우 3년 동안 전폭적인 지원금도 마련해 주었으니, 자신이 드 모토베르토 자리에 맞지 않다고 판단한 음악가들은 아예 그걸 제쳐두고 콩쿠르 드 지몬에 몰두하기도 했다.

이 콩쿠르에 도전장을 내밀 만한 것으로는 에단시청에서 직접 주최하는 '순례아이 선발대회'가 있었다. 순례아이란 익세 시절 여러 예술에 능통했다던 에단의 순례자들을 기리는 뜻에서 만들어낸 이름으로, 열 살 미만의 소년소녀들 중 그해 가장 탁월한 음악적 재능을 보인 단 한 명의 아이를 선발하는 것이었다.

일생에 한 번만 뽑힐 수 있으며 그 즉시 온 에단 시민들의 전폭적인 관심과 지지를 얻게 되니, 음악가들 사이에서 순례아이를 드 모토베르토로 가는 초석이라고 생각하는 이들도 많았다.(이를 증명하듯 현 드 모토베르토인 크림트 리지스트 또한 순례아이 출신이었다.)

바로 이 순례아이 선발대회를 앞두고 곤노르가 근심에 빠져 있었던 것이다.

크림트뿐만 아니라 에단음악원의 학장까지 직접 찾아와 바옐을 만나고 싶어 한 게 바로 얼마 전이었다. 매번 병이 있어 요양 보냈다고 둘러댔지만 그들이 믿기나 할는지. 매일같이 새벽부터 밤까지 연습하는 바옐의 바이올린 소리는 담장 너머로도 충분히 들릴 터였다.

특히나 요즘 도대체 무슨 일이 있었던 건지, 심장을 긁어내듯 날카롭기만 했던 바이올린 소리가 완전히 변화하여 듣고 있으면 절로 눈물이 흘러나올 정도로 경건하고 따스해졌다. 곤노르는 처음 바옐을 데려온 목적조차 잊고 이대로 지하에 가두고 평생 혼자만 그 음악을 들으면 어떨까 하는 생각까지 했다.

그러나 이번이 마지막 기회라는 점이 곤노르를 망설이게 했다. 내년이면 바옐은 열 살이 되고 그러면 순례아이가 될 기회는 영영 사라지고 마는 것이다. 비교적 늦게 음악을 시작한 곤노르는 순례아이 후보조차 오르지 못했고 지금까지도 마음에 아쉬움이 남아 있었다. 자신은 갖지 못한 그 기회를 바옐에게는 주고 싶었다.

그런다고 바옐이 자신에게 고마움을 느낄 리 만무하다는 것은 물론 알고 있었다. 그러나 세상의 모든 자식과 제자들이 그러했다. 자기가 이룬 모든 것이 모두 그저 혼자 잘나서 얻은 줄로만 알지! 그 뒤에 채 알아차리지 못한 헌신과 사랑이 있었음을 그들은 젊은 시절엔 내내 깨닫지 못한다. 오직 부모와 스승과 동등한 위치에 올랐을 때가 돼서야, 그 자신이 자식을 낳고 제자를 두었을 때가 되어서야 옛 스승과 부모의 감사함을 깨닫게 되는 법이었다.

지금이야 자신이 시키는 혹독한 연습 때문에 원망할지라도 훗날 그게 다 본인을 위해서였음을 알게 된다면!

곤노르의 머릿속에서는 이미 참회하고 눈물을 흘리며 자신의 품으로 안겨드는 성인이 된 바옐의 모습이 그려지고 있었다. 드 모토베르토로 성장한 그 멋진 청년은 곤노르만이 그의 유일한 스승이었음을 고백하고, 늙어서나마 곤노르가 편히 쉴 수 있도록 멋진 저택과 여러 하인들을 마련해 줄 것이다. 아니, 아예 양아버지로 삼고 자신을 돌볼지도 모를 일이었다.

그때까지 살아 있으려면, 그때 조금이나마 더 고마움을 깨닫게 하려면 역시 순례아이 후보로 바옐을 추천하는 수밖에 없었다.

곤노르는 약간의 쓸쓸함을 느끼며, 누구든 바옐을 빼앗아 가려는 자가 있으면 법적으로든 물리적으로든 단단히 해결을 봐야 할 것이라고 되뇌면서 신청서에 바옐의 이름과 자신의 서명을 적어 넣었다.

선발전이 있기 하루 전이 되어서야 곤노르는 그 사실을 바옐에게 알렸다. 바옐은 수많은 사람들 앞에서 자신이 연주하게 된다는 사실에 적잖이 놀랐다. 지금까지는 언제나 숨어서 연습했기 때문이었다.

"거기에는 얼마나 많은 사람들이 오나요? 열 명인가요, 아니면…… 스무 명?"

바옐의 질문에 곤노르는 혀를 차며 습관적으로 손을 올렸다가 간신히 참았다. 내일 중요한 대회가 있는 만큼 오늘은 자제해야 했다.

"이 멍청한 꼬마야, 네 교양머리가 연주 실력의 반만이라도 따라갔으면 좋겠구나. 열 명 스무 명이 아니다. 수천 명은 올 게다!"

"수천 명이라고요?"

"심사위원은 물론 그보다 적다. 에단 시장을 비롯해서 고위 공무원

몇 명이 포함될 것이고, 에단음악원의 원장이 직접 최고의 교수진을 꾸려오지. 어차피 공무원들은 원장의 말대로 표를 던지니, 네가 잘 보여야 하는 것은 어디까지나 에단음악원 사람들이다. 알겠느냐?"

"에단음악원."

바옐은 잊지 않으려는 듯 중얼거렸다.

"지금 네 실력이라면 크게 걱정할 필요는 없다. 평소대로만 연주하면 무난히 순례아이에 뽑힐 테니까."

"그럼, 만약 그 순례아이에 뽑히게 되면……."

바옐은 최대한 기대하는 내색을 보이지 않으려 애쓰며 물었다.

"그 에단음악원이라는 곳에도 들어갈 수 있나요?"

대답이 날아오는 대신 서늘한 정적만 이어졌다. 곤노르의 얼굴을 올려다본 바옐은 가슴이 불안하게 요동치는 걸 느꼈다. 자신이 방금 무언가 잘못 말한 게 분명했다.

"그래, 결국 천한 고아라는 것은……."

한참만에 입을 연 곤노르의 목소리는 부들부들 떨리고 있었다.

"기껏 데려다가 먹여 주고 재워 주고 바이올린까지 가르쳐 줬더니, 아무렇지 않게 제 스승을 배반할 생각부터 하고 있는 거냐?"

"배반이라니, 그렇지 않아요."

"방금 네 입으로 그렇게 말하지 않았느냐. 우승하면 에단음악원에 들어가고 싶다고."

"전 그냥, 거기 훌륭한 교수진도 있다고 하니까……."

"나도 충분히 훌륭한 스승이야! 내가 거기 들어가지 못한 건 그 망할 놈들이 제 친인척만 데려다 교수진에 앉히기 때문이다. 제대로 된 인맥 하나가 없어서라고! 그런데 너라는 놈은, 기껏 내가 모든 길을 닦아 주고 안배해 주려 하는데 감히 그딴 소리를 해?"

"잘못했습니다."

바옐은 재빨리 시인했다. 변명의 말이 길어질수록 매질 또한 길어진다는 것을 알았기 때문이다.

"정말로 그럴 생각은 아니었어요. 우승하면 어떤 특전이 있나 궁금했을 뿐이에요. 제가 어째서 이곳을 떠나겠어요? 이렇게 따뜻한 곳에서 매일 제일 좋아하는 바이올린을 켤 수 있는데요. 스승님이 아니었다면 저는 결코 지금처럼 연주하지 못했을 거예요. 지금처럼 건강히 지낼 수도 없었을 거고요. 수천 명 앞에서 연주를 하는 일은 더더욱 할 수 없죠."

바옐은 곤노르를 달래기 위해 쏟아내듯 말했다. 이 노인은 처절한 열등감에 사로잡혀 있었으며 누가 무슨 말을 하든 그걸 자신에 대한 욕설로 바꿔 해석하는 특별한 재주가 있었다. 반면 칭찬 한 마디에는, 그게 비록 지나가는 인사말이나 빤히 눈에 보이는 아첨일 때도 즉각적으로 믿어 버리는 단순함 또한 겸비했다.

따라서 마음에는 전혀 없었지만 바옐은 곤노르의 화를 가라앉히기 위해 할 수 있는 모든 말을 했다. 그만큼 내일 있을 연주가 중요했기 때문이다. 사람들 앞에서 꼭, 특히 그 소녀에게 자신의 연주를 들려주고 싶었기 때문이다.

효과가 있었는지 처음에는 벌게져 있던 곤노르의 얼굴이 점차 누그러졌다.

"우승 특전이 궁금하다고? 그야 물론 상금과 함께 주어지는 영예지. 상금은 그렇다치고 순례아이라는 이름이야말로 돈을 아무리 줘도 살 수 없는 것이다."

그 외에도 곤노르는 향후 바엘의 미래를 마치 자신의 것처럼 과시하듯 떠들어 댔지만 바엘의 귀에는 더 이상 들리지 않았다. 그의 마음에는 수많은 청중 속에 있을 소녀에게 어떤 음악을 들려줄지에 대한 설렘으로 가득했다.

그날 밤 희망에 부푼 채 간만에 단잠이 들었던 바엘은 새벽 무렵 이상한 기분을 느끼며 깨어났다.

그의 곁에 곤노르가 누워 있었다. 이 음침한 노인은 종종 그렇게 밤중에 그의 침대로 와서 자곤 했으므로 그다지 놀라지 않았다. 그러나 그날은 뭔가 좀 달랐다. 서툴지만 분명하게 자신을 더듬는 손길이 느껴졌던 것이다.

이미 곤노르는 수차례 바엘의 몸을 만지곤 했다. 자세를 교정해 준다는 이유로, 아직 어리기에 자신이 직접 목욕을 시켜 준다는 이유로. 때리고 나서 상처를 치료해 준다는 이유로.

그런 접촉이 불편하긴 해도 그때까지 아주 불쾌하다고 느낀 적은 없었다. 바엘은 아직 어렸고 그런 일들이 정확히 무얼 의미하는지 알지 못했다. 그럼에도 무언가 이건 남들에게 함부로 말하기 힘든, 어딘가 잘못된 일이라는 것만은 어렴풋 알았다.

게다가 다른 때라면 모를까 지금은 자신을 만질 만한 이유가 전혀 없었다. 결코 부드럽지도 침착하지도 않은 손길로 몸의 이곳저곳을 누르는데, 아버지라면 결코 자식에게 이런 짓을 하지 않을 거라는 생각이 들었다.

바엘은 곤노르의 손을 쳐내며 자리에서 일어났다. 그러곤 침대에서 뛰쳐나와 아직도 그 속에 누워 있는 노인을 쏘아보았다.

놀랍게도 곤노르는 떨고 있었으며 눈물마저 고인 눈으로 바옐을 보고 있었다.

"제발, 얘야……."

그가 도대체 무엇을 원하는지, 왜 항상 위에서만 군림하다가 자신에게 '제발'이라고 말하는 건지 바옐은 이해할 수 없었다. 그러나 아무리 애원하고 설령 때린다 하더라도 침대로 다시 들어가고 싶지 않았다.

"이 늙은이를 가엾이 여겨 주면 안 되겠느냐? 나는 네게 모든 것을 주었지 않느냐."

낮과는 반대로 순식간에 약자의 입장이 된 그를 보면서, 바옐은 곤노르가 한 행동이 결코 옳지도 떳떳하지도 않은 일임을 깨달았다.

바옐이 세차게 고개를 젓자 노인은 고개를 떨구었다. 그러곤 방에 들어올 때 그랬던 것처럼 아무 소리 없이 침대에서 내려가더니 방을 나갔다.

문이 닫히자마자 바옐은 달려가 방문을 잠갔다. 그러곤 천천히 뒷걸음질하다 벽에 등이 닿자 그대로 주저앉았다. 무릎 위에 두 팔을 올린 채 머리를 기댄 그는 해가 뜰 때까지 잠들지 못했다.

다음 날 아침 식사를 위해 식당으로 내려가면서 바옐은 곤노르가 지난밤과 같은 태도로 자신을 조심히 대할 것이라 생각했다. 그러나 한참 잘못된 생각이었다.

"어딜 꾸물거리다 이제 내려오는 거냐? 저런 정신머리로 무슨 훌륭한 연주자가 되겠다는 건지."

바옐은 얼른 움직여 식탁 앞에 앉았다. 곤노르는 평상시처럼 엄하고 탁한 눈으로 그를 보고 있었다.

"이 건방진 꼬마놈아. 너는 네 자신이 얼마나 특혜를 받고 있는지 생각할 능력조차 없는 놈이다. 너를 순례아이에 추천하기 위해 내가 얼마나 많은 일들을 했는지 아느냐? 그런데도 너는……."

바엘이 가만히 바라보자 곤노르의 얼굴에 어제의 죄의식이 언뜻 비쳤다. 그러나 그런 스스로에게 화가 난 듯 신경질적으로 소금통을 바엘에게 던졌다. 금속으로 된 것이라 이마에 맞는 순간 머리가 심하게 울렸지만 바엘은 내색하지 않고 가만히 있었다.

오늘은 정말로 중요한 날이다. 무슨 일이 있어도 그를 거스르면 안 된다.

"내가 하라는 대로 뭐든지 하겠다고 약속했지."

이어지는 곤노르의 말에 바엘은 눈을 크게 떴다. 만약 지난밤 같은 일을 계속하겠다고 말할 생각이라면…….

"생각이 바뀌었다. 수천 명 앞에서 연주하는 일 따위는 없을 테니 그리 알아라."

"네? 그건 안 돼요!"

"입 닥쳐. 네가 뭔데 된다 안 된다 결정한단 말이냐? 그걸 결정하는 것은 오직 내 몫이다."

"제발요, 스승님. 전 거기 나가야 해요. 사람들 앞에서 연주해야 한다고요!"

"시끄러워! 너는 내가 연주하라고 할 때만 연주할 수 있어!"

바엘은 참지 못하고 자리에서 벌떡 일어났다. 순간 곤노르가 움찔하는 게 보였다. 어제 노인이 보여 준 나약함 때문인지, 바엘은 평소보다 강하게 외쳤다.

"난 나갈 거예요. 연주하고 싶다고요!"

"뭐, 뭐야? 지금 어디서……."

"필요 없어요! 당신이 준 옷, 음식도 다 필요 없다고요! 나는 연주하길 원해요. 사람들 앞에서 연주할 거예요. 그러기 위해 나는 태어났으니까!"

곤노르는 바옐의 말과 태도에 큰 충격을 받았다. 물론 자신에게 대들어서이기도 했지만, 스스로를 연주하기 위해 태어났다고 말하는 모습이 이상할 정도로 강렬하게 노인의 가슴을 때렸다.

다른 사람이 자기 앞에서 똑같은 소릴 했더라면 그는 코웃음 쳤을 것이다. 그러나 그런 말을 한 것이 다름 아닌 눈앞의 소년이기에, 자신이 직접 가르쳐 어떤 재능을 가졌는지 누구보다 잘 아는 소년이기에 곤노르가 느낀 충격은 상당했다.

그것은 곧, 소년이 곤노르의 것이 아니라는 선언과도 같았다. 언젠가 바옐의 스승으로서 이름을 떨치게 될 거라 믿어 의심치 않았는데 처음으로 그 믿음이 흔들리고 있었다. 이 아이는 자신의 제자 같은 걸로 태어난 게 아니었다. 그의 말 그대로 연주하기 위해, 세상을 향해 그의 음악을 들려주기 위해 태어난 것이다.

그 점을 곤노르보다 뼈저리게 깨달은 사람은 이전에도 없었고, 이후로도 없을 것이다.

"넌, 너는……."

분노와 함께 이름 붙이기 어려운 감정이 복받쳐 올랐다. 곤노르는 한참 어린 꼬마 앞에서 엉엉 울어 버리지 않기 위해 애썼다. 곤노르에게 있어서 그 순간은 바로 그의 시대가 끝났음을, 그에게 종말이 도래했음을 고하는 순간이었기 때문이다.

"절대로 다시는…… 누구 앞에서도 연주할 수 없을 줄 알아라."

곤노르가 반쯤 정신이 나간 표정으로 주변을 더듬기 시작했다. 바옐은 그의 손이 닿을 곳에 무엇이 있는지 필사적으로 훑었다. 곤노르는 항상 화를 이기지 못할 때마다 손에 잡히는 것으로 바옐을 때렸기 때문이다.

그날 식탁에는 늙은 하인이 버터를 발라 먹으라고 가져다준 나이프가 있었다.

에단시청 앞 몬드 광장에 평소보다 훨씬 많은 시민들이 몰려나와 있었다. 다들 순례아이로 뽑혀 장차 음악계를 뒤흔들 신동을 보기 위해 나온 것이다.

무대 앞에 마련되어 있던 수백 개의 좌석은 이미 새벽부터 줄을 섰던 이들의 차지였다. 그들은 귀족이나 저명한 마에스트로들이 귀빈석으로 가기 위해 곁을 지나칠 때마다 경탄을 금치 못했다.

좌석 사이를 돌아다니며 구운 정어리를 파는 상인, 혹시라도 유명한 음악가의 눈에 띌까 싶어 본인이 작곡한 곡을 몰래 연주하다가 진행요원에게 쫓겨나는 아마추어 음악가, 누가 순례아이가 될 것인지를 두고 구석에서 은밀하게 벌어지는 도박까지. 야외에서 치러지는 행사이다 보니 다소 산만한 분위기였지만 모두가 축제처럼 즐기고 있었다.

하지만 무대 바로 앞에서는 이러한 분위기와는 상관없이 제법 엄숙한 심사가 이루어지고 있었다.

후보로 올라오는 아이들 모두 추천자격을 갖춘 마에스트로의 뛰어난 제자들임에도, 주어지는 연주 시간은 고작 1분여 남짓이었다. 전주가 끝났다 싶으면 어김없이 심사위원들이 제지하는 것이다. 대회 역사상 끝까지 연주하게 놔둔 순례아이는 손에 꼽을 정도로 적었다.

"올해 참여한 아이들은 생각보다 시시하군요."

오전반 심사가 끝나자 피곤한 듯이 기지개를 켠 바오산 에단시장이 말했다. 곁에서 졸고 있던 문화부 국장이 동의한다는 말을 중얼거리곤 다시 잠에 빠졌다. 그런 시장을 달랜 것은 옆자리에 앉아 있던 에단음악원 원장인 유릭 베나헨이었다.

"주목받는 아이들은 오후반에 편성되어 있으니 너무 실망하지 마십시오. 그중엔 폴 크루거의 제자도 있고요."

"아홉 손가락의 기적 폴 크루거 말입니까? 신체 조건이 다른 이들과 다르다 보니 제자는 들이지 않는다고 들었는데요."

"무슨 바람이 불었는지 이번에 마음을 바꿨더군요. 한데 파스그라노 집안 출신의 아이랍니다."

"마르티노면서 파스그라노 아이를 가르친다라. 그의 연주 스타일만큼이나 독특한 일이군요."

"그 정도로 마음에 들었나 봅니다. 이름이 그러니까…… 여기 있군요. 휴베리츠 알렌, 점심시간이 끝나고 첫 순서입니다."

서류를 뒤적거려 휴베리츠의 이름을 확인한 바오산 시장이 고개를 끄덕였다.

"폴 크루거도 제자를 들였으니 이제 크림트 리지스트만 남았는데, 도무지 제자를 들일 생각을 안 하니……."

"자신도 아직 배워야 할 게 많다고 하셨다죠?"

"겸손도 지나치면 꼴 보기 싫은 법입니다. 오늘도 불참했다지요? 드 모토베르토라고 귀빈석까지 마련해 두었건만."

시장이 눈살을 찌푸리며 투덜거렸다. 딸이 독감에 걸려 부득이 오지 못한다고 크림트가 정중한 양해의 편지까지 보냈건만, 시장은 받았으면서도 기억나지 않는 척했다.

왜인지 바오산 시장은 예전부터 항상 드 모토베르토가 된 사람들과 사이가 좋지 않았는데, 사람들은 이를 두고 그에게 없는 음악적 재능을 질투하기 때문이라고 수군거렸다. 하지만 물론 본인 앞에서는 그걸 내색하지 않았다.

"그분도 좀 더 나이가 들면 아마 마음이 바뀌겠지요. 어쨌든 에단에서 음악가로 살아간다는 것은 본인의 업적을 달성하는 것만큼이나 다음 시대의 주역을 길러낼 의무도 있는 거니까요."

유릭 원장이 정리하듯 그렇게 말하자 바오산 시장도 더는 투덜대지 않았다.

"참, 그 아이는 어떻습니까?"

원장 옆에 있던 다른 교수가 생각났다는 듯 물었다.

"베나헨 원장님께서 만나러 갔지만 만나지 못했다던 아이요. 이번 대회에 출전한다고 하던데요."

"아……"

유릭 원장은 좋지 않은 기억이 떠올랐는지 표정을 약간 찡그렸다. 바오산 시장이 궁금하다는 듯 바라보자 그가 언짢은 목소리로 입을 열었다.

"퓌세 곤노르의 제자입니다. 스승이 불쾌한 인간이다 보니 직접 찾아가는 일까지는 하고 싶지 않았지만, 소문이 원체 흥미로워서 말이지요. 집에 가면 만날 수 있을 줄 알았는데 오산이었습니다. 절대 만나지 못하게 하더군요. 왜 그렇게까지 하는지 모르겠습니다."

"그 음침한 노인네의 속마음을 누가 알겠습니까. 아시다시피 소문이 좀, 그러니까…….”

젊은 교수가 운을 떼자마자 바오산 시장은 듣는 것조차 싫다는 듯 질색하며 몸을 뺐다.

“전 그런 소문 안 믿습니다. 예전에는 그래도 촉망받던 연주자가 아닙니까. 지금의 명성이 예전만 못하다 하여 온갖 소문과 험담이 난무하는 게 마음에 들지 않습니다. 그분은 시청에서 진행하는 일에도 언제나 협조적이지요.”

시청 말고는 더 이상 불러 주는 곳이 없어 그런다는 걸 시장 본인만 모르는 모양이었다. 젊은 교수는 하고 싶은 말이 많은 표정이었지만 원장이 고개를 젓자 더 이상 말하지 않았다.

“아무튼 마에스트로 곤노르의 제자가 나온다는 거 아닙니까? 특별히 신경 써서 봐야겠군요.”

“네, 시장님. 드 모토베르토께서도 관심을 가지고 있다 하니 눈여겨보셔도 좋을 듯합니다.”

그렇게 점심시간이 거의 끝나갈 무렵, 대회 운영진 쪽에서 유릭 원장을 찾아와 무언가를 속삭였다.

“뭐?”

원장은 놀랍고 또 불쾌하다는 표정을 짓고는, 신경질적으로 후보자의 서류를 뒤적거려 그중 하나를 쫙 찢어 버렸다.

“뭡니까, 또?”

바오산 시장이 묻자 원장이 퉁명스레 대꾸했다.

“퓌세 곤노르입니다. 제자 아이가 병이 나서 참가가 어렵다고 하는군요.”

“아니, 뭐 얼마나 중병이길래요? 이게 순례아이 선발대회라는 걸

분명히 알고 있는 겁니까?"

시장은 진심으로 믿을 수 없어 했다. 에단시청에서 직접 주최하는 대회를 감히 출전 취소할 사람이 있을 거라곤 상상도 못해 본 탓이었다. 실제 그가 시장으로 있는 동안 한 번도 없던 일이기는 했다.

"그러게요. 매번 아프다는 핑계라니…… 애가 그렇게 연약하다면 어차피 그리 오래 갈 연주자는 못되겠군요."

"아니지, 아니야. 그렇게 하면 안 돼요."

바오산 시장이 손을 들어 진행요원을 부르자 다른 심사위원들 또한 놀라 무슨 일인가 하고 바라보았다. 요원 중 한 사람이 다가오자 시장이 그에게 말했다.

"지금 즉시 마에스트로 곤노르의 집으로 가서 후보 아이의 상태가 어떤지 살펴보고 오세요. 걸을 수 있고 바이올린을 손에 쥘 수 있으면 무슨 일이 있어도 대회에 참가하라고 전하세요. 이는 시장의 권고 사항이라고 말입니다. 알겠습니까? 마에스트로 곤노르도 똑똑히 들을 수 있도록 이야기하세요."

요원이 고개를 숙이고 사라지자 다른 심사위원들은 서로의 얼굴을 보았다. 시장의 행동이 독단적이었으나 그에 대해 나서서 뭐라고 말하기도 어려웠다. 분위기가 조용해지자 괜히 의식되었는지 바오산 시장이 어깨를 으쓱이며 말했다.

"이게 애들 장난도 아니고 신청서를 냈으면 나와야지. 난 곤노르 노인의 제자 아이 연주를 듣고 싶단 말입니다."

"그러시겠지요. 사실 저도 같은 마음입니다."

유릭 원장이 맞장구를 치며 말했다. 하지만 누가 봐도 떼쓰는 어린 아이를 바라보는 것 같은 표정이었다. 시장이 이에 화답이라도 하듯

'흥' 하고 작게 콧방귀를 뀌었다.

 곤노르의 집으로 향하는 진행요원의 마음은 초조하기 그지없었다. 시장이 직접 내린 지시여서가 아니었다. 그 제자 아이의 안위가 진심으로 걱정되었기 때문이다.

 그는 바로 바옐이 고아원에 있을 적 바이올린을 가져다주었던 앤더슨이었다.

 '너랑 내가 무슨 연이 있긴 있는 모양이다. 전에는 그렇게 하지 못했지만, 이번만은 꼭 구해 줄게.'

 그동안 앤더슨은 오케스트라 자리나 변변한 레슨 자리조차 얻지 못했다. 이런저런 단기 일자리를 전전하다 이번에 맡게 된 것이 순례 아이 선발대회 진행요원 자리였다. 음악가로서 후보를 추천할 마에스트로나 심사위원의 자격이 아닌, 잡일이나 도맡아 하는 진행요원을 한다는 일이 무척 자존심 상했지만 이것저것 가릴 처지가 아니었다. 부러운 마음으로 아이들을 지켜보며 언젠가는 그도 저 위에 자신이 아끼는 제자를 올리고 말리라 다짐하던 참이었다.

 그런데 저 거만한 시장이라는 작자가 불러서 한다는 말이, 내내 마음에 걸렸던 곤노르의 집으로 가서 그 아이를 데려오라는 것이다. 이보다 좋은 구실이 어디 있단 말인가! 아무리 곤노르여도 시청에서 가끔 주선해 주는 일자리마저 없으면 상당한 곤란을 겪게 될 터. 이번만큼은 빠져나갈 수 없을 것이었다.

 곤노르의 집에 가까워졌을 때 앤더슨은 그 자리에 주저앉고 싶을 만큼 가슴을 아프게 하는 선율이 안에서 흘러나오고 있다는 것을 깨달았다.

그는 한 걸음 가다가 서고 또 한 걸음 가다가 섰다. 지금 자신이 문을 두드리면 저 연주가 멈출 게 분명했다. 더 듣고 싶은 마음이 간절했으나, 중간중간 아무 이유 없이 어긋나는 피치 때문에 오히려 서둘러 달려가 문을 두드렸다.

그의 생각대로 음악이 멎었다. 그리고 왜인지 한참이 지나서야 늙은 하인이 문을 열어 주었다. 앤더슨은 길고 복잡하여 본인도 읽기를 포기한 공문 하나를 다짜고짜 하인의 눈앞에 들이밀었다. 사실 그건 에단 내 하수도 처리시설 현황을 작성한 것으로 선발대회와는 아무 관련도 없었지만, 까막눈인 하인은 그저 시청의 직인이 찍힌 것을 보고 황송해했다.

손쉽게 안으로 들어간 앤더슨은 가운을 입은 채 느긋하게 안락의자에 누워 있던 곤노르와 마주쳤다. 그에게 마음에도 없는 아부를 늘어놓던 시절은 이미 오래 전이었다. 둘은 서로를 경멸하고 또 경계하는 마음으로 바라보았다.

"어디 있습니까?"

"여기 없네."

특별히 지칭하지 않아도 두 사람 다 무엇에 대해 이야기하는지 너무나 잘 알고 있었다.

"방금 전까지 들려오던 바이올린 소리가 당신 연주라는 걸 믿으라는 겁니까?"

"이젠 선생님 소리도 하지 않겠다는 건가? 자네 상당히 건방져졌군 그래."

"솔직해진 거겠죠. 쓸데없는 안부 인사는 넘어갈까요. 바오산 시장님이 그 아이를 데려오라고 했습니다."

시장이라는 단어에 곤노르의 안색이 조금 변했다.

"여기 없는 아이를 어떻게 데려오라는 건가?"

"그럼, 실례지만 정말로 없는지 집안을 좀 둘러보겠습니다. 저도 시장님께 가서 할 말이 있어야지요."

앤더슨이 걸음을 옮기자마자 곤노르가 자리에서 벌떡 일어나 앞을 막았다. 평소 굼뜨기 그지없던 그의 빠른 움직임에 늙은 하인이 다 놀랐을 정도였다.

"실례인 걸 알면 하지 말아야지, 앤더슨 군."

"제가 혼자 돌아보는 게 나을 텐데요. 아니면 시장님께 가서 당신이 비협조적으로 나온다고 보고를 드려야 할까요? 그래서 다른 공무원들이 들이닥치면 그게 더 나으실까요? 예를 들어 아동복지국 직원들이라든가."

곤노르의 입가가 씰룩거렸다. 찰나였지만 그의 내면에서는 여러 가지가 치열하게 갈등하고 있었다.

좀 더 젊었더라면, 그가 자신의 늙음을 탓하며 생각했다. 좀 더 혈기왕성한 시절이었다면 눈앞의 젊은 애송이의 얼굴에 주먹을 날려 주고 감히 이 문 안쪽으로 시장이든 누구든 발도 들이지 못하게 으름장을 놓았을 것이다.

그러나 지금 그는 노쇠하였고 누군가와 마찰을 일으키는 것 자체에 피로함을 느꼈다. 그것이 에단시청과 그 시장이라면 말할 것도 없었다. 인정하긴 싫어도 그들이 곤노르의 밥줄을 쥐고 있었던 것이다.

"자리에서 일어나기도 어려울 정도로 몸이 좋지 않지만, 그래도 시장님이 꼭 참석시켜야겠다면 보내야 도리가 있겠나. 하지만 아이에게 나중에 문제라도 생기면 시장님이 과연 그 책임을 지실지 의문이로군. 아니면 막무가내로 끌고 간 그 직원이 책임을 지려나."

이 말에 앤더슨은 잠시 갈등을 느꼈다. 에단의 평범한 청년답게 그는 딱 자신에게 손해가 되지 않는 선에서만 남을 도왔다. 솔직히 몇 번 얼굴 본 게 다인 소년 때문에 겨우 얻은 시청 일자리에서 쫓겨나고 싶지 않았다. 혹 더 나쁘게도 병세 깊은 소년을 무리해서 대회에 데려갔다가 잘못되기라도 한다면…….

앤더슨은 퉁명스럽게 떼를 쓰던 바오산 시장의 얼굴을 떠올렸다. 시장이 과연 자기가 지시한 일이라고, 본인이 책임을 지겠다고 할까? 대답은 결코 긍정적이지 않았다.

"일단 소년의 상태를 보고 데려갈지 말지 결정하겠습니다."

한발 물러난 앤더슨은 마치 그러한 권한이 자신에게 있다는 것처럼 이야기했다. 정확히 앤더슨이 어떤 지위로 왔는지 알지 못하는 곤노르는 그것을 거부할 수 없었고, 결국 이를 갈며 뒤에서 기다리고 있던 늙은 하인에게 지시했다.

"그 녀석한테 데려다줘라. 아나토제인지 아타나제인지 하는, 웃기지도 않은 이름을 가진 꼬마놈한테."

앤더슨은 솔직히 말하면 어린아이들을 좋아하지 않았다. 조카가 다섯이나 되는 그에게 애들이란 항상 떼를 쓰거나 악을 쓰거나, 그렇지 않으면 우는 존재에 불과했다.

하지만 온몸에 멍이 든 채 떨면서도 바이올린을 꼭 붙잡고 있는 바엘을 보는 순간, 그는 깊은 곳에서부터 솟아오르는 연민을 느꼈다. 자신에게 존재하는지 몰랐던 살의까지도.

병세가 깊다고? 그 병의 이름이 무언지, 원인이 무언지는 일절 언급도 않은 채?

그 노인은 악마가 분명했다. 앤더슨은 우선 이 아이를 이곳에서 꺼내주고 반드시 아동복지국에 신고하리라 마음먹었다.

"저기, 나 기억하지? 이제 나랑 같이 가자. 다시는 여기 돌아오지 않을 거야."

"안 믿어요."

바옐이 심하게 갈라지는 목소리로 말했다. 그의 눈은 텅 비어 공허했다.

"난 이제 그런 말 안 믿어……."

앤더슨은 잠시 바옐을 바라보다가 조심스럽게 다가가 안아주었다.

"알아. 미안하다. 정말 어려운 일이겠지만, 그래도 한 번만 더 나를 믿어 줄래?"

바옐은 아무 말도 하지 않고 안겨 있었다. 그러다가 간신히 고개를 끄덕였다. 그 동작이 무척 아픈 것 같았다.

앤더슨은 바옐의 얼굴을 살펴보다가 이마에 특히 깊은 상처가 나 있는 것을 발견했다. 심지어 채 피도 멎지 않은 상태였다. 욕이란 욕은 모조리 내뱉고 싶었지만, 간신히 스스로를 가라앉혔다. 소년을 여기서 꺼내주는 게 먼저였다.

"이래선 연주가 문제가 아니겠다. 병원부터 가자."

"아니요!"

놀랍게도 바옐이 격렬하게 저항하며 앤더슨에게 매달렸다.

"전 연주하러 가야 해요. 오늘 제 연주가 있다고 했어요."

그것 때문에 앤더슨이 바옐을 데리러 온 것이기는 했다. 하지만 도저히 연주할 수 있는 상태로 보이지 않았다. 아까 바이올린 소리에서 들린 희미한 엇나감은 이 상처들과 무관하지 않을 터였다.

"우선 치료하고 다음에. 연주는 나중에라도 실컷 해도 돼."

"안 돼요. 오늘이 아니면 안 돼요. 저는 꼭 사람들 앞에서 연주해야 해요."

소년을 보니 정말 오늘이 아니면 안 될 것 같은 얼굴이었다. 오늘이 그의 마지막 날이라도 되는 것처럼 말이다.

앤더슨은 무슨 일이 있어도 이 소년을 무대 위에 올려놔야 한다는 것을 알았다.

"알겠다. 쓰러지더라도 무대 위에서 쓰러질 수 있게 해 줄게."

바엘과 앤더슨을 태운 마차가 떠나갈 동안 곤노르는 저택 앞에서 내내 그 모습을 지켜보고 있었다. 탐욕스러우면서도 어쩐지 다시 자신에게로 돌아올 거라 확신하는 듯한 아주 기분 나쁜 표정이었다. 앤더슨은 창문으로 이 모습을 확인하곤 구역질나는 기분을 느꼈다.

바엘의 상태가 걱정되어 바라보았지만 맞은편에 앉은 소년은 조용히 생각에 잠겨 있을 뿐이었다. 마차가 흔들릴 때마다 상처가 아픈 듯 이따금씩 눈살을 찌푸리긴 했지만, 중요한 연주를 앞두고 있으면서도 전혀 긴장한 것 같지 않았다. 연주에 대한 걱정이나 수상 여부 같은 건 그의 관심사가 아닌 듯했다.

마차가 몬드 광장에 도착하자 생각보다 사람들이 많이 몰려 있어서인지 바엘은 조금 놀란 듯 보였다. 앤더슨은 그를 연주자 대기실로 안내하고 등록 절차를 밟았다. 다행히 차례가 올 때까지 두 명 정도 더 남아 있었다.

조용히 무대를 바라보는 바엘을 향해 앤더슨이 물었다.

"정말 연주할 수 있겠니?"

"하지 않으면 안 돼요. 오늘이 아니면 앞으로 다시는 기회가 없을지도 몰라요."

담담하게 대답하는 소년을 보면서 앤더슨은 그가 아직 자신을 믿지 않음을, 곤노르의 집으로 되돌아갈까 봐 걱정하고 있음을 알았다.

"걱정 마. 아까 그 저택에서와 같은 연주를 한다면 틀림없이 이중에서 누군가는 널 구해 줄 테니."

앤더슨은 스스로의 말을 진심으로 믿고 있었으나 바옐은 그 말에 긍정도 부정도 하지 않았다.

지금 바옐의 내면은 격렬하게 상반되는 두 가지 감정으로 뒤엉켜 있었는데, 하나는 부정적인 것으로 주로 폭력에 대한 분노와 두려움이었다.

그날 오전에 있었던 곤노르의 폭행은 평소보다 정도가 심해서, 어느 정도 학대에 익숙해지고 또 체념했던 바옐로서도 죽음에의 두려움을 느꼈을 정도였다.

곤노르는 바옐의 시선이 꽂힌 바로 그 칼을 집어 들었고, 바옐이 안 된다고 외치자 잠깐 멈칫하기는 했으나 그 사실에 더 화가 난 듯 광분하며 칼을 휘둘렀다. 후식을 미리 들고 온 늙은 하인이 말리지 않았으면 그의 상처는 얼굴에 난 것으로 끝나지 않았을 것이다.

그러한 경험이 두려움을 줌과 동시에 비할 데 없이 극렬한 분노 또한 불러일으켰으니, 바옐은 자신이 사람을 죽임으로써 인생을 망치게 될까 봐 진심으로 두려웠다.

그리고 이러한 감정의 반대편에는 그럼에도 불구하고 꺼지지 않은 희미한 희망이 있었다.

앤더슨의 말대로 누군가 자신의 음악을 듣고 그 지옥 같은 곳에서 꺼내 주길 바랐다. 음악에 바쳐진 음악의 도시라는 에단, 이곳은 틀림없이 훌륭한 마에스트로와 청중으로 가득할 터. 여기 있는 수많은 사람들 중 누군가는 그가 음악으로 말하고자 하는 모든 것을 진심으로 듣고, 이해할 것이다. 그가 스스로의 음악에 대해 느끼는 것과 똑같은 기분을 느낄 것이다. 어쩌면 그건 얼마 전 찾아왔던 드 모토베르토일지도 모른다. 찬란했던 소녀일지도 모른다.

누구여도 좋았다. 단 한 사람이면 족했다. 지금부터 그가 할 연주는 바로 그 사람을 위한 것이었다.

"다음 참가자입니다. 추천인 퓌세 곤노르의 제자, 아나토제 바옐의 무대입니다."

마침내 이름이 불리자 바옐은 무대 위로 차근차근 걸어 올라갔다.

피투성이에 허름한 옷을 입은 소년이 등장하자 처음에 사람들은 당황해서 이런저런 말들을 수군거렸다. 언제나 음악에 대해 큰 관심을 가지고 있는 그들은 대다수의 어린 영재들에 대해 알고 있었다. 그러나 바옐의 얼굴은 처음 볼뿐더러 행색 또한 다른 아이들과 달랐다. 누군가는 바이올린을 쥘 수나 있는지 진지하게 의심하기도 했다.

바옐은 그런 청중을 끝에서 끝까지 쭉 돌아보았다. 인생에서 이토록 수많은 사람들로부터 주목받아 본 일이 없었다. 그럼에도 주눅이 들기는커녕 대담한 자세로 바이올린을 어깨에 가져갔다.

시작하라는 신호도 떨어지지 않았으나 바옐은 맹렬히 활을 내리그었다.

그의 고통이, 그의 저주가, 그의 염원이 현을 타고 광장으로 울려 퍼진다.

이 자리에서 그는 절규하고 있었다. 파괴된 자신을 연주하고 있었다. 그의 비명이 날카로운 현이 되어 긁을 때마다 사방으로 어지러이 튀었다.

대회 때 쓰라고 곤노르가 준비해 준 곡이 있었으나 바엘이 연주하는 건 그게 아니었다. 스스로도 한 번도 머릿속에서 만들어 보거나 연주해 본 적 없는 음을 진정으로 무대 위에서 즉흥적으로 만들어 냈다.

참을 수 없이 부드럽다가 가슴을 할퀼 듯 날카로워지고, 또다시 달래듯 아련해졌다가 느닷없이 난폭해지는 음악이었다. 그건 바엘의 내면에서 충돌하는 두 가지 감정과도 닮아 있었다.

그는 눈물만 흘리지 않았을 뿐 온몸으로 울며 연주하고 있었다. 바이올린에서 끊임없이 아픈 음들이 흘러내렸다. 눈물이라는 것이 오롯이 세상에서 가장 아름다운 결정을 맺는다면 바로 그러한 음악이 될 것이다. 아프고 아플수록, 슬프고 슬플수록 그의 음악은 역설적으로 찬란히 아름답게 뻗어 갔다.

눈을 감고 있어 청중의 모습은 볼 수 없었지만 바엘은 사람들이 모두 자신과 똑같이 눈물을 흘리고 있을 거라 확신했다. 누구나 다 무대 위로 올라와 자신을 보듬어 주고 안아 주고 싶어 할 것이다. 이 아픔을 자신과 똑같이 이해할 것이다. 모든 마음을 담아 그들에게 들려주고 있으니까.

마침내 진하게 이어지는 하나의 음을 끝으로, 연주가 끝났다. 아무도 끝이 날 거라 예상하지 못한 지점에서였다.

바엘로서는 더 이상 끄집어낼 수 있는 감정이 없어 멎은 것이었고, 그것은 그대로 음악의 완성이었다.

끝을 짐작하지 못해 머뭇거리던 청중은, 바옐이 현에서 활을 내려놓고 나서야 마침내 폭발적인 함성을 보내왔다.

바옐은 너무도 깜짝 놀라 한 발자국 뒤로 물러났다. 그리고 눈을 떴다.

모든 사람들이 행복하게 웃는 얼굴로 그의 이름을 부르며 환호하고 있었다. 광장이 떠나갈 듯 박수를 보내오고 있었다.

그토록 거대한 함성과 찬사는 일찍이 경험해 본 적 없음에도, 바옐의 얼굴에 떠오른 것은 벅참도 기쁨도 아니었다. 두려움뿐이었다.

왼쪽을 본다. 없다.

오른쪽으로 고개를 홱 돌린다. 없다.

누구도 내 절규를 들은 사람이 이 자리에 없다.

이 절규를 들었다면, 이 비명을 들었다면 저런 환호를 보낼 수 없다. 사람이라면 그럴 수는 없다.

한 명은 있을 것이다. 그래도 이중에 단 한 명, 그의 음을 이해한 사람이. 청중이 아니라면, 음악의 대가들이라는 심사위원석에라도.

하지만 그 사람들조차 바옐을 향해 박수를 보내고 있었다. 바옐은 몰랐지만 심지어 그들은 중간에 연주를 멈추게 하지도 않았다. 지금껏 몇 없다는, 끝까지 연주를 하게 놔둔 학생 중 하나가 된 것이다. 바옐은 그걸 몰랐지만 알았다고 한들 전혀 기쁘지 않았을 것이다.

뭔가 잘못됐어.

그는 한 걸음 더 뒤로 물러났다. 진행요원 중 하나가 다가와 무어라 말했지만 들리지도 않았다. 도망치듯 무대에서 내려와 그곳을 빠져나가려다 누군가에게 붙잡혔다. 바옐은 뒤를 돌아보았다. 앤더슨이었다. 그가 눈물 가득 고인 눈으로 자신을 내려다보고 있었다.

"들었……어요?"

"뭐?"

반쯤 넋이 나간 앤더슨은 그저 감탄에 물든 얼굴이었다. 바옐은 그가 자신의 음악을 이해해서가 아니라 단순히 매료되어 울고 있음을 알았다.

"틀림없이 이번 순례아이는 너야."

그가 말했지만 그러거나 말거나 바옐은 알고 싶지도 않고 관심조차 없었다. 그곳을 떠나야 한다는 걸 알았지만 어디로 가야 할지 알 수 없었다. 그저 곤노르의 집이 아니기만을 바랄 수밖에.

다음 후보 아이들은 연주를 채 30초도 넘기기 전에 모두 제지당했다. 심사위원들이 서둘러 대회를 끝내고 수상자를 발표하고 싶어 한 까닭이다.

긴장감 탓에 무대 위에서 울음이 터져 버린 여섯 살짜리 바순 연주자를 끝으로, 마침내 그 해의 순례아이가 발표되었다.

"이게 말이 되는 결과냐고요!"

"심사위원들 모두 귀머거리랍니까?"

"납득이 가야지요, 납득이!"

순례아이 선발대회 주최측인 에단시청은 결과 발표 이후 전례 없는 민원과 항의에 시달리고 있었다. 그날 그 자리에서 연주를 들은 사람들은 모두 아나토제 바옐이 순례아이가 될 것임을 믿어 의심치 않았다. 그러나 막상 순례아이에 뽑힌 것은 그다지 이름이 알려지지 않은, 심지어 마르티노 출신도 아닌 꼬마 피아노 연주자였다.

"저희는 어디까지나 공정하게 심사를……."

시청 직원들이 나와 진땀을 빼며 해명했으나 믿어 주는 이가 없었다. 항의하는 목소리가 점점 높아져 갈 무렵, 시장 집무실 안에서도 그처럼 큰소리가 터져 나오고 있었다.

"그러게 참가자 서류를 멋대로 찢어 버리면 어떡합니까, 원장님!"

유릭 원장은 땀을 뻘뻘 흘리며 바오산 시장 앞에 죄인처럼 앉아 있었다.

"곧장 새로 받아 작성했습니다. 그 아이에게 최고 점수도 줬고요. 전 그게 무효라는 게 더 이해가 가지 않습니다."

"우리가 쓰는 양식이라는 게 있어요, 양식이! 그놈의 공정성 운운하는 작자들 때문이지요. 매년 결과가 나올 때마다 얼마나 말도 안 되는 의심을 제기하는지 아십니까? 그래서 대회 전까지 모든 채점표는 승인을 받아 밀봉한 채 보관한단 말입니다. 당신이 찢어 버린 게 바로 그 채점표고요!"

유릭 원장은 바옐이 아파서 참가하지 못한다는 소식을 들었을 때 화가 나서 그의 서류를 찢어 버렸었다. 곧바로 새 채점표를 받아 점수를 주긴 했으나 이게 무효가 되어 바옐이 단 1점 차이로 순례아이에 선정되지 못한 것이다.

"그건 제 실수인 걸 인정합니다. 하지만 시장님께서도 얼마든지 융통성을 발휘해 줄 수 있는 부분 아닙니까. 제가 점수를 안 준 것도 아니고……."

"날 더러 어쩌란 말입니까. 우린 지침에 명시되어 있지 않으면 도장 하나 마음대로 찍지 못하는 사람들인데요. 의회 청문회에 한 번이라도 서 봤습니까? 내가 마음대로 결과를 바꾸면 알량한 권력을 휘두른다고 어쩌나 말이 많겠습니까?"

그렇지 않아도 시장은 이미 전 직원을 동원해 대회 결과를 뒤집을 수 있는 방법을 찾아보게 했다. 그러나 어떤 법령이나 사례, 심지어 옆 왕국의 사례를 뒤져봐도 나오는 게 없었다. 그래서 원래대로 폴 크루거의 제자가 순례아이로 확정되었는데, 우스운 건 그 소년도 결과를 납득할 수 없다며 수상을 거부했다는 점이다.

결국 에단시청과 선발대회의 권위만 땅에 떨어졌고, 언론과 여론은 '공무원들 하는 일이 다 그렇지'라는 만시공통의 진리로 대동단결하고 있었다.

유릭 원장은 초조하게 손가락으로 테이블을 두드리다 말했다.

"이렇게 합시다. 그 아이를 에단음악원에 입학시키고 전액장학금을 지급하겠습니다."

"그걸로 사람들이 잠잠해질까요?"

"시에서도 기금 하나 마련하시죠. 듣자하니 그 아이도 고아원 출신이라더군요. 음악적 재능이 있지만 가난 때문에 펼치지 못하는 아이들을 지원해 주겠다고 홍보하면 어느 정도 이미지가 나아지지 않겠습니까? 에단의 귀족들은 특히 기부나 봉사 같은 단어에 약하니까요."

"그럼 당신도 입학전형 하나 새로 마련해야겠군요. 가난한 아이들도 지원할 수 있는 것으로 말입니다. 물론 똑같이 전액 장학금을 주시겠지요?"

두 사람은 서로를 보며 허허 웃었지만 속으로는 서로를 향해 이를 갈았다.

"그렇게 하시죠, 그럼."

퓌세 곤노르는 처음에는 대회 결과에 분노했다. 내색하지 않았을 뿐 그는 앤더슨이 바엘을 데리고 집을 떠나자마자 서둘러 몬드 광장으로 달려가 바옐의 연주를 들었다. 그리고 그 자리에 있던 많은 사람들과 마찬가지로 연주에 전율했다.

때문에 바옐이 순례아이로 선정되지 못했다는 사실을 납득하기 어려웠고, 피해망상이 겹쳐져 자신의 제자로 출전했기 때문일 거란 생각까지 했다. 하지만 시간이 좀 지나고 나서는 차라리 다행이라고 느꼈다. 순례아이가 되었으면 그때부터는 에단시청에서 이런저런 핑계로 그 아이를 자신으로부터 떼어냈을 게 분명했다.

앤더슨 때문인지 얼마 후 아동복지국에서 나와 곤노르의 집을 둘러보고 갔으나, 겉으로 보기엔 멀쩡하고 모든 것이 잘 갖춰진 환경을 그들도 트집 잡을 수 없었다. 바옐과도 따로 면담을 가지는 듯했으나 대회 이후로 뮤트로 불렸다던 예전처럼 완전히 입을 닫아 버린 바옐은 아무 말도 하지 않았다. 상처는 이미 어느 정도 아문 상태였고, 사내아이들이 원래 험하게 놀지 않냐는 식의 논리도 잘 먹혀들어 갔다.

아동복지국 직원들이 그냥 돌아가자 곤노르는 이제 자신이 바옐을 완전히 소유하게 되었다고 생각했다.

유릭 베나헨이 직접 찾아오기 전까지는 말이다.

이유는 알 수 없었으나 유릭은 대회 결과에 대해 상당히 미안한 감정을 가진 듯 보였다. 곤노르는 에단음악원의 원장씩이나 되는 사람이 자신의 앞에서 자세를 낮추고 있는 것에 대단한 만족감을 느꼈다. 하지만 단지 사죄 때문에 찾아오진 않았을 터였다.

예상대로 유릭은 곧 본론을 꺼냈다. 대회 결과는 아쉽게 생각하지만 바옐을 높이 평가해, 에단음악원에 입학시키고 전액 장학금도 수여할 것이며 최고의 교수들로부터 교육을 받게 할 것이라고 말이다.

곤노르는 이 파격적인 제안에 놀랐지만 이미 바이올린의 대가인 자신으로부터 최상의 교육을 받고 있으니 필요 없다고 거절했다. 하지만 그가 그렇게 나올 것이라고 예상한 유릭은 언제나 통하는 에단 시청 이야기를 꺼냈다. 이는 시장과 모두 합의된 사항이라고 말이다.

바오산 시장은 알량한 권력 같은 건 휘두르지 않는다고 말했으나 그건 본인의 평가일 뿐 실제로는 알량하지 않은 권력을 멋대로 휘두르는 인간이었다. 자신이 시킨 일이 뜻대로 되지 않으면 떼를 쓰듯 사람들을 달달 볶았고 이는 언제나 그의 뜻대로 일이 관철되는 결과를 낳았다. 시장의 특성을 잘 아는 곤노르도 고민하지 않을 수 없었다.

"물론 선생님의 노고를 모르는 바 아닙니다. 선생님이 아니었다면 고아 소년에 불과한 그 아이가 지금처럼 뛰어난 실력을 가질 수 없었겠지요. 하지만 선생님께서도 현역으로 활동하느라 바쁘시지 않습니까. 고집스럽고 제멋대로인 아이를 가르치는 건 체력적으로도 쉬운 일이 아니지요. 그러니 지금부터 저희에게 맡기셔도 좋다는 말씀입니다. 물론 그 아이를 발굴하고 또 지금처럼 뛰어난 재능을 갖게 길을 열어 준 것이 선생님인 것은 누구도 잊지 않을 겁니다."

유릭은 아첨에는 소질이 없는 인물이었고 지금까지 그런 것을 할 필요도 없었다. 그러나 바옐을 음악원으로 데려오고 싶은 마음이 너무나 강한 나머지 마음에도 없는 소리를 술술 늘어놓을 수 있었다.

예상대로 칭찬에 면역이 없는 곤노르의 얼굴이 조금씩 풀어졌다. 결국 세 시간이 넘는 설득 끝에 바옐을 에단음악원에 보내는 일을 고려해 보기로 결정했다. 단, 보낸다 하더라도 결코 기숙사 이용은 할 수 없고 언제나 수업이 끝나면 자신의 집으로 돌려보내야 한다는 전제를 달아서 말이다.

유릭은 그 전제에 어떤 위화감을 느꼈으나, 여기서 반대를 했다간 바옐을 입학시키는 일마저 무산될지도 몰랐다. 따라서 그에 동의하고 언제든 결정이 나면 자신에게 말해 달라 부탁하고 그곳을 떠났다.

"참으로 좋겠구나. 그토록 원하던 음악원에 들어갈 기회가 생겼으니 말이다."

곤노르가 방으로 들어와 빈정거렸으나 바옐은 아무 대꾸도 하지 않았다.

"원장이 하는 말을 너도 들었을 거다. 네가 지금처럼 뛰어난 실력을 갖게 된 건 모두 내 덕이라는 걸 말이다. 어디에서도 그걸 잊지 말아야 한다. 스승의 은혜를 잊은 사람들의 말로는 언제나 좋지 않았다. 명심해라. 거기 보낼 수 있는 것도 나고, 언제든 데려올 수 있는 것도 나다."

인형처럼 무표정하게 앉아 있는 바옐의 이마에는 딱지가 내려앉아 있었다. 곤노르는 죄책감을 묻어 버리듯 거기에서 시선을 돌렸다.

한데 잠시 후 일어난 일은 놀랍기 그지없었다. 바옐이 다가와 곤느르의 팔을 조용히 붙잡았던 것이다.

"죄송해요. 결코 잊지 않을게요. 제겐 언제나 스승님이 필요해요. 거기 가지 않아도 괜찮아요."

곤노르는 놀라고 또 조금은 감동하여 바옐을 내려다보았다. 소년의 표정에는 아무 의도도 없었고 그저 진심이라는 눈으로 자신을 바라보고 있었다. 곤노르는 또 마음이 풀어져 그의 머리를 쓰다듬었다.

"나만큼 네게 헌신을 쏟을 수는 없겠지만, 에단음악원은 사실 좋은 곳이다. 음악에 재능이 있는 아이들은 언제나 그곳에 들어가고 싶어 하지. 입학 조건이 상당히 까다로운데도 불구하고 전액 장학금까지 주겠다는 건 아주 이례적인 제안이다. 이 또한 네가 내 제자이기에 주어진 기회겠지만."

"전 필요 없어요. 이미 부족한 게 없는걸요."

"이 건방진 꼬마야. 그건 거기가 얼마나 좋은 곳인지 몰라서 하는 소리다. 교수진만 하더라도……."

바옐이 뭘 모르는 모양이라고 생각한 곤노르는 에단음악원의 장점에 대해 한참을 쏟아내었다. 말하다 보니 정말로 바옐이 그곳에 들어가면 지금 가지고 있는 재능에 더불어 비약적인 발전을 이루게 될 것이 분명해 보였다. 인정하긴 싫지만 자신의 밑에서보다 그곳에서 배울 수 있는 게 훨씬 더 많았던 것이다.

무엇보다 다른 재능 넘치는 아이들과 함께 배우며 연주할 수 있는 것, 이건 곤노르가 아무리 노력해도 줄 수 없는 것이었다. 그 나이대의 아이들에게는 그게 필요했다. 서로의 연주를 듣고 질투하고 배우고 또 감탄하며 어울려 가는 것 말이다. 혼자만의 세계에서는 결코 배울 수 없을 것들이다.

곤노르는 씁쓸하게 자신이 이미 결정을 내렸음을 인정했다.

"한번 생각해 보자. 무엇이 네게 좋은 길일지 말이다."

바옐은 곤노르의 품에 안긴 채 아무 말도 하지 않았다.

그날 바옐은 자신의 방문이 한밤중에 천천히 열리는 소리를 들었다. 하지만 자는 척했다. 귀를 막고 아무것도 들리지 않는 척, 아무 일도 일어나지 않는 척했다.

그를 구원해 줄 사람은 아무도 없었다. 결국 스스로 구원하는 길밖에 없는 것이다. 굳게 결심했다. 무슨 방법을 써서라도 이곳에서 벗어나겠다고. 벗어나 더 넓은 곳으로 가겠다고. 어쩌면 이 에단마저도 넘어서서 세계의 저편으로, 모든 구석진 곳으로 가 보겠다고.

그곳에서라면 찾을 수 있을지도 모른다. 자신과 똑같은 언어를 쓰는 사람. 서로만을 깊이 이해할 수 있을, 자신과 진정 같은 사람. 같은 종, 혹은 가족을.

그 사람은 뜨겁게 자신을 안고 자신의 아픔을 이해한다고 말해 주고, 조심스럽고 또 사랑이 담긴 손으로 자신을 보듬어 줄 것이다. 서로의 음악을 듣는 것만으로도 무슨 생각을 하는지, 어떤 감정을 느끼는지, 서로를 얼마나 소중히 여기는지 모두 알 수 있을 것이다.

그날이 올 때까지 견뎌내며 지치지 않고 연습해야 했다. 더 많은 것을 배우고 연주해야 했다. 훗날 그가 완성하게 될 음악을 위해, 자신 말고는 그 누구도 할 수 없는 연주를 위해.

그를 기다리고 있을 단 한 명의 청중을 위해.

얼음나무 숲

1판 1쇄 펴냄 2020년 3월 20일
1판 8쇄 펴냄 2024년 9월 16일

지은이 | 하지은
발행인 | 박근섭
편집인 | 김준혁
펴낸곳 | 황금가지

출판등록 | 2009. 10. 8 (제2009-000273호)
주소 | 06027 서울 강남구 도산대로 1길 62 강남출판문화센터 5층
전화 | **영업부** 515-2000 **편집부** 3446-8774 **팩시밀리** 515-2007
홈페이지 | www.goldenbough.co.kr

도서 파본 등의 이유로 반송이 필요할 경우에는 구매처에서 교환하시고
출판사 교환이 필요할 경우에는 아래 주소로 반송 사유를 적어 도서와 함께 보내주세요.
06027 서울 강남구 도산대로 1길 62 강남출판문화센터 6층 민음인 마케팅부

ⓒ하지은, 2020. Printed in Seoul, Korea
ISBN 979-11-5888-635-6 03810

㈜민음인은 민음사 출판 그룹의 자회사입니다.
황금가지는 ㈜민음인의 픽션 전문 출간 브랜드입니다.